열린 미학의 지평

열린 미학의 지평

초판인쇄   2008년 12월 15일
초판발행   2008년 12월 20일

펴낸곳   사문난적
지은이   고위공 외
펴낸이   김진수

편집위원   권정임 김병수 김진수 김진엽 서성록 이주영

출판등록   2008년 2월 29일 제313-2008-00041호
주소   서울시 마포구 합정동 362-3번지
전화   02-324-5342
팩스   02-324-5388

ISBN   978-89-961311-3-7

열린 미학의 지평

고위공 외

사문난적

이 책을 정년퇴임을 맞이하신
고위공 교수님께 바칩니다.

추천의 글

《열린 미학의 지평》 간행을 축하하며

외우畏友 고위공高委恭 교수는 홍익대대학원 미학과 석·박사 과정이
신설되면서부터(1970년대 초 당시의 학과 명칭은 '미학미술사학과') 오늘에 이
르기까지 거의 40년간 줄곧 문예학Literaturwissenschaft과 해석학Hermeneutik을 중
심으로 미학을 강의하면서 많은 제자들을 배출하였다. 그 공로에 경의
를 표하며 감사드린다. 고 교수의 문예학과 해석학 강좌는 국내 최초의
일이다.

서양 근대미학의 지평을 처음 연 것은 난삽하고 경직된 철학적 미학
에 반항한 위대한 이단아들이었다. 그 중요한 인물은 미술사가 빈켈만J.
J. Winckelmann을 비롯하여 시학, 문예비평, 연극비평 분야의 고트체트J. Ch.
Gottsched, 브라이팅어J. J. Breitinger, 클로프슈토크F. G. Klopstock, 레싱G. E. Lessing,
괴테J. W. v. Goethe, 쉴러F. Schiller 등이다. '애스테틱Ästhetik'이라는 학문적 이
름을 우리에게 물려준 바움가르텐A. G. Baumgarten의 〈시학(1740)〉과 〈미학
(1750/58)〉은 미에 대한 예찬에 냉담하거나 인색한 이성에 의한 냉소적
표현인 '하급인식론'으로서의 '애스테티카Aesthetica'이지 미학은 아니었
다. 홍익대대학원 미학과에서 오랫동안 강의와 연구를 계속하며 신선
하고도 생동하는 감각과 지성으로 '열린 미학의 지평'을 제시한 고 교

수에게 거듭 경의를 표한다. 또한 이 기회를 빌려 이미 미학 연구의 새로운 지평을 열어주셨던 이혜구(음악학), 박갑성(서양 중세사상과 예술), 강대건(영문학, 아리스토텔레스 시학), 차하순(이탈리아 르네상스시대의 사상과 예술), 그리고 특히 홍익대대학원 미학과와 인연이 깊었던 趙要翰(서양 고대철학, 미학) 등 원로 교수님들에게도 감사를 드린다.

　한국에 미학이 처음 전해진 것은 지금으로부터 84년 전인 1924년 경성제국대학 법문학부에 미학과목(미학개론, 미학연습, 미학특강 등)이 개설되면서부터이다. 당시의 교수는 일본인(미학미술사 제1강좌 담임에 上野直昭/미학, 제2강좌 담임에 田中豊藏/중국어와 중국문학을 겸한 미술사) 두 명뿐이었다.

　미학은 근본적으로 서구의 학문이며 식민지시대 일본인에 의해 이 땅에 이식移植되었다. 그러니까 한국의 미학사는 이제 100년을 바라보고 있는 셈이다. 그럼에도 불구하고 미학은 아직도 낯선 외국 학문으로 제자리걸음을 계속하고 있다. 부끄러운 일이다. 오랫동안 언어, 문학, 예술, 관습 등 문화의 전통을 잘 이어온 우리에게는 고유의 미학과 예술학이 있어야 한다.

세상은 많이 변했고, 또 빠른 속도로 변화하고 있다. 미와 행복 추구의 강렬한 욕구는 현대사회 구석구석에서 강렬하게 분출되고 있다. 누구나 한결같이 아름다운 자연과 사회 환경 속에서 건강하고 행복하게 살면서 문화생활을 영위하려 한다. 그러나 이미 우리의 주위 환경은 몹시 오염되고 파괴되었으며, 그 정도는 날로 심해지고 있다. 게다가 핵무기와 테러리즘의 위협이 우리를 불안하게 한다. 이와 같은 혼잡하고 불행한 시대상황은 '오늘날 우리에게 미학은 무엇인가?' 라는 근원적 물음을 제기하게 만든다. 이 시의적 주제에 관해 적합하고 유용한 연구방향을 제시한 고 교수와 집필자 전원의 노고를 치하한다. 나아가 오랜 역사를 지닌 홍익대대학원 미학과(주임교수 하선규)의 적극적인 활동을 기대한다.

2008년 늦가을

임범재(홍익대 명예교수 · 미학)

고위공 교수의 약력

- 생년월일: 1944. 2. 22 서울 출생
- 현직: 홍익대학교 문과대 독문과 및 대학원 미학과 교수

- 주요학력

  서울 중·고등학교 졸업(1958, 1961)

  서울대학교 문리과대학 독문과 졸업(1965, 문학사)

  서울대학교 대학원 독문과 졸업(1969, 문학석사)

  독일 튀빙엔Tübingen 대학교 독문과 박사과정 졸업(1979, 문학박사)

  박사학위논문: 〈Der Wandlungsprozeβ der Landschaftsgestaltung in der Lyrik Georg Trakls. Versuch einer Interpretation auf Grund der Varianten〉

- 주요경력

  홍익대학교 독문과 교수(기획실장, 문과대학장), 서울대, 연대, 이대 대학원 강사, 독일 튀빙엔, 프라이부르크Freiburg, 베를린 훔볼트Humboldt 대학교 초빙 연구교수

- 전공분야: 독시, 문예학, 해석학, 비교예술론, 매체미학, 문화비교학

- 주요저서

1. 《게오르크 트라클 연구》(1984)

2. 《해석학과 문예학》(1989, 증보판)

3. 《죽음의 푸가》(번역서, 1985)

4. 《첼란. 아무도 아닌 자의 장미》(번역, 해석서, 1987)

5. 《못다 부른 반더포겔의 노래》(여행수상록, 1996)

6. 《문학과 미술의 만남 - 상호매체성의 미학》(2004)

7. 《텍스트와 형상 - 예술의 학제간 연구를 위한 고찰》(2005, 공저)

8. 《Intermedialität und Kulturkomparatistik. Beiträge zur ost-westlichen vergleichenden Literatur- und Kunstforschung》(Bern, 2007)

· 주요연구논문

   문예학, 해석학, 비교예술론, 문화비교학, 표현주의, 구체시, 첼란 P. Celan, 트라클G.Trakl, 문학번역(Faust, Celan), 괴테Goethe 수용 관련 논문 50여 편(국문 및 독문)

· 대표논문(1990년 이후)

1. 〈대화적 텍스트 이해이론 정립의 시도 - 해석학, 소통적 담론이론, 후기구조주의적 해체주의를 중심으로〉《독일문학》제49집. 1992. 533- 555면.

2. 〈Faust 번역의 기본문제〉《번역연구》제1집. 1993. 21-36면.

3. 〈Faust-Rezeption in Korea〉. A. Hsia (Hg.), 《Zur Rezeption von Goethes Faust in Ostasien. Euro-Sinica》. Bd. 4. Bern, 1993. S. 199-221.

4. 〈Faust-Übersetzung in Korea〉《Geschichte, Probleme und Perspektiven. Übersetzungsforschung》. 2. Bd. 1994. S. 47-68.

5. 〈첼란Celan 시에 있어서의 언어〉《동서문화연구》제1집. 1995. 3-29면.

6. 〈첼란 서정시의 시론적 변환 - 후기작품을 중심으로〉《동서문화연구》제3집. 1996. 27-42면.

7. 〈문예학의 몇 가지 기본개념 규정을 위한 연구〉《번역연구》제3집. 1995. 25-38면

8. 〈신해석학Neuhermeneutik의 구상과 의미〉《해석과 이해. 해석연구》(한국해

석학회 편), 1996. 223-248면.

9. 〈문예학 인식방법에서의 경험과 해석〉《동서문화연구》제4집. 1997. 3-23면.

10. 〈Überlegungen zur Begriffsbildung einiger literaturwissenschaftlicher Grundbegriffe in Korea〉《Ein Leben für Dichtung und Freiheit》. Hg. v. K. F. Auckenthaler, H. H. Rudnick, K. Weissenberger. Tübingen 1997. S. 629-643.

11. 〈첼란 서정시의 시론적 의미〉《독일문학》제63집. 1997. 89-112면.

12. 〈텍스트 이해에 있어서의 주관성과 객관성〉《동서문화연구》제5집. 1998. 3-23면.

13. 〈'Spät und Tief' : Der Ort zum Gespräch mit Paul Celan〉《Literatur im multimedialen Zeitalter》. Hg. v. der Koreanischen Gesellschaft für Germanistik. Bd. 2. 1998. S. 347-360.

14. 〈Texthermeneutische Voraussetzungen zur Celan-Lektüre〉《동서문화연구》제6집. 1999. 35-57면.

15. 〈문학과 조형예술의 관계에 관한 이론적 고찰〉《미학예술학연구》제10집. 1999. 5-28면.

16. 〈현대형상시에 나타난 예술작품해석 - 첼란의 시 '어떤 그림 아래로 'Unter ein Bild'를 중심으로〉《동서문화연구》제8집. 2001. 129-154면.

17. 〈문학예술과 형상예술, 그 상호보완의 역학〉《독일문학》제77집. 2001. 296-317면.

18. 〈발첼Walzel의 '예술상호해명' 방법에서 본 예술양식비교의 문제〉《미학예술학연구》. 제13집. 2001. 183-213면.

19. 〈현대예술작품이해의 텍스트해석학적 문제 - 말Wort과 형상Bild의 관계를 중심으로〉《동서문화연구》제9집. 2002. 121-149면.

20. 〈복합예술 텍스트로서의 구체시 - 그 미학적 한계와 가능성〉《동서문화연구》제10집. 2003. 59-91면.

21. 〈Zur Übersetzbarkeit Celanscher Lyrik. Ein kritischer Werkstattbericht〉 《Akten des X. Germanistenkongresses Wien 2000. "Zeitwende - DieGermanistik auf dem Weg vom 20. ins 21. Jahrhundert"》. Hg. v. P. Wiesinger. Bd. 11. Wien, 2003(Peter Lang). S. 165-172.

22. 〈비교문예학과 매체비교학 - 비교예술방법론 정립의 시도〉《미학예술학 연구》. 제18집. 2003. 5-42면. (학진 2002년 인문학육성과제 대표논문)

23. 〈Zur Methodologie intermedialer Forschung in Literatur und Kunst〉《독 일문학》 제90집. 2004. 32-52면.

24. 〈예술비교연구의 실제 - 마그리트Magritte와 첼란의 텍스트 읽기〉《비교문 학》 제30집. 2004. 147-178면.

25. 〈Wechselseitige Ergänzung von Wort- und Bildkunst. Eine vergleichende Lektüre der Bildgedichte Trakls und Celans〉《Neues Jahrhundert, neue Herausforderungen. Germanistik im Zeitalter der Globalisierung. Asiatische Germanistentagung. Beijing 2002》. 2004. 12. S. 346-362.

26. 〈문학과 영화 - '매체교체'의 양상〉《미학예술학연구》 제21집. 2005. 287-311면.

27. 〈Konkrete Poesie und expressionistische Kunst. (Post)moderne Aspekte zur Medienverflechtung〉《홍대논총》 제13집. 2006. 19-46면.

28. 〈자연, 삶, 예술. 괴테의 자연시학〉《괴테연구》 18집. 2006. 5-26면.

29. 〈Dichtung und Typografie. Zusammenspiel von Schrift und Bild in koreanischen Textkomplexen〉《Der Mnemosyne Traüme. Festschrift zum 80. Geburtstag von Joseph P. Strelka》. Hg. v. I. Slawinski, Tübingen, 2007. S. 153-163.

30. 〈텍스트 다매체화의 생성과 양상〉《독일문학》 105집. 2008. 128-146면.

31. 〈Die interkulturelle Deutbarkeit der konkreten Poesie. Komparatistische

Aspekte der Intermedialitätspoetik》《Zeitschrift für Koreanische Germanistk》. 2008. S. 339-347.

· 국제학술대회 발표논문

1. 1985. 10. Weimar 괴테학회(Stuttgart 지부) 논문발표. 논문제목: 〈Goethe-Rezeption und Goethe-Forschung in Korea〉

2. 1990. 8. 제 8차 세계독문학자대회(IVG) 참가(일본 동경).

3. 1992. 10. 독일 Humboldt 학술재단 주최 국제학술세미나 논문 발표. (독일 Sonthofen). 논문제목: 〈Faust-Übersetzung in Korea〉

4. 1993. 10. 한독번역문학연구소 주최 제1회 국제학술세미나 논문 발표. 논문제목 : 〈Faust-Übersetzung in Korea. Geschichte, Probleme und Perspektiven〉

5. 1994. 7. '국제독문학 학회' (GIG) 정기학술세미나 참가(독일 Düsseldorf)

6. 1995. 10. 한국독어독문학회 주최 국제설악심포지움 사회(강원도 속초).

7. 1996. 11. 한독번역문학연구소 주최 국제학술세미나 사회(서울).

8. 1997. 8. 제1회 아시아 독문학자 대회 제6분과 논문 발표 및 사회(서울). 논문제목: 〈 'Spät und tief' : Der Ort zum Gespräch mit Paul Celan〉

9. 2000. 10. 11-16. 창립 50주년 기념 제10차 세계 독문학자 대회(IVG) 논문 발표. 논문제목: 〈Zur Übersetzbarkeit Celanscher Lyrik. Ein kritischer Werkstattbericht〉.

10. 2002. 8. 18 - 23. 2002 아시아 독문학자 대회Asiatische Germanistentagung 2002 본회의 주제논문 발표. 논문제목: 〈Wechselseitige Ergänzung der Wort- und Bildkunst. Eine vergleichende Lektüre der Bildgedichte Trakls und Celans〉

11. 2003. 9. 25 - 28. 한국 독어독문학회 주최 제11회 국제설악심포지움 논문발표(무주리조트). 논문제목: 〈Zur Methodologie intermedialer Forschung in Literatur und Kunst〉

12. 2005. 8. 31. (8. 25 - 9. 4) 제11차 세계 독문학자 대회(IVG) 논문 발표. (프랑스 파리). 논문제목: 〈Die Wort-Bild-Thematik in kulturkomparatistischer Sicht. Gemeinsamkeit, Differenz, Vermittlung〉

13. 2006. 8.29. 아시아 독문학자 대회 제6분과 논문발표(서울대). 논문제목: 〈Die interkulturelle Deutbarkeit der konkreten Poesie. Komparatistische Aspekte der Intermedialitätspoetik〉

14. 2007. 9. 29. 상해 동지대학교 주관 Humboldtkolleg 학술회의 논문 발표. 논문제목: 〈Poetik des typografischen Gedichts. Ein Beitrag zur zukünftigen Intermedialitätsforschung〉

· 수상

1999년 5월 15일 스승의 날 교육공로 국무총리 표창.

1999년 영국 IBCInternational Biographical Center 선정 '20세기 세계 학술연구업적 수상.'

2005. 8. 학술서 《문학과 미술의 만남. 상호매체성의 미학》 2004년 대한민국 학술원 선정 최우수도서로 채택.

2006. 9.16 한독번역연구소 제4회 '시몬느 번역상' 수상.

차례

I 미학과 예술의 경계넘기

1 매체변천과 미적 지각 - 고위공 9

2 다문화 예술철학과 문화인류학 - 김병수 29

3 디지털 예술에서의 자기-조직화와 미학 - 이재준 46

4 이콘의 신학 - 김산춘 67

5 조나단 에드워즈의 신적 아름다움 - 서성록 89

6 무행위로서의 미와 예술 - 조관용 115

7 신체의 미학으로서의 무용미학 - 이승건 145

8 건축미학의 감성화 - 최동호 169

9 카프카의 데생들에 대한 기호학적 분석 - 김세리 191

10 상상, 세계의 질료적 에너지와 교감하는 힘 - 김용희 215

II 미학의 어제와 오늘

1 플로티노스와 초월의 미학 - 노영덕 245

2 플라톤주의와 르네상스 미학사상 - 이순아 278

3 형이상학적 초월과 미적 경험 - 하선규 304

4 현대미술 해석의 틀로서 헤겔의 예술 규정 - 권정임 332

5 낭만주의 미학과 예술론 - 김진수 351

6 루카치 미학을 통해 본 미술관 - 이주영 375

7 벤야민의 변증법 : 사유이미지·이미지 사유 - 강수미 400

8 아도르노 미학에서 문화산업의 테크놀로지 비판 - 유현주 423

9 예술작품 이해의 존재론적 성격 - 김진엽 445

미학과
예술의
경계넘기

I
매체변천과 미적 지각

● 고위공(홍익대 독문과 교수) ●

1. 미적 지각 연구의 자리

1) 매체변천과 미적 지각

1980년대 이후 전통적 정신과학은 점차 사회학에 이어 문화학과 매체학에 의해 재구성되고 있다. 매체문화Medienkultur는 종래의 문헌 및 텍스트 중심 연구방법을 변화시킨 기본요인이다. 이 복합어에는 광범한 대상영역과 인식방법이 내포되어 있다. 그러나 개념상으로 볼 때 매체와 문화의 결합으로 압축된다. 즉 매체발달은 문화형성에 영향을 미치며 문화현상은 매체의 활용에서 이해된다. 이 상호성의 명제를 파악하기 위해서는 시대사적 매체변천Medienwandel에 주목하여야 한다. 장구한 인류문화의 발달사는 문자와 제식에서 시각형상을 거쳐 전자매체와 '컴퓨터 문자'에 이르기까지 매체의 발명과 사용에 의존하여 왔다. 무엇보다 인쇄매체에서 영상매체와 디지털 매체로의 전환은 인간의 삶

세계와 의식구조, 그리고 사회소통에 획기적 변화를 초래한다. 여기서 제기되는 기본문제가 미적 지각 ästhetische Wahrnehmung의 변용이다. 종래의 인식방법으로는 매체화된 상호 텍스트를 파악할 수 없기 때문이다. 다양한 매체교체와 매체결합은 새로운 이해지평을 요구한다. 이 시의적 과제는 미적 지각연구의 재구성에서 해결될 수 있다. 다매체지각은 다채로운 문화경관의 스펙트럼을 조명하는 통로이며 열쇠이다. 얼마전부터 활발히 논의되는 학제간 연구로서의 인문학 연구의 새로운 방향도 이 지점에서 올바로 설정될 수 있다.

2) 지각이론의 재구성

지각은 오늘날 여러 분야에서 학문적 르네상스를 맞고 있다. 그것은 이 일상적이고 고전적인 개념이 인간의 존재상황과 문화향유를 결정하는 요인으로 부상하기 때문이다. 이미 고대나 중세에서 지각은 여러 학문과 예술의 중요한 관찰대상으로 여겨져 왔다. 고대 그리스에서는 이 개념이 주로 논리적 인식의 범위에서 다루어졌다면 중세에서는 종교적, 신학적 차원에서 조명된다. 공감각이라는 용어는 이미 아리스토텔레스Aristoteles의 저술에 등장하며, 시청각지각은 중세 서사시 연구에 활발히 도입된다. 지각은 기억과 함께 문학과 예술의 생성을 설명하는 원천이다. 이 이론은 20세기에 들어와 정치적, 사회적 문맥에서 다시 수용된다. 근세 이후 지각은 자연과학의 발달과 함께 생리학이나 심리학의 범위에서 체계적으로 탐구되기 시작한다. 무엇보다 계몽주의 과학철학의 바탕에서 이루어진 18세기 미학의 정립은 지각이론의 학문적 시초이다. 그후 감각과 지각은 철학적 인식론의 범위에서 독자적으로 다루어진다.

19세기와 20세기에는 해부학적 신경모델의 구성으로 미개발의 뇌지각 연구가 활성화된다. 그 결과 그 동안 신비하게 여겨져 왔던 많은 부분들이 밝혀지게 된다. 미적 지각이 새로운 관심의 대상으로 부각된 것은 20세기 후반 포스트모더니즘 시대에서이다. 사회와 학문의 전영역에서 전통이론의 토대가 와해되는 이 변혁의 시기에 감각적 지각은 종래의 미적 인식과 경험을 대체하는 새로운 개념범주로 대두된다. 기술매체의 급격한 발전으로 인한 심미성의 일반화는 이와 같은 경향을 촉진한다.

위에 지적하였듯 지각이론은 이미 18세기 중엽에 학문적으로 정초된다. 잘 알려진 바움가르텐Baumgarten의 역사적 저술《미학Aesthetica》이 그것이다. 그는 이 용어를 '감각적, 감성적 인식론' 으로 규정함으로써 철학적 인식론의 새로운 장을 연다. 그 기본방향은 한마디로 전통적 인식론에서 배제된 감각성의 복권이다. 이 사실을 잘 이해하기 위해서는 당시의 논리학, 특히 시학 연구에 주의를 환기할 필요가 있다. 1750년과 1758년 미완성으로 출간된 두 권의 바움가르텐 미학 저술이 1735년의 〈서정시의 몇가지 조건에 관한 철학적 고찰Meditationes Phliosophicae de Nonnllis ad Poema Pertinentibus〉과의 연관에서 생성되었다는 사실은 이미 밝혀져 있다. 스투르베W. Strube는 두 중요한 문헌을 비교, 분석함으로써 미학의 발생사 해명에 크게 공헌하고 있다.*볼프Wolff의 과학철학에 힘입은 후자의 박사학위 논문에서 서정시는 감각적 표상을 표기하는 담화로 규정된다. 《미학》 14절에서는 "미학의 목표가 감각적 인식의 완전성" 으로 규정된다. '완전성' 이란 풍성함, 위대함, 진실함, 명료함, 확실성, 생동감의 종합으로 구현된다. 스투르베는 이 여섯 가지 요소를 할러Haller의 시《알프

---

* W. Strube, Baumgartens Ästhetik als Transformation seiner Theorie des Gedichts. In: E. Rohmer, u.a. (Hg.): Texte - Bilder - Kontexte. Interdisziplinäre Beiträge zu Literatur, Kunst und Ästhetik der Neuzeit. 2000 Heidelberg. S. 21

스Die Alpen, 1729》의 《엔치안Enzian》 시련을 통해 예증하고 있다. 여기서 명료하고 통일된 표상은 귀와 청각, 그리고 회화적 표현으로 전달된다. 그리고 육체와 영혼의 동일적 미로 귀결된다. "아름다운 육체에 아름다운 영혼 깃들도다." In einem schönen Leib wohnt seine schöne Seele 개별지각의 통합으로 해석되는 이와 같은 관찰방식은 오늘날 활성화된 상호매체성Intermedialität 이론의 근대적 원형이라 할 수 있다. 바움가르텐의 사고체계에서 보면 철학적 시학에서 미의 예술론이나 감각적 인식의 심미화가 유도된다. 결론적으로 그의 미학은 시학이론의 확대이며 변형이다. 이 점은 오늘날의 미적 지각론을 개진하는 데 시사하는 바 크다.

　　바움가르텐의 '미의 학문'은 당시 지배적이던 합리적 인식에 맞서 감성적 인식에 권리를 부여하는 것이다. 그러나 미적 경험론의 해방이라고도 할 수 있는 지각론의 구상은 그후 칸트J. Kant와 헤겔Hegel에서 피셔Vischer를 거쳐 아도르노Adorno에 이르는 서양미학사의 발전에서 예술과 예술미의 분석에 자리를 내주게 된다. 이와 같은 연구추세는 물론 예술철학으로서의 미학의 위상을 세우는 데 크게 공헌한 반면 미학적 관찰의 범위를 상대적으로 제한한다. 여기에는 감각이 하급의 인식범위라는 판단도 작용한다. 그리하여 지각연구는 심리학이나 생리학의 몫이 된다. 지각심리학이나 형상심리학Gestaltpsychologie은 한동안 이 방면의 독보적 분과로 인정되어 왔다. 그런 가운데 19세기 후반 피들러Fiedler를 비롯한 일련의 철학자들이 체계적인 시지각이론을 개진한 것은 현대미학의 의미 있는 발전으로 간주된다. 그러나 전체적으로 보아 지각이론은 주로 시각작용과 심리학의 범위에서 논의된 것이 사실이다. 지각론으로서의 미학은 이와 같은 한계를 극복하려는 데 의의가 있다. 지각의 문제는 미의 인식과 직결되기 때문이다.

학문적 지각연구로의 방향전환은 1920-30년대 벤야민Benjamin, 1892-1940
에 의해 달성된다. 그는 자신의 새로운 이론적 구상에 있어 지각을 의미
하는 그리스어 "aisthesis"에 의거하고 있다. 이러한 연구방향은 1936년
〈기술복제시대의 예술작품Das Kunstwerk im Zeitalter seiner technischen Reproduzierbarkeit〉
으로 집결된다. 《사회연구지Zeitschrift fur Sözialforschung》에 실린 이 평론에서 저
자는 당시 대중매체로 부상된 영화를 지각의 변화라는 관점에서 서술하
고 있다. 영화이론의 새로운 지평을 열어준 이 선구적 착상은 20세기 말
에 이르러 다시금 활발한 담론의 대상이 된다. 1920년부터 20여 년간 씌
어진 벤야민의 일련의 저술들은 전체적으로 매체미학이라는 이름아래
총괄될 수 있다.* 그 주된 방향은 매체가 표현 및 경험형식에 미치는 영
향의 분석이다. 이를 위해 예술학, 문화사, 사회심리학 등의 방법이 도입
된다. 특히 기억과 회상은 다양한 매체형식을 분석하는 출발점이다. 결
론적으로 매체미학은 '인간지각의 역사적 변수'와 '문화창조의 기술적
조건'이라는 두 측면에서 파악된다. 다시말해 역사철학적 사고와 기술
공학의 반성은 미적 지각을 결정하는 동인이다. 이와 같은 결론은 20세
기 후반의 매체문화를 설명하는 데 적용될 수 있다. 벤야민의 혁신적 시
도는 프랑스 후기구조주의 철학자를 거쳐 1980년대 이후 소위 토론토학
파의 매체사가들에 의해 변화된 상황에서 수용된다. 이들은 매체의 발
달을 문자성과 구술성에서 관찰함으로써 인문학적 매체이론의 전개에
기여한다. 그 중심인물 맥루한Mcluhan은 이미 1960년대 일련의 저술을 통
해 매체적 인간의 이론을 제시함으로써 매체연구에 획기적 기틀을 마련
한다. 대중매체의 지각문제에 집중한 그의 전향적 이론은 후세의 매체

---

* W. Benjamin, Medienästhetische Schriften. Mit einem Nachwort von D. Schöttker. Frankfurt am Main 2002.
  S. 411-433.

이론가들에게 긍정과 부정의 양면에서 첨예한 논쟁을 야기한다.

지각의 변화에 주목한 벤야민의 미학적 매체연구는 오늘날의 매체미학이나 매체지각을 정립하는 데 크게 기여한다. 최근 쉬넬R. Schnell은 매체미학의 구성에 있어 그리스어 'aisthanesthai', 즉 '지각하다'에서 출발하고 있다*. 그 기본방식은 이론과 역사의 양면을 종합하는 '시청각 지각형식'의 개진이다. 매체의 개념은 여기서 추상적이 아니라 구체적이며 도구적으로 사용된다. 광범한 영역에 걸치는 시청각 지각이론은 영상적 지각에서 시작하여 카메라, 몽타쥬, 문학과 영화, 영화언어 등 생산미학적 영화분석에 중점을 둔다. 다음으로 텔레비전, 전자매체, 디지털 매체, 비디오클립, 컴퓨터예술, 가상현실 등의 영역과 주제가 개별적으로 다루어진다. 이와 같은 방대한 서술에서 독자는 오늘날의 매체미학에 대한 전체적 조망과 지식을 얻을 수 있다. 다만 한가지 지적하고 싶은 것은 서론에 제시된 문제제기, 즉 지각능력의 운명에 관한 명확한 답변이 유보되어 있다는 점이다. 저자는 여기서 시청각매체로 인해 인간의 눈이 열리게 되었는지 아니면 다시 멀게 되었는지를 묻고 있다. 이 근원적 질문의 해답은 매체변천 관찰의 기본범주인 미적인 것의 반성에서 찾아진다.

3) 미적인 것의 반성

지각의 문제와 관련된 미적 반성은 지난 수십년간 여러 방향에서 시도되어 왔다. 그 대표적 유형이 벨쉬W. Welsch와 뵈메G. Böhme에 의해 주도

---

* R. Schnell, Medienästhetik. Zu Geschichte und Theorie audiovisueller Wahrnehmungsformen. 2000 Stuttgart, S. 11.

된 미학의 확대로서의 소위 감각학Aisthetik이다. 두 사람은 이 새롭고 과격한 용어의 제안에서 지각적 감각론이라는 바움가르텐의 'Aesthetica'로 되돌아가고 있다. 뵈메에 의하면 철학적 미학은 20세기 후반 "인간신체의 재발견, 감각의 복권, 예술적 가능성의 폭발적 확대"로 커다란 변화에 직면한다.* 이에 부응하는 길은 일반지각론으로서의 미학을 정립하는 일이다. 그 기본방향은 자연, 디자인, 예술을 '실재성의 심미화'라는 요청에서 논의하는 것이다. 디자인은 넓은 의미에서 삶 세계의 심미화에 관계되는 미적 작업이다. 예술인식에서도 '가려진 예술'이 아니라 "미적 작업의 모든 생산, 광범한 틀의 예술, 예술가, 예술수용"이 문제가된다. 자연에 대한 새로운 미학적 요구는 생태학적 자연미학으로 전개된다. 그 기본 관심사는 주위환경과 인간의 상황적 존재성과의 관계, 즉 "자연환경에 처해진 인간의 자기존재"이다.** 뵈메에 있어 지각이란 주어진 재능이 아니라 사회문화적으로 형성되는 것으로 "현존의 분위기를 감지하는 것"이다.*** 이 명제에서 육체적 느낌, 상황적 존재성, 공감각, 인상Physiognomie, 장면, 엑스타시 등의 여러 요소가 해명된다. 마지막으로 지각의 대상으로서의 사물이 무엇인가가 밝혀진다.

벨쉬의 감각학 역시 '미적인 것의 시의성'에서 출발한다. 'aisthesis'로서의 지각은 오늘날 예술현상을 넘어 일상적 현재, 즉 삶 세계와 정치, 소통과 매체, 디자인과 광고, 학문과 인식론 등 다양한 영역에 관계된다. 이 착상의 선구자 리오타르Lyotard에 의하면 전통적 미학은 "계산할 수 없는 재료적 현존의 미학"으로 넘어가야 한다.**** 미적 감정이란 공

---

* G. Böhme, Aisthetik. Vorlesungen über Ästhetik als allgemeine Wahrnehmungslehre. München 2001. S. 7.

** G. Böhme, Für eine ökologische Naturästhetik. Frankfurt am Main 1989. S. 9.

*** Böhme, Aisthetik. S. 42.

**** W. Welsch/ Ch. Pries (Hg.), Ästhetik im Widerstreit. Weinheim 1991. S. 9.

간과 시간의 수용을 위한 가장 순수한 양태이다. 기술공학의 발전으로 인한 비심미화 현상은 벨쉬로 하여금 미에 내재된 '빛과 그림자'의 양면을 바라보게 한다. 이것은 한마디로 심미화와 '무감각화Anästhetisierung'의 긴장에 근거하는 '갈등의 미학'이다. '무감각화'란 심미화와는 달리 감각의 영향이 마비됨을 뜻한다. 벨쉬의 감각학은 단순한 감각이론이 아니라 감각의 일반화를 통한 미학적 재개념화이다. 그 의미는 "모든 종류의 지각, 즉 감각적, 정신적, 일상적, 숭고적, 삶 세계적, 예술적 지각의 주제화"이다.* '갈등의 미학'은 미학 혹은 감각학과 '무감각학Anästhetik'의 변증법으로 설명된다.

제엘M. Seel이 비판적 매체미학이라는 이름으로 제시한 '드러남Erscheinen의 미학'도 벨쉬와 뵈메의 감각학과 근본적으로 같은 입장에 있다. 그 이론적 발상은 존재와 가상Schein의 택일이라는 고전적 이분논리의 대안이다. 즉 예술작품은 존재와 가상의 힘으로 파악되기 전에 '드러남'의 양태로 지각된다.** '드러남'이란 양자택일이 아니라 '여러 현상의 유희'이다. 포괄적 진리의 비추임이 아니라 관찰자의 지각재능이 나타나는 방식이다. 이와 같은 사고는 디지털화가 인간의 인식방식을 변화시키고 새로운 지각가능성을 창출한다는 데 근거한다. 그러나 이로 인해 진리와 현실의 개념이 뒤바뀌는 것은 아니다. 다만 새로운 현실을 서술할 수 있는 척도가 마련되어야 한다. 이를 위해 존재와 가상, 진리와 허위, 허구와 비허구, 미적 사물과 비미적 사물, 디지털 작품과 재료적 작품의 구분이 이루어져야 한다.

감각학과 '드러남의 미학'은 모두 미학의 재개념화에 있어 미적인

---

* W. Welsch, Ästhetik und Anästhetik. In: Welsch/ Pries, S. 68.

** M. Seel, Vor dem Schein kommt das Erscheinen. Bemerkungen zu einer Ästhetik der Medien. In: L. Jager/ B. Switalla, Germanistik in der Mediengesellschaft. München 1994. S. 19f.

것의 반성에 기초한다. 다시말해 미와 심미성의 새로운 이해가 문제가 된다. 그 근거는 무엇보다 지각방식의 변화에 있다. 이 문제를 보다 자세히 해명하기 위해서는 지각이 무엇이며, 지각의 수행이 어떻게 이루어지는지를 알아볼 필요가 있다.

2. 매체와 지각

1) 지각의 통합

앞장에 드러났듯 지각이론은 감각과 감관을 중심으로 한 여러 연관 작용을 다룬다. 그리스 철학에서 지각은 'aisthesis' 'theoria' 'doxa', 즉 감각, 이론, 견해 등을 포괄한다. 'theoria'란 플라톤에 의하면 인식 및 통찰과 함께 관찰과 봄을 포함한다. 아리스토텔레스는 지각을 단계적으로 분류하여 '공통감각koine aisthesis'의 범주를 설정하고 있다. 지각에 해당하는 독일어 명사 'Wahrnehmung'은 감각적 지각뿐만 아니라 이성적 인식에도 관계된다. 그 원래의 자구 의미는 '진리를 취함'이다. 메르쉬Mersch는 지각이란 진리나 명증에의 접근, 혹은 개념, 사유, 담론과의 연관에서 인식 자체로 향한다고 말한다.* "지각하다란 … 그 무엇으로 나타나기 위해 그 무엇을 알게 되는gewahren 것이다." 시각기능과 정신적 인식의 연관은 무엇보다 언어 사용에서 증명된다. 관점, 의견, 직관을 나타내는 독일어 단어 Sicht, Ansicht, Anschauung 등은 모두 '보다'라

---

* D. Mersch, Aisthetik und Responsivität. Zum Verhältnis von medialer und amedialer Wahrnehmung. In: E. Fischer-Lichte(Hg.), Wahrnehmung und Medialität. Tübingen 2001. S. 273.

는 동사 'sehen'과 'schauen'에서 파생된 명사이다. 관찰과 사고의 접합은 현대미술의 추상성이나 개념성을 설명하는 근간이 된다.

보기Sehen는 고대 그리스 철학 이후 서양 인식론의 발전사를 주도한 기본요소이다. 이 행위개념에는 원초적 눈의 작용을 넘어서는 인식능력이 들어 있다. 코너스만Konersmann이 1999년 편찬한 방대한 논문집《보기의 비평》은 이 사실을 잘 보여준다. 그는 '철학자의 눈'이라는 서문에서 보기를 "시공간적 직접성에서 경험의 원천에 근거하는 세계 관련의 형식"으로 규정한다."* 이로부터 시각적 인식과 언어적 지식과의 관계가 재정립된다. 보기란 풍성함과 다양성에 있어 이론을 능가한다. 우리는 알고 말하는 것보다 더 많은 것과 다른 것을 볼 수 있다. '영혼의 눈'이나 '내면의 눈'은 진리를 포착하는 통로이다. 벤첼Wenzel에 의하면 원래 지식을 뜻하는 그리스어 'eidenal' 혹은 'oida'는 보기의 관념으로 되돌아간다.** '앎'은 '봄'에서 결과되는 상태이며, '보았음'에 관계된다. 인식감각으로서의 시각재능은 시각적 명증에서 정당화되는 지식과 상통한다. 외형의 감각과 내면의 지각 사이의 괴리는 상상력의 차원에서 와해된다. 상상력은 지각의 일원성을 보여주는 인식능력이다. 통합적 지각의 성격은 현대 지각연구에 새로운 토론의 장을 마련한다. 체계이론, 인공두뇌학, 구성주의 등에서 지각의 생산은 주어진 실재의 모사가 아니라 경험현실을 생성하는 두뇌와 감각의 작동으로 설명된다. 세계의 경험은 본질적으로 지각의 문화적 조건에 좌우된다. 지각은 현실구성과 세계경험의 주체로 수동적 반응이 아니라 능동적이고 생산적

---

* R. Konersmann (Hg.), Kritik des Sehens. Leipzig 1999. 2. Aufl. S. 47.

** H. Wenzel, Visible parlare. Zur Repräsentation der audiovisuellen Wahrnehmung in Schrift und Bild. In: L. Jäger/ B. Switalla (Hg.), Germanistik in der Mediengesellschaft. München 1994. S. 156f.

인 행위이다.*

　지각의 통합은 우선 다매체 소통의 기본현상인 텍스트와 형상Bild의 관계에서 증명된다. 즉 형상은 텍스트의 구조를 변화시킬 뿐만 아니라 문자에 의해 스스로 변화된다. 이와 같은 매체간 상호작용은 다지각의 수용으로 이어진다. 문자–형상의 복합체에서 영화, 광고, 비디오아트, 하이퍼픽션, 컴퓨터 애니메이션 등에 이르는 다매체 텍스트가 모두 이에 속한다. 형상의 텍스트화는 현대미술의 성격을 개념과 사유로서의 형상이라는 새로운 차원으로 올려놓는다. 형상의 반성Bildreflexion이나 '제2의 시선'이라는 최근의 표현에서는 눈의 감각을 넘어서는 내면의 지각, 즉 '정신적 활동의 수행형식'이나 철학적 반성이 문제가 된다.** 미술사학자 보엠G. Boehm은 예술작품의 분석에서 형상의미와 감각 에네르기, 직관적 존재와 직관적 현상의 동일성을 지적한다.*** 나아가 그는 보기의 지각을 해석학으로 풀이한다. "해석학이란 보기의 역사성으로의 복귀이다. 눈은 지식을 제공하고 우리로 하여금 세계를 알게 할 뿐만 아니라 사실에 대한 특수한 표상을 설계한다. 눈은 스스로의 도식에 따라 사상을 해석한다."**** 결국 보기의 행위는 의미가 발생하는 사건으로 규정된다. 지각의 과정에 판단과 해석이 작용함은 지각해석학이 성립될 수 있는 근거가 된다.

*　지각의 통합성과 생산성에서 개별지각의 고유성이 완전히 배제되는 것은 아니다. 홀츠캄프는 인식으로서의 지각을 전제하면서도 사유의 측면과 감각의 측면을 구분한다. 지각은 단순한 사실에 접근하는 반면, 사유는 언어처럼 무한한 가능성의 공간에서 움직인다.　K. Holzkamp, Zur Phänographie der Wahrnehmung als Erkenntnis. In: C. Pias, u.a. (Hg.), Kursbuch Medienkultur. 3. Aufl. 2000 Stuttgart. S. 345.

**　H. Belting/D. Kamper (Hg.), Der zweite Blick. Bildgeschichte und Bildreflexion. München 2000, B.Recki/L.Wiesing, Bild und Reflexion. In: B.Recki/L.Wiesing (Hg.), Bild und Reflexion: Paradigmen und Perspektiven gegenwärtiger Ästhetik. München 1997. S. 7.

***　G. Boehm, Bildsinn und Sinnesorgane. In: J. Stöhr (Hg.), Ästhetische Erfahrung heute. Köln 1996. S. 150.

****　G. Boehm, Sehen. Hermeneutische Reflexionen. In: Konersmann, S. 279.

텍스트와 형상은 영화의 지각론으로 이어진다. 영화의 시각성은 소리Gerausch, 음악, 언어의 세 요소로 구성되는 청각공간에서 비로소 완전해진다.* 이와 같은 시청각수사학은 텔레비전 지각분석에도 적용된다. 비디오아트에서는 음성과 형상의 공연이 리듬의 느낌으로 지각된다. 시각적 촉각은 점차 영화나 건축의 관찰에서 그 역할이 증대된다. 오관을 비롯한 모든 감각요소는 서로 연계되어 현존의 사건에 부응하는 종합적 지각공간을 형성한다. 이 지각공간에서 다차원화된 예술의 수용이 이루어진다.

오늘날 통합적 지각의 개진에서 중요한 또다른 요소는 듣기이다. 듣기는 보기에 비해 본능적 속성이 강하며 더욱 오랜 담론의 역사를 지닌다. 히브리 사유에서 신의 말씀 로고스를 포착하는 일차적 수단은 듣기의 능력이다. 내면의 청취는 귀의 감각을 초월하여 심층의 의미를 깨닫게 한다. 이와 같은 지각적 사고는 고대와 중세의 신학과 철학으로 계승된다. '내면의 로고스verbum interius, innerer Logos'에 근거하는 아우구스티누스의 신학이론은 가다머Gadamer에게 해석학의 보편성을 확인하게 한 사상적 원류이다.** 리델M. Riedel이 제시한 청취의 해석학은 이에 연결된다. 그는 의미이해를 지향하는 '언어의 듣기'라는 개념범주로 해석학의 '청취적akromatisch 차원'을 개진한다(그리스어 akroasthai는 "주의깊게 듣다"의 뜻이다).*** 사유란 텍스트가 말하는 것의 듣기이다. 이를 해명하기 위해 현상학, 해석학, 대화해석학, 실천철학 등의 이론이 역사적으로 조망된다. 니체Nietzsche의 '세계의 전체음향Gesamtklang' 청취는 논

*   K. Hickethier, Film- und Fernsehanalyse. 3. Aufl. Stuttgart 2001. S. 94ff.

**   J. Grondin, Einführung in die philosophischen Hermeneutik. Darmstadt 1991. S. 42-52.

*** M. Riedel, Hören auf die Sprache. Die akromatische Dimension der Hermeneutik. 1. Aufl. Frankfurt am Main 1990. S. 7ff.

리학의 '청취적 차원'의 재발견이며, 가다머의 텍스트 이해에서 로고스의 '청취적' 현상은 해석학의 깊이로 나타난다. 로고스는 본래의 언어 관련을 보존한 채 직관에 연결된다. 형상세계는 말의 청취에 의해 그 모습이 드러난다. 리델의 착상은 이해의 행위를 듣기의 능력으로 재구성하려는 시도이다. 이와 같은 접근방식은 다매체적인 현대 예술작품 해석에 응용될 수 있다.

'청취적' 이해는 말하기와 듣기, 문학과 음악을 중재하는 요인이다. 지각적, 매체적 차이에도 불구하고 양자 사이에는 밀접한 '구조연관'이 자리하고 있다. 이 사실은 신화적, 역사적으로 설명된다. 시인을 가인으로 부르는 전승된 표현은 뮤즈 여신 칼리오페의 아들 오르페우스에서 연유한다. 그가 악기를 연주하며 부르는 노래는 신과 인간, 동물과 식물, 심지어 무생물까지도 감동시킨다. 오르페우스의 음악시학에서 가사와 음은 하나로 통일된다. 레비스트로스C. L.-Strauss의 문화인류학은 신화를 음악의 구조와 병행하여 설명한다. 그의 사례분석에 의하면 17세기에서 바그너R. Wagner에 이르는 유럽 오페라의 생성과 발전은 신화적 구비문학의 쇠퇴와 관계가 있다.* 신화와 음악은 서로 분리할 수 없다. '시대의 문턱' 이라고 하는 1800년의 초기 낭만주의 시기에는 신화를 통한 음악의 시학화가 달성된다. 대표적으로 호프만E.T.A. Hoffmann의 작품 〈크라이슬러리아나Kreisleriana〉에서는 절대음악과 낭만주의 시학이 접합된다. 시인 노발리스Novalis는 음악적 자연시를 하나의 이상으로 선포한다. 이와 같은 성향은 한 세기를 지나 상징주의 시인에 의해 수용된다. 결과적으로 발언능력으로서의 구술성은 기억의 형상화를 이루

---

* C. Klettke, Die Affinität zwischen Mythos und Musik in der Konzeption C. L.-Strauss und ihre übertragung in den postmodernen Mythenroman M. Tourniers. In: Gier/ Gruber, S. 61-81.

는 일차 수단이다. 이 명제에서 언어예술과 음예술은 같은 차원에 놓인다. 이것이 '청취적' 의미이해의 관점이다.

2) 매체성과 지각

지각의 다원화는 오늘날 신매체의 활용으로 활성화된다. 신매체는 지각형식의 변동을 가져오며, 역으로 새로운 지각형식은 새로운 매체 실천으로 이어진다. 매체성과 지각은 상호성의 관계에 놓여 있다. 피셔-리히테Fischer-Lichte에 의하면 이 기본명제는 매체지각의 변화, 타자의 지각, 현재의 중재라는 세 측면에서 파악된다.* 문화, 정치, 종교를 포함하는 다양한 형태의 퍼포먼스Performance가 그 관찰대상이 된다. 지각작용의 수행에서는 종전의 지각심리학에서 구분되던 지각의 양대차원, 즉 개념으로 수행되는 기획적 지각과 지각객체 자체에 집중하는 감각행위가 서로 용해된다. 전자는 인지적 과정이며, 후자는 생리적 반응이다.

세계를 지각하는 새로운 '매체실재Medienrealität'에서 중요한 것은 시공간지각의 변화이다.** 미메시스에서 시뮬레이션으로의 이행으로 설명되는 이 기본양상은 사진, 영화, 텔레비전, 비디오, 컴퓨터 애니메이션, 다매체 음악 등 여러 텍스트 형태에서 증명된다. 디지털화된 시뮬레이션은 재료성에서 벗어나 옛 시공간구조를 가상현실의 예술세계로 이전한다. '디즈니월드Disney-World'의 시뮬레이션 공간과 시간구성은 대표적 유형이다.

문학 및 예술과 신매체는 일반적으로 대치와 경쟁으로 설명된다. 그

---

* E. Fischer-Lichte, Wahrnehmung und Medialität. In: Fischer-Lichte (Hg.), S. 24.
** G. Groβ klaus, Medien-Zeit Medien-Raum. Zum Wandel der raumzeitlichen Wahrnehmung in der Moderne. Frankfurt am Main 1995. S. 103, 112, 8.

것은 양자가 서로 다른 구조와 기능을 지니기 때문이다. 서적의 종말이나 문학의 위협이라는 표현은 신매체에 의한 구매체의 약화를 부정적으로 평가하는 발언이다. 흔히 언급되는 문화 염세주의 사고도 이와 연관되어 있다. 그러나 이와 같은 비판적 견해와는 별도로 상호 매체성의 작용은 새로운 미적 성능을 창출한다. 문학과 영화의 매체전이는 이를 입증한다. 이런 점에서 다양한 양태로 나타나는 예술과 신매체의 관계는 합성Konfiguration이라는 용어로 대언된다.* 이질적인 것의 조립을 뜻하는 이 개념에서는 미의 자유공간이 중요한 역할을 한다. 서로 다른 매체의 대결은 미적 기능과 영향을 증대하기 때문이다. 우리는 아래에서 매체 간 연계를 통한 미적 지각의 변용을 실제작품을 통해 살펴보고자 한다.

3) 미적 지각의 변용

선정된 텍스트 유형은 화면허구, 매체예술, 퍼포먼스이다. 이 세 장르 형식은 재료의 활용이나 구성방식에 있어 차이가 있다. 그러나 새로운 미적 특성의 구현이라는 점에서 공통된다. 화면허구는 텔레비전과 컴퓨터에 등장하는 문학허구를 뜻한다. 1960–70년대 독일에서 등장한 '텔레비전 서정시' 에서는 서정시와 텔레비전이 서로 연결됨으로써 시청각 가공과 서정적 글쓰기, 문학생산과 기술작업 사이에 심한 모순과 충돌이 발생한다.** 동시에 매체적 글쓰기는 화면구성에 영향을 미친다. 영미의 텔레비전 드라마나 텔레비전 연극에서도 유사한 결과가 나타난

---

* G. Ch. Tholen, Überschneidungen. Konturen einer Theorie der Medialität. In: S. Schade/G. Ch. Tholen (Hg.), Konfigurationen. Zwischen Kunst und Medien. Munchen 1999. S. 16.
** K. Schenk, Das Fernsehgedicht. Medienbezüge in deutschsprachiger Lyrik der sechziger und siebziger Jahre. In: J. Griem (Hg.), Bildschirmfiktionen. Interferenzen zwischen Literatur und neuen Medien. Tübingen 1998. S. 89-115. Hier S.89.

다. 즉 문학과 신매체의 관계를 규정하는 간섭Interferenz이라는 용어는 다층의 기능에서 파악된다.* 내레이션 픽션이나 과학공상소설과 같은 다른 컴퓨터 텍스트도 동일한 범주에서 관찰된다. 이러한 관점에서 문예학의 대상으로서의 매체는 '미적인 것의 저편에 있는 사안'이라는 명제가 도출된다.** '미의 예술'이나 '미의 문학'과 같은 고전적 관념은 매체화된 현대예술에 맞지 않기 때문이다. 1960년대 이후 논의된 '더이상 아름답지 않은 예술'이 변질되고 왜곡된 혼성작품을 설명하는 기준으로 다시 활용된다. 이미 로젠크란츠Rosenkranz가 1969년 제시한 '추의 미학Asthetik des Ha β Blichen'이 기술적, 도구적 표기체계의 분석을 위해 도입된다. 역사적으로 교양시민의 붕괴와 더불어 대두된 이 역설적 표현에서는 미적인 것과 비미적인 것, 예술과 비예술 사이의 경계가 새로운 관점에서 논란의 대상이 된다. 추의 개념에는 비천한 것, 사소한 것, 약한 것, 저급한 것에서 시작하여 역겨운 것, 거친 것, 죽은 것, 공허한 것, 불쾌한 것, 캐리캐추어에 이르기까지 다양한 속성이 포함된다. 미와 추의 관계에서는 심미성의 탈심미화와 추의 심미화라는 두 측면이 문제가 된다. 특히 절대적 추의 특성에는 마술적, 신비적 매혹의 힘이 부여된다. 그리하여 '추의 미학'은 대중문화의 매체생산을 해명하는 열쇠로 부상한다.

　　이상의 서술은 물론 문학 텍스트와 기술매체, 지면허구와 화면허구 사이의 심한 긴장구조를 고려할 때 타당하다. 다만 개별 매체의 전이나 교체로 인한 심미성의 변화를 '추의 미학'으로 규정하는 데에는 이의가 있을 수 있다. 서로 다른 텍스트의 상호결합은 제3의 텍스트 생성으

---

* J. Griem, Vorwort. In: Griem, S. 7.

** Ch. K.-E β bach, Medien als Gegenstand der Literaturwissenschaft. Affären jenseits des Schönen. In:Griem, S. 13-32.

로 이어질 수 있기 때문이다. 문학과 영화의 관계에서 유도되는 문학적 영화읽기와 영화적 글쓰기가 대표적이다. 이 경우 텍스트 체계의 이전은 새로운 미적 성능을 창출한다. 재매체화 변수로서의 '간섭'은 지각의 반성이라는 넓은 지평에서 관찰될 때 미학적 의미를 획득한다.

　매체예술의 상호 매체분석은 이를 입증한다. 아방가르드에 연결된 이 다중의 복합 텍스트에서는 문자와 도상, 읽기와 보기가 서로 교체되거나 하나로 합쳐진다.* 나우만B. Naumann의 네온형상과 꼴라쥬 텍스트에 보여지는 기호결합은 그 무엇을 지시하는 것이 아니라 스스로에 관계된다. 이와 같은 자기관련은 독자적 텍스트 의미를 조성한다. 그녀의 그래픽 작품에서도 관찰자는 복합지각의 수행으로 종전과는 다른 수용의 차원으로 이전된다. 지각변화에 의한 의미개진은 힐G. Hill의 1990년대 설치미술과 비디오테이프에서 더욱 강화된다. 매체의 통합은 여기서 언어와 형상, 인간신체와 전자 시뮬레이션 공간, 시청각 환경 지각과 이해의 세 방향으로 전개된다. 설치미술의 순환구성은 선적인 읽기와 공간적 보기를 함께 요구한다. 문자, 신체, 형상이라는 서로 다른 세 매체는 관찰자의 상상공간에서 일원화된다. 쇼우J. Shaw의 설치미술은 문자와 형상을 실제와 상상의 혼합으로 구성한다. 실재공간에서 시물라크룸 세계로의 전이는 물적 공간과 가상적 공간 사이의 구분을 무의미하게 만든다. 〈읽을 수 있는 도시The Legible City, 1990-91〉에서는 3차원의 알파벳 철자가 컴퓨터로 가공되어 도시의 모습에 투영된다. 서로 다른 세 도시로의 여행은 화면 앞에 놓여 있는 자전거 페달을 밟으면서 시작된다. 사용자가 만나는 대상은 가옥이나 거리가 아니라 텍스트를 통한 가상의 도시

---

* I. Schneider, "Please Pay Attention Please". Überlegungen zur Wahrnehmung von Schrift und Bild innerhalb der Medienkunst. In: Griem, S. 238ff.

풍경이다. 결국 매체예술에서는 상호성의 행위에 의해 시간과 공간, 현실과 상상, 정지와 동작이라는 기존의 이원성 논리가 와해된다. 이 사례 분석의 결론은 앞에 언급한 제엘Seel의 '드러남의 미학', 즉 '현상의 유희' 로서의 매체예술은 새로운 지각 가능성을 창출한다는 명제를 상기시킨다.

힐Hill의 매체예술에서 보여진 신체와 형상의 결합은 로젠바흐U. Rosenbach의 비디오퍼포먼스에서 본격적으로 추진된다. 그녀는 1970년대 초반이후《Julia로 감싸기》(1972),《비너스여신 탄생에 관한 성찰》(1976),《어머니를 위한 진혼곡》(1980),《죽음에 관하여》(1995) 등 일련의 작품에서 자신의 육체와 기술매체를 통해 인간본연의 실존문제를 꾸준히 추구하고 있다.* 그 기본방식은 신체와 형상의 상호작용이다. 즉 형상은 신체에 의해 의미를 획득하며, 신체는 형상내용과 깊이 연결되어 있다. 이와 같은 매체간 전이작업은 여성적 관심과 죽음의 반성이라는 주제를 부각시킨다.

이상에서 알 수 있듯 매체의 상호작용은 지각행위와 텍스트 의미를 변화시킨다. 이와 같은 기능이 가장 뚜렷하게 나타나는 다매체 장르가 퍼포먼스이다. 퍼포먼스란 'performare' 라는 라틴어 어원에 의하면 형태의 계속적 드러남을 뜻한다. 오스틴Austin의 언어철학에서 유래하는 부가어 명사형 공연성das Performative은 "인간행위의 미적 차원과 사회적 표현과 모델의 기본성격" 으로 규정된다.** 오늘날의 다양한 퍼포먼스 예술은 1960년대 이후 활발히 전개된 네오아방가르드 연극에서 연원한다. 이후

---

* M. Scharmann-Frank, Die Interaktion von Körper und Bild. In: H. Belting/ U. Schulze (Hg.), Beiträge zu Kunst und Medientheorie. Stuttgart 2000. S. 83-102.

** Ch. Wulf, u.a., Sprache, Macht, Handeln - Aspekte des Performativen. In: Ders., (Hg.), Grundlagen des Performativen. M?nchen 2001. S. 9-24. Hier S. 10.

액션페이팅, 보디아트, 랜드스케이프 아트, 비디오설치 등의 미술분야에서도 유사한 현상이 보인다. 이와 같은 진보적 탈경계의 장르에서는 '공연적 전환'이라는 표어에 드러나듯 텍스트 모델에서 공연 모델로의 이행이 일어난다. 이것은 텍스트성의 구조변화를 의미한다. 피셔-리히테 Fischer-Lichte는 드라마의 문학 텍스트에서 공연Aufführung의 연극 텍스트로의 변화를 강조하고 있다. 연극기호학에서 유도된 이 용어의 이해에서 중요한 것은 예술가, 청중, 관객 등 여러 주체의 행동에 의해 조성되는 '사건 Ereignis'이다.* 즉 공연의 객체와 수행된 행동에서 재료와 기호 사이의 관계가 변화된다. '사건'의 수용과정에서 느낌, 사고, 행위는 서로 융해되어 새로운 차원으로 들어선다. 한마디로 작품에서 '사건'으로의 이행은 기존의 미적 경험으로는 포착되지 않는다. 때문에 '공연성의 미학'이 필요하게 된다. 공연의 '사건'에 기초하는 이 미학영역의 주된 관찰대상은 배우와 관객의 육체적 공존과 재료성의 공연화이다. 후자에는 신체성, 공간성, 음성, 시간성, 리듬 등이 포함된다. 전체적으로 서로 연관된 이와 같은 다양한 개별요소의 분석을 통해 연출과 미적 경험의 새로운 의미가 개진된다. 그 결과는 예술과 삶의 새로운 지평으로서의 '세계의 재마술화'로 귀결된다.

이상의 사례분석은 텍스트 다매체화로 인한 미적 지각의 변용을 구체적으로 보여준다. 그 해석과 평가는 개별 텍스트의 성격이나 연구자의 관심에 따라 다를 수 있다. 그러나 미적인 것의 반성적 이해라는 동일한 주제에 연관된다. 이 학문사적 요청에 부응하기 위해서는 미, 예술, 지각을 체계적으로 종합할 수 있는 방법론의 개발이 필요하다.

---

* E. Fisher-Lichte, Ästhetik des Performativen. Frankfurt am Main 2004. S.29.

참고문헌

Belting, H. u.a.: *Quel Corps? Eine Frage der Repräsentation*. München 2002.

Benjamin, W.: *Medienästhetische Schriften*. Mit einem Nachwort von D. Schottker. Frankfurt am Main 2002.

Böhme, G.: Aisthetik: *Vorlesungen über Ästhetik als allgemeine Wahrnehmungslehre*. München 2001.

———— *Theorie des Bildes*. Munchen 1999.

Fischer–Lichte, E.: Wahrnehmung und Medialitat. *Tübingen. 2001*

Griem, J.(Hg.): *Bildschirmfiktionen. Interferenzen zwischen Literatur und neuen Medien. Tübingen 1998.*

Groß klaus, G.: *Medien–Zeit Medien–Raum. Zum Wandel der raumzeitlichen Wahrnehmung in der Moderne*. Frankfurt am Main 1995.

Hickethier, K.: *Film– und Fernsehanalyse*. 3. Aufl. Stuttgart 2001.

Hiß, G.: *Der theatralische Blick. Einfuhrung in die Aufführungsanalyse*. Berlin 1993.

Klepper, M. u.a. (Hg.): *Hyperkultur. Zur Fiktion des Computerzeitalters*. Berlin 1996.

Kloock, D./Spahr, A.: *Medientheorien. Eine Einführung*. 2. Aufl. München 2000.

Koh, Wee–Kong: *Intermedialitat und Kulturkomparatistik. Beiträge zur ost–westlichen vergleichenden Literatur– und Kunstforschung*. 2007 Bern.

Lohmeier, A–M.: *Hermeneutische Theorie des Films*. Tübingen 1996.

Pias, C. u.a. (Hg.): *Kursbuch Medienkultur*. 3. Aufl. Stuttgart. 2000

Rohmer, E. u.a. (Hg.), *Texte Bilder Kontexte. Interdisziplinäre Beiträge zu Literatur, Kunst und Ästhetik der Neuzeit*. Heidelberg 2000.

Schade, S./Tholen, G. Ch.(Hg.): *Konfigurationen. Zwischen Kunst und Medien*. München 1999.

Schanze,H./Ludes, P. (Hg.): *Qualitative Perspektiven des Medienwandels*. Opladen 1997.

Schnell, R.: Medienästhetik. *Zu Geschichte und Theorie audiovisueller Wahrnehmungsformen*. Stuttgart. 2000

Welsch, W/Pries, Ch. (Hg.): *Ästhetik im Widerstreit*. Weinheim 1991.

W. Welsch (Hg.), *Die Aktualität des Ästhetischen*. München 1993.

고위공, 문학과 미술의 만남. 상호매체성의 미학. 2004. 미술문화

고위공, 텍스트다매체화의 생성과 양상. 독일문학 105집. 2008. 128-146쪽.

2
다문화 예술철학과 문화인류학

김병수(경기대 미술디자인 대학원 강사)

　모든 사회는 예술의 기원에 대한 이념과 예술의 궁극적 본질, 그리고 인간사에서 예술의 역할에 대한 이론적 기초를 가지고 있다. 이는 비교미학 및 비교예술학이 가능한 근거이기도 하다. 《비교미학연구》에서 엘리엇 도이치Eliot Deutsch는 "비교미학이란 우리 자신의 문화가 아닌 다른 여러 문화 가운데 존재하는 특징적인 미적 개념들과 경험을 분석하고 해석하며 재구성하고 평가하는 활동이다. 이러한 비교미학은 미학이 겸허해야 할 필요성을 명확히 밝혀주고 있다"라고 쓰고 있는데 문화인류학자인 리처드 앤더슨Richard L. Anderson도 《칼리오페의 자매들-예술철학들의 비교연구Calliope's Sisters: A Comparative Study of Philosophies of Art》에서 서양미학을 비롯한 10개 문화의 미학을 비교하면서 비슷한 의견을 내놓았다. 문화라는 개념은 인류와 지식에 대한 인류학의 큰 공헌이다. 특히 현장 인류학자들은 상이한 문화적 삶에 대한 직접 체험을 통해 인간 행위의 대부분은 문화에 의해 결정된다는 것을 알려주고 실천적 경험을 통해 이론과 성과를 도출해내었다. 또 진정한 다문화 예술철학의 첫 번째 저작이라고 일컬어지는 크리스핀 사트월Crispin Sartwell의 《삶의 예술The Art of Living》은 그 부제가 '세계 정신적 전통들에 있어서 일상성의 미학Aesthetics of the Ordinary in World Spiritual Traditions' 이다. 그는 새로운 예술철학을 유럽적이거나 미국적이지만은 않은 전망에서, 즉 미국 토착민, 아프리카인, 아프리카계 미국인의 전통만큼이나 선불교, 도교, 힌두이즘 등과 연관해서 '정치적 옳바름' 으로 전개한다.

일반적으로 미학은 예술과 미적 체험에 대한 개념적이고 이론적인 물음에 복무하는 철학의 한 갈래라고 정의된다. 제럴드 레빈슨Jerrold Levinson은 자신의 편저인 《옥스포드 미학개설 The Oxford Handbook of Aesthetics》에서 철학적 미학을 다음과 같이 개괄했다. 정합적으로 사유될 수 있는 철학적 미학의 초점은 세 개이다. '예술의 실세, 또는 예술의 제작과 평가 행위, 또는 예술작품이라는 다층적 대상, 즉 실제나 행위 또는 대상' 이라는 것이 그 첫 번째이고 '미나 우미 혹은 역동 등과 같은 이른바 미적인 것이라는 사건의 특질이나 성격 또는 국면' 이 두 번째이다. 그리고 끝으로 다시 '태도, 수용, 체험' 이라는 미적인 것으로 돌아간다. '미학' 이라는 낱말을 만들어낸 독일의 미학적 전통에서는 조금 다르게 다루는데 그 이유는 철학적 미학이 독일에서 태어났고 이 학문의 발전은 '독일적 사건' 이라는 것이다. 독일 미학의 전통은 외부의 영향에 저항해 왔으며, 이러한 자기 충족적인 태도 바깥에 있는 철학자들도 모두 미학의 독일적 맥락 내에서 발전된 개념을 채택하였다. 같은 맥락에서 카이 하머마이스터Kai Hammermeister도 《독일미학의 전통The German Aesthetic Tradition》에서 이렇게 단언한다. "19세기와 20세기에 영국, 프랑스, 이탈리아, 미국 그리고 다른 곳들에서 저술된 예술철학은 독일 전통을 지속적으로 취해 왔다. 분명 학문으로서 철학적 미학은 독일적 사유에 전적으로 근거하며 그렇기 때문에 이 전통에 대한 상세한 지식 없이는 이해될 수 없다." 바깥의 철학자들에 대한 예로 듀이, 사르트르, 크로체, 산타야나, 단토, 랭거, 리쾨르 등을 거명하는데 일면 수긍이 간다. 이때 안과 밖은 분명해 보인다. 안의 목록은 다음과 같다. 바움가르텐, 멘델스존, 칸트, 쉴러, 셸링, 헤겔, 쇼펜하우어, 키에르케고르, 니체, 카시러, 루카치, 하이데거, 가다머, 아도르노 등이다. 그런데 이 안과 밖의 패러다임 그 너머에는 아무 것도 없는가? 레빈슨이 제시한 세 초점에서 벗어나지 않으면서도 하머마이스터의 패러다임 너머로까지 나아갈 수는 없을까? 혹은 문제로서 미학과 예술의 패러다임을 해소하는 길을 모색하는 것은 불가능한 것일까?

래리 쉬너는 《예술의 탄생》에서 자신은 문화인류학 강의를 듣다가 '예술'이라는 개념이 문제가 됨을 알았다고 밝혔다. 대부분의 아프리카 언어에는 '예술'이라는 범주가 없으며, 일반적으로 가면과 권력자의 상이 종교의식에 사용된 후에는 포장해서 다시 필요할 때까지 보관된다는 사실을 알았기 때문이다. 또 아서 단토가 세계를 미학적으로 체험케 하는 책이라 평가하는 크리스핀 사트월의 《미에 관한 여섯 가지 이름들Six Names of Beauty》에서는 각 문화마다 다른 미의 의미를 다루는데 영어의 '미'는 갈망의 대상, 히브리어 야파Yapha는 백열, 개화, 산스크리트어 순다라Sundara는 신성, 그리스어 토 칼론To Kalon은 이념, 이상, 일본어 와비-사비Wabi-Sabi는 겸손, 미완, 나바호족 언어의 호조Hozho는 건강, 조화 등과 같이 나름의 뜻을 갖는다. 미와 예술에 관한 이론들은 문화다원적 관점에서나 더 나아가서 역사적인 문화내부적 관점에서 볼 때에도 어떤 특정한 종류의 예술과 한정된 미적 경험에만 결부되어서는 안 된다. 그렇다고 인류학의 문화상대주의 지침을 그대로 따를 수는 없다. 그들은 사회를 조직하는 합리적이고 훌륭한 방식은 없으며, 개량된 사회를 위해서는 상아탑의 연구보다는 타문화 관찰을 통해 배우는 것이 현실적이고 문화의 가치는 추상적이거나 철학적인 개념을 통한 도덕적 판단이 아닌 실제 사회생활에 미치는 영향으로 평가되어야 한다고 주장한다. 인류학에서 사회는 문화와 동의어이다. 동일한 학문에 대하여 영국에서는 사회인류학이라 부르고 미국에서는 문화인류학이라 명명했다. 이와는 전혀 다른 전통으로 독일의 철학적 인류학인간학이 있다.

문화적 상대주의가 그대로 미학적 상대주의로 전이하는 것일까? 《맥밀란 인류학사전MacMillan Dictionary of Anthropology》에서는 이렇게 설명한다. "미적인 것이라는 개념은 분명 문화와 결합된 것이며 자신의 것과는 문화적 맥락에서 매우 다른 것이리라." 미적 감각은 보편적이다. 미적으로 만족한다는 것은 표준을 전제하며 그것은 문화마다 변화를 갖는다는 점을 인정한다는 의미이다. 인류학에서 미적 선호가 문화와 결합되는 것이라는 점은 오랫동안 인정되었으나 분명한 주제로 여겨지지는 못했다. 그렇다면 미학에서는 이러한 문화적 상대성을 어떻게 설명할 것인가. 또 "우리는 다른 문화에서 나온 예술작품 그리고 그 문화 자체에 대해서 어떤 종류와 성질의 지식을 가질 필요가 있는가?" 이에 대해 엘리엇 도이치는 네 가지 '미적 관여의 차원'을 제안한다. 1. 문화적-작가적 세계관, 2. 문화적-작가적 미적 선호, 3. 형식적 내용, 4. 상징적 가치들 등이다. 이 제안들은 제작자가 몸담고 있는 문화에 대한 선이해를 요청한다. 이런 맥락에서 비교미학 또는 다문화 예술철학은 "단순히 서술적이며 문화 상호적인 메타 미학이 아니다. 즉 비교미학은 문화로부터 해방된 어떤 가정된 시각에 입각하여 하나의 미학적 개념의 틀을 다른 것과 비교하는 것이 아니라는 것이다. 비교미학은 예술에 대한 우리들의 기본적인 철학적 이해를 풍부하게 하고 동서양을 막론하고 예술작품에 대한 미적 경험을 풍부하게 하기 위해서 자신과는 다른 문화가 갖고 있는 미학적 개념들을 분석하고 평가적으로 해석하는 것이다."

　예술이란 무엇인가에 대한 미학적 정의를 하는 데 있어 문화인류학의 요구에 주목할 필요가 있다. 즉 광범위한 문화 상호간의 시각을 명심해야 한다. 먼로 비어즐리Monroe C. Beardsley는 〈예술의 미학적 정의An Aesthetic Definition of Art〉에서 "어떤 문화가 대표하는 다양한 형태의 행동과 문화를 소유하는 사회의 구성원들에게 아주 의미 있는 차이를 이해하는 것이야말로 문화를 이해할 때 필수적"이라고 한다. 예를 들어 나무 조각하는 장면을 본다면 그 행동이 종교적, 정치적, 경제적, 의학적, 예술적 행위 가운데 무엇인지 물어야 한다는 것이다. 그리고 미적인 것이 예술적인 것으로 제한되지 않는다는 사실에 동의하는 반면에 비어즐리는 예술적인 것은 미적인 것과 본질적으로 연결된다고 믿는다. 그는 예술의 정의에 대해 이렇게 강력한 제안을 한다. "예술작품은 미적 관심을 만족시키기 위하여 능력을 그것에 부여하려는 의도로 생산된 어떤 것이다." 이를 분석적으로 증명하며 그는 예술 제도론이나 예술사적 이론을 부정한다. 오히려 문화인류학적 견해를 바탕으로 문제를 설명하고 정의하고 있다. 우리가 예술을 정의하는데 문화인류학적 견해를 취하는 경우 제기되는 두 가지 문제가 드러난다. 예술활동과 예술작품이 그것이다. 그런데 "어떤 특정한 사회에서 무슨 사물들이 예술작품인지를 (그리고 간단히 말해 특정 사회에서 예술작품인 어떤 것이 예술작품인가를) 안다면 우리는 예술작품과의 상호작용을 포함하는 것을 발견함으로써 예술적 행위를 정의할 수 있다." 예술적 행위는 사회의 다른 모든 중요한 행위들과 전혀 다르지 않다. 문화인류학이 특정한 문화를 이해한다는 것은 그 사회에서 행동하는 사람들의 행위가 의미하는 바를 이해한다는 것이며 그들의 욕망과 신념, 그리고 목적과 동기가 무엇인지를 이해한다는 것이다.

여기 종교적 주제의 회화가 있다. 그것은 빛과 질감에서 그리고 구성과 색채의 조화 및 미묘한 변주에 극도의 주의를 기울이고 있음을 보여준다. 이것은 신자들에게 종교적 헌신을 이끌어내는 뚜렷한 힘이다. 예술가가 작업한 의도는 바로 미학적 의도의 근거임이 분명하다. 그래서 다소 볼품없는 성물도 미술관에서 나름의 역할을 수행한다. 한편, 구석기 시대의 동굴벽화가 있다. 그것은 주술적 또는 종교적 기능을 수행한다. 그래서 미학적 의도를 가지고 생산된 것도 아니고 미적 쾌를 위한 것도 아니라고 평가된다. 당시에는 미적 관심을 가질 수 없었다는 것이다. 당시 문화는 순수한 예술작품을 남기지 못했기 때문이다. 예술작품은 오로지 미학적 의도로만 생산된다. 이에 대해 비어즐리는 매우 신중하다. 구석기시대 사람들이 가진 '정신'에 대해 아는 바가 너무 적어서 독단적이어서는 안 된다는 것이다. 더 나아가 그들의 회화를 예술의 미학적 정의에 대한 반대의 전형으로 간주해서도 안 된다는 견해를 피력한다. 초기 인류가 불을 만드는 방법을 알기 전에 이미 불을 사용했던 것처럼 미적 경험의 능력을 발전시키고 그것을 공급하기 위하여 대상들과 행동을 형상화하기 전에 이미 미적 경험을 즐겼을 것이기 때문이다.

미학적 의도를 가지고 무엇인가 생산되는 한 예술작품은 생산된다. 이때 가치의 문제가 발생한다. "어떤 오브제들이 예술에 관해 진술한다는 이유만으로 그것들을 예술작품으로 분류할 경우에 매우 답답하고 때로는 조야하기까지 한 미술잡지의 기사와 신문의 비평들조차 예술작품으로 분류하게 될지도 모른다." 이 지점에 대하여 클로드 레비스트로스는 디디에 에리봉과 대담한 자신의 회고록 《가까이, 그리고 멀리서》에서 명확히 말한다. "문화상대주의는 한 문화가 이 구분을 다른 문화권의 작품에다 적용시킬 수 있는 절대적인 기준을 가지고 있지 않다고 주장할 따름입니다. 반면에 각각의 문화는 자신의 문화 내에서는 우열에 대한 판단을 할 수 있고, 또한 해야 합니다. 왜냐하면 그 구성원들은 관찰자인 동시에 참여자이기 때문이지요." 문화인류학이 특정 사회의 어떤 오브제들이 일반적인 의미에서 예술작품이라고 인정하는 바를 발견하기 위해서는 그 이전에 우선 예술가들이 그 사회 구성원 일부가 훌륭하거나 최상의 것이라고 판단하는 사물들에 대한 관념을 획득해야만 한다. 예술사와는 달리 문화인류학은 사회의 예술행위에서 나온 실패한 생산물에 대하여도 성공한 경우만큼 관심을 갖기도 한다. 특히 그 원인과 실패한 결과에 대하여 이해할 수 있는 상태라면 더욱 그러하다. 더 나아가 비어즐리는 '대중예술'을 연구해야 한다고 주장하는데, "우리 사회에 인류학적 관심을 가지거나 문명에 대한 비견될 만한 다른 척도를 가지게 되면 우리는 광범위하고 극히 중요한 현상을 연구해야만 하기 때문이다." 이는 사트월이 《삶의 예술》에서 말하는 '일상성의 미학'이다.

하버마스는 《인식과 관심》의 제2판에 붙인 〈후기〉에서 이렇게 적고 있다. "인식이 보편적인 삶의 실천적 연관성의 내면에서 가지는 기능은 진리의 무조건성의 요구를 묻지 않고, 내가 생각하는 것과 마찬가지로 충분한 견해에 의하여 단지 변형된 선험철학의 영역에서 해명될 수 있다. 인식관심이 자연과학과 정신과학의 탐구 논리를 반성하는 과정에서 확인되고 분석되는 한, 그것은 '선험적인' 동시에 위치를 요구할 수 있다. 그렇지만 자연사의 성과로서 인식되며, 인간학적으로 파악되는 한 그것은 '경험적인' 위치를 가진다." 이에 대하여 리처드 로티는 《철학 그리고 자연의 거울》에서 하버마스가 인류학과 초월철학을 섞어놓았다고 비판한다. 우리가 과학이 설명하지 못하고 남겨둔 것들을 철학이 설명할 수 있어야 한다는 생각에서 벗어나야 한다고 설파하는 그는 하버마스와는 반대로 "실제 생활의 보편적 맥락에서 지식이 행하는 기능을 분석하는 개괄적인 일반 방식을 찾아내려고 노력해봐야 소용 없으며, (지성사를 포함한 넓은 의미의) 문화인류학만이 필요할 뿐이라고 주장한다." 또, 문예학에서 출발해 문화기술학에 이른 에른스트 그로쎄Ernst Grosse는 1894년에 발간된 자신의 《예술의 기원Die Anfange der Künst》에서 이렇게 주장한다. "만일 우리가 문명민족의 예술에 관해서 과학적인 지식을 얻을 기회가 있다고 한다면, 그것은 먼저 원시민족의 예술의 본질과 상태를 관찰한 후에 하지 않으면 안 된다. 고등수학의 문제를 해결하려고 하기 전에 구구법을 알지 않으면 안 되는 것과 같다. 그러므로 사회학적 예술학에서 가상 먼저 해결되어야 하고, 또 가상 중요한 과제는 원시민족의 원시석 예술에 대한 연구이다. 그리고 이 목적을 달성하기 위해서 예술학은 역사 혹은 선사시대를 연구할 것이 아니라, 문화기술학에 치중해야 한다."

문화인류학은 사실상 세 가지 층위를 갖는다. 첫째, '다른' 문화들에 대한 논의로 취급된다. 그리고 또다른 둘은 문화의 공통 구조와 원시문화이다. 인류학적 담론은 다른 문명들과의 만남의 경험에서 나타나는 최초의, 그리고 가장 근본적인 방식에서 비롯되었다. 여기에 존재하는 차이에 대해 형이상학적 개입으로 인한 조절이 공통적이고 일반적인 문화의 개념을 가능케 한다. 또다른 방식이 있다. 다른 문화들을 원시적이거나 고대적이라고 지칭하는 것이다. 이는 역사적 차별을 넘어 '처음으로' 돌아감으로써만 발견할 수 있는 진실한 인간문명에 대한 인정이다. '약한 사고'로 유명한 잔니 바티모의 《근대성의 종말: 탈근대 문화의 허무주의와 해석학》에 게재된 〈해석학과 인류학〉에서 문화인류학의 세 가지 주요한 방식들의 역사적 관계가 무엇이든 로티는 해석학을 첫 번째 관점에서, 즉 인류학을 타자의 문화들에 대한 담론으로 본다고 지적한다. 이것이 정당화되려면 자민족 중심주의 혹은 유럽이나 서양중심주의적인 태도는 버려야 한다. 즉, 편견이 전면적으로 거부되어야 하는 것이다. 그러나 실제로는 한 문화의 묘사라는 개념 자체는 서구전통의 인식론에 연결되기 용이하듯이 각자 자기 문화와 경험에 연결된다. '초문화적' 개념으로 나타나는 것이 쉽지는 않다. 로티는《철학 그리고 자연의 거울》에서 "인식론에서 대화는 암묵적인 탐구이다. 그러나 해석학에서 탐구는 일상적인 대화"라고 밝히며 이어서 마이클 오트샷의 견해를 받아들인다. "인식론은 대화 참여자들이 보편적인 공동체-즉 공통적인 목적의 달성에 대한 상호적인 관심으로 결합된 집단-로 결합되어 있다고 본다. 반면에 해석학의 경우에 그들은 사교적인 공동체-즉 공통적인 근거나 공통적인 목적이 아니라 정중함으로 결합되어 있으며, 인생의 행로를 함께 하는 사람들-로 결합되어 있다고 본다."

로티는 인류학을 해석학의 개념에 바탕을 두고 이해한다. 비록 난점도 있지만 해석학은 논리적으로 구성된 증명의 발전보다는 어느 정도 사람을 알아나가는 것과 비슷하다거나 아직 공유할 수 없는 담론들에 대한 담론이라는 언설은 문화인류학의 이해와 유용성에 아주 유효하다. 타자의 문화들과 진정한 대화의 가능성은 전지구적으로 행해지는 유로-아메리카니즘에 의해 지속적으로 방해를 받는다. 서구 인류학은 그 정점에 도달했다. 이는 세계의 서구화가 그 종말에 도달했다는 것을 의미한다. 서구화는 아마도 문화인류학의 시초부터 작동했지만 오늘날도 확실히 작동하고 있다. 원시사회를 서구적 범주가 완전히 지배하는 지식의 대상으로 간주한다는 것이 사실이다. 바로 여기서 인류학이 타자의 문화들에 대한 논의를 수행할 수 있는지에 대해 의심할 여지가 있다. 인류학적 연구의 경험과 철학적 사고의 경험에서 일어나는 '고전적' 해석학과 '문화기술학적' 해석학의 차이는 무엇일까? 전통 내에서 텍스트를 해석하는 고전적 해석학과는 달리 문화기술학적 해석학은 텍스트를 이해하는 것과 전혀 관계가 없으며 오히려 전지구적인 컨텍스트와 관계가 있다. 심지어는 그 컨텍스트가 실제로 쓰여진 텍스트들이 전혀 없는 경우가 많다. 완전히 타자를 만나야 하는 상황은 하나의 이상적인 또는 더 나아가서는 이념적인 조건으로 표출된다. 차별성과 동일성 관계의 문제는 단순하게 말해서 그 두 축, 다시말해 대화의 처음을 시작으로 그 끝을 마무리로 받아들일 수는 없다. 이는 해석학적 구 또는 순환에 대한 지속 가능성에서 분명해진다. 하이데거는 《횔더린과 시의 본질》에서 다음과 같이 말한다. "우리-인간-는 하나의 내화이다. 인간의 존재는 언어에 근거하고 있으나, 언어는 본래 '대화'에서 비로소 생기한다. 그러나 대화는 언어가 실현되는 한갓된 방식에 불과한 것이 아니요, 오히려 언어는 대화로써만 본질적일 수 있다.… 무엇에 관하여 서로서로 이야기하는 것이다." 인류학의 이상은 타자와의 진정한 만남의 자리를 마련하는 것이다. 바티모는 이를 과도하게 단순한 낙관론으로 표현한다. "인류학은 해석학적 전망이 우세한 형이상학의 종말 이후 시대의 철학을 올바로 이어받는 상속자로 만드는 일일 것이다." 그러면서 《레스: 인류학과 미학Res: Anthropology and Aesthetics》이라는 학술지를 공동 창간하고 편집하는 인류학자 레모 귀디에리Remo Guidieri의 다음과 같은 글을 인용한다. "문화의 죽음을 슬퍼했던 사람들은 풍요의 신화에 의해 우리처럼 억압되어 있는 이 동일한 문화가 서구 우주에 끼어드는 저들의 특별한 방식을 어쨌든 생산했다는 것을 볼 수가 없었고 보려고 하지도 않았다. 이 방법성은 역설적일 수도, 비합리적일 수도, 심지어는 만화 같기도 하지만, 고전적인 방식만큼이나 진정한 것이며 그들이 가능성의 조건을 끌어내는 원천인 문화적 형식에 종속된 만큼이나 공헌적이다. 비서구적인 현대세계는 아직 분석되어야 할 것이 남아 있는, 잔여물의 거대한 창고이다." 순수한 원시의 환상을 계속 이상화하면서 서구에 없는 가치의 담지자로서 구성하려는 것이다. 그래서 문화기술학은 "타자의 문화의 가치를 지키려 한다. 반면 지금 우리가 보는 것은 무엇보다도 원시성의 현대적인 일체의 '표류물', 즉 '혼성의 흔적… 근대성으로 오염된 흔적과 잔여물, 제3세계의 사회와 산업사회의 게토들을 함께 껴안는 현대의 변두리'이다." 이러한 상황에서 타자와 진정한 조우를 원하는 해석학적이며 동시에 인류학적인 이상은 이론의 허영으로 보일 수 있다. 차별성이 완전히 소멸된 혼돈스러운 현실에 맞서야 하기 때문이다. 즉 우리 세계의 '연약한, 오염된 동일성' 때문인 것이다.

문화인류학은 변두리성을 다루어야 한다. 현대는 문화에 있어서 원시성과 타자성에 대한 연구가 필수적이다. 그런데 기반이 점점 모호해지는 이런 세상에서 고전적 해석학과 문화기술학적 해석학의 구분은 단순히 이론적으로만 어려운 것이 아니다. 그럼에도 클리퍼드 기어츠는《문화의 해석》에서 〈중층 기술: 해석적 문화이론을 향하여〉를 쓴다. "문화 개념은 본질적으로 기호론적인 것이다. 인간을 자신이 뽑아낸 의미의 그물 가운데 고정되어 있는 거미와 같은 존재로 파악했던 막스 베버를 따라서 나는 문화를 그 그물로 보고자 하며, 따라서 문화의 분석은 법칙을 추구하는 실험적 과학이어서는 안 되며 의미를 추구하는 해석적 과학이 되어야 함을 주장하고자 한다. 내가 추구하는 것은 표면적으로는 불가해한 듯이 보이는 사회적 현상들을 밝히는 해석인 것이다." 여기서 중층 기술이란 문화기술지의 작업을 이른다. 그것은 세 가지 특성을 지닌다. 1)해석적이다. 2)해석의 대상은 사회적 대화의 흐름이다. 3)해석의 의미는 그러한 대화가 소멸되지 않도록 그 중 '말해진 부분'을 구출하여, 해독 가능한 형태로 고정시키는 것이다. "이러한 인류학적 조사작업은, 바꾸어 말하면 마치 외국어로 쓰인, 오래 되고 낡아 잘 해독하기 어려우며 일관성이 없고 여러 군데 수정이 가해지고 여러 주장이 엇갈리는 그러한 원고를 읽는 작업과 유사하다고 할 수 있다. 일반적인 원고 해독작업과 다른 점은 다만 인류학적 조사의 경우, 그것은 문자로 쓰인 것이 아니라 일정한 형태를 갖춘 일회적인 행위들로 이루어졌다는 것뿐이다."

행위로 기록된 문서인 문화를 기술하는 문화기술지라는 용어는 두 가지 의미로 사용된다. 현지조사를 뜻하는 문화기술직 연구와 글쓰기인 문화기술적 전공논문이다. 인류학적 조사로서 문화기술지는 소규모 커뮤니티의 직접적인 연구이다. 문화기술적 예증의 지지점으로부터 비교의 일반화가 진행된다. 이는 현지조사와 참여관찰을 강조하는 사회의 기능주의를 주창한 말리노프스키의 영향이다. 보아스도 진화론의 '사변적 역사'에 반대하며 문화의 기술에 만전을 기했다. 영미의 문화인류학은 반역사적이거나 비역사적인 전망을 해왔다. 역사적 발전에 대한 고려 없이 특정 문화 체계를 재구성하는 데 집중했다는 것이다. 자기 수반적인 문화로서 생각한 결과 고립을 초래했으며 기어코 구조기능주의와 문화상대주의의 반발에 부딪쳤다. 이후 역사적 과정과 지역적, 국가적, 세계적 권력구조 양자를 모두 의식하는 새로운 문화기술지를 모색하게 된다. 전통적 문화기술지에 대한 또다른 비판인 인지 인류학 내에서 발전하게 된다. 언어학의 방법론에 영향 받은 신문화기술지는 토착적 분류법과 계열화의 체계에 대한 연구를 위해 좀더 정교하고 통제된 방법을 전개했다. 그러나 형식분석비평이 주목한 것처럼 이 방법의 정교함은 인류학적 추구와 일반화에 정합적인 이론의 토대를 지속하지 못했다. 또 여기서 한가지 주목할 것은 문화기술지와 문화인류학의 구분은 사람에 대한 비교와 역사의 연구에서 분리되어서는 일반 '인간 과학' 이 존재할 수 없다는 주장 때문에 유사한 것으로 취급되는 문화기술학의 전통내에서 물어진다. 유럽 문화기술학에서 정의한 것처럼 그 연구의 기초 단위는 그리스어에서 자기 이외의 부족, 사람 또는 민족을 의미한 에트노스이다. 이것을 공통의 전통에 의해 성격 규정된 문화 단위로 취급하는 것이다. 앨프레드 크로버는 문화, 역사와 지리학을 포섭하는 것으로 정의했다. 또 래드클리프-브라운은 인간에 대한 역사지리학적 연구인 문화기술학과 사회 체계의 기능에 대한 연구인 사회인류학을 구분했다. 그래서 유럽 전통의 문화기술학은 역사적인 것과 대중, 민속, 부족 문화의 연구를 결합한다. 이는 상호 문화적 비교와 일반화로 이루어진다.

포스트모던 비평이 등장하기 이전에는 문화인류학이 서양의 패러다임 내에서만 존재했다. 인류학은 사회과학의 한 분과로 인문학보다는 경험적 자료와 과학적 방법론에 더 치중한다. 도자기는 현대 서양인에게 큰 영향을 미쳤고, 현대예술과 미학의 전통에 근거를 제공했다. 그러나 고고학자는 원래 사회에서 화병이 갖는 '예술' 의 의미와 지위는 지워버린 채 '물질문화' 의 일상적 영역에 존재하는 인공물로만 취급한다. 이 문제는 현대미학에서 드물게 다뤄졌을 뿐이다. (단토의 예술철학에 따르면 사물은 특정한 시대와 문화상황 속에서 이루어지는 해석에 의해 예술이 되지만 그렇다고 철학으로 예술작품이 대체되지는 않는다. 작품은 하나의 은유적인 구조를 갖고 있기 때문이다.) 희미하게나마 미학과 연관을 맺어 온 문화인류학에서는 문화진화론의 입장에서 시각예술의 원초적 형태와 선사시대 이래 그것이 어떻게 현대적 제도를 생산하게 되었는지를 묻는다. 이에 반해 프란츠 보아스Franz Boas는 《원시예술Primitive Art》에서 문화진화론을 강력하게 공박한다. 그 이론을 지지하기 위하여 사용한 대다수의 자료가 부당하다는 것이다. 또 모던하고 서구적인 제도가 비서구적인 것보다 질적으로 우월하다는 지지할 수 없는 자문화 중심주의적 가설을 제시했기 때문이다. 보아스의 선구적 작업은 몇가지 업적을 남겼다. 자신과 동료가 신중한 심층 현지조사에서 수집한 정보에 대한 분석이 심층 문화분석으로 이어졌다. 또 예술적 창조물은 사회 문화적 체계의 점진적 이해에 대해 은유적이다. 예술은 종교, 이네올로기, 정치, 친족, 법, 교육, 신념과 실천의 나른 체세 등과 서로 영향을 주고 받는다. 그리고 비서구 예술을 이전에 서양예술에 접근하던 방식과 동일하게 다루었다. 그 이후 문화인류학은 예술이 인간의 문화내에서 다양한 기능을 수행한다는 것을 증명했다.

예술의 의사소통적 기능과 연관해서는 도상과 상징이 문제이다. 대개의 비서양 예술은 특수한 주제를 재현한다. 심지어 초자연적 정령도 뚜렷하게 구분되는 특징을 갖는다. 잘 알려진 서아프리카 보닌족의 브론즈에서처럼 유사성은 아주 분명하게 작동한다. 그러나 다른 경우에는 양식화가 너무 극단적이라 그 예술이 생산된 사회의 구성원조차도 해석이 궁극적으로 불가능하다. 예술의 의사소통적 기능과 관련을 맺는 별개의 두 차원이 있는 것 같다. 하나는 재현에서 양식화를 거쳐 추상에 이르고 다른 하나는 공공예술에서 사유화를 거쳐 개성에 이르는 것이다. 이렇게 다양한 요소가 결합하는 작업은 비서구 시각예술에서 쉽게 발견된다. 또 공연 예술과 문학에서도 같은 방식으로 개념화된다. 대개의 비서구 체계의 예술 기능은 전통적 가치, 믿음과 권력 배치 등을 지속하려는 문화적 보수성을 보인다.

20세기 후반에 포스트모더니즘의 이름으로 감행된 엄청난 공격의 탈출구로 많은 인류학자들은 초기 학자들이 심각히 여기지 않았던 문제들을 포함해서 그 한계를 확대했다. 과학으로서 문화인류학은 많은 실천가들에게 도전 받았으며 서양과 타자 사이의 다원적 관계가 분석을 위해 능동적 변화를 갖기 시작했다. 예술인류학에서 밝혀진 흥미로운 사실은 식민시대나 탈식민시대 모두 서구와 비서구의 문화, 예술과 미학이 서로 영향을 주고 받았다는 것이다. 또 프란츠 보아스가 의심을 받았다. 그가 자신의 저서에서 "모든 인류의 구성원은 미적 쾌감을 느낀다"거나 예술은 "우리가 아는 모든 종족에게서" 발견된다고 썼지만 그는 미학이나 예술을 제대로 정의하지 못했다. 이 지점이 문화인류학이 다문화 예술철학에 한걸음 다가서는 곳이다. 미적 원리의 보편성과 '예술' 개념의 상호문화적 유용성은 여전히 논쟁적인 것이다. 모리스 와이츠Morris Weitz는 〈미학에서 이론의 역할The Role of Theory in Aesthetics〉이라는 글을 통해 이렇게 지적한다. "만일 실제로 우리가 예술이라 부르는 것이 무엇인지 살펴본다면 우리는 어떤 공통된 속성들도 발견하지 못할 것이다—오직 유사성의 가닥들밖에는… '예술'이라는 개념 자체는 열린 개념이다. 새로운 조건들(사례들은 항상 나타났고 의심할 여지 없이 끊임없이 나타날 것이다) 새로운 예술 형태, 새로운 운동들이 나타날 것이다. … 미학자들은 유사성의 조건들을 규정하겠지만 결코 그 개념의 정확한 적용을 위한 필요하고도 충분한 조건들을 규정하지는 못할 것이다." 이러한 태도는 문화인류학에서 음으로 양으로 나타난다. 종교나 마법이라는 용어가 없더라도 모든 문화는 초자연과 관련된 사유체계가 존재하듯이 예술의 경우도 마찬가지이다. 소수의 사람만이 일관되고 체계적인 예술철학을 지녔을지라도 신화나 기원에 관한 다양한 표현, 제식 행위를 위한 규범, 세속적 장신구의 취향, 또는 예술 자체의 언어 내에서 분절된 모든 흥미로운 것을 보면 다수가 미적 원리를 인지하고 있는 것처럼 보인다.

그래서 문화인류학은 과학의 패러다임 내에서 작동하고 문화기술지는 예술철학과 연관된다. 다문화 예술철학의 길은 엘리엇 도이치가 비교미학에 바랐던 여정과 같다. "색다른 외래의 관념들을 이식시키려는 의도를 갖는다거나 이러한 관념들이 자신의 문화 가운데 곧장 적합하게 적용될 것이라는 기대를 갖고 수행되어서는 안 된다고 본다. 그보다는 오히려 나른 문화가 갖고 있는 관념이나 이상, 기호를 연구하고 나아가 그것을 창조적으로 재구성함으로써, 우리들이 예술과 미적 경험의 본성을 철학적으로 이해할 수 있는 가능성을 풍부하게 할 것이라는 희망을 갖고 수행해 나가야 한다." 미학과 예술철학에서 예술은 서양 예술과 동일시해왔다. 이론은 그 자신의 '역사적 장소성'을 갖는다. 최근에는 많은 비서양 문화의 예술철학들이 문서화와 체계화를 통해서, 그리고 미학적 물음에 대한 근거를 상호문화적 전망으로부터 문제 삼으면서 미학적 가능성을 확대하고 있다. 문화인류학은 다문화 예술철학에 크게 기여하고 있는 것이다.

참고문헌

Charlotte Seymour-Smith, 《맥밀란 인류학사전*MacMillan Dictionary of Anthropology*》(London: Macmillan Press,1986)

Crispin Sartwell, 《삶의 예술: 세계 정신적 전통들에 있어서 일상성의 미학*The Art of Living: Aesthetics of the Ordinary in World Spiritual Traditions*》(Albany: SUNY, 1995)

──────────── 《미에 관한 6가지 이름들 *Six Names of Beauty*》(NY: Routledge, 2004)

Eliot Deutsch & Ron Bontekoe(eds.), 《세계의 철학들*A Companion to World Philosophies*》(Blackwell, 1997)

Ernst Grosse, 《예술의 기원*Die Anfänge der Kunst*》(Freiburg & Leibzig: Akademische Verlagsbuchhandlung Von J.C.B. Mohr: 1894)

Franz Boas, 《원시예술*Primitive Art*》(NY: Dover,1955)

Jerrold Levinson(ed.), 《옥스포드 미학개설 *The Oxford Handbook of Aesthetics*》(Oxford University Press, 2003)

Kai Hammermeister, 《독일미학의 전통*The German Aesthetic Tradition*》(Cambridge University Press, 2002)

Peter Lamarque & Stein Haugom Olsen(eds.), 《미학과 예술철학*Aesthetics and the Philosophy of Art: The Analytic Tradition: An Anthology*》(Blackwell, 2004)

Richard L. Anderson, 《칼리오페의 자매들—예술철학들의 비교연구*Calliope's Sisters: A Comparative Study of Philosophies of Art*》(NJ: Prentice Hall, 1990)

Wee-Kong Koh, 《상호매체성과 문화비교학*Intermedialität und Kulturkomparatistik*》(Bern: Peter Lang, 2007)

래리 쉬너, 《예술의 탄생》(들녘, 2007)

리처드 로티, 《철학 그리고 자연의 거울》(까치글방, 1998)

마르쿠스 파우저, 《문화학의 이해》(성균관대출판부, 2008)

마르틴 하이데거, 《시와 철학: 횔더린과 릴케의 시세계》(박영사, 1989)

서성록, 《동서양 미술의 지평》(재원, 1999)

아서 단토, 《일상적인 것의 변용》(한길사, 2008)

엘리엇 도이치, 《비교미학연구》(미술문화, 2000)

위르겐 하버마스, 《인식과 관심》(고려원, 1983)

잔니 바티모, 《근대성의 종말: 탈근대 문화의 허무주의와 해석학》(경성대출판부, 2003)

조요한, 《한국미의 조명》(열화당, 1999)

클로드 레비스트로스, 《가까이, 그리고 멀리서》(강, 2003)

클리퍼드 기어츠, 《문화의 해석》(까치글방, 1998)

하르트무트 뵈메, 페터 마투섹, 로타 뮐러, 《문화학이란 무엇인가》(성균관대출판부, 2004)

3
디지털 예술에서의 자기-
조직화와 미학

● 이재준(홍익대 예술학과 강사) ●

I. 디지털 예술의 현상론

1) 디지털 예술

디지털 예술은 디지털테크놀로지 기반의 예술 표현 과정이자 그 결과이다. 예술과 테크놀로지의 친화성은 비단 이 시대만의 특징은 아니다. 예술은 이미 그 어원에부터 '術' 'techne' 'poiesis' 등 제작의 의미를 지니고 있다. 우리 시대 예술이 디지털테크놀로지의 변화에 민감한 것은 그리 놀랄만한 일이 아니다.

다만 자크 엘륄Jacques Ellul 같은 기술결정론자들이 주장하듯 테크놀로지 자체의 자율성만을 고려할 수 없고, 이와 달리 테크놀로지의 결정 요인으로서 사회적 경제적 문화적 맥락 역시 동시에 고려돼야 한다. 이러한 이유로 테크놀로지 기반의 예술 일반은 예술의 전통적인 목표 실천 외에도 테크놀로지 자체에 대한 실험이자 동시에 비판적 입장을 표명할 수 있다.

디지털 예술 이론가인 넬 텐하프Nell Teenhaff의 주장처럼, 대개 디지털 예술 현상은 두 가지 방식으로 이해되는 경향이 있다.

첫째, 디지털 예술은 테크놀로지를 실험한다. 이 경우 디지털 예술의 실험적 시도들은 테크놀로지 자체가 가지고 있는 고착화된 패러다임의 한계를 넘어서려는 새로운 가능성으로서 간주된다. 가령 매년 시그래프 갤러리에 등장하는 디지털 예술작품들이 대부분 여기에 해당한다.

둘째, 디지털 예술은 디지털테크놀로지를 기존 문화적 맥락, 특히 기존 예술의 새로운 표현수단으로 이해한다. 이것은 테크놀로지를 표현수단으로 간주하려는 경향에서 이해할 수 있다. 이미 미디어 예술의 아방가르드적 작품들이 보여주었던 것처럼 예술은 디지털테크놀로지에 대한 비판적 태도를 취한다.

미술사가인 에드워드 섄켄Edward A. Shanken처럼 디지털 예술의 기원을 미디어 예술과 달리 보려는 시각이 있다. 이에 따르면 디지털 예술은 1960년대 로이 에스콧 등이 작업한 사이버네틱스 예술에서 비롯된다. 미디어 예술이 대중 미디어 자체에 대한 성찰과 비판으로 진행했던 것에 반해 디지털 예술의 사이버네틱 전통은 테크놀로지 자체와 인간-기계 사이의 관계에 대해 고민했다.

2) 뉴미디어와 디지털테크놀로지

테크놀로지 변화 속도를 현장에서 체험하다보면 이와 관련된 새로운 용어들의 어지러운 춤에 당황하게 되는 것도 충분히 이해가 된다. 뉴미디어 예술과 디지털 예술만큼 서로 혼동되고 또 구분하기 힘든 사례도 있다. 개념과 명칭이 단순히 이론적 규정으로 결정되지 않는다는 사실을 실감한다.

그럼에도 그 명칭만큼이나 서로 다른 이 두 가지 예술현상을 간단히 비교하면서 출발하는 것이 도움이 될 듯하다. 뉴미디어 예술과 관련해서 보면, 뉴미디어가 미디어의 전통, 특히 올드-미디어라 일컬어지는 매스미디어의 전통선상에 놓여 있음을 인지할 필요가 있다. 흔히 비디오아트라 불리었던 미디어아트의 선구자들은 매스미디어의 의미를 비판적으로 해체시키려고 노력했다. 매스미디어는 일반적으로 일방향적이며, 일대다의 소통방식을 기반으로 하는 메시지 전달의 수단으로 간주돼왔다. 그 이유는 주로, 현상적인 측면에서 볼 때 매스미디어의 사용자들은 거의 미디어 장치를 의식하지 않기 때문이다. 미디어 장치는 사용자 혹은 관객에게서 투명해지며 소멸하는 것이다. 미디어 이데올로기는 메시지 자체와 그 메시지에 대한 몰입을 강화하는 기계들을 강요해왔다. 그 결과 미디어 사용자들은 미디어가 자신과 관계 맺는 기계라는 사실을 쉽게 망각해버린다. 이것은 상당부분 뉴미디어와 뉴미디어 테크놀로지, 그리고 뉴미디어 예술에도 전승되었다.

반면 탄생 무렵부터 디지털테크놀로지는 디지털 장치들이 사용자와 직접적으로 그리고 지속적으로 상호 작용해야 할 존재임을 증명해왔다. 고전적 디지털 테크놀로지인 보편적 튜링머신은 비록 추상적인 기계일지라도 원리상 '입력하는 존재'와 '출력하는 존재기계장치' 간의 상호작용이 전제된다. 뿐만 아니라 이론적 배경을 제공했던 클로드 섀넌의 인포메틱스 역시 양쪽 방향에서 소통을 전제로 하는 전화의 원리를 기반으로 한다. 물론 섀넌에게 중요했던 것은 계량화할 수 있는 디지털인포메이션이긴 했어도 말이다. 어쨌든 디지털테크놀로지는 미디어 테크놀로지와 다르게 상호작용적 관계를 토대로 한다.

물론 디지털테크놀로지의 중심은 컴퓨터 공학과 별개로 컴퓨터 과학이라 일컬어지는 영역이다. 현대의 컴퓨터 과학은 1940년대 디지털 컴퓨팅 머신의 개발을 전후로 해서 출발했다. 컴퓨터 과학은 1950년대 인공지능연구로 촉발된 인지과학과 상호영향을 주고받으며 최근 10여 년 전부터 생명현상에 대한 컴퓨터 계산 가능성을 탐구해오고 있다. 이것이 소위 '인공생명연구'이다. 이 연구 분야는 생명현상에서 나타나는 자기-조직화, 진화, 자기-재생산 등 특성에 대한 컴퓨터 계산 가능성을 보여주고 있으며, 특히 이 연구는 살아 있는 생명과 유사한 컴퓨팅 머신을 예견하고 있다.

2. 디지털 테크놀로지에서의 자기-조직화

1) 자기-조직화와 상호작용

자기-조직화란 (물리학적 실체든 생물학적 실체든) 특정 군체群體가 외부의 요인이 아닌 내부의 작용 원인에 따라서 일정한 패턴을 구성하는 과정 및 결과를 말한다.

이 과정에서 내부의 구성요소들 사이의 상호작용이 서로 연결된 망을 형성하면서 중요한 역할을 하게 된다. 시간적으로 앞선 상호작용들은 단순한 규칙들에 따라 구성요소들이 혼돈에 가깝도록 무질서하게 반복되는 행위로서 관찰되며, 시간적으로 그 다음 단계에서 관찰되는 행위는 창발적인 패턴을 산출한다. 이때 하위 시간 단계의 상호작용들은 일종의 연결망과 같은 관계를 이룬다.

따라서 자기-조직화에서 중요한 원리들은 자립적인 개체들, 이 개체들 사이의 상호작용, 그리고 이 행위과정 자체 및 창발적으로 산출되는 질서 혹은 조직적 패턴이다.

자기-조직화하는 물리 현상의 잘 알려진 고전적 예가 '베나르 불안정성Bénard instability' 이다. 일리야 프리고진은 '베나르 불안정성' 이라는 열대류현상을 '흩어지는 구조' 라는 개념으로 해명했다. 낮은 온도에서 지속적으로 가열되는 액체에는 아래쪽에서 위쪽으로 향하는 일정한 열 흐름현상이 생긴다. 그러나 이런 안정상태는 온도가 올라가 아래쪽과 위쪽의 온도차가 임계치에 도달하면서 불안정한 상태로 전이되고, 이 흩어지는 불안정상태에서 갑자기 벌집 모양의 육각형 셀들이 창발한다.

생물 현상에서 자기-조직화의 예는 쉽게 찾아볼 수 있다. 예를 들어, 벌들이 벌집을 만드는 경우, 개미가 먹이를 찾고 11미터 높이의 개미집을 짓는 경우 등이 그것이다. 벌의 군집은 벌집에 대한 사전 설계를 갖고 있지 않으면서도, 벌 개체들 사이의 단순한 상호작용에 의해 규칙적인 형태의 구조물을 만들어낸다. 개미 군집은 먹이를 포획할 때 페르몬이라는 특정 호르몬을 분비해서 동료들의 길을 안내하지만 먹이가 동쪽에 있는지 서쪽에 있는지 알 수 있는 그 어떤 지도도 가지고 있지 않다. 개미 개체들도 단순한 행동 규칙에 따라 개체들 간에 서로 작용함으로써 일정한 패턴을 만들어낸다.

뿐만 아니라 인간이라는 개체는 수없이 많은 세포들 간의 상호작용 결과로 자신을 유지한다. 그렇지만 동시에 이 세포들 역시 하나의 개체이며, 따라서 외부와 구별되어 자신을 보존하는 조직화의 능력을 가지고 있다.

2) 생명체에서의 자기조직화 : 오토포이에시스Autopoiesis

생명체에서 이루어지는 자기-조직화 현상에 대한 연구는 1970년대 칠레의 신경의학자 움베르토 마투라나Umberto Maturana와 프란시스코 바렐라Francisco Varela에 의해 본격화되었다. 이들은 자기-조직화 현상에 대해 새로운 의미를 부여하기 위해 이 현상을 '자기 스스로 제작한다' 라는 뜻에서 '오토포이에시스' 라 불렀다.

사실상 지구상에서 자기-조직화할 수 있는 가장 단순한 생명 단위는 세포라고 할 수 있다. 그러나 이 작은 세포의 활동조차 너무도 복잡하기 때문에 세포 활동에 대한 총체적인 수학적 모형을 만들기란 그리 간단치 않다. 따라서 1974년 마투라나와 바렐라는 컴퓨터과학자 리카르도 우리베Richardo Uribe와 함께 〈오토포이에시스: 살아있는 시스템의 조직화, 그리고 그것의 특성화와 모형Autopoiesis: The Organization of Living Systems, Its Characterization and a Model〉이라는 논문을 통해 세포활동 과정의 단순한 수학적 모형을 제시했다. 이들은 1943년 맥컬러치와 피트의 신경활성화에 관한 이진코드 실험, 그리고 1953년 폰 노이만의 셀룰러 오토마타를 참조했다.

이들이 사용한 오토포이에시스의 구성요소들은 '기질요소substrate element' 와 '연결link', 그리고 구성요소가 아니면서도 구성활동에 간여하는 '촉매catalyst' 가 있다. 이 '촉매' 는 그 자체는 변하지 않으면서도 화학적 반응을 촉진시키는 물질이며, 생물의 화학적 작용에서 결정적으로 중요한 요소이다. 흔히 효소로 알려져 있는 이 촉매는 생명의 자기-조직화에서 불가결한 세포구성요소이다.

이들 요소들은 세 가지 방식으로 상호작용한다. 첫째, 두 개의 '기질요소' 와 '촉매' 가 결합되면 '기질요소' 들을 하나로 결합하여 고리를 형성한다. 둘째, 여러 개의 '연결' 들은 결합되어 '사슬' 을 만들 수 있으며, 또한 모든 '연결' 은 다시 두 개의 '기질요소' 로 분리될 수 있다. 셋째, '사슬' 을 닫을 수 있다. 그리고 이것들을 각각 생산, 결합, 분리라고 부를 수 있다.

마투라나, 바렐라, 그리고 우리베의 목표는 닫혀 있으면서도 외부와 상호작용하는 세포의 활동을 수학적 모형으로 증명하는 것이었다. 이들의 컴퓨터 실험에서 다양한 배열들이 형성되었고 그것들 중 일부는 안정적인 오토포이에시스를 보였다.

오토포이에시스, 즉 생명체에서의 자기-조직화는 일종의 자율성 autonomy을 뜻한다. 생명체는 지속적으로 자기 주변의 다른 개체, 즉 환경과 상호 작용함으로써 사신을 유시하며, 또 사신을 갱신한다. 뿐만 아니라 생명체는 자신을 증식하고 교배와 변이라는 과정을 통해 새로운 종을 만들어내기도 한다. 따라서 생명체는 닫힌 구조이면서도 동시에 열린 행위를 통해 자기 존재를 유지하는 것이다.

이 실험의 목적은 생명체의 자기조직화 현상에 대한 수학적 해석이었으며, 이들의 관심 또한 생명현상 그 자체였다. 그렇지만 동시에 이 실험은 분명히 컴퓨터 모의실험이었다. 따라서 다음과 같이 역해석이 가능하다. 즉, 생명체의 행위에 대한 컴퓨터 모의실험은 역으로 컴퓨팅 머신의 활동, 즉 컴퓨터 계산 역시 살아 있는 생명체의 자기-조직화 현상을 보일 수 있다는 사실을 증명한 것이기도 하다.

1989년 셀룰러 오토마타에 대한 크리스토퍼 랭턴Christopher Langton의 연구는 마투라나-바렐라의 연구에 대한 일종의 역투영이다. 그리고 랭턴은 인공생명이라는 명칭을 세상에 알린 인물이기도 하다. 만일 생명체의 자율성을 표현할 수 있는 디지털테크놀로지가 있다면 그 디지털 구성물 역시 살아 있는 생명현상은 아닐까? 이것을 실현하는 일이 인공생명 연구의 목표이다.

3) 사이버네틱스의 두 줄기 : 인공지능과 인공생명

디지털테크놀로지에서 처음으로 자기조직화에 대해 관심을 갖기 시작한 것은 놀랍게도 현대 컴퓨터 과학의 태동기 때부터이다. 그 무렵에 가장 강력한 영향력을 발휘한 연구집단이 바로 사이버네틱스 연구자들이다.

'인공두뇌학'으로 알려진 사이버네틱스는 원래 노버트 위너Nobert Wiener의 의도대로 생명체와 기계 양자 간의 공통된 소통 원리가 무엇인지를 탐구하려는 것이었다. 초기 사이버네틱스의 성과는 생명체와 기계 사이에 공통의 소통원리로 운동 혹은 작동의 순환적인 고리Feedback Loop를 발견한 것이었다.

그런데 사이버네틱스가 인간-기계의 소통문제에 관심을 가졌음에도 불구하고, 탈신체화 논리의 직접적인 구현물인 '인공두뇌학'이라 일컬어졌으며, '사이버스페이스'나 '사이보그' 등의 어원이 된 데에는 그만한 이유가 있다. 사이버네틱스 연구자 그룹에는 신경과학자 W. 매컬러치와 수학자 W. 피트 같은 인물들이 있었는데, 이들은 신경시스템이 자기조직화 현상을 보인다는 사실에 관심을 가지고 있었다. 이들은 선구적 논문 〈신경이 활성화될 때 내재하는 관념들에 대한 논리적 계산A Logical Calculus of the Ideas Immanent in Nervous Activity〉(1943)에서 이 현상을 증명하기 위해 일종의 이진 코드로 부호할 수 있는 연결망 모형을 실험했다. 그 결과 각각의 연결망이 일정한 패턴을 창발적으로 생산한다는 것을 증명해 보였다.

매컬러치와 피트의 신경활동에 대한 이러한 수학적인 모형은 폰 노이만의 이진 코드식 디지털 컴퓨팅 머신의 구상에 직접적인 자극을 주었을 뿐만 아니라 다른 한편으로 마빈 민스키 등이 컴퓨팅 머신을 토대로 인간두뇌를 상징적 기호체계로 환원시키려는 시도에 영향을 주었다. 흔히 인공지능이라 일컬어졌던 이 시도는 1950년대 이래 MIT 노버트 위너의 제자였던 민스키와 훗날 LISP언어를 개발했던 다트머스 대학의 존 매커시의 주도로 거의 30년 동안 세계를 인공지능 열광으로 들끓게 했다.

그렇지만 사이버네틱스의 연구 성과는 AI로만 진행한 것은 아니었다. 초기 사이버네틱스의 배경을 연구했던 스티브 헤임스Steve J. Heims에 의하면 사이버네틱스 연구는 처음부터 서로 다른 두 가지 성향의 연구자들이 팽팽한 긴장을 유시하고 있었나. 사이버네틱스의 주요 연구자들 사이에서는 인간의 두뇌활동에 대한 수학적 모형 혹은 시뮬레이션에 직접적인 관심을 가졌던 이들과 달리, 생명현상을 수학적으로 파악하려는 노력이 존재했다. 이것은 생물학이 유전자학이나 화학에 의해 연구되어 왔던 전통과 비교했을 때 완전히 새로운 접근 방법이었다. 매컬러치와 피트의 연구 역시 이러한 배경을 제공했다. 그러나 그 동안 AI 연구의 영향으로 인해 이들의 연구의 의미는 주로 신경활동의 이진법적 해석에 집중되어 있었다.

흥미로운 사실은 디지털 컴퓨터의 원리를 제공했던 튜링의 마지막 연구논문 〈형태발생에 관한 화학적 토대The Chemical Basis of Morphogenesis〉(1952) 역시 생명현상에 대한 수학적 해석이며, 또 다른 원리 제공자였던 폰 노이만 또한 자신의 마지막 몇년 간을 셀룰러 오토마타Cellular Automata라고 하는 자기조직화 현상에 대한 수학적 연구에 집중했다는 것이다.

생명현상에 대한 사이버네틱스의 전통은 하인츠 폰 푀르스터Heinz von

Foerster와 마투라나-바렐라, 그리고 독특한 이력의 소유자인 그레고리 베이트슨Gregory Bateson으로 이어진다. 사이버네틱스 제1세대였던 폰 푀르스터는 매컬러치와 피트의 영향 아래 일리노이 대학에서 '생물학적 컴퓨터 연구소'를 이끌면서 생명현상을 토대로 한 컴퓨팅 머신의 가능성을 탐구했다. 이런 영향관계는 1960년대와 70년대 존 홀랜드John Holland와 아리스티드 린덴마이어Aristid Lindenmayer에게서 다른 방식으로 표현된다. 홀랜드는 생명의 유전현상을 수학적으로 해석한 이른바 '유전자 알고리즘'으로 알려진 기법을 개발했으며, 린덴마이어는 식물의 성장을 수학적으로 해석한 '린덴마이어 시스템'을 개발했다. 인류학자이자 생물학자였던 베이트슨은 유전공학genetics의 명명자로 알려진 윌리엄 베이트슨의 아들로, 생명현상에 일종의 조직적인 패턴을 만들어내는 공통된 원리가 있음을 주장했다. 이들이 바로 생명현상에 수학적 해석과 컴퓨터 계산의 원리를 적용한 인공생명연구의 선구자들이다.

사이버네틱스의 연구전통은 직간접적으로 인공지능과 인공생명연구의 두 흐름으로 이어졌다. 그러나 사이버네틱스의 진정한 의미는 인간과 기계간의 관계에 대해 과학적 입장에서 진지하게 관심을 가진 최초의 현대적 고민이었다는 점에 있다. 이들은 근대의 자크 보캉송과 같은 오토마타 제작자들의 단순한 호기심을 넘어서 생명체의 요소와 기계 메커니즘의 공존 가능성을 탐구한다.

한편 인공생명연구는 인간-기계 사이의 관계에 대한 철학적 문제를 끌고 온다. 첫째 인공생명연구는 생명에 대한 새로운 규정을 전제로 하며 과연 이런 규정이 이 시대에 갖는 의미가 무엇인지에 대한 물음이 있고, 둘째 인공생명체를 일종의 있을 법한 생명체라고 가정할 경우 인간과 이 새로운 생명체 간의 상호 관계는 어떤 것인지에 대한 물음이 있을 수 있다.

인공지능연구가 자율적인 판단과 인지적 처리를 가능케 하는 논리적 기계를 만들기 위한 노력이었다면, 인공생명연구는 비록 고도의 지적 활동이 아니더라도 생명체처럼 존재 자체를 자율적으로 유지할 논리적 기계를 만들기 위한 노력이었다고 볼 수 있다. 결국 인공생명연구는 생명이라는 측면에서 보면 지능보다 더 강력한 기계를 목표로 한 것이다.

3. 인공생명과 인공생명예술

1) 인공생명

인공생명연구는 1980년대 전반기부터 미국 남서부 로스앨러모스 국립연구소Los Alamos National Lab.와 산타페 연구소Santa Fe Institute에서 시작된 컴퓨터 과학의 한 분야이다.

제1세대 주요 연구자인 크리스토퍼 랭턴은 생명을 '기존의 생명' 개념과 '가능한 생명' 개념으로 구분한다. 전자는 '우리가 알고 있는 생명life-as-we-know-it' 이라고 부르는 것으로 '탄소 기반의 생명carbon-based life' 이다. 이것은 일반적으로 생물학자들이 주장하는 생명 개념이며, 이들은 생명의 근원을 물질적인 것으로 환원시킨다. 이와 구분해서 랭턴은 새로운 생명 개념을 '있을 법한 생명life-as-it-could-be', 즉 '가능한 생명' 이라 부른다. 그리고 이것은 '기존의 생명' 개념에 의한 것처럼 '조직화된 물질organized matter' 의 특성이 아니라 오히려 '물질의 조직화organization of matter' 현상이다. 요컨대 랭턴은 마투라나-바렐라의 이론에 따라 생명을 생명체의 자기-조직화 특성이라고 본다. 인공생명은 바로 이 '가능한 생명' 유형이다.

복잡성 연구의 산실인 로스앨러모스와 산타페 연구소의 컴퓨터 과학자로서 랭턴은 생명 현상을 파악하기 위해 물리학의 한 분야인 비선형 동역학의 방법론을 사용하여 컴퓨터 계산의 물리적 운동이 일종의 자기-조직화 특성을 보인다는 사실을 관찰한 바 있다. 그 결과를 1991년 〈카오스의 가장자리에서의 생명Life at the Edge of Chaos〉이라는 논문에서 제시한다. 그에 따르면 일반적으로 '카오스의 가장자리'에서 물질의 운동은 복잡한 시스템의 특성을 나타내며, 바로 이 위상영역에서 인포메이션으로서의 컴퓨터 계산의 동역학적 운동 역시 유사한 현상을 보인다는 것이다. 그리고 이런 현상은 단지 물리적 현상에만 국한되지 않고, 생명체의 자기-조직화 과정에서도 발생한다.

한편 현재 인공생명연구를 주도하고 있는 제2세대 연구자들의 입장은 그보다는 더 현실적이며 또 유연하다. 이들 중 대표적 논자인 마크 비도우Mark Bedau는 인공생명연구를 이렇게 규정한다. "인공생명은 생명과 유사생명life-like의 행위과정을 연구한다. 특히 인공적인 매개물, 즉 컴퓨터 테크놀로지를 사용하여 이 대상들[행위과정]을 종합한다. 인공생명연구의 목표는 생명 시스템과 유사생명 시스템을 모델링할 뿐만 아니라 창조하는 일까지 포함한다." 이에 따르면 인공생명은 '컴퓨터 테크놀로지가 생산하는 생명 및 유사생명'이다. 또한 그는 다른 곳에서 인공생명을 세 가지로 나누어 제시한다. '말랑한soft' 인공생명. 이것은 생명과 유사한 행위를 보여주는 시뮬레이션이나 여타의 순수한 디지털 구성물이다. 가령, 소프트웨어나 프로그램이다. '단단한hard' 인공생명. 이것은 인공생명 시스템들을 특정 하드웨어에 적합하도록 만들어 탑재한 것이다. 가령, 벌레로봇(즉, 스웜봇swarm-bot)과 같은 것이다. 그리고 '촉촉한wet' 인공생명. 이것은 생물화학적 기체substances들로부터 추출한

살아 있는 시스템들이다. 가령, 이것은 생물학 실험실에서 컴퓨터의 도움으로 배양된 유기체들이다. 이처럼 완곡한 비도우의 정의는 인공생명을 탄생시켰던 컴퓨터 과학만이 아니라 인공생명에 반대해 왔던 생물화학의 영역까지 만족시킬 만큼 포괄적이다. 인공생명을 구현하는 주요 기술에는 '세포자동자CA: Cellular Automata' '린덴마이어 시스템L-System: Lyndenmayer system' '유전자 알고리즘GA: Genetic Algorithms' 등이 있다.

'세포자동자는 자발적으로 작동하는 수학적 계산 모형으로, 단순한 규칙에 따라 구성되지만 그럼에도 복잡한 행위의 특성을 패턴으로 보여 줄 수 있는 능력을 지녔다. 이는 행위를 통해서 자기를 조직화하는 생명 특성과 유사할 뿐만 아니라 생명의 형태발생을 이해할 수 있는 단서이기도 하다. 이것에 대한 아이디어는 디지털 컴퓨터의 창시자들 중 한 명으로 알려진 존 폰 노이만John von Neumann이 1952년 제공했다. 1960년대 초아서 벅스Arthur W. Burks가 그의 이론을 보완해서 살아 있는 생명과 유사한 '셀룰러 오토마타' 의 모형을 제시했다. 이것은 약 20만 개의 셀로 구성되었다. 현재 '셀룰러 오토마타' 는 병렬 컴퓨터 계산 모형으로 알려져 있고, 특정 패턴을 자발적으로 산출할 수 있는 논리적 기계로 평가된다. 이것은 급류의 운동 패턴에 대한 컴퓨터 계산 모형, 표범의 보호 무늬와 같은 동물 무늬의 자동 발생에 대한 모형으로 활용된다.

'L-시스템' 은 생물학자 린덴마이어가 1968년 제안한 컴퓨터 계산 모형이다. 처음에 린덴마이어는 이 모델을 단순한 다세포 유기체의 형태가 어떻게 발생하는지를 연구하기 위해 설계했다. 그러나 이 모형을 컴퓨터로 프로그래밍했을 때, 단순 규칙으로부터 복잡한 형태를 만들어가는 'L-시스템' 의 이미지들은 자연에서 단순 식물이 고도로 복잡한 식물로 성장해가는 현상과 매우 흡사했다. 그러므로 L-시스템은 식물 성장의 수학적 이론이라고 볼 수 있다. 1980년대부터 이 시스템은 식물의 가지와 뿌리, 동물의 깃털 등을 CG로 모델링하는 데 본격적으로 사용되었다.

'유전자 알고리즘'은 최적화된 문제해결을 목표로 하는 알고리즘이다. 이는 1960년대 존 홀랜드에 의해 처음으로 개발되었다. 그러나 그의 원래 목적은 이 프로그램을 통해 자연에서 발생하는 적응 현상을 체계적으로 연구함으로써 자연의 적응력 메커니즘을 컴퓨터 시스템에 이식하는 방법을 개발하려는 것이었다. '유전자 알고리즘'은 유전학에서 고안된 원리들을 사용하며, 또한 '자연선택'과 같은 진화생물학적 개념들을 사용한다는 점에서 '진화 컴퓨터 계산EC: Evolutionary Computation'이라 일컬어지는 기술에 포함된다.

2) 인공생명예술* : 칼 심스와 크리스타 좀머러의 경우

우리는 여기서 칼 심스와 크리스타 좀머러의 작업을 통해 디지털 예술의 자기-조직화 현상과 상호작용에 대해 살펴볼 것이다. 이 두 작가들은 거의 비슷한 시기에 서로 다른 방식으로 인공생명예술을 표현했다. 칼

---

* 미첼 화이트로M. Whitelaw는 인공생명예술을 네 가지 영역으로 구분한다. 첫째, 컴퓨터 안에서 배양되는 인공생명예술작품들이 있다. 이 구분에 속하는 작가들은 칼 심스Karl Sims, 스티븐 루크Steven Rooke, 켄 머스그레이브Ken Musgrave, 닉 재프니Nik Gaffney, 윌리엄 래섬William Latham, 제프리 벤트렐라Jeffrey J. Ventrella 등이다. 둘째, 컴퓨터와 외부 환경이 상호 작용하는 인공생명예술작품이 있다. 이 구분에 속한 작가들은 크리스타 좀머러와 롤랑 미뇨노Christa Sommerer and Laurent Mignonneau, 롭 러벨과 존 미첼 Robb Lovell and John Mitchell, 트로이 이노슨트Troy Innocent, 존 맥코맥John MacCormack, 나탈리 제레미첸코Natalie Jeremijenko 등이다. 셋째, 인공생명이 로봇 안에 구현된 상태로 실재 공간에서 스스로 움직이는 형태의 인공생명예술작품이 있다. 이 부류에 속한 작가들은 이브 아뮤 크랭Yve Amu Klein, 케네스 리날도Kenneth Rinaldo, 빌 보른과 루이-필립 데머스Bill Vorn and Louis-Philippe Demers, 사이먼 페니Simon Penny 등이 있다. 그리고 넷째, 이 세 가지 구분에 덧붙여 전적으로 추상적인 이미지 표현을 산출하는 인공생명예술작품이 있다. 여기에는 폴 브라운Paul Brown, 스콧 드레이브스Scott Draves 등이 속한다. Whitelaw, M.(2004), Metacreation. Art and Artificial Life, Cambridge Mass.: the MIT Press, 20f.

심스의 경우 컴퓨터 그래픽 분야에서 그리고 크리스타 좀머러의 경우 설치예술 분야에서 거의 최초의 인공생명예술가들이라 일컬어질 수 있다.

칼 심스는 인공생명예술의 선구적 역할을 한 인물이다. 인공생명 연구의 1세대에 속하는 대니 힐리스의 싱킹 머신Thinking Machine사에서 그래픽디자이너로 일하던 심스는 진화생물학자인 리처드 도킨스 Richard Dawkins의 영향을 직접 수용해서 인공생명예술의 장을 열었다. 심스는 〈팬스퍼미아Panspermia〉(1990), 〈액체 자아들Liquid Selves〉(1992), 〈진화된 가상 생명Evolved Virtual Creatures〉(1994) 등의 컴퓨터그래픽 작품들과 일본 NTT ICC에서 전시한 상호작용적 설치작품 〈갈라파고스Galapagos〉(1997)를 제작했다.

〈팬스퍼미아〉는 진화생물학자 도킨스의 이론에서 직접적인 영향을 받은 작업이다. 도킨스의 핵심적인 생각은 진화가 돌연변이와 같은 유전적 충격을 통해 우연한 순간에 갑자기 이루어지는 것이 아니라 지속적인 자연선택의 누적과정, 즉 생명체의 지속적인 자기-조직화 과정에 의해 결정된다는 것이다. 그는 1980년대 중반, 수억 년간의 생명진화과정을 단 몇 시간에 보여줄 수 있는 수학적 모형을 설계했다. 교배crossing over와 돌연변이mutation, 그리고 선택selection 등의 몇 가지 진화 매개변수를 이용한 컴퓨터 모의실험이 그것이다. 이 진화 컴퓨터 계산 모형은 〈바이오모르프Biomorph〉라 일컬어지는 전혀 예측하지 못했던 2차원 가지 구조의 형상들을 만들어냈다.

'팬스퍼미아'라는 말은 모든 우주를 통해 생명이 포자나 미생물 형태로 존재한다는 생각에서 붙여진 명칭이다. 이것은 3차원 입체 이미지들로 된 유사생명체들이 성장하는 프로그램이다. 말하자면 디지털 가상세계에서 독특하게 자기 증식하는 시스템인 것이다. 여기에 사용된 진화 원리들과 유전 원리들은 유전자형genotype과 유전형의 발현 특성인 표현형phenotype, 선택, 그리고 재생산(혹은 증식), 교차 등이다. 심스는 여기에 나무의 성장을 시뮬레이션하는 'L-시스템' 기법을 응용했다. 그리고 이 두 기법을 인공지능 언어인 LISP로 프로그래밍했다.

유전자형은 개체를 발생시키는 유전자 정보라고 할 수 있으며, 표현형은 유전자형에 의해 발현된 개체 자체라고 볼 수 있다. 여기서의 재생산은 생명의 자기증식 원리를 모델링한 것으로, 유전자형이나 표현형에 의해 새로운 유전자형이 발생되는 것을 말한다. 그리고 특히 심스의 프로그램에서, 선택은 자연의 진화에서 이루어지는 선택과 달리 프로그래머의 직접적인 임의의 선택이다. 심스는 이 선택을 표현형에 대해 직접 수행했다. 그래서 〈팬스퍼미아〉는 표현형의 변화가 궁극적으로 유전형에 영향을 미치고 다시 이것이 재생산(증식)되는 구조로 설계되었다. 1997년 설치작업인 〈갈라파고스〉는 〈팬스퍼미아〉에 관객이라는 환경요인을 추가했다. 이 작품에서 관객은 자신이 선호하는 이미지를 선택함으로써 궁극적으로 작품이 성장하는 데 영향을 미치는 하나의 외부 개체가 된다.

그런데 작품과의 관계에서 작가의 선택과 관객의 선택은 일종의 미적인 피드백 고리에 따라 이루어지는 상호작용행위로 이해할 수 있다. 왜냐하면 〈갈라파고스〉라는 작품은 작가와 관객과의 상호작용을 통해 자기 증식하고 또 조직화하는 인공생명 시스템이기 때문이다.

크리스타 좀머러는 롤랑미뇨노와 함께 〈A-볼브A-Volve〉(1994)로부터 시작해서 〈트랜스 식물Trans Plant〉(1995), 〈겐마Genma〉(1996), 그리고 〈겐마〉의 개념을 확장한 〈이상야릇한 생명Life Spacies〉(1997), 〈베르바리움〉(1999), 최근의 〈생명작가Lifewriter〉(2006) 등을 발표했다.

특히 〈베르바리움〉은 생명현상의 복잡성을 구현한 작품이다. 좀머

러와 미뇨노는 이 작품의 이론적 배경이 도킨스와 수전 블랙모어^{Susan}

러와 미뇨노는 이 작품의 이론적 배경이 도킨스와 수전 블랙모어Susan Blackmore의 '밈meme' 개념, 그리고 스튜어트 코프맨Stuart Kauffman의 자기조직화하는 인포메이션 개념임을 밝힌다. 그리고 이를 토대로 인공생명이 복잡한 시스템임을 증명하려 한다.

생명체의 내부에는 수많은 세포들이 서로 접하면서 단일한 유기체를 총체적으로 구성한다. 그리고 그 유기체는 외부와의 지속적인 에너지 교환을 통해 신진대사를 완수한다. 물론 교환 에너지는 단순한 물질일 수도 있고, 또 정신적인 것일 수도 있다. 그리고 이 모든 상호작용은 하위의 각 부분들의 행위들로부터 시작해서 상위의 개별 단위에 이르는 지속적인 과정이다. 그 결과 이러한 행위 과정은 전체적으로 쉽게 조망되지 않고, 지극히 복잡한 형태로 남는다. 존머러와 미뇨노의 〈베르바리움〉은 바로 이런 지점에 서 있다.

사이버 공간의 어딘가에 살고 있는 인공의 생명체가 '베르바리움'이다. 우리가 가상 세계 저 너머에 거주하는 '베르바리움'에게 편지를 쓰면, 그것은 자기 모습을 우리에게 살며시 보여주기 시작한다. 인공생명예술 대부분 그렇듯이 '베르바리움'이 생산하는 이미지들도 낯설고 이해하기 어렵다. '베르바리움'에게 계속 편지를 쓰면 그것은 더욱더 복잡한 형태로 성장해간다. 새로운 생명인 그것은 식물인지 아니면 형형색색의 되직한 비누거품인지 알 수 없다.

프랑스 파리에서 처음 공개된 〈베르바리움〉의 기반 공간은 웹이다. 이 작품에서 상호작용은 관객이 작성한 이메일 문장과 이를 번역한 3차원 이미지로 이루어진다. 이 3차원 이미지들이 관객들의 이야기를 양분으로 삼아 배양된 인공식물들이다. 어떤 문장이 작성되는지는 전적으로 관객에게 맡겨져 있으며, 이 문장은 ASCII 값으로 변형되고, 이 변수 값에 대응하는 3차원 이미지가 '유전자 알고리즘'을 통해 발생한다. 인공생명체인 각 이미지들의 형태발생은 몇 가지 매개변수들의 국지적 상호작용에 의해 자율적으로 이루어지며, 그래서 이 인공생명체가 결국 어떤 모양과 색상을 가질지는 관객도 작가 자신도 예측할 수 없게 된다.

그래서 관객과 미적 형태를 지닌 인공생명체들이 부분의 수준에서 서로 작용함으로써 나타나는 복잡한 현상이 바로 〈베르바리움〉이다. 이 작품은 인공생명체가 창발적으로 자기조직화하는 현상을 발생부터 성장까지 그려내고 있다.

맺으며

인공생명연구는 자율성을 지닌 인공의 기계, 즉 인간이 만들어낸 살아 있는 기계에 대한 최신 버전이다. 인공생명은 기계가 자기-조직화의 능력을 지님으로써 일종의 생명현상으로 이해될 수 있다는 시사점을 내놓고 있다. 이 경우 자율성을 지닌 기계는 하나의 개체이며 인간은 미래의 언젠가 이 개체에 대해서 단순히 목적-수단으로서의 가치를 실현시킬 대상으로 보기 힘들 상황이 도래할 것임을 예측할 수 있다. 그러나 과연 인공생명이 생명인지 아닌지에 대한 수많은 우려와 논란이 있으며, 향후에도 이 논란은 끊이지 않을 것이다. 그러나 이러한 논란의 이면에서는 이미 현실적인 효용가치를 충분히 인정받고 있는 것도 부인할 수 없는 사실이다.

현재 디지털테크놀로지의 변화 방향은 자율적인 기계의 도래를 예견하고 있다. 인공생명예술은 디지털 예술이 근본적으로 인간과 기계의 관게임을 보여준다. 특히 자율적 시스템을 갖춘 개체로서의 인간과 또 다른 자율적 시스템인 기계가 각각 상호 작용할 수 있는 관계임을 보여준다.

일반적으로 닫혀 있으면서도 열려 있는 개체와 개체, 그리고 이 개체와 환경 사이의 상호작용, 그리고 이들 간의 에너지 흐름의 형식을 다루는 것이 생태학이다. 그런데 이 생태학은 이제 인간과 디지털 시스템으로서의 기계 사이의 관계 해명에 중요한 의미를 지닌다. 아마도 인공생명체는 인간과 이러한 생태학적 관계의 자리에 놓여 있는지도 모른다.

게다가 벌써 인터넷상에는 우리가 해명할 수 없을 만큼 다양하며 복잡한 인포메이션 기계들이 흘러 다니고 있다. 이 개체들은 서로 서로 상호작용하면서 예측할 수 없는 패턴과 질서를 만들어내는 군체를 형성하기도 한다.

또한 순수한 가상공간이 아닌 우리의 일상도 머지않아 이런 환경에 놓일 것으로 보인다. 인공생명을 지닌 다양한 컴퓨팅 머신이 우리 일상의 도처에서 우리와 상호 작용할 날을 눈앞에 두고 있다. 유비쿼터스 컴퓨팅이 바로 그것이다.

이미 도래했고 또 좋든 싫든 도래할 것으로 보이는 이런 환경을 일종의 디지털 생태세계라 부를 만하며, 이것을 디지털 생태학의 입장에서 이해할 수 있을 것이다.

디지털 생태학은 근본적으로 인간과 디지털 기계 사이의 관계에 관심을 가진다. 현재까지의 일반적인 상상과 달리 디지털 기계는 우리의 일상 언어를 이해할 수 없다. 그 때문에 새로운 소통방식에 대한 연구가 필요하다. 인간과 디지털 기계간의 상호작용은 과연 어떤 방식으로 이루어질까? 여기서 우리는 다시금 디지털 테크놀로지의 모태 안으로 회귀할 수밖에 없다. 우리는 수십 년 전 사이버네틱스의 목표와 다시 마주하게 되는 것이다. 비록 사이버네틱스가 인포메이션과 신호의 구분에 실패했다 하더라도 신호의 중요성을 이해한 최초의 연구였다. 이 연구는 우리가 감성적 신호를 통해 타자와 소통해왔다는 사실 만이 아니라, 우리와 기계의 소통이 감성적인 신호와 그 변형임을 일깨워준다. 이 점은 이 시대 새로운 미학이 고려해야만 할 중요한 주제일 것이다.

참고문헌

Ashby, W. Ross. *An Introduction to cybernetics.* London : Methuen. 1964

Bateson, Gregory. *Steps to an Ecology of Mind*(1972), New York: Ballentine. : 박대식 옮김, 《마음의 생태학》, 서울 : 책세상. 2006

Baumgarten, A. G. *Theoretische Ästhetik. Die grundlegenden Abschnitte aus der 'Aesthetica' (1750/58)*, üebers. Rudolf Schweizer, Hamburg: Meiner. 1988

Boden, Margaret A. *The philosophy of artificial intelligence*, Oxford; New York : Oxford University Press. 1990

Bolter J. D. and Gromala, D. *Windows and Mirrors. Interaction Design, Digital Art, and the Myth of Transparency, Mass.*: MIT Press, 2003: 이재준 옮김, 《진동_오실레이션》, 서울: 미술문화. 2008

Bolz, N. and Mattson, M. 'Farewell to the Gutenberg-Galaxy', *New German Critique*, No. 78, 1999

Hayles, N. Katherine, *How we became posthuman : virtual bodies in cybernetics*, literature, and informatics, Chicago: University of Chicago Press. 1999

Kant, I. *Kritik der Urteilskraft(1790)*, Hrg. von K. Vorlander, Hamburg: Felix Meiner Verlag. 1974

Langton, Christopher G., ed. *Artificial Life, SFI Studies in th Sciences of Complexity* Vol. VI, Addison-Wesley Publishing Company. 1989

Luhmann, N. 'Deconstruction as Second-Order Observing', *New Literary History*, Vol. 24, No. 4, 1993 pp. 763-782.

Maturana, Humberto R., Varela, Francisco J., *Autopoiesis and cognition: the realization of the living*, Dordrecht, Holland; Boston: D. Reidel Pub. Co.. 1980

Ray, Thomas S. '*An Evolutionary Approach to Synthetic* Biology: Zen and the Art of Creating Life', Artiricial Life 1(1/2), 1994 pp. 195-226.

Schmidt, S. J. *Der Diskurs des Radikalen Konstruktivismus*, Frankfurt/M.: Suhrkamp: 1987 박여성 옮김, 《구성주의》, 서울: 까치, 1995.

Sommerer, Christa and Mignonneau, Laurent 'Interacting with Artificial Life: A-Vlove', *Complexity*, Vol. 2, No. 6, 1997 pp.13-21.

Tenhaaf, N. 'As Art Is Lifeike: Evolution, Art, and the Readymade', *Leonardo*, Vol. 31, No. 5, 1998 pp. 397-404.

Whitelaw, Mitchell. *Metacreations : art and artificial life*, Cambridge, Mass. : MIT Press. 2004

Wolfram, Stephen *A New Kind of Science*, Champaign, IL : Wolfram Media. 2002

김진엽, 이재준 〈인공생명과 예술〉《미학인문논총》 58집, 서울대학교 인문학연구원 2007, 117-143쪽.

4
이콘의 신학

● 김산춘(서강대 철학과 교수) ●

서론

성상聖像, eikon**인가 우상**偶像, eidolon**인가**

　　제1차 성상 파괴논쟁iconoclasm은 726년부터 843년까지 백여 년 간 거듭되는 폭력과 박해를 야기하여 비잔틴 교회를 위기로 몰고 간 사건이었다. 그러나 그것은 항상 역사가들에게 있어서 그 원인이 완전히 규명되지 않은 하나의 복잡다단한 현상으로 남아 있었다. 787년 제7차 공의회와 843년 그 결정적인 이콘 공경 회복 뒤, 이콘 반대파의 문서가 대규모로 소각되었기에 이 논쟁의 교리적 배경에 관한 지식은 불완전한 것이 되어버렸기 때문이다. 그러므로, 예전에는 본래의 문제와는 그다지 관계없는 사항들이 거론되곤 하였다. 메이엔도르프에 의하면, 8-9세기의 황제들이 성상 파괴논쟁을 지지한 데는 처음부터 신학적 성격과 비신학적 성격이 얽혀 있었다고 말한다. 첫째, 종교문화의 문제이다. 그리스어를 사용하는 그리스인들은 종교적 형상에 대한 취미를 물려받았다. 그러나 초기 교회가 이를 우상으로 단죄하자 입체적인 것들은 사라졌지만, 평면적인 것들은 다시 나타났다. 한편, 그리스어를 사용하지 않는 동방의 그리스도인들은 거의가 다 단성론자monophysites였다. 성상 파괴논쟁을 지지한 황제들이 주로 비그리스어권 출신이라는 점은 주목할 만하다. 둘째, 이슬람과의 대치이다. 비잔틴 제국과 군사적으로 대치하고 있던 이슬람은 비잔틴의 삼위일체 교의와 이콘 사용을 다신교이며 우상숭배라고 비난하였다. 황제들은 이슬람의 도전에 맞서 그리스도교를 정화하고자 하였다. 셋째, 헬레니즘 영성의 유산이다. 이콘 반대파의 사상은 단성론과 직접 연결이 된다기보다는 나중에 오리게네스주의와 연결되었다. 오리게네스주의는 신플라톤주의를 받아들이고 있있는데 물질을 부정하는 그들은 이미지가 신의 원형에 접근하는 수단일 뿐 결코 신 자신의 주거가 될 수 없다고 주장하였다. 최초의 성상 파괴주의자 황제인 레오 3세재위 717-41년의 신학적 고문들은 다 오리게네스주의자였다. 그러나 최근의 연구에 의해, 성상 파괴논쟁은 순전히 교회 내의 문제였으며, 논쟁을 일으킨 것도 소아시아의 주교들이었다는 점이 밝혀졌다. 즉 교회 내에는 처음부터 성상공경이 교리적으로 허용될 수 있는가 하는 문제가 있었는데 이 미결정의 문제가 8세기에 이르러 더이상 피할 수 없게 된 것은 당시 사람들이 성상 자체에 구원의 힘이 있다거나, 성상은 그것이 재현하고 있는 인물과 동일하다고 하는 점을 과도하게 주장했기 때문이다. 즉 당시 신자들은 열성을 다해 교회를 장식하였고 그것이 구원의 충분조건이라고 생각하였다. 게다가 신성모독이라고 오해를 받을 만한 공경 방식들이 있었다. 성상으로 장식한 옷들을 입고 다녔으며, 세례식과 수도원의 삭발식에서 성상이 대부모 노릇을 하였다. 더욱 이상한 것은 사제들이 성상의 물감을 긁어서 그것을 성체에 섞은 다음 나누어준 것이다. 어떤 사제들은 제단이 아니라 성상 위에서 미사를 드렸다. 이러한 관행은 마술이나 다름없었다. 이것이 믿음이 약한 신자들에게는 커다란 스캔들이 되었고 결국 성상을 거부하게 만든 원인이 되었다. 즉 대중들은 종교미술이 마술적인 힘의 원천이라고 소박하게 믿었다. 예를 들면, 성인 코스마스와 다미아노스에 얽힌 기적 이야기들이 있다. 어느 여인이 병중이었는데 자기가 얼마 안 남았다는 것을 알고 침대에서 기어 나와 벽에 그려진 두 성인의 그림을 손톱으로 그 칠을 벗겨 물에 타 마셨더니 순간 성인들이 나타나 병을 거두어 갔다는 것이다. 우스운 것은 성상 옹호자들이 이처럼 성상을 숭배한 나머지 의도적으로 성상을 파괴했다는 것이다.

성상에 대한 이러한 그릇된 태도 외에도 성상 자체가 종종 스캔들이 되었다. 화가들은 상상력에 따라 그리스도를 임의로 재현하였는데 인물의 거룩함에 합치하지 않는 미묘한 관능적 표현이 문제가 된 것이다. 이것이 성상 파괴주의자들에게, 미술은 이교도와의 타협이며 하느님과 성인들의 영광을 반영할 수 없다는 생각을 갖게 하였다.

서방에서는 하나의 에피소드가 있을 뿐이다. 598-599년 마르세이유의 주교 세레누스는 신자들이 성상을 그릇되게 예배한다는 구실로 교회 밖으로 내던져 파괴하였다. 이에 교황 대 그레고리우스는 편지를 보내 주교의 열심은 칭찬했지만 파괴할 필요까지는 없었다고 말했다.

> 교회에서 성상은 문맹자를 위한 것이다. 그들은 걸으면서 책으로 읽을 수 없었던 것을 읽는 것이다. 성상은 보존하여야 한다. 단지 그것을 예배해서는 안 된다.(Epistolarum Liber, IX)

서방에서 성상 파괴논쟁에 관한 많은 연구가 나온 것은 16-17세기 종교개혁 당시이다. 이미 위에서 지적한 대로, 어떤 학자들은 종교, 정치적 요인을 고려하였으며, 어떤 학자들은 종교적 요인은 그저 구실에 불과하다고 보아 정치, 사회, 경제적 요인만을 중시하였다. 예를 들어, 어떤 학자는 황제 레오 3세가 성상 공경을 폐지한 것은, 그리스도교와 유대교, 이슬람교 사이에 친밀한 관계를 조성하여 그들 모두를 원활하게 제국에 복종시키기 위함이었다고 말한다. 또한 백성들을 교회로부터 자유롭게 하기 위하여 그 주요 수단인 성상을 공격하였다고도 한다. 한편, 어느 학자는 너무 많은 수도원이 국가에 해가 되었기 때문이라고 말한다. 즉 비잔틴 제국에만도 수도자가 십만 명이나 되어 농부, 군인, 부역자 수가 줄었다는 것이다. 그래서 황제는 성상의 판매 및 성상이 있는 성지의 관리를 통한 수도원 수입원을 끊고자 성상을 반대하였다는 것이다. 그러나 이 모든 것들은 문제의 뿌리가 아니었음이 당시의 역사적 신학적 자료들로부터도 알 수 있다. 문제의 중심은 교의의 영역에 있었다. 논쟁은 본질적으로 그리스도교 신앙의 대상과 개인적 집단적 그리스도교 예배의 성격에 관한 것이었다.

그러므로 우리는 성상 파괴논쟁의 원인 규명을 교회의 공식입장인 공의회와 교회회의의 문헌에 따라 검토하고자 한다. 성상 파괴논쟁은 본질상 신학 논쟁 특히 그리스도론 논쟁이었기 때문이다.* 또한 비잔틴 미술의 표상세계를 해명하기 위해서라도 먼저 성상 파괴논쟁과 성상론의 재편성을 언급하여야 한다. 즉 성상 표현의 가부를 둘러싼 실로 위기적인 상황 가운데서, 정통파의 신학자들이 교의상의 요청과 밀접히 연결된 성상의 존재이유를 어떤 근거에 기초하여 논증할 수 있었는가를 고찰하

* Ouspensky, L., Theology of the Icon vol. 1 (N.Y., 1992) p.108, 119

여야 한다. 이전에 분산적인 형태 그대로 방치되어 있던 성상에 관한 각종 발언이 성상 파괴논쟁을 계기로 정통 교의의 재확인을 위해 철저하게 수집되어 재편성된 것을 무시하고서는 비잔틴 미술의 본질을 이해할 수 없을 것이다. 이는 미술 작품이 수행하는 역할을 밖으로부터, 즉 교회의 공식적인 입장에서부터 고찰하는 것이다.*

1. 트룰로 교회회의(퀴니젝스트 교회회의, 692년)

교회가 성 미술의 내용과 성격의 기본적인 원리를 처음으로 정식화한 것은 692년의 트룰로 교회회의에서였다. 특히 교회 규율의 결정인 카논 제82항은 교회가 성화상의 내용을 어떻게 이해하고 있는지를 보여주고 있다는 점에서 아주 흥미롭고도 중요하다.

공경할 만한 어떤 성상 가운데는, 선구자가 그의 손가락으로 어린양을 가리키고 있는 그림이 있다. 그 어린양은 은총의 정형定型으로 받아들여진 것인데, 이미 율법을 통하여 우리의 참된 어린양, 그리스도 우리의 하느님을 지시하고 있다. 그러므로 우리는 옛 정형들과 그림자들을 그리고 교회에 주어진 모형模型들을 진리의 상징들로 받아들이지만, 율법의 성취로서의 은총과 진리를 더 선호하는 것이다. 그러므로 완전한 것이, 최소한 채색 표현으로, 우리 모두의 눈에 제시될 수 있도록, 우리는 세상의 죄를 없애시는 어린양, 그리스도 우리의 하느님이 이제부터는 옛 어린양이 아니라 사람의 형태the figure in human form로 성화상 안에서 드러나야 한다고 선언하는 바이다. 그것은 모든 사람이

---

* Tsuji Sahoko,《ビザンティン美術の表象世界》(東京 岩波書店, 1993) pp.3-4.

이로써 하느님의 말씀의 겸손의 깊이를 이해하도록 함이다. 그리고 또한 그것은 우리가 그분께서 이 세상에 계셨을 때에 하신 대화, 수난, 그리고 구원하는 죽음, 그리고 온 세상을 위해 행하신 구속 사업을 상기하도록 함이다.*

7세기까지 서방교회는 성서적 예형prefiguration 특히 어린양의 이미지에 집착하고 있었다. 구약에서 빠스카의 희생양은 전례의 중심이었고, 그 흠 없는 어린양은 그리스도의 예형으로 생각되었다. 더욱이 그리스도교 초기 어린양은 물고기와 마찬가지로 그리스도만을 상징하는 것이 아니라 그리스도를 닮으려고 하는 신자들도 상징하였다. 그러므로 요한복음 1장 30절에서 세례자 요한이 가리키는 어린양은 아주 중요한 교의적, 전례적 이미지였다. 그런데 카논 제82항은 같은 요한복음 1장 14-17절을 근거로 하여 이러한 상징을 금지하였다. 요한의 말이 아니라 요한이 가리키는 바로 그분을 강조한 것이다. 우스펜스키는 이 카논을 다음과 같이 해석한다.

그러므로 진리는 말씀 안에서만 계시되는 것이 아니라, 이미지 안에서도 보여져야 한다. 거기에는 모든 추상에 대한, 종교의 모든 형이상학적 견해에 대한 근본적인 거절이 있다. 진리는 그 자신의 이미지를 가지고 있다. 진리는 하나의 생각idea, 어떤 추상적인 정식이 아니라, 인물person이다. 빌라도 총독 치하에서 십자가에 달렸던 인물이다. 빌라도가 예수에게 "진리란 무엇인가?"[요한 18, 38] 하고 물었을 때, 그리스도는 단지 침묵을 지킬 뿐이었다. 빌라도는 대답을 듣지 않고 떠났다. 그는 이 물음에 어떤 대답도 타당치 않다는 것을 알

* Schaff and Wace (ed.), Nicene and Post-Nicene Fathers, second series, vol XIV The Seven Ecumenical Coucils (Edinburgh/Michigan, 1991) p.401.

고 있었다. 그리스도는 그의 사도들에게 말씀하신다. "나는 길이요 진리요 생명이다."[요한 14,6] 그러므로 정확한 물음은 '진리란 무엇인가?' 가 아니라 '진리란 누구인가?' 이다. 진리는 한 인물이고, 그 인물은 이미지를 가지고 있다. 이것이 교회가 진리에 대해서 말할 뿐만 아니라 그 진리를 즉 예수 그리스도의 이미지를 보여주는 이유이다.(94쪽)

구약성서의 상징 안에 담겨 있던 이미지들은 그리스도의 육화incarnation 안에서 실재가 되었다. 그러므로 이제 상징은 도움이 되지 않는다. 오히려 부정적이다. 직접적인 이미지의 사용을 규정한 카논 제82항은 그 교의적 근거를 정식화한다. 카논 제82항은 성상과 육화의 도그마를 최초로 연결한 교회회의의 규정이다. 그러나 역사적인 사건의 단순한 재현은 성상이 되기 위한 이미지로서는 불충분하다. 그것은 겸손하신 주님의 삶을 회상시켜주지만, 위대하신 주님의 영광을 보여줄 수 없기 때문이다. 주님은 그저 한 인간a man이 아니라 참 하느님이시자 참 사람God-Man이시다.

카논 제82항의 마지막 부분은 성 미술의 상징주의가 어디에 놓여 있는지를 가리킨다. 즉 이미지의 주제에 대해서만 말하는 것이 아니라 그러한 주제가 다루어진 방식에 대해서도 언급하고 있다. 미술의 모든 조형적 가능성은 하나의 목적으로 향하고 있다. 그것은 어떤 구체적인 이미지를, 어떤 역사적인 실재를 충실히 운반하는 것이다. 그리하여 그것을 통하여 영적이며 종말론적인 또 다른 실재를 드러내는 것이다. 카논 제82항은 처음으로 '도상학적 규범' 이라고 부르는 것을 표현하였다. 그것은 어떤 이미지가 성상인가 아닌가를 판단하는 원리이다. 이렇듯 카논 제82항은 구약의 형상들과 그림자들을 제거함으로써 유대인들의 망설임Jewish hesitancy에 대한 반대를 분명히 하였다.

2. 다마스쿠스의 요한

726년 황제 레오 3세는 성상 공경에 적대적이던 소아시아 주교들의 영향을 받아 공공연히 성상 공경을 반대하기 시작하였다. 그는 이슬람교도들이 전투에 강한 것은 모스크에 성상을 그려 넣지 않기 때문이며, 하느님이 비잔틴에 벌을 내리는 것도 성상을 공경하기 때문이라고 여겼다. 그는 자기가 25년 간 장기 집권을 한 것도 성상을 반대했기 때문이라고 믿었다. 먼저 황궁 청동문 위에 있던 그리스도상이 파괴되었는데 곧 민중 봉기가 일어나 파괴하러 왔던 관리가 피살되었고 살해자는 체포되어 극형을 받았다. 황제는 콘스탄티노폴리스의 총주교 게르마노스와 교황 그레고리우스 2세를 설득하는 데 실패하였다. 결국 730년 총주교는 아나스타시오스로 교체되었고, 칙령에 의해 성상 파괴가 자행되었다. 순교자와 증성자證聖者,confessor가 속출하였다. 성상 파괴는 교회의 영역에 공권력이 개입하였음을 보여준다. 그것은 카에사로파피즘 caesaropapism이었다. 즉 레오 3세는 교황에게 "나는 황제이자 사제이다 Basileus kai hiereus eimi"라는 서한을 보냈다. 그러나 다마스쿠스의 요한650년경-750년경은 황제의 주장에 반대하는 교회의 견해를 분명히 밝혔다.

정치적인 번영은 황제들의 일이다. 그러나 교회의 사정은 목자들과 교사들의 관심사인 것이다. 이와 다른 체계는 도둑질이다. … 예수는 바리사이파에게 "카이사르의 것은 카이사르에게 돌리고, 하느님의 것은 하느님에게 돌려라"[마태 22,22] 하고 말씀하셨다. 오 황제여, 우리는 세금 등 일상적인 삶에 관한 것들에 대해서는 당신을 따를 것이다. 그러한 것들은 그대에게 당연히 치러야 할 것들이다. 그러나 교회의 통치에 관한 한, 우리에겐 목자들이 있고, 그들이 말씀을 선포한다. 또 우리에게는 교회의 법령들을 해석할 사람들도 있다.*

성상 파괴주의에 반대하여 요한은 즉시 성상을 옹호하는 세 편의 논문을 썼다. 이는 단지 성상 파괴주의에 대한 반박일 뿐 아니라 성상에 관한 교회의 정통적인 가르침을 완벽하고도 체계적으로 해명한 것이었다. 요한에게 있어서 성화상은 '침묵의 설교', '문맹자의 책', '하느님의 신비의 기념물'일 뿐만 아니라, 육화에 의해 가능하게 된, 물질의 성화의 가시적인 표징이었다. 요한이 지속적으로 주장하고 있는 논점의 핵심은 하느님의 육화 안에서 창조주와 피조물 사이에 한 결정적이고도 영원한 변화가 일어났다는 것이다.

예전에는 하느님께서 형태나 몸을 가지고 계시지 않았으므로 결코 묘사될 수 없었다. 그러나 지금은 하느님께서 육(肉)안에 나타나셨고 사람들 사이에서도 사셨으므로 나는 하느님에게 있어서 볼 수 있는 것을 재현할 수 있다. 나는 물질을 예배하는 것이 아니다. 나는 나를 위해서 물질이 되신 물질의 창조주를 예배한다. 그분은 기꺼이 물질 안에 거처를 마련하셨고 그 물질을 통하여 나의 구원을 성취하셨다.(1,16)

요한은 세 편의 변론 끝마다 교부들로부터 취한 초록을 담고 있는데 그것은 이미 수세기 동안 교회의 전통 안에서 성상이 어떻게 사용되어 왔는가를 보여주는 역사적 증거들이다. 그는 또한 성서로부터 절대적 예배와 상대적 예배의 차이가 무엇인지를 밝히고 있다.

---

* St. John of Damascus, Contra imaginum calumniatores orationes tres II, 12, tr. by Anderson, D., On the Divine Images. Three apologies against those who attack the divine images, (N.Y., 2002) p.60.

경의를 표하는 예배에는 서로 다른 등급이 있다. 무엇보다도 먼저 흠숭 latreia이 있다. 흠숭은 하느님께만 드리는 것인데 그것은 하느님만이 본성상 흠숭을 받으실 만한 분이시기 때문이다. 그리고 그 다음에 우리는 본성상 흠숭을 받으시는 분을 위하여 그분의 벗들에게 공경proskynesis을 드린다. 눈의 아들 여호수아와 다니엘이 한 천사 앞에서 절하였던 것처럼.(1,14)

요한은 대 바실리우스의 《성령론》(18,45)을 인용하면서, "성상에게 드린 경의는 그 원형에게까지 다다른다."고 말한다. 그리고 그러한 성상 공경은 "사도들의 전승으로부터 은밀히 이어져 온 것으로, 기록되지 않은 것이라 할지라도 기록된 것처럼, 신앙의 올바름에 대해서는 동등한 힘을 가지고 있다."고 말한다.

3. 성상 파괴주의자 교회회의(754년)

콘스탄티노스 5세는 아버지 레오 3세보다 더 광적인 파괴주의자였다. 그의 주장과 754년 콘스탄티노폴리스에서 열린 성상 파괴주의자 교회회의의 결정은 모두 불에 타 없어졌으나 그의 주장은 총주교 니케포로스의 글에, 교회회의의 결정들은 제7차 공의회 문헌에 인용되어 있는데 그 내용의 일부는 다음과 같다.

> (8) 만일 누군가 채색으로 육화한 말씀의 신적인 인상印象, charakter을 재현하려 든다면, 파문될 것이다.
> (9) 만일 누군가 묘사될 수 없는 말씀의 본성이나 위격ousia or hypostasis을 육

화를 이유로 채색에 의해 인간의 형상으로 재현하려 든다면, 그리고 육화
한 뒤에도 말씀은 묘사할 수 없다고 고백하지 않는다면, 파문될 것이다.

(10) 만일 누군가가 한 그림 안에서 두 본성의 위격적 결합을 재현하고, 그
것을 그리스도라고 부르며, 그리하여 두 본성의 결합을 거짓으로 재
현하려 든다면, 파문될 것이다.

(11) 만일 누군가 말씀의 위격에 결합되어 있는 육신을 분리하여 그것을
재현하려 든다면, 파문될 것이다.

교회회의는 성상 공경을 우상숭배로 몰아 금지하였으며, 콘스탄티
노폴리스의 총주교 게르마노스와 게오르규, 그리고 다마스쿠스의 요한
을 이단으로 몰아 파문하였다. 대관절 성상 파괴주의자에게 있어서 성
상이란 무엇이었던가? 사실 성상에 대한 정의가 성상 옹호파와 성상 반
대파 사이에서 달리 이해되고 있었다.

황제의 주장에 의하면, 참된 성상은 그것이 재현하는 인물model과 동
일한 본성homoousion, consubstantial이어야 한다. 그러므로 그리스도의 유일한
성상은 성체뿐이었다. 그리스도는 자신의 육화의 이미지로서 빵을 선
택하였다. 왜냐하면, 빵은 인간과 유사한 점이 없기 때문에 우상숭배를
피할 수 있기 때문이다. 성상 파괴주의자는 그 원형과 동일한 것만이 참
된 성상이라고 여겼다.

그러나 정통교회는 성체는 성상이 아니라고 말한다. 바로 그 원형과
동일한 것이기 때문이다. 사실 빵과 포도주의 실체적 변화가 성상을 만
드는 것이 아니라 빵과 포도주가 바로 그리스도의 몸과 피로 변하는 것
이다. 그리스도 자신도, 사도들도, 교부들도 성체를 성상이라고 부른 적
은 없다. 성상이라는 말은 원형과 이미지 사이에 본질적인 차이를 함축

하고 있는 것이다.

　성상 파괴주의자는 칼케돈공의회(451년)의 교의* 안에서 성상을 이해하려고 하였다. 그러므로 화가들에게 그리스도를 재현하는 것은 이중의 모독을 범하는 것이라고 말한다. 재현할 수 없는 신성을 재현하려는 것과 그리스도의 신성과 인성을 재현하려고 할 때 빠지기 쉬운 위험 즉 혼합(알렉산드리아의 급진적 단성론)과 분리(시리아의 네스토리아니즘)가 그것이다. 성상 파괴주의자는 성상이 그리스도의 두 본성 사이의 관계를 표현할 수 없다고 믿었다. 인간적인 수단으로 신-인God-Man을 재현한다는 것은 불가능하다는 것이다. 성체가 그리스도의 유일한 성상일 수 있는 이유가 여기에 있다.

　그러나 성상 파괴주의자는 칼케돈 공의회가 본성physis, natura과 위격hypostasis, persona을 구별하고 있다는 사실을 충분히 이해하지 못하고 있었다. 그들은 육화하신 말씀의 성상 안에서 두 가지 가능성만을 보았다. 그리스도를 재현함에 있어서는 그분의 신성만을, 예수를 재현함에 있어서는 그분의 인성만을 취할 수 있다는 것이다. 그러나 이 두 가지 가능성은 모두 이단이다. 정통교회는 제3의 가능성을 주장한다. 성상은 본성을 재현하는 것이 아니라 위격을 재현한다는 것이다.**

---

* Denzinger and Schönmetzer, Enchiridion Symbolorum, (Herder, 1963) [이하 DS로 생략] DS 302 "en duo physesin asygchytos, atreptos, adiairetos, achoristos/ in duabus naturis inconfuse, immutabiliter, indivise, inseparabiliter(동일한 그리스도는 두 본성 안에서, 뒤섞이지도, 뒤바뀌지도, 나누어지지도, 갈라지지도 않고 존재하신다.)"

** hypostasis의 정확한 라틴어 번역은 substantia이다. 그러나 서방에서는 이를 persona라고 번역하였다. persona에 해당하는 그리스어는 prosopon이다. hypostasis는 다른 사람에게 환원되거나, 비교되거나 할 수 없는, 이 세상에서 둘도 없는 것이다. 예를 들어, "이것은 모차르트다!"라고 말할 때 거기에 필적할 만한 세상은 어디에도 없는 것이다. cf. Lossky, V., The Mystical Theology of the Eastern Church, (N.Y., 1998) ch. 3.

그리스도는 그의 위격에 따라서 묘사할 수 있다. 그분의 신성은 묘사 불가능인 채로 남아 있다.(Theodore the Studite, Antirrheticus IV, ch. 34)

그러므로 화가는 칼케돈 공의회가 말하는 대로 뒤섞이지 않고, 나뉨이 없는 두 본성이 위격적으로 결합해 있는 인물Person을 재현하는 것이다. 성상은 신성의 이미지가 아니라 육화한 하느님의 아들의 이미지이다.*

4. 제2 니카이아 공의회(제7차 공의회, 787년)

황후 이레네에 의해 제7차 공의회가 니카이아에서 열렸다. 공의회는 성상 공경에 관한 참된 가르침을 정립하였다. 문제는 성상을 어떻게 공경하는가 하는 점이었다. 성상은 교황 사절들이 주장한 대로 하기아 소피아 대성당 중앙에 놓여졌다. 공의회가 내린 성상 공경에 관한 교의의 정식은 다음과 같다.

---

* Lowden, J., Early Christian and Byzantine Art (London, 1997) 益田朋幸 譯,《初期キリスト教美術・ビザンティン美術》(東京 岩波書店, 2000) p.180. 《쿠르도프 시편》사본 삽화 fol. 23 v 에서는 총주교 니케포로스가 원형 그리스도 이콘을 들고 있다. 보통 이콘의 형식은 장방형이다. 이콘 작가가 medaillon 둥근 돋을새김 안에서 nimbus光輪, 頭光를 그리는 수고를 덜기 위함이었을까? 이콘 논쟁 중의 대부분은 '하느님의 한계를 정할 수 있을까' 하는 문제에 걸려 있었다. 하느님께서는 사람이 되셨을 때 스스로의 한계를 정하셨다. 그러므로 하느님을 표현하는 데 있어서 그리스도의 위격 안에서 한계가 정해진 모습을 사용하는 것은 아주 적절한 것이라고 옹호파는 말한다. 그리스어로 '한계를 정하다perigrapho' 는 글자 그대로 '원을 그리다' 라는 뜻이다. 이콘 작가는 언제나 원을 그려서 한계를 정했다. 즉 옹호파가 원형 안에 그리스도를 그리는 행위는 파괴파의 주장에 대항하는 것이다.

[DS 600] 이른바 왕도를 따라, 하느님의 영감에 인도된 교부들의 가르침과 가톨릭교회의 전승에 따라 (우리는 이 전승이 교회에 내재하는 성령에 의한 것이라는 것을 알고 있다), 세심한 주의와 면밀함을 갖고, 다음 사항을 결정한다. 즉 생명을 주는 공경해야 할 십자가상과 꼭 마찬가지로 공경해야 할 성상을 장식하지 않으면 안 된다. 채색화와 모자이크 및 그 밖의 적당한 재료에 의해 제작된 성상을 하느님의 거룩한 교회 안, 거룩한 기물과 의복, 벽 또는 액자, 집안이나 길가에도 장식하지 않으면 안 된다. 즉 우리의 주님이시자 하느님이신 구세주 예수 그리스도, 거룩하시고 순결하신 하느님의 어머니, 거룩한 천사들, 모든 성인들의 성상을 장식하는 것이다.

[DS 601] 이들 성상을 보면 볼수록, 그만큼 그림에 의해 표현되어 있는 인물을 상기하고, 그들의 모범에 따르려고 노력하며, 그들에게 영예와 공경time kai proskynesis을 드리게 된다. 이것은 하느님에게만 드리는 참 흠숭欽崇, latreia이 아니고, 생명을 주는 십자가상, 거룩한 복음서, 거룩한 유물에 대한 경우와 마찬가지로, 옛날부터의 관습에 따라, 이들 성상에 향과 촛불을 드려 공경하는 것이다. 왜냐하면, 성상에 대한 공경에 의해, 그 원형prototypos이 되어 있는 대상에까지 이르기 때문이다. 성상을 공경하는 자는, 그것을 통해서, 그것에 의해 표현되어 있는 인물을 공경하고 있기 때문이다.

이를 요약하면 다음과 같다.

첫째, 이미지의 재현은 교회의 전승과 전통들 가운데 하나이다. 채색 성상은 십자가와 마찬가지로 하느님의 교회 안에 놓아져야 한다.

둘째, 우리가 성상에 드리는 것은 흠숭latreia, adoration이 아니라 공경

proskynesis, veneration이다. 십자가, 복음서, 성 유물에 드리는 공경을 성상에도 드린다.

셋째, 이미지에 바쳐지는 영예는 그 원형에게로 간다. 성상을 공경하는 사람은 거기에 표현된 인물을 공경하는 것이다.

공의회는 전승Tradition과 전통들traditions이라는 말을 함께 사용하고 있다. 복수형은 인간의 자연적 기능에 속하는 언어, 이미지, 운동, 관습 등을 가리키며, 단수형은 은총과 성화에 의한 비가시적인 교훈 즉 그리스도의 몸의 지체들에게 은총의 빛 안에서 배우고 보고 이해하는 능력을 주는 교회 안에 계신 성령의 생명이다. 이는 신적인 빛에 의해 인간 안에서 창조된 참된 지식이다. 다시 말해 전승은 성령 안에서 진리를 아는 능력이며, '진리의 성령'의 전수이다. 이 전승은 다양한 형태의 전통들로서 살아가고 전달된다. 그 중의 하나가 바로 도상iconography인 것이다. 교회의 전승을 언급함으로써 공의회는 성상 존재의 근거가 (성상 파괴주의자들이 주장하듯이) 성서에 있는 것이 아니라, 성전聖傳, Holy Tradition에 있음을 보여주었다. 성서는 바로 그 성전에 따라 쓰인 것이다. 초기 교회는 몇십 년간 성서를 가지고 있지 않았으며, 성전에 따라 살고 있었다. 예수께서 행하신 많은 것들이 다 성서에 기록된 것은 아니다[요한 20,30]. 또 사도들은 기록된 것 말고도 많은 것을 입으로 전수하였다[2테살 2,15 ; 1고린 11,2]. 도상은 성전을 표현하기 위하여 즉 하느님의 계시를 전하기 위하여 그리스도교의 시작부터 있었던 수단이다. 성상 파괴주의자는 바로 이 교회의 전승을 파괴한 것이다.

복음서와 십자가 공경은 결코 교의적으로 정식화된 적이 없었다. 누구도 거기에 대해서는 의문을 제기하지도 않았다. 그러나 성상에 관해서는 교회는 이를 교의적으로 증명하여야 했다. 공의회는 성서와 성상은 상호 계시적이라고 말한다. 같은 내용을 교회의 살아 있는 전승의 빛 안에서 두 가지 다른 방식으로 즉 언어와 이미지로 계시한다는 것이다.

> 재현은 그 성서적 설명과 분리할 수 없으며, 반대로 성서적 설명도 그 재현과 분리할 수 없다. 양자는 서로를 설명하고 있고, 서로를 증명하기에 공경할 만하다.(제6 집회)

언어는 이미지이고 이미지는 언어인 것이다. 말은 소리로 들려주고 그림은 재현으로 보여준다. 공의회는 대 바실리우스의 말을 인용하여 다음과 같이 말한다. "그 둘은 서로를 보안한다. 즉 독서와 가시적 이미지에 의해 우리는 동일한 것에 대한 지식을 얻는다." 성상은 복음과 같이 동일한 진리를 담아 선포한다. 그것은 하느님과 인간의 활동이 결합하여 성취한 협동協同, synergia의 한 형태이다. 그것은 인간의 생각이 아니라 성령의 상징인 것이다.

교회의 눈으로 보면, 성상은 성서를 도해하는 미술이 아니다. 그것은 성서에 대응하는 언어이며, 성서의 글자나 성서 책 그 자체가 아니라 성서의 의미와 내용, 복음 선포kerygma 그 자체에 상응하는 것이다. 이것이 성상이 교회에서 성서와 같은 역할을 하는 이유이다. 성상은 성서와 같이 동일한 교의적, 전례적, 교육적 의미를 가지고 있다. 전례적 이미지로서의 성상과 전례적 언어로서의 성서는 서로를 통제한다. 8-9세기 성상 파괴주의자는 성상을 거부하고 대신 프로테스탄티즘처럼 설교와 종교시, 모든 종류의 음악을 강화한 결과 전례적이고 영적인 삶의 총체적 파국을 맞이하였다.

성상은 기도하는 사람과 재현된 인물 사이를 중개한다. 지상교회와 천상교회는 전례 안에서 하나가 되는 것이다. 그러므로 성 미술은 본성 적으로 전례적이다. 성상은 하느님을 아는 길이며, 하느님을 만나는 수 단이다.

5. 프랑크푸르트 교회회의(794년)

제7차 공의회 문헌이 라틴어로 번역되면서 결정적인 실수가 있었 다. 성상 공경이 성상 흠숭으로 번역된 것이다.* 카알 대제는 분노하였 다. 그는 동방교회가 성상을 성체와 같은 수준으로 만들어버렸다고 여 겼다. 더 큰 문제는 비잔틴 신학자들과 프랑크 신학자들 사이에 성상의 의미와 목적에 대한 근본적인 차이가 있다는 점이었다. 《카알 문서Libri Carolini》(790년)에는 다음과 같은 언급이 있다.

그리스인들은 거의 모든 희망을 성상에다 두고 있다. 그러나 우리는 옛 교 부들의 전통에 따라 성인들의 몸과 유품과 의복을 공경한다.

그러면서 "성상을 십자가와 성작과 성서와 동일한 수준에다 둘 수

---

* Schaff and Wace (ed.), op. cit., p.582. 이른바 Libri Carolini의 저자인 알쿠인과 오를레앙의 테오둘프는 그 리스어에 대한 부정확한 지식 때문에 공경(proskynesis)을 흠숭(adoratio)으로 번역하였다. 그리하여 동방 에서의 이콘 공경을 이콘 흠숭이라고 부당하게 공격하였다. 이는 분명히 반비잔틴 감정에서 나온 것이었 다. [프란츤, 《교회사》, 분도출판사, 1996, p.184 참조] 훗날 토마스 아퀴나스는 이미지의 상대적 흠숭 (adoratio relativa)을 인정하였다. 이를 두고 15세기에는 정교회가, 16세기에는 프로테스탄트가 카톨릭교회 를 비난한다. [cf. Meyendorff, J., Christ in Eastern Christian Thought, (N.Y., 1975) 141]

없다."고 잘라 말한다. 성화상은 예술가의 상상력의 소산일 뿐이라는 것이다. 서방 예술의 원천에 독이 들어가고 있었다. 카알 대제의 결론은 분명하였다. 성상은 파괴되어서도 안 되고 공경되어서도 안 된다는 것이다. 794년 그는 프랑크푸르트에서 교회의회를 소집하였다. 의회는 성상 공경을 금하지는 않았으나 754년의 성상 파괴주의자 교회의회와 제7차 공의회 모두를 반대하였다. 그러자 모순된 사태가 벌어졌다. 제7차 공의회가 금한 성상 흠숭adoratio을 선포해버린 결과가 되었다. 더욱더 어이없는 것은 교황 사절들이 그 양쪽의 결정에다 다 서명한 것이다. 교회회의는 성상을 승인하였지만 거기에는 어떤 교의적인 전례적인 중요성도 없었다. 단지 교회의 장식일 뿐이었다. 로마교회에서 성상은 신적 계시의 언어가 되지 못하였다.

결론

성상 파괴논쟁의 대가는 무서웠다. 파괴될 수 있는 것은 다 파괴되었다. 초기의 성상이 거의 남아 있지 않는 이유가 이것이다. 그러나 이 파괴의 소용돌이 속에서 성상의 풍요로움과 깊이에 대한 가르침도 탄생하였다. 플로로브스키G. Florovsky의 말처럼 위태로웠던 것은 성상의 교훈적 장식적 기능이 아니라 육화의 교의에 따른 진정한 신앙고백 즉 그리스도교적 인간학이었다. 성상 파괴논쟁은 본질적으로 교의적 논쟁이었고, 그것에 의해서 신학적 깊이가 드러난 것이다.

육화의 도그마는 두 본질적인 측면을 가지고 있다. 그것은 하느님의 인간 체험肉化, incarnatio 이자 인간의 하느님 체험神化, theosis* 이다. 예술작품을 포함하여 교회의 모든 삶은 이 목적에로 수렴한다. 성상 파괴주의는 이론적으로는 육화의 교의를 부정하지 않는다. 하지만 하느님의 인간적인 이미지를 부정함으로써 물질의 성화를 즉 인간의 신화를 거부하였다. 그 결과 구원의 경륜이 손상된 것이다. 이미지를 부정하면 그리스도교는 하나의 추상적 이론이 되어버린다. 그것이 예전의 도체티즘 Docetism, 그리스도 假現說이었다.

다른 한편 성상 파괴주의는 세속화와 연결되어 있었다. 세속적 이미지, 세속적 음악과 시가 교회 안으로 들어온 것이다. 그러므로 "그리스도교 예술의 운명만이 위태로워진 것이 아니라 정작 정교회 그 자체가 위태로워진 것이다." 플로로브스키가 찾은 성상 파괴논쟁의 깊은 뿌리는 놀랍게도 구약성서의 금지나 셈족의 정신이나 동방의 이미지에 대한 마술적 개념이 아니라 헬레니즘이었다. 즉 그것은 그리스도교 이전의 헬레니즘에로의 복귀였다. 성상 파괴주의가 미술 자체를 포기한 적이 없다는 사실에 주목할 필요가 있다. 성상 파괴주의자는 미술을 파괴한 것이 아니라 오히려 미술을 진작시켰다. 그들이 박해한 것은 오로지 그리스도와 성모, 성인들의 재현이었다. 성상 파괴주의자가 교회의 벽을 프로테스탄트들처럼 텅 빈 채로 그냥 놔둔 것은 아니다. 그들은 교회의 벽을 세속적인 주제들, 풍경들, 동물들의 묘사 등으로 장식하였다. 그러므로 성상 파괴주의 미술은 헬레니즘적 원천에로의 귀환이자 동방 이슬람으로부터의 차용이었다. 황제 콘스탄티노스 5세는 교회를 꽃과 학, 까마귀, 공작 등으로 장식하였다. 교회가 과수원이나 새 사육장이 되어버

---

* 플라톤주의에서는 "가능한 한 신과 비슷하게 되는 것(homoiosis theo)을 말하지만, 그리스도교에서는 영혼이 육신 안에 있기에 본래 피조물인 인간성에 어울리는 방식으로 거룩하게 되는 것을 뜻한다. [Louth, A., The Origins of the Christian Mystical Tradition, (Oxford, 1981), 배성옥 옮김 《서양 신비사상의 기원》(분도출판사, 2001) p.284 참조]

린 것이다. 황제 테오필로스는 기념비와 같은 예술을 장려한 위대한 건축가였다. 그는 바그다드식의 궁전을 가지고 있었다. 벽은 방패와 무기들, 동식물과 화초의 모자이크로 덮었다. 교회의 벽도 마찬가지였다. 성화상이 제거된 곳은 어디에나 동물과 새들이 대신 자리를 메웠다.

우스펜스키는 우리에게 퀴니젝스트 교회회의의 카논 제100항을 상기시킨다. 카논 제100항은 상징주의를 오리게네스로 대표되는 '이교도적 미성숙pagan immaturity' 으로 규정했던 것이다. 성상 파괴논쟁은 그리스도론 논쟁기의 위대한 이단들의 종말이었다. 그러므로 성상 공경의 회복은 단순한 하나의 승리가 아니라 '정교 그 자체의 승리' 였다. 성상 파괴논쟁에 대해서 쉔보른은 다음과 같이 말한다.

수세기에 걸쳐 그리스도론 논쟁은 지속되었다. 이 시기에 교회는 예수 그리스도의 거룩한 얼굴에 드러나고 감추어진 계시의 신비를 결코 멈추는 일 없이 고백하여 왔다. 325년 니카이아 공의회에서 그것은 성부와 동일 실체의 모습이었다. 431년 에페소스 공의회에서 그것은 사람이 되신 말씀의 모습이었다. 451년 칼케돈 공의회에서 그것은 참 하느님이시자 참 인간의 모습이었다. 553년 제2 콘스탄티노폴리스 공의회에서 그것은 우리를 위해 수난 받으러 오신 삼위일체 하느님의 한 분이셨다. 681년 제3 콘스탄티노폴리스 공의회에서 그것은 하느님의 계획과 완전히 일치를 이룬, 죽음에 이르기까지 수난에 동의하신 분의 모습이었다. 이 모두를 거쳐 우리의 눈길은 지금 고요하고 평안한 하나의 이미지, 즉 그리스도의 이콘에 정착한 것이다.*

---

* Schönborn, Chr., L'îcone du Christ. (Freiburg, 1976) 134. tr. by Krauth, L., God's Human Face, (S.F., 1994) p.132.

이제 마지막으로 우리가 공의회와 교회회의의 문헌을 통해 제1차 성상 파괴논쟁에 대해서 내릴 수 있는 결론은 다음과 같다.

1. 그리스도의 성상이 상징예형에서 인물의 형태로 공식적으로 전환된 것은 692년 퀴니젝스트 교회회의에서이다. 육화의 교의가 그 도상학적 규범의 근거가 되었다.
2. 그리스도의 성상은 본성physis, natura의 재현이 아니라 위격hypostasis, persona의 재현이다.
3. 성상과 성서는 둘 다 성전Tradition에 의한 계시의 수단이다. 그러므로 성상은 성서와 동등하게 공경의 대상이다.
4. 성상은 그리스도교적 인간학을 대변한다. 그것은 하느님의 인간 체험incarnatio이자 인간의 하느님 체험theosis이다.

참고문헌

Denzinger and Schönmetzer, *Enchiridion Symbolorum*, (Herder, 1963)

Schaff and Wace (ed.), *Nicene and Post-Nicene Fathers*. second series. vol XIV The Seven Ecumenical Coucils (Edinburgh/Michigan, 1991)

Basileios, *De spiritu sancto*, 山村 敬 譯, 《聖靈論》(東京 南窓社, 1996)

John of Damascus, *Contra imaginum calumniatores orationes tres*. tr. by Anderson, D., *On the Divine Images. Three apologies against those who attack the divine images*, (N.Y., 2002)

Grabar, A., *L'iconoclasme byzantin* (Paris, 1957)

Knowles, M.D., *The Christian Centuries, A New History of the Catholic Church*, vol. 2 (London/N.Y., 1969) 上智大學中世思想硏究所 編譯, 《キリスト敎史》3, (東京 平凡社, 1996)

Lowden, J., *Early Christian and Byzantine Art*, (London, 1997) 益田朋幸 譯, 《初期キリスト敎美術・ビザンティン美術》(東京 岩波書店, 2000)

Lossky, V., *The Mystical Theology of the Eastern Church*, (N.Y., 1998)

Meyendorff, J., *Byzantine Theology*, (N.Y., 1983)

――――――, *Christ in Eastern Christian Thought*, (N.Y., 1975)

Ostrogorsky, G., *Geschichte des byzantinischen Staates* (München, 1952) tr. by Hussey, J., History of the Byzantine State (N.J.,1969)

Ouspensky, L., *Theology of the Icon*, vol. 1 (N.Y., 1992)

Schönborn, Chr., *L'icône du Christ*. (Freiburg, 1976) tr. by Krauth, L., God's Human Face, (S.F., 1994)

Tsuji Sahoko, 《ビザンティン美術の表象世界》(東京 岩波書店, 1993)

5
조나단 에드워즈의 신적 아름다움

● 서성록(안동대 미술학과 교수)

1. J.에드워즈 미학의 위치

"하나님께서는 다른 모든 존재보다 뛰어나게 보이시되 그의 신적인 아름다움을 통해서 그렇게 구별된다. 그 신적 아름다움은 다른 모든 아름다움과 무한하게 다르다."(RA,p.341)*

하나님의 성품에 관한 에드워즈Jonathan Edwards,1703-1758의 개념은 단적으로 이 말속에 함축되어 있지 않나 싶다. 에드워즈는 신적 아름다움을 상대적으로 시시한 미의 개념에 제한시키지 않았다. 많은 예술가들과 신학자들이 하나님은 아름답다고 말하지만 에드워즈에게 있어 신적 아름다움은 그 이상의 비중을 차지한다.

실로 그의 저작들은 온통 하나님의 아름다움과 피조물의 아름다움에 관한 내용으로 채워져 있다. 그는 하나님의 완전성을 그분의 아름다

---

* Jonathan Edwards, A Treatise concerning Religious Affections, 1747. 이 책은 국내에 두 가지로 번역되었다. 《신앙과 정서》(지평서원,1994)와 《신앙감정론》(부흥과 개혁사,2005).본 논문에서는 서문강 역 《신앙과 정서》를 참고로 하였다(이하 RA로 약칭).

움으로 설명한다. 아름다움은 하나님의 완전함 가운데서 으뜸이요 아름다움의 광채가 여기서부터 퍼져간다. 그리고 다시 자신에게 반사되어오는 광채를 보는 것을 기뻐하신다. 원천, 유출, 확산, 전달, 반사의 중심에 하나님의 아름다움이 있다. 이것이 하나님에 관한 해석에 있어서 다른 사람들과 가장 구별되는 점이다. 하나님은 아름다우실 뿐만 아니라 아름다움 자체이자 모든 아름다움의 토대이자 샘이다.* 그의 존재의 신학에서 아름다움은 존재의 제일원리이다.**

에드워즈 미학의 연구가 R. 델라트르Roland André Delattre는 전체 기독교 사상사의 흐름에서 볼 때 에드워즈의 신학은 상당히 독특하다고 평가한다. 신적인 완전함 가운데서도 유독 아름다움의 개념에 집중되어 있기 때문이나. 실제로 하나님의 아름나움과 피조물의 아름나움은 크리스텐덤Christendom을 포함하여 기독교 경건의 주제와 관련하여 자주 언급된 바 있다. 그러나 미의 개념은 기독교신학, 특히 가톨릭 전통 안에서든 개신교의 칼빈주의 안에서든 그다지 중요하게 다뤄지지 않았다.가령 토마스 아퀴나스Thomas Aquinas는 위-디오니시우스pseudo-Dionysius를 거쳐 어거스틴까지, 그리고 캠브리지 플라톤주의자들과 영국의 후예들까지 기독교 플라톤주의의 전통에서 중요한 신학자로 인정받고 있지만 미의 개념은 기독교 사상의 신학적 개념중에서 불안정한 위치를 점하고 있을 뿐이다.

에드워즈 이전의 신학자들은 미의 개념을 자신들의 신학 발전에 그다지 적극적으로 기용하지 않았다.*** 그것도 고전미학에서 보듯 정태

---

*   Roland Andre Delattre,Beauty and Sensibility in the Thought of Jonathan Edwards, An Essay in Aesthetics and Theological Ethics, Yale University Press, 1968. p.117.

**   Roland A. Delattre, "Aesthetic and Ethics:Jonathan Edwards and the Recovery of Aesthetics for Religious Ethics," Journal of Religious Ethics,Florida State University, 2003 summer, p.280.

***   Roland André Delattre, Beauty and Sensibility in the Thought of Jonathan Edwards, p.118.

적인 미의 개념이 아니라 일치, 연합, 상호동의와 같은 동적인 개념을 채택하여 종래와는 다른 모습을 보여준다. 하나님의 완전성에 미의 개념을 결부시킨 것은 에드워즈 사상에서 높이 평가할 만한 부분이다. 간혹 미 개념을 자신의 신학체계에 끌어들인 사람은 있었어도 에드워즈처럼 자신의 저술에 핵심개념으로 기용한 사람은 흔치 않다.

델라트르는 에드워즈가 심미주의의 딜레마에 빠지지 않고 미의 개념을 신학적으로 발전시킬 수 있었던 것은 청교도 정신이 직접적, 간접적으로 플라톤주의와 연결되어 있기 때문으로 풀이한다.* 가령 17세기 초의 첫 세대 청교도 신학자 엠마뉴엘 콜리지Emmuaul College는 전성기에 있을 때 캠브리지 플라톤주의의 근간을 마련한 바 있다고 한다. 청교도와 플라톤주의가 쉽게 만날 수 있었던 것은 후자의 '직관주의intuitionism'와, 유난히 '직접적인 경험immediate experience'을 강조했던 전자와의 유사성에 기인한다.

그러나 이런 분석은 에드워즈의 관점을 자칫 엉뚱한 방향으로 몰고갈 수가 있다. 에드워즈가 미 개념에 바탕을 두고 철저히 의존하고 있는 것은 플라톤주의가 아니라 성경이며, 그 주인공인 하나님을 향하고 있기 때문이다. 사실 그의 저작을 읽고 있노라면 그가 한시도 하나님에게서 눈을 떼지 않고 있음을 알 수 있다. 세상의 모든 것들을 창조하고 보존, 구속하는 지극히 높은 경륜의 하나님에 대한 존중이 곳곳에 스며들어 있다.

이 논문에서는 조나단 에드워즈가 말하는 하나님의 아름다움을 참된 미덕, 거룩의 아름다움, 마음의 감각으로 나누어 차례로 설명할 것이다.

에드워즈는 동의, 연합을 수행하는 마음의 습성에 따라 사랑을 크게 두 가지, 즉 호의적 사랑과 만족적 사랑으로 나눈다. '참된 미덕'이란

---

*   Roland André Delattre, Beauty and Sensibility in the Thought of Jonathan Edwards, p.120.

보편존재에 대한 마음의 연합의 다양한 표현으로 설명된다. 하나님이 아름다운 것은 그분의 '도덕적 선하심의 탁월성'에 기인한다. 자신의 무한한 충만을 바깥으로 흘러나가도록 허락하시는 그분의 선하심이, 자기 자신의 영광을 기뻐하시는 것과 같이 기뻐하시는 그것이기 때문이다. 다시 말해 하나님 안에 있는 선을 발산하시려는 성향의 두드러짐이 어떤 것과의 의존관계에서가 아니라 절대적으로 독립적으로 선을 행하게 만든다.

'거룩의 아름다움'은 하나님이 행하시는 그의 속성을 일컫는다. 신적 성품의 도덕적 탁월성과 동일하고 그의 순결성, 도덕적 인체체로서의 아름다움의 탁월성과도 동의어가 된다. 에드워즈에 의하면, 거룩은 '하나님의 가상 아름답고 감미로운 싱품'이다. 따라시 하나님께 속한 '도덕적 탁월성의 아름다움' 때문에 그것들을 사랑하는 것이야말로 모든 거룩한 정서의 출발이요 원천이 된다. '거룩의 아름다움'을 감지하려면 특별한 세 가지 '마음의 감각', 즉 영적 감각이 요구된다. 이 논문에서는 '마음의 감각'을 시각, 미각, 촉각으로 나누어 논의하였다. 신적 아름다움을 경험할 수 있는 것은 이같은 영적 감각을 통해서이며 이러한 감각은 영혼의 본질 위에 새로운 기초와 본질이 세워졌다는 것을 뜻한다.

2. 참된 미덕

에드워즈는 아름다움을 '보편적인 아름다움-general beauty'과 '특수한 아름다움-particular beauty'으로 나눈다. 그가 말하는 '특수한 아름다움'이란 제한된 사적인 영역속에서 어떤 특수한 것들에 대한 관계와 성향만을 고려할 때 아름다운 것을 일컫는다. 이에 반해 '보편적 아름다움'이란 관계된 모든 것들에 대한 연관성 속에서, 또 그것이 관계된 모든 것에 대한 모든 성향을 고려하면서 가장 완전하고 포괄적이고 보편적으로 관찰했을 때 아름답게 나타나는 것을 일컫는다.* 전자는 '보편적인 아름다움'을 가지지 않은 채 존재할 수도 있고, 심지어 '보편적 아름다움'과 반대적인 모습으로 존재할 수도 있다. 가령 어떤 곡조에 있는 몇몇 가락이 그 자체만으로 화음을 낼 수 있지만 그 곡의 전체 악보를 고려했을 때 혹은 전체 소리의 흐름을 고려했을 때 불협화음을 이루고 불쾌감을 줄 수 있는 것이다. 에드워즈가 말하는 보편적인 아름다움이란 지성적인 존재의 마음에 속한 것으로 참된 미덕, 곧 포괄적인 관점에서 아름다운 것을 말한다. "그 자체로 아름다울 뿐 아니라, 그것이 연관된 모든 것과 관련하여 보았을 때도 아름다운 것을 말한다."(NT, p.23)

이런 아름다움은 어디서 유래할까? 그에 의하면, 보편 존재Being in general에 대한 보편적인 호의good will, 호의적 사랑benevolence에서 찾아볼 수 있다고 한다. 참고로 순수한 호의란 일차적으로 존재가 존재에 연합하고 동의하고 일치하는 성향을 말한다. 순수한 호의에 대해 보편적인 최고선을 추구하는 것으로 설정하고 있다. 에드워즈의 아름다움은 이처럼 다른 존재에 호의를 품고 연합해 있느냐 하는 마음의 상태와 관련되어 있다. 그가 가장 높은 가치를 두는 영적인 아름다움을 말할 때 염두에 두고 있는 것은 시시한 존재를 말하지 않는다. 그가 대상으로 삼는 존재는 보편존재, 즉 존재들의 존재와 관련된다.

보편존재에 대한 마음의 동의consent, 성향propensity, 연합union이 시행될

---

* Jonathan Edwards, The Nature of True Virtue(1765). 노병기 역, 《참된 미덕의 본질》, 부흥과 개혁사, 2005, p.23 이하 NT로 약칭.

때 참된 미덕에 이르게 된다. 이때는 어떤 행동이나 성향을 부분적이며 피상적으로 보거나, 특수한 면이나 환경이나 상황을 고려해서 아름답게 보는 것이 아니다. 어떤 행동이나 성향을 넓고 포괄적인 관점에서 볼 때 그 행동이나 성향의 온전한 특성과 전체와의 관련성이 아름답게 보인다.

에드워즈의 아름다움은 '참된 미덕true virtue'이 그 대상의 연관성 속에서, 그렇게 연관된 대상의 성향 속에서 파악된다. "만일 참된 미덕이 마음에 자리 잡고 있고, 그리고 가장 포괄적인 관점에서, 그것의 보편적인 성향 속에서, 그것이 연관된 모든 것과의 관련 속에서 마음의 성향과 실천의 보편적 선이요 아름다움이라고 한다면, 보편 존재에 대한 동의와 호의 외에 무엇이겠는가?"(NT, p.24) 참된 미덕의 아름다움은 이처럼 하나님과 연합하는 것, 하나님께 순응하는 것, 하나님을 사랑하는 것, 하나님을 보고 기뻐하는 것에서 찾아볼 수 있다. 이외의 다른 어떤 성향이나 감정도 참된 미덕의 본질에 속한 것이 아니다(NT, p.53).

여기서 유의할 것은 영적인 아름다움에 대한 인식방식이다. 보편존재를 향한 이해와 지식 없이는, 다시 말해 보편존재를 사랑하지 않고는 보편적 아름다움을 인식할 수 없게 된다. 참된 미덕과 참으로 덕스러운 성향 속에 높은 아름다움이 존재한다. 말하자면 아름다움이란 보편존재이신 하나님께 대한 마음의 연합이 미덕으로 표현될 때를 가리킨다. 참된 미덕은 보편존재에 대한 마음의 연합의 다양한 표현이자 효과로 최고의 아름다움으로 불린다(NT, p.70).

보편존재를 향한 호의적 사랑의 성향을 지닐 때 참된 미덕에 이르게 되며 아름다워질 수 있다. 호의적 성향을 지닌 사람이 그렇지 않은 사람보다 가까이 지내며 자신의 호의적 성향을 발휘하는 특정인에게 호의적인 감정을 나타내는 것은 당연한 이치이다. 사랑받는 존재는 보편존재를 사랑하는 만큼, 그의 존재가 확대되기 때문에 그의 존재가 보편존재에까지 확장되며, 어느 정도 보편존재를 포함하게 된다(NT,p.31).

다만 어떤 특정한 사람 내지 존재에 대한 애정도 일반적으로 호의적인 기질, 즉 보편존재에 대한 사랑의 성향이 있는 그런 마음의 습성 내지 마음가짐에서 나오는 것이 아니면 참된 미덕의 본질에 속한 것이 아니다. 그는 동의,연합을 수행하는 마음의 습성, 곧 사랑의 감정을 '호의적 사랑love of benevolence' 과 '만족적 사랑love of complacence' 으로 분류한다. '호의' 는 일차적으로 존재가 존재에 연합하고 동의하며 일치하는 성향이다(NT,p.30). 따라서 '호의적 사랑' 과 '만족적 사랑' 에서 나타나는 '호의' 는 존재가 존재에게 가까이 가고 상대방에게 호감을 갖는 것을 말한다. 그러나 어느 쪽이 더 선행하며 지배적인가 하는 것은 다르다.

첫째, '호의적 사랑' 은 대상의 유익을 구하고, 대상의 행복을 바라며, 대상의 행복 속에서 즐거워하는 마음의 감정이나 성향을 말한다. 이것은 하나님에게서 찾아진다. "신적 존재 속에 있는 호의나 선하심은 많은 대상의 아름다움에 선행할 뿐 아니라, 그 대상들의 실존보다 앞선다. 하나님의 호의나 선하심이 그 대상들의 실존이나 아름다움의 근거가 되는 것이지, 그 대상들의 실존이나 아름다움이 하나님의 호의의 기초가 되는 것은 아니다. 하나님의 선하심이 대상들에게 존재와 아름다움을 준다." (NT,p.26) 이것은 사물이나 인간세계 속에는 존재하지 않는 사랑이다. 만일 그런 사랑이 존재한다면 그것은 하나님의 성품을 따라서 흉내를 내보는 수준에 지나지 않는다. 이처럼 에드워즈는 아름다움의 객관성을 인정함으로써 아름다움의 시원始原과 원형이 반드시 존재한다고 강조한다. 그리고 그 아름다움은 하나님의 선하심과 직결되어 있음을 놓치지 않는다.

둘째, '만족적 사랑' 은 아름다움을 즐기는 것이며, 대상의 아름다움 때문에 사랑의 대상이 되는 사람이나 존재에 대해 만족하는 것을 말한다. 대상의 아름다움 때문에 대상을 사랑한다고 하는 사실에 에드워즈는 이의를 제기한다. 그는 미덕이 무엇보다 미덕에 대한 사랑이라고 가정하기 때문에 이는 모순이며 순환논리라고 주장한다. 미덕 혹은 마음의 아름다움을, 미덕이 발생하는 기초 혹은 최초의 동기로 만들기 때문에 첫 번째 미덕을 미덕의 결과 혹은 효과로 만든다(NT,p.28). 만일 누가 미덕에 대한 사랑을 사랑하게 하는 그 미덕이 무엇인가라고 묻는다면, 그것 또한 미덕에 대한 사랑을 사랑하는 사랑이라고 대답해야 한다. 이 순환논리는 끝이 없기 때문에 우리는 결코 어떤 시작이나 어떤 기초에도 이르지 못한다.

만일 미덕 또는 마음의 아름다움의 본질이 사랑이나 사랑의 성향에 있나면, 대상의 아름다움 때문에 대상을 좋아하는 '만족적 사랑' 과는 다른 것이 존재한다. 미덕이 미덕 자체의 결과물은 아니기 때문이다. 그렇게 말하는 것은 미덕을 미덕 자체보다 앞에 두는 것이 된다. 이 점에서 에드워즈는 위에서 언급한 '보편적 아름다움' 으로 돌아간다. '보편적 아름다움' 은 어떤 특수한 것들에 대한 관계의 선상에서가 아니라 '관계된 모든 것에 대한 연관성 속에서' (NT,p.23) 나타난다. 그 자체로 아름다울 뿐 아니라 그것이 연관된 모든 것과 관련하여 보았을 때도 아름다운, 그런 참된 미덕을 지닌다.

3. 도덕적 탁월성

인간의 사랑은 '만족적 사랑' 에 머물지만 지혜로운 자라면 그의 시선을 '호의적 사랑' 에 두어야 한다. '만족적 사랑' 은 누구나 할 수 있어도 대상의 유익과 행복을 구하는 사랑을 구해야 하기 때문이다. 그런 진전은 말할 것도 없이 창조주께 최우선적인 존중심을 두는 참된 미덕을 품고 있느냐에 달려 있다. 이 말은 창조주가 모든 면에서 전적으로 우리 호의의 최고의 대상이 되어야 한다는 사실을 뜻한다. 그리하여 다른 모든 것보다 무한히 광대하고, 존재로나 아름다움으로나 하나님에 비교하면 다른 모든 것이 아무 것도 아니며, 하나님 없이는 다른 것들이 아무 것도 아니라는 인식이 형성된다. 여기에는 가장 본질적으로 하나님을 향한 최고의 사랑이 존재한다는 것이 이미 전제되어 있음은 자명하다(NT,p.44).

에드워즈는 하나님을 '존재 가운데 무한히 가장 크시고 선하신 분' (NT,p.23) '존재의 대부분을 가지고 있는 존재' '보편적 실재의 가장 큰 부분을 차지하고 있는 존재' '우주 체계의 조성자' '존재의 근원과 전체에게 선이 되시는 최고의 존재' * 로 기술함으로써 그분의 탁월성excellency을 강조한다.** 이것은 에드워즈의 특유의 표현처럼, 하나님의 '보편적 아름다움' 에 대한 호의요, 일치, 연합, 동의의 표시라고 할 수 있다. 참된 미덕의 대상이 있다면 그것은 물론 하나님의 아름다움 또는 도덕적 탁월성이 된다. 하나님은 '무한히 가장 크신 존재' 요 '무한히 가장 아름답고 탁월한 분' (NT,p.40)이기 때문이다.

"전체 창조물을 통틀어 발견되는 그 모든 아름다움은 무한히 충만한 광채와 영광을 지니신 그 존재가 발산하는 빛의 반사일 뿐이다. 하나님이 지니신

---

* Jonathan Edwards,On the End for Which God created the World(1765), 정일오역, 《천지창조의 목적》(솔로몬,2003), p.74.

** The Nature of True Virtue., p.39 '탁월성' 과 '아름다움' 은 에드워즈의 경우 거의 동의어로 사용된다. 일반적으로 철학 저술이나 청교도 저술에 '탁월성' 과 '아름다움' 은 특수한 의미로 사용되었고 이것은 17,8세기 신학에서도 그대로 통용되었다. 에드워즈는 〈마음(Mind)〉(1723) 서두에서 탁월함을 아름다움,거룩, 위대함을 아우르는 넓은 의미의 개념으로 사용하였다(pp.8, 9, 28, 29).

미덕의 크기와 미덕을 지니신 하나님의 존재의 크기를 고려해볼 때, 하나님의 아름다움은 모든 다른 존재의 아름다움보다 무한히 더 가치가 있다." (NT,p.40)

여러 표현이 있는데도 불구하고 에드워즈는 어째서 하나님을 '아름답다' 는 말로 즐겨 표현하고 있을까? 그것은 하나님의 '도덕적 선하심의 탁월성' 에 기인한다. 단적으로 에드워즈는 하나님을 선하신 분으로 기술한다. 자신의 무한한 충만을 바깥으로 흘러나가도록 허락하는 그분의 선하심이, 자기 자신의 영광을 기뻐하는 것과 같이 기뻐하는 그것이기 때문이다.* 하나님 자신의 선을 발산하려는 하나님 안에 있는 이러한 성향은 뛰어난데 그 성향이 하나님의 자신에 대한 사랑을 나타내고 있다. 그리고 하나님의 자신에 대한 사랑은 다른 어떤 것을 의미하는 것이 아니라 무엇이든지 '가치 있고도 뛰어난' 어떤 것에 대한 사랑을 나타낸다. 그렇기 때문에 하나님께서는 그것을 기뻐하고, 이 기쁨은 하나님 자신의 충만에 대한 하나님의 사랑 가운데 나타나 있다. 하나님의 사랑은 '뛰어난 모든 것의 근원' 이요 '총 합계' 요 '포용' 이기 때문이다 (GCW,p.87).

그분의 선하심의 뛰어남은 인간에 비하면 금세 알 수 있다. 전에 하나님께서 사람을 창조하셨을 때 인간은 "고결하고 고상하며 관대하였으나 지금은 비열하며 무식하고 자기밖에는 모르는 존재"**가 되어버렸다. 인간의 영혼이 신적인 사랑의 통제를 받아 자기와 동료 피조물들이 잘되는 것까지 관대함을 지니고 있었고, 나아가 창조주에 대한 거룩한

---

* Jonathan Edwards,On the End for Which God created the World(1765),정일오역, 《천지창조의 목적》(솔로몬,2003),p.86. 또한 이 책은 존 파이퍼의 책에 재수록되어 있다. John Piper, God' s Passion for His Glory, 백금산역, 《하나님의 열심 & 조나단 에드워즈의 하나님의 천지창조의 목적》(부흥과 개혁사,1998) 본 논문에서는 전자의 번역을 참고했으며 필요에 따라 후자의 번역도 참고하였다. 이하 GCW로 약칭.

사랑까지 지니고 있었다. 그리하여 인간 영혼은 하나님을 사랑하는 거룩한 사랑과 하나가 될 수 있었다. 그러나 하나님을 향하여 범죄함으로써 인간 영혼은 작은 골방 안에 갇히게 되어버렸다. 그리하여 "좁고 협소한 자기중심적 원리와 감정으로만 줄어들었다."(CF,p.208) 자기 사랑은 그의 영혼에 '절대적 상전'(CF,p.208)이 되어버리고 말았다. 하나님의 자비심은 비극적인 상황의 인간에게 긍휼을 베푸서서 구속의 역사를 착수하였다는 데에 있다. '그의 아들의 영광스러운 복음에 의하여 인간 영혼을 그 좁고 협착한 궁지에서 끌어내'(CF,p.208)신 것이다. 그리하여 그의 백성들에게 '고상한 신적인 원리들'(CF,p.208)을 되찾아주시기로 하신 것이다.

가장 너그러운 선행은 유폐된 이기심에서가 아니라 일반적인 자비심이나 일반적인 존재들에 대한 사랑의 성향에서 선을 행하는 것이다(GCW,p.88). 영원하시고 무한하신 하나님은 본래 자신 밖에 있는 구별되고 독립된 존재들 가운데서 취하는 방식처럼 자기의 마음을 넓히실 필요가 없다.

"다만 그분은 그 선하심으로 말미암아 자기 자신 이상으로 뛰어나고 신적인 방식으로 넓히신다. 자신을 전달하시고 발산하심으로 말미암아 이 일을 하신다. 그래서 하나님은 자기의 자비의 대상들을 찾지 않고 만드신다. 곧 하나님께서는 자기와 구별된 자를 발견하고 그들의 선을 공유하고 그들 가운데서 행복을 취하심으로써가 아니라, 그들 가운데 자기 자신을 유출하고 표현하시

** Jonathan Edwards,Charity and Its Fruits,서문강역,《조나단 에드워즈의 사랑과 그 열매》(1851),청교도신앙사,1999,p.208. 이 책은 에드워즈가 1738년에 고린도전서 13장 1절에 관하여 설교한 16편의 내용을 수록하고 있다. 생존시의 원고를 토대로 사후에 출간한 것으로 국내에는 1999년에 번역, 출간되었다. 이하 CF로 약칭.

며 그들을 자기와 공유자로 만드시고 그들 가운데 표현되고 그들에게 전달된 자신 가운데서 기뻐하심으로써 그렇게 하신다." (GCW,pp.88-89)

하나님의 탁월함은 어떤 것과의 의존관계에서가 아니라 절대적으로 독립적으로 선을 행하신다는 점에 있다. 즉 하나님께서는 독립되어 계시고, 자기 스스로 역사하시며 또한 특별한 방식으로 피조물의 선행을 초월하여 계신다는 뜻이다. 아무리 뛰어난 피조물이더라도 의존적이며 스스로 행하지 못하고 어떤 가치를 고려하거나 그들의 친절에 감동을 받는 등 다만 자기들이 발견하는 어떤 사실에 의해 움직이기 마련이다. 그러나 하나님은 다르다.

"스스로 존재하시고 홀로 한 분이신 하나님은 절대적으로 스스로 행사하신다. 하나님이 전달하시는 성향의 시행은 절대적으로 그분 자신 안에서부터 일어나는 것이다. 그리고 대상 가운데 있는 선하고 가치있는 모든 것과 그것의 존재 가치가 그분의 충만의 넘쳐흐름으로부터 나간다." (GCW,p.89-90)

하나님은 이미 그의 존재 속에 그의 무한한 위대함과 탁월성을 스스로 충분히 드러내셨다. 그리고 하나님은 모든 다른 존재보다 무한히 우월하다는 사실을 깨달을 수 있는 능력을 인간에게 주셨다. 즉 하나님은 피조물에게 자기의 영광을 아는 지식과 함께 인간으로 하여금 깨닫도록 자기를 전달한다. 선을 전달하듯이 하나님을 아는 지식을 전달한 것이다. 그렇게 보자면 모든 참된 미덕이 근본적이고 본질적으로 하나님의 사랑 속에 존재한다는 것이 명백해진다. 보편존재에 대한 호의를 품는 사람이라면 하나님의 아름다움은 모든 다른 존재의 아름다움보다 무한히 더 가치가 있음을 알게 된다. 하나님은 모든 존재와 모든 아름다움의 기초요 원천이 되기 때문이다(NT,p.40).

이와 함께 하나님의 아름다움은 그분의 전능하심과 관련을 맺는다.

"만유가 완벽하게 하나님으로 말미암았고 모든 것이 하나님께 가장 절대적으로 완벽하게 의존한다. 모든 존재와 모든 완전함은 하나님에게서 나와서 하나님을 통해 하나님께로 향한다. 말하자면 하나님의 존재와 아름다움은 모든 존재와 탁월함을 전부 합하여 포괄하는 것이다."(NT,p.41)

태양이 한낮의 모든 빛과 광채의 근원이자 그 모두를 합한 것처럼 하나님의 존재와 아름다움은 선하심과 탁월하심을 모두 포괄한다는 것이다. 시내에 있는 물은 근원의 어떤 것이듯이, 그리고 태양의 광선은 태양의 어떤 것일 뿐 광선이 태양이 아니듯이 하나님은 모든 것의 근원이 된다(GCW,p.198).

4. 마음의 감각

에드워즈에 따르면, '거룩'은 하나님 자신의 아름다운 성품이다. 모세시대의 주도적인 모형이었던 거룩하게 기름을 붓는 감미로움처럼 그 기름의 감미로운 향의 성질과 마찬가지로 거룩은 성령의 고유한 성질이다(RA,p.192). 거룩을 거룩으로 알고, 또 그것이 피조물에게 깨달아지고, 이와 함께 그것의 고귀함과 달콤함을 파악하는 것은 일반적인 지식으로는 가능하지 않다. 하나님이 주시는 성령의 조명을 받아 '거룩의 아름다움' 으로 들어갈 수밖에 없다. 신적 성품을 인간적 능력으로 해명하는 것은 어느 정도 가능할지 모르나('하나님의 본성적 완전성'), 전반적으로는 불가능하며('하나님의 도덕적 완전성') 하나님의 거룩에 있어서는 더욱 그렇다. 왜냐하면 피조물의 능력을 초월하는 방식으로 하나님의 거룩한 성품을 전달하는 가장 영광스러운 역사가 이뤄지기 때문이다.

에드워즈는 하나님의 거룩하심은 '영적 감각' 에 의해 깨달아진다고 언급한다. 아무리 명석하고 머리가 좋아도 '영적 감각' 이 없이는 '참된 본질의 달콤함' 을 깨달을 수 없다. 성경은 자주 거룩의 아름다움을 신령한 취향과 영적인 소욕의 장엄한 대상으로 묘사한다(RA, p.281). 참된 성도는 엉적 지각을 가지고 신적인 일에 사용함으로써 그것을 깨달을 수 있다.

신적이고 영적인 빛을 이성의 능력으로 얻는 것은 인간의 능력을 벗어나는 일이며 이런 것들의 아름다움과 사랑스러움을 보는 것은 '마음의 감각sense of the heart' 에 달려 있다.* 물론 이성은 이런 빛을 받은 결과로서 그리스도를 영접하고 그리스도를 믿는 것과 관련되어 있으나, 우리의 이성을 일반적으로 정신적인 인식 기능이 아니라 좁게 추리하고 논리를 통해 논증하는 것에만 한정한다면, 영적인 아름다움과 탁월성을 인식하는 것은 더이상 이성의 기능에 속한 것이 아니게 된다. 어떤 것의 아름다움과 사랑스러움을 인지하는 것은 이성의 영역이 아니다. 이성

---

* Jonathan Edwards, A Divine and Supernatural Light(1734),백금산 역, 《신적이며 영적인 빛》,부흥과 개혁사, 2004, p.57. 이 책은 조나단 에드워즈가 30세가 되던 1733년에 설교한 것을 그 이듬해인 1734년에 발간한 것이다. 이 설교를 한 13년 뒤에 《Religious Affections》가 발간되었다. 《신적이며 영적인 빛》은 분량은 아주 적지만 하나님에 관한 참된 본질의 아름다움을 '마음의 감각' 을 통해 지각해야 한다는 점을 강조하고 있다.

의 기능은 진리를 인식하는 것이지 탁월함을 인식하는 것이 아니기 때문이다. 따라서 어떤 것의 아름다움과 탁월함을 직접 인식하는 것은 더 이상 이성이 아니라 '마음의 감각'에 달려 있다.*

꿀맛을 본다고 했을 때 미각을 상실한 사람은 꿀맛을 자기 수준 이상으로 생각해낼 수 없지만 미각을 가진 사람은 꿀의 단맛을 알기 때문에 그 꿀을 무척 좋아한다(RA, p.202). 꿀맛을 아는 사람이 그 꿀맛의 탁월함과 달콤함에 대해서 가지는 생각이나 느낌은 그 꿀을 사랑하는 기초가 되는데 그것은 미각을 갖지 못한 사람이 꿀맛에 대해 가지는 어떤 상념과 전혀 다른 것이다(RA, p.204). 미각을 가진 사람이 꿀을 보면 즐거워하는데 그 즐거움은 미각을 갖지 못한 사람이 그저 상상하는 것과 전혀 다르다. 미각을 잃은 사람이 맛있는 과실의 탐스러운 빛깔에 반해서 사랑할 수는 있어도 그 과일의 감미로운 맛을 알지 못하는 것과 마찬가지로 꿀맛을 알지 못하기 때문에 그가 느끼는 즐거움은 미각을 아는 사람이 느끼는 즐거움과 전혀 다를 수밖에 없다. "둘 다 사랑하고 둘 다 바라고 둘 다 즐거워하는 것 같지만 그 사랑과 바람과 즐거움은 서로간에 정말 다른 것이다."(RA, p.204) 영적인 것에 대해 느끼는 탁월함의 정도는 그 자체만으로 광대한 차이가 나지만 미각을 가진 사람과 미각을 잃어버린 사람이 맛있는 과일에 대해 느끼는 탁월함의 정도는 다른 것보다 훨씬 더 크다(RA, p.204). 이성은 다른 사람에게 아름답다는 것을 말할 수는 있어도 결코 아름다움의 사랑스러움을 느끼게 해줄 수는 없다. 그것은 영적 지각의 관할영역에 속한다.

에드워즈가 말한 영적 감각은 시각, 미각, 촉각으로 세분할 수 있다.

먼저 영적인 시각을 살펴보자. 마음의 눈이 비춤을 받아 복음 안에

* ibid, .p.57.

있는 신성을 보게 된다면, 그 속에는 그 무엇과도 비교할 수 없는 놀랍고도 탁월하며 신적인 영광이 빛나고 있음을 보게 된다(RA, p.352). 산상에서 그리스도의 영광을 본 베드로와 야고보, 그리고 요한은 그의 크신 위엄을 '친히 본 자'(RA, p.352)이다. 이처럼 그리스도의 영광을 직접적으로 보는 것이 있는가 하면 영적인 시각이 있다.

지성이 영적으로 조명을 받아 성경을 올바르게 이해하게 되었을 때 그 전에 눈먼 이성으로 보지 못했을 것을 파악하게 된다. 영적으로 마음의 눈이 조명을 받아 성령을 이해하게 되는 것이 그 눈을 여는 것이다.

성경을 영적으로 이해한다는 것은, "내 눈을 열어서 주의 법의 기이한 것을 보게 하소서"(시 119:18) 하는 표현처럼, 마음눈을 열어서 하나님의 완전하심의 여러 우아하고 밝은 표증들을 보고 그리스도의 탁월성을, 충분성의 표증들을 보는 것이다. 그리고 그리스도로 말미암은 구원 방식의 탁월성과 적합성을 알 뿐만 아니라 성경교훈과 약속들의 신령한 영광을 아는 것이다(RA, p.313). 영혼이 참된 신적 아름다움을 아는 지각을 받게 되면, 복음 구조의 모든 아름다움을 분변할 수 있게 된다. 그리고 하나님의 말씀이 인간의 최고 행복이요 거룩한 행사와 거룩한 즐거움으로 구성되는 그 행복에 관하여 선언한 진리라는 것도 알게 된다. 복음 안에 있는 놀랍고 영광스러운 진리의 세계를 명료하게 보는 것이 영적인 시각의 역할이다(RA, p.346). 거듭난 자의 새로운 안목은 영혼에게 강력하고 확실한 영향을 미쳐 복음의 신성을 설득하게 된다.

둘째, 영적인 미각에 대해 살펴보면, 시편기자는 하나님의 율법을 맛보면 참으로 달다고 선언한다. "여호와의 규례는 확실하여 다 의로우니 금, 곧 많은 정금보다 더 사모할 것이며 꿀과 송이꿀보다 더 달도다"(시 19:7-10) 하나님의 율법을 대하는 것은 성경말씀처럼 '꿀보다 달은'

신령한 맛에 견줄 수 있다(RA, p.281).

거룩한 미각은 선과 악, 거룩과 거룩치 않은 것을 분변하고 구분하는 것이되, 논증의 긴 논리 과정의 수고를 하지 않더라도 분별력을 가진다. 외면적인 아름다움에 대한 참된 예지를 가진 사람은 그것을 척 보고도 아는 것처럼, 또한 청음력을 가지고 있는 사람이 자기가 듣는 소리가 조화가 잘 되어 있는지를 아는 것처럼, 그래서 그 선율들의 수학적인 비율을 따지는 수고를 조금도 할 필요가 없는 것처럼, 건강한 미각을 가진 사람은 맛을 보자마자 그 음식이 좋은 것인지 안다. 용모나 소리에 그것들이 가지는 본래적인 아름다움이 있듯이 음식에는 달콤함이 존재한다. 그뿐만 아니라 말과 행실에도 거룩한 아름다움과 달콤함이 존재한다(RA, p.317).

거룩하고 호감어린 행실이 거룩한 영혼의 생각 속에 떠오르게 될 때, 그 영혼의 영적 미각이 생명감 있게 활동하고 있다면 대번에 그 행실 속의 한 아름다움을 보고 그것에 끌리게 되며, 그것과 가까워지게 된다. 반면 합당치 못하고 거룩하지 못한 행실이 그 마음에 떠오르게 되면 거룩함을 입은 사람의 눈은 그 속에 아름다움이 없음을 대번에 간파해내고, 그것에 대하여 기쁜 마음을 가지지 못한다(RA, p.317).

셋째, 에드워즈는 마음의 촉각을 통해서 사람들이 본래적인 아름다움과 우아함과 고상함과 예의바름과 말과 행동의 고상함을 판단하는 기준을 세운다고 한다. 사람들은 그 촉각을 통해 '한번 딱 봄으로써' 대상을 파악하고 내면적인 느낌을 통해 그 대상의 성질을 알게 되고 그 대상에 대한 인상을 결정짓는다고 한다(RA, p.317). 이와 같이 하나님께서 주시는 신적 진리를 아는 촉각이 있다. 그 촉각을 통해 성도들은 그 행동의 참된 영적이고 거룩한 아름다움을 분별하고 분간해낸다. 성도들은 자기 속에 거하시는 하나님의 성령에 속한 것들을 가짐으로써 그러한 아름다움을 보다 쉽고 예리하게 간파해낼 수 있게 된다(RA, p.317). 성도들은 자기들의 영적인 촉각 자체를 통하여 보편적으로 하나님의 말씀의 법에 복종하고 그 말씀의 법칙을 따라서 바르게 논증한다. 영혼의 신령한 촉각은 영혼을 크게 도와서 하나님의 말씀을 따라서 논증해나가게 하며, 그 말씀의 법칙의 참된 의미를 판단하도록 한다(RA, p.319).

마음의 촉각이 영혼을 도와서 '말씀의 법칙의 참된 의미'(RA, p.319)를 판단하도록 한다면, 그 반대편에 선 광신주의에선 그러한 신령한 총명은 나타나지 않는다. 광신주의는 참된 탁월성을 지각하거나 그 사물들의 본질을 판별하고 분변하는 것을 관심에 두지 않는다.

"다만 그 모든 것들은 머릿속에 있는 인상들에 불과한 것이고, 상상력으로 느낀 인상들이며, 마음에 떠오르는 어떤 외면적인 것에 대한 상념을 일으킨 것에 불과합니다. 어떤 외면적인 모양이나 색깔이나, 마음에 떠오르는 말이나, 기록된 말이나, 기록된 글자나, 외면적으로 느낄 수 있는 어떤 것들에 대한 상념에 불과한 것입니다."(RA, pp.321-2)

외면적인 상념없이 어떤 것을 깊이 사고할 수 없으며, 또 생각하는 과정에 상념들이 피할 수 없이 일어나고 개입하는 것은 사실이지만, 강한 정서에서 야기되는 생생한 상상과 생생한 상상으로부터 일어나는 강한 정서 사이에는 분명한 차이가 있다(RA, p.329). 후자의 경우에는 전자에서 발견되는 신령한 조명 대신 상상력을 정서의 기초로 삼는다. 이 경우 그 정서가 아무리 높게 일어난다고 해도 쓸모없고 허무할 따름이다. 이것이 바로 상상으로 느끼는 인상들의 동향들이다(RA, p.329).

인상의 동향들에 머물지 않으려면, 영적인 지식spiritual knowledge이 요청된다. 참된 신앙이 신적인 것들의 사랑함을 그 진수로 삼는다고 했을 때, 사랑의 정당한 기초가 되는 지식이야말로 사랑스러움을 아는 지식이 되기 때문이다. 따라서 영적인 지식은 보다 직접적이고 일차적으로 바로 그러한 것에 대한 지각이나 관점을 내용으로 삼는다(RA, p.299). 신적인 것들의 거룩함이나 도덕적 완전성의 최상의 아름다움을 내용으로 하는 영적인 지식은 그에 관한 간절한 마음의 지각, 마음의 의식으로 이뤄지게 된다. 단순히 사변적인 것이 전혀 관계되지 않은 영적인 지식은 마음의 감각에서 일어난다(RA, p.299). 그리고 마음의 의식을 구체적으로 보여준 것이 바로 위에서 살펴본 마음의 시각, 미각, 촉각 등인 것이다.

위에서 알 수 있었듯이 아름다움은 논증을 통해 어떤 결과나 그 결과와 관련된 어떤 것을 발견함으로써 얻어지지 않는다. 아름답다는 개념을 갖게 되는 방식은 아름답다는 개념을 추리해서 갖게 되는 것이 아니라 '우리의 마음의 구조 때문에' 즉 "우리에게 아름다운 어떤 것이 주어지는 즉시 그것에 대한 개념이 곧장 유쾌하게, 혹은 아름답도록 되어"(NT,p.158) 있기 때문이다. 그렇게 본다면, 위에서 말한 영적 감각은 인간의 마음의 구조에 자리잡고 있는 아주 중요한 기관인 셈이다.

어떤 형태나 자질이 그 자체로 사랑스럽고 기쁘고 즐거울 때 아름다움이라고 부르고 이런 아름다움을 느끼고 찾아내는 것이 하나님이 주신 '영적 감각'과 '영적 지각'이라는 측면에서 두 개념은 거의 동의어로 사용되고 있다. 아름다움을 보고 음미하며 기뻐하게 마련되어 있는 '마음의 틀frame of mind'은 보편존재에 대한 호의 혹은 마음의 연합이다(NT,p.159). 하나님의 영광에 대한 참된 감각은 사색적인 이성으로는 획득될 수 없다. 만일 하나님이 거룩하시다는 것을 논증에 의해 확신한다고 해도 그것이 하나님의 사랑스럽고 영광스러운 거룩함을 맛보게 할 수는 없다. 마음으로 하여금 하나님의 탁월함과 아름다움을 실제적으로 맛보게 해주는 것은 더욱 직접적이고 감각적인 발견이다.*

영적 감각을 에드워즈는 '새로운 내면적인 지각과 의식'(RA, p.198)으로 명명한다. 영적 감각은 혼자의 힘으로 얻는 것이 아니라 초자연적인 성령의 감화에 의해 부여된다. 영적 감각을 "하나님이 주신 마음의 구조 혹은 어떤 영적인 감각으로 말미암아 – 즉각적으로 즐거움을 지각하는 것"(NT,p.158)으로 언급하는 것도 같은 맥락에서다. 이것을 성경에서는 볼 수 있는 눈을 주거나 들을 수 있는 귀를 주는 것과 비유하고 있고, 귀머거리의 귀를 열고, 눈먼 자의 눈을 열며, 어둠에서 빛으로 돌아서게 하는 것과 비교하고 있다. 그런 변화는 영혼 속에 역사하시는 성령의 작용을 죽은 자를 일으키고 새로운 피조물로 태어나는 엄청난 존재의 지각변동에 견줄 수 있다.

이 새로운 영적인 지각은 '새로운 기능'이 주어진 것이 아니라 '새로운 본질의 원리'가 심어졌다는 것을 뜻한다. 영혼의 본질 위에 새로운 기초가 놓인 상태를 말하며, 이러한 새로운 지각에 수반하는 마음의 새로운 거룩한 성향은 의지의 새로운 기능이 아니라 같은 동일한 의지의 기능을 새롭게 행사하도록 영혼의 본질 속에 놓여진 한 기초를 의미한다(RA, pp.199, 200).

신적 아름다움을 맛볼 수 있는 것은 그 전에는 숨겨져 있던 이와 같은 영적 감각을 통해서 가능하다. 그 전에는 깨달아지지 않았던 것이 분명하게 드러나 복음의 신성을 설득한다. 놀랍고 영광스러운 진리의 세계

---

* John Piper, God's Passion for His Glory, 백금산 역, 《하나님의 열심 & 조나단 에드워즈의 하나님의 천지 창조의 목적》, 부흥과 개혁사, 1998. p.111 재인용.

를 명료하게 보게 된다. 영혼이 참된 신적 아름다움을 아는 지각을 갖게 되면, 이처럼 복음구조의 모든 아름다움을 분변하고, 하나님의 말씀이 인간의 최고 행복, 거룩한 행사와 거룩한 즐거움으로 구성되는 그 행복에 관해서 선언하는 것이 진리라는 것도 알게 된다(RA, pp.346,7 참조).

5. 세 가지 특징

에드워즈에게 있어 아름다움은 단순히 겉모양의 균형이나 조화만을 일컫지 않는다. 그는 아름다움을 두 가지로 분류했는데 제일의 아름다움이 영적이고 도덕적인 존재에게 고유하고 독특한 아름다움이라고 한다면, 제이의 아름다움은 독특한 것이 아니며 무생물에게서도 발견된다고 한다. 후자의 아름다움은 일차적 아름다움의 이미지로 존재한다.

제일의 아름다움은 참되고 가장 높으며 도덕적이고 영적이며 거룩하며 혹은 원천적인 아름다움을 가리킨다. 의지나 성향 혹은 마음의 정서가 합의를 포함하는 것이 제일의 아름다움에서 필수적이다. 반면 이차적인 아름다움은 전자보다 열등하며 이것은 일차적인 아름다움의 이미지 혹은 그림자에 불과하다. 에드워즈는 어떤 것이 그 목적 혹은 용도에 적합한 것을 이 부류의 아름다움에 넣었다.

그의 미 개념은 '연합의 원리' 에 의해 결정된다. 존재, 존재와 존재, 존재와 보편존재 사이에서 연합과 일치가 이뤄진다. 건성의 연합보다 진정한 연합일 때에라야 탁월성이 더해진다. 그러므로 연합의 원리야말로 아름다움을 구성하는 결정적인 요인이 된다. 연합이 없으면 자기애처럼 고립무원의 상태를 면치 못한다. 보편존재와의 관계의 미덕을 지닐 때 아름다울 수 있으며 가장 최고의 아름다움은 보편존재 속에 위치하고 있다.

보편존재와의 연합은 '마음의 감각' 을 통해 이루어진다. 마음의 감각을 통해 상호 조화를 이루고 동의를 꾀한다. 그런 점에서 마음의 감각은 아름다움을 인식하고 매개하며 연결짓는 통로가 된다. 마음의 감각을 본 논문에서는 영적인 시각, 미각, 촉각으로 나누어 살펴보았다. 창조의 전체 시스템과 결부되어 있는 '조화의 얼핏 봄glimpse of the harmony' 을 마음의 감각을 통해 진작시킬 수 있다.

이상의 사실에 미루어볼 때 우리는 에드워즈의 미 이론에서 다음과 같은 세 가지 사실을 확인할 수 있다. 첫째 하나님의 아름다움은 '소유하는 아름다움' 이 아니라 '주는 아름다움' 이다. 둘째 개혁주의에서 줄곧 논의되어온 '마음의 삼각' 이 에드워즈에게는 '달콤함' 으로 계승되고 있다. 셋째 아름다움과 선은 가까운 개념으로 사용된다.

첫째, 에드워즈의 미 개념은 아름다운 존재being beautiful보다 '주는 아름다움bestowing beauty' 에 더 가깝다.* 제일의 아름다움과 제이의 아름다움의 차이가 있다면 바로 이점 때문이라고 할 수 있다. '주는 아름다움' 은 하나님의 확산enlargement에서 비롯된다. 에드워즈는 아름다움을 주려는 하나님의 자기확산의 성향을 거룩한 생명을 부여케 하려는 것으로 보았다. 그리하여 우주의 피조물들이 하나님의 생명으로 흘러넘치게 한 것이다. 그의 저작에서 애용되는 확산enlargement, 발산diffusing, 전달communicating, 흘러넘치기flowing forth, 나타내기expressing와 같은 요소들은 이와 같은 점을 입증해주는 낱말들이다. 피조세계의 참된 미덕이란 자아로부터 시작되어 아름다운 활력의 생명으로 들어감으로써 새로워지도록 기

---

* Roland A. Delattre,"Aesthetic and Ethics:Jonathan Edwards and the Recovery of Aesthetics for Religious Ethics," Journal of Religious Ethics,Florida State University,2003 summer, p.291.

획되었다. 아름다운 활력의 생명이란 존재의 확대, 그리고 하나님의 창조의 아름다움에 참가하는 것, 즉 하나님의 아름다운 생명에 일익을 맡는다. 그런 의미에서 '주는 아름다움'은 하나님의 '자기확대'와 내적으로 관련되어 있다.

둘째, 에드워즈는 신적인 아름다움을 설명하면서 그것의 독특한 인식으로 '달콤함sweetness'을 들었다. '달콤함'이란 거듭 태어난 자가 기독교의 원리에 반응하는 감정을 말한다. 물론 이 용어는 신앙경험에서 핵심적인 개념으로 수세기 전 이미 칼빈이 sensus suaviatatis로 분석한 적이 있다. 칼빈은 이 말을 성도들만이 알 수 있을 뿐인 '모든 것 너머에 있는 지식을 구성하는 것'*으로 설명하였다. 에드워즈는 이것을 더 적극적으로 해석한다.

> "거룩하심의 아름다움은 영적 지각에 의해서만 깨달아지게 되며, 거듭나지 않은 사람들이 아무리 깨달으려고 해도 깨달을 수 없다. 이런 류의 아름다움은 이 신령한 지각의 직접적인 대상이 되는 품격이다. 또한 이것은 이러한 영적 취향의 고유한 대상이 되는 달콤함이다." (RA,pp.280-81)

에드워즈는 "달콤함이란 새로운 세계를 볼 수 있게 해주는 것"으로 보았다. 그런 감각을 가지면 성도들은 성령의 도우심을 받아 은혜의 지식, "거룩한 안식과 기쁨"을 만끽하게 된다. 그런 경험이 없으면 "모든 신령한 세계에 대해 무지하게 된다." 이 경험을 한 뒤에라야 하나님의 권능에 관한 실제적인 관념을 갖게 될 뿐만 아니라 이성의 바탕 위에 세

---

* Terrence Erdt, Jonathan Edwards:Art and the Sense of the Heart,University of Massachusetts Press,1980.p.12.

워진 논의를 쉽게 받아들이게 된다.

에드워즈의 신학은 마음의 구조에 주목하면서 그 마음이 '거룩의 달콤함'을 경험했는지를 중시하고 있다. 이 마음의 구조는 칼빈주의에서 중요하게 자리잡아오던 키워드로, 에드워즈에게 와서도 변함없이 중추적인 역할을 하고 있다. '거룩의 달콤함'은 어떤 면에서는 하나님의 은혜의 경험과 직접 관련이 되어 있다. 은혜를 경험한 사람은 거룩의 달콤함이 어떤지 안다. 그것은 '새로운 본질의 원리'가 마음에 심어졌다는 것을 의미한다. 그 결과 의지의 기능이 새로워질 뿐만 아니라 영혼의 본질에 새로운 기초가 놓이게 된다. 그것은 단순히 피동적인 수용을 의미하는 것이 아니라 자발적이며 능동적으로 하나님의 빛에 참여하고 경험한 바를 표현하는 것을 의미한다. 자칫 사변적인 이성의 차원에 한정될 수 있거나 혹은 오리무중의 신비주의로 기울 수도 있는 신적인 아름다움을 체험적이고 지극히 순결한 마음의 감각의 차원을 통해 접근한 것은 특별한 의미를 지닌다.

셋째, 에드워즈에게 있어 아름다움과 선은 가까운 개념으로 사용된다. 《그리스도의 탁월하심The Excellency of Christ》에서 그는 "선함은 어떤 존재에서 발견되든지 탁월"할 뿐만 아니라 선함은 "아름다움이요 탁월함 자체이며 선한 모든 존재를 탁월하게 만들어준"*다고 말한다. 아름다움과 선함이 동일한 것은 아닐지라도 적어도 그것들은 밀접히 연관되어 있다. 가령 에드워즈는 미덕을 "덕성이라고 부를 만한 심성 내지 심리작용의 아름다움"(NT,p.22)이라고 불렀다.

선과 아름다움의 관계에서 어느 것이 더 우월한지, 어느 것에 더 무

---

* Jonathan Edwards,The Sermon of Jonathan Edwards:A Reader,백금산역, 《조나단 에드워즈 대표설교선집》,부흥과 개혁사, 2005, p.302.

게를 두었는지 파악하기란 쉽지 않다. 에드워즈의 경우 두 관계를 명확히 나누는 것 자체가 곤란하다. 에드워즈는 이런 가족유사성을 지닌 두 본질적인 개념을 가지고 존재의 완전성을 해명하고 있다. 두 관계의 복잡성에도 불구하고 아름다움은 그의 선에 대한 이해, 도덕적이고 신앙적인 삶과 선의 여러 관계를 위한 모델을 제공한다. 더글라스 엘우드 Douglas Elwood 역시 에드워즈의 아름다움이 선 개념보다 광범위하다고 말한 바 있다.* 에드워즈에게 아름다움은 어떤 측면에서는 선의 척도요, 선한 것 속에 있는 가장 큰 대상이요, 선한 것 가운데 가장 매력적인 것으로 등장한다. 그는 선과 관련하여 여러 가지로 분류한 바 있다. 내재적인 선bonum formosum과 도구적인 선bonum utile, 본성적인 선과 도덕적인 선, 아름다운 선과 이익을 주는 선, 보편적인 선과 개인적인 선, 대상적인 선과 내재적인 선, 충만한 선과 빈약한 선, 참다운 선과 거짓 선 등, 아름다움의 개념은 이러한 선과 결부된 온갖 양태들에 통일성의 시각을 제공한다.

말하자면 이 모든 것들에 어떤 측면에서 척도가 되어주고, 다른 것들의 대상적인 기초, 여러 부류의 선한 것의 창조력과 매력의 기초가 되어주는 것이 다름아닌 아름다움인 것이다. 선 가운데에, 혹은 선과 연관하여 존재하지만 그 자체로는 따로 존립하지 않는 것이 (자연적 아름다움을 제외하고) 아름다움의 특성이다. 여러 정황을 감안할 때 에드워즈의 저술에 나타난 아름다움은 선한 것과 깊이 관련되어 있고 어떤 면에서는 선보다 더 광범위한 개념으로 등장한다.

---

* Douglas Elwood, Philosophical Theology of Jonathan Edwards, New York, Columbia University Press, 1960, p. 28

참고문헌

Clyde A. Holbbrook, 〈Edwards and the Ethical Question〉, *Harvard Theological Review*, 60(1967)

John Piper, *God's Passion for His Glory*, 백금산 역, 《하나님의 열심 & 조다단 에드워즈의 하나님의 천지창조의 목적》, 부흥과 개혁사, 1998

Jonathan Edwards, *A Treatise concerning Religious Affections(1747)* 서문강 역 《신앙과 정서》, 지평서원, 1994

—————————, *A Divine and Supernatural Light(1734)*, 백금산 역, 《신적이며 영적인 빛》, 부흥과 개혁사, 2004

—————————, *The Nature of True Virtue(1765)*. 노병기 역, 《참된 미덕의 본질》, 부흥과 개혁사, 2005

—————————, *On the End for Which God created the World(1765)*, 정일오 역, 《천지창조의 목적》, 솔로몬, 2003

—————————, Charity and Its Fruits, 서문강 역, 《조나단 에드워즈의 사랑과 그 열매》(1851), 청교도신앙사, 999

—————————, The Sermon of Jonathan Edwards: A Reader, 백금산 역, 《조나단 에드워즈 대표설교선집》, 부흥과 개혁사, 2005

Roland Andre Delattre, *Beauty and Sensibility in the Thought of Jonathan Edwards, An Essay in Aesthetics and Theological Ethics*, Yale University Press,1968

Roland A. Delattre, 〈Aesthetic and Ethics : Jonathan Edwards and the Recovery of Aesthetics for Religious Ethics〉, *Journal of Religious Ethics*, Florida State University(2003 summer)

Douglas Elwood, *Philosophical Theology of Jonathan Edwards*, New York, Columbia University Press, 1960

Terrence Erdt, *Jonathan Edwards: Art and the Sense of the Heart*, University of Massachusetts Press, 1980

6

무행위로서의 미와 예술

- 20세기 초 신지학 이론을 중심으로

조관용(홍익대 조소과 강사)

서론

19세기 말에 헬레나 페트로브나 블라봐츠키Helena Petrovna Blavatsky, 1831-1891에 의해 제기된 신지학Theosophy의 이론은 바실리 칸딘스키Wassily Kandinsky, 1866-1944가 《예술의 정신적인 것에 대하여》라는 저서에서 "신지학의 이론이 정신의 문제를 내적 인식을 통해서 접근하려고 한다는 점에서 20세기 초의 중요한 정신 운동의 하나가 되었다."*고 이야기하고 있으며, 길라 발라스의 《현대미술과 색채》에서 "몬드리안의 신지학에 대한 신념은 1909년부터 주제의 선택이나 표현 방식뿐만 아니라 색채나 기술의 선택에서 훨씬 더 분명하게 드러난다."**고 말하고 있는 점에 미루어 볼 때 20세기 초의 미술가들의 예술 사상에 많은 영향을 끼쳤다.

신지학의 이론은 20세기 초의 미술가들의 예술 사상에 영향을 끼쳤

---

* 칸딘스키, 《예술에 있어서 정신적인 것에 대하여》, 권영필 옮김, (열화당, 1995), 37쪽.
** 길라 발라스, 《현대미술과 색채》, 한택수 옮김, (궁리출판사, 2002), 340쪽.

음에도 불구하고 칸딘스키는 "마티스-색, 피카소-형태. 이 두 위대한 표지판은 위대한 목표를 지향하기 시작하였다."* 는 내용에서 보듯이 색과 형태를 통해 보편적 실재에 도달할 수 있는 것으로 인식하였다. 몬드리안Mondrian, Piet, 1872-1944도 "색의 순수한 조형적인 모습은 우리를 정신의 상승으로 보편적이고 추상적인 그 무엇으로 이끈다."** 는 글에서 보듯이 색채의 순수한 조형적 형태를 통해 보편적 실재에 이르는 예술 사상의 토대를 마련하고자 하였다.

그러나 색채와 음은 신지학의 이론을 계승한 애니 베산트Annie Besant, 1847-1933와 찰스 리드비터Charles. W. Leadbeater, 1847-1934에 의하면 사고자의 생각과 감정에 의해 형성되는 것으로 색채와 음晉의 지각적 인식을 통해서 보편직 실재에 도달힐 수 없다고 이야기한다. 사고자의 생각괴 감정온 이들에 의하면 색채의 형태를 띠는 미세한 의식을 지닌 물질로서 타인에게 영향을 주며, 또한 그 자신의 인식을 제한하는 요인들이 되는 것이다. 즉, 생각과 감정은 이들에 의하면 색채와 음과는 분리해서 바라볼 수 없는 동전의 앞뒷면과 같은 것이다. 육체적인 행위는 물론 감정과 생각도 다른 사람에게 영향을 끼쳐 우리 자신의 인식을 제한시키기에 애니 베산트와 찰스 리드비터의 뒤를 이어 신지학의 이론을 계승한 지난다라사C.Jinandarâsâ에 의하면 무행위work-less-ness적인 예술의 행위를 통해서만이 보편적 실재에 이를 수 있다고 말한다.

블라봐츠키는 신지학은 '신들의 지혜Wisdom of God' 를 의미하는 것이 아니라 '신성한 존재들 중의 하나가 소유하고 있는 신성한 지혜Divine Wisdom' 를 의미하며, 그 기원을 서구에서는 고대의 피타고라스Phytagoras와 플라톤

---

* 바실리츠 칸딘스키, 《예술에 있어서 정신적인 것에 대하여》, 45쪽.
** 길라 발라스, 《현대미술과 색채》, 340쪽.

의 신비 사상과 그노시스파Gnostics에서, 중세에는 신플라톤주의자들Neo-
Platonists에게서, 13세기에는 에크하르트Meister Eckhart, 파라켈수스P. A. Paracelsus,
1493-1541, 야곱 뵈메Jacob Boehme 그리고 중세 유태 신비가인 카발리스트
Kabbalist들의 종교적, 철학적 신비 사상에 두고 있다.* 그러나 블라봐츠키의
신지학의 이론은 윤회Reincarnation와 카르마Karma의 원리를 바탕으로 하여
보편적 실재를 정의내리고 있으며, 그도 대중적인exoteric 신지학과 비교적
인esoteric 신지학을 구분하고 있듯이 위에서 언급한 철학자들이 정의하는
보편적 실재와 동일한 것인지는 엄밀하게 규명하여 적용할 필요가 있다.
따라서 이 글의 목적은 신지학의 이론을 바탕으로 하는 블라봐츠키에서
부터 지난다라사에 이르는 보편적 실재에 대한 정의를 살펴보고, 애니
베산트와 찰스 리드비터의 색채와 음에 대한 이론과 무행위에 기원을 둔
지난다라사의 미와 예술의 정의를 간략하게 기술하는 데에 있다.

1. 무행위로서의 미와 예술

블라봐츠키가 저술한 신지학의 이론들은 색과 예술에 대해 구체적
으로 언급을 하고 있지는 않지만, 이를 계승하고 있는 애니 베산트와 찰
스 리드비터는 색채에 대해 상세하게 기술하고 있으며, 지난다라사는
예술의 행위와 미적인 감정들로 확장하여 전개시키고 있다. 생각과 감
정은 이들에게 있어서 색채의 성질과 형태를 결정짓는 원리이기도 하
지만, 동시에 그것들은 자연의 모든 사물들이 생성되어 나온 원리이기
도 한 것이다.

* H. P. Blavatsky,《신지학의 열쇠The Key to Theosophy》(Theosophical University Press), 2000 1-35쪽.

1) 야누스의 얼굴: 색色과 음讏과 사유

색채와 음讏의 본질은 신지학에서 사유와 감정과 분리되지 않는 야누스의 얼굴을 지니고 있다. 인간의 보이지 않는 신체들 주위에서 발산되는 색채의 파장은 찰스 리드비터와 애니 베산트에게 있어서 그 사람의 감각 혼과 마음Manas, 또는 Mind의 상태를 반영하는 것이다. 길라 발라스는 《현대미술과 색채》에서 이들이 정의한 신지학의 색채에 대해 이렇게 기술하고 있다. "생각이 고상하고 너그러우며 아주 발달된 인간의 후광은 밝고 영혼의 화려한 색으로 구성된다. 거칠고 무감각한 사람의 후광은 지저분하고 우울하며, 흐릿한 색을 나타낸다. 생각과 감정은 후광 밖으로 색채의 파편들을 내보내는 감각적, 정신적 육체의 진동을 야기한다. 이렇게 해서 자유롭게 운행되는 그것들을 창조한 정신에 의해 전달된 에너지로 포화되어 채색된 형태들이 생겨난다. 이것이 생각의 형태들이다. 생각의 특성이 색을 결정하고, 생각의 본질이 형태를 정의한다. 어떠한 생각의 형태는 이미지나 물체의 모습, 예컨대 초상화나 풍경으로 나타날 수 있다. 하지만 감정과 추상적 사고에 의해 생긴 생각의 형태 역시 추상적일 것이다."*

감정과 추상적 사고에 의해 생긴 생각의 형태는 베산트와 리드비터에게 있어서 추상적인 것만은 아니다. 즉, 생각이나 감정은 이들에게 있어서 단순히 사고자의 두뇌의 작용에서 끝나는 행위가 아니다. "사유란 사물들이다.Thoughts are things 어떤 대상에 대한 창조는 마음에서부터 빠져나온 어떤 영상으로 마음과 더불어 일어나는 물질화된 영상이다."** 생

---

* 길라 발라스, 《현대미술과 색채》, 2002, 316-317쪽.

** Annie Besant and Charles W. Leadbeater, 《사유-형태Thought-Forms》(Biblio Bazaar, 2007). 2-5쪽.

각과 감정은 이들에게 물질을 지닌 정묘한subtle 의식체이며, 시간과 공간의 제약을 받지 않으며, 자기 자신뿐만 아니라 동일한 심상을 지닌 다른 사람들에게 파장을 일으켜 영향을 주는 것이다. "갑자기 어떤 감정의 파동이 사람에게 엄습하면, 그의 감각 혼에는 격렬한 선동이 일어나고, 그 체의 본래 색깔은 잠시 동안 그 특별한 진동율에 해당하는 진홍색, 푸른색 또는 주홍색 등의 섬광에 의해 거의 불명료하게 되어 버린다… 사유 형태의 방사는 수천 명의 사람들에게 영향을 줄 수 있고, 같은 상황에 놓인 그들의 사유형태들을 선동시킨다."*

이것은 애니 베산트에 의하면 감정과 생각의 동기에 따라 진동에 반응하고 감각을 지각할 수 있게 하는 반지성적인 의식인 엘리멘타리 Elimentary를 일깨우기 때문이다. 생각과 감정이 진동으로 변환되어 색채를 형성하면 감각 혼의 세계와 정신계에서 반지성적인 엘레멘타리들이 그 형태 속으로 들어가 작용함으로써 다른 사람에게 영향을 끼치는 것이다. "우주가 끊임없이 분화되는 한가운데에 진화의 하위 부문에 속하는 엘리멘타리들이 있다. 이들은 자신들이 속한 색채에 토대를 두고 있으며, 색채-언어로 소통되는 것이다. 이것이 소리들과 색채들과 숫자들(소리와 색채에 기초가 되는 숫자)이 아직까지 조심스럽게 간직되어 온 이유이다. 그것은 뜻이 이것들을 매개로 하여 엘리멘타리들에게 전달되며, 지식은 통제할 수 있는 힘을 주기 때문이다."**

생각과 감정이 감각 혼의 세계와 정신계에서 진동을 통해 색채를 형성하는 원리는 블라봐츠키에 의하면 물질계에서 시각과 청각이 발현되는 원리와도 동일하며, 정신이 어느 선에 이르면 이 두 감각들이 서로 교

---

* A. Besant and C. W.Leadbeater, 《사유-형태》, 13쪽.
** A. Besant, 《카르마 Karma》(Theosophical Book Concern, 1905), 13-14쪽.

감할 수 있는 원리가 되는 것이다. "청각은 처음으로 나타나고, 다음에는 소리가 색으로 전환되어 시각이 나타난다. 일반인들이 청각을 통해 소리나 진동을 들을 수 있는 것보다도 투시자들Clairvoyant이 더 분명하게 소리를 볼 수 있고, 음색과 조음을 탐지할 수 있다."* 그것들은 또한 우주 만물을 생성시키고 유지하는 카르마Karma, 인과응보의 원리에 의해 자신의 운명을 결정짓는 원인이 되는 것이다. "우리의 영혼Soul, mind은 생각을 창조하거나, 또는 환기시킬 때, 그 생각의 재현적인 기호를 아스트럴 유체Astral fluid에 스스로 각인시킨다. 아스트럴 유체는 그릇, 달리말해 존재의 모든 현현들을 투영하는 거울이다. 그 기호는 사물을 표현하고 사물은 그 기호의 (숨겨진 또는 비의적인) 힘이다. 말을 한다는 것은 생각을 환기시키고 그 생각을 현실화하는 것이다. 말과 문자들은 신성한 지혜에 의해 숫자들과 상호 연관되어 있으며, 건강을 주거나 해악을 주는 것이다."**

　생각과 감정은 신지학에서 우주를 생성시키는 원리에 의해 색채를 띠는 미묘한 의식체로서 작용하며, 다른 사람들에게 영향을 줄 뿐만 아니라 자기 자신의 운명을 결정짓는 요인이 되는 것이다. 생각하고 있는 사람이 동시에 그 생각에 거리를 두고 볼 수 없는 것처럼 사고자도 생각하는 순간 색채와 음의 형태와 성질에 거리를 두고 바라볼 수는 없는 것이다. 말하자면 생각과 감정은 음과 색채의 성질과 동전의 앞뒷면과 같이 분리시킬 수 없는 것으로서 색채와 음은 감정과 생각의 그림자를 의미하며, 의식의 변화 없이 정신을 고양시킬 수 없는 것이다.

---

*　H. P. Blavatsky, 《비경 주석The Secret Doctrine Commentary, 1889년, 1월 24일 런던의 란스도우네 거리에서 개최된 세 번째 모임의 글에서 발췌, Meeting held at 17, Lansdowne Road, London, W., on January 24th, 1889》(The Theosophical Publishing House, 1993).

**　Helena Petrovna Blavatsky, 《비경 1권The Secret Doctrine I》(The Theosophical Publishing House, 1993), 94-95쪽.

2) 무행위로서의 미와 예술

예술의 행위와 미적인 감정은 신지학에서 시각적 이미지를 구축하는 데에 있는 것이 아니다. 그것들은 지난다라사C.Jinandârâsa에 의하면 우주의 마음과 일체감을 이루는 '카르마 없이 있음'으로 존재하는 것이다. 달리 말해 그것은 개별적 자아에서 벗어나 무행위work-less-ness의 삶을 실천하는 것이다. "어떤 사람이 행위를 포기함으로써, 혹은 의무를 저버림으로써 무위의 상태에 도달할 수 있다고 여긴다면, 이것은 미혹에 사로잡힌 것이며, 참된 길이라 할 수 없다. 사실 인간이 육체를 지니고 사는 한에 있어서 한순간도 행위를 하지 않을 수 없다."*

무행위란 삶으로부터 도피가 아니라 올바른 행위를 통해서 오는 것이다. 올바른 행위는 지난다라사에 의하면 플라톤Plato의《향연Symposium》의 구절과 같이 "바른 길을 걷는 사람은… 아름다운 육체를 사랑하고, 아름다운 말을 낳으며, 한 육체의 아름다움이 다른 육체의 아름다움과 형제라는 것을 깨달으며, 어느 한 육체에 대한 열렬한 사랑은 천하고 보잘 것 없음"**을 자각하는 것을 의미한다. 그리고 그럼으로써 보편적인 실재에 이르는 것이다. 그러나 그 보편적 실재는 지난다라사에 의하면 플라톤의 이데아Idea와는 다르다. "우리가 우주의 잔인하고 물질적인 실체들을 관찰할 때 우리는 그것을 비유기적이라고 칭한다. 하지만 그것은 우주의 끝이 아니다. 자연은 신비스러운 과정을 통해 비유기적 우주에서 유기적 우주로 지나가고 변형된다. 그리고 그때 식물이 나타나고, 식물

---

* C. Jinandârâsa,《이념과 감정과 의지의 세계 1948 The World as Idea, Emotion and Will 1948》(Kessinger Publishing, LCC, 2006), 13쪽.
** C.Jinandârâsa,《카르마 없이 있음 Karma-less-ness》(Kessinger Publishing, LCC, 2006), 36쪽.

에서 다시 동물로, 동물은 인간이 된다. 그럼으로써 이러한 변형적인 작업을 통해 자연은 스스로 의식으로 가득한, 이념idealism으로 가득한 생각하는 존재가 되는 것이다."* 즉, 그것은 블라봐츠키에 의하면 인간의 이분법적인 관점에서 탈피해 생명 그 자체를 바라보는 것을 의미한다. "원자와 분자는 창조하며 또 파괴한다. 스스로 창조하고 스스로 파괴한다. 신비중의 신비(인간과 동물과 식물의 살아 있는 체)를 매순간 시간과 공간 속에서 생겨나게 하거나 전멸시켜버리기도 한다. 생과 사, 선과 악, 또한 유쾌함과 불쾌함, 좋은 감정과 해로운 감정까지도 똑같이 창조한다."**

예술의 행위는 지난다라사에 의하면 미적 감정을 체험할 수 있는 장이다. 우리가 우울할 때 시나 그림을 그림으로써 우리의 감각 혼이 여전히 우울함 속에 있을지라도 우리는 한발 물러서서 그 실체를 바라볼 수 있는 것이다. 그럼으로써 우리는 자신을 얽어매는 카르마의 실체에 대해 거리를 두고 바라보며 보편적 실재를 자각하는 창조적인 행위로 나아갈 수 있는 것이다. "예술이란 타인들의 생각들과 감정들을 기록하는 레코드판이 아니다. 예술에서의 창조란 그에게 자신의 삶에서 한발 물러나 타인들을 이데아Idea의 계시자로서, 삶을 있는 그대로 보고 예술 작품을 만드는 것이다. 예술가는 신성한 마음, 신성한 에너지와 함께 있으며, 전통이 아닌 내적 본질로 들어가 무언가를 창조하여야 한다. 우리가 위대한 음악가를 따르든 무명의 음악가를 따르든 그것은 중요하지 않다. 어떤 비평가도 철학적인 잣대로 옳다 그르다고 비평할 기준은 없다. 예술가는 스스로 이데아의 계시자가 되어야 한다."***

* C. Jinandarasa, 《카르마 없이 있음》, 52쪽.
** H. P. Blavatsky, 《비경1권》, 261쪽.
*** C. Jinandârâsa, 《카르마 없이 있음》, 11-15쪽.

철학도 그에 의하면 비평을 통해서가 아니라 그 자체의 길을 통해서 붓디 계의 정신을 자각할 때 예술의 행위가 되는 것이다. 또한 예술 장르도 색과 음과 생각과 같이 서로 상응관계 속에서 있는 것이다. "인간은 시, 드라마, 조각, 또는 음악을 통해서 해방된 영혼의 실재fact를 느낀다. 시는 음악적 소리가 되며, 조각은 벙어리 시이다. 그것은 조각 안에는 운율과 리듬이 있기 때문이다. 회화 역시 동일한 특성을 지닌다. 즉, 시가 상상력의 재료로부터 이미지에서 이미지를 조각한다는 점에서 조각은 말없는 시이며, 건축은 괴테Goethe와 레싱Lessing이 기술한 것처럼 '얼어붙은 음악frozen music' 이다."*

즉, 예술의 행위는 "인간의 관점에서가 아니라 창조자의 관점에서 바라보는 것"**이며, 미적인 감정은 개별적 자아에서 벗어나 붓디 계의 정신을 드러내는 것이다. 다시 말해 예술의 행위는 지난다라사에 의하면 삼위일체의 존재를, "하나는 신성한 이념으로서의 세계로, 두 번째는 신성한 감정으로서의 세계로, 세 번째로 신성한 의지로서의 세계를 자각하는"*** 것이다.

2. 의식의 연금술 : 윤회와 카르마

윤회와 카르마는 신지학의 이론에서 존재가 물질의 형태를 구현하여 순환주기를 마치는 데에 기본 원리를 이루고 있는 것이다. 즉, 카르

---

*   C.Jinandârâsa, 《예술과 감정들Art and the Emotions》(Kessinger Publishing, LCC, 2006), 74-77쪽.
**   C.Jinandârâsa, 《영혼의 진화의 한 요소로서의 예술, Art as a fact in Soul's Evolution》(Kessinger Publishing, LCC, 2006), 1쪽.
*** C.Jinandârâsa, 《이념과 감정과 의지의 세계 1948》, 13쪽.

마의 원리는 '눈에는 눈, 이에는 이'라는 인과응보의 원리보다는 물질과 마찬가지로 정신도 에너지의 한 부분으로서 눈에 보이지 않는 우주의 생성 원리를 이루는 하나의 체계로서 해석하고 있다.

1) 의식의 진화로서의 윤회

윤회Reincarnation는 산스크리트어로 삼사라samsâra라는 말로서 인간의 의식체가 니르바나해탈에 이르지 못하면 자신이 지은 카르마에 따라 인간의 형태로 다시 태어나는 것을 의미한다. 에반스 웬츠Evans Wentz는 《티벳 사자死者의 서書》에서 윤회에 대해 다음과 같이 말하고 있다. "인간의 의식체가 영원한 자유에 이르지 못하면 자신이 지은 카르마에 따라, 각종 동물들로 상징되는 정신적 특성이나 성격을 지닌 채 인간의 형태로 계속 윤회를 하게 된다는 것이다. 이것이 인류 대부분을 지배하는 정상적인 카르마의 조건이다. 그러나 예외적으로 비정상적인 카르마의 퇴화 조건 아래에서는 오랜 세월을 통해 서서히 인간의 속성을 잃어가 마침내 동물의 세계로 떨어질 수도 있을 것이다."* 그러나 윤회는 신지학에서는 인간의 영혼soul에게만 있는 독특한 것이 아니라, 유기체를 지닌 모든 생명에게도 해당되는 것이다.

윤회는 지난다라사에 의하면 일반적으로 인간의 영혼에만 한정지어 일반적으로 사용되고 있으며, 그것은 다음과 같은 세 가지 설이 제기되고 있다는 것이다.**

---

* 파드마 삼바바, 《티벳사자의 서》, 라마 카지 다와삼둡 번역, 에반스 웬츠 편집, 류시화 옮김(정신세계사, 1995), 129쪽.
** C.Jinandârâsa, 《신지학의 제일원리, First Principles of Theosophy》(Vasanta Press, 1976), 61-62쪽.

첫 번째는 전존재Pre-existence의 가설이다. 신은 어린아이의 탄생을 위해 영혼을 창조하지 않는다. 왜냐하면 영혼은 오래 전부터 어떤 영적인 상태spiritual condition를 지닌 채로 존재해 왔기 때문이다. 그 영혼은 처음부터 끝까지 인간 형태로 태어난다. 두 번째는 윤회전생Metempsychosis 또는 환생Transmigration의 가설이다. 인간의 영혼은 이미 최초에 화신으로 나타났는데, 때로는 인간으로, 때로는 동물이나 식물로 나타났다는 것이다. 그리고 이와 비슷하게 그 영혼은 죽은 후에 다시 인간의 거주지로 돌아가기 전에 동물이나 식물로 다시 태어날지도 모른다는 것이다. 세 번째는 영혼재래설Reincarnation의 가설이다. 인간의 영혼은 어린아이로 태어나기 전에 이미 지상에서 남자나 여자로 살았었다. 그 영혼이 동물이나 식물로 살았었던 적이 있었다. 그러나 그것은 개체화되기 이전, 즉 항구적이고 자의식을 지닌 개별화된 개체의식을 지니기 이전이다. 죽은 후에 그 영혼은 영적인 삶을 살고 지상으로 돌아올 적에는 남성이나 또는 여성으로서 돌아온다. 하지만 결코 식물이나 동물로서 태어나는 것이 아니다.

지난다라사에 의하면 신지학에서의 윤회는 세 번째 가설을 의미한다. 인간으로 태어났다가 동물로 태어나게 되면 그것은 퇴화를 의미하는 것으로 영혼에는 아무 것도 남는 것이 없기 때문에 아무런 의미가 없다는 것이다. "파충이 죽으면, '파충류'의 그룹 혼group-soul으로 돌아가서 또 다른 '파충'이 되어 재생한다. 강아지가 병들어 죽으면, 개의 그룹 혼으로 돌아가서 또 강아지가 되어 재생한다. 인간의 경우에는 죽어서도 그룹 혼으로 돌아가지 않는 것이 동물들과 틀린 점이다. 인간은 개체화된 의식을 지니고 있기에 윤회를 할 때 이전의 삶에서 발달시킨 재능들을 다른 개체들과 공유하거나 또는 나누는 것이 아니라 그대로 지니고 돌아온다."* 즉, 그에 의하면 인간이 수많은 인격personality으로 화신하는 것은 궁극에는 자신의 본래의 실체를 자각하기 위한 것이다.

2) 의식의 거울 - 카르마

카르마의 원리는 신지학에서 윤회의 사상과는 분리할 수 없는 것으로 악은 벌을 받고 선은 보답을 받는다는 인과응보의 법칙을 의미하지만, 그보다는 엄밀히 말해서 "인간들이 에너지를 변환시켜 가는 데서 생겨나는 원인과 결과에 대한 것을 의미한다. 인간은 살아 있는 동안 언제나 에너지의 변환자이다. 우주 에너지는 인간 속에 흘러들어 가며, 그 에너지들은 인간에 의하여 도움을 주거나 손해를 입히게 된다."**는 것을 의미한다.

인간들이 사용하고 있는 모든 힘들은 지난다라사에 의하면 행위의 세계의 힘이나 감정의 세계의 힘이나 정신계의 힘이나 모두가 우주의 에너지이다. 인간의 행위나 감정과 생각들의 힘은 그에 의하면 우주의 에너지로부터 기인하기 때문에 인간은 이것들을 자기 자신에게 맞추는 것이 아니라 우주의 목적에 맞추어야 하는 것이다. 그것은 절대자로부터 분리된 우주의 전체 혼이 현현하는 기간 동안 "가장 낮은 것에서부터 가장 높은 마음Manas에 이르기까지, 그리고 광물과 식물에서부터 가장 신성한 대천사Dhyani-Buddha에 이르기까지, 현상계에 있는 모든 원소 형태를 두루 거치고 처음에는 자연적 충동에 의해서 그리고 나중에는 스스로 유도하고 고안해 낸 노력에 의하여 의식적인 자각Higher or Divine Ego을

---

* C.Jinandârâsa, 《신지학의 제일원리》, 61쪽.
** C.Jinandârâsa, 《신지학의 제일원리》, 92쪽.

획득하기 전까지 카르마에 의해 균형을 맞추어야"*하기 때문이다.

즉, 카르마의 원리는 블라봐츠키가 이야기하듯이 물질계의 에너지 분산 법칙과 같이 물질뿐만 아니라 모든 것들에 보편적으로 작용하는 것이다. "호숫가에 돌을 던지면 파문이 생기고, 그 파문은 앞뒤로 흔들리며 움직인다. 이것이 물리학자들이 말하는 에너지 분산 법칙이다. 힘의 원리에 의해 그 파문은 조용해지고 물은 고요한 평온의 상태로 돌아가는 것이다. 어느 계물리계, 정신계, 영혼의 계의 작용에서도 모두가 우주의 균형 잡힌 조화에 방해를 일으켜 생긴 진동은 그 영역이 한정되어 있다면, 그 한계까지 가서 원점으로 돌아올 때 평형은 비로소 잡히는 것이다."**

카르마는 인간의 경우에 신지학에 의하면 물리적인 행위는 물질계에서, 감정은 감각 혼의 세계의 이미지로, 생각은 정신계의 이미지로서 리피카Lipka들이 주관하는 아카식Akashic 이미지들에 새겨져 작용하는 것이다. "리피카는 절대 존재로부터 분리되어 우주를 생성하며 분화를 시작하는 두 번째 상위의 층의 존재들로서 리피카는 우주의 영들Spirits이며, 카르마를 직접 기록하는 기록자들이다. 리피카는 개인적 자아Ego와 이 자아의 본체이자 어버이-원천인 비개인적인 자아Self 사이에 통과할 수 없는 하나의 장벽을 만든다. 그들은 하강했다가 상승하는 자들에게도 '우리와 함께 있으라.' 라고 말하는***그 기간까지 현현한 물질계의 윤-ring에 내

---

*   H. P. Blavatsky, 《비경1권》, 17쪽. 신지학에서 우주의 모든 것은 주기가 끝나면 휴식기를 거쳐 다시 시작한다. 그 휴식기는 우주 휴식기prakritika manvantara, universal manvantara, 태양계의 휴식기saurya manvantara, solar system manvantara, 지구 휴식기bhaumika manvantara, earth manvantara, 인간 영의 휴식기paurusha manvantara, manvantara of man로 크게 나눌 수 있다.

**   H. P. Blavatsky, 《신지학의 열쇠》, 206쪽.

*** 인간은 신지학의 열쇠에서 상위 3개조와 하위 4개조로 나뉘어져 있다. 상위 3개조는 불사의 3개조로서 아트마Atma, 붓디Buddhi, 마나스Manas이며, 하위의 4개조는 죽어야 하는 것으로서 스툴라 샤리라 Sthula-Sharira, 링가 샤리라Linga-Sharira, 프라나Prana, 카마Kama이다. 이것은 플라톤과 피타고라스의

접시킨다."* 인간은 이러한 카르마의 원리에 적용을 받으며, 가족 또는 사회, 국가, 인종들에 끼친 영향과 연결되어 윤회를 하는 것이다.**

성숙도에 따라 개인마다 5년에서부터 2,300년에 이르기까지 많은 편차를 보이며, 영혼이 하강하는 순간 우주의 친화력과 응집력의 법칙에 의해 자신이 지나온 생애 동안 간직하고 있는 의식에 따라 감각혼의 신체와 정신 체를 입으며, 4원소의 지배자인 데바라자들Devarajas, 리피카의 대행자이 그에 상응하는 물질 육체의 토대인 에텔 복체etheric double를 만들어 주어 우리는 이 지상에서의 육체적인 삶을 살아가는 것이다.*** 즉, 카르마는 신지학에서 인과응보의 원리에서보다는 절대자로부터 분리된 우주의 전체 혼들이 자신 안에 있는 신성을 스스로를 자각하기 위한 장치이며, 신의 생각 속에 있는 원형들이 스스로 완성되도록 균형을 잡아주는 역할을 하는 것이다. 카르마는 신지학에서 인간 중심에서가 아닌 우주 만물 속에서 생명을 인식하게 하는 일종의 의식의 거울을 의미한다.

3. 존재와 의식

신지학에서 우주는 외부의 누군가에 의해 생성된 것이 아니다. 존재

원리를 세분화한 것으로 아가톤Agathon은 신성Deity이나 또는 아트마Atma로, 프쉬케Psuche는 집단적 의미의 영Soul으로, 누스Nous는 정신Spirit이나 또는 마음Mind으로, 프렌Phren은 육체적인 마음physical mind으로, 그리고 튜모스Thumos는 카마 루파Kama-rupa나 또는 정념passions으로, 에이돌론eidolon, 그리고 육체적인 신체Physical Body이다. (Helena Petrovna Blavatsky, 《신지학의 열쇠》, 95-96 쪽.

* H. P. Blavatsky, 《비경1권》, 128-129 쪽.

** 이에 대해서는 다음을 참조하라. 데이비드 벵슨, 《유명한 사람들의 전생이야기》, 서민수 옮김, (도솔 출판사, 1999)

*** A. Besant, 《카르마 Karma》, 44쪽. 감각 혼의 세계와 정신계의 엘리멘타리를 지휘하는 것도 리피카의 역할이다.

는 영원하고 끊임없는 운동 속에 있는 실체이며, 상반되는 두 요소인 정신과 물질 혹은 또 다른 수준에서 인간과 자연, 남성과 여성으로 구성된 단일성이다. 원자에서 태양에 이르기까지 자연 속에서 다양하게 발현되는 각각의 요소들은 그 자체로 존재의 보편적이고 우주적인 단일성을 내포하고 있다. "존재의 원인은 니다나Nidana, 존재하고자 하는 욕망와 마야Maya, 환영의 결과인 존재하고 싶다고 하는 욕망에서 비롯된 것이다. 감각을 지닌 생명에 대한 이 욕망은 원자에서부터 태양에 이르기까지 모든 것들에 나타난다. 그리고 이 욕망은 객관적 존재로 촉진되어지며, 우주가 존재해야만 된다고 하는 하나의 법칙이 되는 신성한 생각의 반영이다."*

1) 삼위일체로서의 존재

인식하는 자, 인식하는 대상, 인식력은 분리된 것이 아니라 신지학에서 한 존재One Being이다. 시간은 유한한 인식에서 생겨난 것이며, 공간은 블라봐츠키에 의하면 존재의 또 다른 이름이다. "우주가 존재하든 존재하지 않든간에, 과거에도 있었고, 현재에도 있으며, 미래에도 있을 것은 무엇이겠는가? 라고 오컬트Occult의 센쟈르어 문답 집에서 묻는다. 그 답은 '공간' 이다."**

공간은 원초의 물질과 거대한 운동숨, Great Breath이 공존하는 공간으로서 현현한 우주는 그것들로부터 생성되어 나온 것이다. "유일의 실재의 숨, 물질계에서는 같은 의미인 운동으로 대체되었다. 유일의 영원한 원소 즉, 여러 원소를 포함하고 있는 매체는 어떠한 차원도 없는 공간이

---

* H. P. Blavatsky, 《비경1권》, 44쪽.
** H. P. Blavatsky, 《비경1권》, 11쪽.

다. 그리고 끝없는 계속과 원초의 물질과 운동은 공간과 공존한다. 이 숨은 프랄라야pralaya, 해체기의 영원 동안에도 결코 사라지지 않는다."*

블라봐츠키에 의하면 시간은 생각에 의해 생겨난 것이며, 생각은 거대한 숨에서 발생한 것으로서 우주를 생성시키는 하나의 씨앗의 원인이 되는 것이다. 즉, 생각이 계속되면 의식이 되며, 그 의식은 의지를 형성하여 미세 물질을 형성한다. "신성한 생각이 포하트Fohat에 의해 원초적 질료에 인상이 새겨지게 되면 그의 하트는 열린다. 그렇게 되면 원초적 질료는 분화하여 셋부, 모, 자은 넷으로 변화된다. 여기에 삼위일체와 처녀회태라는 이중적인 신비가 있다."**

신성한 생각은 알리스 베일리의 《우주적 불에 관한 논고A Treatise on the Cosmic Fire》에 의하면 우주의 마음Mind이고, 그것은 공간을 통해 앞으로 추진시키는 체계적인 운동의 바탕을 이루는 외부적인 불이며, 우주의 중심과 연계되어 진화 주기의 고리ring-pass-not를 통제한다. 원초적 질료는 지성적인 활동으로서 중심에서 표면을 관통하며, 전체에 생기와 활력을 불러일으키는 광대한 내적인 불이며, 회전하는 운동, 즉 모든 존재하는 것의 타원형의 형태의 원인이다. 그리고 포하트는 친화력과 반발 작용을 통해 이 둘을 결합시켜 신체의 고리를 이루는 나선 운동의 바탕이 된다. 이들 셋이 존재 현현의 삼중적인 모양—주관적 세계와 객관적 우주, 그리고 모든 가슴에서 발견될 수 있는 영적인Spiritual 국면—을 나타내는 것으로 간주된다.***

아버지-어머니는 블라봐츠키에 의하면 근원 질료, 영-물질을 의미하는 것이다. 그것이 분화해서 동질성에서 이질성으로 바뀌어 떨어져나

* H. P. Blavatsky, 《비경1권》, 43쪽.
** H. P. Blavatsky, 《비경1권》, 58쪽.
*** Alice Bailey, 《우주적 불에 관한 논고 A Treatise on Cosmic Fire》(Lucis Press, 1979), 39-41 쪽.

가기 시작하면, 영-물질은 플러스+와 마이너스-가 되는 것이다. 이전에서 수동적이었던 것들이 객관성과 주관성의 뿌리인 라야 센터laya-point, 제로 상태에서부터 활동적인 상태와 수동적인 상태로 되는 것이다. 분화의 결과로 자식이 태어난다고 하는 것은 우주, 즉 현현해 있는 코스모스를 의미하는 것이다. 처녀회태는 블라봐츠키에 의하면 원자에서부터 성운에 이르기까지 동일하게 자존하는 존재의 삼위일체의 속성이 작용하여 탄생하는 것을 의미하며, 전체적으로 볼 때 우주 전체이며, 아래에서 볼 때 전인류가 되는 것이다. "마하트Mahat, Mind는 최초의 창조에서는 창조주Lord라고 불리며, 이 뜻으로는 보편적 인식 또는 신성한 생각이다. 그러나 최초로 형성된 마하트는 제2창조인 '나'로서 태어났을 때는, 에고이즘Ego-ism, 我性이라 불린다."*

　　달리 말해 인간을 비롯한 물질의 모든 원자는 신지학에서 그것이 어느 차원에 있건 삼위일체의 속성에서 비롯된 하나의 생명인 것이다. 생명의 크기는 오직 제한된 의식 안에서만 구분되는 것으로서 밖도 안도 없으며, 큰 것도 작은 것도 없는 것이다. 물이 가득 차 있는 구球에 전기적 광선을 통하게 하면 물속에 불투명한 입자가 없는 한 그 광선은 눈에 보이지 않다가 입자가 있으면 광은 차츰 보이기 시작하는 것과 같이 "어머니 속으로 깊숙이 떨어지는 한 줄기 광선은 혼돈chaos을 잉태시키는 신성한 생각 혹은 신성한 지성을 의미하는 것으로 생각할 수 있다. 인간에서 진드기까지, 거대한 나무에서 가장 작은 풀잎에 이르기까지 모두가 그러하다. 이 모든 것은 신의 생각 안에 있는 영원한 이상적 원형의 그림자, 즉 일시적 반영에 불과하다."**

* H. P. Blavatsky,《비경1권》, 75쪽.
** H. P. Blavatsky,《비경1권》, 64-65쪽.

2) 물질과 의식

신지학에서 물질은 눈에 보이는 물질을 의미하는 것이 아니다. 물질은 지난다라사에 의하면 〈그림1, 2〉에서 보듯이 불활성 물질인 에테르 공간에 포하트가 진동하여 거품들을 만들어 그 안에 우주 로고스우주의 마음의 의식을 채워 놓은 것이다. 엄밀히 말해 물질은 에테르 공간에 압력을 넣어 만들어낸 "에테르 속의 구멍들holes in the ether"이며, 그것은 수많은 빛의 점들, 또는 거품들로서 에테르의 부재, 또는 비어 있음이다. 즉, 우리의 태양계는 태양 로고스가 우주의식으로 채워진 일곱 개의 거품을 하나의 단위로 7차에 걸쳐 나선형으로 감아올려 태양계의 물질의 원자를 만드는 것이다. "현현된 우주는 제한되어진 시간, 만반타라의 기간 내에 그 활동이 제한되는 우주 지성, 즉 마하트Mahat의 결과로서 주기적으로 공간에서 발현되는 것으로서 공간은 일곱 개의 피부를 가진 영원한 어머니-아버지, 즉 미분화 상태에서 분화한 층에 이르기까지 일곱 층의 표면으로 구성되어 있다."*

그림 1

공간 에테르의 압력

1인치 평방미터 750,000톤
(O.Reynolds)

Prakriti (근원물질)

1 입방미터의 무게—
000,000,000,000,001그램
(Kelvin)

* H. P. Blavatsky, 《비경1권》, 16쪽.

현현한 우주는 신지학에서 일곱 계의 물질계로 이루어진 것으로서 지난다라사에 의하면 제1계인 아디 계Adi plane의 원자는 하나의 거품으로, 제2계인 아누파다카 계Anupadaka plane는 49거품으로, 아트마계Atma plane는 49의 2승, 부디 계Buddhi plane는 49의 3승으로, 정신 계Mental plane는 49의 4승으로, 감각혼의 세계Astral plane는 49의 5승으로, 물질계Physical plane는 49의 6승의 거품들로 만들어진 것이다. "로고스는 일곱 개의 거품을 한 단위로 하여 〈그림 3〉의 중앙에 보이는 막대 모양으로 길게 늘어뜨려 1차 나선을 만들고, 그 다음에는 다시 1차 나선의 일곱 개를 묶어 중앙 옆에 회전하는 모양으로 2차의 나선을 만든다. 그렇게 일곱 차례에 걸쳐 나선으로 회전시켜 그림 4에서 보듯이 물질의 원자 아누Anu가 만들어진 것이다. 그리고 그림 5에서 보듯이 코일이 오른쪽에서 왼쪽으로 감기면 양성 원자가 되고, 왼쪽에서 오른쪽으로 감기면 음성 원자가 만들어진다."*

그림 2

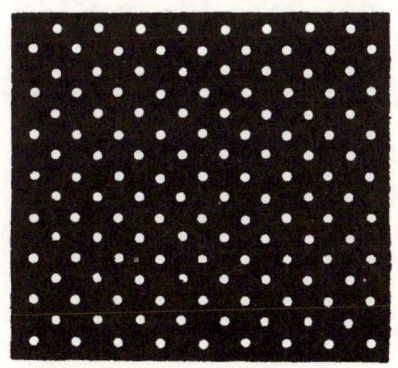

그림 3

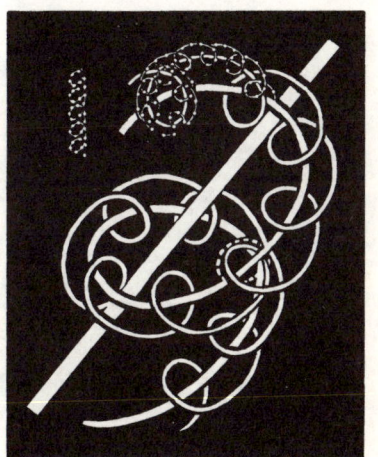

* C. Jinandarasa, 《신지학의 제일원리》, 244-247쪽.

〈그림 4, 5〉의 하단에 보이는 세 가닥으로 감아올려진 코일은 베산트의《오컬트 화학Occult Chemistry》에 의하면 3위 일체의 속성을 지닌 각기 서로 다른 전기의 흐름들로 채워져 있으며*, 태양 로고스의 분신인 7행성 로고스는 지난다라사에 의하면 〈그림 4, 5〉의 상단에 보이듯이 일곱 개의 평행코일을 감아서 물질 원자를 만드는 것이다. 일곱 개의 아주 작은 이 코일들은 빛과 소리에 의해 영향을 받을 때 태양의 스펙트럼 중의 하나의 색채와 자연의 7음계 중의 하나의 음이 각각 작용하게 됨으로써 행성 로고스의 구체적인 영향을 발산하는 것이다. 7계의 물질계는 신지학에서 다시 각각 7계의 하위 부분계로 나뉘어져 있으며, 최고의 부분계는 원자로 이루어져 있으나, 제2, 제3, 제4, … 제7 부분계는 몇 개의 원자가 결합하여 분자로 구성된 것이다. 그리고 가 물질계의 최고부분계는 음, 양이란 두 종류의 물질원자 단위로 되어 있으며, 이 음양의 원자가 결합하여 하위의 원자 계-하위 아트마계, 초웹 에테르계, 에테르,

그림 4

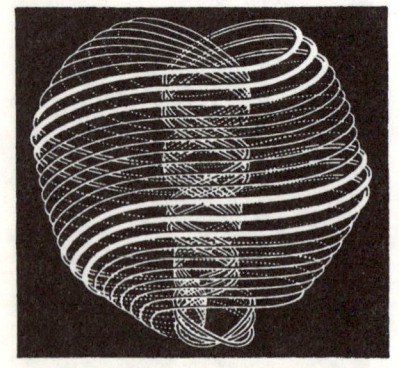

그림 5

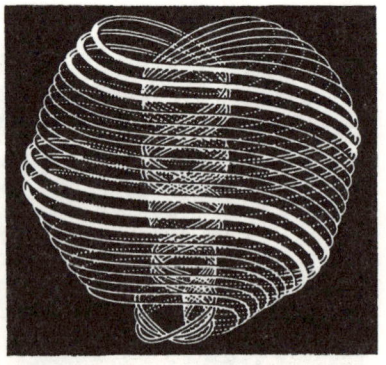

* A. Besant and C. W.Leadbeater,《오컬트 화학-화학원소에 관한 초감각적 관찰Occult Chemistry-Clairvoyant Observations on the Chemical Elements》((The Theosophical Publishing House, 1919), 7쪽.

기체, 액체, 고체—를 형성하는 것이다.*

생명은 지난다라사에 의하면 일곱 개의 질료에 포하트가 에너지를 불어넣을 때에 생겨나는 것이다. 물질계에서 프라나prana 또는 활력소라고 불리는 포하트가 질료에 에너지를 불어넣어 형체를 만들면 생명이 생겨나고, 다시 새롭고 좋은 형태를 만들기 위해 그 형태로부터 에너지를 뽑아내면 죽음이 오는 것이다. 포하트가 작용하여 아디계에서 붓디계에 이르는 태양계의 네 개의 상위 계에 생명이 나타났을 때에 이를 모나드 에센스Monad Essence라고 말한다. 포하트가 작용하여 만들어진 생명이 정신계에서 생각이란 아주 작은 미세한 진동이 원인이 되어 욕구가 일어나고, 감각혼의 세계에서는 빠른 시간에 모습과 형이 만들어져서 사유 형태가 만들어지며, 우리가 알고 있는 물질 질료를 만드는 것이다.

즉, 인간은 지난다라사에 의하면 이러한 '안으로 말림involution'의 과정으로 인해 원인체Casual Body, 붓디계의 의식체 속에서 살아가는 에고의 과정이 시작되는 것이다. 에고가 육화되었을 때 그는 물질계, 감각 혼의 세계, 정신계를 연속적으로 만들어 내어 각 세계의 제한을 겪게 되는 것이다. 달리 말해서 우리들의 의식의 진화evolution는 이렇게 말려진 에너지를 풀어 헤치는 과정인 것이다. 처음에는 에고Ego의 에너지, 다음에는 모나드Monad의 에너지, 마지막으로 로고스Logos의 에너지가 각각의 계plane에서 만들어진 매체들vehicles을 통해 숨겨진 에너지를 풀어 헤치는 과정이다.**

---

* C. Jinandarasa, 《신지학의 제일원리》, 198-204쪽.

** C. Jinandarasa, 《신지학의 제일원리》, 303쪽.

3) 개체화의 원리

우주에 있는 모든 원자는 블라봐츠키가 이야기하고 있듯이 자기의식이 발달할 가능성을 갖고 있으며, 라이프니츠의 모나드처럼 그 자체가 하나의 독립된 우주이며, 천사이다. 그렇지만 자기의식을 지닌 인간의 모나드는 과학에서 말하는 물질 원자가 진화를 하여 되는 것은 아니다.

개별화된 하나의 모나드가 저급 자연계를 천천히 확실하게 거쳐 가면서 헤아릴 수 없는 변화를 겪어 마침내 인간으로 꽃을 피우는 것이라고 생각하는 것은 잘못된 것이다. 간단히 말하면, 훔볼트와 같은 자연과학자의 모나드가 되기 위해서는 각섬석角閃石의 원자 모나드에서부터 시작한다는 생각은 오해를 가져온다.*

일반적인 과학적 가설에 따른 원자는 위의 구절에서 블라봐츠키가 이야기하듯이 자기의식을 지닌 인간 모나드는 아니다. 신지학에서 이야기하는 원자는 앞장에서 설명했듯이 그보다 근원적이며, 인간 모나드는 과학에서 정의하는 원자가 정신적인 무엇에 의해 생기를 부여받아 오랜 세월이 지난 후에 생성되는 것이 아니다. 엄밀히 말해서 신지학의 이론에서 정의하는 모나드는 개별화되어 있지 않다. 말하자면 모나드는 보편적 에너지가 구체화된 것이고, 보편적 모나드의 순서에 따라서 생겨난 것이다.

일곱의 본성과 에센스에서 태어난 모나드는 가장 높은 데서 가장 낮은 데

---

* H. P. Blavatsky, 《비경1권》, 178쪽.

에 이르기까지, 또 인간에서 신에 이르기까지, 존재와 형태의 주기 동안 칠중의 나선의 회전운동을 해야 하며, 파라니르바나Para-Nirvana, 해탈의 세계의 문턱에서 모나드는 원초의 에센스를 다시 취하고 절대자와 다시 하나가 된다.*

라이프니츠의 모나드와 같이 신지학에서 이야기하는 모나드 역시 합성물은 아니다. 그것은 위의 구절에서 보듯이 원자의 집합체라기보다는 분화의 여러 가지 단계에 따라 활기를 넣어주는 영적 에센스이다. 즉, '모나드 에센스'는 영적 진화의 주기적인 흐름을 순환하며, 식물계에 진입하면서 자아인식을 지닌 인간 모나드와 같이 개별적 의식으로 가냘프게 분화를 시작하는 것이다.

모나드 에센스는 지난다라사에 의하면 태양 로고스에 의해 만들어진 일곱 부분의 물질계를 포하트의 작용에 의해 위에서 아래로, 아래에서 다시 위로 순환하는 것이다. 모나드 에센스는 위에서 아래로 내려오면서 아디계에서 붓디계에 이르기까지 '모나드 에센스'로 불리며, 정신계의 상위층에서는 제1엘리멘타리 에센스, 하위층에서는 제2엘리멘타리 에센스, 감각 혼의 세계에서는 제3엘리멘타리 에센스로 불린다. 그리고 물질계에서 다시 위로 오르면서 광물혼, 식물혼, 동물혼, 원인체, 아트마의 의식, 아누파다카의 의식, 아디 의식으로 진화하는 것이다. 광물, 식물, 동물 모나드들은 인간과 같이 개체들로 분화된 것은 아니다. 그룹을 짓는 동물 모나드들이 점차 진화를 통해 개별화되면서 우주의 마음이 그 개별화된 모나드에 작용함으로써 인간의식을 지닌 원인체가 형성되는 것이다.**

* H. P. Blavatsky, 《비경1권》, 135 쪽.
** C.Jinandârâsa, 《신지학의 제일원리》, 165-181쪽. 모나드는 포하트가 각 7 단계에서 활동할 때 각 단계의

원인체는 지난다라사에 의하면 우주 로고스가 자신의 분신이 되는 신성의 불꽃인 모나드Monad를 보내줌으로써 만들어진다고 말하며, 알리스 베일리Alice Bailey도 "행성 로고스가 신성의 불꽃, 또는 마나스Mind의 자식을 보내어, 즉 가능성의 씨앗에 불과하였던 인간 영혼이 신성의 불꽃들의 헌신에 의하여 생명의 선을 따라 원인체의 내적 중심에 서서히 태동되었다"*고 이야기하고 있다. 그리고 원인체의 개화 및 진화는 "신성의 씨앗을 담고 있는 개체화된 인간 의식은 이미 창조자의 이미지 안에서 만들어진 것으로 자기 자신 안에서, 동료들 안에서도, 그리고 자신을 둘러싼 자연의 모든 생명 안에서도 신성을 발견함으로써 절대의식으로 돌아간다."**는 지난다라사의 주장에서 드러나듯 개별체가 지니고 있는 육체들을 훈련하는 과정을 통해, 개별적 의식을 해방시키는 과정을 통해 일어난다.

4) 인간 영soul과 로고스Logos

인간의 모나드는 신지학에서 지구 및 행성들과 태양계의 모든 모나드들의 진화와 밀접하게 연결되어 있다. 원자에 태양광선이 작용하면 그 원자의 미세한 선은 일곱 개의 프리즘 색을 방출하는 것처럼 태양 로고스는 일곱 개의 성질을 지닌 자신의 본질을 일곱 개의 혹성 로고스를 통해 표현하고 있다. 일곱 개의 행성 로고스plantary Logos는 〈그림 8〉에서 보듯이 일곱 개의 진화대계scheme를 통해 단계적으로 주기적 생성과 휴

모든 경험과 경향, 특성 등을 체화시킨다. 각 단계마다 진화주기는 하나의 연쇄기(chain)가 걸린다. 그러나 다섯 번째 단계에서부터 하나의 체인에 한정시키지 않으며, 우리 태양계의 진화체계에서 경험할 수 있는 정도에 따라 달라진다.

* Alice A.Bailey, 《우주적 불에 관한 논고》(Lucis Press, 1979), 505-507쪽.

** C. Jinandârâsa, 《신지학의 제일원리》, 206쪽.

지기, 상대적 해체기를 반복한다.* 모나드들의 진화는 〈그림 6, 7, 8〉의 행성들의 순환 주기들에서 보듯이 상위계로부터 하위계(A→D)로 하향 진화한 후 진화의 최저점을 통과하여 다시 상향(D→G) 진화하는 각각의 순환 주기들을 모두 거친 후에 태양의 근원계로 귀환하는 것이다. "각 진화대계는 일곱 연쇄기로 되어 있으며, 각 연쇄기는 일곱 개의 다른 천체가 필요한 것이다. 말하자면 태양계에는 이와 같은 일곱 개의 진화대계가 있다. 일곱 개의 진화대계는 그 진화의 일을 하는 데 있어서 하나의 물질혹성이 필요한 것이다."**

하나의 연쇄기에 있는 7구체의 존재는 지난다라사에 의하면 행성 로고스의 일련의 화신 과정으로서 행성 로고스가 육체를 취하여 그 생

그림 6 우리의 행성 연쇄기(Chain)   그림 7 진화의 한 체계(Scheme)-7연쇄기

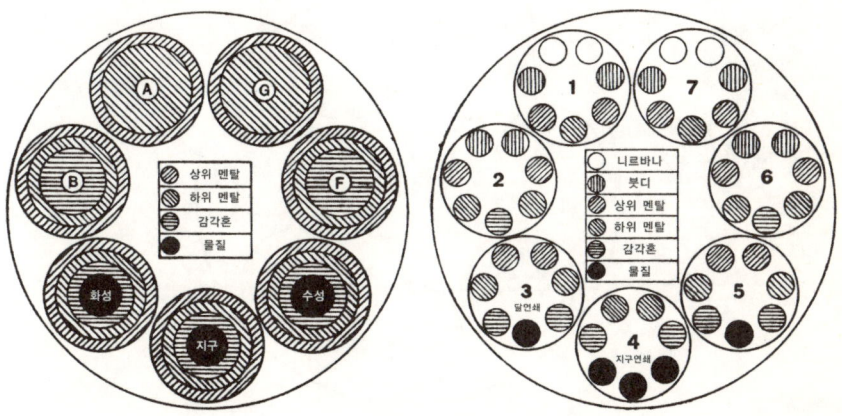

* 하나의 태양계solar system에는 7진화대계scheme가 있고, 하나의 진화대계에는 7연쇄기chain가 있으며, 하나의 연쇄기는 7라운드round가 있다. 또한 하나의 라운드는 7세계기Globe가 있으며, 하나의 세계기는 일곱 개의 근본인종들root race이, 하나의 근본인종은 일곱 개의 하부인종들sub races이, 하나의 하부인종에는 일곱 개의 가지 인종들branch races이 있다. 그리고 하나의 연쇄기의 기간은 43억2천만 년, 마하 만반타라Maha-manvantara, 칼파kalpa, 브라흐마Brahma의 하루에 해당하며, 한 모나드 집단이 다른 모나드 집단으로 진화하는 데 걸리는 기간에 해당한다.

명으로서 작용하며 자신의 목적을 수행하는 것이다. 7구체는 〈그림 6〉에서 보듯이 상이한 일곱 존재 층의 질료들이 결합된 것으로 형성과 함께 각기 다른 일곱 개의 모나드 집단들은 연속하여 단계적으로 진입하는 것이다. 지구는 지금 4연쇄기에 해당하는 행성으로서 3대 엘리멘탈계, 광물계, 식물계, 동물계, 인간계 등의 일곱 개의 모나드 집단들이 진입하여 진화하고 있는 것이다. 지구의 현 인류는 블라봐츠키에 의하면 제3연쇄기인 달 연쇄기에서 동물 모나드 집단이었던 피트리들Pitris이 4연쇄기에 해당하는 지구 연쇄기로 화신하여 온 것이다. "지구로 진입하여 최초의 라운드 동안 인간은 에테르 상태의 영적인 존재로 성별이 없이 식물과 동물과 같은 상태로 영위하였으며, 두 번째 라운드에서는 지

그림 8
- -

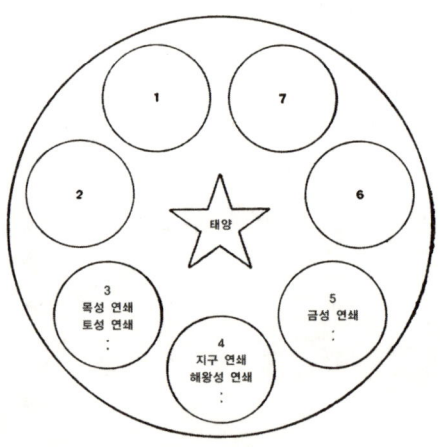

** C. Jinandarasa, 《신지학의 제일원리》, 224쪽. 태양계의 7진화대계는 지난다라사에 의하면 지구, 목성, 토성, 천왕성, 해왕성, 금성, 불카누스Bulcan의 일곱 개의 진화대계와 눈에 보이지 않는 세 개의 진화대계가 있다. 불카누스는 현재 지구의 제3원인종의 생물학적 변화 이후의 기간 동안 인지능력의 변화로 인하여 지구인류에게 실질적으로 비가시화되었다. 화성과 수성은 리드비터와 지난다라사에 의하면 화성과 수성을 지구 대계에 속한 행성으로 간주하나, 블라봐츠키의 《비경》에 의하면 화성과 수성은 우리의 태양계와는 별개의 진화대계에 속한 것이라고 이야기한다.

성적이라기보다 영적인 상태로 거인과 같은 에테르 상태에서 육체의 형태를 고착시켰다. 3라운드에서 거대한 원숭이의 형태를 갖추며 영적이기보다는 지성적으로 영리한 상태를 계발하였으며, 3라운드 중반의 후반에 이르러서 몸의 크기는 줄어들고 신체 조직과 합리적인 이성을 갖추게 되었다. 지구 인류가 현재의 모습을 갖추게 된 것은 4라운드에 접어들면서 지금과 같은 진화를 이룬 것이다."*

하나의 라운드는 일곱 개의 근본인종과 일곱 개의 하부인종들로 화신하여 그 주기를 완성하는데, 현재 인류는 에테르Etheric 인종, 하이퍼보리안Hyperborean 인종, 레무리안Lemurian 인종, 아틀란트Atlantean 근본인종을 거쳐 아리안Aryan 인종으로 화신하고 있으며, 일곱 개의 하부인종으로는 힌두(Hindu) 인종, 아리아-셈족Aryo-Semitic 인종, 이란Iranian 인종, 켈트Keltic 인종, 튜톤Teutonic 인종이 있으며, 6인종은 현재 태동하고 있으며, 7인종은 아직 등장하지 않았다. 새로운 인종들의 출현은 갑자기 일어나는 것이 아니라 언제나 이전 인종들의 중반 시기에서부터 서서히 생겨나면서 점차 새로운 인종들로 대체되는 것이다.**

현재 제4연쇄기는 블라봐츠키에 의하면 제4라운드의 개체화 시기에 동물계와 인간계 간에 적용된 대 분리기, 제5라운드 중반기에 인간계 자체에 대해 적용될 대 분리기, 연쇄기 종료시기의 최종적인 대 분리기가 있다. 이는 모나드 상호간에 에너지의 부작용과 카르마의 혼란을 방지하기 위한 것이다. 또한 라운드의 주기가 종료될 때마다 7구체는

---

* H. P. Blavatsky, 《비경 1권》175~184쪽. 인간계로 들어오는 피트리스들은 블라봐츠키에 의하면 세 부류로 나뉜다. 첫 번째는 1라운드의 첫 번째 구체에서 인간형체에 제일 먼저 도착한 모나드들, 두 번째는 세 라운드의 반 정도 사이에서 처음으로 인간 단계를 이룬 인간이 되는 모나드들. 세 번째는 카르마적인 장해 때문에 이번 주기 또는 이번 라운드에서 전혀 인간단계를 달성해 낼 수 없는 모나드들이 있다.

** H. P. Blavatsky, 《비경 2권》, 88-201쪽.

주기적 휴지기에 접어들게 되며 일곱 개의 구체는 해체되어 자신의 생명력, 에너지, 질료 등의 요소를 라야 센터^{laya-point}로 전송하여 다음의 연쇄기에 자신의 후생인 또 다른 일곱 개의 혹성을 탄생시키게 된다.*

결론

정신과 물질은 블라봐츠키에 의하면 분리된 것이 아니라 야누스의 얼굴과 같이 동전의 앞뒷면 같은 것이다. 이와 마찬가지로 색과 음의 성질과 형태는 애니 베산트와 찰스 리드비터에 의하면 생각하는 사람의 생각과 감정과 분리된 것이 아니다. 생각과 감정은 생각하는 사람의 인식에서 그치는 추상적인 개념이 아니라 색채의 형태를 띠는 미세한 의식을 지닌 물질로서 타인의 생각과 감정에 영향을 끼치는 것은 물론 카르마의 원리에 의해 자기 자신에게 다시 돌아와 윤회의 원인이 되며, 제한된 인식의 틀에 갇히게 되는 것이다. 즉, 생각과 감정은 이들에 의하면 색채와 음과는 분리해서 바라볼 수 없는 동전의 앞뒷면과 같은 것이다.

예술의 정신은 지난다라사에 의하면 작품의 순수한 조형 형태를 통해 도달할 수 있는 것이 아니라 무행위적인 창작의 행위를 통해 지각할 수 있는 실체이다. 창작의 행위는 일상의 행위에서 벗어나 보편적 실재를 자각할 수 있는 하나의 창이다. 예술의 행위는 지난다라사에 의하면 개별적인 자아의 시각에서 모순과 같이 보이는 삶을 있는 그대로 수용

---

* H. P. Blavatsky, 《비경 1권》, 159-184쪽. 모나드들이 처음 연쇄기를 거치면서 도달해야 하는 진화 목표가 있는데, 제1연쇄기는 제1비전, 제2연쇄기는 제3비전, 제3연쇄기는 제4비전, 그리고 현재의 제4연쇄기의 인류의 목표는 제5비전을 달성해야 한다. 그리고 제5연쇄기는 아마도 제6비전을 달성해야 할 것이다.

하고 전체적인 생명의 흐름 속에서 자아를 발견하는 것과 같은 창조자의 자기희생적인 정신을 이해할 수 있는 하나의 통로인 것이다. 미적인 감정은 그에 의하면 삶과 죽음, 선과 악, 유쾌함과 불쾌함이라는 이분법적인 관점에서 탈피해 자연을 생명의 의식으로 가득한 것임을 자각하는 것이며, 예술의 행위는 카르마에 의해 제한된 인식으로부터 탈피하기 위해 창조 행위를 통해 '나' 라는 자의식의 실체를 투명하게 거리를 두고 인식하며, 자신을 비롯한 모든 생명들이 하나임을 자각하는 것이다.

우주는 블라봐츠키에 의하면 외부의 누군가에 의해 생성된 것이 아니다. 존재는 영원하고 끊임없는 운동 속에 있는 실체이며, 상반되는 두 요소인 정신과 물질 혹은 또 다른 수준에서 인간과 자연, 남성과 여성으로 구성된 단일성이다. 원자에서 태양에 이르기까지 자연 속에서 다양하게 발현되는 각각의 요소들은 그 자체로 존재의 보편적이고 우주적인 단일성을 내포하고 있다. 생명의 크기는 오직 제한된 의식 안에서만 구분되는 것으로서, 존재는 밖도 안도 없으며, 큰 것도 작은 것도 없이 자존하는 실체로서, 자기 분석을 해내는 의식이 없는 상태에서 자기분석을 해내는 의식 상태로, 순환의 주기를 통해 끊임없이 생성과 소멸을 반복하는 실체인 것이다.

즉, 예술의 정신은 이들에 의하면 색채나 음의 순수한 조형적인 형태를 통해 도달할 수 있는 것이 아니라 자의식을 벗어나는 무행위적인 예술활동, 자기희생적인 예술행위를 통해 모든 생명이 한 존재로부터 생성되어 나왔음을 자각하는 것이다. 지난다라사의 말을 빌려와 다시 요약하자면 예술행위는 개별적인 의식에서 벗어나 삼위일체의 세계를, 첫 번째는 신성한 이념으로서의 세계로, 두 번째는 신성한 감정으로서의 세계로, 세 번째는 신성한 의지로서의 세계로 자각해야 하는 것이다.

참고문헌

Alice A.Bailey, 《우주적 불에 관한 논고 *A Treatise on Cosmic Fire*》(Lucis Press, 1979)

Annie Besant, 《카르마 *Karma*》(Theosophical Book Concern, 1905)

Annie Besant and Charles W.Leadbeater, 《사유-형태*Thought-Forms*》(Biblio Bazaar, 2007)

──────────, 《오컬트 화학-화학원소에 관한 초감각적 관찰*Occult Chemistry-Clairvoyant Observations on the Chemical Elements*》(The Theosophical Publishing House, 1919)

Charles W.Leadbeater, 《가시적 인간과 비가시적 인간*Man Visible and Invisible*》(The Theosophical Publishing House, 1993)

C.Jinandārāsa, 《이념과 감정과 의지의 세계*The World as Idea, Emotion and Will 1948*》(Kessinger Publishing, LCC, 2006)

──────────, 《카르마 없이 있음*Karma-less-ness*》(Kessinger Publishing, LCC, 2006)

──────────, 《예술과 감정들*Art and the Emotions*》(Kessinger Publishing, LCC, 2006)

──────────, 《영혼의 진화의 한 요소로서의 예술*Art as a fact in Soul's Evolution*》 (Kessinger Publishing, LCC, 2006)

──────────, 《신지학의 제일원리*First Principles of Theosophy*》(Vasanta Press, 1976). Helena Petrovna Blavatsky, 《신지학의 열쇠*The Key to Theosophy*》(Theosophical University Press, 2000)

Helena Petrovna Blavatsky, 《비경*The Secret Doctrine I,II*》(The Theosophical Publishing House, 1993)

길라 발라스, 《현대미술과 색채》, 한택수 옮김(궁리출판사, 2002)

데이비드 벵슨, 《유명한 사람들의 전생이야기》, 서민수 옮김(도솔 출판사, 1999)

칸딘스키, 《예술에 있어서 정신적인 것에 대하여》, 권영필 옮김(열화당, 1995)

파드마 삼바바, 《티벳사자의 서》, 라마 카지 다와삼둡 번역, 에반스 웬츠 편집, 류시화 옮김(정신세계사, 1995)

7 신체의 미학으로서의 무용미학

이승건(한국체대 체육학과 강사)

1. 신체문화로서 신체의 미학

일반적으로 인간의 육체, 즉 '신체'에 관한 연구에는 다양한 접근 방법이 존재하고 있다. 예를 들어 생리학적·철학적·사회학적·문화 사적·인류학적·체육학적·미학적 접근 방법 등이 있어 그 나름의 방식으로 신체에 대해 이해를 도모한다. 이러한 신체에 관한 다양한 접근 방법 속에는 체육·스포츠 및 무용학에서의 미학적 관점에서 접근하는 신체에 관한 연구 또한 자리 잡고 있어서 현재 학계에서는 왕성한 연구를 진행시키고 있는 실정이다.

그러나 이러한 신체에 대한 체육·스포츠 및 무용학에서의 미학적 접근은 비단 현재에만 국한되는 학문적 상황은 아니라고 판단된다. 왜냐하면 서양의 경우 고대 희랍시대부터 현대에 이르기까지 철학 내지는 미학의 관심사는 줄곧 신체에 집중되어 있었기 때문이다. 예를 들어 서양철학사에 있어서 이데아론으로 대표되는 고대 관념론자인 플라톤Platon, 기원전

427-347에서만 보더라도, 그의 미학적 주요 개념들 중에는 신체를 떠나서는 언급조차 할 수 없는 '상기anamnesis' 라든지 또 신체로부터 미의 이데아로 옮아가는 상승의 변증법의 원동력인 '에로스eros' 등은 서양미학의 중심부에서부터 신체에 대한 관심의 비중을 드러내는 증거로 보이기 때문이다. 뿐만 아니라 플라톤의 사상을 계승・비판한 아리스토텔레스Aristoteles, 기원전 384-322의 '신체를 떠나지 않는 한에 있어서 영혼' 을 다루는 심신론에서도, 그리고 '영혼과 육체의 문제' 를 다루는 중세의 종교 속에서도, 더 나아가 명석・판명한 이성주의의 입장에서 '심신의 문제를 첨예하게 대립' 시켜 접근한 합리론자 데카르트Rene Descartes, 1596-1650의 근대철학 속에서도 신체는 언제나 철학・미학적인 문제의 중심에 위치하고 있다.

　서양철학사에서의 이와 같은 신체에 관한 관심에도 불구하고, 본격적인 신체에 관한 심도 있는 논의는 기존 철학의 이성 우위적인 관점에 반대하여, 신체를 전면에 부각시켜, "정신은 본성적으로 신체화embodied되어 있다"*는 견해를 펼치고 있는 현대미학의 담론 속에서 더욱 활발히 발견된다. 특히 퐁티M. Merleau-Ponty, 1908-1961의 경우《지각의 현상학Phénoménologie de la Perception》(1945)에서 논의하고 있는 '고유한 신체le corps propre', 즉 "나는 나의 신체 앞에 있지 않고, 나의 신체 안에 있다. 아니, 차라리 나는 나의 신체이다"라는 신체에 대한 그의 접근은 내가 살고 체험하는 신체, 그럼으로써 나와 구별되지 않는 바로 나인 신체로서 지금까지의 객관적 신체, 실재적 신체와는 근본적으로 대비되는 신체이다. 물론 그에게 있어서도 신체는 '운동능력이나 지각능력의 체계' 이다. 하지만 이러한 신체는 더이상 데카르트식 '나는 생각한다je pense' 의 대상은 아니다. 그것은

* G. 레이코프・M. 존슨, 임지룡 외 역,《몸의 철학: 신체화된 마음의 서구 사상에 대한 도전》, 서울: 박이정, 2005, p.7.

146

운동의 지향성으로 이해되는 '나는 ~을 할 수 있다je peux' 이다. 따라서 그에게 있어서 '사고하는 주체le sujet pensant'는 '육화된 주체le sujet incarné'에 기초해야만 하는 전인칭적 주체le sujet prépersonel로 제시된다. 즉 그것은 '구체적인 시공간적 지평 속에서 일반화되고 익명화되는 삶의 근원성을 강조'*하는 지점에서 신체와 만난다. 따라서 이러한 퐁티의 신체에 대한 독창적인 접근은 전통철학에서는 찾아볼 수 없는 정신과 신체의 이원성을 극복하는 관점을 드러내고 있기에 신체미학의 학문적 지대 속에서 풍성한 논의를 제공하고 있다고 판단된다.

동양에 있어서도 신체에 관한 관심은 아주 오래 전부터 존재해 왔다. 동양의 전통적인 심신관에서는 심신心身, 마음과 육체은 별개의 둘이 아닌 것으로 취급되어 심心을 언급하는 곳에서는 어디에서나 신身도 언급하고 있다. 즉 동양의 종교 전통 속에서 발견되는 수행修行만 보더라도 그것은 육체를 단련한다는 의미만이 아니라 '마음의 훈련'이라는 의미를 지니는 '신체의 훈련'을 뜻하고 있다. 따라서 신체훈련으로서의 수행은 도교의 전통 속에서도 요가의 전통 속에서도 명상瞑想과 만난다. 물론 동양철학에 있어서 유교의 정좌靜坐나 불교의 좌선坐禪 그리고 도교의 연단練丹 또는 도인導引으로 부르는 수행법은 모두 일괄해서 '명상법'으로 부르곤 하는데**, 그것은 '심신단련법心身鍛鍊法'의 또 다른 이름에 불과한 것처럼 동양에 있어서도 신체는 전통적으로 중요한 인간의 관심사였다.

뿐만 아니라, 한국 지성사 속에서도 이理와 기氣에 대한 해석을 놓고 첨예한 사상적 대립을 보이고 있는 사단칠정논쟁四端七情論爭 역시 신체의 문제를 비껴 가지는 않는다. 즉, 거기에서는 마음속에 존재하는 이理一性

* 조광제, 《몸의 세계, 세계의 몸》, 서울: 이학사, 2004, p.6.
** 이승건 · 안용규, 〈유아사 야스오의 동양철학적 심신관〉, 한국체육철학회 편, 《한국체육철학회지》, 12권 1호, 2004, pp.256-258.

와 기氣—情에 관한 기발이승일도설氣發理乘—途說과 이기호발설理氣互發說에서 출발하는 주리론主理論과 주기론主氣論이 맞서고 있지만, 이러한 이기론理氣論 속에는 마음心을 구성하는 성性—理과 정情—氣은 둘이 아니라 하나라는 관념을 형성하고 있기에, 신체와 관련된 담론을 구성을 하고 있다고 보여진다. 더욱이 한자 문화권에서의 동양적 정서의 표현으로서 '살신성인殺身成仁' 이라는 윤리적 영역의 도덕 속에서도 신체는 당당하게 자신의 지위를 확보하고 있다.

이렇듯 신체는 동서고금을 막론하고 철학적, 미학적, 종교적, 윤리적인 관심의 대상으로서 매우 중요하고도 진지한 인간의 관심사가 아닐 수 없다. 따라서 우리는 이러한 중층적 의미의 신체를 기계론적 입장에서만 취급해서는 안 될 것이다. 그리하기에 필자는 신체에 대해, 그것이 정신과 관계된 것으로 보아, 일본인 체육학자 곤도 히데오近藤英男가 정의하는 '인간의 생명력을 지키며 단련을 높이기 위해 신체 또는 신체 활동을 기반 · 매체로서 형성된 문화의 총칭' 으로서의 '신체문화*의 개념을 수용하면서 그 속에서 신체를 살펴보고자 한다. 사실, '신체문화' 를 한마디로 개념규정하기란 쉽지 않다. 왜냐하면 '신체' 그리고 '문화' 만으로도 그 각각은 해결하기 힘든 개념일진대, '신체문화' 는 이 둘을 합친 복합명사이므로 그 개념의 외연과 내포가 넓고도 깊기 때문이다. 그러나 필자는 상술한 '신체문화' 에 대한 정의에다 '신체가 몸짓의 언어로서 자신의 기록을 남기고 또 그럼으로써 역사가 되어 마침내 문화를 형성시킨다' 는 입장을 부가한 신체문화physical culture의 개념 속에서 신체에 대한 미학적 지평을 무용을 중심으로 고찰하도록 한다.

---

* 近藤英男, 〈スポーツ美學とは何か一スポーツ美學の現代的意義〉, 體育原理研究會 編, 《スポーツ美學論》(《體育の原理》제10호), 東京: 不昧堂出版, 1977, p.9.

2. 신체의 미학으로서 무용미학의 가능성

신체의 미학을 구성하는 하나의 영역인 무용미학은 기성旣成의 학문은 아니다. 왜냐하면 무용미학은 무용학 그리고 미학이라는 모학母學의 개별적인 연구영역에서 학문적 성과물과 반성이 축적된 후에 이룰 수 있는 학문이라고 판단되기 때문이다. 또한 이때의 무용미학은 상술한 두 학문의 연계 속에서 공통의 관심에 초점이 맞춰진 자신만의 고유한 방법론이 정립될 때 가능한 학문이라고 판단되기에 더욱 그러하다.

따라서 무용미학의 학문의 역사는 짧다고 할 수 있다. 그러므로 무용미학 분야의 연구자들은 이와 같은 무용미학의 학문적 비연륜성을 차분히 극복하여 이 학문의 앞날을 개척해 나가야만 한다. 이러한 사실은 예술의 철학으로서 미학이 18세기 중엽 학문의 명칭을 얻고 난 뒤, 이 학문이 사변적 · 형이상학적 방법으로 지나치게 치우친 나머지 19세기에 일군의 학자들이 반反관념론적인 경험적 · 실증적인 연구방법을 모색하여, 예술의 과학으로서 예술학Kunstwissenschaft이라는 분과학문 속에서 자신의 학문성을 축적해 나가 현대미학에 기여하고 있는 점을 고려해 볼 때, 무용미학은 이와 같은 미학의 역사에서 하나의 가능성을 발견할 수도 있을 것이다.

이러한 이유로 해서, 필자는 이 글에서 신체의 미학으로서 무용미학이 어떤 성격의 학문인지 '무용미학의 학문적 성격과 방법론' 속에서 미학적 접근을 시도하여 그 가능성을 살필 것이다. 특히 '미학의 연구대상과 연구영역' 내에서 미학이라는 학문이 가치를 추구하는 학문, 또는 미와 예술에 대한 철학적 반성의 학문, 그리고 이론철학과 실천철학을 이어주는 매개철학이라는 그 학문적 성격을 추적하여 미학과 무용미학과의 학문적 관련성의 토대를 확인하고자 한다.

1) 일반미학의 연구대상과 연구영역

미와 예술에 대한 철학적 탐구의 학문인 미학은 근대 독일의 철학자 바움가르텐A.G. Baumgarten, 1714~1762의 저서 《Aesthetica Ⅰ, 1750 / Ⅱ, 1758》에서 연원한다.* 그러나 이러한 사실은 미학이라는 학문이 이 시기에 처음 대두되었음을 뜻하지는 않는다. 왜냐하면 우리는 소크라테스, 플라톤, 아리스토텔레스 등 고대 희랍 시대의 철학자들에게서 이미 예술철학적 입장** 에서의 미와 예술에 대한 성찰을 발견할 수 있기 때문이다. 다만, 미학이라는 학문이 학문의 한 분과로서 정립된 것은 18세기 중엽 독일 미학의 풍토에서 바움가르텐에 의해 학문의 명칭이 제시되면서부터라

---

* 미와 예술에 관한 이론적 반성과 사색은 고대 희랍에서 그 근원을 찾을 수 있다. 그러나 학문으로서 '미학' 이라는 명칭은 18세기 중엽 독일의 학자 바움가르텐이 라틴어로 지은 《에스테티카Aesthetica》에서 비롯된다. 이 '에스테티카' 라는 용어는 '감각' 을 의미하는 희랍어 '아이스테시스aisthesis' 에서 유래한다. 그러하기에 바움가르텐 역시 그 어원상의 의미에 따라 '미학' 을 '감성적 인식의 학문scientia cognitionis sensitivae' 이라고 정의했다(竹內敏雄 編 / 안영길 외역, 『미학예술학사전』, 서울: 미진사, 1989, p.197). 따라서 우리가 현재 통용하고 있는 형용사 '미적인aesthetic' 의 유래는 분명히 희랍에 있다. 즉 희랍인들은 사고를 뜻하는 노에시스noesis와 짝을 지워서 감각적 인상을 뜻하는 아이스테시스aisthesis라는 단어를 사용했다. 이 두 용어들은 각각 '지성적인' 과 '감성적인' 의 의미를 갖는 형용사형 '노에티코스noetikos' 와 '아이스테티코스aisthetikos' 로도 쓰였다. 이 용어들에 해당하는 라틴어, 특히 중세 라틴어는 '인텔렉투스intellectus' 와 '센사티오sensatio' '인텔렉티부스intellectivus' 와 '센시티부스sensitivus' 였다. 센시티부스는 때로 희랍풍을 좇아서 '아에스테티쿠스aestheticus' 라고 하기도 했다. 이 모든 용어가 고대와 중세의 철학에서 사용되었으나 이론철학에만 국한되어 있었다. 따라서 18세기 이전까지는 "미, 예술 및 미술과 연관되는 경험 등을 논할 때에는 'aesthetic' 이란 용어가 사용되지 않았던 것이다. 이러한 사정은 매우 오랫동안 지속되어 18세기까지 이어졌다" W. Tatarkiewicz, 손효주 역, 《미학의 기본 개념사》, 서울: 미술문화, 2000, p.376. 이렇듯 '미학' 이라는 학문은 서양근대의 산물이다. 즉 바움가르텐에 의해서 이 용어가 근대 미학 속에 들어오게 되었던 것이다. 그럼에도 불구하고 '미학' 의 어원이 '감각' 을 뜻하는 희랍어에 있음도 주지의 사실이다.

** 실제로 캐리트E.F. Carritt는 그의 저서 《미의 철학 : 소크라테스부터 로버트 브릿지까지Philosophy of Beauty : From Socrates to Robert Bridges, 1976)에서 고대 희랍의 소크라테스부터 현대의 로버트 브릿지까지 대표적인 예술철학자 74명을 선정하여 각기 그들이 갖고 있는 미와 예술에 대한 예술철학적 관점을 그들의 주요 저서 속에서 뽑아내어 예술철학의 지형도를 그려내고 있다.

는 사실이다.*

바움가르텐은 미에 관한 학문인 미학을 '감성적 인식의 학scientia cognitio aesthetica'으로 규정했다. 비록 그가 이성에 대한 감성, 이성적 인식인 논리학에 대한 감성적 인식인 미학의 독립성을 외쳤음에도 불구하고, 그에 의하면 미적 표상은 감성적이기 때문에 이성적 인식을 대상으로 하는 논리학과 동등한 차원의 학문일 수 없는 '저급한 인식의 학문'으로 취급되었다.** 그러나 이러한 바움가르텐의 미학에 대한 견해는 이 시기의 또 다른 독일 철학자 칸트Immanuel Kant, 1724-1804에 의해서 비판을 받게 된다. 칸트는 '미의 비판적 판정'의 문제는 '취미판단Geschmacksurteil'으로 다루어야 하는데, 그것을 이성원리 속에 넣어 버린 것은 바움가르텐의 '그릇된 희망'에 의거하고 있다고 비판***하고 나섰다. 따라서 칸트는 어떤 것이 아름다운가, 아름답지 않은가의 문제는 오성에 의한 인식관계가 아니라 주관으로 끌어가는 구상력에 의한 '쾌 · 불쾌의 감정

---

* 바움가르텐은 '지성적 인식cognitio intellectiva'과 '감각적 인식cognitio aesthetica'을 구별 짓는 고대의 구분을 계속 유지하면서 감각적 인식을 미의 인식과 동일시하여 미 인식의 연구에 희랍 및 로마 명칭인 '코그니티오 아에스테티카cognitio aesthetica', 또는 줄여서 '아에스테티카aesthetica'란 이름을 붙였다. 그러므로 명사 '에스테틱스aesthetics, 미학'와 형용사 '에스테틱aesthetic, 미적인'이 근대 언어로 들어온 것은 근대 라틴어로부터였다. 손효주 역, 앞의 책, p.376 .

** 바움가르텐은 "미학에 하위의 논리학으로서의 지위와 성격을 부여했다. 그는 이렇게 함으로써 종래의 철학에서 가치 없는 것이라고 생각되어 왔던, 정신생활의 대부분을 이루는 감성적 인식의 영역에도 어떤 법칙성이 존재한다는 것, 따라서 이것을 학적으로 취급할 수 있다는 것을 주장하였다. 그리고 이러한 일종의 인식능력을 의사-이성(擬似-理性, pseudo-ratio)이라고 명명하고 미학을 '의사-이성에의 학Ars analogi rationis'이라고도 불렀다." 안영길 외역, 앞의 책, p.56.

*** 독일인은 다른 국민이 '취미비판'이라고 하는 것을 '에스테틱Asthetik'이라고 부르는 유일한 국민이다. 그것은 미의 비판적인 판정을 이성원리에 포함시켜 그 규칙을 학문에까지 높이려는 탁월한 분석가 바움가르텐의 '그릇된 희망'에 근거하고 있다. 그러나 이 노력은 무익한 것이다. 왜냐하면 그건 규칙 또는 규준들은 그것의 가장 중요한 원천에서 보면 단순히 경험적이고 결코 취미에 관한 우리의 판단이 그것에 따라 방향 짓지 않으면 안 되는 일정한 선천적 법칙일 수 없으며 오히려 우리의 취미판단이 그 같은 규칙의 정당성에 대하여 본래의 표준이 되기 때문이다"(칸트,《순수이성비판》, B. 36).

das Gefuhl der Lust oder Unlust' 《판단력비판》, §.1이라고 하여 실질적인 의미에서 미학의 독립을 선언한다. 이때부터 미학은 심미적 경험을 환기시키는 것에 한해서 적용되는 미, 즉 색채와 소리뿐만 아니라 정신적 산물 등 이 범주에 속하는 객관적인 대상들에게서 미를 찾던 태도에서 벗어나, 미의 직관적 지각을 위한 능력인 '취미영:taste 불:gout 독:Geschmack'의 주관성에서 미의 근거를 찾으려는 태도를 마련한다.

결국 근대미학의 절정기에서 칸트에 의한 미학이라는 학문에로의 접근은 '이론철학과 실천철학을 하나의 전체로 결합시키는' 《판단력비판》, '서론' Ⅲ 매개철학으로 간주된다. 그에 따르면, '자연개념의 감성적 영역과 자유개념의 초감성적 영역의 사이에는 거대한 심연이 가로 놓여 있는네', 예술은 이 두 영역 사이에 교량이 되어 줄 수 있다고 한다. 따라서 이제 미학은 가치탐구의 학문으로서 진 · 선 · 미*라는 인간의 가치 개념 중, 특히 미의 가치를, 인간의 감정이 발현되어 있는 예술을 대상으로 하여, 인간의 이론적 행위영역과 실천적 행위영역을 매개시키는 학문으로서 자신의 정체성을 획득하게 되었다. 이러한 사실을 칸트는 《판단력비판》 '서론' 맨 마지막 부분에서 간단한 표로써 제시하고 있다.** 여기에 미학의 일반적인 상황을 덧붙여 정리하면 표1과 같다.

서양의 경우 미학은 고대 희랍시대 플라톤과 아리스토텔레스 등에 의해서 미와 예술에 대한 철학적 성찰이 시작되었다. 특히 플라톤은 아

---

* 일찍이 플라톤이 그의 저서 《파이드로스》(246e)에서 인간이 추구해야 하는 지고한 세 종류의 가치, 진 · 선 · 미를 나란히 열거한 이래 이것들은 유럽사상사에서 계속 거론되어 왔음이 칸트에게서도 확인되고 있다. 이러한 사실은 '철학사가 세 개의 패러다임을 차례로 교차시켜 온 과정의 역사'라고 할 때, 그것은 '진 · 선 · 미라는 세 종류의 가치를 위계화하고 통합하는 모델을 제시하는 것'(김상환, 《예술가를 위한 형이상학》, 서울: 민음사, 2001, p.19)으로서의 역사적 궤적을 뜻한다. 이런 경우 철학은 문화적 현실 전체 안에서 다른 종류의 사유 방식들과 유지해온 지배관계를 드러내기 마련인데, 미적 가치 속에서의 철학의 궤적이 미학이라고 말 할 수 있다.

표1. 칸트의 세 비판서 속에서 미학의 위치

비판서	심적 능력의 전체	인식능력	선천적 원리	적용범위	가치	학문
I. 순수이성비판	인식능력(知)	오성	합법칙성	자연	眞	논리학
III. 판단력비판	쾌·불쾌의 감정(情)	판단력	합목적성	예술	美	미학
II. 실천이성비판	욕구능력(義)	이성	궁극목적	자유	善	윤리학

름다운 대상에서 미를 구하지 않고, 그것을 아름답게 만드는 그것, 즉 '아름다움 자체', 다시 말해서 '미의 이데아'에서 미를 찾는다Phaedrus, Phaidon, Resp., Symposion. 따라서 미학사는 이와 같은 플라톤의 미에 대한 태도 때문에 그를 '형이상학적 미학의 원류'로 지칭하길 주저하지 않는다. 그러나 아리스토텔레스는 플라톤이 심취한 미의 이데아, 즉 추상적인 미 개념보다는 구체적인 예술 속에서 철학적 반성을 꾀한다. 특히, 당시 예술영역에서 제외되었던 시詩마저도 학문적 대상이 될 수 있다는 입장에서 《시학Poetica》을 저술하여, 모든 예술을 '모방' 개념에서 접근하고 있다. 게다가 인간의 지식활동을 '보다theorein' '행하다prattein' '만들다poiein'로 삼분하고, 거기에다 각각 '이론학' '실천학' '제작학'을 연결시켜 분류함으로써 예술의 독립을 꾀하였다. 따라서 미학사는 이와 같은 아리스토텔레스의 예술에 대한 태도 때문에 그를 '예술학의 비조鼻祖'로 지칭하길 주저하지 않는다.

이렇게 볼 때 미학은 자신의 연구대상을 추상적인 미로 하느냐, 아니면 구체적인 예술에 한정하느냐에 따라 그 연구영역이 달라질 수 있다. 즉 플라톤의 미학은 전자에 해당되며, 아리스토텔레스의 미학은 후자에 해당된다고 주장해 볼 수 있다. 또한 이와 같은 미학의 연구 성향은 근대

** 칸트의 도식은 이미 아리스토텔레스(《형이상학》, 1025b 25)에게서 '이론적 관심—이론학' '실천적 관심—실천학' '제작적 관심—제작학'이라는 인간의 삶의 방식과 학문과의 관계를 논하는 곳에서 제시된 바 있다.

미학으로도 이어져 독일미학의 경우, 한편으로는 칸트I. Kant, 1724-1804, 쉴러F. Schiller, 1759-1805, 쉘링F.W.J. Schelling, 1775-1854, 헤겔G.W.F. Hegel, 1770-1831 등에서 '미적인 것das Ästhetische'의 의미를 추구하는 사변적이면서 관념적인 미학의 흐름을 형성하기도 했다. 그러나 다른 한편으로는 19세기 후반 독일 미학은 경험주의적이며 실증주의적인 경향에 따라 경험과학적인 학문이 추구되고, 또 예술이 곧 미라는 고전주의적 예술관에서 벗어나 종래의 미학에 대해 '예술에 대한 무능력'을 지적하는 상황을 맞이한다. 즉 이러한 상황 속에서의 미학은 이제 미의 관념을 저버린 채 예술만을 다루려는 학문적 요구에 직면하여 예술學Kunstwissenschaft이라는 미학의 또 다른 모습을 대두시킨다. 이러한 학문적 성향에서 피들러K. Fiedler, 1841-1895, 데스와르Max Dessoir, 1867-1947, 우티츠Emil Utitz, 1833-1956, 프랑클Paul Frankl, 1878-1962 등은 예술을 이해하려면 단순히 미적 가치뿐만 아니라 예술 발전에 영향을 끼친 미적인 것 이외의 여러 요소, 즉 윤리적 · 종교적 · 심리적 · 사회적 가치를 광범위하게 다루어야 할 '예술적인 것das Künstliche'을 추구하는 '일반예술학allgemeine Kunstwissenschaft'의 영역을 주장하기도 했다.

이렇듯 미학에서의 뚜렷이 구분되는 학문적 태도는 페히너G.Th. Fechner, 1801-1887의 말을 빌자면《미학입문Vorschule der Ästhetik》, 1876, 한편으로는 형이상학 내지는 정신주의적인 방향의 철학적 방법인 '위로부터의 미학Ästhetik von oben'과, 다른 한편으로는 경험주의 내지 실증주의적 방향의 과학적 방법인 '아래로부터의 미학Ästhetik von unten'으로 불릴 수 있다. 따라서 이와 같은 관점에서 볼 때, 미학은 미와 예술의 문제에 집중하여 그것의 본질을 탐구하는 '미와 예술의 철학으로서 미학'과 그리고 구체적인 미적 사실로서 예술에 대해 그 고유한 법칙성의 설정을 목표로 하는 '예술의 과학으로서 예술학'이라는 성격이 다른 두 성향의 학문성으로 구별된다. 그러나 아래로부터의 미학인 예술학이 위로부터의 미학과 구분되는 별개의 학문으로 출발했다고 하더라도, 미와 예술이 기본적으로 밀접하게 관련되어 있기 때문에 미학과 예술학을 성격이 다른 두 학문으로 확연히 경계 짓는 일은 불가능하다. 왜냐하면 예술학의 연구방법에 관해서만 보더라도 예술의 본질과 가치를 구명하는데 있어서 과학적 방법을 사용한다고 천명했으나 실제로 예술학은 단순한 과학적 방법을 넘어 철학적 방법을 취하지 않을 수 없었기에, 즉 예술의 '과학'으로서 출발한 예술학이 자연히 예술의 '철학'으로 이행됨이 발견되기 때문이다. 따라서 예술학은 미학을 본질학Wesenswissenschaft으로 하여 그 토대를 충분히 다져야 하며 또한 미학도 예술학이 전문학Fachwissenschaft인 만큼 그 사실학Tatsachenwissenschaft으로부터 생동감 있는 자양분을 섭취하는 학문의 공생관계를 유지해야만 한다. 왜냐하면 그럴 때만이 미와 예술에 대한 연구인 미학은 기저학 또는 본질학으로서의 철학적 미학과 지류학 내지는 사실학으로서의 과학적 예술학의 상호 관련 속에서 폭 넓은 학문적 성과를 이룰 수 있기 때문이다. 이러한 미학 내부에서의 연구방법에 의한 학문적 상호보완은 우리의 주제인 무용미학의 연구에 있어서도 참조해야 할 사항일 것이다.

그렇다면 미학내부에서는 어떠한 연구가 이루어지고 있을까? 폴란드 출생의 미학자 타타르키비츠W. Tatarkiewicz, 1886-1980는 그의 저서《미학사 History of Aesthetics, 전3권》에서 미학에 대한 연구study of aesthetics에 대해 다음과 같은 이원성duality을 주장하고 있다. 즉 미 이론theory of beauty과 예술이론theory of art, 미적 대상aesthetic objects과 미적 경험aesthetic experiences, 기술description과 규정prescription, 분석analysis과 해설explanation 등의 이원성으로 미학의 연구는 이 이원적 연구 양쪽 모두를 적용하고 탐구하면서 여러 가지 방향으로 이루어진다고 주장한다. 더 나아가 그는 미학 연구가 다음과 같은 이원적 연구에 의해 진행되고 있음을 강조한다. 즉 객관적 미학objective aesthetics과 주관적 미학subjective aesthetics, 심리학적 미학psychological aesthetics과 사회학적 미학sociological aesthetics, 기술적 미학descriptive aesthetics과 규정적 미학prescriptive aesthetics, 적합한 미학이론proper aesthetic theory과 미학적 정치학aesthetic politics, 미학적 사실aesthetic facts과 미학적 설명aesthetic explanation, 철학적 미학philosophical aesthetics과 개별적 미학particular aesthetics, 일반 예술들의 미학aesthetics of the arts과 문예 미학aesthetics of literature 등이 미학자 타타르키비츠가 미학의 역사적 연구 속에서 발견한 미학의 이원성duality이다.*

결국 미학사에서는 지금껏 살펴본 미학 연구의 내용에 대해 그것을 연구하는 연구자 자신의 취향에 따라 여러 연구방향들 중 하나를 취해 나가는 미학자들을 발견할 수 있다. 즉 미학자는 ① 미에 더 관심을 가질 수도 있고 예술에 더 관심을 가질 수도 있다. ② 미적 대상에 더 관심을 가질 수도 있고 주관적인 미적 경험에 더 관심을 가질 수도 있다. ③ 기술할 수도 있고 규정할 수도 있다. ④ 미의 심리학 분야를 연구할 수도 있고 미의 사회학 분야를 연구할 수도 있다. ⑤ 예술이론을 추구할 수도 있고 예술의 정치학을 추구할 수도 있다. ⑥ 사실들을 확립할 수도 있고 그 사실들을 설명하고 해석할 수도 있다. ⑦ 자신의 견해의 근거를 문학에 둘 수도 있고 미술에 둘 수도 있다. 미학자는 이러한 미학의 연구방향들 중에서 선택하여 자신의 주제에 맞게 전개시켜 나갈 것이다. 그럼에도 불구하고 미학자는 다양한 종류의 미학들이 전개되어 가는 동향들을 연구해야 할 뿐만 아니라 스스로 다양한 방법과 견해들을 실제로 시도해 보아야 한다. 또한 이미 명시되어 쓰여지거나 활자화된 명

* W. Tatarkiewicz, History of Aesthetics, vol. 1, Warszawa: Polish Scientific Publishers, 1970, pp.1-4.

제들에만 의지해서도 안 된다. 게다가 미학자는 자신이 주목한 어떤 한 시대의 심미안에서 조력을 구해야 하며 그 시대가 생산해 낸 예술작품들을 참조해야만 한다. 특히 조각과 음악, 시와 변론술 등에 관해서 이론뿐만 아니라 실제 작업 역시 눈여겨보아야 한다. 따라서 이상의 미학의 연구방향과 연구태도들은 미학의 연구대상과 연구영역 속에서 미학의 고유성을 확인시켜 주는 학문적 정체성을 드러내기에 충분하다고 판단된다. 따라서 타타르키비츠가 주장하는 이러한 미학의 이원성은 미학의 연구대상 및 연구영역에 대한 그 자신의 학문적 연구방법의 제시일 뿐만 아니라 미학을 연구하려는 연구자들에게 미학 연구에 대한 하나의 지표로서 작용할 수 있다고 여겨진다. 이런 이유로 해서 타타르키비츠가 주장하는 미학 연구는 '무용미학의 학문적 성격과 방법론'에서의 미학적 논의의 발판을 제공해 줄 수 있을 것이다.

2. 신체의 미학으로서 무용미학의 학문적 성격과 연구방법론

그렇다면 일반미학의 성격과 그 연구 성향은 우리의 주제인 신체의 미학으로서 무용미학과 어떤 관련이 있을까? 결국 미학의 연구대상과 연구영역에서의 타타르키비츠가 주장하는 미학 연구에 대한 전문가로서의 견해는 미학을 참조해야 하는 무용미학의 입장에서 볼 때 시사하는 바가 적지 않다. 왜냐하면 무용미학이 진정 미학이려면, 과연 무용미학의 영역에서 타타르키비츠가 주장하는 바의 연구가 어느 정도 이루어지고 있고 또 이루어질 수 있는가의 논의 — 예를 들어, ① 무용미학은 가치에 관심을 두는지 아니면 무용의 현상에 관심을 두는지 ② 미적 대상으로서 무용에 관심을 두는지 아니면 그것에 대한 주관적인 미적 경험에 관심을 두는지 ③ 그러한 것들을 기술하는지 아니면 규정하는지 ④ 심리학 분야에서 연구를 하는지 아니면 사회학 분야에서 연구를 하는지 ⑤ 무용이론을 추구하는지 아니면 그것의 정치학을 추구하는지 ⑥ 무용의 사실들을 확립하는지 아니면 그 사실들을 설명하고 해석하는지 ⑦ 무용의 견해를 문학 내지는 미술 등 어느 예술에 두는지 ─ 를 통해서 무용미학은 적어도 자신의 정체성을 드러내 보여줄 수 있다고 판단되기 때문이다. 그럼에도 불구하고 우리는 이러한 일반미학으로부터 무용미학의 학문적 성격을 탐구함에 있어서 미학이 미학자들의 연구영역이듯이 무용미학 역시 무용학에서의 무용학자들의 연구영역임을 분명하게 선언해야 할 것이다.

여기에 무용을 예술의 입장에서만 접근할 것이 아니라 체육의 관점에서도 접근하려는 안목 또한 필요로 한다. 그렇다면 무용은 과연 예술일까? 체육일까? 일본인 체육학자 곤도 히데오近藤英男에 따르면 '행동미학으로서 또는 운동미학으로서 체육미학의 한 지점에서 무용미가 정립' 된다고 본다.* 더구나 체육학의 하나의 영역으로서 체육미학의 필요성과 가능성을 논할 때 이러한 '형상미학形象美學'의 연구에 대해서 "적어도 스스로 체육이나 무용의 원리를 알고 오로지 스스로가 실천하여 체득하는 체험자가 아니면 도저히 해명되지 않는 많은 조건이 간직되어 있다"는 진술** 속에서는 운동미학 내에서 신체운동으로서 무용은 체육과 만난다. 이렇게 볼 때 신체운동의 미적 현상의 관점에서 운동미학은 '신체미·스포츠미·무용미' 라는 세 부분으로 구성된다. 이러한 사실은 우리의 신체에서 자연미와 정신미의 결실로서의 '신체미'를 보

---

* 近藤英男, 앞의 글, p.12.
** 西田正秋, 〈體育美學の提唱〉《體育の科學》, 創刊號, 1950. 위의 글에서 재인용.

고, 다음에 그 신체성을 매개로 하여 새로운 기술미로서 '스포츠미'의 세계를 생각해 볼 수 있으며, 마지막으로 신체운동에 의한 새로운 표현적 세계로서 '예술미'로서의 무용의 세계를 그려 볼 수 있음을 뜻한다. 결국 체육학적 관점의 무용과 예술학적 관점의 무용은 신체성을 기조로 하는 '자연미로서 신체미' '기술미로서 스포츠' '예술미로서 무용'이라는 운동미학 속에서 드러날 수 있다. 이상의 논의를 곤도 히데오는 다음과 같은 간략한 표로써 제시한 바 있다.

이와 같은 관점에서 볼 때, 신체운동예술로서 무용은 예술미를 추구하는 신체의 미학이라 부를 수 있을 것이다. 즉 운동미학또는 행동미학으로서 체육미학의 한 지점에 신체예술로서의 무용이 존재한다. 1950년대에 독일에서는 체조와 무용을 통합하는 개념으로서 '신체문화Kürper Kultur'의 사고도 있었지만, 무용은 그 소재로서 신체성 표현으로서의 신체운동에 의해 신체문화의 하나로서 부각되는 것은 당연한 일이다. 무용은 '인간의 몸의 미의식으로서 율동화되며, 과장화되며, 형식화된 운동에 의해 우리들 사상이나 감정을 표현하는 예술'이듯이, 무용은 신체

표2. 신체미학의 관점에서 본 개별 미학의 구성과 미의 영역

미의 구분	미적 현상	개별 미학		전체미학
예술미	무용미	무용미학	(미적 교육으로서 체육) 체육미학 (협의)	신체미학 운동미학 (광의)
기술미	스포츠미	스포츠미학		
	일상행동의 미 (예의범절 · 작법 · 예법 · 의식 · 제전)	(일상)행동의 미학		
자연미	신체미 (체조운동에 의한 미적 신체형성)	인체(신체)미학		

운동에 의한 미의 형성이며 움직임의 예술이라고 할 수 있다. 여기에 무용에서의 신체활동에 의한 자기표현인 창작무용의 경우, 그것은 주체적으로 이루어지지만 객체적인 표현이라는 예술적 구조를 갖기에 미의 세계 속에서 논의되고 있는 점 또한 주지의 사실이다. 다음에 제시되는 표는 지금까지 논의한 무용예술이 제 예술과의 관련 아래서 어떻게 구분되며, 또 어디에 위치하는지를 확인시켜 주는 데 도움이 될 것이다.

위의 표에서 제시한 것처럼 무용예술은 예술의 분류상 회화나 조각, 건축 등이 공간 속에서 존재하는 방식과는 다른 방식으로, 즉 음악이나 문학처럼 시간 속에서 전개되기 때문에 시간예술의 특성을 갖는 예술로 취급된다. 그러나 이때에도 무용예술은 연극이나 영화와 함께 현실의 시간상에서 전개될 뿐만 아니라 현실적 공간을 점유하기에 엄밀히 말해서 '시 · 공간예술raumzeitilche Kunst'로 분류된다. 또한 여기에 덧붙여서 무용예술은 연극과 마찬가지로 시 · 공간 속에서 배우 자신이 자신의 신체를 매재로 하여 행위가 이루어지는 예술이기에 '운동예술 Bewegungskunst' *이라고도 불린다.

그런데, 특별히, 이러한 신체활동의 예술로서 무용에 대해 미학적 관점에서 고민한 학자가 있다. 일본인 무용학자 고바야시 신지小林信次가 바로 그 인물인데, 그는 "무용에는 미가 존재하는데 그 미가 어떠한 성격을 가졌으며, 어떠한 결과를 거쳐 형성된 것인지 의문"을 갖게 되었다면서,** 그 의문의 해소를 위해《무용미학》을 저술하게 되었다는 집필 동기에서도 알 수 있듯이, 그의 연구는 예술로서 구현되는 무용미에 집

---

* 폴켈트(J. Volkelt, 1848-1930)는《미학의 체계》(System der Ästhetik. Ⅲ, 1925)에서 '공간예술'과 '시간예술'의 구분 대신에 '운동예술'과 '정지예술'로 제 예술을 구분한 바 있다. 이병용 역,《예술학》, 서울: 현대미학사, 1994, p.161 참조.

* 小林信次(1963) / 김경자 역,《무용미학》, 서울: 현대미학사, 2000, p.15.

표3. 예술의 분류 속 무용의 위치

공간예술		시간예술	시·공간적 예술
삼차원적	이차원적		
건축 조각 공예 기념비적 미술	회화 판화 그래픽 사진 장식미술	서사시, 문예 서정시, 희곡	연극
		표제악, 가창 오페라 음악, 발레 절대음악	무용
조형예술 (시각예술)		협의의 뮤즈적 예술	운동예술
		광의의 뮤즈적 예술 또는 표현예술 (시·청각예술)	

중되어 있다. 예를 들어 제1장에서는 미에 관한 지식이라는 문제를 들어 무용미를 이해하기 위해 필요한 미의 본질성에 대해 서술하고 있고, 제2장에서는 무용미의 구조라는 주제로 무용미를 형성하는 내면적 구조에 대해 서술하며, 제3장에서는 무용의 미적 소재라는 주제로 무용미를 형성하고 있는 소재에는 어떠한 소재가 존재하고 있는지 그 소재의 내용에 대해 서술하며, 제4장에서는 무용미 형성의 단계라는 문제를 들어 무용미를 형성하기 위해서는 기본운동 · 표현운동 · 작품형성 등의 단계를 거쳐 형성되어야 함을 서술하며, 제5장에서는 무용미 형성에 관련성을 가진 문제라는 주제로 무용미를 형성하는 데에 필요한 기본적 요소에 대해 서술하고 있다. 즉 그의 이 저서 속에는 신체활동의 예술로서 무용에 관한, 신체의 미학으로서 무용의 미에 관한 논의가 담겨져 있다.

그러나 고바야시 신지는 10여 년 후에 발표한 논문 《무용의 미》 (1977)* 에서는 《무용미학》(1963)에서의 무용에 관한 연구 태도와는 사뭇

* 小林信次, 〈ダンスの美〉, 體育原理研究會 編,《スポーツ美學論》(《體育の原理》, 제10호), 東京: 不昧堂出版, 1977.

다른 방향에서의 연구를 진행시킨다. 그는 이 논문에서 무용 연기자 개인에게서 발견되는 무용의 아름다움에 대하여 미를 형성하고 있는 구성 내용이나 그 형성의 수단 내용을 이해하기 위해서 다음과 같은 세 가지 구체적인 과제의 구명이 필연적으로 요구된다는 주장을 한다. 즉 '무용의 미에 대한 인식·현상·분석'과 '무용의 미를 형성하는 구성요소의 내용', 그리고 '무용의 미를 형성하기 위한 트레이닝의 조건'을 들고 있다. 따라서 그는 이러한 세 가지 과제 중 제1과제의 내용을 구명함으로써 무용의 미를 형성하고 있는 본질적인 내용의 단서를 찾는다. 또한 제2과제의 내용을 통해서는 무용의 미를 형성하고 있는 본질적 내용 구성을 파악한다. 마지막으로 제3과제 내용을 구명함으로써 무용의 미를 형성하기 위한 트레이닝 방법을 다루고 있기에, 무용학적 관점에서의 운동예술에 관한 신체의 미학으로서 무용에로의 접근으로 보인다. 따라서 이와 같은 고바야시 신지의 신체예술로서의 무용에 대한 접근은 이전의 연구보다 훨씬 구체적인 연구로서 신체의 운동으로서의 무용에 대한 신체의 미학적 접근이 시도되고 있다. 마치 그의 《무용미학》이 무용미에 대한 물음을 풀어 가는 '위로부터의 미학'이라면, 〈무용의 미〉는 '아래로부터의 미학'으로서 무용의 미적 내용을 구명하고 미를 구성하고 있는 내용 요소의 분류와 정리 그리고 무용미 형성의 방법에 대해 구체적인 진술을 펼치는 듯 하다.*

그럼에도 불구하고, 무용에서 추구하는 미학적 성취 영역은 체육이 추구하는 성취 영역과 동일한 지점에서 만난다. 이 사실은 고바야시 신지의 미적 표현활동의 형성으로서 '지·정·의'에 대한 추구라는 무용

---

* 특히, 고바야시 신지에 있어서 '무용미의 구명'과 '구체적인 무용예술현상의 분석'에 관한 구체적인 논의는 졸고 〈미학적 관점에서 본 고대 서양의 신체문화〉, 한국체육대학교 체육학과 박사학위 논문, 2007, 제4장 2절 '신체예술로서 무용미학의 정체성'을 참고하길 바란다.

의 목적을 상기해 볼 때, 그가 말하는 무용의 목적은 블룸B.S. Bloom이 제
시하는 체육목표의 분류, 즉 인식적 영역cognitive domain, 심동적 영역
psychomotor domain, 정감적 영역affective domain 속에서도 그 의미를 찾을 수 있
다.* 이렇게 볼 때 무용과 체육은 인식적 영역에서 '지식'을, 심동적 영
역에서 '기술'과 '체력'을 그리고 정감적 영역에서 '쾌'를 함께 성취한
다. 이와 같은 내용을 필자는 '칸트의 세 비판서 속 미학의 위치'를 살
피는 표1에서와 마찬가지로 다음과 같은 표4로 정리해 볼 수 있었다.

표4. 신체활동으로서 무용 및 체육에서의 인격 구성과 그 성취 영역

인격의 구성	관계 영역	성취 영역
인식적 영역	응용 기술 정치적, 사회적, 경제적 요인들	지식
심동적 영역	심동적인 학습 생리학적 계발	기술 또는 체력
정감적 영역	개성적 표현	쾌

　　이상의 신체문화로서 무용에 관한 논의로부터 인간이 자신의 생명
력을 지키며 신체단련을 높이기 위해 신체 또는 신체활동을 기반으로
하여 그것을 매체로써 형성시킨 신체문화에 관해 그것이 신체의 운동
미학으로서 체육의 영역 안에서 다루어 질 수 있는 개별미학을 열거해
보면, 그것은 '무용미학' '스포츠미학' '인체미학'으로 나타낼 수 있
다. 거기에 이 각각의 개별미학을 체육미학 안에서 구성되는 미적 현상
과 연결시켜 보면, 그것은 '예술미' '기술미' '신체미'와 조응한다. 이
와 같은 사실은 이미 제시한 표2에서 확인할 수 있다.

* 안용규,《체육원리》(강의교재), 서울: 한국체육대학교, 2002, p.39.

지금까지의 논의를 고려하면서 필자는 미학을 예술에 한정하여 분류하는 미학의 영역과 이러한 미학의 영역을 넘어선 미학, 즉 일상의 미학과 신체의 미학이 망라되는, 다시 말해서 곤도 히데오近藤英男의 신체미학의 구상까지를 포괄하는 미학의 분류를 시도해 보고자 한다. 따라서 미학의 연구대상에 따른 미학의 분류, 즉 '예술'과 '신체'와 '일상행동'에 대한 광의의 미학영역을 설정하고 거기에 필자가 사용하는 미학연구의 방법론인 '위로부터의 미학'과 '아래로부터의 미학'을 적용시키는 범위에 대해 숙고하면서 신체의 미학으로서 무용미학이 이러한 미학의 영역 안에서 어디에 위치하는지를 다음의 표5로써 제시하고자 한다.

표5. 미학의 영역 속에서 신체의 미학으로서 체육미학과 무용미학의 위치

	미학 (광의)				
생활미학	예술의 과학	예술의 철학	예술의 역사학	체육의 철학	체육의 과학
	(일반) 예술학	미학 (협의)	(일반) 예술사학	체육미학 (광의)	체육학 (협의)
삶의 미학 행동미학 인격미학	개별 예술학 문예학 미술학 음악학 연극학 무용학 등	개별 미학 문예미학 조형미학 음악미학 연극미학 무용미학 등	개별 예술사학 문학사 미술사 음악사 연극사 무용사 등	미적 교육으로서 체육미학(협의) 및 개별 체육미학으로서 인체미학 스포츠미학 미용미학	개별 체육학으로서 체조 스포츠 무용
	아래로부터 미학	위로부터 미학	아래로부터 미학	위로부터 미학 · 아래로부터 미학	위로부터 미학 · 아래로부터 미학
일상생활	예술			신체	
일상의 미학	예술의 미학			신체의 미학	
	미				

미학은 일반적으로 미와 예술에 관한 철학적 탐구의 학문이라고 일컬어진다. 따라서 미학의 기본적인 분류는 미를 현상적으로 드러내는 예술과의 관계에서 이루어지곤 한다. 즉 미학광의은 '예술의 철학으로서 미학' 협의과 '예술의 과학으로서 예술학', 그리고 '예술의 역사로서 예술사학' 으로 구성된다. 또한 미학은 예술학이라는 미학의 또 다른 얼굴 속에서 예술의 일반에 집중하는 일반예술학과 그것과는 달리 문예학·미술학·음악학·연극학·무용학 등 예술의 개별 장르에 집중하는 개별특수예술학을 구성한다. 물론 예술사학에서도 예술 일반에 집중하는 일반예술사와 문학사·미술사·음악사·연극사·무용사 등에 집중하는 개별 장르의 예술사를 구성하기도 한다. 그리고 이때의 미학은 미학 연구의 방법에 따라, 예술의 철학으로서 미학은 '위로부터의 미학' 으로, 예술의 과학으로서 예술학과 예술의 역사학으로서 예술사학은 '아래로부터의 미학' 으로 그 성격을 확연히 구분 짓게 된다.

이상의 논의와는 별도로 예술로서 신체의 미학으로서 무용에 대한 무용미학aesthetics of dance이라는 학문에 접근하자면 먼저 '미와 예술에 대한 학문적 탐구가 미학의 시작' 이라는 점을 놓쳐서는 안 될 것이다. 거기에서 관념적이면서 사변적인 방법의 '위로부터의 미학' 과 실증적이면서 경험적인 방법의 '아래로부터의 미학' 이 존재하고 있다는 사실 또한 명심해야 할 것이다. 그리고 이러한 학문적 논의가 미학의 영역을 학문적으로 구성하고 있다는 사실 또한 잊지 말아야 하겠다. 이러한 사실을 품에 안을 때 미학은 '예술의 철학으로서 미학' 과 '예술의 과학으로서 예술학', 그리고 '예술의 역사로서 예술사학' 이 구성되어진다. 또한 예술학이라는 미학의 또 다른 얼굴 속에 예술의 일반에 집중하는 일반예술학과 그것과는 달리 문예학·미술학·음악학·연극학·무용학 등 예술의 개별 장르에 집중하는 개별특수예술학 또한 구성되어진다. 물론 예술사학에서도 예술 일반에 집중하는 일반예술사와 문학사·미술사·음악사·연극사·무용사 등에 집중하는 개별 장르의 예술사 또한 구성되어진다. 따라서 이상에서 살펴본 것처럼 넓은 의미의 무용미학은 '무용의 철학적 접근인 무용미학' 과 '무용의 과학적 접근인 무용예술학', 그리고 '무용의 역사적 접근인 무용사' 로 구성될 수 있다. 물론 이때 좁은 의미에서 무용에 대한 철학적 성찰만을 무용미학으로 간주할 수도 있다. 이렇게 볼 때 무용미학은 철학적 미학을 '기저학' 으로 하는 '전문학' 이기 때문에 미학적 태도가 요구되는 것은 당연한 사실이다. 이럴 경우 우리는 무용미학에서 다음과 같은 사실을 확인할 수 있을 것이다. 첫째, 미학이라는 학문의 명칭이 원래 희랍어 '감성' 을 뜻하는 '아이스테시스aisthesis' 에서 출발했으므로 무용미학에서도 그 '감성적인 측면' 을 찾을 수 있어야만 한다. 둘째, 이와 같은 감성적 영역의 표출인 무용에 대해 '철학적 반성' 을 해야 한다는 점이다. 셋째, 다른 예술분야와는 달리 무용만의 독특한 특성의 미학이 존재한다는 사실이다. 그러므로 신체의 미학으로서 무용미학은 무용에 대한 전문지식과 열정 없이는 도저히 이루어 낼 수 없는 학문적 영역이라고 할 수 있다. 이러한 사실은 미학이 철학자들만의 전유물이 아니라는 뜻도 포함한다. 그러나 무용미학 및 무용예술학이 예술에 관한 비전문적인 담론이 되지 않기 위해서는, 즉 무용예술에 대한 학문적 토대를 얻기 위해서는 철학자·미학자·무용예술학자·무용가 모두가 예술에 대한 이해를 넓혀 가며 예술에 정통해야만 할 것이다. 이러한 사실은 무용미학에만 해당되는 사실이 아니라 신체의 미학을 구성하고 있는 다른 두 미학, 즉 '스포츠미학' 과 '인체미학' 에도 해당되는 사항이라고 말할 수 있다. 그러하기에 신체의 미학으로서 체육미학을 구성하는 이들 '무용미학' '스포츠미학' '인체미학' 모두는 인간의 생명력을 지키며 신체단련을 높이기 위해 신체 또는 신체활동을 기반으로 하여 그것을 매체로써 형성시킨 '신체문화' 속에서 정당하게 다루어져야 할 것이다.

참고문헌

Carritt, E.F., *Philosophy of Beauty: From Socrates to Robert Bridges*, Connecticut: Greenwood Press, 1976

Merleau-Ponty, M., *Phénoménologie de la Perception*, Paris: Gallimard, 1945

Tatarkiewicz, W., History of Aesthetics, vol. 1. Warszawa: Polish Scientific Publishers, 1970,

近藤英男, 「スポーツ美學とは何か―スポーツ美學の現代的意義」, 體育原理研究會 編. 『スポーツ美學論』 (『體育の原理』 第10號), 東京: 不昧堂出版, 1977

김경자 역, 《무용미학》, 서울: 현대미학사, 2000

김상환, 《예술가를 위한 형이상학》, 서울: 민음사, 2001

西田正秋, 〈體育美學の提唱〉《體育の科學》, 創刊號, 1950

小林信次, 〈ダンスの美〉, 體育原理研究會 編《スポーツ美學論》(『體育の原理』, 第10號), 東京: 不昧堂出版, 1977

손효주 역, 《미학의 기본 개념사》, 서울: 미술문화, 2000

심우성 편역, 《신체의 미학》, 서울: 현대미학사, 1997

안영길 외역, 《미학예술학사전》, 서울: 미진사, 1989

안용규, 《체육원리》(강의교재), 서울: 한국체육대학교, 2002

이병용 역, 《예술학》, 서울: 현대미학사, 1994

이승건, 〈미학적 관점에서 본 고대 서양의 신체문화〉, 한국체육대학교 체육학과 박사학위 논문, 2007

이승건 · 안용규, 〈유아사 야스오의 동양철학적 심신관〉, 한국체육철학회 편, 《한국체육철학회지》, 12권 1호, 2004

임지룡 외 역, 《몸의 철학: 신체화된 마음의 서구 사상에 대한 도전》, 서울: 박이정, 2005

조광제, 《몸의 세계, 세계의 몸》, 서울: 이학사, 2004

최재희 역, 《순수이성비판》, 서울: 박영사, 1985

8
건축미학의 감성화

● 최동호(홍익대 예술학과 강사) ●

서론

"자연을 가장 선하고 아름답게"*지었다는 플라톤의 〈티마이오스〉편의 전반부(Tim. 29d-47e) 내용에는 '우주 구성의 선한 구조'를 상세히 설명하고 있다. 건축의 선한 모습, 그 건축은 처음부터 아름다운 자연 속에서 '건축다운 모습'을 가지고 있었을 것이다. 그것은 자연 이념이 감성화되어 존재하였던 땅(자연)을 소유하였고 그리고 질서가 잡혀 있는 '자연 순환'의 알맞은 균형도 이루었을 것이다. 또한 "무릇 선한 것은 아름답고, 아름다운 것은 균형이 잡혀 있어야 합니다. 그러므로 동물에 있어서도 아름다우려면 균형을 이루고 있어야 합니다."(Tim. 87c)라는 우주 실체에 대한 자연의 선함과 아름다움 그리고 순환구조를 뒷받침하고 있다. 자연의 움직임은 우주의 회전으로서 신성한 원리를 가지고 있다. 즉 자연 개념은 '우주질서의 조화로운 법칙'으로서의 '선=미=질서=비례'의

* 《플라톤전집5: 티마이오스》, 최민홍 옮김, (상서각), Tim. 30b, 36쪽.

내용을 갖게 되었고, 데미우르고스는 건축가로서 '우주를 최초로 아름답게 설계, 건축, 제작' 하였다. 자연은 선^善의 분유를 이루며, 이것이 자연의 비의mysterion이다.

이 글은 건축미학의 감성화를 이루기 위한 미학적 체계를 확인하는 것이 그 목적이다. 이를 위해 건축적 이념이 감성화될 수 있는 요인으로 가장 가까이 있는 자연개념을 먼저 알아보고자 한다. 플라톤, 아리스토텔레스 그리고 칸트의 자연 개념 및 생태환경과의 직접적 관련성과, 자연의 현상 속에서 건축에 나타난 시^詩형식의 촉각성 발전단계를 통하여 현대도시 건축에서의 미학적 감성적 매체를 살펴보고자 한다.

1. 자연개념

오늘날 현대도시는 정보화의 시대에 들어오면서 전자매체들이 넘쳐난다. 그리고 빠른 속도로 건축 속으로 침투해 들어오고 있다. 도시경관은 기호화된 전기, 전자적 형태의 현란함으로 난무하며, 요소요소 건물(의 옥상과 벽면)은 영상 화면들로 넘쳐나고 있다. 도시는 여기저기 이름 모를 정보들로서 가득 차 있다. 이런 매체들은 이해할 수도 없이 그냥 혼자 떠돌아다니다가 말없이 사라지는 별들처럼 되어가기도 한다. 건축물들은 점점 더 많은 전자화된 기호들을 담아내고 있다. 건축은 원래가 자연이라는 존립*의 필연의 자연환경 속에서 쾌적한 도시 및 주거문화를 이루면서 감성화된 공간을 만들어내야 한다.

지금의 주거환경은 '욕망의 오성화' 로 인해 날로 건축의 본질을 상

---

* 임마누엘 칸트, 《순수이성비판》. 최재희 옮김, (박영사, 1979) , B447, 345쪽.

실하고 있다. 자연을 떠밀어내고 대신 욕심이 커진 스케일의 용적율과 과장된 규모의 세기적 이데올로기만을 생각하는 비감성적 도시로 되어 가는 듯하다. 날로 '건축作品'과는 의미가 다른 '건물'만을 생성하는 모습으로 변해 그 참다운 가치를 상실해 가고 있다. 특히 한국의 아파트 주거 문화만 보더라도 콘크리트 덩어리만 있는 쓸쓸한 질료적 모습이 지, 그 내면이 갖고 있는 감성적 문화는 찾아보기 힘들다. 참다운 자연 의 모습이 더욱 촉각적으로 내 주변 주거환경에 존재한다는 것이 불가 능하다는 판단이 서는 날, 인간에게 자연은 과연 어떠한 답을 내려야 하 는가? 칸트가 말하는 자연의 미를 보자. "고요한 여름 저녁에 보드라운 달빛이 비치는데 적막한 숲 속에서 우는 밤 꾀꼬리의 호리는 듯 아름다 운 울음소리보다도 더 높이 시인들의 찬양을 받는 것이 무엇이 있을 까?"(Kr.d.U., B172) 우리는 점점 우리를 버리면서 살고 있는 것이 아닐 까? 플라톤은 〈이온〉(534e)에서, "신은 뜻한 바 있어 아름다운 시詩를 지 었다."고 말하며 선한 우주의 미적 상기를 감동스럽게 전하고 있다.

건축과 떼어내어 생각할 수 없는 자연. 그 자연은 건축과 함께 시작 되었고 우리가 존재하는 한 계속 될 것이며 영원한 땅의 가촉적인 부드 러움을 가지고 갈 것이다. 본 글에서는 그 자연개념의 범위를 생태적 순 환작용의 본성을 갖는 자연의 모습과 건축의 의미, 자연에서의 건축과 인간의 최종목적과 자연의 목적론의 개념을 통해 살펴보도록 한다. 특 히 황폐화되어 가는 현대도시에서 생태미학이 갖는 순환 매카니즘의 중요성은 처음부터 도시를 설계할 때 필요한 부분이다. 또한 요즘 이루 어지는 설계를 볼 때 점점 많은 건축 작품들이 생태환경미학을 그 근간 으로 삼아야 한다는 점을 간과해서는 안 될 것이다.

자연이라는 생명체의 순환작용의 내용 중에서는 '생성 소멸'의 작용 개념이 중요하다. 플라톤은 자연의 순환작용에 대해, "본래 자연계에는 진공이 없습니다. —만물은 자연히 순환 작용을 하며, 마치 수레바퀴 돌아가듯 하는 것입니다."(Tim.79b-c)라고 말한다. 또한 여기서 '순환의 떠밂' 은 이렇게도 설명된다. "이것들 모두 가운데서 어떤 것에도 결코 인력은 없지만, —자기들끼리 서로 순환적으로 밀어낸다는 것, 그리고 또 모든 물체가 분해되고 합쳐지면서 저마다 자리를 바꾸어 가면서 제자리로 간다는 것, 그리고 그런 놀라운 현상들은 이 모든 사태가 서로 얽힘으로 인한 것."(Tim.80c)이라고 순환의 구조 현상을 세밀하게 묘사하고 있다. 또한 "우주는 생물과 같다."고 말하며, 우주의 본을 삼아 창조한 생물의 모상을 〈티마이오스는〉에서는 다시 이렇게 설명한다. "그러므로 우리는 개연적인 말로, 세계는 신의 섭리에 의해 참된 영혼과 예지를 부여받은 생물이라고 할 수 있을 것입니다."(Tim.30c) 즉 우주라는 생물은 숨을 쉰다는 것이다. "세계는 하나의 커다란 생명체의 모사模寫이며, —신은 이 세계를 영지 있는 자의 가장 아름답고 가장 완전한 것을 닮게 하려고 한 생명체生命體 속에 같은 성질을 지닌 모든 생물을 거느리고 있도록 만들었던 것입니다."(Tim.30c-d) 생성, 소멸하는 순환 메커니즘의 생명을 가진 우주그리고 자연 속에서, 건축은 자연이 갖는 원상의 이념을 가져야 하고 그리고 회복을 위한 설계도 이루어져야 할 것이다.

아리스토텔레스도 자연의 순환 개념에서 실체와 생성(형이상학 VII권 7장-9장)을 다루고 있는데, "작용인causa efficiens, 질료인causa materialis, 형상인causa formalis, 또는 목적인causa finalis이 모두 자연물이라는 말이다. —특히 건축과 같은 기술적인 제작과정은 질료 없는 형상이 질료 안에 구현된 형상으로 바뀌는 과정이며, 아리스토텔레스는 질료 없는 형상을 일컬어 질료 없는 실체ousia aneu hyle 또는 본질"*로 보며 그리고 "그는 세계 현상을 순수 질료에서 순수 형상에 이르는 운동 및 생성 과정으로 이해하여 모든 존재 과정을 질료와 형상의 결합작용으로 보았다."** 아리스토텔레스가 보는 자연의 목적론의 개념은, "나뭇잎들이 과일을 보호하게끔 자라고, 뿌리가 양분을 섭취할 수 있게끔 땅 밑에 뻗혀 있는 것에도 역시 합목적성을 인정하지 않으면 안 될 것이다. 매우 일반적으로 자연은, 무의미하고 목적 없는 짓은 하지 않는다.(천계론 2권 11장, 291b13)."*** 라는 것이었다.

칸트가 보는 자연개념은, "맹목적 우연에서 일어나는 일이 없다. 즉 자연계에 우연은 없다라는 명제는 선천적인 자연법칙이다. 마찬가지로 자연에서의 필연성은 맹목적인 것이 아니요—필연성이다."(Kr.d.r.V., B280) 칸트는 "신의 존재의 유비"로 자연을 보고 있는데, 세계와 자연을 나누어 설명하고 있다. "우리는 세계와 자연이라는 두 가지 말을 갖고, —전자는 만상의 수학적 전체를 의미하고, 또 현상들의 종합의 총체성을 의미한다.— 그러나 같은 세계가 역학적 전체로 보아지는 한에서 그것을 자연이라고 한다."(Kr.d.r.V.,B446) 칸트는 계속해서 이성과 인격적 가치의 문제를 자연의 최종목적으로 보고, "인간은 자연에 있어서 우리가 생각할 수 있는 최종목적이요, 또 우리는 언제까지나 그러한 인간이 아니면 안 되는데, 그러한 인간 그 자신은 무엇을 위해서 존재하는 것인가, —이성은—하나의 인격적 가치를 인간과 인간의 현존재가 궁극목적이 될 수 있는 유일한 조건으로서 전제하기 때문이다." (Kr.d.U., B471)라고 말한다.

다음 환경이라는 개념은 사람마다 그 해석의 범위가 다르긴 하지만 보통 둘러싸임이라는 그 영역을 확대하여 규정하고 있다. 특히 유리오

---

* 《아리스토텔레스의 형이상학》, 조대호 옮김, (문예출판사, 2004), 144쪽.
** 김진, 《피지스와 존재사유》, (문예출판사, 2003), 167쪽.
*** 요한네스 힐쉬베르거 , 《서양철학사(상하)》, 강성위 옮김, (이문출판사, 1992), 258-259쪽.

세판마는 "환경이란 우리를 둘러싸고 있는 것(그 가운데에 우리가 관찰자로서 존재한다), 우리가 우리의 다양한 감각으로 지각하는 것, 그 안에서 우리가 움직이고 존재하게 되는 어떤 것이다."* 라고 정의를 내리고 있는데 지각 구조의 의미를 중요하게 받아들이고 있다. 또한 환경의 범위를 넓은 의미에서 예술작품도 포함해 확대 해석하고 있다.

생태를 의미하는 '에코eco'는 oikos를 그 어원으로 하는데, 에콜로지라고 하는 생태학이라는 합성어는 다름아닌 19세기에 만들어졌다. '생태학ecology이란 일정한 환경 내에서의 생물군 또는 생물군 집단의 풍부성, 분포 그리고 상관성 등을 연구하는 학문'으로서, 생태학이라는 단어는 1866년 헥켈Ernst Haeckel, 1834-1919의 《일반형태학General Morphology》이라는 책에서 최초로 사용되었다. 헥켈은 oikos와 logos의 두 단어를 토대로 ecology라는 새로운 단어를 만들었다. 헥켈은 1859년 다윈이 《종의 기원Origin of Species》에서 언급하였던 '자연의 경제학'이라는 개념을 강조하고자 하였다. 다윈의 이러한 개념은 자연계란 모든 식물과 동물, 그리고 그 주변의 환경은 서로 연관관계를 가지면서 질서 정연하게 조절되는 체제임을 의미하였으며, 또한 조직화된 자연의 모습은 각 개체간의 생존 경쟁에 의해 자연 진화가 이루어져 나타난 결과라고 주장하였다.** 생태학의 역사적 과정에서 보았을 때, 환경과 생태는 그렇게 관련이 없다는 견해를 가지고 있기도 하다. 즉 "일반적으로 생태학의 성립은 우리의 일상적인 불안을 낳는 환경문제와 무관하지 않지만, 넓은 의미에서 볼 때 생태학적 사고가 환경문제에서 비롯된 것은 아니다."*** 라는 것이다. 이러한 의미는 생태미학이나 환경개념 자체도, 우주가 생물 같

* 유리오 세판마, 《환경의 아름다움》, 김문환 옮김, (신구문화사, 2000), 52쪽.
** 스탠리 돗슨, 《생태학; 인간과 자연》, 노태호 옮김, (아카데미서적, 2000), 2쪽.
*** 황수영, 《인문학과 생태학: 생태학적 관점에서 본 베르그손의 자연관》(백의, 2001), 116쪽.

다는 의미에서의 자연은 그 스스로가 짊어져야 할 자연만의 순환구조 과정의 시스템 속에 있기 때문이다.

2. 건축 시視형식에 나타난 촉각성

건축미학에서의 시視형식에 나타난 촉각성은 시각이라는 감관에 비하여 그 감각의 지각적 장이 우리가 느끼는 것보다 매우 민감하게 나타난다. 특히 자연이 가져다주는 감각적 지각은 시각성 못지않게 나머지 감관들의 중요성을 일깨운다. 촉각성이라는 지각이 신체를 감각하는 데 있어서 공간적, 시간적 지각 구조를 변화시킨다는 점을 우리는 잊고 있었다. 특히 건축에서 오감을 이용하게 되는 설계는 그 프로젝트의 감성화라는 건축의 이념을 실현하는 중요한 개념이 된다. "시각은 감각 기관 중에서도 가장 통찰력이 강하니까"라고 〈파이드러스〉(250d)에 나타나고 있는 것을 보면, 시각이 감각 기관 중에서 가장 중요한 부분을 차지한다는 것은 분명하다. 물론 시각은 광원이 없으면 불가능하다. 그러나 시각의 감각 기관은 19세기에 이르러 촉각성의 중요성이 서서히 부각되기 시작했다. 그에 따라 시각이 촉각에 의지하게 되는 경향성에 대해서 피들러는 다음과 같이 지적한다. "손의 역할을 가시성 개념을 성립시키는 추형성追形成 과정으로"* 파악하고 있었다.

〈티마이오스〉편에 나타난 신이 인간에게 준 시각이라는 감관의 지각성은, "알맞은 빛이 광선으로서 눈에서 나오게(Tim., 45b)" 한, 즉 '빛을 관장하는 눈'으로서 무질서한 우주에 조화로움으로 질서를 탄생하게

---

* 홍준화, 〈조형예술의 시형식에 관한 연구〉, (홍익대박사논문, 2002), 53쪽.

한 우주혼과의 연결점을 시사하는 부분이다. 시력을 인간에게 준 목적을 보면 다음과 같다. "우리가 이것으로 하늘의 예지의 진로를 보고, 이것을 그 동류인 우리의 예지의 진로에 응용하여, 옳은 것으로 그른 것을 구제하며, 또한 우리가 이것을 깨달아 진리를 소유하고, 신의 명확한 진로에 의해 우리의 길을 바로 잡게 하려는 데 있습니다."* 이것은 〈티마이오스〉에 나타난 가시성으로서의 시각의 중요성을 우주자연을 포함한 질서와 관련지어 설명하는 부분이다. 이는 눈을 빛과 동일 선상에 놓은 것이며, 인식의 원천을 태양으로 본 결과이다. 태양을 바라보는 것은 선의 빛이고 이것이 없으면 안다고 할 수가 없는 것이다. 사물의 인식도 결국은 비추어지는 태양이 있어야 한다는 것이다. 자연과 시각과의 중요한 관계성은 '시각의 성의'를 말하면서, 일굴에 눈이 섭입된 경위를 통히여 다음과 같이 기술하고 있다. 즉 "햇빛이 이 안광에 닿으면 자연의 친화로 하나의 사물이 나타나게 되며 그것이 영혼에 전달되어 시각이라고 부르는 지각이 생기게 됩니다."(Tim., 45c-d) 건축에서 시각이라는 지각성의 비중이 매우 높은 것은 분명한 사실이다. 그러나 쾌의 감성화가 이루어지는 미적이념에서는 시각뿐만이 아니라 나머지 감성적 오감의 감관 부분도 놓쳐서는 안 될 것이다. 결국 "근본적으로 조형 예술에 있어 시형식에 관한 연구의 대상은 '자연현상'이 지니고 있는 형식의 연구로부터 출발한다. 그런 만큼 조형예술에 있어 시형식에 관한 연구는 자연이란 물리적인 형식의 인식과정을 고찰해야 하며, 세계현상과 현상적 세계에서 인지된 시형식의 의미를 고찰하여야 한다."**고 할 수 있다.

플라톤은 〈티마이오스〉에서 빛을 관찰하는 눈을 만들기 전에 먼저

---

* 《플라톤의 티마이오스》, 박종현 · 김영균 옮김, (서광사, 2002), 46e-47C.
** 홍준화, 〈조형예술의 시형식에 관한 연구〉, 1쪽.

손을 만들었다고 한다. 손사지을 만드는 모습을 보면 다음과 같이 그리고 있다. "지상의 높은 곳은 뛰어넘고, 깊은 곳은 빠지지 않도록 움직이게 하였습니다. 그리하여 인체에 마음대로 폈다 굽혔다 할 수 있는 사지四肢를 주었던 것입니다. 이것은 물건을 휘어잡고, 몸을 지탱하는 동시에 사람의 몸에서 제일 신성한 것이 깃들어 있는 곳을 높이 치켜들고 어디나 돌아다니도록 하기 위해 운동 기구로서 신이 설계한 것입니다. 이것이 손의 유래로 누구나 이것을 갖게 된 연유입니다."* 감성 속에서만 직관을 가질 수 있다는 칸트의 명제, '모든 직관은 감성적인 것'이라는 의미에서 직관은 오성과는 달리, 그 시각성은 직관에서 우월감을 가지는 것은 분명하지만 그러나 오감의 영역이 포함된다는 사실이 중요하다. 즉 "직관은 intuition 혹은 perception으로 영역된다. 어원상으로는 a looking at의 뜻이나 시각 외의 청각, 촉각, 후각, 미각까지 포함한 것이다."** 그리스인들은 카논표준율kanon이라는 법칙을 만들어 그들의 신전 건축에 적용시켰는데 이것은 비례와 직접적으로 관련이 있는 시각적 문제에 연결되는 부분이었다. 그러나 시각의 문제에서 지적되는 것은 건축물의 비례가 아무리 황금비율을 가지고 있더라도 시각성의 왜곡은 수정되어야 했었다.

플라톤은 감각적 지각aisthesis에 대하여, "신체는 반드시 감각에 속하는 것"이라고 하면서, 몸의 오감을 이야기한다. 각각의 감각기관은 머리에 순종하게 하며, 얼굴 안에는 "영혼의 명령에 따르는 여러 가지 기관"(Tim.45a)이 만들어진 것이다. 아리스토텔레스도 《영혼론》에서 동물의 촉각성에 대한 중요성을 언급하고 있는데, 영혼을 세 부분으로 나누

---

* 플라톤, 《플라톤의 티마이오스》, 44d-45a.
** 최재희, 《칸트의 순수이성비판 연구》, (박영사, 1978), 43쪽.

면서 동물 영혼의 기능을 다음과 같이 기술한다. 즉 "영양능력, 지각능력, 욕구능력, 운동능력, 사유능력으로 구분하고 있는데, 여기에서 가장 중요한 것은 지각과 사유능력이다."* 이 가운데 지각 능력에서 촉각성은 동물의 완전성을 말하는 것이다. 동물이 촉각작용을 하지 않는다면 생명이 없는 것이나 다름없다는 것이다. "촉각작용에 의하여 동물은 [산 것으로] 규정되어진다. 왜냐하면 촉각작용 없이는 살아 있다는 것이 불가능하다는 사실이 명백하기 때문이다. --동물은 이 기관만은 필연적으로 가져야 하기 때문이다. 이미 말해진 것과 같이 동물은 다른 지각기관들을 생을 위해서가 아니라, 완전성을 위해서 가진다."** 또한 생명의 정의는, "우리들은 자기 자신에 의해 영양섭취, 성장, 소멸하는 것은 생명이라고 부른다. 그러므로 생명을 가지는 모든 자연물은 실체[진상]요, 그 복합물도 그렇다."*** 이렇게 영혼론에는 동물의 촉각작용이 대단히 중요하게 지적되고 있다.

다음, 조형예술의 시형식의 개념 가운데, 시각성의 문제가 촉각으로 넘어가는 과정을 살펴보기로 하자. 조형예술 형식에 있어서 시형식Sehform 개념의 형성은 보통 피들러-힐데브란트-리글-뵐프린(1887-1915)으로 이어진다고 볼 수 있다. 즉 이 시기에 연구된 형식의 문제를 제기한 중요한 문헌들은 목록**** 에서 보면 잘 나타나 있다.

---

* 김진,《피지스와 존재사유》, 174쪽.

** 《데 아니마(영혼에 대하여)》, 김완수 옮김, (휘문출판사, 1979), 435b.

*** 《데 아니마(영혼에 대하여)》, 412a.

**** Conrad A. Fiedler(1841-96),《예술적 활동의 근원에 관하여》, Ⅰ Ⅱ권 1913/14. Adolf von Hildebrand(1847-1921),《조형예술에 있어서의 형식의 문제》, 1903. Alois Riegl(1858-1905),《미술양식론》, 1923. Heinrich Wölfflin(1864-1945),《미술사의 기초개념- 근대미술에 있어서의 양식발전의 문제》 1929.

시형식에서 가시성의 개념은 시각성이라는 문제이기는 하지만, 이러한 시각은 이제 눈과 손의 관계에서 촉각의 신뢰로 넘어가게 된다. "인간에게 있어서 손이 행하는 일은 확실히 눈의 눈부신 활동에 비한다면 불충분한 것으로 보일는지도 모른다. 그러나 눈은 극도로 미묘하고 움직이기 쉬운 감각 소재를 써서 마치 마법과도 같이 순간마다 새로운 것을 생각나게는 하지만, 그것을 뭉쳐서 의식의 명확한 소유로 만들어 낼 수는 없는 것이다. 그리고 이러한 점을 깊이 생각해 보면, 인간은 곧 어떤 졸렬한 회화적 묘사의 시도에도 무엇인가 눈의 지각을 능가하는 점이 있다는 사실을 인정할 것이다."*

피들러의 '눈과 손'의 관계에서 '가시성' 개념 성립의 '추형성追形成' 과정을 살펴보면, 《예술활동의 근원에 관하여》 제4장('사물을 보는 눈과 제작을 통하여 표현하는 손')에서, 피들러는 예술활동에서의 '눈과 손의 관계'에서 촉각 부분을 다음과 같이 서술한다. 그것은 가시성 개념의 추형성 과정에서 손의 역할과 비중을 크게 다루고 있는 이유이기도 하다. "피들러는 손의 역할을 '가시성' 개념을 성립시키는 '추형성追形成' 과정으로 간주하고 있다.– 이들 추형성 과정이 완료되었을 때, 예술가는 '만질 수 있고' '볼 수 있는' '제2의 대상', 즉 어떤 대상의 모형으로 예술적인 형식을 형성할 수 있는 것이다."**

피들러는 그가 젊었을 때 로마에서 그림을 공부하던 독일인 화가 마레Hans von Marées, 1837-1887와 조각가인 힐데브란트Adolf von Hildebrand에게서 회화와 조각으로부터 미술을, 형식으로서의 미술로 이해하게 되었고, 미술가의 '눈과 손'이 작품해석의 눈과 오성을 형성한다는 확신에 이르게 된

* 콘라드 A.피들러, 《조형예술론: 예술활동의 근원에 관하여》, 정미희 옮김 (미진사, 1985), 70-71쪽.
** 홍준화, 〈조형예술의 시형식에 관한 연구〉, 53-55쪽.

다.* 그는 가시성 개념을 시각적이자 감각적 · 정신적 · 표현적인 예술활동으로 표현하고 있다. 또한 힐데브란트에게 공간 확장으로서의 인식이라는 예술 형상화 확립의 계기를 주게 되었다. 이탈리아 르네상스 미술에 의해 세뇌된 고전주의자인 화가 마레와 조각가인 힐데브란트는 뵐프린으로 하여금 이탈리아 르네상스 미술과 바로크 미술을 비교해 볼 가능성의 단서를 발견하고, 두 양식의 변천의 내적 필연성으로부터 '시형식'의 발전의 논리를 찾아 카테고리화하는 노력의 동기를** 주게 된다. 힐데브란트는 "대상의 조형적 형식에 관한 우리의 모든 경험은 원래 만져봄으로써-손으로 만져보든, 눈으로 만져보든-생겨났다. 손으로 만져보면서 우리는 형식에 상응하는 여러 가지 운동을 행한다."***고 하였다.

리글Alois Riegl은 그의 주저인 《후기 로마시대의 공예Die spätrömisch Kunstindustrie》(1901)에서 고대의 미술 발전에서 그리스의 건축을 촉각적, 시각적taktisch-optisch-正常視的으로 보았다. 그리고 내재적 동인으로서 예술의 욕Kunstwollen을 중심으로 하는 미술사관을 상정하게 된다. 고대 이집트는 촉각적觸覺的-근시적近視的으로 보며, 그리고 후기 로마제정시대는 시각적 視覺的-원시적遠視的으로 보면서, 촉각적-촉각, 시각적-시각의 3단계로서 나누면서 후기 로마예술이 전시대의 내적 필연성을 가진 발전이라는 것을 밝혔다.****

뵐프린의 5쌍의 개념 가운데에서 선적(소묘적, 조각적)인 것과 회화적인 것의 촉각상과 시각상을 살펴보면, "이들 개념이 관찰자의 관점이 '가까이 또는 멀리 이동할 수' 있을 때 성립될 수 있는 '시형식 개념'

---

* 임범재, 〈미술사학회 독회, 98.12.11〉. 1쪽.

** 임범재, 〈미술사학회독회〉, 1쪽.

*** 힐데브란트, 《조형미술의 형식》, 22-23쪽.

**** 竹內敏雄, 《미학 예술학 사전》(미진사, 1990), 110쪽.

이라는 것이다.–그런만큼 선적인 것은 '가촉적'인 성질을 드러내는 반면. 회화적인 것은 '눈에 보이는 대로' 종종 원 형태와는 거의 유사성이 없게끔 되어버린 '주관적인 시각상', 즉 '주관적인 양식'을 형성하게 된다."*고 하였다.

'시형식'의 발전논리는 개개의 미술가에 관한 기록뿐만이 아니라, 어떻게 선적인 양식으로부터 회화적인 양식이 생기며, 구축적인 양식으로부터 비구축적인 양식이 생기게 되었는지 등의 내적 필연성의 이유를 밝히는 어떤 미술사가 나타나야만 하는, 즉 '인명 없는 미술사'의 불가결한 기초이다(뵐프린, 기초개념, 초판(1915)서문 중).**

3. 건축의 감성화

고전 희랍시대의 대부분의 건축물들은 촉각적, 시각적taktisch-optisch 건축이다. 그 시대는 물론 화강암이 다량으로 생산되었던 이유가 있었기 때문이기도 하지만, 장인***의 손으로 지어지는 '손맛'이라는 직접성의 매개적 촉감이 있었다. 특히 이렇게 돌로 이루어진 건축작품은 공간성의 양감과 질감을 만들어 내면서 더욱 감촉 있는 공간을 만들어 내었다. 헤겔도 건축의 특수성에서, 재료는 '기계적인 양과 무게'라는 구체성을 표현하였다.

---

*   홍준화, 〈조형예술의 시형식에 관한 연구〉, 91쪽.
**   임범재, 〈미술사학회 독회〉. 1쪽.
*** W. 타타르키비츠, 《미학사 I 》.손효주 옮김, (미술문화, 2005) , 26-27쪽. 건축가는 그리스어로 예술가라는 뜻으로 쓰였는데 architekton이라고 불렀으며, architektonike는 '종합적 조형예술'이라고 하였다. 그리고 장인craftsman을 데미우르고스demiourgos라고 하였는데, 그 장인이 원숙한 경지에 다다르게 되면 아키테크톤architekton이 된다.

이제 현대 도시들은 다매체 방법을 동원하면서 '전자 전기의 도시 풍경'을 그려 가고 있다. 그러나 비도시적 비물질적 비감성적 광상光像 매체로 발전되어 가는 현대건축에 대해서 볼츠는 다음과 같은 우려를 나타내고 있다. "건축은 오늘날 무엇보다도 전자적, 음향적 그리고 시각적 사건들의 미학적 형상화 프로그래밍이라고 정의될 수 있다. 주변 환경의 이와 같은 총체적인 프로그래밍은 '자연'이라는 낭만주의적 테마에 마침표를 찍는다."* 시각성에만 의존하는 건축과 그것으로만 이루어지는 도시, 비물질화 도시로의 질주, 그러나 그 도시에 사는 많은 사람들의 시각적 빛의 건축 뒤편에는 보이지 않는 쓸쓸함이 있다. '빛의 유희'는 단지 보는 것에만 만족하지 말고, 그 '빛의 건축'을 뛰어넘어 건축미학의 감성적 시점을 찾아내야 한다. "우리의 지혜는 시각을 통하여 볼 수 없네"(파이드로스, 250d)라는 문구에 대한 의미를 헤아릴 수 있는 혜안을 가져야 할 것이다.

도시 건축 설계에서는 그 매체 기능의 존재방식에 문제점을 제기한다. 인간이 근원적으로 매체적 존재라는 사실은 익히 알고 있다. 그러나 "대중매체가 기본적인 인간의 존재방식을 교란하는 것은 아닌가? 시각 매체와 청각매체의 발달은 그만큼 우리에게 더욱 실감나는 환상효과와 환청효과만을 제공하는 것은 아닌가?"** 라고 하는 환기가 필요한 시대가 되었다. 희랍시대 건축이 촉각성을 갖는 시각적 건축이었다는 사실에 대하여, 한국 전통건축이 풍부한 촉감을 지니고 있었다는 것을 이해하여야만 하는 역사성에 관하여, 현대도시가 너무 시각성에만 의존하는 것은 문제가 있다는 것을 지적하기에 이르렀다. 특히 메를로-퐁티는

---

* 노베르트 볼츠, 《컨트롤된 카오스: 휴머니즘에서 뉴미디어의 세계로》, 윤종석 옮김, (문예, 2000), 364쪽.
** 김상환 외, 《매체의 철학》(나남, 1998) 426쪽.

'몸'이라는 지각의 주체를 말하였고, 벤야민은 시각적 촉각성을 이야기한다. 특히 맥루한은 혁명적인 지각의 변화에 대하여 관심을 보였다.

메를로-퐁티는 "감각한다는 것이 세계와의 생명적인 의사소통"*이라고 말한다. 지각의 문제가 감각에 의한 신체도식으로서 이미 신체는 지각론을 형성시키게 되는데, 감성 건축이 필요한 부분이다. '만짐의 세계'와 감각마다 자기세계의 존재를 확인하고 있는 것이다. 이어서 메를로-퐁티의 지각개념은 "접촉하는 것은 내가 아니라 나의 신체이다.—신체는 자신의 모든 표면과 기관을 통해서 동시에 촉각적 경험을 향해 나아가고 자기 자신과 더불어 어떤 유형의 촉각적 '세계'를 가진다."**라고 한다.

벤야민은 촉각적 지각^{die taktile Wahrnehmung}, 즉 일종의 유사 촉각성을 다음과 같이 건축의 시각적 촉각성에 관한 독특한 견해를 밝히고 있다. 즉 "건축물의 수용은 두 가지 측면, 즉 사용과 지각, 더 정확히 말하면 촉각과 시각을 통하여 이루어진다. 이러한 수용방식은 이를테면 관광객이 어떤 유명한 건물 앞에서 주의력을 집중하여 그 건물을 수용하는 식으로 이루어지지 않는다. —촉각적 수용은 주의력의 집중을 통해서라기보다는 익숙함을 통해 이루어진다. 건축의 경우 그러한 촉각적 수용은 상당할 정도로 시각적 수용까지도 결정하게 된다."***

촉감은 상호 관계를 심화시키게 된다. 1950년대에 맥루한이 본 전자 미디어에 대한 견해는, "'터치^{touch}'라는 유행어는 우선 사물들과의 피부적 접촉만을 의미하는 것이 아니라, 인간 정신 속에서의 사물들의 생명

---

* 《지각의 현상학》(문학과지성사, 2008), 105쪽.
** 《지각의 현상학》, 474-475쪽.
*** 《발터벤야민의 문예이론》(민음사, 2004), 227-228쪽.

자체를 의미한다. 촉감은 관계를 심화시키는 실재이다.–전기는 시각적인 도시문화와 촉각적인 뉴미디어 세계의 중재자로 특징지어진다.—건물의 전면들은 초차원적인 영사막의 테두리에 지나지 않는다."*고 진단하는 건축가의 견해를 심사숙고해야 할 것이다. 이제 레이저 도시에서 건축이 하나의 기호가 되었는데, 건축 본질의 망가뜨림이나 자연의 순환구조의 매커니즘에 역행해서는 안 될 것이다.

한국 전통건축에서 특히 목구조에 의하여 현존하는 것은 거의 고려 중기 이후의 것으로서 그 이전의 양식은 단편적으로밖에 고찰할 수가 없다. 그러한 상황에서라도 한옥을 보면, 한옥이 가지고 있는 그 재료의 물성은 물론 소나무가 대부분을 차지하고 있지만 그 외에도 화강석이나 흙이 사용되었다. 이러한 촉각적 재료의 물성은 물론 손맛을 느끼는 그 감촉을 전제로 한다. 한국 건축의 의장성이 그대로 노출되는 촉각적 지각의 장은 공간에서 표현한 질감의 질박함일 것인데, 그것은 "우리의 고건축은 자연조건에 의한 천연건축재를 이용함으로써 부드러운 공간 질감을 표현해 왔다. 특히 구조재나 가구양식이 그대로 표현되고 있는 것은 한국건축의 기본적 의장성이 목구조와 그 재료 자체에 있기 때문"**일 것이다.

흙이라는 재료로 도자기를 빚은 것처럼, 한국 전통건축은 최고의 촉감을 그 바탕으로 한 목구조를 갖는 건축 작품들이 남아 있다. 전통 건축물은 가촉성 물성으로서 주로 나무와 흙으로 지어진 건물이다. 당연히 환경 친화적인 재료일 수밖에 없다. 한옥의 채의 구성은 목구조구성3부

---

* 노베르트 볼츠, 《컨트롤된 카오스》, 277-364쪽.
** 박언곤, 《한국건축사강론》(문운당, 1998), 109쪽.

재는 축부재, 공포재, 가구재가 주류를 이룬다. 칸을 구성하는 기둥창방, 인방과 대들보는 나무이다. 공포재인 서까래와 대청마루도 물론 감촉성을 고려하였다. 옥외 공간인 마당도 예외가 아니다. 질퍽한 흙바닥 마당의 감촉은 맨발로 걷게 되는 날에는 더욱 그 감촉이 몸으로 다가온다. 안마당은 물론이고 한옥에 있는 채를 제외한 나머지 모든 마당행랑마당, 사랑마당은 흙으로 덮여 있는 땅이다. 이 마당의 바닥 재료는 세계적인 촉각적 물성이다. 특히 비어 있는 마당은 그 구조는 비어 있지만 그럼에도 불구하고 채워지는 그런 이중구조를 갖는다. 이곳은 한국적 감성공간이다. 한옥의 이념적 감성화 공간의 옥외공간이지만 내부 공간과 같은 느낌이 드는 매력적인 공간이다. 한옥 주거에서 가장 촉각적 공간인 안마당이 현대에 와서는 사라지고 없다. 감성적 지각을 갖는 안마당이 가지고 있었던 자연적 공간성을 본래의 그 자리로 회복시키는 작업이 이 시대의 과제이다. 방바닥도 구들을 놓은 후에 (진)흙으로 마감을 한다. 이러하듯 이 한옥은 가촉성 건축 형식이라고 할 수 있는 매우 뛰어난 감성으로 지어진 집이다.

　　일산의 〈주엽 어린이 도서관〉작품을 통하여 건축미학의 감성화를 위한 설계과정을 살펴보기로 하자. 이 공공 현상 프로젝트는 필자가 설계2005년하여 2006년에 완공, 2007년에 개관하였다. 다음의 글은 촉각성이라는 감각적인 부분이 건축에서 느끼는 지각의 중요성을 인식해야 하는 부분으로서, 건축미학적 이념의 감성화를 예술작품으로 현시하는 과정을 살펴 보편타당성의 취미판단에 근거함을 보여주고자 하였다.

　　〈어린이 도서관과 만대루〉

　　병산서원에 다가서면 가슴이 설렌다. 무엇보다도 그 좋은 자리에 만대루가 있기 때문일 것이다. 이 누마루에 오르면 당장은 자연풍광의 파노라마가 한 눈에 펼쳐지는 시각적 흥분이 눈앞을 가로지른다. 그 다음 천천히 몸으로 다가와 손에 닿아 안길 것만 같은 병산의 풍만한 자태와 복례문 앞의 배롱나무 꽃가지의 영글은 모습들, 낙동강 강물 줄기의 넓은 속가슴 속에 담겨 있는 한아름의 꽃다발 향기, 그리고 코끝을 자극하는 신선한 바람소리의 살냄새들이 촉각적으로 온몸을 감싼다. 이러한 병산서원의 만대루를 '바람의 춤'으로 표현한다면 '촉각적 시각성'일 것이라고 할 수 있을 것이다. 시각적인 것만이 아니라 더욱 감촉적인 만대루의 살결을 내 몸으로 답한다. 전통건축은 단순히 시각성에 기대는 것이 아니라 오히려 촉각적 표상으로 느껴진다. 나는 이러한 누마루가 보편적이고 세계적인 내용을 갖고 있는 한국건축 아이덴티티의 중요한 개념이라고 생각한다. 만대루에서 춤을 추어보자.

　이러한 만대루의 '감촉성'을 어린이도서관 설계에 중요한 이념으로서 건축화시키는 것에 몰두하였다. 어린이 도서관의 개념은 확실한 것이어야 하며, 쓸데없는 소리로 끝나서는 안 된다는 생각은 처음부터 끝까지 지속되었다. 그래서 만대루를 그대로 옮기기로 하였다. 정확한 물리적인 크기는 물론이며, 감촉적인 누마루의 손맛을 놓쳐서는 안 되었다. 맨발로 책을 보는 도서관은 이렇게 시작되었다. 이제부터 만대루를 어린이 도서관으로 가져 오는 일이다. 처음부터 생각한 만대루의 구조를 소중하게 지속시켜야 한다. 건축은 눈맛뿐만이 아니라 손맛도 가져야 한다는 사실은 시각적 감촉성의 속성을 갖는 건축이 그 '맛의 미학'을 담아내야 하는 것이라고 생각된다. 맨발로 걸어보는 만대루의 촉각성을 어린이 도서관에 담아본다.

　어린이 도서관의 열람실로 들어오게 되면 가장 먼저 만나게 되는 곳은 안마당과 면하여 있는 대청마루이다. 이곳은 안마당을 향하여 열려져 있으며, 병산의 병풍처럼 앞에는 나무들이, 또한 낙동강 줄기처럼 연못이 앞에 흐른다. 물론 누마루로 설계된 '어린이 종합자료 열람기능'이 있는 대청마루는 만대루의 일체를 가져왔다. 바닥의 마루깔기 패턴까지도 만대루의 디테일을 참고로 하였다. 이러한 누를 갖는 '대청마루가 있는 어린이 도서관'에서는 맨발로, 편한 자세로, 내 집 같은 분위기에, 마루가 깔린 바닥에 누워서도, 책을 볼 수 있다.

도서관 안마당은 잔디가 깔리지 않는 흙깬돌바닥으로 되어 있다. 책 소리가 나는 안마당은 꿈이라는 상상의 춤을 추는 곳이다. 안마당은 '책 마당'이다. 한국의 전통적인 세시풍습에 정월대보름 전날에 행하여진 월천공덕은 징검다리를 놓는 것이었다. 물론 남모르게 해야 한다. 징검다리는 소중한 의미를 갖는, 공동사회의 핵심이 되었다. 또한 징검다리 이미지는 건축 조형성을 함께 동반시키게 되었다. 이러한 공덕은 이 시대 어린이에게도 '교육적 상기'라 하여도 좋을 소중한 덕목이다. 물이 흐른다. 그 사이에(하나라도 없어서는 안 될) 징검다리가 놓여져 있다. *

한옥의 촉각성 건축이라는 감각적 표현방법에서 나타나는 감성적 형식미 중 하나는 질박미인 것 같다. 한국 전통건축미는 여러 가지 다양한 방법으로 그 미학의 단초를 고찰할 수 있다. 건축 조형예술 부분에만 국한되는 것이 아닌, 전반적인 예술 현상과 생활상 등에 이르기까지 포괄적인 내용을 담고 있어야 함은 물론이다. 조요한은 고유섭의《조선미술문화의 몇 낱 성격》(1940)을 자신의 글**에서 소개하고 있는데, "첫째는 한국인의 상상력(또는 구성력)의 풍부함인데, ―같은 장방형의 건물이라도 중국이나 일본의 건물은 그 절반만 실측하면 나머지 절반은 실측하지 않아도 그 해답이 나오지만, 한국의 건물은 그렇지 않다.― 한국미의 특징

---

*　필자의 글,《건축문화》(2007, 7월호) 본문 정리하여 인용.
**　〈한국미의 탐구를 위한 서론〉,《미학예술학연구》제5집, (한국미학예술협회, 1995), 33-34쪽.

은 질박, 담소, 무기교의 기교라고 특징지었다."라고 정리하고 있다.

이 가운데서 한국미를 종합해 보면, 다양성/다채성/무중심성/무통일성/허랑성/부허성/순박/온아함/단아함/질박/담소/무기교의 기교 등으로 표현될 수 있다. 이 가운데에서 '시각적 촉각성'의 내용으로 느껴지는 건축적 질감을 나타내는 것을 찾는다면 질박미質朴美일 것이다. 이 의미는 한국 건축의 질료적 내용을 뒷받침하고, 전통건축에서 보여준 질감적 촉감적으로 나타나는 한국적인 감성적 표상이라고 할 수 있을 것이다.

결론

건축미학의 감성화를 위한 실제 건축적인 제안의 출발점은 자연개념이었다. 이 자연이라고 하는 것은 오늘날 생태환경 미학이 갖고 있는 의미인 생성 소멸의 순환구조를 놓쳐서는 안 되는 것이기도 하였다. 감성건축이라는 부분에서는 특히 한국 전통건축에 나타난 촉각성의 구조와 (자연개념 속에서) 건축의 시형식의 촉각성 부분을 통하여 살펴보았다. 위에서 살펴본 결과는 다음과 같다.

1. 자연은 '생성 소멸'이라는 순환작용 구조를 갖는 하나의 생명체이며, 건축도 그러한 매커니즘 속에서 설계가 이루어져야 한다. 자연의 원래 모습을 회복하고 그 자연의 자리에 건축이 이루어지며 이 자연 속에서 살아 숨쉬는 건축이 필요할 것이다.
2. 시각적 감각은 비물질적 도시화가 되어가는 현대에서 '눈과 손'의 관계망에서 더욱더 촉각성을 신뢰하게 되는 지각방식으로 변

화하는 시대가 되었다.

3. "취미는 결국 도덕적 이념이 감성화된 것을 판정하는 (이 양자에 관한 반성의 일정한 유비에 의하여) 능력"이기 때문에 건축미학은 감성화된 미적 이념 그 자체이다.

참고문헌

김진, 《피지스와 존재사유》(문예출판사, 2003)

노베르트 볼츠,《컨트롤된 카오스: 휴머니즘에서 뉴미디어의세계로》, 윤종석 옮김, (문예, 2000)

로저 스크러톤, 《건축미학》, 김경수 옮김, (서광사, 1985)

메를로-퐁티, 《지각의 현상학》, 류의근 옮김 (문학과지성사, 2008)

박언곤, 《한국건축사강론》(문운당, 1998)

스탠리 돗슨, 《생태학; 인간과 자연》, 노태호 옮김, (아카데미서적, 2000)

아리스토텔레스, 《데 아니마(영혼에 대하여》, 김완수 옮김, (휘문출판사, 1979)

──────, 《아리스토텔레스의 형이상학》, 조대호 옮김, (문예출판사, 2004)

요한네스 힐쉬베르거 , 《서양철학사(상하)》, 강성위 옮김, (이문출판사, 1992)

임마누엘 칸트, 《순수이성비판》. 최재희 옮김, (박영사, 1979)

──────, 《판단력비판》 이석윤 옮김, (박영사, 1992)

플라톤, 《플라톤의 티마이오스》, 박종현, 김영균 공동옮김, (서광사, 2000)

콘라드 피들러, 《조형예술론: 예술활동의 근원에 관하여》, 정미희 옮김 (미진사, 1985)

타타르키비츠, 《미학사 I 》, 손효수 옮김, (미술문화, 2005)

최순우, 《무량수전 배흘림기둥에 기대서서》(학고재, 2002)

최재희, 《칸트의 순수이성비판 연구》(박영사,1978)

한국미학예술학회, 《예술과 자연》(미술문화, 1997)

──────, 《미학 예술학 연구》(제5집, 1995)

──────, 《미학 예술학 연구》(제11집, 2003)

황수영, 《인문학과 생태학: 생태학적 관점에서 본 베르그손의 자연관》, (백의 ,2001)

홍준화, (홍익대박사논문, 2002)

9
카프카의 데생들에 대한 기호학적 분석

● 김세리(홍익대 예술학과 강사) ●

글을 쓰는 것과 그림을 그리는 것은 그 근원에 있어 하나다.
- 파울 클레

서론

2005년 여름 방문했던 체코 프라하의 카프카 박물관에는 카프카의 문학세계를 존재하게 했던 사료들이 전시되어 있었을 뿐만 아니라, 이후 그의 작품들로부터 영감을 얻어 제작된 현대 작가들의 예술작품에 이르기까지 다채로운 자료들로 풍부했으며, 박물관의 분위기와 구조 또한 카프카의 문학작품 안에서 느껴지는 특유의 암울함과 폐쇄성을 잘 드러내고 있었다. 전체적으로 검은 톤으로 일관된 전시장의 분위기와 비상구 없는 통로를 연상시키도록 만든 작은 공간들, 획일화된 관료주의 체제 속에 갇힌 인간이 느끼는 갑갑함이 그대로 전달되도록 배치된 구성이 돋보이는, 문자 그대로 '카프카적인kafkaesque' 세계 그 자체였다. 어두운 통로를 지나 들어간 한 작은 공간 안에서 아주 흥미로운 이미지들을 만났는데, 그 이미지들은 움직이고 있었다. 단선으로 그려진

한 사내가 책상 주변에서 고통스러워하는 모습을 담은 몇 컷의 이미지들을 애니메이션 형식으로 재구성한 작품이었다. 왠지 어설퍼 보이는 그림의 선이나 형태에도 불구하고 그 반복적인 장면들이 보여주었던 좌절과 우울이라는 감정만큼은 나름대로 절실하게 다가와, 한참을 몇 번이고 지켜보았던 기억이 든다. 본고의 주제는 바로 카프카 자신이 그린 〈여섯 개의 검은 형상들〉이라는 이 데생 습작과의 만남을 통해 설정된 것이다.

작가였음에도 불구하고 카프카는 시각예술에 대한 관심이 상당했으며, 스스로 화가를 꿈꾸기도 했다고 전해진다. 특히 회화나 영화 등의 예술에 쏟은 그의 관심은 문학가들이 다른 제반 예술에 대해 가지는 일반적인 관심의 수준을 넘어서는 것이었음이 사실이다. 게다가 카프카의 문학작품들을 읽은 독자들이라면 자주 경험했을 그 시각적 충격을 고려할 때, 우리는 그가 문학으로 창조해 낸 이미지들이 시각적으로 '변신'하는 또 다른 차원이 존재하는 것은 아닌가 하는 의문을 갖게 된다.

대체로 카프카를 다루어왔던 다수의 문학적 연구에서, 그의 데생들은 그저 그가 자신의 적성에 맞지 않는 법학을 전공한 데에 대한 무료함을 표현한 '노트 귀퉁이의 낙서' 정도의 의미를 획득하는 데에 그쳤다. 그러나 이제부터 우리는 이전까지 주로 문학적인 영역에서 카프카를 다루어왔던 관점에서 벗어나 주로 시각적인 영역에 한정하여 그의 세계를 조망해 보고자 한다. 즉 이번에는 카프카의 조형적 관심으로부터 출발하여, 역으로 이런 창조 활동들이 그의 문학적 세계와 맺을 수 있는 관계에 대해 기술해 보고자 하는 것이다.

1. 회화에 대한 관심

에른스트 파웰은 자신의 저서에서, 1907년경 카프카가 "조형예술을 위해 글쓰기를 포기할 생각을 잠시나마 품었던 것 같다"*고 쓰고 있다. 이 흥미로운 증언은 카프카가 문학적 열정 못지않게 품고 있던 시각예술에 대한 관심을 드러낸다. 알려진 바와 같이, 카프카가 자신의 전공으로 법학을 택하게 된 것은 특히나 아버지에 대한 도덕적 채무감에 기인했던 것이라 추정된다. 하지만 사실 그가 법학을 전공하기 이전에 대학입학 자격시험을 통과한 후(1902년) 등록하고자 했던 전공 분과는 조형예술분과였다고 한다. 그는 조형예술학부에서 몇 개월의 수업을 받은 후 어떤 연유에서인지 예술을 포기했고, 이듬해인 1903년 오히려 자신이 '무관심할 수 있는' 전공인 법과로 전향했다는 것이다. 아마도 카프카는 다른 영역에서와 마찬가지로 예술의 영역에서 역시 고수되고 있던 아카데미즘의 규율에 회의를 느끼고 있었던 듯하다. 이는 이어지는 파웰의 증언이 증명해 주고 있다.

> 하지만 그 열망은 그의 정당한 직관과는 상반되게 과해진 몇몇 회화 강의들로 인해 오래 가진 못했습니다. 나중에 그는 그 강의들이 자신이 처음에 지녔을지도 모를 적은 재능마저 영원히 손상시켰다고 비난했습니다.**

지인들의 증언에도 불구하고 다른 한편에서는 카프카가 진정 조형

---

* Ernst Pawel, 《프란츠 카프카 혹은 이성의 악몽Franz Kafka ou le cauchemar de la raison》, traduit par Michel Chion et Jean Guiloineau (Paris, Seuil, 1988), 178쪽.

** Ernst Pawel, 《프란츠 카프카 혹은 이성의 악몽》, 178쪽.

예술학부에 등록한 사실이 있었는가에 대한 의혹이 제기되기도 했다. 막상 이에 관해 문서상으로 남겨진 증거 자료들이 존재하지 않기 때문이다. 그러나 전후 카프카의 문학작품들 및 관련 자료들이 상당량 분실되었다는 점을 감안한다면 이에 대한 소실 의혹을 또한 배제할 수 없으며, 따라서 그가 한때 미술학도로 재학했었다는 사실을 전적으로 부인하기도 어렵다. 다만 여러 정황을 참작해 볼 때 확실한 사실은, 카프카가 1903년 경 이후로는 예술 강의를 듣지 않았고 이 시기 이후부터는 자신의 문학적 열정에 보다 충실했다는 점이다.

그렇다고 해서 회화에 대한 관심을 그대로 저버렸다고는 볼 수 없는데, 그의 '일기'와 '서신' 속에는 그림그리기가 글 못지않게 그의 생각을 지배한 매체임을 확인시켜 주는 흔적들이 산재해 있다. 예술 강의를 포기한 이후에도 그는 지속적으로 그림을 그려왔으며, 몇몇 자료들에 따르면 1907년경까지도 카프카는 스스로 작가보다는 그림 그리는 일이 더욱 천직이라 느끼고 있었다. 뿐만 아니라 몇년 후인 1913년, 절친한 친구인 막스 브로트Max Brod에게 보내는 편지 속에서 카프카는 다음과 같이 말한다.

"내 데생이 마음에 드나? 자네도 알지, 내가 그 엉터리 화가에게서 그림 그리는 실습을 받기 직전까지만 해도 나는 훌륭한 데생화가였다는 것을. 그 작자가 내게 아카데믹한 데생을 가르쳤고 내가 지닌 모든 재능을 망쳐놓았어. 자네도 이해할 거야! 그러나 오래전에 그려 둔, 자네가 보고 웃을 만한 몇 장의 데생을 보내줄게. 이걸 그렸던 시기에, 이 그림들은 그 어떤 것보다도 더한 만족감을 내게 선사해 주었지."*

* Franz Kafka, 《전집4 OEuvres complètes IV》, traduction par Marthe Robert, Alexandre Vialatte et Claude David, édition présentée et annotée par Claude David, 《 Bibliothèque de la Pléiade 》(Gallimard, 1989), 284쪽.

사실 그간 카프카에 관한 어떤 전기도 그림에 관한 이 같은 그의 열정과 취향을 자세히 조망한 적은 없었다. 카프카의 문학을 구원했다고 할 만한 막스 브로트조차 카프카의 예술적 취향을 세심히 다루고 있지는 않았다. 그러나 브로트는 카프카가 그린 데생들을 좋아했으며, 법과대에 진학했던 첫 해부터 그의 데생들을 모아왔다. 그는 강의록에 그려진 "이 우스꽝스러운 그림들의 주변을 전부 조심스럽게 뜯어, 결국 카프카의 데생 수집에 첫 발을 디뎠다."* 고 쓰고 있다.

1911년 막스 브로트와 동행했던 파리 여행 중 카프카는 루브르 박물관과 베르사이유 등을 방문하면서, 레오나르도 다빈치와 틴토레토, 루벤스와 같은 대가들의 그림과 헬레니즘기의 조각상들을 감상하고 깊은 인상을 받는다. 이에 대한 경험을 적은 글들은 카프카의 〈여행 일기〉 속에 남아 있으며, 이중에는 레오나르도 다 빈치의 작품을 모사한 데생도 포함되어 있다.(그림1) 이듬 해에는 독일 바이마르에 있는 괴테의 생

그림1   그림2

* Max Brod, 《전투적인 삶Une vie combative》, traduit par Albert Kohn, (Gallimard, 1964), 185쪽.

가를 방문하고 그곳에서 근처의 풍경을 데생으로 남기기도 한다.(그림 2) 특히 이 데생에서는 창문을 사람의 눈처럼, 나뭇가지와 현관을 각각 코와 입처럼 그려 마치 집 전체를 인간의 얼굴과도 같이 익살스럽게 표현한 점이 재미있다. 이밖에도 그의 노트 속에는 간간이 자신이 그린 가족의 초상과 여행 풍경을 그린 데생들도 눈에 띤다.

그렇다면 카프카 자신이 선호했던 예술작품들은 어떤 종류의 것들이었을까? 카프카는 특히 일본 에도시대의 목판화를 좋아했으며, 극동지역의 예술에 대한 선호도를 표명한 바 있다. 자누슈와의 대화 속에서 카프카는 동양 예술에 있어서 표현되는 역설적인 리얼리티에 주목한다.

"신정한 사실성은 늘 비사실적이지(…) 나무 위에 채색된 중국 판화의 순수함과 명확성을 보게! 뭔가 특별한 것이 있다네!"*

이밖에 그가 서양의 회화를 보고 기술한 다른 글들을 살펴보더라도, 위의 언급과 일맥상통하는 면이 없지 않다. 어쩌면 그것은 카프카가, 오랜 기간 서구 회화를 주도해 온 아카데믹한 전통으로부터 멀어진 동시대의 회화적 사실성을 일찍이 간파하고 있었기 때문일지 모른다. 어떤 점에서 그것은 카프카가 살던 이 시대의 예술 운동이 지향하고 있던 목적과도 일맥상통하는 면이 있다. 그 시대의 화가들은 더이상 아틀리에 안에서만 작업하지 않았으며, 야외로 나와 사진이 풍경을 포착하는 방식으로 작업하기 시작했다. 그들에게 중요시되던 것들은 마치 동양화의 기운생동에 준하는, 단순화된 선으로 표현된 역동성이었다. 그렇다

---

* Gustav Janouch, 《카프카와의 대화Conversations avec Kafka》, traduit par Bernard Lortholary, (Editions Maurice Nadeau, 1978), 56쪽.

면 카프카의 이 같은 회화적 취향이 우리가 살펴볼 그의 데생들, 나아가 그의 문학작품과도 어떤 연관성을 지니리라 기대할 수 있을까?

이에 대한 기술을 위해서 우리는 그가 그린 여러 점의 데생들 중 이 의문에 대한 근본적인 해답을 제시할 만한 것들을 선택해야 했다. 첫 번째로 우리가 채택한 이미지는 서문에서 제시한 바 있는 〈여섯 개의 검은 형상들〉(1918)이라는 여섯 컷의 데생이며, 다음으로 언급하게 될 것은 1910년 그의 일기에 글과 함께 남아 있는 〈곡예사〉라는 그림이다. 전자가 카프카의 개인적인 삶을 포함한 인간 전반의 조건을 드러내고 있다면, 후자는 글을 쓰는 작가이자 데생 화가로서의 카프카가 예술가로서 현실과 이상 간에서 경험했던 치열한 갈등과 긴장을 드러내고 있다고 보았기 때문이다.

2. 〈여섯 개의 검은 형상들〉과 인간의 조건

카프카 박물관에 전시되어 있던, 애니메이션 형식으로 재구성된 〈여섯 개의 검은 형상들〉이라는 이름의 원작 데생들(그림3)은 1918년 카프카가 자신의 여동생인 오틀라에게 보내는 편지에 등장하는 그림들로, 잉크와 펜으로 그려졌다. 그의 절친한 친구였던 막스 브로트는 후일 이 그림을 《프란츠 카프카의 전기》라는 책의 부록에 수록하며 출간했다. 브로트는 이 데생들을 "보이지 않는 실에 매달린 검은 꼭두각시들"* 이라 칭했다. 이 표현은 이중적인 의미를 지닌다고 할 수 있는데, 한편

---

* Jacqueline Sudaka-Bénazéraf, 《카프카의 시선 : 어느 작가의 데생Le regard de Franz Kafka : Dessins d' un écrivain》(Maisonneuve & Larose, 2001), 145쪽.

그림 3

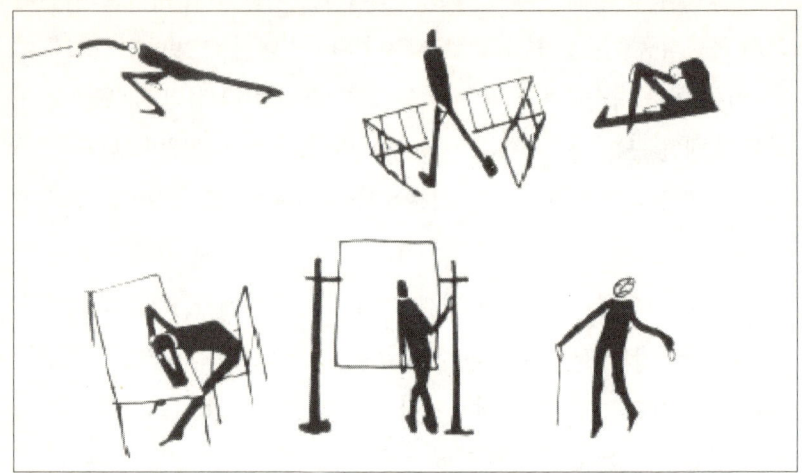

으로 이 인간-꼭두각시의 이미지는 과거로부터 프라하에서 성행해 온 인형극을 상기시킴으로써 프라하 특유의 문화적인 보편성을 반영하는 한편, 카프카 자신의 문학작품 속에 등장하고 있는, 무의식적인 충동들을 억압하는 부조리한 관료주의의 꼭두각시로서의 인간을 연상시키기도 한다는 점에서 꽤 상징적이다. 또한 이 그림들은 자누슈가 1922년 10월 자신의 저서 《카프카와의 대화》 속에서 다음과 같이 회상하는 바를 상기시키기에 충분하다.

그는 회색 빛 팔절지 행정 문서의 뒷면을 향해 몸을 숙인 채 책상에 앉아 있었다. 손에는 노란 연필을 들고 있었다. 내가 다가갔을 때, 그는 종이 위에 연필을 내려놓았는데 종이 위에는 무질서하게 그려진 특이한 데생들로 가득했다. 나는 카프카에게 그림을 그리고 있었느냐고 물었다. 그러자 그는 멋쩍은 듯한 미소를 지으며 대답했다.

"아냐, 그저 서투른 그림일 뿐이야."

"좀 봐도 될까요? 제가 그림에 관심 많은 것 아시잖아요."

"그치만 보여줄 수 있을 만한 그림들은 아니야. 그것들은 그저 나만의 독특한 상형문자들이지. 그래서 읽을 수가 없어."

그러더니 그는 종이를 집어 두 손으로 둥글게 구겨서는 휴지통에 던져버렸다. (…)

"내가 그린 인물들은 진정한 공간적 비율을 갖고 있지 않아. 그들 자신만의 활동 영역을 갖고 있지 못해. 내가 윤곽선을 잡으려고 애쓰는 인물들의 원근법은 종이보다 앞서 있어. 종이의 또 다른 극단, 측정될 수 없는 곳에 있는 거지. 다시 말해 그건 내 안에 있는 거야."*

위의 대화에서 보듯, 카프카가 자신의 데생에 있어서도 회화적 사실성을 고수하려 하지 않았다는 점은 자명하다. 그러나 한 인물의 연속된 동작을 표현한 이 데생은 나름대로의 스타일을 지닌 채 카프카의 자전적인 요소들을 시각적으로 표현하고 있다. 마치 만화의 형식을 연상시키는 이 연속 이미지는 그림 속 주인공들의 반복적이지만 변화 있는 움직임으로 인해 리듬감을 지닌다. 즉 여섯 개의 이미지들은 시선의 방향을 따라 쉬거나 움직이는데, 각 이미지는 서 있는 이미지에서 앉아 있는 이미지로, 다시금 앉아 있다 서 있는 이미지로, 그리고 옆모습에서 뒷모습으로, 뒷모습에서 정면으로의 장면 전환을 유도하며 약간씩 변형되고 있다.

총 여섯 컷으로 이루어진 이 연속된 그림은 역동적인 전진과 휴지부 간의, 투지와 낙담 간의, 움직임과 휴식 간의 리듬을 조직하고 있다. 게다가 앉아 있는 자세와 서 있는 자세 간에 형성되는 수평선과 수직선의 대립이 이 이미지들에게 전체적인 균형감을 선사해 준다. 뿐만 아니라

* Gustav Janouch, 《카프카와의 대화》, 42-43쪽.

그림 속 주인공의 검은 톤은 그가 자리한 공간의 여백과 대립되는 한편 조화를 이루고 있으며, 그 배경 또한 틀에 갇힌 듯한 폐쇄성과 개방성을 반복적으로 드러내면서 그림에 전체적인 통일성을 부여하고 있다. 더욱이 카프카의 이니셜인 K라는 알파벳 문자를 닮은 검은 사내의 형상은 마치 글을 쓰는 작업 중에 고뇌와 쇄신을 반복하는 카프카 자신의 모습을 그래픽으로 표현한 데에 지나지 않는다는 확신을 갖게까지 한다. 또한 그 문자는 카프카의 소설 〈소송〉이나 〈성〉에 등장하는 주인공들의 이름과도 동일하다.

첫 번째 이미지에서 주인공은 마치 칼로 누군가와 결투를 벌이는 듯한 포즈로 등장한다. 그러나 그 역동적인 움직임은 이내 새장과도 같은 마름모꼴의 창살에 갇힌 채 그 너머를 바라보는 주인공의 정적인 동작으로 대체되면서 감소되며, 급기야 세 번째 이미지에서 볼 수 있는 우울함과 좌절의 동작 안에서 사라져버린다. 특히 두 번째 형상에서 틀 속 인간의 다리 형태가 만들어 내는 삼각형의 구도와, 틀이 이루는 역삼각형의 구도 간의 대칭적 형태는 카프카의 조형적인 감각을 엿볼 수 있게 해주는 부분이다. 세 번째 장면에서 좌절한 주인공이 무릎을 올리고 그 위에 손을 얹은 모습에서 역시 이 삼각형의 형상을 찾아볼 수 있다. 그러나 주인공이 보다 본격적인 좌절을 경험하게 되는 것은 네 번째 형상에서부터이다. 그는 카프카의 작업 공간을 대변한다고 할 수 있는 네모난 책상에 엎드려 그간의 우울을 직접적인 동작으로 표현한다. 책상 앞에 엎드려 고통을 느끼는 이 이미지는 세 번째 이미지의 앉아 있는 동작에서 보여주는 침체성을 그대로 연장시켜 나가지만, 의자에 앉아 엎드린 형상으로 표현되면서 시선의 변화를 유도한다. 고통을 극복하고 일어선 주인공은 다섯 번째 이미지 속에서 네모난 큰 화폭을 바라보고 있다. 왼편의 책상의 형태가 화폭으로 이전된 듯한 인상을 주는 이 네모난 여백의 이미지는, 늘 작가가 싸워야 하는 전투장과도 같은 흰 종이, 폐쇄성을 상징하는 작업실 혹은 사무실이라는 공간, 혹은 네 번째 이미지에서 시각적으로 암시된 책상이라는 공간의 총체적 형상화라 해도 과언이 아니다.

하지만 첫 번째로부터 다섯 번째 이미지에 이르기까지 카프카가 형상화했던 작가로서의 인간적인 고뇌는 이 데생의 마지막 형상에서 돌연 희극화되는 듯하다. 옆모습과 뒷모습을 반복적으로 보여주며 일관하던 지금까지의 형식을 벗어나 마지막 데생에서 갑자기 주인공은 자신의 얼굴을 노출시킨다. 그 얼굴은 딱히 웃고 있지도, 울고 있지도 않다. 그는 다른 사람들의 시선에는 무관심한 듯이 보이나, 마치 관객을 향해 인사하듯 정면으로 우리를 응시한다. 첫 번째 그림에서 칼을 휘두르며 등장했던 주인공은 마지막 장면에서는 지팡이를 짚고 있다. 여기에 칼과 지팡이로 나타나는 이미지들은 작가에게 있어 펜의 역할을 대체할 만한 것들이다. 즉 칼은 작가의 행위를 지지해 주는 한편, 지팡이는 휴식과 안식을 통해 작가를 돕는 매개물들이다. 처음에는 자신을 보호하고자 들었던 날카로운 검이 결국 자신을 지탱시켜 주는 힘이 되듯, 작가는 펜을 통해 싸우다 종국에는 그것을 통해 존재하게 된다는 아이러니이다. "문학이 주는 묘하고 불가사의한 위안, 어쩌면 해로울 수도, 해방을 안겨줄 수도 있는 위안, 그것은 살인자의 대열에서 뛰쳐나가는 일이며 행위를 관찰하는 일이다."라고 카프카는 자신의 〈일기〉에서 쓰고 있다. 이것은 결국 카프카 자신의 삶, 즉 "내 조건상황의 광경"이다.*

이 데생을 그렸던 것과 비슷한 시기에 역시 오틀라에게 보내는 편지

---

* Jacqueline Sudaka-Bénazéraf, 《카프카의 시선 : 어느 작가의 데생》, 148쪽. 이 책에서 저자는 카프카의 데생들에 관한 기호학적 분석을 시도하고 있다.

속에 그려 두었던 〈내 삶의 장면들〉(그림4) 또한 〈여섯 개의 검은 형상들〉
과 비슷한 모티브를 가진 데생이다. 마찬가지로 만화의 연속된 형식을
취하고 있는 듯한 이 여섯 컷의 이미지들 속에서 우리는 카프카의 반복
적인 일상을 찾아볼 수 있다. 인간들은 그 모습을 겨우 알아볼 만한 추
상적인 형태로 표현되었으며 주인공으로 여겨지는 카프카는 텅빈 공간
에 존재하는 유일한 인간처럼 고독하고 외롭게 묘사되고 있다. 그즈음
자신의 병을 알게 되어 침체기를 겪던 카프카는 글이 아닌 다른 방식으
로 자신이 가장 신뢰하던 여동생에게 심정을 토로한 것 같다. 실제로 이
시기는 카프카가 요양을 위해 집을 떠나 요양소에서 기거한 때와 일치
한다. 이 데생은 일종의 '감옥 생활'과 같은 이미지를 떠오르게 한다.
이 중 두 번째 이미지에 나타난 '고문당하는 기계'의 형상과, 지고, 먹
는 일상을 반복적으로 묘사한 장면들이 요양소의 생활과 감옥의 이미
지를 결부시키게 만든 요인이 아닌가 한다. 〈여섯 개의 검은 형상들〉에
서와 같이 그는 이곳에서 겪은 고독한 감정을 희극적인 데생으로 표현
한 것이다. 여기에서는 일상의 단조로운 리듬이 보다 반복적으로 나타
나고 있는데, 여기에서도 자기 위해 눕고, 식사를 위해 앉거나 고문당하
며 서 있는 동작들을 적절히 배치하여 운동감을 주고 있다. 코믹함과 비
극이, 시간적 연속성과 혼돈이 함께 공존하는 이 데생들은 그야말로 시
지프스의 부조리한 삶을 시각화한 것에 다름아니다. 그것은 "아침, 사
무실, 오후, 공장, 그리고 도래한 저녁, 모든 곳들로부터의 비명"*을 보
여주고 있다.

---

* Jacqueline Sudaka-Bénazéraf, 《카프카의 시선 : 어느 작가의 데생》, 147쪽.

그림 4

3. 〈곡예사〉와 글쓰기의 딜레마

〈곡예사〉(그림5)라는 제목의 데생은 카프카의 1910년 〈일기〉의 첫 부분에 수록되어 있는 그림이다. 당시 카프카는 근 5개월 간 글을 쓰지 못한 자신의 무능력함을 다음과 같이 토로한다.

"지금 내 상태는 불행한 것도, 그렇다고 행복한 것도 아니고, 무관심한 것도, 약한 것도, 피곤하거나 다른 것들에 흥미를 느끼지 못하는 것도 아니다. 그럼 대체 뭐란 말인가? 그걸 알지 못한다는 사실이 아마도 글을 쓰지 못하는 이유와 연관되는 것 같다. 줄기의 중간 부분에서부터 자라나기 시작한 풀잎을 붙잡고 그대로 있어보라. 아마도 거의 대부분의 사람들이 그대로 있을 수 없을

그림 5

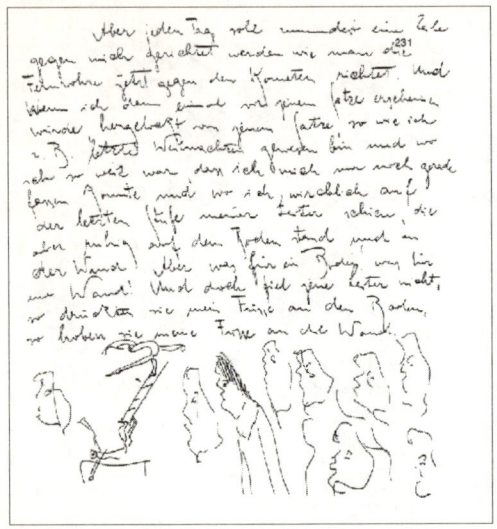

것이다. 마치 허공으로 뻗은 누군가의 발 위에 놓인 사다리 위로, 또 다른 한 사람이 균형을 잡고 기어오르는 중국 곡예사들의 곡예처럼."*

글로 묘사된 이 장면은 카프카가 그린 〈곡예사〉의 이미지를 그대로 재현해 놓은 듯하다. 이 시기에 카프카는 글을 쓴다는 작업과 자신의 삶 간의, 자신의 예술과 비판적인 대중 간의 적절한 균형 감각을 지니고자 갈망했던 것 같다. 글과 어우러진 이 한 장의 데생은 당시 카프카의 심리적 고충을 글 이상으로 절실히 표현하고 있다.

카프카가 위에서 기술한 바와 같이, 그림의 왼편에는 묘기를 부리는 두 명의 곡예사가 등장한다. 아랫부분에 위치한 반쯤 드러누운 사람은 자신의 발 위에 사다리를 올린 채 그것을 유지하며 두 발을 허공에 들어

* Franz Kafka, 《전집3 OEuvres completes III》, traduction par Marthe Robert, Claude David et Jean-Claude Danés, édition présentée et annotée par Claude David, 《 Bibliothéque de la Pléiade 》(Gallimard, 1984), 3쪽.

올리고 있다. 사다리 위에는 또 한 명의 곡예사가 사다리 위에서 균형을 잡으려 애를 쓰는 모습이 보인다. 그는 두 손을 양 옆으로 벌린 채 허리를 잔뜩 구부리고 한 발을 들어올려 온몸의 균형을 잃지 않으려 노력한다. 왼발을 한껏 뻗고 뾰족하게 만든 그 동작으로부터 우리는 그 곡예사가 처한 상황의 긴장감을 생생히 느낄 수 있다. 사다리의 다소 각지고 경직된 형태와 그 아래 위에서 간신히 몸을 지탱한 채 서 있는 두 곡예사들의 부드러운 곡선은 대조적이면서도 조화롭게 우리의 시선을 사로잡는다. 그러나 무엇보다 흥미로운 것은 이 팽팽한 긴장 국면을 주시하고 있는 오른편 관객들의 형상이다. 마치 이 데생 위편의 공간을 점한 카프카의 필체를 연상시키듯, 그림의 윤곽선들은 부드럽다 못해 흐느적거리며, 이를 통해 표현된 관객들의 표정들 또한 도무지 개성이라고는 느껴지지 않는 모습들이다. 다수의 개성 없는 얼굴들에 둘러싸인 곡예사의 묘기는 더욱 긴장감을 조성한다. 이와 대조적인 관객의 얼굴에서 우리는 대중이라 불리는 불특정 다수의 무심함과 무기력함, 그리고 태만함을 발견할 수 있다. 그들은 곡예사의 묘기를 바라보고는 있지만 이 고통스러운 긴장감에 영 공감하지 못하는 듯하다. 이런 무기력함은 그 흐물흐물한 글씨체를 닮은 선과 더불어 왼편의 곡예사들을 표현한 긴장감 넘치고 생명력 있는 묘사와 시각적으로 대조를 이룬다. 이는 이 데생을 그렸을 때의 카프카의 심정을 보다 직접적으로 예증해 주고 있다고 할 만한데, 그가 〈일기〉에서 쓰고 있듯이 실제로 그는 이 시기에 작가로서의 자신에 대한 평가와 자신이 추구하고자 하는 이상 간에서 어느 때보다 갈등하고 있었다. 즉 곡예사의 형상은 당시 작가로서 카프카가 처한 상황에 다름아니다. 작가는 현실과 이상이라는 대립된 공간 사이에서 부단히 긴장하는 곡예사의 삶을 산다. 자신을 바라보는 관객,

혹은 독자들의 둔하고 무기력한 비판은 오른편의 관객을 묘사한 모습에 반영되어 드러난다. 그들은 바라보되 감동하지는 않는다.

그림에 수반된 그의 필체와 더불어 이 데생을 살펴볼 때 이 점은 더욱 확연히 드러난다. 자세히 관찰해 보면 위에 썼던 글들 중 '벽'을 의미하는 독일어 'Wand'가 세 차례나 같은 페이지에서 반복됨을 알 수 있다. 또한 허공에서 균형을 유지하고 있는 곡예사의 두 팔과 굽은 허리의 형상은, 바로 윗줄에서 카프카가 알파벳 W를 쓸 때의 글씨체와 상당히 흡사하다.* 더구나 곡예사가 등을 한껏 구부린 모습은 마치 카프카가 쓴 글들의 무게에 짓눌려 그와 같은 자세를 취할 수밖에 없었으리라는 인상마저 준다. 그것은 곡예사가 부딪치게 된 일종의 '벽'과도 같은 것이나. 내중의 무심한 감동과 자신의 예술적인 세계 사이에서 끊임없는 줄다리기를 하는 곡예사는 결국 자신이 쓴 글로 인해 고통 받을 수밖에 없었던 카프카 자신의 모습이다. 이 데생은 카프카의 텍스트 안에 글로는 적혀 있지 않은, 보이지 않는 부분들을 가시화하고 있다. 여기서 곡예사의 자유로운 몸짓은 문자로 이루어진 행들의 압박에 굴복하는 듯한 느낌을 주며, 마치 그 행들의 무게로부터 벗어나고자 하는 끝없는 욕망을 드러낸다. 이는 제한된 공간에 대한 자유의 갈망이자 사회적 규율과 제약을 향한 예술가의 이의 제기와도 같다.

한편 작가의 글을 '쓰던' 손은 돌연 '그리는' 손으로 변화하면서, 발화된 언어로부터 이미지의 가시성 쪽으로 이동한다. 자클린 수다카 베나제라프Jacqueline Sudaka-Bénazéraf는 이 과정에서 드러나는 수평성과 수직성 간의 대립에 주목하고 있다.** 마치 붓을 든 듯한 작가의 손놀림은

---

* Jacqueline Sudaka-Bénazéraf, 《카프카의 시선 : 어느 작가의 데생》, 86-87쪽.

** 앞의 책 . 88-89쪽.

가로로 진행되던 행들의 방향을 바꾸면서 상반된 운동, 즉 수직적인 운동을 지면 위로 끌어들인다. 왼편에서 오른편으로 전개되던 이야기는 오른편에서 왼편으로 향하는 시각 이미지로 이동한다. 글을 쓰는 행위와 그림을 그리는 행위는 이처럼 서로 상반되는 운동에 순응하면서 대립 항을 만든다. 다시 말해 이 대립 항들은 수평성 대 수직성, 선형성 대 분산, 오른편의 운동 대 왼편의 운동이라는 각각의 대립 항들을 형성하며 이 텍스트-그림에 활력을 부여하는 것이다.

문자들에 짓눌린 채 허공에서 발을 뻗고 있는 곡예사는 곧 자유와 비상을 억압당한 예술가의 상태를 간접적으로 보여준다. 이때 글쓰기문자들의 방향은 수평적으로 진행된다. 동시에 유약하고 형태가 불분명한 선으로 표현된 관람자들의 모습은 이 수평성과 대조되는 수직성을 유지하면서 곡예하는 예술가를 또 다른 한계에 직면케 하는 것이다. 데생은 이처럼 글을 써 둔 공간에 리드미컬한 성격을 부여하면서 새롭게 취한 이미지의 공간들로 인해 보다 광범위한 의미의 장을 형성해 나간다. 따라서 텍스트가 고수해야 하는 서사성 및 논리적 일관성은 여기서 잠시 완화된다. 마치 그림과 글, 필체가 하나로 어우러진 동양화에서와 같이 텍스트와 문자 간의 상호성이 그 자체로 하나의 텍스트를 이루고 있는 것이다.

4. 카프카의 데생이 지닌 미학적 의미

1) '상형문자의 미학' – 기호에서 의미로

지금까지 우리가 살펴본 카프카의 데생들은 앞서 언급했듯 그가 그린 다른 데생들 중에서도 특히 작가로서 그가 지니고 있던 고뇌와 삶에 대한 태도를 시각적으로 형상화한 대표적인 작품들이라 할 만하다. 자누슈와의 대화에서도 드러나듯 카프카는 자신의 데생들을 '서투른 그림' 혹은 '개인적인 상형문자'라는 용어로 표현한 바 있다. 이러한 형태는 바로 위에서 고찰한 바 있는 〈곡예사〉라는 데생과 그의 필체가 혼합된 일기 글에서도 잘 드러난다. 문자를 재현하던 선들은 어느새 가시적인 형태로 둔갑하여, 독자들의 의식을 사색의 영역에서 시각적인 영역으로 옮아가게 만든다. 읽을 수 있는 것과 볼 수 있는 것이 한 지면에서 서로 만난다. 이 경우 데생은 "'또 다른 장면', 무의식의 한 장면을 재현하는 상형문자와 같은 글쓰기의 역할을 수행한다."*

따라서 여기서 문제시 되는 글쓰기는 "문자와 더불어 말의 소리나 담론의 의미를 표현하는" 전통적인 역할에 국한된 것이 아니다. 글쓰기란 무엇보다 '사고의 전달'이며, 언어적 의미에 제한된 해독이나 담론 이전에, 마찬가지로 이미지보다도 이전에 존재할 수 있는, "사고의 현시를 돕는 움직임의 흔적"인 것이다. 형태를 알아볼 수 없게 갈겨 쓴 글이나 낙서와 같아 보이는 그림들은 현실이 투사된 일종의 상징적인 기호들이다. 이 기호들은 사물의 사실성에는 관여하지 않으며, 정의내릴 수 있는 감정이나 행위, 사고 작용들과는 달리 정신 속에서 고착화되기 이전의 생각을 표현한다. 이 기호들은 움직이며, 정의될 수 없는 무한한 사고의 움직임이라 할 수 있다. 마치 어린아이의 그림들과 20세기의 많은 화가들의 작품 속에 드러나는 이러한 특성처럼, 이 기호들은 아직 고정되지 않은 사고의 유연성과 그 흐름을 보여준다. 글쓰기는 엄밀한 의미에서 코드화될 수 없는 기호들에 의해 이루어지는 사고의 운동이다.

* Jacqueline Sudaka-Bénazéraf, 《카프카의 시선 : 어느 작가의 데생》, 89쪽.

각각의 존재는 자신들만의 고유한 기호들을 발명하고 그 기호들을 자신만의 글쓰기에 투사하기 마련이다.* 카프카의 앞선 언급처럼, 이런 이유로 그의 데생 속 주인공들의 사실적인 표현은 "지면보다 앞서" 있으며, "지면의 또 다른 극단, 측정될 수 없는 곳에", 다시 말해 그건 "내 안에" 있는 것이다. 카프카는 자누슈에게 말한다.

> "내 서투른 그림들을 좀 보게. 내가 계속 자네의 호기심을 자극한다는 것은 말도 안 되지. (…) 오, 아냐. 그 그림들은 보이는 것처럼 그리 가볍지만은 않아. 이 데생들은 마음 속 깊이 자리한 옛 열정의 흔적들이라네. 그래서 그것들을 감추려 했던 거야. (…) 열정은 본래 종이 위에 있는 것이 아니야. 그건 내 안에 있지. 나는 항상 그림을 그리고자 열망했어. 나는 내가 보았던 것을 보고 고정시키고 싶었네. 그게 내 열정이야. (…) 내 데생들은 이미지들이 아닐세. 그것들은 언어로 된 상형문자들이지."**

훗날 자누슈는 "그가 그린 데생들은 그의 눈에는 사적인, 글로 쓴 것보다 더욱 내적인 어떤 것이었다"고 확신했다.*** 카프카의 고백 속을 유영하고 있는 데생들은 단순히 글을 보충하기 위한 데생이 아니라 어쩌면 글보다도 더욱 은밀한, 완전한 해독이 어려운 작가의 자기 고백일지도 모른다.

2) 데생의 회화적 가치

---

* Margrit Rowell, 《회화 몸짓 행위La peinture Le geste L'action》, Editions Klincksieck, 1985, 94-96쪽.
** Gustav Janouch, 《카프카와의 대화》, 44-45쪽.
*** Gustav Janouch, 《카프카와의 대화》, 43쪽.

자누슈와의 대화에서 카프카가 언급한 '상형문자' 또는 '해독하기 어려운 문자'라는 주제는 형상이나 표의문자들을 사용하는 글쓰기를 시도했던 동시대의 예술가들에게서 역시 자주 드러나던 테마이기도 하다. 이와 같은 개인적인고도 사적인 글쓰기의 방식은 예술가로 하여금 그가 보고 경험한 현실을 옮기는 데에 있어 전혀 새로운 형식을 창출하게 했다. 현대 표현화가였던 키르히너 역시 이 주제에 대한 관심을 다음과 같이 표명한 바 있다.

> "그들이 자연의 형태들을 가장 단순한 형태로 환원시키고, 마치 '말馬'이라는 단어가 쓰여질 때 말의 형상이 눈에 떠오르는 것과 같은 방식으로 그 의미작용을 관객들에게 제시하는 것은 다름이닌 상형문자들hiémoglyphes을 통해서이다.[*]

'다리파'와 '청기사'파를 관류하는 이러한 단순화의 흐름은 동시대 표현주의 회화들을 있게 한 목판화나 데생들과도 공통점을 지닌다. 우리가 앞서 살펴보았던 카프카의 데생 〈여섯 개의 검은 형상들〉역시 이런 동시대적 경향과 가까이 있다. 브로트가 '꼭두각시'라 표현한 그 형상들은 한편으로는 동일한 조건을 가진 인간의 고뇌를, 다른 한편으로는 예술과 삶 간의 균형과 통일을 완전히 실현하지 못한 예술가의 허망한 자책을 시각화한다. 자누슈와의 대화에서 카프카가 표현한 '서투른 그림', 혹은 '낙서'라는 용어는 카프카 개인의 자전적인 이야기들, 즉 고압적인 아버지와 법의 부조리성, 관료주의적 조작과 권력 등에 대한 반항을 넘어서, 어쩌면 그 시대를 공유했던 모든 예술가들이 지향하고

---

[*] Jacqueline Sudaka-Bénazéraf, 《카프카의 시선 : 어느 작가의 데생》, 193쪽, 재인용.

자 했던 충동적이고도 적극적인 움직임으로 해석될 수 있을 것이다. 마치 이 시기의 미학이 예술가를 구속하고 억압하는 모든 힘으로부터 벗어나고자 저항하는 데에 목적을 두었던 것처럼 말이다*

카프카의 데생들이 주테마들이나 형식적인 측면에서 표현주의 화가들의 작업과 비교될 수 있는 것도 이러한 이유에서다. 개연성이나 모방의 원칙을 벗어나 자립적 색채와 은유, 추상성을 지향하고 형식에 구애받지 않는 표현과 창조에 대한 갈망을 품은 표현주의는, 환희와 절망을 동시에 탐닉하는 까닭에 때론 과장과 기괴함으로 기울기도 하고, 소위 '현대성'을 대변하는 도시적 성격과 기계화에 대한 인간의 위기의식에 주목하며 전통에 대항하는 새로운 이상을 품은 운동이다.** 카프카의 데생들 역시 표현주의 회화가 보여주는 풍자성과 즉흥성 및 그로테스크한 표현력을 공유하고 있다. 동일한 맥락에서, 카프카가 표현주의 회화의 통로 역할을 했던 반 고흐의 작품들, 그리고 현실을 재현하고자 비현실적인 묘사를 택한 중국 회화를 선호했다는 점을 다시 한번 상기할 만하다. 그는 특히 중국 회화에 담긴 내적인 감수성과 정서의 힘만이 "늘 비현실적일 수밖에 없는 진정한 현실성"을 표현하기에 적합하다고 보았다. 독일의 표현주의, 나아가 그즈음의 유럽 전역을 강타했던 초현실주의의 영향력으로부터 완전히 결별할 수 없었던 카프카의 데생들은, 따라서 현실의 사실적 재현과 결별한 채 새로운 예술운동을 지향하고자 했던 이 시대의 미학적 가치를 내포하고 있다고 하겠다.

---

* Jacqueline Sudaka-Bénazéraf, 《카프카의 시선 : 어느 작가의 데생》, 192-200쪽.
** R.S. 퍼르니스, 《표현주의》, 김길중 옮김(서울대학교출판부, 1985), 28-29쪽.

결론

본고의 주제를 카프카의 다음과 같은 고백을 통해 요약해 보는 것은 흥미로운 일이다. "우리가 옹호하는 것은 조형예술과 눈의 쾌락일 것이다."라고 카프카는 1922년 7월 31일 브로트에게 보내는 편지에서 적고 있다. 그는 자신이 평생을 몸담았던 문학의 영역에서 역시 '눈의 쾌락'을 추구했음이 사실이다. 카프카의 문학작품 속에 등장하는 인물들의 묘사는 자유롭고 강렬하게, 무엇보다 우리의 '시각'을 사로잡는다. 〈변신〉속의 주인공 그레고르 잠자가 아침에 눈을 떠 자신의 신체적 변화를 감지하는 장면을 상기해 보자. 이 충격적 이미지는 문자로 기술되어 있음에도 불구하고 한 편의 움직이는 그림으로 만들어내기에 충분하다. 이는 그의 다른 저작들에서 역시 잘 나타나는 독자적인 특성이라고도 할 수 있다. 독자들이 그의 글을 탐독하면서 경험하게 되는 이런 강렬한 시각성의 발로에 관한 근원적 의문과, 카프카 박물관에 전시되어 있었던 데생들은 서로 무관한 듯하지만 결국 하나의 질문에 대한 대답이 될 수 있었던 셈이다.

주지하듯, 카프카는 자신이 쓴 글들이 구현해 내는 이미지들을 시각적으로 합리화시키고 이를 설명하고자 하는 목적에서 그림을 그렸다기보다는, 오히려 자신의 데생들을 통해 글쓰기라는 작업의 영역을 한층 확장하는 데에 기여했다고 보는 편이 보다 합리적인 주장이 될 것이다. 그의 글 속에서 글과 그림은 각기 다른 형식의 매체로 존재하면서도 같은 지면에서 제시되고 있으며, 서로의 영역을 부단히 침범하면서도 그 자체로 하나의 이미지-텍스트의 체계를 구축해 나간다. 따라서 카프카의 데생들은 책의 삽화들처럼, 단지 글의 이미지를 보완하기 위한 종속적인 입장으로부터 벗어나 텍스트와 어우러진, 통합된 시각 기호들로서의 지위를 획득한다. 그의 데생들에 대한 기호학적 해독이 가능할 수 있는 것도 그 때문이다.

그의 데생들은 당시 그가 처한 상황의 시각적인 형상화인 동시에, 개인적 고백의 성격을 갖는다. 글은 그림 속 장면들을 구체적으로 기술하기보다는, 이 상황에 처한 카프카의 정서적 상태만을 객관적으로 서술한다. 이를 논의하는 과정에서 우리는 카프카식 문체의 형상적 측면과 그의 데생들을 결부시키는 한편, 그가 그렸던 데생들 자체에 대한 분석을 시도해 보았다. 그와 동시에, 그의 데생들이 지닌 순전한 미학적 가치를 당대의 흐름 속에서 파악할 필요가 있었다. 그간 카프카의 작품을 '보는' 것보다 '읽는' 독자에 가까웠던 우리는, 이제 화가를 꿈꾸던 한 작가의 시각적 창조물들을 읽는 데에도 동참하게 된 것이다.

참고문헌

R. S. 퍼르니스, 《표현주의》, 김길중 옮김(서울대학교출판부, 1985).

Kafka(Franz), 《전집3 OEuvres completes III》, traduction par Marthe Robert, Claude David et Jean-Claude Danes, edition presentee et annotee par Claude David, 《Bibliotheque de la Pleiade》(Gallimard, 1984).

─────, 《전집4 OEuvres completes IV》, traduction par Marthe Robert, Alexandre Vialatte et Claude David, edition presentee et annotee par Claude David, 《Bibliotheque de la Pleiade 》(Gallimard, 1989).

Janouch(Gustav), 《카프카와의 대화Conversations avec Kafka》, traduit par Bernard Lortholary (Editions Maurice Nadeau, 1978).

Sudaka-Benazeraf(Jacqueline), 《카프카의 시선: 어느 작가의 데생Le regard de Franz Kafka : Dessins d'un ecrivain》(Maisonneuve & Larose, 2001).

Pawel(Ernst), 《프란츠 카프카 혹은 이성의 악몽Franz Kafka ou le cauchemar de la raison》, traduit par Michel Chion et Jean Guiloineau (Paris, Seuil, 1988).

Brod(Max), 《전투적인 삶Une vie combative》, traduit par Albert Kohn (Gallimard, 1964).

Rowell(Margrit), 《회화 몸짓 행위La peinture Le geste L'action》(Editions Klincksieck, 1985).

Lemaire(Gerard-Georges), 《카프카와 쿠빈 Kafka et Kubin》(Editions de la Difference, 2002).

프란츠 카프카, 《카프카 전집2 : 꿈 같은 삶의 기록》, 이주동 옮김(솔, 2004).

클로드 티에보, 《카프카—변신의 고통》, 김택 옮김(시공사, 2006).

클라우스 바겐바하, 《카프카》, 전영애 옮김(기린원, 1990).

질 들뢰즈 / 펠릭스 가타리, 《카프카 : 소수적인 문학을 위하여》, 이진경 옮김(동문선, 2004).

김광규 편역, 《카프카》(문학과지성사, 1996).

상상, 세계의 질료적 에너지와 교감하는 힘

- 바슐라르의 상상력 이론에 대한 소론

● 김용희(서울예대 교양학부 교수) ●

1. 상상력의 복권

현상학의 창시자인 훗설이 "사태 자체로 돌아가자"고 외치면서 의식에 나타난 현상의 유동성에 주목하기 시작하면서 현대철학은 개념적 사유의 명사적 고착으로부터 벗어나는 행로를 걷는 듯이 보인다. 훗설이 제공한 또 하나의 공헌 중에 하나는 데카르트 이후로 정립된 주관-객관, 인간-세계의 단절 구도를 의식의 지향성이라는 개념으로 다시 연결시켰다는 점일 것이다. 우리 앞에 놓인 세계는 나와 독자적으로 대립해 있는 것이 아니라 나의 의식이 지향하는 대상으로서 하나의 끈으로 연결되어 있다. 나와 세계는 연결체이다. 그런데 그 연결은 시시각각 변화한다. 시간-공간의 통일체로 실존하는 세계 속에 나는 세계와 연결된 하나의 특이점으로 살아 움직이는 세계를 함께 창조해 나간다.

미학의 중요한 관심사인 상상력의 문제에 대한 해명 역시 훗설 이후 변화된 전망을 보여준다. 근대 철학의 거대한 봉우리인 칸트가 상상력을 잡다한 감각직관들을 하나로 모아 표상화하는 능력으로 정의한 이래 상상력은 일종의 능력, 또는 인식의 형식으로 여겨져 왔다. 아름다움을 느끼는 일 역시 칸트에 의하면 상상력이 또 다른 인식능력인 오성과 서로 유희하는 가운데 일어나는 감정으로 해석된다. 또한 상상력이 일종의 표상능력으로 정의되므로 미적 체험의 대상 역시 상상력이 표상한 미적 '관념'으로 정의되고 표상 불가능한 관념은 상징으로 정리된다. 여기서 상상력은 표상 불가능성에 자극받아 사유를 부추기는 능력이다.

한편 훗설 현상학의 가르침을 따랐던 사르트르는 상상력을 형식적으로 영역화된 인식 능력이 아니라 의식의 상태로 진단한다. 그는 상상력이라는 따로 구역화된 능력이 있는 것이 아니라, 어떤 감성적이면서도 동시에 '비현실적인' 의식 상태가 있을 뿐이라고 주장한다. (이러한 의식상태는 '상상'이라고 번역되는 것이 더 적합할 것이다.) 그는 상상하는 의식 앞에 나타나는 이미지는 내 앞에 분명 떠오르기는 하지만 그 대상이 실재하는 것은 아니므로 일종의 '부재'라고 말한다. 말하자면 상상하는 의식과 연결된 의식대상은 지각하는 의식과 연결된 지각대상과는 다르다. 지각대상이 실재하는 존재라면 상상대상은 부재한다. 그런데 상상하는 의식 상태에서 우리는 지각대상으로부터 멀어져 현실과 단절된다. 현실이 과거-현재-미래로 연결된 구조 속에 존재하는 것이라면 우리가 상상하고 있을 때 그 대상은 이러한 연결을 무시하고 제멋대로 나타난다. 따라서 상상하는 행위는 현실을 지향하는 것이 아니라 비현실을 지향한다. 상상하는 행위는 현실과 단절하여 무를 지향하고 이러한 의식 상태에 있을 때 현실은 무화된다. 상상력은 현실을 부정하는 작용을 한다. 이때 상상력은 현실 너머의 비현실의 세계로 의식을 투사할 수 있는 자유를 함의한다. 예술 역시 비현실의 영역에서 아름다움을 발한다. 상상하는 의식은 예술에서 실존하지 않는 아름다움을 경험한다. 따라서 상상과 지각이 배타적이듯이 아름다움과 현실은 서로 배타적이다.*

사르트르 덕분에 상상력은 고정된 인식능력이라는 형식에서 벗어나 유동하는 의식상태로 여겨지기는 했지만 여전히 세계와 직접적으로 연결되지 못한 채 의식주관에 밀폐되어 있는 상태로 기술된다. 상상력이 공상이나 망상처럼 세계와 단절된 주관적 가상을 산출해내는 능력을 넘어서 세계와 직접적으로 접촉하는 능력, 또는 그러한 의식상태를 가능하게 하는 힘으로 자리매김되는 것은 바슐라르에 이르러서이다. 바슐라르를 상상력의 철학자로 일컫는 것은 그가 상상력을 인식의 부차적인 능력이나 무를 지향하는 의식이 아니라 세계와 직접적으로 교감하는 인간 영혼의 한 축으로 여기고 이를 해명하는 작업에 착수했기 때문이다.

바슐라르의 상상력 연구의 독창성은 무엇보다도 상상력이 세계의 물질성과 교감하는 능력임을 밝혀냈다는 점에 있다. 고대로부터 소위 자연의 4원소로 여겨졌던 물, 불, 흙, 공기의 네 가지 요소를 상상력의 네 가지 방향을 설명할 수 있는 공통의 범주로 끌어올린다. 원소라는 이름으로 번역되기 때문에 마치 자연의 구성입자처럼 여겨지기도 하는 4원소의 원 이름은 '리좀rhizom' 이다. 리좀은 일종의 '뿌리' 를 뜻하는 희랍어로서 이 말을 처음 자연철학에 적용한 고대 철학자 엠페도클레스에 의하면 자연을 움직이는 네 가지 종류의 힘을 지칭하는 개념이다. 오랫동안 철학에서 잊혀져왔던 이 개념을 바슐라르는 그 원뜻에 맞게 복원시킨다. 그가 4원소에서 주목하는 것은 힘과 방향을 한꺼번에 표현할

* 장 폴 사르트르, 〈상상하는 의식과 예술L' imaginaire〉, 《상상력이란 무엇인가》, pp.153-181 참조.

수 있는 함수적 개념, 벡터이다. 오랫동안 과학철학자로서의 면모를 보여왔던 바슐라르는 자연의 물질 속에서 살아 움직이는 에너지에 대한 직관을 표현할 수 있는 개념으로 벡터를 끄집어냈고 이러한 자연 에너지의 벡터에 감응하는 인간 영혼의 능력을 상상력이라 부르기로 한다. 그러나 그가 상상력 이론에서 주로 사용하고 있는 개념은 자연과학을 구성하고 있는 명료하고도 단호한 벡터라는 개념어가 아니라 물, 불, 흙, 공기라는 친근하고도 단순한, 그러나 다양한 뉘앙스들을 동반하고 있는 단어들이다.

이 네 가지 범주를 바슐라르는 상상력의 원형이라고 부른다. 칼 구스타브 융에 의해 분석심리학의 핵심 개념으로 등장한 원형이라는 개념은 집단무의식의 유형을 나타내는 개념이다. 4원소는 상상력이 활동하는 공통의 토대를 규정하는 정신의 원형으로 여겨진다. 바슐라르는 이 개념뿐 아니라 정신분석이나 콤플렉스 같은 프로이드와 융의 심리학의 주요 개념들을 상상력 이론에 적용한다. 이는 그가 상상력 연구에 진입하게 된 동기와도 밀접한 관련을 지닌다.

원래 과학철학자로 철학에 발을 들여놓은 바슐라르는 과학적 사유를 가로막는 사유의 장애요소들이 무엇인가에 대해 관심을 가지게 된다. 그가 추구하는 과학적 사유란 유동하는 세계에 대해 합리적인 이론을 형성하고 그 이론의 부정적 계기에 늘 열려 있는 사유이다. 바슐라르는 이를 초합리주의적 이성이라 부른다. 이성이 세계에 대해 합리적 이론을 구축하기는 하지만 언제든지 기존의 이론으로 포착할 수 없는 새로운 사례에 의해 파기되고 재구성될 수 있는 가능성에 열려 있어야 한다. 과학이론은 실재와 일치하는 것이 아니라 실재에 대하여 '구성된' 것으로 이론의 구성에 영향을 미치는 것은 실재 자체가 아니라 과학기술과 도구이다. 초합리주의적 이성은 이론이 구성된 것임을 자각하고 이론 자체를 질문하고 반성하는 이성이다. 그런데 이는 곧 이성에 대한 반성으로 귀결된다. 이론을 구성하는 주체가 이성이며 이론이 명료하고 투명하기 위해서는 이성이 그런 방식으로 사용되어야 하기 때문이다.

그러나 과학이론을 구성하고 있는 용어들과 논리에는 명료하고 투명한 이성의 사용을 가로막는 다양한 그림자들이 드리워져 있다. 과학 용어에 은유가 스며들 때 은유가 내포하고 있는 주관적 체험의 이미지들이 이론 정립에 스며들고 마는 것이다. 그는 과학적 사유를 구제하기 위해 은유적 사유와 이미지를 낳는 마음 상태를 찾아내고 그 근원이 무엇인지를 분석한다. 그가 이 과정에서 찾아낸 것은 과학이론에 작용하고 있는 무의식과 리비도의 활동이다. 따라서 정신에 작용하고 있는 무의식과 리비도의 활동을 분석하는 것, 그것이 이성의 명쾌한 활동을 위해 선행되어야 하는 과제로 떠오른다. 프로이드의 정신분석적 방법론이 개입하는 것은 이 대목에서이다. 그런데 과학이론에 작용하고 있는 상상력의 활동을 제어하기 위해 시작한 상상력 연구가 오히려 상상력이 인간 마음에 근원적인 축으로 자리잡고 있다는 결론으로 그를 끌고 간다. 과학이론에 작용하고 있는 무의식과 리비도는 물론 상상력의 활동에도 따라다니고 있다. 상상력은 콤플렉스로 나타난다. 말하자면 마음의 에너지를 변형시키는 힘인 것이다. 따라서 상상력의 규명은 일종의 정신분석의 형태를 띤다. 그래서 바슐라르는 수많은 콤플렉스를 들어 상상력의 활동을 기술한다. 예를 들면 과학을 낳는 힘은 '엠페도클레스 콤플렉스'가 활동하는 것이다.

나중에 바슐라르는 《불의 정신분석》에서 과학이론을 구성하는 정신의 작용을 불의 상상력이 작동하는 상태로 분석한다. 이론은 정신의 추상화하는 힘의 작용이다. 그리고 추상화하는 힘은 불의 태우고 소멸하여 깨끗이 정화하려는 힘의 표현이다. 불이 그러하듯이 이론을 구축할 때 우리의 정신은 구체적인 이미지들을 소거하는 방향으로 나아간다. 모든 이미지들이 소거되어 감성적인 것들이 모두 사라지고 순수하게 형식적인 것만이 남을 때 우리의 정신은 순수화의 기쁨을 경험한다. 과학은 바로 정신의 불이 작용할 때 태어난다. 정신의 불의 이러한 작용을 바슐라르는 '엠페도클레스 콤플렉스'라 부른다. 마치 엠페도클레스가 그러했듯이(엠페도클레스는 영원과 하나가 되기 위해 스스로 화산에 몸을 던져 죽음을 맞이했다) 스스로의 물질성을 불태움으로서 비물질적인 것으로 승화되고자 하는 열망이 과학에 작용하고 있다는 것이다. 말하자면 과학언어의 추상성과 과학적 사유의 냉정함은 구체적인 체험이 가져다주는 물질적인 느낌과 감정들을 모두 소거해버리는 불의 상상이 작동한 결과인 것이다. 그것은 일종의 순수화를 열망한다. 이때 순수화는 투명한 의식과 명료한 의식을 지향하는 정신의 이상이다.

시뿐만 아니라 과학 역시 상상력의 활동과 밀접한 관련을 지닌다. 그는 시와 과학이 각각 다른 방향을 지향하는 활동이라고 말하고 있지만 둘 다 이 세계, 말하자면 물질들로 이루어진 자연적인 이 세계에 뿌리를 두고 있음을 부정하지는 않는다. 상상력은 우리를 세계의 물질성과 연결하는 역할을 한다.

바슐라르에 의해서 새롭게 정의되고 기술되는 상상력의 기능과 역할은 바슐라르 이론 내에서도 상상력에 대한 부정적인 입장에서부터 출발하여 그 부정성의 뿌리를 꼼꼼히 들여다본 이후에 다시 복권된다. 바슐라르가 내린 결론은 상상력이 인간의 영혼 속에 깊이 박혀 있어서 결코 부정할 수 없는 힘이라는 것이다. 또한 정신의 장애를 일으키는 힘이라기보다는 정신의 창조적 활동을 가능하게 하는 힘이라는 것이다. 상상력에 대한 연구는 여기서 새로운 인간학의 전초지로 부상한다. 그리고 그 상상력의 인간학이 열매를 맺는 것은 바슐라르 사후 그의 제자인 질베르 뒤랑이 《상상계의 인류학적 구조들》이라는 대작을 내놓고 바슐라르의 성과를 계승 발전시키기 위해 '상상력 연구소'를 발족시키면서이다. 바슐라르의 업적은 상상력 연구를 인문학의 핵심영역으로 전환시켰다는 점에 있다. 그리고 상상력의 뿌리가 자연에 닿아 있다는 것, 그래서 인간의 영혼이 자연과 하나의 힘을 공유하고 있다는 것을 드러냈다는 점에 있다.

2. 상상력 : 인간과 자연을 묶는 끈

1) 물질과의 교감

상상은 의식의 주관성 속에 밀폐된 상태가 아니라 세계의 물질성과 교감하는 상태를 나타내는 말이다. 바슐라르가 상상력의 체질로서 오래된 4원소론을 표명하고 나왔을 때 그는 4원소의 힘이 우리 자신과 세계 모두에서 함께 작용하고 있는 힘이라는 것을 긍정하고 있는 것이다. 상상하는 의식은 세계의 물질적 뿌리와 교감한다. 안과 밖, 나와 세계가 둘로 나뉘어진 의식 상태 속에서 이것이 어떻게 가능할까? 분명 우리의 일상적 의식은 세계와 나와의 분리에 기반을 두고 있다. 바슐라르가 말하는 상상력의 담론들은 이 분리의 경계를 모호하게 한다. 4원소는 자연 속에 내재해 있는 힘이다. 그러나 그것이 내게 주어질 때에는 감각적 체험을 동반한다. 내가 물을 지각하는 것은 물을 감각하기 때문이다. 그런데 물을 보고 물을 상상하는 것일까? 이것은 상상이 아니라 지각이다. 상상은 물의 표면을 바라보고 물을 만져보는 것과는 다른 것이다.

물의 상상은 물을 물이게 하는 내적인 에너지에 동조하는 것이다. 물의 상상은 물이 그러하듯이 흐르고 고이고 반사하고 물결치며(아마 물과 관련된 수많은 형용사들이 동원 가능할 것이다) 물 아닌 다른 것들과 합해지면서 나의 의식 상태가 물처럼 움직이는 것을 말한다. 이 의식 상태를 표현하는 언어 역시 물의 언어이다. 바슐라르가 말하는 물의 언어란 물처럼 흐르는 음성의 언어, 물의 소리와 동질적인 언어이다. 물과 교감하는 시인은 물의 언어로 말한다.

바슐라르는 물과 꿈에서 '오필리어 콤플렉스'의 예를 들어 물의 상상을 설명하고 있다. 셰익스피어의 작품 〈햄릿〉에서 오필리어는 햄릿의 고뇌를 자기화하고 물에 빠져 죽는다. 오필리어가 죽음을 맞는 장면은 왕비와 레어티스의 입을 통해 이렇게 묘사된다.

"시냇가의 버드나무가 은빛 이파리를 물 위에 비치며 비스듬히 서 있네. 오필리어는 그 가느다란 가지에 쐐기풀, 앵초, 데이지들을 말아감고 상스러운 양치기들이 지저분하게 부를 수 있는 지란도 곁들여서. 무구한 선녀들 사이에서 죽은 자의 손가락이라고 불리워지고 있지만. 그리고 오필리어는 아름다운 꽃다발을 만들어 그 꽃의 관을 늘어진 가지에 걸어 기어오른 순간 심술궂게 가지가 뚝 부러져 꽃다발과 함께 흘러가네. 옷자락이 펼쳐지고 마치 인어처럼 물 위에 뜨면서 기도의 노래를 부르고 있네. 죽음이 다가오는 것도 모르는 채 물에서 살며 물과 친해진 존재처럼. 아! 그것도 한 순간일 뿐 부풀은 옷자락은 곧 물을 머금어 아름다운 노래소리를 그만두게 하는 것같이 저 가련한 희생을 냇

물 밑 진흙 속으로 이끌어가네. 가련한 오필리어, 이제 물은 그만이리라. 난 눈물은 흘리지 않으리라. 하지만 무리한 인정은 어쩔 수 없는 일. 사람들은 아무렇게나 말하겠지. 눈물이 다 말라버리면 이렇듯 울며 슬퍼하는 일도 없으리라."*

이 장면에서 오필리어는 개울가에 피어 있는 꽃과 덩굴들과 하나가된다. 오필리어가 물에 빠지는 것은 개울가에 핀 꽃잎이나 나뭇잎이 물위에 떨어지는 것과 같다. 오필리어는 물 위에 떨어진 꽃잎이 물 속에잠시 잠겼다가 물위로 떠올라 물결에 떠내려가는 것처럼 물 위를 흘러간다. 여기서 떠내려가는 오필리어는 물 위에 떠내려가는 꽃잎이 물의일부분이듯이 물과 구별되지 않는다. 물이 흘러가는 것이다. 오필리어=꽃잎=물인 것이다. 떠내려가는 오필리어의 이미지는 이어서 다시 흐르는 눈물의 이미지로 이어진다. 이러한 이미지를 상징으로 해석하면 죽음과 슬픔이라는 관념어가 그 배면에서 움직이고 있다고 말해야 할 것이다. 그러나 관념이 이미지를 낳는 것이 아니다. 오히려 거꾸로 풍부한이미지가 뒤늦게 압축되어 종합될 때 관념이 등장한다. 흘러가는 물과잡을 수 없는 물의 이미지 속에서 죽음과 슬픔의 이미지가 마음에 감응을 일으킨다. 관념보다 이미지가 우선한다.

흐름과 덧없음은 물의 이미지이고 이러한 이미지를 낳는 것은 물의상상이다. 물의 상상은 여기서 그치지 않는다. 떠내려가는 오필리어의머리칼은 물의 흐름과 일치한다. 다눈치오의 소설 속에서 "그녀의 머리카락은 미끄러지고 또한 느슨한 물처럼 그 머리칼과 함께 그녀 인생의 형태없고 어두우며 불확실한, 수많은 사물이 망각과 환기 사이를 미

---

* 가스통 바슐라르, 《물과 꿈》, 이가림 옮김, 문예출판사, 1996, pp.118-119.

끄러져 가는 것이다." 발작의 소설 〈세라피타〉에서 천사들의 머리카락
은 이렇게 묘사된다. "그들의 머리칼에서는 빛의 물결이 솟아오르고
그 움직임이 인광을 발하는 바다의 물결과 같은 진동을 일으키고 있
다." 물의 이미지와 물의 상상은 물을 넘어 물의 파동을 거쳐 빛의 울림
으로까지 확대된다. 물 위를 흘러가는 오필리어의 머리카락의 이미지
가 하늘의 빛 속에서 살아 움직일 때 물=하늘, 오필리어=천사, 빛=물결
로 상상된다. 여기서 상상은 사물을 구분하는 경계를 넘어 동일성을 직
관한다. 그런데 서로 멀리 떨어져 있는 듯이 보이는 사물의 경계를 넘
어 그 근원적인 벡터의 동일성을 감지하고 거기서 그친다면 그것은 직
관적 인식이라고 말해야 할 것이다. 상상은 완결되지 않은 채 끊임없이
부풀이오르고 비약한다. 오필리어라는 한 사람의 이미지가 여러 가지
이름의 꽃들과 풀들, 머리칼, 시냇물, 눈물, 사라짐, 물결, 빛의 흐름…
무수한 이미지들을 낳고 스스로 증식하는 것이다. 이 이미지의 증식과
정에 참여하는 것, 그것이 바슐라르가 말하는 시적인 상상이다. 불, 공
기, 흙 역시 물과 마찬가지로 제 나름대로의 상상의 벡터를 가지고 있
다. 상상력의 4원소론은 이러한 각각의 벡터가 어떻게 기술되는지를
밝힌 작업이다.

2) 몽상하는 의식

내가 세계의 원소적 물질성에 동조하는 상태란 어떤 상태일까? 바
슐라르는 이 상태를 나타내는 말로 '몽상' 이란 말을 채택한다. 몽상이
란 깨어있는 의식 상태에서 상상이 일어나는 상태를 말한다. 꿈이 의식
이 작동하지 않는 상태, 의식이 잠들어 있는 상태에서 이미지를 산출하

는 활동이라면 몽상은 깨어 있는 활동이다. 꿈꾸는 상태에서 우리는 세계와의 접촉을 잃어버리고 오로지 무의식이 상연하는 드라마에 참여할 뿐이다. 꿈꾸는 사람의 의식은 외계와 단절된다. 그러나 몽상 상태에서는 의식이 오히려 세계에 더 깊이 열린다. 바슐라르는 몽상을 "의식의 빛이 살아남아 있는 꿈의 활동"*이라고 말한다.

바슐라르가 말하는 몽상의 상태는 현상학에서 말하는 '판단중지 epoche'의 상태와 유사하다. 나의 의식을 채우고 있는 다양한 견해들을 괄호치고 세계를 마주하는 의식상태에 도달했을 때 세계는 나의 의식의 상관물로 다시 부상한다. 훗설이 말한 의식작용noesis—의식대상noema의 연결은 바슐라르의 몽상 속에서 다시 효력을 발휘한다. 내가 세계에 대한 일상적 의식 상태, 말하자면 그날그날의 필요와 욕망과 입장들로 얼룩진 의식상태를 거두고 세계를 마주했을 때 나의 의식 앞에는 그 모든 외피를 제거한 진면목의 세계가 나타난다. 바슐라르의 몽상하는 의식 앞에 부상하는 세계는 물질적 에너지로 가득 찬 세계이다. 몽상하는 의식의 상관물은 유동하는 물질 에너지로 가득 찬 자연이다. 그러나 그 세계가 인간의 마음을 배제한 배타적 자연인 것은 아니다. 오히려 인간 영혼의 그림자가 어른거리는 자연이다. 이 점이 몽상하는 의식을 훗설이 말한 투명한 순수의식 상태와 구별해주는 부분이다.

몽상 상태에 떠오르는 세계는 분명 순수의식의 상관물이 아니다. 몽상 상태가 여러 가지 일상적 의식 상태를 벗어난 깊은 명상 상태에 가깝기는 하지만 여전히 무의식의 그림자가 어른거리고 있는 상태의 의식이다. 말하자면 우리가 경험한 갖가지 기억들과 인상들이 모두 다 사라진 것이 아니라 하나하나 떠오르면서 내 앞의 세계에 투사되는 것이다.

* G. Bachelard, 《몽상의 시학La poétique de la rêverie》, PUF, 2005, p.129.

내 영혼의 그림자와 추억이 몽상 상태에서 세계에 투사된다. 바슐라르는 융이 말한 '전이ubertragung'의 개념을 몽상하는 의식 상태를 설명하기 위해 동원한다. 몽상하는 의식 상태에서 그 상관물로 떠오르는 세계는 의식 내면의 아니마anima, 아니무스animus가 투사된 세계이다. 물질 세계에 마음이 전이된다.

융이 그러했듯이 바슐라르 역시 이러한 몽상의 전이 기능을 설명하기 위해 연금술의 몽상을 전형적인 사례로 든다. 끓는 플라스크 안의 물질 속에서 연금술사들은 연금술사 내면의 그림자를 투사한다. 연금술 서적들이 왕과 왕비의 이미지들로 가득 찬 것은 물질 속에 연금술사의 아니마 아니무스가 투사되었기 때문이다. 플라스크 속에서 끓고 있는 물질은 그냥 물질이 아니라 영혼이 투사된 살아 있는 물질로 여겨진다. 사자와 늑대, 유니콘과 용들로 가득 찬 연금술 서적의 이미지들은 바로 연금술사 내면의 영혼의 이미지들이다. 그들이 플라스크 속에서 오랜 시간 바라보았던 것은 불에 탄 재가 아니라 살아 있는 동물들이자 인간들과 신들의 이미지이다. 연금술사들이 불 속에서 바라본 불도마뱀은 연금술사 영혼의 이미지이다.

융이 이러한 이미지들을 무의식의 원형을 나타내는 상징으로 이해한 반면 바슐라르는 이것이 상징이 아니라 상상하는 의식 속에서 떠오르는 이미지라고 본다. 그리고 이미지들을 상상하는 하는 일은 그 이미지를 투사 받고 있는 세계를 변화시킨다. 상상하는 의식은 단순히 세계에 이미지의 외피를 투사하는 것이 아니라 세계의 변형에 참여하고 있는 것이다. 관찰자가 관찰대상을 변화시키듯이 보고 있는 자는 보이는 대상을 변화시키며 몽상하는 의식은 몽상 대상을 변화시킨다. 살아 있는 세계 속에서 의식작용을 통해 연결된 두 점은 기하학적 공간 속에 자리 잡고 있는 형식적인 선이 아니다. 그것은 시간 속에서 유동하는 에너지의 연결망을 형성한다. 불 속에서 불도마뱀이 나타날 때 연금술사의 내면과 화로 속에 불은 똑같이 격렬해진다.

몽상은 공상이나 환상과는 달리 세계와 단절된 상태에서 꿈꾸지 않는다. 몽상하는 의식이 지향하는 대상은 세계이다. 몽상은 존재와 교감하는 것이고 그 교감 속에서 몽상하는 사람의 의식과 세계 모두를 확장하여 우주적 깊이 속에서 만나게 한다. 몽상 상태는 보들레르가 읊었던 '교감correspondance'이 일어나는 상태이다. 보들레르는 〈교감〉이라는 시에서 자연을 살아 있는 신들의 거처로 보았다. 자연이라는 신전 속에서 "숲은 정다운 시선으로 우리를 바라본다." 거기서는 "향기와 색채와 소리가 서로 화답"하고 향기들이 "용연향, 사향, 훈향처럼/무한한 것으로 확산되어/정신과 관능의 환희를 노래한다."* 몽상하는 의식은 세계의 감각 속에서 감각 이상의 것을 느낀다. 우리가 숲을 바라보면 숲 역시 우리를 바라본다. 우리의 시선은 숲의 시선으로 전이되고 숲이 뿜어내는 향기와 소리와 색채는 우리 영혼 안에 내재한 정신과 관능을 드러낸다. 몽상 속에서 일어나는 교감이 인간과 세계 양편을 모두 확대하여 무한으로 끌고 간다.

이러한 상호작용을 바슐라르는 '나르시스 콤플렉스'를 통해 기술한다. 나르시스가 물 위에서 자신의 얼굴을 바라보고 있을 때 물 위에 비친 것은 나르시스 자신이 아니라 나르시스가 포함된 풍경이다. 나르시스의 눈이 이 풍경과 만났을 때 호수는 풍경 속에 자리 잡은 거대한 눈으로 변모한다. 시선과 시선이 만나는 것이다. 나르시스는 호수의 시선에 빠져 죽는다. 호수의 시선이 나르시스의 시선을 삼켜버리는 것이다.

* 보들레르, 《악의 꽃》, 윤영애 옮김, 문학과지성사, 2005, p.50.

발레리는 나르시스를 이렇게 노래한다. "내가 내뿜는/조그만 숨결이/ 푸르고 금빛나는 물 위/내가 감탄하는 것/하늘과 숲/물결의 장미 빛깔 을/내게서 빼앗아 가게 되리라."* 풍경의 시선이 눈뜨는 것은 나르시스 가 호수의 풍경을 들여다보면서부터이다. 보는 행위는 풍경을 깨운다. 나르시시즘은 스스로가 보이는 존재임을 의식할 때 일어난다. 나르시 스는 보면서 동시에 보이는 자의 이름이다. 자신을 바라보는 시선은 그 러나 자신이 깨운 시선이다.

보는 행위의 이러한 이중성은 이미 메를로-퐁티의 현상학에서도 주 목된 바가 있다. 메를로-퐁티는 본다는 것을 지각작용에 국한해서 사유 한다. 그러나 그의 통찰은 지각 작용의 상호성과 세계 연관성으로 나아 간다. 시각은 시각주체와 세계와의 상호성 속에서 일어닌다. 무엇인가 를 본다는 것은 역설적으로 그 대상에 의해 스스로가 보여지고 있음을 내포하고 있다. 보는 것은 보이는 것과 하나의 끈으로 연결된 것이다. 거울에 비친 자신의 모습을 바라보는 것은 자신을 하나의 풍경으로 바 라보는 일이고 이 풍경은 거울의 눈에 비친 상이다. 시선은 메를로-퐁 티에게 있어서도 나르시시즘적인 것으로 여겨진다.**

바슐라르가 나르시시즘에서 주목하는 것은 그러나 지각 이상의 것 이다. 지각이 인지의 단계에 머물러 정체성을 인식하는 의식이라면 몽 상은 꿈을 꾸는 의식이다. 몽상 속에서 세계는 한마디의 단어나 개념으 로 정의되고 압축되는 것이 아니라 거꾸로 수많은 단어를 낳고 이미지 를 증식시킨다. 앞서 오필리어 콤플렉스에서 보았듯이 나르시스의 이 미지는 물에 비친 하늘과 숲, 물결, 장미, 향기, 숨결, 금빛, 푸른빛… 등

* 바슐라르,《물과 꿈》, p.40.
** M. Merleau-Ponty,《L' Oeil et l' esprit》, Gallimard, 1964, p.34 참조.

등으로 무한히 연결되는 수많은 이미지와 접목된다. 그 모든 이미지는 모두 몽상이 물과 만나 교감하면서 생겨나는 것들이다. 몽상하는 의식은 교감하는 의식이며 교감 속에서 이미지를 무한히 증식시킨다.

3. 상상의 변형력

1) 접목

상상은 세계의 물질적 힘과 만나면서 시작된다. 그런데 상상활동이 일어나는 동안 의식이 물질적 힘에 의해 제멋대로 끌려가는 것은 아니다. 앞에서 말한 인간과 세계와의 교감의 끈은 쌍방으로 영향을 주고받으면서 시를 낳는다. 자연의 편에서 물질적 에너지의 신호를 보낸다면 인간의 편에서는 문화와 관념의 틀이 적용된다. 물론 그 배면에서는 리비도와 무의식이 작용한다. 바슐라르는 이러한 상상의 쌍방운동을 드러내기 위해 '접목'이라는 개념을 사용한다.

서로 종류가 다른 식물의 가지와 가지를 접합시키는 접목은 상상하는 의식 속에서도 일어난다. 상상하는 의식이 맨 처음 그 활동을 시작하는 것은 자연과의 만남과 교감이 일어나면서부터이다. 상상하는 의식은 몽상상태에 접어들면서 자연의 내적 힘과 만난다. 스피노자가 능산적 자연이라 부른 자연의 외피들을 낳는 근원적인 힘과 만나는 것이다. 바슐라르는 스피노자가 바라본 두 가지 자연처럼 이에 상응하는 상상력의 두 가지 방향에 대해 말한다.

"우리 정신의 상상하는 힘들은 아주 다른 두 축으로 뻗어나간다. 한쪽 힘들은 새로움 앞에서 비약을 즐기는 힘으로, 화려하고 다양한 것, 갑작스런 사건을 좋아한다. 그 힘들이 일깨우는 상상력은 항상 그려내야 할 봄날을 지니고 있다. 우리로부터 멀리 떨어진 자연 속에서 그 힘들은 깨어나자마자 꽃들을 만들어낸다. 또 하나의 상상하는 힘들은 존재의 밑바닥을 파고 들어간다. 그 힘들은 존재 속에서 최초의 것과 영원한 것을 동시에 찾아내려고 한다. 그 힘들은 계절과 역사를 지배한다. 우리 안팎의 자연 속에서 그 힘들은 씨앗들을 만들어낸다. 그 씨앗들은 하나의 실체 속에 형상이 깊이 박혀 있는 장소, 형상이 내재해 있는 장소이다. 거두절미하고 철학적으로 설명하자면 두 가지 상상력으로 나누어 볼 수 있다. : 형상인la cause formelle을 살아나게 하는 상상력과 질료인la cause materielle을 살아나게 하는 상상력, 또는 더 간단히 말하면 형상적 상상력과 질료적 상상력이다."*

　　질료적 상상력과 형상적 상상력으로 구분한 상상력의 이 두 가지 속성은 분리되지 않고 통합하여 나타난다. 말하자면 상상하는 의식 속에서 자연의 질료적인 내적 힘과의 교감이 일어나지만 그것을 언어화하고 형상화하는 것은 내적 힘에 대한 교감만으로는 불충분하다. 실제로 질료의 힘이 형상화되는 것이다. 질료화의 원리와 형상화의 원리가 따로 있는 것은 아니다. 능산적 자연과 소산적 자연은 두 개의 자연이 아니다.
　　그런데 질료적 힘에 대한 교감이 형상화되는 데는 자연의 힘만이 작용하는 것이 아니라 자연의 반대편으로 여겨지는 문화와 관념의 형상이 그 힘에 대한 공감에 덧붙여진다. 바슐라르가 말하는 접목이란 이러한 자연과 문화, 질료적 힘과 관념의 접합을 말한다. 그런데 그가 굳이 접목

* 바슐라르, 《물과 꿈》, p.6.

이란 단어를 사용하고 있는 것은 이러한 양쪽의 접합이 고정된 틀을 부여하는 것이 아님을 말하기 위한 것으로 보인다. 접목은 식물의 원 가지에 다른 종류의 식물 가지를 접합하는 일이다. 접목은 덧붙이는 사람의 의도에 의해 행해지지만 접목 후에 자라나는 나무의 모양은 반드시 의도에 일치하는 것은 아니다. 나무가 자라나면서 우연성이 개입하고 두 나무의 내적 힘이 교환되면서 또 다른 형태의 나무로 자라나는 것이다.

상상력에서 일어나는 접목 역시 이와 같다. 자연적 질료의 내적 힘이 상상하는 주체 내면의 관념과 의도와 접합되는 것이다. 여기서 그가 살아온 환경과 토양, 교육 등의 문화적 유산이 덧붙여진다. 이 덧붙여짐은 그러나 형식적인 더하기가 아니라 일종의 융합으로 발전한다. 질료의 내적 힘이 문화와 관념을 끌고 가는 것이다. 관념은 물의 방향으로 공기의 방향으로 불과 흙의 방향으로 변형된다. 어떤 힘과 만나는가에 따라 관념은 다른 이미지들을 낳는다. 또한 거꾸로 어떤 관념과 만나는가에 따라 각각의 원소적이고 질료적 힘은 다른 모습으로 형상화되는 것이다.

바슐라르는 백조 콤플렉스의 예를 든다. 백조 콤플렉스는 흐르는 맑은 물의 이미지에서 백조의 이미지로 나아가는 상상력의 접목을 보여주는 콤플렉스이다. 흐르는 맑은 물은 '씻는다'는 이미지를 낳고 이것은 다시 물에서 목욕하고 있는 여인들의 이미지로 이어진다. 다시 이 이미지는 성적인 이미지와 함께 물 위에 노니는 백조의 이미지와 접합된다. 그리스 신화에 등장하는 '레다와 백조'의 이야기가 여기서 가미된다. 제우스가 백조로 변해 레다를 겁탈하는 장면이 끼어드는 것이다. 그런가 하면 다시 물 위로 뜨고 지는 태양과 달이 백조의 이미지와 교차된다. 태양과 달은 이때 우주적 백조로 변한다. 이것은 맑게 흐르는 물이 다른 이미지들과 접목되어 나타나는 하나의 예에 불과하다. 흐르는 물은 레다의 백조이야기로 나아갈 수도 있지만 아프로디테의 탄생 장면으로 나아갈 수도 있고 물항아리를 쏟고 있는 나체 여인의 이미지로 나아갈 수도 있다.

이러한 이미지들이 때로는 18세기 계몽주의 시대의 교훈 이야기와 접목되기도 하고 때로는 르네상스의 관능성의 예찬과 접목되기도 한다. 그런가 하면 상징주의의 우주적 탄생과 죽음의 광경과 접목되기도 하는 것이다. 상상력은 하나의 시작에서 수많은 갈래의 길로 뻗어나간다. 그리고 그 길의 방향과 모양을 결정하는 것은 질료와 상상주체의 내적 기억과의 만남의 방식에 따라 달라진다. 그러므로 상상은 늘 새로운 방향으로 나아가며 늘 새로운 이미지를 창조해낼 수 있는 것이다. 이런 이유 때문에 바슐라르는 상상에 대한 연구가 개념에 대한 연구와는 다른 방식으로 진행될 수밖에 없고 수많은 예술작품들의 사례들을 통해서만 진행될 수밖에 없다고 생각한 것이다.

2) 전이와 변신

상상하는 의식은 세계의 바깥에서 세계의 질료성과 교감하기만 하는 것이 아니다. 때로 상상하는 의식은 스스로 외부의 대상들과 하나로 합쳐지기도 한다. 외부의 존재가 내 안으로 들어와 나의 의식 속에서 살아나는 것이다. 투사가 주체의 마음을 외부 대상에 비추는, 말하자면 바깥을 향해 이루어진다면 거꾸로 외부 대상의 힘이 내 안으로 들어와 나의 의식을 변형시키기도 한다. 이것이 전이이다. 불을 바라보고 있는 사람이 불 속에서 불도마뱀을 볼 때 불도마뱀은 불에 투사된 내면의 이미지이지만 거꾸로 그 사람의 의식이 불도마뱀의 상태가 되기도 하는 것이다.

엠페도클레스는 화산에 뛰어들어 생을 마감했고 다시 피닉스로 재생했다는 이야기가 전해진다. 엠페도클레스가 스스로 분화구 속으로 뛰어들었다면 그의 의식은 그 순간 피닉스로 전이된 것이다. 상상하는 의식은 투사와 전이를 한꺼번에 진행한다. 단순히 투사만 이루어진다면 대상의 감응은 일어나지 않을 것이다. 교감이란 함께 느끼는 것이다. 이때 느낌은 내 안에서 일어난다. 그 느낌이 생생할 때 나는 내가 아닌 다른 것으로 변신한 듯이 느껴진다. 그런 의미에서 카프카의 〈변신〉은 상상력의 전이와 투사의 교환이 완벽하게 일어난 사례가 될 만하다. 내가 벌레에 대해 내 의식을 투사하는 차원에 머무는 것이 아니라 내가 벌레가 되는 것이다. 벌레의 움직임과 벌레의 모습, 벌레의 내면이 바로 나의 움직임, 나의 모습, 나의 내면이다. 상상하는 의식의 교감이 완성되는 것은 변신에 이르러서이다.

변신이라는 상상력의 활동방식을 잘 드러내고 있는 작가는 바슐라르가 보기에 로트레아몽이다. 〈말도로르의 노래〉에서 로트레아몽이 드러내고 있는 것은 생의 공격성이다. 무려 185가지의 동물군이 등장하는 이 시편은 개, 말, 게, 거미, 두꺼비의 이미지로 시작된다. 여기서 기술되는 것은 이들이 지닌 공격하는 힘과 그 기관의 활동이다. 이빨과 발톱, 흡반과 부리, 독침과 독액들이 움직인다. "올빼미가 비스듬히 날아서 새끼들을 위해 맛있고 살아 있는 음식으로 쥐나 개구리를 주둥이에 물고 올 때 어떤 것은 와지끈 부서지는 소리를 내고 신음한다. 마찬가지로 개들이 단 한 번의 턱짓으로 두꺼비를 으깰 때 단순하고 성공적이며 완전한 행위가 완성되는 것이다."*

'공격성' 이라는 말은 하나의 관념이다. 상상하는 의식은 공격성을

* 바슐라르, 《로트레아몽》, 윤인선 역, 청하, 1985, p.36.

관념이 아닌 상상적 현실로 경험한다. 공격성은 그때 공격하는 자의 에너지로 경험된다. 이때 경험되는 것은 공격하고자 하는 힘, 공격하고자 하는 의지이다. 의지가 현실화되는 것은 행위를 통해서이고 행위는 구체적인 기관을 통해서 발현된다. 그런데 로트레아몽의 공격의 의지는 동물 되기의 상상으로 표출된다. 현실적으로 공격성을 실행할 수 없을 때 상상은 꿈을 꾼다. 바슐라르는 로트레아몽의 공격의지는 억압적인 교육환경과 학교 분위기에 대한 그의 반응으로부터 태어난다고 보았다. 그가 그 공격의지를 표출하는 방식은 시를 통해서이다.

로트레아몽의 공격의지는 상상 속에서 동물적 기관과 공격기관의 공격방식을 구체적으로 자기화하는 가운데 드러난다. 그는 두꺼비를 으깨는 올빼미이자 개이고 "용의 배에서 목외 깊숙이까지 자신의 부리를 더욱 더 박아 넣는" 독수리이다. 그런가하면 그는 문어에 의해 공격당하는 존재이다. "그의 열망하는 부리로 나의 가슴을 쥐어뜯고, 그의 여덟 개의 팔은 겹쳐진 나의 비탄을 빨아 먹으며 내 비애의 뼈를 소리 내어 울리게 한다."*

그는 공격하는 자이자 공격당하는 자이다. 공격성이 실제로 체험될 때 그것은 반드시 이중적이다. 수동과 능동은 동시적이다. 쌍방형으로 주고받는 공격의 교환이 바로 공격의 실체이다. 로트레아몽의 시 속에서 나타나는 공격성 역시 그러하다. 그는 공격하는 동물이 되었다가 다시 공격당하는 동물이 된다. 상상하는 의식과 상상하는 대상이 서로 전이와 투사에 의해 교환되듯이 상상 속에서 능동과 수동은 쉽게 결합된다.

동물 되기는 살아 움직이는 역동적인 힘에 의식이 참여하는 경우에 자주 등장한다. 로트레아몽의 시 속에서는 섬약하고 조용한 학생의 반

---

* 바슐라르, 《로트레아몽》, pp.48-49 참조.

항하는 의지가 동물 되기라는 양상으로 드러나지만 연금술사의 상상 속에서는 금속 안에서 움직이고 있는 역동적인 에너지가 동물의 움직임으로 이미지화한다.

연금술사의 플라스크 안에서 부글부글 끓고 있는 물질 덩어리들은 때로 '철을 갉아먹는 녹'으로, '생쥐 이빨'로 이미지화되고 산과 백토의 화합은 닭싸움이나 탐욕스런 늑대의 물어뜯음으로 이미지화된다. 또한 물질의 화학작용은 불과 물의 투쟁이나 남성과 여성의 투쟁, 또는 동물의 싸움으로 상상된다. 연금술 이미지 속에는 아버지가 아들을 먹는 장면이나 전투로 인해 팔다리가 산산토막이 난 시체의 이미지가 등장하기도 한다. 이러한 이미지들은 모두 금속의 변환과정을 바라보는 연금술사의 상상력이 금속에 투사되고 다시 그 결과가 역투사, 즉 전이되는 과정을 나타내는 이미지들이다.

연금술 실험 중에 연금술사는 금속의 변환실험을 통해 스스로의 내면을 변화시킨다. 금속의 변환과 연금술사의 변환이 동시에 일어나는 것이다. 이것이 가능한 이유는 상상하는 의식의 투사와 전이가 바로 의식을 변형시키기 때문이다.

전이와 변신은 반드시 동물 되기라는 방식을 통해서만 일어나는 것은 아니다. 물론 동물 되기는 상상력의 역동성을 강하게 경험하게 하기는 한다. 그러나 그 역동성이 동물 되기를 통하지 않고서도 상상하는 의식의 상태를 변화시키는 경우도 있다. 그 중에 하나가 추락과 상승의 상상이다. 추락하는 상상은 무엇인가가 떨어지는 모습을 상상하는 것이 아니다. 스스로 떨어지는 상태를 느끼는 것이다. 에드가 알랜 포우는 추락을 이렇게 묘사한다. "캄캄한 어둠이 덮쳐들었다. 모든 느낌은 지옥의 강 속으로 영혼이 미친 듯 급격하게 빠져들어 잠겨버리듯이 삼켜져

사라져버린 듯했다. 이어 온세상은 그저 밤, 침묵, 부동일 뿐, 나는 정신을 잃었다." *추락하는 상상은 현기증과 끝없이 심연으로 빨려 들어가는 느낌을 낳는다. 현기증과 아래로 빨려 들어가는 느낌은 기절, 말하자면 의식의 어둠을 낳는 것이다. 이것이 상상하는 의식의 진면목이다. 무엇인가가 떨어지는 모습을 그려내는 상상은 상상이 아니라 관찰이다. 그것은 하나의 형상적 재현에 불과하다. 상상하는 의식이 낳는 이미지는 형상적 재현을 넘어선다. 그것은 직접 체험되는 느낌을 불러일으키는 것이다.

오랫동안 상상력이 이미지 재현능력으로 협소하게 정의되었던 것은 정의하는 주체가 상상하는 의식의 외부에 머물러 있으면서 이성적 사유에 의해 상상을 정의 내렸기 때문이다. 상상을 경험하는 의식은 상상이 산출해내는 이미지가 형상재현 너머의 것이라는 것을 안다. 그것은 이성적 개념적 사유 너머에서 일어나는 일이다. 상상이 심화되면 그것은 마치 현실처럼 경험된다.

상상적 추락이 의식을 심연으로 끌고 가 의식을 잃어버리는 차원에까지 도달하게 한다면 거꾸로 상상적 비약은 상상하는 의식을 '니르바나'의 경지까지 끌어올리기도 한다. 하늘을 향해 계속 올라가는 상상은 상상하는 의식을 푸른하늘로 바꿔버린다. 끝없이 멀어져가는 색은 파랑색과 동일시되는 의식을 비물질적인 상태로 전환시킨다. 파랑색과 하나가 된 의식은 감각 너머의 것과 동일시되는 것이다. 이어서 푸른 하늘을 상상하는 의식이 하늘을 푸르게 만드는 빛과 만나면 그 빛을 따라 이윽고 황금빛과 동일시된다. 황금빛과 동일시된 의식은 스스로를 황금빛으로 체험한다. 이러한 상상적 비약은 정신치료의 한 방법으로 사

* 바슐라르, 《공기와 꿈》, 정영란 옮김, 민음사, 1997, p.194.

용될 수도 있음을 바슐라르는 로베르 드쥬아이유Robert Desoille라는 정신분석의의 견해를 빌려 밝히고 있다.

상상하는 의식은 어떤 방향으로든 그 의식이 유도될 수 있다. 무거운 상태, 우울한 상태의 의식은 이러한 상상적 비약과 상승을 통해 스스로의 무거운 상태에서 가벼운 상태로 전환될 수 있다. 또한 반대로 심하게 분산되어 분열의 상태를 보이는 의식은 거꾸로 아래로 내려가는 상상을 통해, 흙과 대지의 심연으로 되돌아가는 상상을 통해 안정을 찾을 수도 있을 것이다. 그런 의미에서 상상에 힘입어 표현된 시는 정신의 훌륭한 치유제가 될 수 있다. 시적 이미지를 통해 상상하는 의식이 상상의 길을 잘 따라가 보면 그의 내면에서는 일종의 의식의 변화가 일어나는 것이다.

시가 고대로부터 마법적 힘을 가진 말로 여겨졌던 것은 시적 언어가 바로 상상하는 의식을 변화시키는 힘이 있기 때문이다. 시는 살아 있는 말, 존재를 변형시키고 삶을 변화시키는 말이다. 시가 일종의 '아담의 언어', 말하자면 사물의 본질을 소환하는 힘을 지닌 언어로 여겨지는 이유도 바로 그 때문이다. 일상어는 대부분 개념적 사유를 통해 의미를 교환하고 소통된다. 일상어의 의미가 일종의 표면의식에서 소통된다면 시어는 심층의식을 건드린다. 이때 심층의식은 정신분석의 입장에서는 무의식이라 부르겠지만 상상력의 이론가의 입장에서는 몽상하는 의식이라고 일컬어진다. 말하자면 몽상하는 의식으로 불리기도 하는 상상하는 의식은 무의식이 아니라 개념적 사유가 느슨해지는 상태의 의식을 말한다. 개념적 사유가 사물과 사물을 나누는 경계를 분명히 지각하고 그 차이에 대한 명료한 의식을 통해 판단하는 의식이라면 몽상하는 의식은 사물의 경계와 차이를 너머 동일화하는 의식이다. 상상하는 의식 속에서는 주관/객관, 인간/세계, 생물/무생물 등등의 모든 개념적 경계가 모호해진다. 일상적 의식을 움직이는 차이를 무화하는 가운데 몽상하는 의식이 만나는 세계는 우주와 동일화된 의식이다.

4. 우주적 의식으로서의 상상하는 의식

상상은 세계와 교감하는 일이다. 상상하는 의식에게 있어서 나와 세계를 가르는 경계는 무의미하다. 상상은 내가 동물이 되고 식물이 되며 구름이나 바람이 되기도 하는 일이다. 상상하는 의식은 경계 없는 우주 속에서 산다. 상상하는 의식이 만약 한 알의 사과 속으로 들어간다면 사과는 즉시 하나의 거대한 우주로 변모한다. 사과 속의 과육은 더운 열기를 방사하고 그 안에 박혀 있는 씨앗은 열기를 방사하는 태양으로 변모한다. 상상은 개념의 경계를 넘나들면서 상상주체의 크기를 바꾸기도한다. 작은 세계에 들어가는 의식은 작은 세계를 큰 세계로 바꿔놓는다. 사과 속으로 들어간 의식은 자신을 사과보다 작은 존재로 바꿔버리는 것이다. 작은 것을 큰 것으로, 큰 것을 작은 것으로 바꾸는 상상의 변형력은 존재의 안과 밖도 쉽게 뒤바꿔버린다. 사과 속으로 들어간 의식은 사과의 내부를 바깥의 우주로 상상하는 것이다.

상상하는 의식에게 있어서 세계와의 교감은 사물의 표면에서만 일어나지 않는다. 상상하는 의식은 표면과 형상 너머에서 작용하고 있는 힘과 교감하고 그 힘이 발휘되고 있는 존재의 심층적 내면과 표층적 외면을 동시에 느낀다. 심층과 표층은 언제든지 자리바꿈이 가능하며 그 자리바꿈 속에서 안과 밖, 큰 것과 작은 것, 나와 세계, 물질과 정신의 경계는 쉽게 녹아내린다. 우주는 한 알의 호두 속에, 한 알의 사과 속에 있는 것으로 상상되는 것이다. 그때 호두나 사과를 바라보고 있는 나는 우주의 바깥에 자리 잡고 있는 존재로 변화한다. 상상은 그렇게 해서 의식을 우주적 차원으로까지 끌어올린다. 연금술사가 플라스크 안에서 바라보았던 것은 금속의 변화되는 모습이면서 동시에 우주적 창조와 변형의 이미지이다. 플라스크를 대우주로 바라보는 연금술사는 그 순간 창조주의 의식과 동일화된다. 우주는 창조주=연금술사의 내면에서 일어나는 변형의 드라마가 되는 것이다. 또한 역으로 플라스크에서 최종적으로 얻어지는 '철학자의 돌'은 연금술 실험을 하고 있는 연금술사 자신의 이미지이다. 그는 연금술 실험을 통해서 그의 내면과 외부가 조응하는 상상을 진행하는 것이다. 그 상상을 통해서 연금술사는 변형된 의식에 도달하게 되고 그와 동시에 플라스크 안의 금속 역시 다른 금속으로 거듭나는 것이다.

이 모든 변신과 변형, 자리바꿈은 개념적 사유의 편에서 보았을 때는 허상이나 환각, 말하자면 비-진리의 한 자락으로만 여겨질 수도 있다. 그러나 상상하는 의식은 개념적 사유와는 다른 길을 향한다. 바슐라르는 이렇게 말한다. "상상하는 정신은 관찰하는 정신과 정반대의 길을 따르고 있다. 상상은 지식들을 요약해놓은 도표에 이르기를 바라지는 않는다. 상상은 이미지들을 더욱더 많이 만들 구실을 찾을 뿐이다. 그러다가 한 이미지에 흥미를 가지게 되면 그 즉시 상상은 그것의 가치를 크게 불린다."

관찰하는 정신과 개념화하는 정신이 세계를 범주의 틀로 포착한다면 상상하는 정신은 세계를 범주로부터 해방시킨다. 그렇게 해서 상상은 개념적 사유로 포착할 수 없는 세계의 이면들을 드러낸다. 사실적 세계와 현실적 세계의 깊숙이 접혀 있는 세계의 주름들을 펼쳐 감춰진 우주를 드러내는 것이다. 바슐라르는 상상에 기대고 있는 언어인 시가 바로 이런 역할을 한다고 했다. 시가 제공하는 세계는 우리의 정신이 판단의 대상으로 삼는 세계가 아니다. 시는 옳고 그름을 판정하거나 단죄하지 않는다. 시는 우리를 세계 속에 거주하게 한다. 시가 드러내는 우주는 무수한 느낌과 뉘앙스를 전달해주는 살아 있는 우주이다. 그것을 드러내는 언어는 의미를 증폭하고 부풀리는 언어이며 그렇게 해서 시는 한 겹의 의미, 한 겹의 우주가 아니라 여러 겹의 의미, 여러 겹의 우주를 드러낸다. 상상은 개념적 사유로 가로막힌 우리의 정신을 해방시켜 또 다른 차원에 눈뜨게 하는 영혼의 능력인 것이다.

참고문헌

로트레아몽, 《말도로르의 노래》, 이동렬 옮김, 민음사, 1991.

보들레르, 《악의 꽃》, 윤영애 옮김, 문학과지성사, 2003.

송태현, 《상상력의 위대한 모험가들》, 살림, 2005.

에드가 알렌 포우, 《우울과 몽상》, 홍성영 옮김, 하늘연못, 2005

장 폴 사르트르, 〈상상하는 의식과 예술〉, 장경렬 외 편역, 《상상력이란 무엇인가》, 살림, 1997.

질베르 뒤랑, 《상상계의 인류학적 구조들》, 진형준 옮김, 문학동네, 2007.

Gaston Bachelard, 《La Poétique de la reverie》, PUF, 2005.

───────────, 《La Formation de l'esprit scientifique》,

───────────, 《La Terre et les reverie de la volonté》, José Corti, 2004.

M. Merleau-Ponty, 《L'Oeil et l'esprit》, Gallimard, 1964.

가스통 바슐라르, 《공간의 시학》, 곽광수 옮김, 민음사, 1990.

───────────, 《공기와 꿈》, 정영란 옮김, 민음사, 1993.

───────────, 《물과 꿈》, 이가림 옮김, 문예출판사, 1996.

───────────, 《불의 정신분석》, 김병욱 옮김, 이학사, 2007.

───────────, 《대지와 휴식의 몽상》, 정영란 옮김, 문학동네, 2002.

───────────, 《로트레아몽》, 윤인선 옮김, 청하, 1985.

II

미학의
어제와 오늘

플로티노스와
초월의 미학

● 노영덕(홍익대 대학원 미학과 박사)

1. 플로티노스의 철학 - 이원적 일원론

1) 유기론적 우주관

플로티노스는 신플라톤주의Neo-Platonism 철학자답게 플라톤 철학의 기본 전제들을 그대로 따른다. 예지계와 감각계의 구분, 절대적 초월자 개념의 설정, 영혼의 불멸성 주장 등이 그것이다. 하지만 그는 여기에 더하여 플라톤과 상반되는 요소를 지닌 아리스토텔레스 및 스토아 철학의 요소들을 수용하고 통합하였다. 그 결과 그의 철학은 외형적으로는 플라톤의 전통에 서 있지만 질적인 면에 있어서는 플라톤과는 또 다른 면을 지니게 되었다. 그는 예지계와 감각계가 나뉘어져 따로 존재한다고 본 플라톤에서 벗어나 이들 둘이 연결되어 있다고 생각하였고 그래서 이 두 세계 사이에 어떤 중간적인 매개항을 설정하여 양쪽을 내적으로 연결함으로서 플라톤의 고정된 이원론을 역동적이고 범신론적인 일원론으로 변형시켰다.

이러한 그의 철학은 우주 전체를 구성하는 각 구성요소들 간의 상호 연관성을 강조하고 있으며 그의 세계영혼World Soul개념에서 드러나듯, 우주 전체를 살아 있는 것으로 보는 유기론적 우주관의 입장을 취한다. 그리고 근원이 되는 초월적 세계에서 현상세계로 내려오는 존재론적 하강과 현상세계의 물질적 존재에서 근원으로 올라가는 인식론적 상승의 이중적인 구조를 지니고 있다. 즉, 모든 존재의 근원이 되는 초 존재 하나로부터 여러 존재들이 차원적 단계에 따라 유출Emanation되어 나옴으로써 현상세계가 구성되고 이 현상세계의 존재는 자기존재에 대한 테오리아觀照,Theoria를 통하여 다시 자신의 근원으로 상승해 간다는 것이 그의 철학의 기본적인 틀이다. 그는 초 존재 하나ㅡ와 현상세계의 개별자들多의 연결성을 밝힘으로서 궁극적으로 두 세계간의 상호 조응 및 유기적 관계를 확립코자 했던 것이다.

하나ㅡ에서 여럿多이 생성되어 나오고 그 여럿에서 다시 최초의 하나로 돌아갈 수 있기 위해서는 원인이 된 '하나'와 그의 결과물인 '여럿'이 어떤 동질성을 지니고 있어야만 한다. 플로티노스 철학에서는 이들 간의 동질성이 인정된다. 그의 철학에서는 원인과 결과가 겉으로 분리되면서도 내적으로는 상호 연결되고 있기 때문이다. 그래서 그의 철학은 양적으로는 이원론의 형태를 띠나 질적으로는 일원론이 된다. 플로티노스의 철학은 둘을 하나로 보는 종합적 사유의 철학인 것이다. 여기서 둘을 하나로 변환시켜주는 원리가 바로 유출과 테오리아이다. 그러므로 유출과 테오리아는 이원론을 극복하는 그의 철학의 핵심 개념이다. 유출은 존재의 시작이 되는 최고 존재에서 최하 존재까지의 존재 생성에 있어 하강에 의한 연결성 개념이며 존재론이다. 그리고 테오리아는 거꾸로 최하 존재에서 존재의 궁극적 근원으로의 상승을 의미하는 회귀의 개념이요, 인식론이다.

그런데 유출은 테오리아에 의해서 완성되고 테오리아는 유출을 전제한다. 그러니까 플로티노스에게 있어서는 존재론과 인식론이 유기론적인 우주관 속에서 하나로 연결되어 있는 것이다. 플로티노스에게 있어서 "본다는 것은 보이는 대상을 창조하는 것과 같다."* 즉 그에게 있어 보는 행위는 존재 생성을 의미한다. 테오리아가 유출을 완성시키는 것이다. 그래서 어떤 것을 '본다' 함은 그 보이는 대상과 동일한 것이 이미 인식주체의 내부에 존재하고 있음을 함축한다. 이렇게 되면, 인식은 존재를 낳는 셈이 되는바, 이제 '본다' 는 '안다' 가 된다. 인식은 주객일치의 결과이기 때문이다. 이와 같이 플로티노스의 철학에서는 인식론과 존재론이 만나고 있다. 모두 유출과 테오리아에 의한 결과인데 처음부터 유출에 의해서 테오리아가 가능해지고 또 테오리아에 의해서 유출이 비로소 완성되는 그의 철학은 하강과 상승이 맞물려 있는 묘한 순환적 구조의 일원론이다.

2) 유출Emanation; 하강의 존재론

플로티노스에 의하면 모든 존재의 근원은 '일자一者, to hen' 로서 모든 것들은 이 초월적이고 완벽한 일자로부터의 자발적인 흘러넘침, 즉 일자의 유출로 인해 생성되었다. 일자는 여럿에 반대되고 또 처음이라는 의미에서 그렇게 칭해진다. 초 존재이며 만물의 근원인 일자에서 최하

---

* Plotinus, The Enneads,III.8,3,trans., by S. Mackenna, 4,ed., Oxford University Press, Pantheon Books, New York,1969 (이후 Enn으로 표기).

의 질료에 이르기까지 모든 것들은 플로티노스가 비유한 대로 "일자의 빛"(Enn. I .6,9, IV.3,17, V.1,7, V.3,12, V.5,7, V.6,4) 이 비춰지는 정도에 따라, 즉 존재의 완벽성 정도에 따라 순차적으로 생성된다. 그래서 일자→ 정신nous→ 영혼psyche→ 자연physis→ 질료hyle라고 하는 존재론적 서열이 성립된다. 각 존재 단계의 이러한 차등은 마치 태양이라는 광원에서 멀어지면 멀어질수록 밝기가 차이나는 것과 같다. 일자를 빛 그 자체요, 존재의 광원이라고 한다면 거기서 가장 멀리 떨어져 있는 질료는 어둠 그 자체가 된다. 일자에서 시작되는 이러한 유출은, 충만함으로 인한 자발적인 것이며 완전한 것은 반드시 그 밖의 다른 것을 산출한다는 가정 하에서 일어나는 필연적인 것이다. 일자는 충만해 있기 때문에 당연히 넘쳐흐른다. 그렇지만 마치 태양이 빛을 발산하면서도 꺼지지 않고, 샘이 흘러넘쳐도 고갈되지 않듯이 일자의 완벽함과 충만함은 그대로 유지된다. 그리고 이러한 일자의 넘쳐흐름에 의해서 존재자들이 생겨난다.

일자는 초 존재이며 정의 불가능하다. 일자는 무한정, 무제한적이기 때문이다. 다수성에 대한 부정이요, 분리성에 대한 부정으로서 일자는 무한자이며 오직 그 대립자를 통해서만 규정이 가능하다. 그래서 일자는 '-이 아니다' 라고 말 되어질 수 있을 뿐, '-이다' 라는 식의 자기 지시적 서술에 의한 규정은 불가능하다(Enn.,VI.7,33). 일자가 진술되었을 때 그것은 주어-술어로 다수성이 성립되기 때문이다. 플로티노스는 이러한 일자를 미美와 선善과 동일시한다(Enn., I .6,7, II.9,1). 또한, 일자는 유출이라는 하강의 개념으로 볼 때는 만물의 근원이 되므로 제1원인이지만 테오리아라는 상승 개념으로 볼 때는 최종적인 것이 된다. 이는 곧 일자가 시작이면서 끝이라는 것을 의미한다. 또, 일자는 존재 너머에 있으면서도 예지계에 존재하며, 무제한성을 띠어 인식 불가능하면서도 실재성을 띤다. 그리고 절대적이면서도 선^善이라는 상대적 속성을 갖는다. 하강의 출발지로서의 일자는 규정적이요, 속성을 지니지만 상승의 종착지로서의 일자는 무 규정적이요, 무 속성을 띠기 때문에 이런 모순적인 현상이 나타나는 것이다. 일자는 이렇게 이중적인 측면을 지닌다.

이런 일자로부터 첫 번째로 유출되는 것은 누스, 즉 정신이다. 정신은 일자의 로고스Logos이며(Enn.,V.1,6) 일자의 상eikon이다(Enn.,V.1,7). 그리고 존재하는 모든 것들의 형상과 사유, 미가 거주하고 있는 곳이다 (Enn.,V.8,4). 그래서 세상 만물의 형상뿐 아니라 모든 아름다운 것들, 그리고 사유는 정신에서 기원한다. 중요한 것은 정신이 바로 플라톤의 이데아에 해당된다는 사실이다. 플로티노스는 존재의 문제에 있어 이데아보다 한 단계 더 궁극적인 어떤 것을 설정하였던 것이다.

정신은 한편으로는 일자로부터 생성되고, 또 한편으로는 자기 자신을 '바라봄'으로써 존재하게 된다. 일자로부터 유출된 것은 아직 형상화되지 않은 단순한 가능태이며, 규정되지 않은 생명성일 뿐이다. 여기에 정신의 자기 자신에 대한 내적 관조, 다시 말해서 일자에 대한 테오리아가 이루어졌을 때 비로소 정신은 정신으로서의 내용과 형상을 갖게 된다(Enn.,II.4,5). 정신은 일자를 바라볼 때 이 바라봄 속에서 저절로 타자, 즉 정신으로 바뀌고 자기 자신으로 개별화되는 것이다.

실재적 존재들의 총체요, 플라톤적인 형상들의 영역인 정신은 이제 자신보다 하위 실체면서 현상세계의 원리인 영혼을 유출해낸다. 그리고 영혼은 상위의 존재, 정신으로부터 유입된 힘, 즉 로고스와 생명적 활동력을 사용해서 살아 있는 생명체들을 창조하고 생명을 불어넣는다. 생명은 영혼에서 유출되는 열이나 빛이다. 이렇게 해서 자연이 유출되어 나오고 마지막으로 자연에서 질료가 유출되어 나온다.

플로티노스에 있어 영혼은 현상계 안에 존재하는 예지계의 유비물로서 모든 자연적 운동의 원인이 된다(Enn., Ⅳ.8,13). 영혼은 자신의 원리인 예지계와, 자기 스스로가 원리가 되는 현상세계 사이에 존재하여 초감각적인 것과 감각적인 것을 "한데로 묶는 끈"(Enn., Ⅱ.1,5) 역할을 한다. 그리고 계속적인 운동으로 이런 연결을 유지하며 세계를 창조하는 것이 영혼의 본성이다(Enn., Ⅳ.7,7). 이렇게 영혼은 정신의 예지계와 자연의 감각계를 매개하는 중간자적 존재이다. 영혼이 이 두 세계를 이어주는 역할을 한다는 플로티노스의 이러한 주장에는 이미 인간의 활동인 예술이 그런 역할을 담당한다는 생각이 암묵적으로 내포되어 있다.

우주를 살아 있는 것으로 보았던 플로티노스는 일단, 우주 전체에 하나의 영혼, 즉 세계영혼 개념을 설정한다(Enn., Ⅳ.3,2). 그리고 나서 각 개별적 육체에도 각각의 영혼을 설정함으로서, 영혼을 세계영혼과 개별 영혼Earth Soul으로 나눈다. 세계영혼은 예지계와의 접촉을 열망하는 지성적인 삶을 사는 영혼이다. 그것은 시간과 공간 위로 고양되어 세상을 생기 있게 하고 자신이 가진 모든 존재를 세상에 부여하는, 이를테면 우주적인 차원의 영혼이다. 따라서 세계영혼은 세상 속에 존재하지 않고, 오히려 세상이 세계영혼 속에 있으며 세계영혼에 의해서 세상이 형성된다. 반면, 개별영혼은 육체로 하강하는 영혼으로써 세계영혼을 자신 안에 간직하고 있고 세계영혼을 관조함으로써만 자신을 이해할 수 있는 존재이다.

한편, 플로티노스에게 있어 자연이란 물질적 우주를 말한다. 동, 식물을 포함하는 그것은 물질에 반영된 세계영혼이며 영혼의 세계보다 더 감각화된 세계이다. 그리고 살아 있는 유기적 전체이며 정신 안에 존재하는 형상들에 대한 모상들이다. 마지막으로, 질료는 부정적인 것으로, 형식성을 지니지 못하는 무정형한 것이다. 즉, 그것은 비존재적인 것이다. 또한, 질료는 일자와 반대편에 있다는 점에서 미, 선을 부정하는 추와 악이기도 하다.

이와 같이 일자의 유출을 통해 정신, 영혼, 자연, 질료의 모든 것이 생겨난다. 일자는 초 존재이면서 정신, 영혼과 함께 예지계에 속하고 질료는 비존재이지만 자연과 함께 감각계에 속한다. 중요한 것은 이들 두 세계가 플라톤 식으로 완전히 따로 분리되어, 감각계가 예지계의 단순한 그림자로서 존재하는 것이 아니라, 유출에 의하여 유기적으로 상호 연결되어 연속성을 띤다는 사실이다. 유출은 각 존재 단계의 존재론적 우열에 의한 차등 속에서 존재간의 상호 침투, 즉 타자의 내속內屬과 내재를 의미하는 개념이다. 그래서 유출되어 나온 결과물은 자기 존재의 원인이요 자신을 유출해낸 근원, 즉 선先존재를 자기 내부에 함유하고 있다. 유출로 생성된 하위 존재에는 자신 존재의 근원인 상위 존재가 내재되어 있는 것이다. 그러니까 결과는 원인과 분리되는 제2의 사태가 아니라 결과 자신 안에 원인이 존재한다는, 말하자면 원인과 결과 간의 연결성 및 존재론적 동질성을 플로티노스는 말하고 있는 것이다. 그래서 달리 말하면 유출이란 곧 자기동일성의 타자적 발현, 또는 타자화한 자기동일성 개념이라고 할 수 있다. 가령, 영혼은 정신으로부터 유출된 것이므로 영혼에는 정신의 속성이 내재되어 있고 궁극적으로는 그 정신을 유출해낸 일자가 내재되어 있다(Enn., VI.5,4). 자연 또한 마찬가지로 영혼의 속성을 포함해서 그보다 상위 존재인 정신, 그리고 일자의 속성을 영혼보다는 희박하게 함유하고 있다.

그렇다면 일자는 초 존재요, 모든 존재의 근원이지만 유출 원리에 의하여 자신의 유출물들인 정신, 영혼, 자연, 질료에도 함량적 차등을 두고 내재되어 있는 셈이 된다. 일자는 감각계로부터 초월하여 있으면서도 동시에 감각계에 내재하고 있는 것이다. 바로 이렇게 일자가 초월이면서도 동시에 내재요, 내재면서 또한 초월이라는 점에서 플로티노스의 존재론은 신비적 특성을 띤다. 이것은 사실 플라톤의 입장에서 아리스토텔레스의 철학을 결합한 데 따른 결과이다. 플로티노스는 플라톤으로부터 '초월적 실체' 개념을, 그리고 아리스토텔레스로부터 개체 내에 존재하는 보편, 즉 '질료와 형상의 결합' 개념을 물려받아 '유출'이라고 하는 독특한 개념으로 이 둘을 통합한 것이다. 형식적인 면에 있어서 형상의 존재 방식은 아리스토텔레스를(현실의 개물과 결합해 존재하는 형상) 따랐고 내용적인 면에 있어서 그 형상의 초월적 가치는 플라톤을(형상의 초월성) 따른 것이다. 그 결과, 초월의 내재, 내재된 초월이라는 모순적 논리가 성립된 것이다.

이제, 플로티노스 철학에 있어 예지계와 감각계는 외형적으로는 둘로 나뉘어져 있지만 유출로 연결되므로 상호 조응하는 관계에 놓이게된다. 감각에 의해 지각되는 세계는 정신 안에 존재하는 생명의 모든 형상을 가지고 있기 때문에(Enn., IV.8,1) 인간적 경험의 세계는 실재의 완벽한 색인이 될 수 있다. 다시 말해서, 초월적 세계는 여기 존재하는 모든 것을 소유하고 있으며, 이 현상세계에도 저 초월적 세계의 것이 존재하고 있다(Enn., VI.7,11). 그리고 현상세계는 초월적 세계로 인하여 가능해지고 초월적 세계는 현상세계를 통해서 자신을 드러낸다. 이런 점에서 플로티노스의 철학은 훗날 소위 '만물조응'을 핵심개념으로 하는 상징주의 예술관의 이론적 근거가 될 수 있다.

이렇게 일자로부터의 끊임없는 유출 속에서 만물과 그 근원은 유리되지 않고 연결된다. 그래서 결국, 플로티노스에게 있어서 세계 내에서의 모든 분리적 구별성은 사실상 무의미한 것이 된다. 둘을 하나로 보는 그의 철학에서는 존재가 이미 비존재까지 포함하는 개념이기 때문이다.

여기서 우리는 그의 철학이 다분히 범신론적인 색채를 띠고 있다는 사실을 간파할 수 있다. 만약 일자를 '신神'으로 본다면 유출에 의하여 이 세상 만물 모든 것에 신이 깃들어 있는 셈이 되기 때문이다. 그리고 훗날 쿠자누스Nikolaus von Kues가 말한, 정반대되는 것이 무한자 안에서 하나가 되는, 이른바 '대극의 합일coincidentia oppositorum' 개념이 엿보인다. 초월이면서 동시에 내재인 일자, 시작이면서 끝이기도 한 일자 개념이 그렇고 비존재까지 구성요소로 갖는 존재 개념이 그러하며 초월적 세계와 현상세계 간의 연결 및 상호조응이 그러하다. 그리고 주역周易사상에서 나타나는 '음陰 안의 양陽'(☲), '양陽 안의 음陰'(☵)개념이 읽혀진다. 플로티노스의 철학 역시 정반대되는 것을 하나로 보는 양면사상이요, 자기동일성이란 자기부정을 포함하는 것이라는, 차원 간의 차이개념이 고려된 사유인 것이다. 그렇기 때문에 일자로부터 유출에 의해 생성된 만물들 속에 그 일자가 내재하여 있음을 이해하지 못하는 사람은 결코 일자와의 합일의 경지에 도달할 수 없다. 그리고 '성聖'이란 '속俗' 가운데 있는 것이며 깨달음은 타락 속에서 얻어지는 것이라는 역설적 가르침을 이해할 수 없다. 또, 가장 깊은 어둠 속에 '밝음'의 씨앗이 존재하고 있다는 사실을 이해하지 못한다. 르네상스 때 에라스무스D. Erasmus가 '불로써 확인된 황금이라는 아이러니aurum igni probatum' 황금은 불 속에서 오히려 더 황금답게 빛난다를 말했던 것도 같은 맥락에서 이해될 수 있다.

이러한 플로티노스의 철학은 이원적 사고와 평면적 논리에 익숙해 있는 서구적 사유로는 쉽게 이해하기 어려운 심오함을 담고 있다. 그래서 신비주의로 치부하고자 하는 경향이 있다. 하지만 본래 심오함은 종종 비합리적인 방법으로 이해되고 그래서 신비하게 느껴지는 법이다.

3) 테오리아^{Theoria}; 미적 관조에 의한 상승

플로티노스에게 있어 테오리아란 일자로부터 유출되어 생성된 각 단계 존재들이 거꾸로 예지계를 거쳐 궁극적으로 일자에게로 회귀하는 상승의 운동이다. 그래서 유출뿐 아니라 테오리아에 의해서도 예지계와 감각계는 분리되지 않고 연결된다.

모든 존재와 마찬가지로 영혼도 상승하여 종국에는 일자와의 합일을 이루려는 열망을 갖는데, 이러한 영혼의 일자와의 합일이 플로티노스 철학의 최종목적이다. 영혼의 일자와의 합일은 어떻게 해서 성취될 수 있는가?

"너 자신으로 돌아가 너 자신을 보라"(Enn., I . 6 ,9)고 한 플로티노스의 권고대로 일자와 합일을 이루기 위해서는 먼저 자신에 대해 성찰하여야 한다. 플로티노스에 의하면, 자신의 내면으로 눈을 돌려 영혼에 내재된 미의 형상을 먼저 관조해야만 일자로 회귀해갈 수 있다. 일자로의 영혼의 회귀란 영혼의 존재원인을 거꾸로 찾아가는 것을 의미하는데 영혼을 유출해 낸 것은 정신이요, 정신은 곧 미의 형상이기 때문이다. 그런데 정신에는 정신을 유출해 낸 일자가 또한 내재되어 있으므로 궁극적으로 영혼은 일자에 대한 관조로까지 나아갈 수 있게 되는 것이다 (Enn., V.2,1). 이 점, 미에 대한 관조가 궁극적으로 일자로의 회귀 및 합일의 단서가 된다는 면에서, 에로스를 통한 영혼의 이데아로의 상승을 주장한 플라톤의 에로스론을 떠올리게 한다.

그러나 플라톤과 반대되는 점도 있다. 일자와의 합일을 위해서는 먼저 자신 내면에 미가 존재하고 있다는 사실부터 깨달아야 하는데 이를 가능케 해주는 것이 바로 감각적인 미이다. 바로 이 점에서 플로티노스는 감각적인 미를 무익한 것으로 간주한 플라톤의 입장과 반대된다. 플로티노스에게 있어 감각적인 미는 비록 미의 이데아의 흔적일 뿐이긴 하지만 자신의 존재 근원인 미의 이데아와 동 떨어져 별도로 존재하는 무가치한 것이 아니다. 오히려 그것은 일자로의 상승의 첫 단계인 자신의 내부에 정신의 미가 내재되어 있음을 깨닫게 해주는 단서가 된다.

유출에 의한 플로티노스의 일원론은 예지계와 현상계를 연결하고 있는데 이 점은 미의 문제에 있어서도 마찬가지이다. 현상계의 감각적인 미는 유출에 의해 예지계의 미와 존재적 동질성을 희미하게나마 유지하고 있다. 그리고 그 희미한 동질성이 바로 자신 내부의 미를 찾는 인식주체에게 추동력으로 작용한다. 플로티노스에 의하면, "영혼은 본성상 존재의 영역에서 보다 높은 종류의 실재와 관계하므로 자기와 유사한 어떤 것을 보았을 때나 혈족관계에 있는 실재의 흔적을 보았을 때 기뻐하고 전율하며 그 자신에로, 그리고 그 자신의 소유물로 되돌아온다."(Enn., I.6,2) 영혼은 정신에서 유출된 것이므로 정신의 속성인 미의 형상을 내재하고 있다. 그런데 현상세계 것들의 감각적인 미에도 미의 형상인 정신의 미가 미약하나마 내재되어 있다. 그래서 영혼이 감각적인 미를 접하였을 때, 영혼은 자기 자신 내부에 있는 그 미의 형상과의 유사함을 간파하고 이에 전율하며 그 결과, 미의 형상을 찾는 길에 들어서게 된다는 것이다. 앞서 보았듯이, 플로티노스에게 있어서 "어떤 것을 본다는 것은 눈을 그 대상에 일치하도록 해야만 하는 것이며 그 대상과 어떤 유사함을 소유하는 것"(Enn., I.6,9)이다. 그러므로 감각적인 미를 본다는 것은 자신 영혼에 미의 형상이 존재하고 있다는 것을 자각하는 셈이 된다. 다시 말해서, 외부의 아름다움을 보았다는 것은 그 관찰자의 영혼이 이미 아름다움을 가지고 있는 상태라는 얘기가 되는 것이다. 따라서 자신의 내부 영혼에 정신의 미가 내재되어 있음을 증명해 줄 수 있는 외적 수단이 바로 감각적인 미이다(Enn., I .6,9). 그것은 내면의 미를 보기 위한 시발점이 되는 것이다. 그렇다면, 외부의 미를 잘 감지한다는 것은 그 만큼 자신에게 영혼의 미가 풍요롭게 있다는 판단이 성립된다. 거꾸로, 인식 주체가 아름다우면 아름다울수록 미를 더 잘 감지해낼 수 있다는 의미도 된다. 아름다운 것을 알아볼 줄 아는 사람은 자신이 그 만큼 아름답기 때문이며 또, 미가 자신 내부에 충만한 사람은 미적 감각에 있어 보다 탁월할 수 있다는 얘기다. 결국, 플로티노스에게 있어서 '본다' 는 행위는 행위 주체의 내부와 외부의 일치를 만들어 내며 감각계와 예지계의 일치를 가능케 하는 통일 행위라고 할 수 있다.

인식 문제와 관련하여 이러한 동일성의 원리, 즉 '동일한 것을 통하여 동일한 것을 안다' 는 생각은 고래 희랍의 전통적인 것이었는데 플로티노스의 인식론은 이를 충실히 따르고 있다. 이런 사실은 "눈이 태양과 같은 것이 되지 않고서는 그 어떤 눈도 결코 태양을 볼 수 없을 것이고 마찬가지로 스스로가 아름다운 것이 되지 않는다면 그 어떤 영혼도 미를 볼 수 없다."(Enn., I .6,9)고 한 그의 주장에서도 잘 나타나고 있다.

이상에서 본 바와 같이 일자로의 회귀는 영혼이 미에 대한 관조를 통해 자신에게 내재되어 있는 자기 존재의 원인을 발견하는 것으로부터 시작한다. 여기에서 우리는 플로티노스에게 있어서는 인식과 존재의 문제가 미의 문제와 불가분한 관계에 놓여 있음을 알 수 있다. 그의 철학은 곧 미학이라는 사실이 드러나는 것이다.

2. 플로티노스의 미학 - 미에 대한 존재론적 이해

플로티노스의 미학은 한마디로 초월의 미학이라고 할 수 있다. 그가 초 존재 일자를 미와 동일시한 점에서도 그러하거니와 미적 관조를 현상세계에서 초월적인 예지계로의 진입을 가능케 하는 상승의 동아줄로 삼았다는 사실에서도 그렇다.

플로티노스에게 있어서도 미는 진이요, 선이었다. 이 점은 플라톤의 입장과 일치하지만 플로티노스에게는 플라톤과 완전히 반대되는 부분도 있다. 그것은 그가 현상세계의 감각적 미를 부정적인 것으로 배제하지 않고 오히려 예지계로의 회귀의 출발점으로 삼고 있다는 점 외에도, 플라톤과 달리 예술을 현실에 대한 모방으로 보지 않았다는 점이다. 그래서 플로티노스에게 있어서는 예술이 예지계의 미를 담아내는 것일 뿐 아니라 영혼이 초월적 세계로 상승하는 것을 도와주는 것이기도 하다. 존재론에서 영혼이 그러했듯 예술 역시 예지계와 현상계 사이에 존재해서 하강과 상승, 양 방향으로 두 세계를 매개하는 것이다. 이는 플로티노스가 미를 존재와 동일시하였고 또 예술을 미의 담지자로 보았기 때문인데 이로 인하여 그에게 있어서는 존재론과 인식론 그리고 미론, 예술론이 하나로 연결된다. 이러한 점들이 그의 미학에서 특기할 만한 사항들이다.

플로티노스의 미학은 아우구스티누스St. Augustinus 등 기독교 신학과 관련하여 중세의 미학 사상에 지대한 영향을 끼쳤으며 이후 르네상스기에 이탈리아의 피치노M. Ficino로 연결되었다. 그리고 근대에 와서는 영국의 샤프츠베리A. A. C. Shaftesbury로 이어졌다. 근대 미학의 정초자 칸트I. Kant 미학의 원류는 샤프츠베리였으며 따라서 칸트에서 헤겔G. W. F. Hegel 등에 이르기까지 독일 관념론을 중심으로 형성, 전개된 18세기 근대 미학에는 플로티노스의 영향이 짙게 배어 있다. 이렇게 고대, 중세, 르네상스, 그리고 근대에 이르도록 많은 영향력을 행사한 플로티노스의 미학은 일찍이 바이어발테스W. Beierwaltes도 지적한 바 있듯이 사실상 미학사의 주류이다.*

1) 전통적인 미 이론에 대한 반박

플로티노스는 미의 문제를 《엔네아데스Enneads》 I권 6장, 〈미에 관하여〉와 V권 8장 〈예지적 미에 관하여〉에서 주로 다루고 있다. 여기서 그는 육체미와 덕의 미의 관계, 그리고 물질적 미와 도덕적 미가 예지미 및 예지미의 원리인 선과 어떠한 관계 속에 있는가에 대해 논하고 있다.

《엔네아데스》 전체를 관류하고 있는 플로티노스의 미 개념은 주로 플라톤의 《향연Symposium》으로부터 영향 받은 것이었다. 하지만 플로티노스는 여기서 그치지 않고 때로는 플라톤의 입장과 반대되기도 하고, 또 전통적인 미 개념으로부터도 독립된 독창적인 방식으로 미에 형이상학적 지위를 부여함으로서 후대에 커다란 영향을 끼쳤다.

먼저, 플로티노스는 피타고라스학파에 의해 처음 주창된 후 플라톤, 아리스토텔레스에 의해 수용되었던 미 이론을 비판한다. 그 이론에 따르면, 미는 부분들 간의 수적인 비례 내지 배열에 있다. 미를 균제Symmetria의 문제로 보는 이런 시각은 사실 고대 그리스의 전통적인 입장이었다. 아름다움이란 그 대상을 구성하는 여러 요소들 간의 수적인 비례가 잘 맞아떨어진 경우라는 것이 바로 균제이론이다. 이는 다분히 미

---

* W. Beierwaltes, Denken des Einenen, Studien zur neuplatonischen Philosophie und über Wirkungsgeschichte, Vittorio Klostermann, 1985; Platonismus und Idealismus, Philos. Abh. Bd. 40, Frankfurt/M. 1972, pp. 144-187 참조.

를 마치 무게나 부피같이 사물이 지니는 어떤 객관적인 속성처럼 보는 입장이다. 근대로 이어져 칸트 이전까지 유력했던 이러한 객관주의 미학은 칸트를 거치면서 비로소 주관주의 미학으로 바뀌게 된다. 칸트 이후로 미는 이제 대상을 대하는 인식주체의 주관적 판단의 문제가 되는 것이다. 그런데 칸트에 의해 부정되기 이전 이미 플로티노스는 미가 지니는 그런 객관적인 면 이외에 또 다른 인자가 존재할 수 있음을 주장하였다.

플로티노스는 몇 가지 이유를 들어 균제이론을 반박한다. 첫째, 균제란 부분과 부분 또는 부분과 전체 간의 수적 비례를 일컬음인데 그것이 미라면 단일한 것은 아름답게 될 수 없고 여러 부분을 갖는 복합적인 것들만 아름답다고 하게 될 것이다. 하지만 태양의 빛, 황금의 빛 등은 부분을 갖지 않는 것인데도 아름답다. 또, 추한 것들이 균형을 이루었다고 해서 아름다운 전체를 만들 수는 없다. 그러므로 미란 분명, 균제 이외의 어떤 다른 것에서 얻어지는 것이다. 둘째, 동일한 얼굴도 어떤 때는 아름답지만 어떤 때는 그렇지 않은데 균제는 항상 지켜지는 것이므로 이와 모순된다. 어떤 대상이 균제가 잘 맞는 한, 언제 어디서나 아름답게 느껴져야 하는데 실상은 그렇지가 않다는 플로티노스의 이 주장은 대단히 중요하다. 이는 미를 대하는 인식 주체의 주관적 상태를 중시한, 상당히 현대적인 시각이기 때문이다. 플로티노스는 "미를 감식하는 데에 있어 주관적인 요소에 가치를 둔 최초의 인물"*이었던 것이다. 이 점에서 그의 미학은 대단히 선구적인 것이었다고 할 수 있다.

셋째, 균제는 물질적 대상에서만 적용되지, 정신적인 것에는 적용되

---

* Donald H. Mayo, Jung and Aesthetic Experience, the unconscious as source of artistic inspiration, Peter Lang, New York, 1995, p.19.

지 않으며 따라서 미의 본질을 균제로 정의하는 것은 너무 협소한 것이라고 플로티노스는 주장한다.

요컨대, 플로티노스에 의하면, 균제는 미의 외적 현시 및 결과에 불과한 것일 뿐 본질적인 원인이 아니며 "미는 균제 그 자체이기보다는 오히려 균제를 조명하는 빛이다."(Enn.,Ⅵ.7,22) 그러니까 미는 그렇게 외적 '관계'에 있는 것이 아니라, 내적 '질'에, 그리고 '존재'에, 또, '단일성'에 있는 것이라는 주장이다(Enn., Ⅰ.6,1).

이와 같이 플로티노스는 전통적인 미 이론을 반박하고 대신 자신의 새로운 미 개념을 주장한다. 그것은 미를 존재와 동일시하는 것이었는데 이는 플로티노스만의 독창적인 시각이었다.

2) 존재의 충만성으로서 미

플로티노스는 미를 존재론적으로 이해함으로써 미와 존재를 동일시하였다. "존재 없이는 미도 있을 수 없다. 뿐만 아니라 미가 결핍된 존재도 있을 수 없다. …존재는 미와 동일하기 때문에 소망의 대상이 된다. 미도 그것이 존재이기 때문에 사랑받는 것이다. 미와 존재, 양자가 하나의 본성인데 우리가 어떻게 (이 둘에 있어서) 하나가 다른 하나의 원인인가를 논할 수 있단 말인가?"(Enn.,Ⅴ.8,9) 라고 그는 주장한다.

이렇게 플로티노스에게 있어서 존재와 미는 별개의 것일 수 없다. 그에게 있어 존재는 미의 형이상학적 표현이요, 미는 존재의 초월적 술어이다. 이에 따라 그의 미론은 존재론과 겹친다. 그래서 미의 문제에도 유출 개념이 적용된다. 그리고 유출로 존재론적 완벽함의 정도에 따라 성립된 서열은 동시에 미적 함량에 따른 서열도 된다. 일자→ 정신→ 영

혼→ 자연→ 질료의 존재론적 서열은 미적 출중함을 나타내주는 등급
도 되는 것이다. 그래서 일자에게 가까이 있으면 있을수록 그것은 더 완
전하고 고차적인 존재요, 더 아름다운 것이 된다. 이러한 이유로 플로
티노스에게 있어서는 영혼이 자연보다 아름답다. 곧, '사람이 꽃 보다
아름다운' 것이다. 인간의 영혼이 자연보다 일자에 더 가까이에 있는
존재이기 때문이다. 그래서 플로티노스에게 있어서는 "추한 모습의 살
아 있는 사람이 아름다운 사람의 외형을 한 조상보다 실상은 더 아름다
운 것"(Enn.,Ⅵ.7,22)이다. 그런데 세상의 만물은 세계영혼의 로고스와 생
명적 활동력으로 인해 유출된 것들이기에 존재성은 생명과 관련된다.
그래서 "육체에 생명이 없어지면 그 어떤 육체도 비록 균제를 잘 이루
고 있다 해도 미를 잃는다."(Enn.,Ⅵ.7,22)라고 플로티노스는 주장한다.

이러한 시각을 응용한다면, 아기들은 모두 예쁘고 젊은이들은 모두
멋진 이유도 설명 가능할 것이다. 그들은 전부 생기발랄함을 지니고 있
는데 생기발랄함이란 왕성한 생명력의 결과이고 이는 결국 충만한 존재
성을 의미하는 것이기에 그들은 모두 아름다울 수 있는 것이다. 그래서
이런 입장대로라면 어쩌면 '건강함' 그 자체가 아름다움일 수도 있다.

이와 같이 플로티노스에게 있어 하위의 존재가 상위의 존재로부터
유출되어 존재성을 부여받는다는 것은 곧 미를 부여받는 것과 같다. 그
리고 존재론에서 그러했듯 미의 문제에 있어서도 예지계가 현상계의 근
거가 된다. 초월적 세계의 미가 현상세계의 미의 원인이 되는 것이다.

그렇다면 인간에 의해 이루어지는 예술미는 어떠한가? 인간 내면 영
혼의 미는 정신의 미, 즉 예지미이다. 그리고 플로티노스에게 있어 예술
은 영혼에 있는 미의 형상, 예지미를 표출하는 행위이며 미를 소유하는
것이다(Enn.,Ⅴ.8,1). 그래서 예술미는 상대적으로 예지미가 희박한 자연

미보다 우월성을 띤다. 물론, 정신의 미 자체보다는 열등하다. 그러니까 플로티노스의 미학에서는 정신-영혼-자연이라고 하는 존재론적 서열관계와 평행하여 정신의 예지미-인간의 예술미-자연의 감각적 미라고 하는 미적 서열이 대칭적으로 형성된다.*" 이는 모두 그가 미를 존재와 동일시한 데 따른 결과이다.

3. 플로티노스의 예술론 –
초월적 세계의 매개 및 상징

플로티노스에게 있어 예술은 미의 담지자이며 미는 존재와 동일한 것이다. 그래서 예술 또한 존재 문제와 관련하여 설명될 수밖에 없다. 당연히 플로티노스의 존재론의 핵심인 유출과 테오리아 개념은 그의 예술론을 이해하는 데에 있어서도 중심이 된다. 유출에 의해 성립되는 존재론적 위계서열은 예술을 설명할 때에도 똑같이 적용되고 테오리아에 있어서도 예술의 미는 자연의 미보다 강한 추동력을 발휘한다.

플로티노스에게 있어 예술이란 영혼에 내재되어 있는, 정신으로부터 받은 미의 형상을 자연에 실현해내는, 미적 유출의 인간적 양태이다. 이런 예술은 현실의 감각적 경험과 무관히 선험적으로 주어지는 내면형상endon eidos을 비추는 것이기 때문에 현실을 모방한 것이 아니며 자연이나 현실에 앞선다. 그렇기 때문에 보다 높은 정도의 미적 계시가 예술가의 예술행위를 통해서 일어날 수 있다. 인간으로 하여금 예술작품 속

---

* (정신의)미는 예술에서의 미보다 훨씬 더 위대한 것이다. 왜냐하면 예술에 내재하는 미는 본래 돌덩어리 안으로 들어가 존재하는 것이 아니라 그 자체로서 존재하는 것이며 돌덩어리 안으로 들어간 미는 단지 자체로서 존재하는 그 미로부터 유래된 보다 열등한 미이기 때문이다." (Enn., V.8,1)

에서 정신적인 것, 초 감성적인 것을 볼 수 있게 함으로써 인간을 추락
으로부터 구출하고 초월로 이끄는 역할을 할 수 있는 것이다.

그런데 예지계의 형상을 지상 차원의 감각적인 것으로 변환시킬 때
는 당연히 유한과 무한 간의 불일치가 따르게 된다. 이런 불일치로 인해
서 결국 예술작품은 원상인 초월적인 형상에 대한 상징적인 것이 된다.
바로 여기서 플로티노스는 예술의 본질을 모방이 아닌 상징으로 보았
던 최초의 인물이라는 판단이 나오게 된다.*

이렇게 예술을 모방이 아닌, 초월적 형상의 상징으로 파악했던 플로
티노스의 예술론은 중세와 낭만주의 예술에 커다란 영향을 끼쳤다. 뿐
만 아니라 상징주의와 표현주의 또한 플로티노스의 미학과 예술론으로
설명 가능한 예술사조라 할 수 있다.

1) 현실에 대한 비 모방

플로티노스는 예술의 문제를 주로 《엔네아데스》5권 8장, 예지적 미
를 논하는 과정에서 다루고 있다. 여기서 그는 예술에 대해서 다음과 같
이 주장한다.

"만약 어떤 사람이 예술가는 자연을 모방해서 작품을 만들어낸다는 이유
로 예술을 경멸한다면…그는 예술이란 단순히 보이는 것을 모방하는 것이 아

---

* 홉스테터A. Hofstadter와 쿤R. Kuhns은 "예술의 상징적 본성이 처음으로 이해할 만한 공식을 받은 것은 플
로티노스와 함께이다"라고 하면서 플로티노스가 예술이란 상징의 창조라고 주장한 것으로 이해한다.A.
Hofstadter, R. Kuhns, Philosophies of art and beauty, New York, 1964, pp.139-141. 보장케B. Bosanquet
역시 그의 《미학사A History of Aesthetics》에서 "fine art에 대한 모방 이론은 플로티노스와 함께 깨졌다. 플
로티노스는 처음으로 예술이 모방적인 것이라는 입장을 거부하고 상징적인 것 이라는 입장을 취했다"라
고 주장한다.B. Bosanquet, A History of Aesthetics, 2nd ed, London, 1949, p.114.

니라 자연이 추출되어 나온 형상원리Logoi로 되돌아가는 것이라는 점을 알아야 한다." (Enn., V.8,1)

플로티노스에게 있어 자연은 정신 안에 존재하는 형상에 근거하여 현상세계에 생성되었다. 자연은 정신의 형상원리에 의하여 영혼을 통해 생겨나게 되는 것이다. 형상원리는 정신에서 흘러나오는 창조적인 힘Logoi인데 유출은 이런 창조적 힘에 의한다. 그런데 위의 주장처럼 예술도 그러한 형상원리에 의거하는 것이라 함은 예술 또한 자연을 생성해내는 원리와 동일한 원리를 갖는다는 것을 의미한다. 그래서 예술가가 자기 재료에 부여한 그 무엇은 감각과 외부세계 사이의 교섭에 의해서가 아니라, 외부세계 자체의 근거가 되는 형상 혹은 정신으로부터 예술가 자신에게 연속적으로 흐르는 창조적 힘의 흐름에 의해서 매체 속에 표현된 것이다. 곧, 플로티노스에게 있어서는 예술도 근본적인 의미에서 유출적인 과정을 겪는다. 예술은 인간에 의해 이루어지는 미적 유출인 것이다.

가령, 예술가가 조각한 어떤 조상彫像이 있다고 치자. 이 조상이 다른 돌덩이보다 아름다워진 이유는 예술가의 머릿속에 있던 미의 형상이 예술가의 손을 거쳐 그 돌덩이 안으로 들어갔기 때문이다. 처음부터 그 돌덩이가 아름다웠던 것은 아니다. 이렇게 예술작품이 아름다운 이유는 질료의 조건이나 상태 때문이 아니라 그 작품에 유입된 미의 형상 때문이다. 그것이 질료에 들어가기 전까지는 예술가에게 있었다.(Enn., V.8,1) 이와 같이 예술가 영혼의 내면형상, 즉 미의 이데아를 질료에 실현시키는 것이 바로 예술이다. 그래서 예술가는 감각적 대상을 다시 모방해내는 인물이 아니라, 형상과 감각적 대상간의 매개자이다. 또한, 플로티노스는 다음과 같이 주장한다.

"피디아스가 제우스 상을 만들 때, 감각의 대상들 가운데서 모델을 취해서 제작한 것이 아니라, 제우스가 우리에게 나타내 보이기를 원했다면 스스로 취하였을 어떤 형태로 상을 만들었다는 것을 알아야 한다." (Enn., V.8,1)

이 주장은 플로티노스의 예술론의 핵심이다. 피디아스가 제작한 제우스 상은 현실의 감각 대상들에게서 취한 것이 아니라는 주장은 곧, 피디아스가 현실의 시각적, 물질적 감각에 의존하지 않고 예술작품을 제작했음을 의미한다. 그렇다면 피디아스는 머릿속에 제우스에 대한 어떤 관념적 이미지를 감각과 무관히 가지고 있었던 셈이 되는데, 그것 역시 피디아스 자신이 현실의 경험을 자료로 하여 관념적으로 구성해 낸 것이 아니라, 오히려 표현 대상인 제우스 스스로가 피디아스에게 제시해준 이미지라는 사실이 중요하다.* 그러니까, 피디아스의 제우스 상은 감각적 대상이 되었건, 관념 표상이 되었건 그 어떤 경우에도 현실에서 경험을 통하여 형성된 것이 아니라는 것이다. 이것은 현실에서 이탈된, 이를테면 어떤 선험적인 관념상이 피디아스의 머릿속에 있었음을 의미한다. 그 관념상은 비물질적 이상세계 즉, 예술가의 영혼 속에 있는 정신계의 어떤 것으로 현실을 경유하지 않고 예술가에게 직접 주어진 것이라고 할 수 있다.

플로티노스는 예술을 현실과 연관된 반응으로 보지 않고, 예술의 존재론적 지위를 전통적인 시각과는 달리 생각했다. 모방 개념으로 예술을 설명한 플라톤, 아리스토텔레스의 입장에서는 예술이 현실과 연관된 반응이요, 현실에 대한 재현이 되지만, 유출에 따른 존재들의 발생론

---

* 그래서 플로티노스는, "예술가가 눈과 손이라는 도구에 의해서가 아니라, 자신의 예술 속에 참여함에 의해서 형상을 획득한다."(Enn., V.8.1)라고 말한다.

적 순서 속에서 예술을 이해한 플로티노스에 의하면, 예술은 현실을 모방하는 것이 되지 않는다. 그래서 플라톤적 예술의 지위에 대한 정반대의 역전이 일어난다.

플라톤의 경우, 이데아계와 분리되어 존재하며 이데아계의 그림자에 불과한 현상계를 또 다시 '거울 비추기' 하는 예술이란 모방의 모방이라는 의미에서 이데아계-현실-예술 이라고 하는 서열 속에 최하의 지위를 점할 수밖에 없다. 그의 저 유명한 '침상의 비유'는 바로 이 근거에서 나온다. 모방의 반복은 존재론적 함량 감소를 의미하기 때문이다. 그러나 플로티노스의 경우, 예술은 현실을 거치지 않고 정신으로부터 직접 받은 미의 이데아를 영혼이 현실에 유출해내는 작업이므로 현실보다 우월한 것이 된다. 플라톤식으로 말한다면 '이데아 비추기'가 되는 것이다. 그래서 이데아계-예술-현실이라는 서열이 성립된다. 따라서 예술은 자연과 현실에 대해 비모방적인 것이 될 수밖에 없다.

2) 연역적 표상의 상징

예술작품은 반드시 무엇인가를 비추어서 나온 것이다. 예술은 가상을 만드는 행위이므로 어떤 식으로든 원상을 갖는다는 것이다. 그런데 그 비추어지는 대상이 비가시적인 것일 때 예술작품은 이해받기 어려워진다. 비추어진 원상이 감각적 구체물일 때와 달리, 이때는 원상과 그것을 비추어 탄생한 예술작품 간에 닮은 점이 감각적으로 인식되지 않기 때문이다. 다시 말해서, 예술작품이 무엇을 지시하는지 눈으로 알 수 없기 때문이다. 그런데 이렇게 원상이 비가시적인 것일 때 작품과 닮은 점이 감각 아닌 관념에 의해서 인식되는 경우가 있다. 원상이 관념적 소통대상의 양태를 띠는 것이다. 이때의 원상은 분명히 그 기원에 있어 현실과 무관하지 않은 관념적 이미지로, 일종의 통념이다. 현실의 다양한 감각자료들로부터 귀납적으로 추상화되어 동시대인들과 예술가의 머릿속에 통념적인 관념상으로 자리하고 있다가 역시 통념적으로 인정받을 수 있는 감각적 이미지로 치환될 수 있는 어떤 것이다. 이렇게 비록 눈에 보이지 않는 것이지만 타인들과 관념적으로 소통될 수 있는 표상이 있을 수 있다. 타인과 공유 가능한 추상적 이미지가 존재할 수 있는 것이다. 이런 이미지는 현실에서 축적된 경험이 자료가 되어 귀납적으로 형성된 것이기에 귀납적 표상이라고 할 수 있다.

반면, 연역적 표상은 현실의 다양한 감각자료들로부터 생성되지 않은 추상적 이미지이다. 그것은 선험적으로 주어지는 것이며 따라서 정신 어딘가에 미리 존재하고 있다가 발견되어지는 관념상이다. 이는 귀납적인 것이 아니므로 이를 비추어서 나온 작품과의 닮은 점이 통념을 통해 인식될 수 없다. 연역적 표상은 현실의 구체적 개물이나 사태들로부터 나온 것이 아니기 때문에 거꾸로, 이것을 떠올릴 수 있게 하는 감각적 상관물이 현실에 없다. 따라서 의사소통도 되기 어렵다. 귀납적 표상의 경우는 이미지와 의미가 통념에 의해서 관계를 맺고 있기 때문에 이미지가 의미를 전달해 줄 수 있다. 그러나 연역적 표상의 경우는 이미지가 의미를 전달해 줄 수 없다. 둘 간의 관계가 아직 통념화되지 않았기 때문이다.

그러니까 둘 다 똑같이 현실에 실체로써 존재하지는 않고 머릿속에만 존재하는 추상적인 관념상이지만 어떤 방식으로든 현실의 다양한 자료와 구체적인 경험을 통해 귀납적으로 만들어지는 관념적 이미지가 있는가 하면, 현실이나 경험과 별개로 선험적으로 주어지는 관념적 이미지도 있을 수 있는 것이다. 전자가 귀납적 표상이고 후자가 연역적 표상이다. 이를 만약 스콜라 철학의 용어로 비유해 본다면, 귀납적 표상은 '사물 이후의 보편자universalia post rem' 라고 할 수 있을 것이고 연역적 표상은 '사물 이전의 보편자universalia ante rem' 라고 할 수 있을 것이다. 요컨대, 관념표상의 발원지에서 둘은 구별되는 것이다.

피디아스의 제우스 상을 통해 플로티노스가 강조하고 있는 것은 분명하다. 예술이란 현실의 경험 세계로부터 유래하여 통념적으로 표상화되었다가 다시 현실의 감각 대상으로 재현될 수 있는 그런 귀납적 표상을 원상으로 하는 것이 아니라는 것이다. 대신, 현실세계에서 유리된 초월적인 관념상 즉, 연역적 표상을 표출해 내는 것이 바로 예술이라는 것이다.

그렇다면 예술가는 현실의 감각과 무관한 어떤 순수한 관념상을 머릿속에 가지고 있는 셈이다. 그런 관념상은 어디서 오는 것일까? 그것이 경험 세계에 물들지 않은 채 예술가에게 선험적으로 존재하는 것이라면 과연 현실을 사는 예술가가 어떻게 그것을 소유할 수 있을 것인가? 경험론의 입장에서는 당연히 이것이 불가능하다. 그러나 플로티노스는 여기에 특유의 형이상학적인 존재론을 끌어들여 그것을 인식론에도 적용시킴으로서 이 문제를 해결하였다. 먼저, 존재론적으로 그는 인간을 가능케 한 초월적인 상위존재를 설정함으로써 인간에게 연역적으로 표상될 수 있는 초월적 관념의 발원지를 마련하였다. 그리고 유출이라는 원리를 통해 그 상위존재와 영혼 간의 떼어낼 수 없는 연결성을 부여함으로써 인간으로 하여금 현실을 살면서도 경험세계와 무관히 상위세계로부터 연역적으로 주어지는 초월적인 관념상을 표상할 수 있게 하였다. 그래서 플로티노스에게 있어서는 인간의 관념이란 형성되는 것이 아니다. 오히려 그것은 발견되는 것이다.*

한편, 앞에서 보았듯, 플로티노스에게 있어서는 존재론과 인식론이 만난다. 그래서 유출에 의한 존재 서열, 발생순서는 인식론에도 그대로 지켜진다. 인식은 정신에서 영혼으로, 영혼에서 자연 쪽으로 이루어지지 자연에서 영혼 쪽의 방향으로 이루지지지 않는다. 영혼은 예지계로 부터만 영향을 받고 현상세계의 경험으로부터는 자유로울 수 있다는 것이다(Enn., IV. 4. 23).

플로티노스는 영혼이 마치 거울처럼 감각에서 유래된 인상들을 수동적으로 받아들이는 것이라고 간주했었던 스토아학파의 입장에 반대한다. 플로티노스에게 있어 지각이란 외부로부터 영혼에 눌려 새겨진 인상도 아니고 또한 어떤 흔적도 아니다(Enn., IV. 6, 1). 인식주체의 정신은 외부 대상이 알려지는 데 있어 행위하고 활동하는, 적극적인 것이기 때문이다 (Enn., IV.6, 3). 따라서 지각은 감각으로 받아들인 인상을 다시 분간해 내는 또 다른 활동이 내부에서 동반됨으로써 비로소 일어나는 것이지, 인상 자체를 단순히 받아들임으로써 이루어지는 것이 아니다(Enn., I .1,7). 여기서, 또 다른 활동이란, 지금 감각으로 받아들인 대상의 형상과 영혼에 내재된 정신nous에 미리 들어 있는 그 대상의 형상이 과연 동일한지 아닌지를 판가름하는 작업을 말한다. 정신에는 감각계의 모든 사물의 형상들이 존재하고 있으며 감각계의 실제 사물들은 그 형상의 이미지이다. 그래서 인식주체의 영혼에 선先존재하고 있는 특정 사물의 형상과 외부의 실제 그 사물로부터 감각을 통해 받아들인 형상이 같은 것인지를 판별해내는 확인 작업이 플로티노스가 말하는 지각인 것이다.

---

* Umberto Eco, Art and Beauty in the Middle Ages, trans., by Hugh Bredin, Yale University press, 1986, p.113.

이렇게 플로티노스에게 있어 인식이란 영혼의 내적 지각의 입장에서 육체의 감각을 판별해내는 행위이다. 즉, 영혼은 육체에서 일어나는 일 자체에 대해서는 영향 받지 않는다. 플로티노스는 물질적인 것이 영혼에 작용할 수 있다는 것을 부정하고 있는 것이다. 반대로, 영혼이 육체에 작용하는 것은 당연한 것이다. 왜냐하면 그의 형이상학에서 전체 감각계는 세계영혼에 의해서 정보를 받고 규칙화되기 때문이다. 그에 따라 영혼이 육체에 작용하는 행위는 그런 일반적 패턴의 한 예에 지나지 않는다.

이렇게 플로티노스에게 있어서 영혼은 경험으로부터 영향 받지 않는다(Enn., IV.4,23). 그래서 영혼은 쇄도하는 현실의 감각들에 오염되지 않고 진공상태를 유지하여 상위세계로부터 받은 어떤 초월적인 관념상을 소유할 수 있게 되는 것이다. 이렇게 하여 현실 속에서 호흡하는 예술가에게서 현실적 경험에 지배받지 않는 예술이 탄생한다. 제우스가 나타내 보이고 싶어했다면 취하였을 상, 제우스의 이미지는 영혼의 상위 존재인 예지계에서 받은 것이지, 현실의 경험 세계로부터 유래된 통념적 관념표상이나 감각지각에 의한 이미지가 아니다. 다시 말해서 그것은 현실의 경험에서 유래한 귀납적 표상이 아니고 선험적으로 주어진 연역적 표상이다. 이런 플로티노스의 예술은 파노프스키의 주장처럼* 모방적인 것이 아니라 제작적이거나 혹은 발견적인 것이다. 그리고 바로 이 점에서 플로티노스의 예술론은 아리스토텔레스의 모방 이론에 반대된다. 아리스토텔레스에게 있어서도 예술은 제작적, 발견적인 것일 수 있지만 그럼에도 그의 경우, 예술작품의 원상이 되는 것은 결국

---

* E. Panofsky, Idea : A Concept in Art Theory, trans., by J. J. S. Peake, Harper & Row, Publishers, 1968, pp. 29-30.

귀납적 표상이기 때문이다.

플로티노스가 말하는 예술은 플라톤이 주창한, 신적 영감에 의해 작시된 시와 유사하다. 이 경우, 시는 뮤즈라고 하는 초월적 존재로부터 주어지는 말씀을 시인이 현실세계의 것으로 변환시켜내는 작업이기 때문이다.(물론, 고대에는 이런 행위를 테크네라고 칭하지 않았다) 뮤즈가 시인에게 들려주는 말이란, 플로티노스의 경우로 바꾸어 본다면 제우스가 피디아스에게 스스로 제시해준 모습이다. 이는 곧 이데아라고 할 수 있으므로 이런 작시행위는 결국 이데아 비추기가 된다. 플라톤은 초월적인 것을 담는 예술, 즉 현실을 거치지 않은 이데아를 직접 비추는 것이 참된 예술이라고 보았고 그것은 현실을 뛰어넘는 정신 상태인 신적 광기에 빠져야만 가능하다고 생각했던 것이다. 그는 신적 광기를 에로스와 동일한 역할을 수행하는 것으로 간주했던바, 플라톤의 이런 또 다른 시관, 예술관은 《이온Ion》 《파이드러스Phaedrus》 등에서 잘 나타나고 있다. 플로티노스는 《국가Politeia》에서의 플라톤의 예술관이 아니라 《이온》과 《파이드러스》에서의 그의 예술관을 따랐던 것이다.

이렇게 플로티노스가 말하는 예술은 예지계에서 연역적으로 주어진 초월적 관념상을 모방이 아닌 상징의 방식으로 현실세계에 표출해내는 작업이다. 형상의 하강과 질료의 상승이 하나로 겹쳐지는 영역이 되며 따라서 초월과 내재가 동시에 이루어지는 이런 예술은 초 감성계와 감성계를 연결하는 행위라고 할 수 있다. 이는 비단 예술작품 창조면에서만 그러한 것이 아니다. 미적 관조에 의한 영혼의 상승에 있어서도 예술은 두 세계를 매개한다. 예술작품은 정신의 미가 구현된 것이기 때문에 자연의 미보다 존재론적 함량 및 미적 함량에서 앞선다. 그래서 예술작품은 그것을 접하는 사람에게 자신 내부에 정신의 미가 내재되어 있음을 알려주는 데 있어 자연의 미가 하는 것보다 훨씬 더 강력하게 작동할 수 있다. 따라서 예술은 감성계에서 초 감성계로 영혼이 상승하는 데 있어 훌륭한 사다리 역할을 수행하는 것이다.

이와 같이 플로티노스에게 있어 예술이란 연역적 표상의 상징이자 현실에 대한 비모방으로, 일자의 하강과 영혼의 상승을 가능케 하는, 그런 초 감성계와 감성계간의 양 방향적 매개를 수행하는 것이다.

4. 플로티노스 미학의 영향 및 근대, 현대적 이해

현실에 앞서 존재하는 예술, 인간보다 상위의 존재로부터 발원하는 예술, 아래에서 우러난 예술이 아니라 위에서 내려오는 이런 플로티노스 식 예술은 훗날 신의 섭리와 영광 그리고 초월적인 진리를 감각적인 것으로 표현하려 했던 중세 기독교 예술에 큰 영향을 미쳤다. 일자가 인격신으로 대체되면서 중세 내내 신은 최고의 미 그 자체였고 빛으로 상징되었다. 그리고 초월적인 미의 상징인 빛을 표현하고자 한 욕구에 따라 밝고 화려한 색채의 회화나 스테인드글라스 등의 중세 특유의 양식이 생겨났다. 또한, 중세 회화에서 '역원근법' 이 사용되었던 것도 결과적으로 플로티노스의 영향과 무관하다고 할 수 없다. 중세에 있어 예술 작품은 초월적인 신성한 것을 감각화해낸 것이었으므로 회화에 묘사된 인물은 관객의 감각적 향유 대상이 아니라 종교적 경배의 대상이었다. 그래서 시각 주체는 관객이 아니라 그림 속 인물에 있었던 것이다.

내적 직관에 따라 초월적인 미를 표출해내는 예술을 주장하고 현실과 경험으로부터 예술의 이탈을 정당화하는 플로티노스의 미학은 이후

주관적인 상상력에 의존하여 현실에 대한 모방 대신 무한한 것, 초월적인 것을 그려내고자 했던 낭만주의 예술의 근거가 되었다.

사실, 플로티노스 철학 자체가 낭만주의에 엄청난 영향을 끼쳤음을 간과할 수 없다. 일단, 양자 모두 유기론적인 우주관을 가지고 있었다는 점에서 하나로 연결된다. 유출과 테오리아에 의해 결국 일자에서 시작하여 일자로 되돌아가는 오딧세이적 귀환구조의 플로티노스 철학은 5세기 신플라톤주의자 프로클로스^{Proclus}를 거쳐 순환적 원 개념으로 변형되었다. 그리고 르네상스를 경유하여 낭만주의로 전달되었다. 낭만주의에 와서도 '단일성' '합일' 개념은 유효했다. 그래서 이제 일자로부터의 분할 내지 격리, 이탈은 가치 손상을 의미하는 것이긴 하지만 한 차원 위의 더 큰 전체를 이루기 위한 구성요소로 받아들여졌다. 곧, 이탈은 새로운 합일을 향한 도정에 있는 하나의 필수적인 과정이라고 여겨졌다. 낭만주의는 나누어진 것, 반대되는 것, 모순되는 것의 종합 또는 화해를 의미하는 통합의 형이상학을 갖게 되었던 것이다. 이것은 말하자면 부정을 통한 역설적 긍정이다. 이에 따라 우주는 현재 존재를 유지함과 동시에 자신의 기원이 되는 단일성 상태를 향해 되돌아가려 하고 있는 반대적 힘의 역동성에 의해 활동되고 있다고 판단되었다. 이러한 사고의 바탕에는 최초 기원이었던 '완전'으로 회귀하고자 하는 열망이 깔려 있는바, 여기서 우리는 멀리 플라톤의 에로스 개념이 플로티노스를 경유하여 낭만주의에 와서 새롭게 나타나고 있음을 간과할 수 있다.

기계론을 부정하고 유기론적인 우주관 속에서 비합리적인 사고를 오히려 진리에 이르는 유효한 방법으로 생각했던 낭만주의는 많은 점에서 플로티노스와 연결된다. 유기론적 우주관과 순환적 일원론, 그리고 자신을 전면 부정하는 대립자를 통해 오히려 자신의 존립을 확고히

하는 아이러니적 사유를 기본으로 하고 있다는 사실 외에도, 인간 정신에 대해 빛을 받고 빛을 내는 이중적 존재로 이해했다는 점, 자연이 더 이상 모방 대상이 되지 않고 오히려 예술이 자연에 생명과 존재성을 부여하는 것으로 이해했다는 점, 그래서 예술을 현실 비추기로 보지 않고 현실 앞에 존재하며 초월적인 것을 그려내는 것으로 보았다는 점 등이 그것이다.

플로티노스의 미학은 '예술상의 관념론' 이라고 칭해지는 19세기 말 상징주의와도 연결될 수 있다. 상징주의는 현상세계의 감각적 대상들의 원본이 되는 짝이 초월적 세계에도 존재하고 있다는 사고하에, 예술작품 속의 상징을 통해서 실세계 물체들의 배후, 또는 초 감성계에 숨겨져 있는 것들을 암시해내고자 하는 예술사조였다. 예술이란 현실의 대상을 모방하는 것이 아니라 현실의 대상과 조응하고 있는 저 너머 세계의 짝을 감각화해내는 상징작업이라고 상징주의자들은 생각했던 것이다. 그런데 예술이란 본질적으로 상징적인 것이라는 점을 부각시킨 최초의 인물이 바로 플로티노스이기 때문에 둘 사이에는 친연성이 있다 하겠다. 그리고 플로티노스의 우주론이었던 '만물 조응' 사상이 바로 상징주의 미학의 핵심이었다는 점에서도 둘은 연결된다. 이는 아예 〈조응Correspondances〉이라는 제목으로 시를 발표하기도 했던 보들레르의 예에서도 잘 드러난다.

또한, 외부의 모방을 거부하고 대신 예술가의 내면 표출로서의 예술을 주장했던 독일 표현주의도 결과적으로 플로티노스의 예술론과 연결될 수 있다. 앞서 보았듯이 플로티노스에게 있어서 인간의 관념은 형성되는 것이 아니라 발견되는 것이었다. 그리고 인간의 정신은 외부 대상을 수동적으로 수용하여 지각하는 것이 아니라, 거꾸로 자신 안에 쌓여 있는 것을 바깥으로 방사해내고 그럼으로써 외부 대상을 스스로 형태 짓는 적극적이고 능동적인 것이었다. 아울러 예술이란 인간의 영혼에 내재된 미의 형상을 바깥으로 유출해내는 행위였다. 이런, '능동적인 정신', 그리고 '안에서 밖으로'의 예술제작 메커니즘은 표현주의에서 도 마찬가지이다. 표현주의 미학에서 예술은 주어진 외부 대상을 감각 으로 받아들여 그것을 그려내는 식이 아니라 외부 대상과 무관히 예술 가의 내면을 그려내는 것이었다. 따라서 플로티노스와 표현주의 둘 다 에게 있어 예술의 출발점은 외부로부터의 수용에 있는 것이 아니라 내 면의 창조적 자아에 있다. 예술작품 창조의 출발지평에 있어 양자는 공 통되는 것이다. 이때 표현주의 예술에서 밖으로 표출되는 것이 예술가 내면의 순수 선험적 심상일 경우, 즉 예술가의 '내면'이 초월을 향한 내 면이라면 표현주의는 단순한 예술작품 창조의 형식에서뿐 아니라 내용 면에 있어서도 플로티노스의 미학과 보다 많이 일치하게 될 것이다. 칸 딘스키의 추상미술이 바로 여기에 해당된다. 초월은 본래 외부보다는 내면과 통하는 것이고 이때 현실은 탈각되는 법이다.*

한편, 플로티노스가 말하는 예술은 내용적으로는 '상징'이지만 그 형식에 있어서는 '표현'이다. 그렇다면 여기서 현대 미학자 크로체B. Croce를 떠올릴 수 있다. 크로체 또한 예술을 '표현'으로 보았기 때문이 다. 단, 크로체에게 있어서 표현이란 심상의 산출능력인 직관을 객관화 해내는 능력으로서 직관과 같은 것이다.** 그러니까 그의 표현 개념은 내적으로 가지고 있던 어떤 것을 밖으로 끄집어낸다는 그런 일반적인

---

* 플로티노스의 미학과 칸딘스키의 추상화 간의 비교 및 연관성에 대해서는, 졸저, 《플로티노스의 미학과 예술의 존재론적 지위》학술정보, 2008. p.193 이하 참조.

** B. Croce, Aesthetics, tran., Douglas Ainslie, Farrar, Straus and Giroux, 1972. p.8.

의미가 아니라, 마치 표상과도 같이 정신 내적으로 형성되는 것 그 자체를 말하는 것이며 따라서 이 점에서 플로티노스와 구별된다. 하지만 그럼에도 불구하고 양자 모두 관념론 미학이라는 사실, 즉 미를 사물에 속하는 것이 아니라 정신적인 것이라고 보았던 점, 또 예술은 물질적인 것과 전혀 무관한 순수 정신 활동으로써 자연이나 외부 대상에 대한 모방이 아니라고 주장하였던 점 그리고 예술을 예술가의 외부가 아닌 내부에서 시작하는 것으로 간주하였던 점 등에서 이들 둘 간의 유사성은 연구해 볼 만하다.

참고문헌

Plotinus, *The Enneads.*, trans., by S. Mackenna, 4,ed., Oxford University Press, Pantheon Books, New York, 1969

Armstrong, A. H, Porphyry on Plotinus, *Ennead I*, Harvard University Press, 1995

───────, Plotinus, *Ennead V*, Harvard University Press, 1995

───────(ed), 'Plotinus', *The Cambridge History of Later Greek&Early Medieval Philosophy*, Cambridge University Press, 1970

Anton, J. P, 'Plotinus' conception of the function of the artist' ,*J. A. A. C*, vol.26, Fall. 1967

───────, 'Plotinus' Refutation of Beauty as Symmetry', *J. A. A. C*, vol.11, Summer. 1952

Blumenthal, H. J, *Plotinus' psychology. His doctrines of the embodied soul*, Martinus Nijhoff/The Hague, 1971

Emilsson, E. K, *Plotinus on Sense-Perception: A Philosophical Study*, Cambridge University Press, 1988

Eco, U, *Art and Beauty in the Middle Ages*, trans., by Hugh Bredin, Yale University press, 1986

Gerson, L. P, Plotinus, *The Arguments of the Philosopher*, Routledge, New York. 1994

Hofstadter, A & Kuhns, R, *Philosophies of art and beauty*, New York, 1964

Schubert, Venanz, Plotin, *Einführung in sein Philosophieren*, Verlag Karl Alber, Freiburg, 1973

Inge, W, R, *The philosophy of plotinus*, vol. I , II , Longmans, Green And Co, London, 1948

O' Meara, D. J, *Plotinus*, Clarenden Press, Oxford, 1993

Mayo, D. H, *Jung and Aesthetic Experience, the unconscious as source of artistic inspiration*, Peter Lang, New York, 1995

Miles, M. R, *Plotinus on Body and Beauty*, Massachusetts, Blackwell publishers, 1999

E. Panofsky, Idea : *A Concept in Art Theory*, New York, 1968

B. Croce, *Aesthetics*, tran., Douglas Ainslie, Farrar, Straus and Giroux, 1972. p.8* Vol. 13, 1960

Michelis, P. A, 'Neo-Platonic Philosophy and Byzantine', *J. A. A. C*, vol. 11, Summer, 1952

Nikolaus von Kues, De non-aliud, 조 규홍, 《다른 것이 아닌 것》, 나남, 2007

노영덕, 《플로티노스의 미학과 예술의 존재론적 지위》, 한국학술정보, 2008

2

플라톤주의와
르네상스 미학사상

− 마르실리오 피치노를 중심으로

이순아(홍익대 대학원 미학과 박사과정 수료)

서론

르네상스는 고대로부터 철학 사상의 두 체계를 수용했다. 그것은 플라톤주의와 아리스토텔레스주의이다. 그러나 르네상스는 전적으로 순수한 형태로 양자를 받아들이지 않고, 전자를 신플라톤주의적으로, 후자를 아랍 철학자들에 의해 채색된 채로 받아들였다. 더욱이 이 양자는 중세의 라틴 전통을 통해 여과되었다. 두 체계는 인문주의의 첫 징표와 때를 같이하여 14세기경에 이탈리아에 알려져서, 피렌체의 신학적이고 형이상학적인 '플라톤 아카데미'와 자연철학적인 아리스토텔레스주의를 전개했던 파두아 대학에서 절정에 이르러 르네상스 시대의 중요한 철학적 대조를 이루었다. 그런데 특히 플라톤주의는 이탈리아 르네상스의 중심지였던 피렌체를 중심으로 르네상스라는 위대한 문화를 주도하였다. 이 논문은 예술과 문학에 지배적인 영감을 제공하였던 플라톤주의를 토대로 하는 르네상스의 미학사상에 대하여 고찰할 것이다. 그것을 특히 '플라톤 아카데미'를 주도한 마르실리오 피치노^{Marsilio Ficino,} 1433-1499를 통하여 살펴보고자 한다.

1. 플라톤주의와 르네상스

1) 인문주의와 플라톤주의의 부활

피렌체를 중심으로 한 이탈리아 르네상스 문화의 근본 토대는 플라톤주의적 전통이다. 플라톤^{Platon, B.C. 427-347}의 사상은 본질적으로 에로스의 역할을 근간으로 하는 감각계와 예지계로 이루어진 형이상학적 이원론이다. 그것은 중세 그리스도교적 사상과 연관되는 과정에서, 플로티누스^{Plotinus, 204-269} 및 프로클루스^{Proclus, 411-485} 등에 의한 고대 후기의 주도적 철학이었던 소위 신플라톤주의가, 초기 그리스도교 교부들 및 성 아우구스티누스^{St. Augustinus, 354-430}와 위디오니시우스 아레오파기타^{Pseudo-Dionysius Areopagita, 5c 전후} 같은 신학자들에게 철학적 용어와 개념들을 제공하면서, 그리스도교 신학의 영감의 원천이 되었다. 특히 일자 혹은 신성으로부터 유출되는 존재의 위계라는 개념과 일자, 정신, 영혼이라는 세 가지 근본 원리, 그리고 미에 대한 에로스에 의해 촉발되는 영혼의 내적 상승을 통한 신과의 합일이라는 관념은 그리스도교에게 직접적으로 수용된 플라톤주의의 핵심사상이다. 이러한 플라톤주의적 전통은 그리스도교의 출현에 직면하여, 한편으로는 갈등하기도 하고 다른 한편으로는 화해를 모색하면서 르네상스의 사상적 토대를 마련하였다.

르네상스의 플라톤주의의 형성에 있어서 서막을 연 것은 인문주

운동이었는데, 플라톤주의의 적절한 출발점을 제시한 이는 바로 프란체스코 페트라르카Francesco Petrarch, 1304-74였다.* 페트라르카는 최초의 인문주의자로서, 그리고 비록 플라톤의 저작이나 철학에는 정통하지 못했지만 플라톤의 그리스어 원전을 소유한 최초의 서유럽 학자로서, 열렬한 동경심으로 고대 저작들을 통해 고전 학문의 부활을 시도하였다.

페트라르카는 〈방뚜산 등정기〉라는 제목의 유명한 편지에서 " '영혼 이외에는 경탄할 만한 것이 없으며 그보다 더 위대한 것도 없다' 고 하는 점, 이것을 나는 이교 철학자들로부터라도 훨씬 전에 배웠어야 했는데, 아직도 지상의 것에 경탄하고 있는 나 자신에게 분노를 느낀다"** 고 말하고 있는데, 인간과 인간의 정신이 참된 지적 표준임을 주장하는 이 고백은 그 이후에 이탈리아에서 전개된 문화적 혁신 즉 '르네상스' 의 방향성을 시사하는 것이었다. 즉 첫째 페트라르카는 인간의 외계인 '자연natura' 의 연구로부터 '인간본성natura humana' 의 탐구에로 눈을 돌리고 있는데, 그것은 인간이 지니고 있는 탁월한 능력에 대한 분석이 되었고 이상적인 삶의 규범을 제시하게 되었다. 또한 철학적으로는 우주에 있어서의 인간의 지위를 묻기 시작하고 인간 영혼의 위대함을 찬미하는 것에로 향한, 인간의 존엄과 초월성을 둘러싼 논의의 단서가 되었다. 둘째 그는 이러한 인간성의 탐구를 '이교의 철학자' 에게 배움으로써 진행된다고 하였는데, 그것은 그리스 로마의 고전 문예의 부흥을 의미하였다. 그로 인해 고전 연구의 유행이 15세기의 지적 세계를 뒤덮게 되었다.

---

* Nesca A. Robb, 《이탈리아 르네상스의 신플라톤주의Neoplatonism of the Italian Renaissance》 London : Giorge & Unwin, 1935, 13쪽.

** Francesco Petrarch, 〈방뚜산 등정기Letter to Francesco Dionigi de Roberti of Borgo San SepolcroApr. 26, 1336: The Ascent of Mont Ventoux〉, H. Nachod(tr.),《르네상스의 인간에 대한 철학The Renaissance Philosophy of Man》, E. Cassirer · P. O. Kristeller · J. H. Randall Jr.(tr. and eds.)(Phoenix Books, Univ. of Chicago Press, 1948, 1956, 36-46쪽, 44쪽.

이러한 고전에 대한 강한 관심은 당시의 인문주의를 가장 먼저 특징 짓는 태도이다. 르네상스의 인문주의는 기본적으로 페트라르카의 신념에 힘입어 고전 부활에 기초한 교양과 인문교육을 강조하는 문학적, 교육적 프로그램이었다. 14세기 이탈리아의 교과과정에는 변화가 나타났다. 즉 중세의 교양학과artes liberales가 역사, 도덕철학, 시가 포함된 후마니타스humanitas 혹은 스투디아 후마니타티스studia humanitatis로 대체되었는데, 결과적으로 이것은 중세 후기의 전문적인 스콜라 철학적 커리큘럼법학, 의학, 신학에 대항하여 편성된 그리스 및 라틴 문화에 입각한 새로운 커리큘럼이었다. 그것의 시발은 기성 학문영역에 대한 페트라르카의 비판에서 분명히 나타났다. 그에 의하면 당시의 대학에서의 아리스토텔레스나 토마스 아퀴나스 등의 권위에 의한 스콜라적 논의는 사물의 본질을 묻지 않고 형식적이고 현학적인 논의로 일관한다는 것이었다. 바로 이것이 페트라르카의 인문주의의 핵심이었다.

이와 같이 페트라르카는 스콜라 철학이라는 중세의 학문 형태를 배격하고 그것을 고전학문으로 대체하여, 고대문화와 그리스도교와의 조화를 통해 새로운 지적 규범을 수립하고자 하였다. 이때 인간의 존엄성에 대한 논의가 전개되기 시작했으며, 플라톤은 그리스도교적 진리에 가장 부합하는 고대 철학자로 간주되어 새로운 학풍의 건설을 위한 토대로 여겨졌다. 그런데 14세기 중반 이탈리아에서는 그리스어 원전을 거의 읽지 못하였으므로, 실제로 플라톤의 원전을 16편이나 소장한 페트라르카로부터 시작된 플라톤 부흥은 근 반세기를 기다려야 했다.

마침내 플라톤주의의 부활이 본격화된 것은 동방의 비잔틴 제국의 쇠망을 전후해서였는데, 14세기 말엽에 비잔틴 학자들이 이탈리아로 이주함으로써 그리스어 원전의 부흥은 더욱 분명해졌으며, 특히 그들은 인문주의자들에게 플라톤의 저작과 가르침을 전하였다. 그 중에서도 플라톤 철학의 부흥에 가장 주목할 만한 존재는 1438년 동서 그리스도교회의 합동종교회의 참석차 피렌체에 온 철학자 게오르기오스 게미스토스Georgius Gemistus Plethon, 1360-1452였다. 그는 플라톤 철학의 열렬한 신봉자로서 스스로 플레톤이라고 칭하였으며, 그리스도교를 대신하여 고대 이교 신앙을 부활시켰던 인물이었다.

중세시대 동안 플라톤주의는 서유럽에서보다 동방의 비잔틴에서 원전에 입각하여 더욱 더 동일한 방식으로 지속되었다. 14세기에 이르러 플레톤은 신플라톤주의에 근거한 플라톤 철학의 또 다른 부활을 시도하였는데, 플로티누스와 프로클루스를 본받아 그리스의 신들을 우의적으로 설명하였으며, 플라톤을 헤르메스 트리스메기스투스Hermes Trismegistus와 조로아스터, 오르페우스, 피타고라스로부터 전해진 오래된 이교 신학을 지속시킨 계승자로 확신하였다. 따라서 플레톤은 플라톤주의적 전통에 입각한 새로운 신학을 제시함으로써 플라톤적 철학 연구를 크게 자극하였다.

이와 같은 플라톤 철학의 부활은 중세의 스콜라 철학과 정면으로 대결하게 되었는데, 그러한 대립된 논쟁으로 말미암아 피렌체의 '플라톤 아카데미Academia Platonica'가 탄생하게 되었다.

'플라톤 아카데미'는 플레톤에게 자극 받은 코시모 데 메디치Cosimo de' Medici, 1389-1464에 의해 설립되어, 르네상스의 플라톤주의의 본거지가 되었다. 아카데미의 고대 세계에 대한 추구와 플라톤주의적 철학 연구는 새로운 사고유형을 낳았는데, 다소 신화화된 고대 현인들을 모범으로 하여 세계의 지고한 신비를 명상하고자 하는 것이었다. 따라서 아카데미가 열망한 것은 모든 사상들의 위대한 융합이었다.

아카데미의 수장이었던 피치노는 플라톤주의적 텍스트들, 즉 플라톤뿐만 아니라 플로티누스, 프로클루스, 얌블리코스, 위디오니시우스 아레오파기타, 그리고 소위 고대 이교신학자들인 헤르메스 트리스메기스투스와 조로아스터, 오르페우스 관련 문서들을 라틴어로 번역, 주해하고, 이러한 광범위한 사상적 유산들을 일관되고 생기 있는 체계로 재구성하여 그 새로운 의미를 당대의 문화유산 전반에 부여하고자 하였으며, 더 나아가 그러한 체계를 그리스도교와 조화시키려고 하였다. 고전 혹은 동방 연구에 의한 아카데미의 시적이고 신비적인 분위기와 사고방식은 당대의 철학적 견해들에, 그리고 문학과 예술에 관한 사변적 이론에 커다란 영향을 미쳤다. 특히 예술가들에게 예술의 테마를 이끌어내는 영감의 원천이 되었으며, 미적 정서와 예술가의 특권적 지위에 대한 새로운 관심을 자아냈다.

2) 피치노의 '플라톤적 신학'

15세기 이탈리아에서 전개된 인문주의 운동과 '플라톤 아카데미'의 플라톤주의를 통해 형성된 제 사상들의 융화를 배경으로, 피치노는 인문주의자들의 새로운 관념들을 엄밀히 사변적이고 형이상학적인 형식으로 표현했다. 이점에서 그는 오늘날 "이탈리아 르네상스의 최초의 철학자"라고 불린다. 피치노가 플라톤주의를 부활시킨 것은 페트라르카로부터 시작된 인문주의적 이상을 현실화시킨 것이었으며, 피치노의 철학적 문제들 즉 사랑론, 인간의 존엄성에 대한 논의, 그리고 무엇보다 중세의 신에 대한 강조와는 달리 우주의 중심에 위치한 인간의 지위에 대한 강조도 인문주의적 사고에서 기원한 것이었다. 따라서 피치노의 플라톤주의는 르네상스의 두 가지 이념, 즉 '고대의 부활'과 '인간성의 회복'의 철학적 표명이었다.

피치노는 고대의 유산에 대한 새로운 제시와 동시에, 고대 원전들을 모범으로 하여 더욱 독자적인 저작의 집필에로 나아갔다. 《플라톤 신학》(Theologia Platonica de Immortalitate Animorum, 1469-74저술/1482출판, 이하 TP로 줄임)은 동시대인들에게 플라톤주의 철학에 대한 권위 있는 체계를 제시했는데*, 플라톤의 대화편들과 플로티누스 및 프로클루스 사상의 영향사 안에서 인간의 존엄과 신성의 핵심으로서 영혼의 불멸성이라는 문제를 집중적으로 다루고 있다.

사실상 《플라톤 신학》은 이전의 저작들과는 달리, 단순한 주석을 크게 넘어서서 피치노 자신의 사유의 대전Summa이라고 불릴 만큼 방대한 저작으로, 그 제목이 암시하는 것처럼 서로 의존해야 하는 철학과 종교를 일치시키려는 시도였으며, 이것은 분명히 그 시대에 전해진 광범위한 고전적이고 철학적인 지식을 그리스도교 신학에 이바지하는 것으로서 체계화하는 것이었다. 즉 그는 이 제목에 의해 플라톤 철학과 그리스도교 신학의 내적 결합을 증명하려고 했던 것이다.

피치노에 의하면, 철학은 '경건한 철학pia philosophia'이어야 하고 종교는 '학식있는 종교docta religio'이어야 하므로 양자는 결코 분리될 수 없는 것인데, 따라서 인간의 영혼은 철학에 의해 인도되어야 언젠가 신에게로 도달하여 지고한 행복을 향유할 수 있다는 것이다. 그런데 그에게 있어서 여러 철학 중에서도 특히 그리스도교의 신앙에로 인도하는 것은 바로 '신적인 플라톤'의 철학이다. 그것은 말하자면 '플라톤 신학'이라

---

* 《마르실리오 피치노: 플라톤 신학-영혼불멸성에 대하여Marsile Ficin: Théologie Platonicienne de l'immortalité des âmes》3 Tomes(Paris : Belles-Lettres, 1964-1970) 참조.

고 불리는 철학적 신학이며, 그리스도교적 신학을 보완하는 것으로 간주되었다. 이때 '경건한 철학'은 플로티누스 및 프로클루스를 비롯한 신플라톤주의자들의 체계로 해석된 플라톤 철학으로서 그것은 모든 사물을 신적 원인을 배경으로 이해하는 신을 향한 추구였으며,* '학식있는 종교'란 그리스도교를 의미하는 것으로서 그것은 광휘로써 두루 반사하는 사랑의 윤회 가운데에서 모든 것이 신과 결부되어 있다는 자각이었다.

피치노에게는 철학뿐만 아니라 모든 부문의 인식과 모든 지적 추구가 본질적으로 신을 인지하는 한 방법이다. "플라톤에 의하면 정신과 신의 관계는 시각과 태양의 관계와 마찬가지로… 우리의 정신은 신의 빛이 없이는 어떠한 것도 이해할 수 없다"(TP. Prohemium)** 우리의 인식이 무엇을 향하든지간에 우리는 신을 찾고 있는 것이다. 그런데 신을 인식하기 위해서는 먼저 자기 자신을 인식해야 한다. 이것은 플라톤이 따랐고 피치노도 플라톤을 좇아 따르고자 했던 델포이의 권고였다. 왜냐하면 인간의 영혼은 '신적 자태의 이미지를 반사하는 거울'이므로 자기 자신을 인식하는 인간의 영혼 안에서, 인간은 창조자 신의 작업을 이해할 수 있고 신 그 자체를 만날 수 있기 때문이다. 피치노에 의하면, 이러한 인간 영혼의 자기인식 활동은 본질적으로 인간 영혼의 불멸성에 대한 관조이다. "영혼의 불멸성에 대하여"라는 부제를 단 《플라톤 신학》에 따르면, "마치 모든 사물들의 중심에 있는 거울과 같은, 창조된 정신의 신성 안에서 우리는 먼저 창조자 신의 작업을 인식해야 하고 그

---

* Ardis B. Collins, 《세속적인 것은 신성하다: 마르실리오 피치노의 《플라톤 신학》에서의 플라톤주의와 토미즘The Secular is Sacred: Platonism and Thomism in Marsilio Ficino's Platonic Theology》(The Hague : Martinus Nijhoff, 1974, 3쪽.

** 이와 관련하여 Platon, 《국가Republica》 508-512 참조.

리고 나서 창조자 신의 정신을 관조하고 숭배해야 한다"(TP. Prohemium).

그러므로 《플라톤 신학》의 논제는 영혼의 불멸성과 신의 존재성이며, 이것이 바로 피치노 철학의 기본적 전제였다. 그의 철학에서 신의 존재는 관조의 대상이며, 영혼불멸성은 신의 완전한 인식을 위한 주관적 조건이므로, 양자는 관조라는 하나의 독특한 행위의 두 가지 면으로서 서로 관련되며 "실체로 변형된 관조의 주체이자 객체"*이다. 그는 이와 같은 신에 대한 관조를 우리 인간 존재와 인간 삶의 목표로 해석하고 있는데, 이러한 인간 존재의 개념은 영혼불멸성의 가정에서 성립되므로, 따라서 영혼불멸성은 바로 인간의 존엄과 신성의 근거가 되었다.

영혼불멸성에 관한 대전인 《플라톤 신학》은 18권으로 이루어져 있는데, 1권부터 4권까지는 존재의 위계구조와 신의 속성, 창조 내에서의 영혼의 지위, 우주에서의 영혼의 분포에 대한 일반적인 체계적 설명으로서, 영혼불멸성을 논의하기 위한 전반적인 형이상학적 배경을 제공하고, 나머지 부분은 불멸성에 대한 기술적인 논증으로 구성되어 있다.

피치노에게 우주는, 기본적으로 가시계와 비가시계, 물질계와 정신계의 총체가 모든 부분들에서 불가사의하게 서로 연관되고 결속된 하나의 실재로서 나타난다. 그는 《플라톤 신학》의 서두부터 의미심장한 두 가지 중심개념을 실마리로 하여 이러한 우주를 묘사하고 해석하고 있다. 하나는 존재의 위계라는 개념인데, 존재의 단계들은 육체corpus, 성질qualitas, 이성적 영혼rationalis anima, 천사적 정신angelica mens, 신적 태양sol divinus의 순으로 정연한 위계처럼 배열된다(TP. I 1). 또 하나는 우주 전체를 반영하는 중심적 힘이자 매개적 본질인 영혼(III 3)이라는 개념이다.

---

* Paul Oskar Kristeller,《마르실리오 피치노의 철학The Philosophy of Marsilio Ficino》, V. Conant(tr.)(New York : Columbia Univ. Press, 1943), 349-350쪽.

이러한 우주의 위계적 단계들은, "신으로부터 유출하여 천구들을 관통하고 원소들을 통해 하강하여 보다 저급한 질료에서 그치는 신적 영향력divinus influxus"(X 7)에 의해 상호 연관되고 생기가 주어진다. 천상적인 에너지의 불변하는 흐름은 신으로부터 우주로 향하고 다시 우주로부터 신으로 되돌아가는 '영적 순환circuitus spiritalis'을 형성한다(IX 4).

피치노는 지상계와 천상계를 서로 연결시키는 우주의 중간적 매개력을, 바로 다섯 실체들의 중간에 위치하는 이성적 영혼에 부여하였다. 영혼은 본성적 충동에 의해 자기 자신을 상위의 사물과 결합시키고 동시에 하위의 사물과 결합시키는 "매개로서의 제3의 존재"(III 2)이다. 따라서 영혼은 시간과 영원의 경계선에 위치하여 세계의 극단을 연결시키는 절대적 중앙이며, 우주에서 존재의 내적 통일의 증거가 된다. 피치노는 《플라톤의 〈향연〉에 관한 주석》에서 유사성의 결과로서 만물이 서로 끌어당기게 하는 사랑을 모든 존재들이 결합되는 조화로운 우주적 통일의 역동적 원리로 삼았지만, 《플라톤 신학》에서는 인간의 영혼을 우주적 통일의 토대로 삼고 있다. 영혼은 우주 내에서의 결합력과 영향력으로 인해 사랑의 지위를 차지하며, 사랑의 특성인 "우주의 이음새 copula mundi"(III 2;Conv. III 3)로서 특성화되고 있다.*

이 점에서 인간의 독특한 위치가 드러난다. 인간은 영혼의 저급한 기능들을 동물들과 공유하며, 고차적인 기능인 '정신mens'을 '신적 예지intellectus divinus'와 공유한다. 후자의 증거는 인간의 사고가 영원하고 무한한 본질을 분유하지 않는다면 영원성과 무한성의 관념을 생각할 수

---

* Michael J. B. Allen, 〈플라톤의 〈〈티마이오스〉〉와 데미우르고스의 신화에 대한 마르실리오 피치노의 해석 Marsilio Ficino's Interpretation of Plato's Timaeus and Its Myth of the Demiurge〉, J. Hankins · J. Monfasani · F. Purnell, Jr.(eds.), 《Supplementum Festivum Studies in Honor of Paul Oskar Kristeller》 Medieval & Renaissance text & studies, Vol. 49(New York : Binghamton, 1987), 399-439쪽, 400쪽.

없다는 사실에서 발견된다(TP. VIII 16). 그런데 인간은 '이성ratio'을 우주의 그 어느 것과도 공유하지 않는다. 인간의 이성은 오직 인간에게만 국한된 것으로서, 동물들에게는 도달 불가능한 기능이고 신과 천사들의 순수 예지보다는 열등하지만, 어느 방향으로든 향할 수 있다. 왜냐하면 "이성적 능력은 진정한 영혼의 고유한 본성"이며, "그것은 자유로운 움직임으로 창조의 사다리를 오르락내리락 할 수 있기"(XIII 2) 때문이다. 따라서 인간은 육체를 사용하면서 신적 정신에 참여하는 이성적 영혼이며, 이것은 인간이 신과 세계 사이를 연결하는 제3의 매개적 존재임을 의미한다.

여기에서 인간의 존재론적 중요성이 암시되는데, 이 점은 인간 영혼의 위대성이 입증될 수 있는 단서가 된다. 우주의 중심에 놓인 인간 영혼은 존재의 전영역을 자신의 사유와 의지의 본래적 대상으로 지니면서, 마치 신처럼 모든 것이 되고자 노력한다(XIV 3). 따라서 인간 영혼은 모든 방식에서 만물의 제작자인 신과 같이 되고자 다양한 학예ars를 고안하여 신의 작품들과 겨루고, 신의 속성들을 모방함으로써 자신의 탁월성과 존엄성을 드러낸다. 이러한 인간의 창조적 능력들(XIV 4)은 육체에 대한 영혼의 우위성을 입증하는데, 이것은 또한 영혼의 신성과 불멸성의 증거이다(XIII 3).

그런데 저급한 사물들을 저버리지 않은 채 상위의 세계로 상승하고 고귀한 사물들을 저버리지 않은 채 하위의 세계로 하강하는 인간 영혼(II 2)의 위치는, 상승과 하강 사이에서 항상 불안정하다. 인간의 불멸의 영혼은 가사적인 육체 안에서 항상 비참하다. 따라서 불멸의 영혼은 "자신이 애초에 왔던 곳"(I 6)으로 되돌아가야만 궁극적으로 만족을 얻을 수 있는 쉼 없는 향수로 가득 차 있다(XVI 7).

그러므로 인간은 육체와 외부 세계의 동요로부터 떠나(IX 3; VIII 2), 그 자신을 정화하면서(VIII 2; XII 3;1; VI 2) 내적인 본질 세계에로 집중해야 한다(XI 8). 이와 같은 자신의 정화와 의식의 고양에 의해 인간 영혼은 관조적인 삶에로 들어가며 사물에 대한 진정한 인식, 더 나아가 신에 대한 최상의 인식을 획득한다(X 8;XVI 1). 따라서 의식의 지속적 상승에 의한 내적 경험의 목표가 바로 이러한 최상의 관조행위이며, 관조의 궁극목적은 신에 대한 직접적 직관visio이다. 이때 최상의 관조행위 속에서 영혼의 끊임없는 불안과 쉼 없는 동요가 끝나고 완전한 기쁨과 행복이 수반되는데, 신에 대한 영원한 직관은 인간 존재 전체의 실제적 목표이며 영혼불멸과 지복을 얻는 영혼의 내세의 삶이기도 하다.*

피치노에게 이와 같은 관조는 정적인 행위가 아니다. 관조는 피치노 사상의 근본적으로 역동적인 경향과 부합하는 것이었는데, 그것은 모든 사물에 능동적인 영향을 미치는 이성과 모든 것을 결속시키는 능동적인 힘인 사랑의 조화롭고 충일한 노력에 의해 야기되는, 영혼의 본질적 진리에 대한 파악이다. 따라서 관조는 "영혼을 지닌 인간의 삶이며, 신 안에 거주하고 항상 영원성을 분유하고 있는 인간 자신의 참된 존재로의 회귀conversio"이다.**

요컨대 영혼불멸은 인간의 존엄과 신성의 근거로서, 우주의 매개자로서 가시계와 예지계를 연결시키는 인간영혼의 능력과, 더 나아가 무한한 관조에 입문하여 그 자신이 우주의 창조자인 것처럼 우주를 관통하는 영혼의 신성화는, 15세기 피렌체 플라톤주의의 절정이었으며 르네상스의 새로운 인간관의 철학적 표명이었다.

---

*   Paul Oskar Kristeller, 《마르실리오 피치노의 철학》, 226쪽.
** Nesca A. Robb, 《이탈리아 르네상스의 신플라톤주의》, 69-70쪽. 또한 TP. IX 1; XIV 3 참조.

2. 피치노의 미학사상

1) 신적 선의 광휘로서의 미

피치노는 자신의 철학의 핵심인 영혼불멸성과 관련하여, 우주의 중심에 놓인 인간 영혼이 신을 향해 나아가는 상승의 단서로서 신적 선의 광휘인 미와 그것에 대한 사랑이라는 개념을 통해 르네상스 시대를 특징짓는 미학사상을 전개하였다. 미와 사랑의 관계에 대한 논의는 피치노의《플라톤의〈향연〉에 관한 주석》*의 중심내용으로서, 플라톤 및 플로티누스의 사고와 그리스도교적 관념이 결합되어 독특한 방식으로 전개되었다. 이러한 미와 사랑의 관계는 피치노의 사고에 있어서 본질적인 것이었으며 동시에 그 시대를 규정하는 기본적 특징이기도 했는데, 르네상스 시대의 예술과 문학 및 생활양식 일반은 미와 사랑의 관계에 의해 결정적으로 특징지워졌다.

내면세계의 미, 즉 인간이 도덕적으로 실현할 수 있는 미에 대한 피치노의 논거는 플라톤적이고 플로티누스적이다. 플라톤은 그러한 미를 가변적인 감각적 미가 지니는 불변하는 원인으로서의 이데아에 귀속시켰고(Symp. 211a-b), 플로티누스는 그것을 여타의 모든 존재를 위한 본보기로서 정신의 성찰적인 단일성 안에서, 더 나아가 일자 그 자체 안에서 발견하였다(Enn. I 6,7;VI 7,32-33). 한편 피치노는 그리스도교적이고 특히 아우구스티누스적인 전통에 따라, 자신을 방사하고 보존하고 있는 미의 원인 즉 신으로서 이해하였다.**

---

* S. R. Jayne, A.M.(tr.),《마르실리오 피치노의 플라톤〈향연〉주석Marsilio Ficino's Commentary on Plato's SYMPOSIUM》(Columbia : Univ. of Missouri Press, 1944) 참조.

피치노에게 신은 그 자체로 무한하고 순수한, 즉 물질성으로부터 벗어난 절대적인 미로서(Conv. VI 18) 본질적으로 존재자 모두를 위한 미인데, 미는 신의 창조적 유출로부터 기원하며 바로 그점에 의해 특히 외면화의 현상으로서 간주될 수 있다. 이와 같은 유출에 대한 절대적 은유는 빛이며, 이러한 빛은 미다. 즉 미는 절대적인 "일자와 선의 동일성으로서의 광휘splendor"(TP. XII 3)이며, "단일한 빛unius lux" "신성의 광채divinitatis fulgor" "신의 광채fulgor dei"(Conv. II 5-6; VI 18)이다.

전체의 중심으로부터 정신mens, 영혼anima, 자연natura, 질료materia라는 네 개의 원환들이 방사되고, 그 원환들은 각기 상이한 존재의 정도에 따라 출발점과 관련되어 있으며 그 중심에 의해 영향 받고 있다(II 3). 빛나는 현현으로서 미는 신적인 빛의 중심에 근거하며, 그것으로부터 미는 존재를 구성하고 형성하는 힘을 얻는다. 그러므로 피치노는 미를 "능동성actus" 혹은 "광선radius"으로 규정하고 있는데, 이것은 "모든 것을 관통한다"(II 5).

이와 같이 미를 원인의 외화로서 특징짓는 미에 대한 폭넓은 규정은 'gratia매력'이다. 그것은 "생기 있고 정신적인 매력," "사랑스러운 어떤 것"으로서 '우미'로 묘사될 수 있다. 그것은 미의 동인으로서, "매력적으로" 작용하며 우리를 "기쁘게 하고" "사로잡으며" "불태운다"(V 6). 이러한 사고의 맥락에서 피치노는 미를 의미하는 '칼로스*세여'라는 단어를 플라톤에 소급하여 그 단어의 어원을 구명하고 있다. 그리스어 '칼렌*세여'으로부터 파생된 '칼로스'라는 단어는 다양한 수준에서, 즉 도덕적인 영역, 유형의 영역, 음악적 영역에서 미의 끌어당김, 황홀케

** Werner Beierwaltes, 《Marsilio Ficinos Theorie des Schönen in Kontext des Platonismus》vorgetragen am 28. 6. 1980, Sitzungsberichte der Heidelberger Akademie der Wissenschaften, Philosophische-historische Klasse, Jahrgang 1980 11. Abhandlung(Heidelberg : Carl Winter Universitätsverlag, 1980, 28-29쪽).

함, 불러넴 및 되돌림을 지칭한다. 따라서 미는 'gratia'로서 사유와 시각 및 청각의 '불러일으킴provocatio'이다(V 2). 이때 미의 '불러일으킴'에 대한 인간의 반응이 에로스이다.

요컨대 피치노는 일자 혹은 선으로부터 흘러넘침이라는 신플라톤주의적 유출개념을 유지하면서도 좀더 그리스도교적 신플라톤주의에 가까이 접근하여, 능동적으로 사랑을 베푸시는 신*을 근거로 하여 미를 정의하였다. 즉 미는 맨 먼저 천사들을 비추고 나서 인간의 영혼을 조명하고 마지막으로 물질세계를 밝혀주는 "신의 자태의 광휘"(V 4)이며, 그럼으로써 모든 곳에 임재하는 "신적 선의 광휘"(II 3;TP. XII 3)이다. 한편 플라톤, 플로티누스적인 맥락에서 "내적인 완전성으로서의 선이 외적인 완전성인 미를 낳으므로," "미는 선의 꽃"이며(Conv. V 1), "미 그 자체는 사물의 물질적인 형태가 아니라 사물의 정신적인 이미지"(V 3)이다.

이러한 미의 본질적 특성이 현상하기 위한 선결조건으로서 미의 또 다른 원리는 수적 질서 혹은 조화로운 균제이다. 피치노는 플로티누스의 논의(Enn. I 6,1)를 따라 균제가 부분들의 외면적이고 물질적인 병존관계로 이해되는 한에서, 미를 균제로 제한하는 것을 거부하였다(Conv. V 3). 오히려 미를 모든 존재에 있어서, 그리고 예술작품에 있어서 어떤 내적이고 예지적인 구조로서 간주하였다(V 6). 이와 같은 예지적 구조로서의 미는 엄밀한 의미에서 물론 균제, 즉 적절한 조화commensuratio, concinnitas, consonantia인데, 이것은 외면적이고 물질적인 균제 혹은 부분들의 배열이 아니라 외적 현상을 내적인 것으로부터 규정하는 정신적인 어떤 실재 혹은 잠재력으로서 비물질적이고 정신적인 것이다(V 3).

---

* Werner Beierwaltes, 〈미에 대한 사랑과 신에 대한 사랑The Love of Beauty and the Love of God〉, A. H. Armstrong(eds.),《고전적인 지중해세계의 정신성Classical mediterranean spirituality》(London : Routeledge & Kegan Paul, 1986), 293-313쪽, 309쪽.

이러한 미의 개념과 균제의 내면화된 개념에 있어서 능동적으로 일치시키는 단일성의 관념은 결정적이다. 피치노는 미가 질료 안에서 형태를 부여하고 조화롭게 하면서 나타나기 위한 비물질적인 선결 조건으로서, 배열ordo, 비례modus, 장식species이라는 세 요소를 제시하였다. "배열은 육체의 부분들의 간격을 의미하며, 비례는 부분들의 양을 의미하며, 장식은 육체의 형태와 색채를 의미한다"(V 6).*

이때 배열, 비례, 장식이라는 세 요소에 근거하는 부분들의 관계성은 하나의 전체 혹은 어떤 형태가 되므로, 배열-비례-장식은 단일성의 작용형식과 현상형식이다. 따라서 미는 수학적인 관계에 의해 형태로 결정된 어떤 것, 즉 이성에 의해 인도된 하나의 단일성으로의 부분들 혹은 요소들의 내적 조화라고 이해될 수 있다. 이와 같은 피치노의 수학적인 미의 규정은 아우구스티누스**와 토마스 아퀴나스를 따르고 있으며, 또한 플라톤에 의거하고 있다.

그러므로 미를 이루는 두 원리, 첫째 빛 혹은 광휘와, 둘째 수적 질서 혹은 조화로운 균제 양자는 단일성과 관련된다. 이러한 미의 요소들은 물질적 존재의 부정적인 면 혹은 다수성을 차례대로 없앤다. 따라서 미는 수와 광휘가 결합되는 '신성神性이 빛나는 비례lucida proportio'로서, "예지계와 감성계의 영역에서 자기 스스로 밝게 빛나는 구조화"***이다.

이와 같이 육체미가 비례와 수, 척도라는 요소에 의해 물질 안에 마련된 빛의 표명이라면, 수학적 요소와 광휘의 요소 사이의 관계가 설명된다. 즉 전자는 본질적 원리인 후자의 예비단계이다. 따라서 아름다운

---

* 이러한 세 가지 요소의 기원은 아리스토텔레스의 《형이상학Metaphysica》XIII 4(1078a 35-1078b 1)이다.

** St. Augustinus, 《질서론De ordine》II 15,42;《음악론De musica》VI 12,38;《선의 본성에 대하여De natura boni》3,23.

*** Werner Beierwaltes, 《마르실리오 피치노의 플라톤주의의 맥락에서의 미 이론》, 35쪽.

광경이나 아름다운 자태 앞에서 인간을 '사로잡는' 매혹 즉 '불러일으키는' 황홀경, 바로 거기에서 가시적 요소와 상위의 요소 사이의 놀라운 만남이 이루어지는데, 이때 인간은 모든 단계의 존재들을 갑자기 뛰어 넘는다.*

그러므로 신적 선의 광휘로서의 미는 신의 창조물들을 신과 일체가 되도록 상승케 하는 원동력이 된다. 모든 사물들이 신으로부터 유래되기 때문에, 모든 인간의 사랑이 아름다운 사물에게로 향해 있는 한 무의식적으로 그리고 간접적으로 신과 관련된다.

결국 신적 선함이 반사된 사물들의 미는 인간의 영혼을 신에게로 이끌어가는 미끼 즉 매혹물(TP. XIV 1)이며, 바로 이것이 피치노의 미 개념의 실제적 의미이다. 따라서 인간의 영혼은 미를 봄으로써 추상과 정화(Conv. VI;TP. VIII 1)라는 매개를 통해 자기 자신에게로 향하게 되고, 이러한 영혼의 회귀(Conv. VII 14)는 절대 미의 통찰을 초래하여 인간을 내적으로 아름다운 존재로 변형시킨다(VII 16). 내적으로 아름답게 되는 것은 선한 것이며 혹은 진정한 덕을 실현하는 것인데, "그러한 자야말로 신의 사랑을 받게 되어 영혼불멸"(Symp. 212a)을 얻으며 "참으로 지복에 이른다"(TP. XII 3). 바로 이것이 플라톤주의적 정신성의 핵심으로서, 피치노의 미 이론에 있어서도 본질적이다.

이와 같은 미의 불러일으킴에 대한 반응이 바로 사랑인데, 신적 선의 광휘가 미라면 "사랑은 미를 향유하려는 욕구"(Conv. II 9)이며, "진정한 사랑은 육체적 미를 봄으로써 불러 일으켜져서 신적 미에로 날아오르려고 애쓰는 어떤 충동이다"(VII 15). 따라서 사랑은 관조적인 영혼의 내적 상승의 또 다른 양상이다.

---

* André Chastel, 《Marsile Ficin et L' Art》(Geneve : Librairie E. Droz, 1954, 88쪽.

주로 《〈향연〉 주석》에서 전개되고 있는 피치노의 사랑론은 그의 철학의 본질인 신에게로의 내적 상승이라는 기본적 현상으로 환원되는데, 사랑은 우주적 조화와 통일성의 원리로서 신적이고 예지적인 것과 감각적인 것을 매개하는 "우주의 영속적인 이음새"(III 3)로 묘사되고 있다. 우주는 신적 제작자에 의해 우주에 스며들어 있는 사랑을 통해 모든 부분들이 상호적 사랑으로 묶여 있다.

사랑의 매개적 속성은 사랑의 탄생(VI 7)에 기인하는데, 사랑은 감성계와 예지계 사이에서(VI 8), 미의 현상과 원인 사이에서(II 7), 플라톤적 신화의 의미에서 '빈곤'과 '풍요' 사이에서 사유와 격정을 합일시키는 매개력 혹은 "위대한 다이몬"(VI 8)이다. 그것은 다수자와 분할된 것, 개별자들을 근원적인 단일성으로 환원시키고 물질적 영역에서 모상과 차이를 단일성으로 되돌린다(IV. 6).

이와 같은 사고는 《플라톤 신학》에서의 영혼에 대한 성찰에 의해 뒷받침되는데, 그것은 영혼의 원리에서 작용하는 절대적 단일성, 진리, 선에 의해 미 개념을 존재론적으로, 우주론적으로 근거 짓는 피치노의 미 이론의 특징적인 토대를 정확하게 인식하기 위한 실마리이기도 하다.*

다시 말해서 사랑은 창조된 존재자 모두를 관통하고 우주의 구조를 보존하는 우주적 힘(III 1)으로서, 우월한 존재가 열등한 존재를 돌보도록 이끌고 저급한 존재로 하여금 상위 존재의 완전함으로 향하도록 이끌어주며 유사한 존재자들을 한데 결합시킨다. 따라서 사랑은 분화되고 한정된 존재자들을 한데 결합하여 하나의 일치unitas 및 조화concordia로 만들고, 그럼으로써 그러한 존재자들을 질서정연하고 아름답게 만든다(III 2).

* Werner Beierwaltes, 《마르실리오 피치노의 플라톤주의의 맥락에서의 미 이론》, 36쪽.

또한 사랑을 통해서 신은 태초에 만물을 창조했고 만물에게 자기 안에 다른 사물이 참여케 하는 욕구를 부여했으므로, 사랑은 "만물의 창조자이며 보존자"이다(III 2;3). 이때 만물의 보존은 손상되기 이전 "본래의 온전한 상태에로의 회귀"(IV 5)에 다름아니다. 즉 사랑은 "온전한 상태를 회복하려는 욕구"(IV 1)로서, 다수적이고 그 자체로 불일치하는 물질성 안에서 하나의 합일시키는 예지적인 원인을 관조하게 한다(VI 8;V 2). 그러므로 사랑의 또 다른 이름인 "신에게로의 회귀"(I 3)는 동시에 존재자들 모두의 정신화이다. 사랑에 의한 "신적 광기furor divinus는 일종의 이성적 영혼의 조명"이며, 이러한 조명을 통하여 신은 저급한 세계로 미끄러져 내려가는 영혼을 다시 상위의 세계로 끌어올린다"(VII 13). 이와 같이 단일성과 근원으로의 회귀를 촉발시키는 매개자로서의 영혼의 작용과 사랑의 작용은 그 존재론적인 중심적 위치에 의해 야기된다. 사랑에 의한 신적 광기는 다수의 기능으로 분배된 육체를 입은 영혼을 단일자로 만들어 주는 기능을 한다(VII 14). 만물의 시원인 일자로부터 정신mens, 이성ratio, 억견opinio, 자연natura의 네 단계를 거쳐서 육체로 하강했던 영혼(VII 13)은, 필연적으로 네 종류의 신적 광기에 의해 상승한다. 바로 상승의 정점에 이르러 영혼은 신적인 조화와 완전성을 되찾게 된다.

그러므로 사랑을 통해 일자와 합일된 영혼은 신적 미를 바라본다(VII 14). 이러한 "미의 직관visio pulchritudinis"은 모든 운동과 쉼 없는 동요를 진정시키는 단일성과 모든 것을 비추는 미 안으로의 영혼의 합일이며, 신플라톤주의적이고 그리스도교적인 의미에서 "고향으로 날아서 되돌아감"(VII 16)이다. 따라서 육체미를 봄으로써 일깨워진 영혼으로 하여금 신적인 미를 바라보게 하는 근본적인 충동력으로서의 참된 사랑만이, "인간의 사랑의 가장 순수한 상태이며 지고한 행복에로 이르는 대로"*이다. 이러한 사랑에 의해 인간은 영혼불멸을 얻는다. 바로 이것이야말로 피치노가 새롭게 제시한 '소크라테스적인 사랑amor Socraticus' (VII. 16), 혹은 '플라톤적 사랑amore Platonico'이며, 세속적 사랑과 대립되는 신적인 사랑amor divinus이다.

2) 지상의 신의 제작으로서의 예술

피치노는 위에서 논의한 근원적인 단일성과 신적 미를 향한 내적 상승으로부터 예술의 본질과 기능을 연역하였다. 그의 예술에 대한 견해는 사실상 순수예술fine arts에 대한 직접적인 관심으로부터 시작되지는 않았다. 그것은 피치노의 우주론에 있어서 신적 창조에 대한 인간적인 유비를 제시하거나 예술과 자연 사이의 내적 일치를 증명하는 데 일조하는 것이었다. 그러나 피치노는 이러한 의미심장한 유비를 통해서 신적 창조자의 제작과 인간의 예술적 활동이 일치함을 증명함으로써 인간을 우주적 예술가로서 이해하였고, 바로 예술가들을 신적 창조의 완성을 목표로 하는 그러한 인간의 전형으로서 묘사하였다. 따라서 이점으로부터 예술의 개념을 도출해 낼 수 있다.

피치노에게 심미적인 의미의 예술은 예술의 보편적인 개념으로부터 나온 '테크네'라는 그리스적 관념과 유사하게 규정되어 있다. 예술은 관념에 의해 이끌리는 제작적이고 창조적인 인간의 활동 혹은 숙련

---

*   Nesca A. Robb, 《이탈리아 르네상스의 신플라톤주의》, 85쪽.

** 여기에서 우리는 학문이나 수공에, 실천적인 활동과 구별되는 '순수예술'이라는 개념이 18세기에나 전개되었다고 하는 사실을 염두에 두어야 한다. 고전 고대와 중세시대에는 그러한 구분이 없었다. 피치노의 예술에 대한 보편적인 개념은 다음과 같다. "모든 예술ars은 일정한 목적finis을 위해 일정한 원리로써 작품opus을 배열하는 이성적 능력이다"(TP. XI 5).

된 솜씨이다.** 피치노는 예술을 모든 종류의 인간의 활동으로 광범위하게 이해하고 있는데, 예술은 인간의 본질적인 특권 중의 하나로서 인간의 존엄과 능력의 표현이다.

이와 같이 예술을 통해 물질을 형식으로 변화시키고 그렇게 하여 물질의 존재성을 고양시키는 인간의 창조적 능력은, 인간과 신의 유사성을 드러냄으로써 신과의 결정적인 동일성을 암시한다. 피치노는 우주의 중심에 놓인 인간 영혼의 독특한 위치로 인해 신이 되고자 하는 인간의 탁월한 능력으로부터, 인간의 모든 예술적 활동을 신적 창조자의 활동의 모방(XIII 3)으로 이해하였다. 따라서 세계의 물질들을 지배하고 변화시키고 형태화하는 예술은, 우주를 절대적인 걸작으로 만드는 신의 제작과 같이, "지상에서의 신deus in terris"(XVI 6)의 제작이다.

인간은 그 자신이 신적 제작자의 작품이고, 그의 창조적인 활동은 신적 그림의 모방이다. 이처럼 인간의 창조적 가능성을 드러내지만 또한 인간의 한계도 나타내는 모방의 또 다른 형식이 예술이다. 자연은 예술에게 포괄적인 의미에서 예술의 전개 영역이지만, 동시에 확실하게 정해진 한계점이기도 하다. 그러나 피치노는 자연이 예지계의 거울이므로 자연 안에 자연을 감각적인 현상으로서 원인 짓는 구조원리가 내재해 있다는 플로티누스의 역동적인 자연 개념(Enn. III 8,2;3;7)에 의거하면서, '예술은 자연을 모방하며 자연을 완성한다'라는 변형된 아리스토텔레스의 원리를 예술 일반에 적용하여 예술개념의 심미적 의미를 간파하였다.*

그러므로 피치노에게 예술이 자연의 모방(IV 1)이라면, 예술은 플라톤이 비난한 것처럼 자연의 중복된 모방이 아니라, 자연 자체가 유래된

---

* Aristoteles, 《자연학Physica》 199 a 15-17.

자연의 예지적 원인을 형태화하는 것이다. 그럼으로써 예술은 자연을 초월한다. 즉 예술은 "자연을 개선하고 수정하고 완성한다"(XIII 3). 또한 예술은 자연이 자기 스스로 드러내지 못하는 것을 보여주는데(V 4), 예술은 형태로써 자연을 개념화하고 언어화한다. 따라서 예술은 "자연에 종속된 노예가 아니라 자연과 겨루는 경쟁자"(XIII 3)이며, 예술은 현실성을 포괄적으로 이해하고 지속적으로 해명한다. 동시에 모방의 예술은 예술을 통한 자연의 관념화의 출발점이다. 이로써 예술은 마치 거울에 포착된 신적인 것의 영상(Enn. IV 3,11)이다.

피치노는 자연에 직면해 있는 영혼의 활동의 특별한 증거로서 예술들의 예를 이용하는데, 예술에 대한 플라톤의 비난의 토대였던 환영주의는 예술을 강조하기 위한 이유들 중의 하나가 되었다. 플리니우스Plinius Secundus, 26-79의 《박물지Historia Naturalis》가 전하는 제욱시스Zeuxis의 포도 그림, 아펠레스Apelles의 암말의 그림, 프락시텔레스Praxiteles의 비너스 상은 신적인 것을 모방하고 결함 있는 자연을 완성하고 수정하고 개선하는 인간의 창조적 능력을 증명하는 것이었다(XIII 3).

다른 한편 피치노는 미와 사랑의 관계와 관련하여 예술의 기능을 연역하는데, 예술일반이 미적 형식을 지니는 한에서, 즉 예지적인 것 혹은 관념을 감성적인 것으로 구체화하면서 아름다운 형태를 재현하는 한에서, 예술은 앞서 서술된 사랑을 통해 인간이 예지적인 것에로, 그리고 마침내 일자 혹은 미 그 자체에로 이르는 회귀 혹은 상승운동과 관련된다. 이러한 이유로 예술은 우주론적인, 그리고 존재론적인 근거를 지닌다. 따라서 미 그 자체와 마찬가지로 예술도 또한 "호소하고 끌어당기는" 성격을 지닐 뿐 아니라 신비적 상징을 해석하고 초월하는 행위를 "불러일으키는"(Conv. V 2) 기능을 지닌다.

예를 들어 건축은, 건축물에 실현된 '균제aequalitas,' '일치convenientia,' '통일unitas' (TP. XII 5)을 근거로 하여, 어떤 내적인 관념에 의해 수행되는 관조하는 자의 영혼을, 건축물에 나타난 '균제'에 대한 직접적이고 감각적인 경험(TP. XI 5)으로부터 영혼의 원천인 일자 혹은 신에게로 회귀시킨다. 이점에서 건축은 위와 같은 상승운동의 출발점이 될 수 있다. 이와 마찬가지로 보티첼리의 회화나 미켈란젤로의 조각과 같은 조형예술뿐 아니라, 신적이고 천상적인 조화의 모방으로서 혹은 세계의 수적 구조의 소우주적 표현으로서 음악 및 시가 이러한 기능을 성취한다고 생각될 수 있다. 이것은 피치노의 철학적 구상, 즉 모든 존재자들의 감성계를 초월하고자 하는 노력과 절대적인 일자 및 미 자체에 대한 직관 혹은 모든 인간적 실존의 회귀라는 관념에 상응한다.* 즉 예술은 미와 같이 영혼 상승의 동인이다.

이와 같이 피치노에게 예술적 행위는 자연에 내재되어 있는 예지적 원리를 조명하고 신적인 것을 모방함으로써 인간의 창조적 능력을 증명하는 것이다. 따라서 예술가의 특권은 개념적인 사고방식보다 우월한 직관적 인식visio의 가능성에 의해 확립된다.** 피치노는 이러한 플라톤주의적 사고유형에 기반하여, 고대의 신화로부터 우주의 중심에 놓인 인간 영혼의 태도를 분석하였는데, 르네상스 시대에 널리 알려진 에로스, 헤르메스, 사투르누스와 같은 상징들은 특히 신적 제작자라는 예술가의 새롭고 고양된 이미지를 나타내는 것으로 간주되었다. 예술가에게 에로스는 영감의 원리가 되고, 헤르메스는 알레고리적인 직관의

---

* Werner Beierwaltes,《마르실리오 피치노의 플라톤주의의 맥락에서의 미 이론》, 49쪽 참조.
** E. H. Gombrich,《상징적 이미지들Symbolic Images》Gombrich on the Renaissance Vol.2(London : Phaidon Press Limited, 1993, 158-159쪽. 플로티누스는《엔네아데스》V 8,5에서 완전한 이미지가 최상의 인식의 수단이며 관조의 도구임을 묘사하고 있다.

원리가 되며, 사투르누스는 천재와 고뇌의 원리가 되었다.*

　따라서 아카데미의 플라톤주의는 르네상스의 화가나 조각가, 건축가들에게 새로운 위엄을 부여하였고 현자들과 시인들이 갖추어야 하는 이상적인 능력을 조형예술가들에게까지 확대시켰다. 그러므로 르네상스의 예술가는 에로스, 헤르메스, 사투르누스라는 신들의 능력을 통해, 감각적 경험으로부터 예지적 원리를 직관하여 아름다운 형태로 재현함으로써, 인간영혼으로 하여금 미적 관조를 통해 최상의 직관적 인식에 도달케 하는 역할을 부여받았다. 이러한 예술가의 역할은 인간 존재와 삶의 궁극 목표인 내적 상승을 통한 신과의 합일 혹은 자기에게로의 회귀라는 피치노 철학의 목표에 상응하는 것이다.

결론

　지금까지 본 논문은 르네상스의 플라톤주의적 미학사상에 대하여, 르네상스 시대의 사상가 마르실리오 피치노를 통하여 고찰하였다. 그리고 플라톤으로부터 피치노에 이르는 플라톤주의적 미학사상의 핵심인 신적 선의 광휘로서의 미라는 개념이, 르네상스 시대의 예술의 이해를 위한 근거임을 살펴보았다. 이로써 피치노 사상의 궁극 목표인 인간 영혼의 신에게로의 내적 상승과 회귀라는 관념을 전제로 하고, 그의 철학의 지축인 영혼불멸성 및 미와 사랑의 관계와 관련하여, 피치노에게 미와 예술은 인간으로 하여금 감성적인 경험으로부터 성찰과 정화를 통해 예지적인 것을 직관하게 하는 관조적 상승 혹은 자기 회귀 혹은 신

*André Chastel, 《마르실리오 피치노와 예술》, 116쪽.

과의 합일을 위한 동인임을 증명하였다. 이러한 피치노의 미학사상이야말로 15세기 이탈리아 르네상스의 위대한 예술가들의 전형적인 태도를 적절하게 해명하고 정당화하는 것이다. 건축, 조각, 회화의 영역에서 예술가들의 활동은 피치노가 '지상에서의 신'인 인간의 탁월한 능력으로서 묘사한 것을 실현하였다. 그들은 우주를 계획하고 완성하였으며, 이러한 그들의 재능은 피치노의 플라톤주의적 이론의 토대 위에서 잘 이해될 수 있다.

참고문헌

Beierwaltes, Werner, 《Marsilio Ficinos Theorie des Schönen in Kontext des Platonismus》, vorgetragen
am 28. 6. 1980, Sitzungsberichte der Heidelberger Akademie der Wissenschaften, Philosophische-
historische Klasse, Jahrgang 1980 11. Abhandlung(Heidelberg: Carl Winter Universitetsverlag, 1980).

_____, 〈The Love of Beauty and the Love of God〉, A. H. Armstrong(eds.), 《고전적인
지중해세계의 정신성Classical mediterranean spirituality》(London : Routeledge & Kegan Paul, 1986).

Chastel, Andre, 《Marsile Ficin et L'Art》(Geneve : Librairie E. Droz, 1954).

Collins, Ardis B., 《The Secular is Sacred: Platonism and Thomism in Marsilio Ficino's Platonic Theology》
(The Hague: Martinus Nijhoff, 1974).

Ficino, Marsilio, 《전집Opera Omnia》 2 vols.(Basel : Henricum Petri, 1561).

_____, 《Théologie Platonicienne de l'immortalite des émes》 3 Tomes, Raymond Marcel(tr.)(Paris :
Belles-Lettres, 1964-1970).

_____, 《Marsilio Ficino's Commentary on Plato's SYMPOSIUM》, S. R. Jayne, A.M.(tr.)(Columbia :
Univ. of Missouri Press, 1944).

_____, 《Three Books on Life》, Carol V. Kaske, John. R. Clark(ed.), Center for Medieval and
Early Renaissance Studies(State University of New York, 1989).

Gombrich, E. H., 《Symbolic Images》 Gombrich on the Renaissance Vol.2(London: Phaidon Press
Limited, 1993).

Kristeller, Paul Oskar, 《The Philosophy of Marsilio Ficino》, V. Conant(tr.)(New York : Columbia Univ. Press,
1943).

Petrarch, Francesco, 〈Letter to Francesco Dionigi de Roberti of Borgo San Sepolcro(Apr. 26, 1336):
The Ascent of Mont Ventoux〉, H. Nachod(tr.), 《The Renaissance Philosophy of Man》, E. Cassirer, P. O.
Kristeller, J. H. Randall Jr.(tr. and eds.)(Phoenix Books, Univ. of Chicago Press, 1948,1) 1956).

Platon, 《The Dialogues of Plato》4 vols., B. Jowett(tr. and ed.)(Oxford : At the Clarendon Press, 1871,1)
1953.4)

Plotinus, 《Ennead》7 vols., A. H. Armstrong(tr. and ed.)(Cambridge : Harvard Univ. Press, 1966-1988).

Robb, Nesca A., 《Neoplatonism of the Italian Renaissance》(London: Giorge & Unwin, 1935).

3

형이상학적 초월과 미적 경험

— 칸트에 있어 형이상학적 · 종교적 차원과 미적 경험의 연관성에 대하여

● 하선규(홍익대 예술학과 교수) ●

들어가며

  임마누엘 칸트가 근대 철학적 사유의 정점이자 대표적인 계몽주의 철학자라는 점을 부인할 사람은 아무도 없을 것이다. 멘델스존M. Mendelssohn의 말대로 《순수이성비판》(1781)의 칸트는 서구 형이상학 전통의 '모든 것을 분쇄한' 사상가였다. 좀더 정확히 말하자면, 유한한 인간의 지성이 경험 가능성의 영역을 넘어선 '신' '영혼' '세계우주 전체' 에 대해 어떠한 의미 있는 진술도 할 수 없다는 점을 명확하게 논증해낸 것이다. 아울러 칸트는 자신의 시대를 근본적으로 '비판' 의 시대로 보고 어떠한 제도나 사상도 '보편적 이성의 자율성' 을 막을 수 없다고 천명한 계몽주의적 자유의 사상가였다. 하이네H. Heine가 《순수이성비판》의 성취를 사상적 측면에서 '프랑스 혁명을 8년 앞서서 완수한 것' 으로 평가했던 이유가 바로 여기에 있다.*

  칸트 사상의 이러한 면모로 인해 칸트에 있어 '형이상학적 지향' 내지 '종교성'의 문제는 그의 초월철학 내지 비판철학 안에서 단지 부차적인 부분인 듯 느껴진다. 하지만 서구 철학 전통의 다른 큰 사상가들과 마찬가지로 칸트 또한 경험적 현실을 분석하고 이해하는 데 머물지 않았다. 플라톤, 아우구스티누스로 대표되는 감각적 영역과 초감각적 영역의 이원론이 칸트에게도 '감성계와 예지계의 구분'으로 계승되고 있음은 잘 알려져 있다. 물론 칸트는 초감각적인 예지계의 '인식가능성'을 철저히 부인했다는 점에서 이전까지의 전통과 확연히 결별했다. 그러나 그가 예지계에 대한 '사유가능성' 자체를 부정한 것은 아니다. 나아가 칸트는 자유로운 실천이성의 도덕적 결단과 행위를 통해 예지계를 확신할 수 있다는 점을 이론적으로 정당화하고자 했다. 요컨대 사변철학자로서의 칸트 내지 인식론자로서의 칸트 이면에는 종교철학자로서의 칸트 내지 형이상학자로서의 칸트가 자리 잡고 있는 것이다. 따라서 칸트에 있어 종교적 차원과 종교적 경험의 문제는 한낱 외적이며 부차적인 문제가 아니라, 반대로 그의 사상 전체를 저변에서 이끌고 있는 근본적인 동력에 속한다고 할 수 있다. 그리고 이는 미적 경험에도 해당된다. 즉 칸트가 아름다움과 숭고함에 대한 미적 경험을 바라보는 시선에는 언제나 경험적 현실을 넘어서려는 형이상학적 내지 종교적 초월에 대한 관심이 드리워져 있는 것이다. 이 글은 바로 이 관심의 모습을 좀더 자세히 들여다보고자 한다.

우리는 먼저 칸트에 있어 형이상학적-종교적 지향의 문제를 살펴보고 이어서 미적 경험과의 연관성을 토론하고자 한다. 물론 칸트철학에 대한 연구사를 돌이켜 볼 때 종교성의 문제는 대단히 다양한 연구 주제

---

* H. Heine, Zur Geschichte der Religion und Philosophie in Deutschland(1834/35), in : Beiträge zur deutschen Ideologie, ed. H. Mayer, Frankfurt a. M. : Ullstein, 1971, pp.73-77.

들을 포괄하고 있다. 예컨대 칸트가 어떻게 데카르트적인 신 존재 증명을 비판했는가, 비판기 이전에 그가 시도한 신 존재 증명은 어떠했는가, 또는 칸트는 유태교나 개신교와 같은 실정적 종교에 대해 어떤 입장을 갖고 있었는가, 그가 《실천이성비판》의 〈요청론〉에서 제시한 신과 영혼에 대한 '증명'을 어떻게 평가할 수 있는가 등등.* 이들은 모두 종교철학적으로 중요한 주제들이다. 하지만 이 글은 이러한 주제들을 본격적으로 다루지 못할 것이다. 우리는 다만 칸트 사상 전체의 맥락에서 형이상학적 면모와 종교성의 배경을 일반적인 수준에서 살펴보고, 이를 바탕으로 미적 경험이 그러한 초월적 지향과 연결되는 몇몇 주목할 만한 지점을 재음미하는 데 만족할 것이다.

1. 형이상학 비판자이면서 동시에 형이상학자

칸트가 급진적인 형이상학의 비판자일 뿐만 아니라 그 자신 형이상학자의 면모를 갖고 있다는 점이 확연하게 부각된 것은 20세기 초반부터이다. 좀더 정확히는 1924년부터라 할 수 있는데, 칸트 탄생 200주년이었던 바로 이 해에 뛰어난 칸트철학 연구자인 하임쇠트H. Heimsoeth가 기념비적인 논문 두 편을 -〈칸트철학에 있어 인격성의 의식과 물 차제〉와 〈칸트 관념론의 형성에 있어 형이상학적 모티브〉- 발표하였고, 또한 근대철학사 연구자인 분트M. Wundt가 《형이상학자로서의 칸트》라는 저서를 출간하면서부터이다. 이를 계기로 형이상학자 칸트에 대한 연

* 대표적으로 J. Bohatec, Die Religionsphilosophie Kants in der 'Religion innerhalb der Grenzen der bloβen Vernunft', Hamburg, 1938; J. Schmucker, Kants vorkritische Kritik der Gottesbeweise, Akad. d. Wiss. u. d. Litera., Mainz, 1983 참조.

구가 본격적으로 촉발되어 이후 하이데거M. Heidegger의 《칸트와 형이상학의 문제》(1929)와 크뤼거G. Krüger의 《칸트 비판에 있어 철학과 도덕》(1931)이 출간되었고 2차대전 후에도 마틴G. Martin의 《임마누엘 칸트, 학문이론과 존재론》1959), 델레카트F. Delekat의 《임마누엘 칸트》(1963) 등 신학적-형이상학적 지향을 간직한 사상가로서 칸트를 집중적으로 조명한 저작들이 계속 이어졌다.* 이들 연구성과가 중요한 이유는 이들이 이전까지 가려져 있던 칸트의 비판주의와 형이상학 전통과의 관계, 즉 중세 기독교적 형이상학 전통 및 스콜라 철학과 칸트의 비판적 초월철학 사이에 존재하는 '문제사적 연관성'을 처음으로 밝혀주었기 때문이다. 이러한 '형이상학적' 칸트 해석의 성과를 무시한다면 우리는 칸트 철학의 진정한 역사적 위상을 온전히 평가할 수 없을 것이다. 그것은 칸트에 대한 대단히 일면적인 이해, 이를테면 '반쪽짜리 칸트'에 만족하는 것과 다를 바 없을 것이다.

칸트의 심층적인 의도가 단지 '특수 형이상학metaphysica specialis'을 논박하는데 있는 것이 아님을 확인할 수 있는 가장 인상적인 대목은 아마도 《순수이성비판》 제2판 서언의 다음 언급일 것이다. "따라서 나는 신앙을 위한 자리를 얻기 위해 지식을 지양해야만 했다. 형이상학의 독단론, 즉 형이상학에 있어서 순수이성에 대한 비판 없이 진전할 수 있으리라는 선입견이야말로 도덕성을 반대하는 모든 무신앙, 언제나 매우 독단적인 모든 무신앙의 진정한 원천인 것이다(KrV B XXX).** 칸트의 입장은 명확하다. 사변적 지식의 형태로 이어져온 전통적인 형이상학은 '순

---

*   F. Kaulbach & V. Gerhardt, Kant, Darmstadt, 1989.
** 이하 칸트의 주요 저작은 관례에 따라 약어로 표기하여 인용하며 - 《순수이성비판》(KrV), 《실천이성비판》 (KpV), 《판단력비판》(KU) - 나머지 저작은 바이셰델판에 따라 로마자 권수와 면수를 인용한다.(Immanual Kant Werkausgabe, ed. W. Weischedel, 12 Bde., Frankfurt a. M. : Suhrkamp, 1956ff.)

수이성비판'이라는 검증 과정을 거쳐 제거되어야 한다. 왜냐하면 전통적 형이상학이 사상적으로 귀결되는 지점이 인간 사회의 도덕적 규범을 부정하고 신앙마저 잃어버리게 되는 상태이기 때문이다.

이러한 칸트의 입장은 칸트가 《순수이성비판》의 마지막 부분에서 철학 전체의 과제를 세 가지 질문으로 요약할 때도 잘 반영되어 있다. "나의 이성의 모든 관심은 – 사변적인 관심뿐만 아니라 실천적인 관심도 – 다음 세 가지 질문 속에 통합되어 있다 : 1. 나는 무엇을 알 수 있는가? 2. 나는 무엇을 해야 하는가? 3. 나는 무엇을 희망해도 되는가?" (KrV B 832f. A 804f.) 칸트는 이곳뿐만 아니라 《인간학》 강의와 《논리학》 강의에서도 지속적으로 이들 질문을 학생들에게 제시한 바 있다. 중요한 것은 세 번째 질문이 겉보기와 달리 형이상학적 내지 종교적 차원과 연결되어 있다는 점이다. 여기서 말하는 '희망'은 막연한 바람이나 맹목적인 동경이 아니라 인간이 도덕적으로 정의로운 행위를 실천했을 때 떠올리게 되는 죽음 이후의 자신의 존재 상태를 의미한다. 달리 말해서 그것은 근본적으로 인간적인 도덕성에 토대를 둔 종교적 차원에 대한 희망인 것이다. 즉 희망의 내용은 도덕성의 실천을 전제했을 때, 오직 그때에만 진정으로 신과 영혼의 구원에 대해 확신을 가질 수 있다는 데에 있다.

칸트가 이렇듯 사변적 형이상학의 길을 버리고 도덕적-실천적 형이상학의 길을 내세우게 된 데에는 여러 가지 원인이 있을 것이다. 먼저 칸트가 당시 독일의 대학에서 가르치던 '강단 철학'의 수준에 대해 만족하지 못하고 있었다는 점을 지적할 수 있다. 그가 젊은 시절 집필한 저작들은 당시 강단 철학이 해결하지 못하고 있던 여러 철학적 난제들을 독자적으로 해결하고자 하는 당찬 의욕으로 가득 차 있다. 그는 약관 23세에 쓴 첫 저작에서 물질적 실체의 힘에 대한 데카르트와 라이프니츠의 입장을 통합하고자 했으며, 31세에 출간한 《보편적 자연사와 우주론》에서는 뉴톤적인 물질적 원자론을 기독교적 실체형이상학과 화해시킬 수 있는 새로운 '우주론'을 구상하였다. 또한 칸트가 루소의 저작으로부터 깊은 영향을 받은 것도 사변적 형이상학을 불신하게 되는 중요한 동기가 되었다고 보인다. 그는 루소로부터 시민사회와 문화 일반에 대한 회의의 시선과 감춰진 '자연의 원리'를 찾아내는 방법론적 입장을 배웠는데, 그 결과 그가 '정관적인 삶vita contemplativa'을 평가하는 태도가 확연히 달라지게 된다. 즉 '고상한' 이론과 지식을 추구하며 사는 지식인적인 삶이 하루하루를 성실하게 노동하며 살아가는 일반 시민의 삶보다 조금도 더 가치가 있는 것은 아니라는 사실을 확신하게 된 것이다.*

그러나 사변적 형이상학을 떠나게 되는 보다 더 본질적인 이유는 칸트 자신의 사상적 변화에 있다. 1750년대까지 강단 철학에 대한 새로운 기여를 모색하던, 하지만 여전히 전통적 형이상학의 토대 위에서 움직이고 있던 칸트는 1760년대로 넘어오면서 진정으로 독창적인 사상가로 거듭나게 된다. 1763년의 논문 〈신 존재 입증을 위한 유일하게 가능한 증명근거〉에는 이미 《순수이성비판》에서 '존재론적' 신 존재증명을 논박하는 핵심적 논점이 나타나고 있으며, 또한 같은 해에 칸트는 논리적 '모순'과 본질적으로 다른 '실재적 대립Real-repugnanz'을 수학적 인식과 감정적 삶 속에서 확인하고 철학적으로 논증한 탁월한 논문 〈부정적 크기의 개념을 철학에 도입하는 시도〉를 출간한다. 나아가 1764년의 〈자연신학과 도덕의 근본원리의 판명함에 관한 연구〉에서는 철학적 반성

---

* J. Schmucker, Die Ursprünge der Ethik Kants in seinen vorkritischen Schriften und Reflexionen, Meisenheim, 1961.

의 방법론과 철학의 매체로서의 언어에 대한 매우 정치하고 의미심장한 논의를 전개한다.* 또한 1760년대 칸트가 남긴 '반성Reflexion'이라 불리는 사유의 쪽지들과 그의 강의록들을 살펴보면 그가 신, 영혼, 세계 전체에 대한 전통적인 형이상학적 주장이 어떤 연유에서 오류에 빠지게 되는가에 대해 심층적으로 탐구하고 있음을 확인할 수 있다. 요컨대 칸트는 1760년대에 지속적으로 심화된 자기비판적인 철학적 성찰을 거쳐 사변적 형이상학의 토대 자체를 붕괴시키는 데로 나아가게 되었다고 할 수 있다.

2. 종교적-신학적 시대 배경

다른 철학자들과 마찬가지로 칸트도 시대의 자식이었다. 그가 지녔던 종교적-형이상학적 지향 또한 그가 갑자기 고안한 것이 아니라 당시 신학과 철학의 흐름 속에서 형성된 것이다. 우리는 다양한 사상사적 배경 가운데 18세기 중반 독일의 신학적 담론과 직결된 세 가지 특징만을 짚어보고자 한다.

먼저 르네상스 이래 유럽 문화사의 가장 두드러진 화두였던 '인본주의'와 '개체성개별성individuality의 발견'이 신학적 담론에 가져온 변화를 기억해야 한다. 인간적인 세속적 문화를 긍정하고 확장시키고자 하는 인본주의와 개인과 문화의 독특한 개성을 인정하는 개체성의 발견은 신학적 담론에서 '인간 개개인의 자유와 존엄'을 승인해야 한다는 요청으로 나타난다. 독일의 계몽주의적 신학 속에서 개체적인 '종교적 주

* 졸고, 〈철학 방법론에 대한 칸트의 반성〉《헤겔연구》 제9집, 2000을 참고할 것.

체'에 대한 의식, 즉 전통적 신학의 교리나 지침이 아니라 신 앞에서 직접적으로 승인되고 책임을 부여받는 주체의 존엄성에 대한 의식이 널리 일반화되게 된 것이다. 이는 구체적으로 이러한 새로운 주체 의식을 옹호하는 개신교적 계몽신학Aufklärungstheologie과 실정적인 교리를 우선시하는 구舊개신교적 정통주의altprotestantische Orthodoxie 사이의 투쟁으로 표현되었는데, 계몽신학이 힘을 얻게 된 데에는 이른바 '경건주의Pietism'가 일정한 기여를 했다고 볼 수 있다. 경건주의는 종교개혁 이후 근대 절대주의 국가의 성립과 자유주의와 계몽주의를 배경으로 등장한 루터 개신교의 종교운동이었다. 경건주의는 성경의 무모순성과 무오류성을 받아들인다는 점에서 신학적으로는 보수적 입장을 견지했지만, 신자 개개인의 내면적-감정적 체험을 바탕으로 한 종교적 경건성을 내세우고 또 교회와 제도 바깥의 자발적인 모임과 사회적 봉사를 실천한다는 점에서는 계몽적이며 진보적인 성향을 갖고 있었다.*

칸트가 태어나고 살았던 쾨니히스베르크 또한 경건주의적 경향이 널리 퍼져 있었는데 칸트는 철학적으로는 계몽주의, 종교적으로는 경건주의의 영향 속에서 성장했던 것이다. 개별적인 '종교적 주체'에서 출발하는 칸트의 입장은 후기의 종교철학적 주저인 《이성의 한계 내에서의 종교》(1793)에도 명확히 반영되어 있다. 특히 이 책에 실린 세 번째 논문 〈악에 대한 선한 원리의 승리와 신의 왕국을 지상에 건설하는 일〉이 (VIII 751-815) 매우 흥미로운데, 여기서 칸트는 계시종교가 독단적으로 강변하는 종교적 의식의 수동성과 위험성을 강하게 비판하고 있다. 계시종교가 근거로 삼고 있는 성경의 '권위'와 전승된 교리는 불가해적인 '은총의 작용'을 무조건 믿고 규약적인 법칙에 전적으로 복종해야 한다고

* Historisches Wörterbuch der Philosophie, ed. J. Ritter & K. Grinder, Bd. 7,, Basel : Schwabe, 1989, Sp.971-974.

가르친다. 칸트가 보기에 이러한 태도는 개체의 능동적인 사유를 위축시킬 뿐 아니라 개체의 자유로운 의지와 결단을 기껏해야 이차적인 것으로만 인정하여 결과적으로 '윤리적-실천적 자율성'의 관점과 근본적으로 상충된다. 따라서 그는 어떠한 종교적 가르침이든 그 정당성의 기반은 반드시 개체의 자유와 윤리적-실천적 자율성에 있어야 함을 역설한다.

'종교적 주체성'에 이어 지적해야 할 신학적 배경은 계몽신학이 구체적으로 어떻게 전승된 정통주의에 반대했었는가 하는 점이다. 여기서는 정통주의적 신학의 중심에 서 있는 세 가지 교리만을 기억할 필요가 있는데, 이들은 신의 관념, 원죄설, 인간의 위상에 대한 교리이다. 칸트는 당시 이들을 둘러싼 신학적 대립과 논쟁을 누구보다도 상세히 이해하고 있었으며, 전체적으로 계몽신학의 입장을 받아들이면서도 자신의 사상적 원칙에 입각하여 계몽신학을 더욱 급진적인 이성-신학으로 밀고 나갔다고 할 수 있다.* 그리하여 그는 특히 구약성서에 서술된 변덕스럽게 분노하고 응징하는 신에 대한 관념으로부터 거리를 두었고, 원죄설에 대해서도 현존하는 인간 존재에 대한 '무조건적이며 절대적인 진리'로 보는 입장을 거부했다. 그리고 '신의 형상'에 따른 인간의 창조에 대해서는 인간의 자율과 가능성을 전면적으로 긍정하는 입장, 즉 인간이 현세적인 삶을 능동적이며 주체적으로 실현할 수 있는 가능성을 갖고 있음을 강조하는 입장을 취했다. 그렇지만 칸트가 당시의 계몽주의자 라이마루스H. S. Reimarus와 같은 급진적인 '이신론자Deist'였던 것은 아니었다.

다음으로 우리는 계몽주의 시기 독일의 계몽신학은 물론, 유럽의 다른 국가에서도 실정적 종교와 독단적 교리에 대한 비판과 '기독교의 본

---

* K. Aner, Die Theologie der Lessingzeit, Halle a. Saale, 1929.

질'에 대한 철학적 반성이 동시에 수행되었다는 점을 상기해야 할 것이다. 프랑스의 백과전서파와 루소, 영국의 캠브리지 신플라톤주의자들과 흄 등이 대표적으로 이를 보여준다. 이러한 유럽의 사상사적 흐름은 공통적으로 세 가지 종교철학적 경향을 강화하였는데, 그것을 각각 종교의 '자연화', 종교의 '감정화', 종교의 '윤리화'라 부를 수 있을 것이다. 종교의 자연화는 인간의 공통적인 '지성'에서 출발하여 종교적 차원과 진리를 충분히 논증할 수 있다는 입장을 뜻하는데, 이로부터 자연신학적theologia naturalis 내지 범신론적 논의가 활발히 전개되었던 것이다. 한편 종교의 감정화는 앞서 경건주의에 대해 언급했듯이, 개체의 내면적 체험을 통해 신과 종교적 진리에 도달하는 것을 강조하는 입장이다. 이러한 경향은 독일에서 야코비F. H. Jacobi와 슐라이어마허F. Schleiermacher의 '감정신학'으로 사상적 결실을 맺게 된다. 그리고 종교의 윤리화는 기독교의 본질적인 의미를 인간의 윤리적 개선에서 찾는 경향을 일컫는데, 이는 계몽군주적 국가 안의 '공적 제도'로서의 기독교가 어떤 문화적-교육적 기능을 수행해야 하는가에 대한 논의를 활성화시키게 된다.

의심할 바 없이 칸트의 형이상학적 지향과 종교철학적 입장은 이러한 사상적 경향과 긴밀하게 연관되어 있다. 칸트가 《이성의 한계 내에서의 종교》에서 전제하고 있는 가장 근본적인 원칙은 이성종교와 계시종교를 구분하고 이성종교를 토대로 계시종교를 해석하고 정당화해야 한다는 것이다. 그에 따르면 도덕은 인간을 "필연적으로 종교"로 이끌어주며, 종교의 본질은 다름아니라 "신적 준칙으로서 도덕적 의무들의 총괄개념Inbegriff"에 있다(VIII 649-652). 또한 설사 종교가 인간 이성을 잠시 불신하고 억압할 수 있다 해도 종국에는 종교가 이성을 무시하고 굴복시키지 못할 것이다. 칸트는 신의 의지가 우리 이성이 다가갈 수 없는 어떤 신비하고 초월적인 것이 아니라 이성의 "순수한 도덕적 입법을 통해 우리 심장에 새겨져 있다"고 선언한다. 따라서 그가 예수를 '선한 원리의 이념이 인격화된 존재' 내지 '신이 만족하는 인본성Menschheit의 근원상Urbild'으로 해석하는 것은 수미일관된 논리적 귀결이라 할 수 있다.

칸트 후기의 중요 저작 가운데 하나인《학과들 사이의 투쟁》(1798, XI 265-392)에서도 우리는 그의 종교철학적 입장을 밝혀주는 진술을 찾을 수 있다. 칸트는 인간 이성에게 종교적으로 '필연적이며 객관적인 표상'과 '단지 역사적 신앙에 속한 표상'을 구분한다. 그는 후자가 특정한 시대나 인물에 대해 적합한 역할을 수행했을 수도 있으나, 진정한 '종교적 신앙'의 관점에서 볼 때 정당성을 지닌 것은 아니라고 말한다. 그리고 바로 여기에 신학과 구분되는 철학의 과제가 있다. 즉 철학은 실정적 종교를 비판적으로 연구하여 '실천적-종교적 이성'이 그 진리성을 온전히 인식할 수 있는 '필연적인 부분'이 무엇이며 그렇지 못한 부분이 무엇인지를 개념적으로 파악해야 하는 것이다. 실정적 종교를 이렇게 개념 비판적으로 분석하는 시도는 이후 헤겔의 역사적-정신적 종교철학을 거쳐 포이에르바하의 감성적 인간학에 근거한 기독교 비판, 그리고 니체의 급진적인 역사적-계보학적 해체로 이어지게 된다.

3. 신, 인간, 세계에 대한 칸트의 사유

칸트는 1766년에 《형이상학의 꿈을 통해 해설한 시령자의 꿈》이라는 특이한 저작을 출간한다. 그는 이 저작을 당시 초인간적 투시력으로 유럽 전역에서 센세이션을 불러 일으켰던 스웨덴의 접신주의자Theosoph

스베덴보르히E. Swedenborg를 반박하기 위해 집필했다. 그런데 홍미롭게도 이 저작에서 칸트는 자신이 "형이상학에 대한 사랑에 빠질 운명"을 타고났다고 고백하고 있다(II 982). 이 고백은 사실이다. 실제 비판기 이전 칸트의 저작을 살펴보면 그의 사상적 관심이 단지 특정한 철학적 문제들이 아니라 '신–인간–세계' 모두를 아우르는 총체적인 형이상학적 연관을 향하고 있음을 쉽게 확인할 수 있다. 그리고 이것은 비판기로 넘어와서도 그대로 유지된다. 세 비판서만 두고 보더라도,《순수이성비판》의 〈변증론〉에 등장하는 '초월적 이상'과 '이성이념'에 대한 논변,《실천이성비판》의 〈요청론〉과 도덕–실천철학적 신앙에 대한 논증,《판단력비판》〈목적론적 판단력〉의 후반부에 상세하게 개진되어 있는 신학적 논의 등에서 볼 수 있듯이 칸트의 시선은 언제나 인식적, 도덕적, 미적 판단의 근본개념 및 근본원리에 대한 분석적 해명을 넘어서서 세계 전체의 궁극적 원인과 목적을 포괄하는 '사변적 총체성'을 향해 있는 것이다. 그렇다면 칸트는 신–인간–세계 사이의 연관에 대해 구체적으로 어떻게 생각하고 있었을까?

서구 기독교 전통의 다른 사상가들과 마찬가지로 칸트 또한 절대자로서의 유일신이 이 세계를, 가능한 우주 전체를 창조했다고 생각한다.* 여기서 중요한 것은 '창조' 과정에 대한 칸트의 이해이다. 칸트는 신이 모든 사물을 매 순간 창조하는 것이 아니라 세계 전체의 가장 기초적인 토대인 '물질적 실체Materie'를 창조했다고 말한다. 물론 이때 세계는 생명체를 포함한 '유기적 세계'라기보다는 비유기적인 물리적-물질적 세계를 의미한다. 오늘날의 통념과 유사하게 칸트도 비유기적 자연이 유기적 자연보다 앞선 것으로 보고 있다. 그런데 칸트에 따르면 신이

* 특히《보편적 자연사와 우주이론》참조.(I 225-400)

창조한 물질적 실체는 무차별적인 최소 단위가 아니라 두 가지 본질적인 힘인 '인력'과 '척력'을 지니고 있다. 칸트는 이러한 본성의 실체들이 상호 작용하면서 태양계는 물론 존재하는 우주 전체가 형성된다고 설명하며, 이러한 우주의 형성과정은 완성되거나 정지된 것이 아니라 지금 이 순간에도 끊임없이 생성과 소멸을 거듭하는 '우주적 유희'를 전개하고 있다고 주장한다.

인력과 함께 밀쳐내는 힘인 '척력'을 끌어들인다는 점에서 칸트의 설명은 뉴톤의 물리학과 구별된다. 하지만 더 중요한 차이는 칸트의 급진적인 경험 내재적 입장에 있다. 뉴톤은 우주의 수리적 질서를 완벽하게 유지하기 위해서 필요한 시점에 신적 '전능함'이 개입할 수 있는 여지를 남겨 두었다. 반면 칸트는 이러한 여지를 인정하지 않고 물질적 실체가 철저하게 내재적이며 자율적으로 우주의 생성과 소멸을 전개한다고 역설하는 것이다.* 이러한 입장으로부터 칸트는 사상사적으로 전승된 물질적 세계에 대한 몇 가지 이론적 모델을 반박하게 된다. 그는 먼저 데모크리토스와 에픽테토스에 의해 우주 형성 이론으로 정립된 원자론적 유물론을 반박한다. 이 이론이 우주가 최초로 생성되는 원자들의 낙하운동을 설명할 때 '우연'을 도입하고 있기 때문이다. 또한 칸트는 우주 현상에 대한 대중적-통속적인 '목적론적' 설명도 거부한다. 이러한 설명이, 볼테르가 '코는 안경을 위해 생겨났다'고 하며 신랄하게 비꼬았던 것처럼 물질적 세계에 대해서 자의적으로 '사이비 원인'을 동원하기 때문이다. 나아가 칸트는 스피노자적인 범신론적 설명도 부정적으로 평가하는데, 그 이유는 스피노자주의가 결과적으로 개별 주

---

* 이에 대해선 M. Forschner, Gesetz und Freiheit. Zum Problem der Autonomie bei I. Kant, München/Salzburg, 1974.

체의 '실체적 성격'을 부인하고 창조된 세계와 창조하는 신, 내재성과 초재성 사이의 확연한 구분을 지워버릴 위험성을 갖고 있기 때문이다.*
칸트의 내재적 우주론이 생성과 소멸이 교차하는 우주적 유희를 부분적인 작동원리가 아니라 '살아 있는 전체'로 본다는 점에서 르네상스적 범신론과 다소간 친화성을 지니고 있는 것은 사실이다. 하지만 주체의 실체적 내지 '예지적noumenon' 성격과 경험 세계의 근본적인 유한성을 확신하고 있는 칸트로서는 범신론적 입장을 거부하지 않을 수 없다. 아울러 칸트는 이미 본원적으로 존재하는 '질료'를 전제하는 플라톤-데미우르고스Demiurgos적 신이나 조로아스터교와 마니교의 이원론적 우주관 또한 근거 없는 이론으로 간주한다.

이제 칸트가 비유기적 물질이 아니라 살아 있는 유기적 자연을 어떻게 보고 있는지 살펴보자. 비판시기 이전 칸트는 유기체 또한 신에 의해 창조된 것으로 생각한다. 하지만 유기체의 창조 과정에 대해선 두 가지 힘을 가진 물질적 실체의 경우처럼 그 최초의 상태를 쉽게 가정하거나 해명할 수 없다. 칸트가 유기체의 창조를 비유기적 물질과 구별하고 있다는 점에서 이미 그가 유기체가, 적어도 유기체의 어떤 측면에 있어서 순수하게 물리적-법칙적 기제를 통해 설명되기 어렵다는 것을 인식하고 있음을 추론할 수 있다. 하지만 칸트를 살아 있는 유기체에만 특별히 내재되어 있는 어떤 독특한 '힘 내지 원리'를 가정하는 '생명력주의자Vitalist'로 봐선 안 된다. 왜냐하면 만약 그럴 경우, 필요불급하지 않은 새로운 힘 내지 원리를 미리 도입하여 유기체를 정의하고 이해하게 되는 오류를 범하게 되기 때문이다. 또한 그것은 물리적 내지 자연과학적으로 유기체를 연구하고 인식할 수 있는 길을 스스로 차단하는 결과를 초래할

* H. Schmitz, Was wollte Kant?, Bonn : Bouvier, 1989, pp.41-52.

것이다. 다시 말해서 살아 있는 유기체가 물리적-자연과학적 연구 방식에게 풀리지 않는 '수수께끼'처럼 보인다고 해서 함부로 이론적으로, 또 경험적으로 정당화되지 않은 새로운 힘이나 원리를 도입해선 안 된다.

칸트는 이렇게 유기체의 기본물질이나 근본원리에 대해 대단히 조심스러운 태도를 취한다. 유기체의 존재 근원을 신으로 간주하지만 신이 유기체를 처음에 어떤 상태로, 또 어떤 과정을 거쳐서 창조했는지에 대해선 단정적인 언급을 하지 않는다. 이러한 배경에는 뉴톤적인 수리적 물리학의 성과에 비해 당시 생물학이 아직 이론적으로 충분히 발전하지 못한 사정이 있을 것이다. 하지만 보다 더 중요한 이유는 칸트가 유기체를 이론적으로 인식하는 일의 본질적인 어려움을 직시한 데에 있다고 보인다. 인간 자신이 유기체에 속한, 유기체의 한 종류이기 때문에 그것의 근원과 본질에 대해 '객관적이며 명증한' 주장을 하는 것은 인식 가능성의 지평을 넘어서는 일이 될 것이기 때문이다. 그러나 근본적인 한계가 존재한다고 해서 유기체에 대해 학문적 인식을 확장하는 일이 전적으로 불가능한 것은 아니다. 인간은 비유기적 자연과 마찬가지로 유기체에 대해서도 제한된 범위에서나마 경험적 관찰과 실험을 통해 실증적인 지식을 획득할 수 있다. 요약하자면, 칸트는 유기체의 탄생과 본질에 대해선 객관적인 규정을 유보하지만 유기체가 드러내는 '생명 현상들'을 경험적-실증적으로 연구하는 것은 충분히 가능하다고 본다.

이러한 유기체 내지 생명에 대한 경험 내재적 입장은 비판시기까지 그대로 이어진다. 유기체에 대한 '목적론적' 판단의 정당성을 논의하는 《판단력비판》의 후반부에서 칸트는 유기체를 '자기 스스로를 유지하고 (재)생산하는 자연목적Naturzweck'으로 봐야 한다고 제안한다. 하지만 이때 '자연목적'이란 개념은 생명체에 대한 '본질 규정'이 아니다.

그것은 인간 이성이 그 기원과 본질을 확실하게 인식할 수 있는 보편적 규정이 아니라 단지 우리 인간이 살아가는 삶의 과정을 '유비적으로 analogon' 생명체 일반에 적용시키고자 상정한 '규제적regulative 이념'일 뿐이다.* 다시 말해서 인간은 자신의 삶을 영위하면서 생존을 유지하고 또 좀더 나은 상태가 되기 위해 자신이 원하는 것을 미리 떠올리고 그것을 실현하고자 행동하게 되는데, 이러한 삶의 진행 방식을 인간의 '반성적 판단력'이 생명체 일반을 확인하고 생명에 대해 좀더 상세한 인식을 얻고자 할 때 가설적-시험적으로 적용시키는 것이다. 그것은 유기체의 생존과 기능방식에 대한 일종의 '발견술적-실험적 구조모델'이라 부를 수 있다.

유기적 자연에 대한 칸트의 견해와 관련하여 또 한 가지 특기할 만한 점은 그가 유기체들 전체에 대해서도 '체계적이며 조화로운 질서'를 상정하고 있다는 점이다. 최초의 '물질적 실체'에서 출발한 비유기적 자연이 어떠한 외부적-초재적인 작용 없이 스스로 수리적-물리학적 질서에 따라 생성되고 소멸하는 광활한 우주를 만들어내는 것처럼, 유기체들 또한 우주 전체의 관점에서 볼 때 미미한 식물과 동물로부터 인간과 같은 지성을 갖춘 생명체에 이르기까지 연속적이며 조화로운 질서의 체계를 형성하게 되는 것이다. 다시 말해서 칸트는 비유기적-물리적 우주와 유기적 자연의 존재 근원은 모두 초재적인extra-mundan 신에 있지만, 일단 존재의 단초를 획득한 이후에는 자율적인 발전과정을 거쳐 '체계적이며 조화로운 전체'를 형성한다고 파악하고 있다.

칸트의 이러한 견해는 이미 초기의 저작인 《보편적 자연사와 우주론》(1755)과 《물리적 모나드론》(1756)에서도 분명하게 나타나고 있는데,

* 특히 KU 64절-66절 참조.

특히 후자에서는 라이프니츠적 '연속성의 원리'를 계승한 '완전성의 연속적-계층적 위계'란 원리로 표현되고 있다. 이어 전비판기의 마지막 저작이면서 비판기의 철학적 입장을 상당 부분 선취하고 있는《감성계와 예지계의 형식과 그 근거에 대하여》(1770)에서는 인간 지성의 '고유한 본성'에서 유래하는 "합치의 원리principia convenientiae"로 등장하고 있다(V 102-107). 칸트는 이러한 합치의 원리에 해당되는 구체적인 예로 다음 세 가지 '준칙'을 들고 있다 : 1) 우주의 모든 것은 자연의 질서에 따라 발생한다. 2) 아주 불가피한 경우가 아니라면 원인을 늘려선 안 된다. 3) 물질 전체는 생성되거나 사라지지 않는다. 세 번째 준칙은 내용상 '세계 전체에 대한 조화로운 질서'와 무관한 '질량 불변의 원칙'을 말하고 있는데, 그것은 칸트가 아직 '본질구성적 원리'와 '규제적 원리'를 선명하게 구별하지 못하였기 때문이다. 아무튼 칸트는《순수이성비판》에 이르러서는 세계 전체의 체계적 질서를 상정하는 준칙을 단지 '상대적이며 비규정적인 규제적 준칙'으로 내세우게 된다(KrV B 700 A 672 이하). 그리고 이 규제적 준칙이《판단력비판》에 와서는 반성적 판단력의 고유한 선험적 원리인 "자연의 형식적 합목적성"으로* 좀더 명확한 이론적 위상을 부여받게 되는 것이다.

신과 세계우주에 대한 논의에 이어 인간에 대한 칸트의 견해를 살펴보자. 여기서도 타고난 능력을 스스로 키우고 발전시킨다는 '자율성의 관점'이 관철되고 있다. 즉 칸트는 인간 또한 신이 창조한 피조물로 보지만, 인간은 다른 자연적인 피조물과 달리 세 가지 '자발적인 능력힘'인 상상력Einbildungskraft, 지성Verstand, 이성Vernunft을 갖추고 있다고 간주한다. 상상력은 두 가지 의미에서 자발적이며 생산적인 역할을 수행하는데,

* 《판단력비판》의 서론 제5절을 보라. (KU XXIX-XXXVIII)

하나는 감성과 지성 사이를 매개할 수 있는 '초월적 시간성의 도식'을 산출하는 일이며 다른 하나는 무차별적인 감각 자료로부터 하나의 '응결된 지각'을 형성하는 '형상적 종합synthesis speciosa'을 수행하는 일이다.*
반면 지성은 감성적 직관이 아닌 추론적 사유의 과정에서 자발적으로 '지성적 종합synthesis intellectualis'을 수행하는데, 이를 통해 비로소 하나의 판단과 개념적 인식이 가능하게 된다. 마지막으로 칸트에게서 이성은 이론철학과 실천철학의 두 영역에서 자율적인 역할을 수행한다. 이론철학의 맥락에서 이성은 위에 지적했듯 이성이념의 '규제적 원리'를 통해 객관적 인식을 추구하는 지성의 시도에 대해 가설적-발견술적으로 방향을 제시하고 이끌어 간다. 실천철학의 맥락에서 이성은 도덕적 행위의 원천으로서 자발적으로 욕구능력이 '순수하게' 도덕법칙에 복종하도록 한다. 즉 '정의'와 '인권'과 같은 절대적인 도덕적 이념이 자율적으로 의지를 규정하도록 하는 것이다.

중요한 것은 칸트가 우주 속에 존재하는 '이성적 존재자들'과 인간이 역사 속에서 형성하는 문화와 사회에 대해서도 '자율적인 발전과 체계적 질서'의 전망을 제시하고 있다는 점이다. 무한한 우주 공간 속에서 끊임없이 진행되는 창조의 관념을 받아들이고 있는 칸트는 인간 이외에 다른 이성적 존재자들이 우주 안에 살고 있다고 여겼으며 이들 사이의 차이가 어디에서 기인하는가에 대해 의문을 제기한다. 그는 상이한 존재자들이 가진 육체의 물질적 구성에 따라 도덕성의 수준이 달라진다는 이론을 제시하는데, 이때 우주 전체의 관점에서 볼 때 이성적 존재자들이 하나의 '체계적인 질서'를 보여준다는 점을 당연하게 상정하

---

* '초월적 시간성의 도식'은 《순수이성비판》의 〈순수 지성개념의 도식론〉에서 다루어지며(KrV B 176-187 A 137-147), '형상적 종합'은 《순수이성비판》 제1판의 〈초월적 연역론〉에서 논의되고 있다.(KrV A 96-102)

고 있는 것이다.

또한 칸트는 인간들이 모여 형성하는 사회와 법, 정치, 학문, 예술, 종교 등의 문화적 세계도 거시적인 전망에서 볼 때 자율적으로 체계적으로 파악 가능한 발전의 과정을 거쳐 '조화로운 질서'에 도달한다고 보고 있다. 그는 젊은 시절부터 말년에 이르기까지 이러한 역사적, 사회문화적 전망을 변함없이 유지하였다. 예컨대 그것은 전비판기에 데카르트와 라이프니츠의 입장을 통합할 수 있다고 보는 견해나 뉴톤적 물리학과 라이프니츠의 실체 형이상학을 화해시킬 수 있다고 보는 관점에 암묵적으로 전제되어 있다. 그리고《순수이성비판》이후 그가 서구 철학의 발전과정이 전체적으로 '독단적' 단계, '회의적' 단계, '비판적' 단계로 진행된다고 파악하고 있는 데서도 분명하게 엿볼 수 있다. 또한 '계몽'에 대한 그의 유명한 정의, 즉 '인간이 자신의 잘못으로 빠지게 된 미성숙의 상태에서 벗어나는 것'이라는 정의에도 인간이 자신의 자율적 능력을 자각하고 이를 책임감 있게 사용함으로써 보다 나은 역사적, 문화적 상태에 도달할 수 있다는 총체적-체계적 관점이 저변에 놓여 있다.* 아울러 그것은 그의 현실 정치와 국가들 사이의 이상적 체제에 대한 전망을 담고 있는 〈영구평화론〉에도 반영되어 있다.

물론 칸트가 인간의 역사적, 사회문화적 세계가 저절로 발전하고 쉽게 조화로운 체계적 질서를 형성한다고 본 것은 아니다. 오히려 그는 인간적 세계가 근본적으로, 늘 다양한 모순과 질곡, 어려움과 위험에 노출되어 있다고 보았다.《순수이성비판》을 두고 보더라도 그가 〈분석론〉의 말미에 〈반성개념의 모호성Amphibolie〉을 상세히 논의한 점, 이성의 '변증적 가상'의 근원을 파헤치고 있는 점, 〈방법론〉에서 따로 〈순수이성의

---

* 박진, 〈문화와 예술〉《칸트와 문화철학》, 서울 : 철학과현실사, 2003 참조.

훈육론〉을 집필한 점 등이 이를 보여주는 증거라 할 수 있다. 또한《실천이성비판》《판단력비판》과 같은 초월철학적 저작은 물론,《인간학 강의》나《학과들의 투쟁》과 같은 '경험적' 저작에서도 인간의 지적, 도덕적 노력이 직면한 수많은 난제들에 대한 언급을 다수 발견할 수 있다.

4. 미와 숭고의 경험과 형이상학적- 종교적 초월의 전망

세계의 궁극적인 존재 근원을 절대자 신과 신의 완전성Vollkommenheit으로 소급한다는 점에서 칸트는 기독교적 유신론Theism의 입장에 서 있다고 할 수 있다. 하지만 유기적 자연과 비유기적 자연, 물질적 세계와 문화적 세계가 '인간 이성이 파악할' 수 있는 무차별적이며 원초적인 단계에서 시작된다고 간주하는 점, 그리고 이러한 단계에서 어떠한 '초재적인 힘이나 기적의 개입 없이' 자율적으로 발전하여 전체적으로 체계적이며 조화로운 질서를 형성하게 된다고 가정한다는 점에서 칸트는 전통적인 유신론이나 신학의 입장과 확연히 구별된다. 그의 시선은 보편적인 인간 이성ratio, 주체의 자유와 자율성에 대한 근본적인 자신감과 낙관주의를 바탕에 깔고 있는데 아마도 그를 계몽주의 철학자로 부를 수 있는 가장 중요한 이유가 여기에 있을 것이다. 그리고 야코비나 하만J. G. Hamann과 같은 '회의적이며 개체주의적-실존적인' 동시대 철학자들이 칸트에 반기를 든 중요한 이유도 여기에서 찾을 수 있을 것이다.

이제 주목해야 할 것은 신, 인간, 우주 전체에 대한 칸트의 논의가 미적 경험의 차원과 긴밀하게 연관되어 있다는 사실이다. 미적 감정들 혹은 세계에 대한 심미적 경험에 대한 담론이 우주 전체의 통일적이며 완전한 질서에 대한 논의와 함께 전개되고 있는 것이다. 즉 아름다움과 숭고함에 대한 감정적 체험이 세계 전체에 대한 형이상학적-목적론적 전망과 사변 속에 통합되어 등장하고 있는 것이다. 물론 두 가지 미적 경험은 동일한 전망과 사변 내에서 적지 않은 차별성을 보여준다. 먼저 전비판기의 상황을 살펴보자.*

칸트는 《보편적 자연사》에서 아름다움의 감정을 비유기적 자연이 보여주는 '완전성'을 바라볼 때 느끼는 쾌감으로 묘사한다. 아름다움은 근본적으로 인간 이성이 다가갈 수 있는 우주의 조화와 질서에 대한 경탄의 만족감인 것이다. 《증명근거》에서는 기하학적 도형들의 조화로운 관계가 보여주는 아름다움의 감정도 얘기되고 있다(II 657-662). 반면 숭고함의 감정은 다르다. 숭고함은 우주를 관통하고 있는 창조 전체의 이념, 이른바 '무한성의 이념Idee der Unendlichkeit'에 닿아 있다.** 칸트는 숭고함의 감정을 상상력이 이 이념을 자신의 능력을 최대한 발휘하여 감성적 차원에서 현시하려 할 때 갖게 되는 즐거움으로 해석한다. 아름다움의 감정이 수리적 자연과학이 증명하고 있는 물질적 자연의 통일성에서 기인하는 것과 달리 숭고함의 감정은 무한히 지속되고 있는 우주의 총체적인 창조 과정에 연결되어 있다. 그것은 태초의 혼돈으로부터 다양한 형태들이 형성되는 계기, 이러한 형태들이 발전하고 지속되다가 파멸하고 소멸되는 계기, 이 파멸과 소멸 뒤에 다시 출현하는 새로운 혼돈과 시작의 계기, 그리고 이 모든 과정이 다시금 새롭고 무한하게 펼

---

* 전비판기의 상황에 대한 좀더 상세한 논의는 졸고, 〈칸트 전비판기의 합목적성 개념〉《철학연구》제44집, 1999, pp.213-238을 참조.

** 칸트는 데카르트를 따라 절대적 의미의 '무한성infinitum'과 수학적-상대적인 '무한성indefinitum'을 분명하게 구분한다.(I 330이하)

처지는 계기 등을 포괄하고 있는 것이다. 그리고 아름다움과 숭고함이 지닌 이념적 근원의 차이는 감정 상태의 차이로 나타나게 된다. 칸트는 아름다움의 감정 상태를 완전한 우주를 '관조하는 고요한 놀라움'으로 (I 326), 반면에 숭고함의 감정은 '신적 전능함'에 대한 '깊은 놀라움'으로 묘사하고 있다(I 338-343).

그런데 《보편적 자연사》에서 숭고의 감정은 창조의 무한성과 더불어 또 하나의 중요한 주체의 체험과 연결되어 있다. 그것은 주체가 자신의 근본적인 존재 의미와 목적을 느끼는 '내면적 인격성Menschheit in Person'의 차원이다. 요컨대 숭고의 감정은 '영혼의 고유한 본질' 혹은 '무한한 정신'을 향해 있는 것이다. 우리는 이러한 '본질과 정신'의 내용이 특히 자유의지와 도덕적 실천에 있음을 어렵지 않게 간파할 수 있다. 왜냐하면 칸트가 숭고의 감정을 아우구스티누스적 '신국사상'을 연상시키듯이 도덕적 '정신들'의 공동체에 참여하는 즐거움으로 묘사하기 때문이다. 인간이 지상에서 느끼는 숭고의 감정은 '신과의 공동체 속에서 영혼이 느끼게 될 행복감Gluckseligkeit을 미리 맛보는 것'이라 할 수 있다(I 344). 이러한 의미의 숭고의 감정은 비판시기의 실천철학에서 등장하는 '도덕법칙에 대한 존중감'과 '실천이성의 요청론'을 포함한 도덕적-실천적 형이상학을 예비하고 있다고 볼 수 있다.

다음으로 비판시기 《판단력비판》으로 눈길을 돌려보자. 우리는 여기서도 미적 경험에 대한 담론이 세계 전체에 대한 형이상학적-목적론적 전망과 사변 속에 통합된 양상이 계속 유지되고 있음을 여러 지점에서 확인할 수 있다. 우선 저작 전체의 구성이 그러하다. 잘 알려져 있듯이 제3비판서는 전반부의 미학적 논의와 함께 후반부에서 유기체자연목적에 관한 목적론적 판단, 세계 전체의 체계적 질서에 관한 목적론적 판단,

나아가 자연신학적 및 도덕신학적 논의를 상세하게 전개하고 있다. 이 것은 제3비판서가 칸트가 젊은 시절부터 품어온 형이상학적-종교적 지향을 비판철학적 토대 위에서 계승한 저작이란 점을 보여주는 증거이 다. 아울러 미적 경험의 지평이자 근원이 이러한 형이상학적-종교적 지향과 체계적 통일성에 대한 사변적 전망임을 확인시켜 주고 있다. 현대 독자들에게는 의아하겠지만 괴테가 《판단력비판》에서 깊은 친화성을 느낀 것도 이러한 자연과 문화를 아우르는 체계적-총체적인 전망 때문 이었다.*

또한 앞서 언급했듯이 반성적 판단력의 고유한 선험적 원리인 '자연 의 형식적 합목적성'도 이러한 전망을 바탕으로 하고 있다. 왜냐하면 이 원리는 미적 판단뿐만 아니라 다른 목적론적 판단들에 대해서도 – 비록 본질 구성적인 역할은 아니지만 – 경험 대상의 소여성을 초월론적으로 선취하는 '규제적 원리'의 기능을 수행하기 때문이다. 그것은 자연의 '형식아름다움'과 '몰형식숭고함'을 감정적으로 만족스럽게 경험하는 것은 물론, 유기체의 구조와 가능성, 그리고 자연 전체의 체계적인 질서의 가 능성을 위한 '이해의 지평'을 마련하는 역할을 하고 있는 것이다.

이뿐만이 아니다. 〈미적 판단력의 분석론〉(1절-29절) 안에서도 미적 경험의 배후에 놓여 있는 형이상학적-목적론적 전망이 여러 곳에서 감 지된다. 〈분석론〉에서 가장 난해한 절들 가운데 하나인 10절에서 칸트 는 다음과 같이 쓰고 있다. "욕구능력은, 그것이 단지 개념을 통해서만, 즉 목적의 표상에 따라 행동하는 일에 의해서만 규정되는 한 의지가 될 것이다. 하지만 비록 어떤 대상, 마음 상태 또는 행위의 가능성이 목적 의 표상을 필연적으로 전제하지 않을지라도 그러한 것들을 합목적적이

---

* J. W. von Goethe, 《색채론》과 《자연과학론》, 장희창, 권오상 역, 서울 : 민음사, 2005, pp.333-340.

라 부를 수 있는 경우가 있다. 그것은 우리가 목적에 의한 인과성, 즉 어떤 규칙의 표상에 따라 그러한 대상, 마음 상태, 행위를 그렇게 정한 어떤 의지를 그 근거로 가정하는 경우에만 비로소 그들의 가능성을 설명하고 이해할 수 있는 경우이다. 따라서 우리가 그러한 형식들[대상, 마음 상태, 행위]의 원인을 어떤 의지 안에 두지는 않더라도, 그 원인을 어떤 의지로부터 도출함을 통해서만 그 가능성의 설명을 이해할 수 있는 한, 합목적성은 목적 없이도 있을 수 있다. 그런데 우리는 우리가 관찰하는 것을 이성을 통해 (그것의 가능성에 관하여) 항상 통찰해야 하는 것은 아니다. 따라서 우리는 어떤 형식에 따른 합목적성을 – 우리가 그 합목적성에 어떤 목적을 (목적인적 연결의 질료로서) 근거로 두지 않더라도 – 적어도 관찰하고 대상들에서 발견할 수 있는 것이다. 비록 반성을 통해서이지만 말이다."(KU §10) 이 대목은 바로 앞에서 제시되는 '목적' '합목적성' '쾌락' 등에 대한 '초월적 규정' 과의 연관성도 분명치 않고 또 앞뒤 절과의 논증적 관계도 선뜻 눈에 들어오지 않아 그 초점을 파악하기가 여간 어렵지 않다. 하지만 지금까지 추적해 온 형이상학적-목적론적 전망을 염두에 두면 그 핵심을 상당히 명확하게 파악할 수 있다. 즉 인간이 어떤 대상, 마음 상태, 행위를 바라볼 때 초재적인 신적 의지를 직접 전제하지 않더라도 그것들의 '합목적성', 즉 그 조화롭고 체계적인 질서를 발견하고 느낄 수 있다는 것이다. 칸트는 바로 이러한 합목적성을 '목적 없는 합목적성' 혹은 '형식적 합목적성' 이라 부른다. 그리고 이러한 합목적성의 '필연적 연결' 이 궁극적으로 반성적 판단력의 능동성과 선천적 원리에서 비롯한다는 점을 상세하게 논증하고 있다.

마찬가지로 15절에 등장하는 '표상의 주관적 합목적성' 이라는 개념도 형이상학적-목적론적 전망을 감안해야만 그 의미가 적절히 이해될 수 있다. 15절이 지닌 사상사적 의미는 칸트가 미에 대한 자신의 입장을 바움가르텐으로 대표되는 주지주의적 입장과 명확하게 차별화하는 데 있다. 즉 이전까지 강단철학이 미를 '감성적으로 인식된 완전성^{perfectio} $^{cognitionis\ sensitivae}$으로*, 칸트의 용어로 하자면 미를 '객관적 합목적성에 대한 감성적 인식'으로 정의해 온 것을 정면으로 반박하고 있는 것이다. 칸트에게 미는 대상에 대한 어떠한 '개념도 전제하지 않고 또 어떠한 개념을 지향하지도 않기에'(KU 14) 대상의 '객관적 합목적성'과 전적으로 무관한 고유한 만족감의 표명이다. 그렇지만 아름답다고 판정되는 대상의 표상 자체는 내재적으로 '의미 있는 형상성과 짜임관계'를 보여주며 또 주체의 감정적 삶에 활력을 불어넣고 상상력과 지성 사이의 자유로운 상호 유희를 촉진한다. 그 때문에 칸트는 이러한 아름다운 표상의 바탕에 놓인 원리로서 '주관적-형식적 합목적성'을 제시하며 이 원리를 "한 사물의 표상에 있어서의 형식적인 것, 즉 다양한 것들이 어떤 하나를 향해 합치되는 것"이라 정의한다. 그런데 이것은 내용적으로 볼 때 비판시기 이전의 자연의 '체계적 통일성 혹은 완전성'을 비판철학적 입장에서 반성적 판단력의 원리로 주관화시킨 것에 다름아닌 것이다.

다른 한편 〈숭고의 분석론〉에서도 형이상학적-사변적 전망의 흔적을 확인할 수 있다. 그것은 아름다움을 '대상의 형식'에, 숭고함을 '몰형식과 무제한성'에 대응시키고 있는 데서(KU §24), 그리고 숭고의 경험에서 상상력이 '절대적인 크기와 무한한 힘'을 현시하고자 시도한다고 서술하는 데서 드러난다. 전비판기와 비교했을 때 특기할 점은 숭고의 경험이 본래 뿌리를 두고 있던 우주론적 '창조의 무한성'이 거의 사라

* 김수현, 〈바움가르텐〉《미학대계 제1권. 미학의 역사》, 서울대출판부, 2007, pp.259-275.

지고 그 대신 내면적 인격성 내지 이성이념의 차원이 압도적으로 전면에 대두되었다는 점이다. 한마디로 숭고의 경험이 비판기에 마련된 도덕-실천철학적 형이상학이란 '이론적 돌파구'에 상응하여 확연하게 내면적-이성이념적으로 재정의되었다고 할 수 있다. 숭고한 대상의 표상은 상상력의 감성적 현시를 촉발하면서 동시에 좌절시키는데, 바로 이러한 충격과 좌절의 순간에 주체는 모든 감성적 한계를 넘어선 실천이성의 '정신적 실존성'을 느끼게 되는 것이다.

그러나 《판단력비판》에서 미적 경험의 형이상학적 지향이 가장 분명하게 드러나는 대목은 이른바 '이행übergang'의 문제가 논의되는 부분, 즉 '자연개념으로부터 자유개념로' 이행하는 일을 가능케 하는 반성적 판단력의 의미를 논의하는 부분이다. 칸트는 이행의 문제를 《판단력비판》의 두 서론과 〈연역론〉(KU §§30-39) 이후 뒷부분에서 집중적으로 논의한다. 그는 미적 예술에 표현된 '미적 이념'이 "개념 자체를 무제한적인 방식으로 미적으로 확장시키며 (…) 예지적 이념의 능력이성을 움직이도록 한다."고 주장하는가 하면(KU 194), 또 "취미의 주관적 원리, 즉 우리 안에 있는 초감성적인 것das Übersinnliche의 비규정적 이념이 우리 자신에게도 그 원천이 숨겨진 취미능력의 수수께끼를 풀 수 있는 유일한 열쇠"라고 선언하고 있다(KU 238). 나아가 '미를 도덕성Sittlichkeit의 상징'으로 천명하는 59절에서는 취미능력이 지향하고 있는 것이 "우리의 상위의 인식능력들이 조화를 이루고 있는 예지적인 것das Intelligibele"이라고 밝히며 "취미능력에 있어서 판단력은 (…) 자연도 아니며 자유도 아니지만 그러나 자유의 근거, 즉 초감성적인 것과 연결된 어떤 것에 관계하고 있음을 알고 있다. 그리고 이 초감성적인 것 안에서 이론적 능력과 실천적 능력은 우리가 알지 못하는 어떤 공통적인 방식으로 결합되어 통일을 이루는 것이다." 칸트의 서술은 '초감성적인 것' '수수께끼' '예지적인 것' '이론적 능력과 실천적 능력의 통일' 등 많은 모호한 문구들로 인해 이해하기가 대단히 어렵다. 하지만 이러한 논의의 저변에 그의 형이상학적-목적론적 지향이 놓여 있다는 점을 상기하면 그 핵심을 상당 부분 명확히 할 수 있다. 즉 칸트가 취미의 '원천'과 미의 궁극적인 의미에 대해 이러한 사변적인 논변을 전개하는 것은 그가 주체, 문화, 역사를 총체적-체계적으로 아우르는 형이상학적-목적론적 전망에서 미적-예술적 경험이 가진 중요성을 진단하고 평가하고자 하기 때문이다. 미적-예술적 경험은 '상상력과 지성 혹은 상상력과 오성' 사이의 자유로운 유희에서 볼 수 있듯이 주체의 능동적인 능력 전체가 조화롭게 자신의 가능성을 실현할 수 있는 토대와 계기를 마련한다. 또한 그것은 주체를 둘러싼 자연과 생활세계가 아무 의미 없는 극단적인 공허와 혼란이 아니라 의미 있는 형상과 통일성을 보여줄 수 있다는 것, 아울러 그러한 자연과 생활세계를 섬세하게 이해하면서 '억압 없는 사회'를 향한 실천을 구체화할 수 있다는 것을 감성적으로 제시해 주는 것이다.

참고 문헌

F. Kaulbach & V. Gerhardt, *Kant*, Darmstadt, 1989.

H. Heine, Zur Geschichte der Religion und Philosophie in Deutschland(1834/35), in : *Beiträge zur deutschen Ideologie*, ed. H. Mayer, Frankfurt a. M. : Ullstein, 1971, H. Schmitz, *Was wollte Kant?*, Bonn : Bouvier, 1989,

J. Bohatec, *Die Religionsphilosophie Kants in der 'Religion innerhalb der Grenzen der bloß en Vernunft'*, Hamburg, 1938.

J. Ritter & K. Gründer(ed.), *Historisches Worterbuch der Philosophie*, Bd. 7, Basel : Schwabe, 1989,

J. Schmucker, *Kants vorkritische Kritik der Gottesbeweise*, Akad. d. Wiss. u. d. Litera., Mainz, 1983.

J. W. von Goethe, 《색채론》과 《자연과학론》, 장희창, 권오상 역, 서울 : 민음사, 2005,

K. Aner, *Die Theologie der Lessingzeit*, Halle a. Saale, 1929.

M. Forschner, *Gesetz und Freiheit. Zum Problem der Autonomie bei I. Kant*, Munchen/Sälzburg, 1974.

김수현, 〈바움가르텐〉《미학대계 제1권. 미학의 역사 》, 서울대출판부, 2007,

박진, 〈문화와 예술〉《칸트와 문화철학》, 서울 : 철학과현실사, 2003.

하선규, 〈칸트 전비판기의 합목적성 개념〉《철학연구》 제44집, 1999,

4
현대미술 해석의 틀로서
헤겔의 예술규정

● 권정임(강원대 미술대 교수)

1. 현대미술에 관한 논의들

현대미술은 하나의 사조로 포괄될 수 없을 만큼 다양하다. 끊임없이 새로운 현상이 이론을 앞서 가면서 새로운 이론의 정립을 요구하기도 하고, 이해와 해석의 방향을 쉽게 가늠할 수 없게 한다. 이 글은 이러한 상황에서 현대미술을 보다 포괄적으로 이해하고 해석할 수 있는 틀을 제시해 보고자 한다. 이를 위해 먼저 현대의 다양한 미술현상에 접근하고자 시도하는 비교적 최근의 예술 논의들을 간략하게 살펴본 후, 이 논의들에 필연적으로 요구될 수밖에 없는 해석의 궁극적인 지반으로 '문화' 개념을 도입한다. 이 글에서는 문화를 철학적, 정신사적인 측면에서 이해하며, 이러한 사유의 선구자로 볼 수 있는 G.W.F. 헤겔의 예술철학에서 문화철학적 예술 이해의 단초를 제시하고자 한다.

이 글에서 고찰되는 비교적 최근의 예술 논의들에는 크게 기호론적 논의와 영·미 분석학적 논의가 속한다. 기호론적 논의에서는 J. 라캉,

J. 데리다 등 최근의 포스트모더니즘적 기호이론 – 언어학적 기호론에 기초하면서 기호의 '차이' 특성을 강조하고 '기의記意, signifié' 보다는 '기표記表, signifiant' 에 우위를 두는 – 도 흥미롭지만 이에 대한 서술은 매우 광대하여 본고에서는 현대 기호론적 예술론에 가장 영향을 많이 준 Ch. S. 퍼어스Peirce와 R. 바르트Barthes의 기호론에 한정하여 살펴본다. 이들의 이론에서 공통적으로 추출되는 것은 해석에 있어서 '문화적' 이해 지반의 당위성이다.

다른 한편, 영미 분석철학적 논의에서는 무엇보다 A. C. 단토의 이론이 중심이 된다. 이 경우에도 마찬가지로 예술작품 '해석' 의 궁극적 지반으로서의 '문화적' 맥락 이해의 필연성이 논점이 된다. 한정된 지면상 이상의 논의들을 세부적으로 다루지 않고 단지 주된 명제와 주장을 중심으로 살펴볼 것이며, 이에 대한 고찰은 본론에서 제기될 '문화철학적' 예술해석의 당위성을 보증하는 선행적 사유로서의 의미를 가진다.

1) 기호론적 논의(Ch. S. 퍼어스와 R. 바르트)

먼저 기호론적 예술론을 살펴보면, 예술해석에 중요한 기호론들은 대부분 기호의 1차적 의미보다는 2차적 의미작용에 더 큰 해석상의 중요성을 부여하고 있다. 이러한 입장은 대표적으로 Ch. S. 퍼어스와 R. 바르트에게서 볼 수 있다.

1. Ch. S. 퍼어스

퍼어스에게 있어 기호과정은 세 가지 요소들의 연관들로 이루어지며, 다음과 같이 도식화될 수 있다: 1) 대표체Representamen 2) 해석항

Interpretant 3) 대상Objekt 또는 지시대상Referent. 부연하면 '대표체' 는 다른 어떤 것에 대한 기호이다(예, 그림의 이미지). '해석항' 은 이 이미지대표체가 연상시키는 이미지를 마음속에 형성하는 것이며, 그 결과로 생기는 심상은 첫 번째 기호, 즉 대표체의 해석항발전된 기호이 된다. '지시대상' 은 해석항이 지시하는, 혹은 상징하는 대상을 말하는데, 이 대상은 주관적이며, 사람에 따라 다르게 수용되고 결정된다.* 이 연관들은 퍼어스가 '도상Icon' '지표Index' '상징Symbol' 의 세 가지 종류로 구분하는 기호의 각 근본특성을 반영한다.

이러한 퍼어스의 기호론에서 주목할 점은 '해석항' 과 '해석행위' 의 중요성이다. 퍼어스는 "본래적 의미 생산proper significate outcome" 을 "해석항 Interpretant" 이라고 부른다. 퍼어스는 '해석항' 자체도 '직접적' '역동적' '궁극적' 해석항으로 구분하며, 각각의 절대성과 연관성을 논한다. 무엇보다 기호의 고유한 의미작용(이차적 의미부여)의 측면인 '상징' 기호에 있어서 해석항은 절대적인 것이다. 뿐만 아니라 상징해석은 기호와 대상 혹은 의미 사이의 관습화된 규칙에 기초하기 때문에 수용자가 형성한 해석항은 사회적, 심리적 성격을 지니며, 나아가 그 기호가 사용되는 '문화적' 배경에서만 가능하다. 하나의 언어나 이미지에서 다른 언어나 이미지로의 '해석' 이 가능한 것은 각 문화권에서 지니는 언어의 관용성 덕분인 것이다. 그래서 기호론은 기호형식기표에 관한 연구에서 출발하지만 결국은 의미의 문제를 다루는 '의미론Semantik' 으로 이어지게 되고, 이를 위해서는 언어(이미지 포함) 기호의 영역을 넘어 문화영역으로 확장된 연구를 필요로 하게 된다.

* 이하 Charles S. Peirce, Semiotische Schriften, übers. von Christian J. W. Kloesel und Helmut Pape. Frankfurt am Main: Suhrkamp 2000과 Ch. S. Peirce, Schriften zum Pragmatismus und Pragmatizismus, hrsg. von Karl Otto Apel, Frankfurt a.M. 1991 참조.

2. R. 바르트

퍼어스에게서 시사되었던 기호의 이차적 의미작용의 중요성은 비록 다른 용어로 서술되지만 R. 바르트에게도 핵심적인 사항이다. 바르트는 일차적 기호작용을 '언어' 작용으로 보는데 이 단계에서는 '기표' 와 '기의' 가 하나의 '기호' 를 형성하게 되며, 기호의 일반적인 의미전달 작용이 일어난다. 이때 생성된 '기호' 는 이차적 단계에서 다시 하나의 '기표' 가 되며, 이에 상응하는 '기의' 가 쌍을 이루어 제2의 '기호' 가 생성된다. 이 제2단계의 기호작용을 바르트는 '신화' 라고 한다. '신화' 는 사람들이 첫 번째 언어에 관해 말하는 두 번째 언어가 됨으로 바르트는 '신화' 를 "메타언어"라고 칭한다.* 기호의 일차적 단계인 언어적 체계에서 기호는 가장 기본적이고 일반적인 의미를 지시하고 전달하는 것이라면, 이차적 단계인 신화적 단계에서 기호는 개개인이 자신의 경험과 처한 상황에 따라 상이하고도 다양한 의미를 가능하게 하는 것이다.

바로 이러한 이차적 의미작용이 바르트 기호론의 핵심이며 예술작품의 해석에도 중요하다. 이차적 의미작용은 작품 내지는 기호의 '다의성' 과 관련된다. 바르트에 의하면 "작품은 다수 의미들을 동시에 소지하고 있는데", 이는 작품의 구조상 그러하다. 다시 말해 작품이 담지하고 있는 다의성은 해석의 자유라는 미적 견해에 달려 있는 것이 아니라 작품에 사용되는 '언어' 자체가 "상징적 언어"이며, "복수적 언어"이기 때문이다. 이러한 이유에서 바르트는 작품을 "상징적"이라고 본다. 하지만 그림^{이미지} 자체가 상징적이 아니라 "의미들의 다양성이 상징"이다.

---

* R. Barthes, Mythen des Alltags (Mythologies, 1957), übers. von Helmut Scheffel, Frankfurt am Main: Suhrkamp 1964, S. 94 또한 이하 R. Barthes, Kritik und Wahrheit (Critique et vérité, Paris 1966), ébers. Helmut Scheffel, Frankfurt am Main: Suhrkamp 1967, S. 62, 64 참조.

따라서 바르트가 보는 언어학의 주된 임무는 "언어들의 다의성들을 한정하기보다는 이해하고 어느 정도 구성하는 일"이 된다.

이렇듯 두 번째 약호Kodex의 미규정성과 이로 인한 다의성을 통해 작품은 다층적 의미 구조를 포함하게 된다. 그러나 바르트에 따르면 우리는 작품 해석에서 일차적으로 '모든 가능한 의미'를 파악하게 되고, 이차적으로는 '하나의 유일한 의미'를 파악할 수 있다고 하며 그 가능 근거로 기호의 '약호성'을 든다. 약호는 사회적, 문화적 틀 내에서 소통된다는 특성을 가진다. 그러므로 기호의 이차적 의미작용에서 생성되는 수용자 저마다에게 '고유한 의미'의 가능근거를 우리는 다시금 사회-문화적 맥락에서 찾아야 하는 것이다. 이렇게 볼 때 기호론적 작품해석에서도 궁극적으로 필요한 것은 '문화철학적' 틀인 것이다.

2) 영·미 분석학적 논의(A. C. Danto)

단토는 현대미술, 특히 후기 역사적post-historical 시기의 미술은 이전에 추구되고 정의되었던 예술의 본질과는 다른 본질을 가진다는 점을 논점으로 잡는다. 단토가 말하는 후기 역사적 시기의 예술의 본질이란 더 이상 재현이나 일루전, 내러티브가 아니라 '해석적' 본질이다. 이런 의미에서 단토는 자신을 진정한 '본질주의자'라고 칭하며, 이전의 본질주의는 본질을 잘못 파악했다고 말한다. 단토는 '해석'이란 "작품의 역사적 설명에 대한 책임을 지는 것"이라 본다. 다시 말해 '해석'은 작품이 "무엇에 관한 것인지" "그것의 주제가 무엇인지"에 대한 "하나의 이론을 제공하는 것"을 뜻한다. 해석은 이처럼 작품에 '이론'을 제공하는 것인데, 이론을 제공한다 함은 어떤 작품에다 "그것의 현존을 수여하는" 것을 말한다. 그러므로 단토에 있어서 '해석' 내지는 '이론' 은 하나의 평범한 사물Objekt을 '예술작품' 으로 "변용" 시키는, "예술계" 로 상승시키는 관건이 된다. 한 사물은 "해석없이는 비가시적으로 사물 속으로 전락하거나, 홀연히 사라져 버리는데", 해석을 통해서 비로소 예술작품이 된다는 것이다. 이와 같이 단토는 이전에 이해되었던 예술의 본질이 더이상 후기 역사적 시기의 미술에는 유효하지 않다는 의미에서 "예술의 종말the end of art" 이라는 말을 사용하기도 한다.*

단토는 한 작품에 대한 올바른 해석과 그 작품의 '중요성과 비중요성' 에 대한 결정도 내려야 하는 해석의 과제와 관련하여 문화철학적 이해의 틀 – 본고의 논점과 직접 관계되는 – 의 필연성에 대한 숙고를 보인다. 즉 단토는 "한 작품의 문화적 장소" 가 "작품의 정체성Identität에 함께 속하는 요소들 중의 하나" 임으로 해석은 '문화' 와 연관될 수밖에 없다고 본다. 또한 문화는 "텍스트가 그것에서 유래하고, 원래 그것에 귀속되는" 곳임으로 문화의 특징들이 작품의 중요성을 가늠하고 결정하는 중요한 요인이 된다. 이러한 견지에서 단토는 인류의 수많은 일상적 활동성들 중 어떠한 것들이 문화 속에 표현되고 실리어 있는지를 해명하는 것이 "해석의 과제" 라고 한다.

단토는 문화를 세계가 "표현되는 형식", 내지는 "세계관" 으로 이해한다.** 그는 사람들이 하나의 '문화' 내에서 세계를 표상하는 그들의

---

* A.C. Danto, After the End of Art. Contemporary Art and the Pale of History (1997), übers. von Christiane Spelsberg, Das Fortleben der Kunst, München: Fink 2000, S. 247; 이성훈/김광우 역, 《예술의 종말 이후》, 미술문화사 2004, S. 350 ff. 이하 A.C. Danto, Beyond the Brillo Box. The visual Arts in Post-historical Perspective (1992), übers. von Christiane Spelsberg, Kunst nach dem Ende der Kunst, München: Fink 1996, S. 57; A.C. Danto, "Interpretation und Identifikation", in: Danto, The Transfiguration of the Commonplace. A Philosophy of Art (1981), übers. von Max Looser, Die Verklärung des Gewöhnlichen. Eine Philosophie der Kunst, Frankfurt a.M. 1993, S. 178-208, 특히 S. 184, 92f 참조.

** A.C. Danto, "Sprache, Kunst, Kultur, Text". In: Tne Transfiguration (앞의 책), S. 95-107, 특히 S. 95 f. 105 f.

방식과 방법을 상징들을 통해 자신의 삶 속으로 옮긴다는 비트겐슈타인의 문화 의미와 르네상스 시대의 '국가'를 예술작품으로 본 J. 부르크하르트의 문화 개념에 의거함을 스스로 보여주고 있지만, 더 근본적으로는 헤겔적 관점을 반영한다. 예술(특히 현대미술) 해석의 틀로서의 문화철학적 관점에 대한 단토의 논의는 아직 미완성적이고 단편적일 뿐이다. 하지만 이에 대한 원래의 논점을 헤겔에게서 찾을 수 있다. 이는 오늘날 이 시점에서 우리가 다시 헤겔 미학 내지는 예술철학을 논할 수 있는, 혹은 논해야 하는 이유이기도 하다.

2. G.W.F. 헤겔의 문화철학적 예술 논의

1) 문화, 문화물로서의 예술

포스트모더니즘이 예술과 사상에 관한 담론에서 주류를 이루는 오늘날에 포스트모더니즘의 주된 비판대상이자 해체의 대상으로 지목되는 헤겔을 거론하는 것은 시대착오적인 듯 보일 수 있다. 그러나 오늘날 해체론자들의 비판의 대상이 되고 있는 헤겔은 그의 제자들과 헤겔주의자들이 편파적으로 매개한 헤겔이다. 헤겔은 베를린 시대(1820/21년) 이후 철학의 '체계'보다는 세계의 역사, 법, 종교, 예술의 '현상'에 더 관심을 쏟으며 고찰한다. 하지만 헤겔은 자신이 고찰한 제 현상들을 '변증법'이라는 논리에 기초된 폐쇄적, 혹은 완결된 '체계' 속에 끼워넣지 않고 '현상'을 통한 '체계화'의 가능성을 조심스레 탐지한다. 뿐만 아니라 헤겔은 미학강의에서나 역사철학강의에서 이념이 '파편적

partial' 으로만 실현될 수밖에 없는 근대의 현실을 잘 파악하고, 초기에 필연적인 것으로 전제했던 역사에서 '총체적 이성' 의 실현이라는 생각을 더이상 고집하지 않고 가설로만 유보한다. 이는 이미 더러 그의 동시대에서와 오늘날 비판받고 있는 '폐쇄적 체계' 혹은 '범논리주의' 의 철학자로서의 헤겔과는 다른 모습을 보여주며, 나아가서는 오늘날의 해체론적 담론의 필연성을 시사하는 헤겔의 선구적 사유를 반영하는 것으로 볼 수 있다.

오늘날 예술에 대한 담론은 그 지반이 되는 '문화' 를 포괄하지 않을 수 없고, 더구나 타자적인 것과의 공존이라는 모토 아래 하나의 특정한 문화의 지배성이나 우월성이 아닌, 멀티 문화를 구가하고 있다. 이러한 담론의 방향은 헤겔적 사유를 타파하거나 극복하는 새로운 것이 아니라 오히려 매우 헤겔적이다. 왜냐하면 헤겔이 미학강의에서 세계의 예술들을 역사적으로 고찰하고 그 각각의 의미를 찾는 데에는 바로 범세계주의적, 범문화적 관점이 기초하기 때문이다. 헤겔의 이러한 관점은 G. 헤르더Herder의 영향하에서 유대인의 세계관과 신화 일반을 각 민족들의 환상과 감성적 진리표현으로 그 고유한 의미들을 승인했던 초기 사유에서 이미 그 맹아를 찾아볼 수 있지만, 1820/21년 겨울학기부터 1828/29년 겨울학기까지 네 차례 행한 베를린 미학강의에서 명시적으로 보여진다.

미학강의 전반에 뒷받침되어 있는 헤겔의 정신철학적 및 문화철학적 관점은* 무엇보다 헤겔의 예술규정에 내포되어 있다. 예술은 인간의 정신적 활동의 산물이며, 이념의 구체적인 감각상인 "이념상das Ideal"으

---

* 호토가 1835년(제1판)과 1842년(제2판)에 편집한 텍스트를 기초로 한 기존의 헤겔 미학연구에는 이러한 관점이 전혀 파악되어 있지 않고, 헤겔 미학은 단지 폐쇄적인 변증법적 체계의 학으로 이해되어 여러 가지 문제와 비판을 야기시켰다.

로 규정된다.* 이때 이념은 '역사적인 이념'으로서 역사적 과정 속에서 스스로 발전하는 인류의 자기의식을 말한다. 인류의 자기의식이란 참된 최고의 것, 즉 진리를 추구하는 과정 속에서 이루어지는데, 헤겔이 의미하는 진리란 그 자체 절대적 가치를 지니고 실재하는 무엇이 아니라 각 민족이 저마다의 역사적, 문화적 상황에서 "참다운 것"이라고 생각하는 것이다. 궁극적으로는 인류의 자기 자신에 대한 참다운 앎_{자기의식}이 된다. 그래서 헤겔은 예술 속에는 진리에 대한 "각 민족의 가장 지고한 표상"이 구현된다고 본다. 종교와 학문에서도 마찬가지이지만, 특히 예술은 "의식의 첫 번째 형식"으로서 그 표상을 개념화되지 않은 상태로 알게 하는 특수성을 띠는 것이다.**

다른 한편 헤겔에 있어서 예술은 '인간의 정신적 활동'의 산물이라는 포괄적 규정에서 그 자체 '문화' 내지는 '문화물'과 같은 의미를 갖는다. 왜냐하면 일반적으로 '문화'란 다름아닌 '자연의 가공'이라고 할 때 헤겔은 인간의 정신적 활동 자체를 자신의 신체적, 정신적 욕구를 만족하기 위해 자연을 가공하는 활동으로 보며, 예술은 특히 인간이 정신적 욕구를 충족하기 위해 (또한 이념을 실현하기 위해) 자연을 변형 및 가공하는 활동 및 그 결과를 이념상의 "외적 규정성" – 이것은 '현존재의 조건'이다 – 으로 표현한다고 보기 때문이다. 그러므로 헤겔에 있어서 예술은 정신철학적으로는 인류의 의식 발전을 반영하는 것이 되며,

---

* Die Philosophie der Kunst. Nach dem Vortrag des H. Prof. Hegel. Im Sommer 1823. Berlin. H. Hotho. (Ms. Hegel-Archiv, Bochum); Ästhetik oder Philosophie der Kunst nach dem Vortrag des Herrn Professor Hegel. Sommer 1823. Nachgeschrieben durch Heinrich Gustav Hotho, hrsg, von A. Gethmann-Siefert, Hamburg: Felix Meiner 1998, Ms. 41 (이하 Hotho 1823, Ms. 로 표기).

** Vorlesung über Ästhetik. Berlin 1820, Wilhelm von Ascheberg (Ms. Hegel-Archiv, Bochum); Vorlesung über Ästhetik. Berlin 1820/21. Eine Nachschrift. I: Textband, hrsg. von Helmut Schneider, Frankfurt am Main 1995, Ms. 3과 Ms. 16 비교 (이하 Aschberg 1820/21. Ms.로 표기).

문화철학적으로는 각 민족의 공동의 행동과 공동의 삶의 형식, 즉 다양한 문화를 매개하는 것이 된다.

헤겔은 이러한 예술의 문화적 성격을 고대 서사시들Epopoen과 고대 건축물들의 예들에서 규명한다. 그에 따르면 모든 민족들의 서사시와 고대 건축물들은 "전적으로 외면적, 내면적 삶"을 표현하고 있다(Ascheberg 1820/21. Ms. 248). 따라서 헤겔에 있어서는 서사시를 해석하는 것 내지는 고대 민족들의 건축물들을 고찰하는 것은 곧 "민족들의 개별 정신"을 인식하는 것이며, 제 민족의 그때마다의 세계관과 삶의 형식을 알게 되는 것이다. 이러한 견지에서 그는 "어디에서도 우리는 호머에서만큼 그리스 정신을 잘 알 수 없다"고 하며, 인도의 서사시베다, 라마야나, 마하바라타에서는 "인도적 직관"과 "그 민족"을 알 수 있다고 한다(Ascheberg 1820/21. Ms. 248과 250).

또한 1820/21년 미학강의에서 "우리 민족은 한정된 견해의 식상함으로부터 벗어나고, 우리에게 낯선 직관들, 표상들에 대한 수용력을 가지며, 이를 향유하는 위대함을 앞으로 가질 것이다"고 (Aschberg 1820/21. Ms. 249) 말하고 있듯, 이러한 헤겔의 관점은 한정된 당대인들의 지식과 수용력이 확장되어야 한다는 생각과 근대에 새로이 요청되는 예술의 내용으로서 더이상 그리스 신화나 낭만주의가 추구했던 독일 중세 신화 및 인도 신화라는 특정한 신화가 아닌, 모든 민족의 세계관과 신화를 포괄하는 "새로운 신화" "이성의 신화die Mythologie der Vernunft"에 대한 자신의 요구와도 관계된다. 이를 위해 헤겔은 그의 학생들에게도 당시의 현실에 대한 묘사가 아니라 인류의 상이한 삶의 세계들을 서술하고, 이를 위해 열려진 시각을 갖도록 촉구했다.

헤겔의 이러한 사유는 괴테와의 교류에서 괴테의 '세계주의'의 영향을 받은 시기에 행하였던 1826년 미학강의에서 정점을 이룬다. 이 강의에서 헤겔은 각 민족들의 예술에 구현된 정신의 계기들, 즉 "민족 기념물들Monumenta nationum"을 수집하는 것을 당대의 긴급한 과제로 보았다. 그의 이러한 주장은 당시에 만연한 독일의 국수주의적 예술관과 예술품 수집 "Monumenta Germaniae historica"을 반대하는 관점에 기초한다. 이로써 헤겔은 독일 민족의 성취물에만 정향된 동시대의 문화정책을 탈피하고자 했으며, 세계의 여러 민족들의 문화적 성과를 개시하여 독일인들의 '개별적 특수성Partikularität'을 극복하고자 했던 것이다.

2) 예술작품을 통해 문화 읽기

1826년의 미학강의에서 헤겔은 또한 무엇보다 이미 1823년 강의에서 표명한 '예술의 종말(과거성)' 이후에 가능한 근대에서의 예술의 의미와 역할에 대한 숙고에 중점을 둔다. 다음에서는 헤겔이 논한 근대에서의 예술수행 조건, 가능한 작품화 방식, 예술의 의미 및 역할에 관해 서술하면서 오늘날 예술작품(특히 현대미술) 이해에 있어서의 문화철학적 해석의 틀의 당위성을 살펴본다.

위에서 언급된 바와 같이 헤겔에게서 예술은 역사 속에서 발전해 가는 인류의 의식을 반영한다. 헤겔은 객관적 측면과 주관적 측면을 아울러 통일성을 갖는 의식을 '절대정신'이라고 칭하고, 이 절대정신은 인류 역사 초기에는 '실체성'을 띠다가 타자 및 타자화한 자신과의 관계에서의 '인정 투쟁Kampf um Anerkennung'과 성찰을 통해 점차 '주관성'으로 발전하면서 참다운 '자기의식'을 지향해 간다고 한다. 헤겔에 의하면 이 절대정신은 개별적 민족정신들로 나타나면서 역사 속에 실현되며,

예술에는 그 개별적 민족정신의 실체적 본질('인륜성')이 담겨 있게 된다. 또한 이 본질은 인간, 특히 인간의 '행동Handlung'을 통해 구현됨으로 인간의 행동이 예술에서 구체적인 이념상이 된다. 헤겔은 '행동'을 "예술미(이념상)의 구체적인 것das Konkrete des Kunstschonen"이라고 한다.

헤겔은 이념상이 행동을 통해 구현될 때 행동을 유발하는 네 계기를 언급하고, 이에 따라 이념상이 규정되는 것으로 본다. "이념상의 규정성"이 되는 이 네 계기는 1) "원래적 자립성"(다른 강의에서는 "보편적 세계상황", "영웅시대"라고도 함) 2) "상황" 3) "개별성" 내지는 "성격" 4) "외적인 규정성"이다 (von der Pfordten 1826. Ms. 12). 이 네 계기는 역사적 상황과 관련되는 것으로 각 시대에 있어서 예술의 실현방식과 특성을 규정짓는 것이기도 하다. 약술하면 헤겔은 이 네 계기를 통해 다음 사실을 서술한다. 즉 이념상의 담지자로서의 개인의 행동은 고대 '영웅시대'에는 주관성이면서도 그 자체 객관성을 지님으로써 이념상의 총체적 실현이 가능했지만 근대에 이르러 국가라는 '상황'이 생기면서 더이상 주, 객 총체성으로서의 보편성을 갖지 못하고 한정된다는 것, 그래서 근대에는 인간의 행동과 예술에서 보편성이 아니라 '개별성' '개별적 성격'이 더 두드러진다는 것이다.

뿐만 아니라 네 번째 계기도 근, 현대미술에 대한 헤겔의 이해와 규정에서 중요한데, 네 번째 계기인 '외적 규정성'이란 이념상의 담지자로서의 개인이 처한 구체적인 역사적(시간적), 문화적(공간적) 한정성을 의미한다. 헤겔은 개인의 행동이 이러한 한정성으로 인해 '개별적 특수성Partialitat'을 띨 수밖에 없음으로 이념상도 "개별적 특수성"을 띨 수밖에 없으며, 이에 따라 예술도 "파편성Partialiat"을 띠게 된다고 본다. 근대에서의 예술의 '보편적' 진리매개의 한정성은 세 가지 측면에서 설명된다. 첫째, 각 민족의 진리에 대한 다양한 표상과 둘째, 예술 자체의 질료적 한계, 셋째는 여기서 서술된 개인 행동의 시·공간적 한계가 그 이유이다.

이와 같은 근대의 여러 측면에서의 한정성들은 곧 근대 예술의 수행 조건이 된다. '보편적' 진리 매개가 더이상 가능하지 않은 근대적 상황에서 헤겔은 가능한 예술수행 방식으로 두 가지 방식을 제시한다. 하나는 과거의 "역사적 소재"를 다루는 방식이며, 다른 하나는 다양한 "파편성들"을 매개하는 방식이다.

먼저, '역사적 소재'를 다룬다는 것은 시간적으로 거리를 둔 상태에서 하나의 사태를 새로이 조망한다는 의미와 다른 한편으로는 현재는 불가능한 전원적이고 목가적인 상태, 내지 영웅시대를 그려냄으로써 보편적인 것을 성찰한다는 의미가 있다 (von der Pfordten 1826. Ms. 22 비교). 이때 중요한 것은 그 역사적 소재가 속한 지역성 및 시대성과 이를 다루는 작가의 지역성 및 시대성의 균형이다. 헤겔은 전자인 소재의 '객관성'과 후자인 작가의 '주관성'이 어느 한쪽에 치우치지 않고 조화를 이룰 때 "참다운 객관성die wahre Objektivität"이 가능하며, 또한 '외적 규정성'을 상세히 묘사해야만 수용자들에게도 적절한 효과를 낳을 수 있음을 주장한다.

헤겔은 미학강의에서 이에 대한 예를 셰익스피어 작품들을 통해 보여준다. 셰익스피어 작품에는 영국의 역사적 소재들이 다루어지되, 근대 인물들의 성격을 잘 드러내고 있다는 점이 강조되며, 또한 그리스 신화를 현대적으로 각색한 괴테의 〈이피게니〉도 신 'deus ex machina'에 의해서가 아니라 근대적 이성에 합당하게 '인륜성'에 의한 사죄와 구원을 다루었다는 점에서 높게 평가한다. 이런 헤겔의 견해는 우리시대에 역사적 소재를 다루는 사극이나, 고대 신화 및 중세적 신비주의에 대한 관심의 부활과 이를 다룬 영화물들이 성행하는 이유를 말해준다고도 볼 수 있다.

다음으로 '다양한 파편성'의 매개라는 측면에 관해 살펴본다면, 예술의 '파편성'은 '예술의 종말'이란 논제와 같은 맥락에서 이해된다. 즉 고대 그리스 이후 예술은 누구에게나 타당한 '보편적 진리'를 더이상 매개할 수 없고 단지 단편적인 진리만을 매개할 수 있으며, 이념도 보편성 그 자체로가 아니라 파편적으로만 구현할 수 있다는 것이다 (von der Pfordten 1826. Ms. 21a-23a). 근대 예술의 '파편성'은 '보편적' 진리를 매개하지 못한다는 점에서는 부정적인 면을 가질 수도 있다. 하지만 헤겔은 오히려 이를 근대 예술이 당면한 특성으로 이해하며, 이 특성을 토대로 하여 가능한 예술의 의미와 역할을 궁구한다.

그가 궁구한 근대에서의 예술의 의미와 역할이란 "형식적 도야 formelle Bildung" – 이 개념은 법철학강의와 역사철학강의에서 보다 구체적으로 다뤄진다 – 의 일환으로서의 그것이다. 즉 헤겔은 오늘날 '보편적' 진리 자체가 불가능하며, 우리가 추구할 수 있는 보편성은 "형식적 보편성"일 뿐이라고 보고 근대에서는 이를 향한 도야, 요컨대 '형식적 도야'가 필수적이라고 본다. 여기서 '형식적'이란 진리내용이 규정되지 않고 낯선 것, 타자적인 것에 대해 열려 있음과 비판적 고찰을 통해 되풀이하여 새로이 정립되는 것을 말한다. 이러한 맥락에서 오늘날 예술은 역사적(시간적)으로나, 문화적(공간적)으로나 여러 민족들의 다양한 사유방식과 삶의 형태들, 즉 문화를 하나의 '가능한' 대안으로 제시하여, 수용자가 처한 특수한 한정적 역사의식과 세계관을 확장하여 '형식적 보편성'에 이르도록 하는 역할을 하는 것으로 규정된다. 헤겔은 특히 괴테의 〈서동가요West-östlicher Divan〉에서 이를 예증하며, 이 작품을 최고의 근대 예술작품으로 든다. 그 근거는 이 작품이 근대 서구인들에게 결여된 오리엔트인들의 실체적 정신성과 그 고유한 특성 "유쾌함 Heiterkeit"을 서구들의 정서에 적합하게 시적으로 매개한다는 점이다.

이상과 같은 헤겔의 논지와 예증들은 대부분 시문학 영역에 치우쳐 있지만, 이는 예술에 대한 그의 기본입장이며 시각예술인 미술 분야에도 그대로 적용될 수 있다. 미학강의에서의 17세기 네덜란드 장르화에 대한 헤겔의 이해에도 이러한 입장이 기초되어 있으며, 당시 봐쎄레F. und M. Boissée 형제들의 제단화 수집과 베를린 최초의 박물관 건립에 대한 헤겔의 지지에도 역사적 및 문화적 배움에 역점을 둔 그의 문화철학적 기본입장을 파악할 수 있다.

다시 시점을 오늘날로 돌려 현대미술의 경우를 생각해 보자. 미술 분야에서도 '장르간의 문턱 넘기' 뿐 아니라 지역과 문화간의 경계도 넘어서려 하고 있다. 이렇듯 탈장르화와 국제화가 추진되는 가운데도 각종 국제교류전이나 비엔날레에서 주목받는 작가들과 국제적 명성을 떨치는 작가들에 대해 거론되는 것은 그들이 가진 '특수성' 이다. 이 특수성에는 물론 개별적, 민족적, 시대적 특수성도 포함되지만 이러한 요소들을 포괄하는 것은 역시 '문화적' 특수성이다. 따라서 현대미술을 이해하고 해석한다는 것은 곧 작가들이 속한, 그들이 중개하는 '문화'를 읽는다는 것이다. 그러므로 기호론적 해석이든, 단토의 본질주의적 해석이든 궁극적으로 해석은 헤겔적 의미의 문화철학적 틀 내에서만 가능하다고 할 수 있다.

3. 나오며

사실, 다다이즘과 더불어 도입된 레디-메이드와 오브제, 수많은 실험미술들로 전개되어온 현대미술의 다양한 양상을 이해하는 데 최근의 기호론과 영미분석미학의 전통에 있는 A. C. 단토의 예술이론은 참으로 유익하다. 그러나 살펴본 바와 같이 '기호' 의 해석이나 일상품의 예술로의 '변용-transformation' 을 위한 해석이나 이러한 해석들은 그 자체 다시금 보다 근본적인 틀, 즉 문화철학적인 틀을 필요로 하게 된다. 왜냐하면 '기호' 나 '변용' 은 사회적, 문화적 산물이며, 이 맥락에서만 이해될 수 있기 때문이다. 본고에서 다루지는 않았지만 예술작품의 '해석' 의 문제를 포괄적으로 논의하는 R. 슈스터만도 해석에서의 문화적 이해의 틀의 중요성을 강조한다. 그는 "예술작품들이나 텍스트들은 그것들이 다루는 문화의 전통과 사회적이고 언어적인 관행들에 의한 개별적 대상들로써 구성되고 재구성되는 문화적 실체들이다"라고 한다.*

이러한 사실을 논의의 출발점으로 하여 본고에서는 현대미술을 둘러 싼 담론들에 선행하는, 그리고 무엇보다 보다 근본적인 논의의 틀이 될 수 있다고 보는 단초들을 G.W.F. 헤겔의 예술철학에서 찾아보았다. 이는 헤겔의 예술철학의 현대적 의미를 밝히는 의미와 동시에 오늘날에 있어서 헤겔 미학에 관한 연구의 필요성을 되짚어보는 의미를 지닌다.

이 글에서는 헤겔의 예술 이해와 해석의 입장을 '문화철학적' 이라고 명하였는데, 이는 E. 카시러Cassirer를 중심으로 한 신칸트학파의 문화철학과는 다른 성격을 띤다. 신칸트학파적 문화철학에는 문화적 '가

---

* Richard Shusterman, Pragmatist Aesthetics. Living Beauty, Rethinking Art, 김광명/김진엽 역, 《프라그마티스트 미학. 살아 있는 아름다움, 다시 생각해 보는 예술》, 예전사 2002, 129쪽.

치' 의 기준과 평가에 대한 연구가 중점을 이룬다면, 헤겔의 문화철학적 관점은 – 그의 정신철학의 연장선에서 – 제민족들의 정신활동의 산물과 삶의 형태로서의 문화를 역사 속에서 상이한 방식으로 구현된 정신의 이념상으로 간주하면서 가치중립적 내지는 등가치적으로 보는 것이다. 이 관점에 따르면 오늘날 예술에서 매개되는 많은 다양한 문화들은 특정한 기준에 의한 가치평가에 따라 서열화되거나 특정 문화만이 지지됨이 아니라 우리 '자신에 대한 앎das Wissen von sich' 의 일환으로, 저마다 배울 거리들로서 폭넓게 수용된다.

이런 측면에서 헤겔의 관점은 오늘날 많은 관심을 받고 있는 주체해체, 탈중심화, 타자와의 공존 사상과 공유점을 가진다. 하지만 그런 원칙적 공동성에도 불구하고 헤겔 관점은 '인륜성Sittlichkeit' 에 기초한다는 데 그 고유성이 있다. 이는 어떠한 한계도, 경계pale도 없이 다양성 자체만을 추구하는 포스트모더니즘 또는 후기 역사주의와 다른 점이다. '인륜성' 은 인간성과 문화의 실체가 되는 것으로, 헤겔에 있어서는 인간의 모든 정신활동도 이 '인륜성' 의 여부에 따라 예술작품이기도 하고 아니기도 하며, 이것의 객관적 형상화의 여부에 따라 훌륭한 예술작품이 되기도 하고 그렇지 않기도 하다.

헤겔의 후기 사유의 맥락에서 추론해 볼 때, 예술에서 추구되어야 하는 오늘날의 '인륜성' 은 그 자체 이미 하나의 특정한 상像으로 고정된 것이 아니라 지금 우리에 의해, 그리고 앞으로도 계속하여 새로이 규정되어야 하는 무엇이다. 따라서 오늘날 타 '문화' 에 대한 우리의 관심과 예술작품에서 '문화' 를 읽고자 하는 우리의 노력은 다름아니라 오늘날 참다운 '인륜성' 이 무엇인지를 성찰하고 찾고자 하는 의미를 가진다고 볼 수 있다. 이와 같은 방식으로 우리는 헤겔적 의미의 문화철학적인 틀에서 현대미술을 해석함에 있어서도 그가 규정해 놓은 특정 내용을 배우고 수용하는 것이 아니라, 그가 요구한 '형식적 도야'의 맥락에서 그와 함께, 그의 사유의 틀로 현 시대 예술과 문화를 성찰하고 우리 자신의 사유를 통해 내용을 채워야 한다. 그리고 그렇게 하는 한 헤겔의 사유는 예술에 대한 우리의 성찰 속에서 항상 더불어 숨쉴 것이다.

참고문헌

Barthes, Roland, Kritik und Wahrheit, übers. Helmut Scheffel, Frankfurt am Main: Suhrkamp 1967.

—, Mythen des Alltags, übers. von Helmut Scheffel, Frankfurt am Main: Suhrkamp 1964.

Danto, Arthur C., "Die Wurdigung und Interpretation von Kunstwerke", in: Die philosophische Entmündung der Kunst (The philosophical Disenfranchisement of Art, 1986), übers. von Karen Lauer, München: Fink 1993, S. 45–69.

—, After the End of Art. Contemporary Art and the Pale of History (1997), übers. von Christiane Spelsberg, Das Fortleben der Kunst, München: Fink 2000; 이성훈/김광우 역, 《예술의 종말 이후》, 미술문화사 2004.

G.W.F. Hegel, Vorlesung über Ästhetik. Berlin 1820, Wilhelm von Ascheberg (Ms. Hegel- Archiv, Bochum); Vorlesung über Ästhetik. Berlin 1820/21. Eine Nachschrift. I: Textband, hrsg. von Helmut Schneider, Frankfurt am Main 1995, Ms.

—, Die Philosophie der Kunst. Nach dem Vortrag des H. Prof. Hegel. Im Sommer 1823. Vortrag des Herrn Professor Hegel. Sommer 1823. Nachgeschrieben durch Heinrich Gustav Hotho, hrsg. von A. Gethmann-Siefert, Hamburg: Felix Meiner 1998, Ms; 《헤겔 예술 철학. 베를린 1823년 강의. H, G, 호토의 필기록》, 한동원 · 권정임 역, 미술문화사 2008.

—, Philosophie der Kunst oder Aesthetik. Nach Hegel im Sommer 1826. Kehler (Ms. Universitätsbibliothek Preußischer Kulturbesitz, Berlin) Ms.

—, Philosopie der Kunst. 1826. Von der Pfordten (Ms. Staatsbibliothek Preußischer Kulturbesitz, Berlin), Ms; G.W.F. Hegel. Philosophie der Kunst. Vorlesung von 1826, hrsg. von A. Gethmann-Siefert · Jeong-Im Kwon · Karsten Berr, Frankfurt a.M.: Suhrkamp 2005.

Peirce, Charles S., Schriften zum Pragmatismus und Pragmatizismus, hrsg. von Karl Otto Apel, Frankfurt am Main: Suhrkamp 1991.

Shusterman, Richard, Pragmatist Aesthetics. Living Beauty, Rethinking Art, 김광명/김진엽 역, 《프라그마티스트 미학. 살아 있는 아름다움, 다시 생각해 보는 예술》, 예전사 2002.

5

낭만주의 미학과 예술론*

— 예술의 이념과 작품, 그리고 비평의 관계

● 김진수(홍익대 대학원 미학과 강사) ●

1. 이념과 작품, 그리고 비평

낭만주의 정신은 인간 본질에 대한 통일성과 만족할 만한 객관적 힘에 대한 동경과 더불어 전개되었다. 이 점은 이미 셸링F. W. J. Schelling의 '선험철학Transzendentalphilosophie'에서 분명하게 나타나고 있는데, 이 선험철학의 토대는 자아Ich의 두 가지 행위에서 출발한다. 셸링에게 있어서 자아의 이상적 행위는 직관이거나 정신이고, 그 실재적 행위는 존재이거나 소재에 해당한다. 정신은 소재 속에서 스스로를 객관화하는 동시에 그소재에다가 통일성을 부여하는 것으로 간주된다. 보다 정확히 말하자면, 정신은 사물의 총체성을 창조한다는 것이겠다. 전체의 자연은 정신의 표현이고, 또 이러한 정신과의 관련성 속에 존재한다. 이 같은 셸링철학과 연관하여 낭만주의가 제기한 근본적인 문제는 다음과 같은 것

---

* 이 글은 〈초기 낭만주의 예술비평론의 미적 근대성〉이라는 필자의 박사학위논문(홍익대, 1998) '제2장 예술의 이념과 예술작품' 일부를 요약·수정한 것이다.

이다. 즉, 어떻게 인간의 정신은 응고된 개념의 체계를 극복하기 위하여 사유가 행하는 기술적이고 기계적인 구성을 넘어서 자연적인 것의 절대적인 필연성을 자신 속에서 갱신할 수 있는가? 어떻게 인간은 모든 사유 속에서 자신과 분리되지 않은 본질을 순수하게 반영할 수 있는가? 어떻게 인간은 주관을 규정하는 의지를, 자연과 꼭 마찬가지로, 완전히 객관적인 결과로서 달성할 수 있는가?

이 같은 문제들을 제기하고 있는 낭만주의에 있어서 예술과 문학사의 전개는 역사와 관련하여 매우 특수한 의미를 갖는다. 피히테J. G. Fichte 철학에 있어서 자아Ich의 선험적 자기긍정은 낭만주의에 있어서 그리스적 고대의 통일성에 상응한다. 피히테와 더불어 슐레겔F. Schlegel은 자아의 선험적 자기긍정으로부터 전개된 하나의 체계를 절대적인 것을 포괄할 수 있도록 구상한다. 자아의 절대적 명제에 대한 부정의 가능성을 피히테는 비아Nicht-Ich에서의 자기제한을 통해 자신의 근원적인 자유를 객관화하는 순수자아의 필연성으로부터 이미 획득했다. 낭만주의는 이 부정의 범주를 강조하면서 주관적 자의의 원리를 고대예술의 통일성을 새롭게 정초하기 위한 필연적인 출발점으로 삼는다. 절대적 명제와 현실적 부정의 통일로부터 피히테는 보편적인 윤리적 조화의 표상을, 낭만주의는 보편적인 미적 조화의 표상을 발전시킨다.

낭만주의에 있어서 이러한 미적 조화의 이념은 '예술의 절대성'이라는 명제를 통해 담보되지만, 현실적으로 존재하는 예술작품은 다만 그러한 절대성에 도달하려는 동경Sehnsucht의 흔적과 파편으로만 현상될 뿐이다. 이 같은 예술의 절대성의 추구에서 낭만주의적 유토피아의 표상이 생겨나며, 그곳을 향한 인간의 충동은 자아가 지닌 '근원충동Urtrieb'으로 간주된다. 끊임없이 동일한 것을 향한 이러한 욕구와 현실적인 충족 불가능성은 낭만주의의 고유한 동경이라는 욕구의 형식을 만들어내지만, 이 욕구의 무한성(이념)과 현실적인 충족의 유한성(작품) 사이에는 긴장이 생겨난다. 이 긴장의 영역을 낭만주의는 '아이러니Ironie'라고 불렀다. 그러므로 낭만적 아이러니는 예술의 절대성의 이념과 예술작품의 현실적인 유한성 사이의 균열에 대한 성찰적-비평적 자기의식인 동시에 작품과 비평의 공통된 존재론적 지반이 되기도 한다. 낭만주의에 있어서 예술의 이념과 예술작품의 현실, 그리고 그 균열과 괴리에 대한 동시적 의식은 또한 작품과 비평의 분리를 불가능하게 만든다.

2. 예술 : 절대성의 이념

낭만주의 예술론과 미학의 핵심에는 예술의 '이념Idee'이 자리하고 있는데, 이 이념은 낭만주의 정신을 이해하기 위한 가장 핵심적인 개념이라고 할 수 있다. 여기서 말하는 이념을 우리는, 벤야민W. Benjamin의 용어법에 따라서, "이성적으로는 증명될 수 없는 하나의 방법"* 으로 이해해야 한다. 낭만주의 사상은 무엇보다도 칸트I. Kant의 철학에 단초를 두고 있는 피히테 철학으로부터 점화되었다. 칸트는 모든 경험이 필연적으로 야기되는 감각현상의 세계를 가능한 인식의 대상으로서 규정할 수 있게 하기 위한 근거를 구하고자 했으며, 이 같은 방식을 '선험적 transzendental'이라고 명명한 바 있다. 그는 이러한 현상세계의 인식 가능성

---

* W. Benjamin, Der Begriff der Kunstkritik in der deutschen Romantik, In; Schriften Bd. 2, Frankfurt a. M., 1955. 박설호(편역), 독일 낭만주의에서의 예술 비평의 개념, 《발터 벤야민 ― 베를린의 유년시절》, 도서출판 솔, 1992. 268쪽.

의 근거를 의식과, 그것의 인식능력 바깥에 존재하는 비물질적 실체, 즉 '물자체Ding an sich'에 위치시켰다. 이 같은 문제를 계승한 피히테는 칸트로부터 설정된 이성 체계의 선험 철학적 논거를 자신의 과제로 설정한다. 비록 그러한 선험적 토대 부여가 그의 철학체계 전체를 칸트의 그것과는 전혀 다른 방향으로 몰아갔지만 말이다.

피히테의 선험철학은 순수한 원리의 수용으로부터 시작된다. 이러한 순수원리와 더불어 의식의 모든 가능한 사실이 근거될 수 있을 뿐만 아니라 동시에 의식의 모든 제약된 대상들 아래에서 의식의 무제약적 사실이 분명하게 제시된다. 비록 모든 경험적인 것들이 이러한 사실 속에 근거하고 있음이 틀림없다 할지라도, 피히테의 '학문론Wissenschaftslehre'의 전 체계가 출발하는 이러한 사실 속에는 그 어떤 경험적인 것도 보존되어선 안 된다. 원리와 사실, 근거하는 것과 근거지어진 것은 동일하지는 않지만, 그러나 무차별적인 것으로 생각해야만 한다는 것이다. 피히테는 학문론의 최초 원칙, 즉 주관의 스스로에 대한 근원적인 행위 속에서 이 양자를 포괄한다. 의식의 근원적 통일성은 성찰의 행위로부터 획득되거나 그 속에서 제시되어야 하기 때문에, 이러한 성찰의 행위는 대상적인 것과 관련되지 않고 오로지 선천적으로 필연적인 것으로부터만 근거지어질 수 있다. 피히테에게 있어서 이 같은 자아의 근원적인 성찰의 대상은 오직 스스로의 행위일 뿐이다. 즉 행위하는 주관은 경험적 현상형식들의 전체를 통해서 주장되는 저 근원적인 통일성을 자기파악의 자유로운 행위 속에서 기초한다는 것이다. 피히테에게 있어서 주관의 자유로운 자기 규정적 사고는 윤리적 행위의 이념에 이를 뿐만 아니라 동시에 최상의 논리적 확실성의 형식으로 표현된다.

낭만주의 미학과 예술관은 이러한 토대 위에서 명확하게 이해될 수 있다. 낭만주의는 지치지도 않고 낭만적 예술이 지니는 근본적 특성이 철학의 완성임을 강조한다. 슐레겔F. Schlegel은 〈이덴Ideen〉 단장 96에서 "모든 철학은 관념론이며, 시의 실재론만큼 참된 실재론은 없다"는 입장을 분명히 밝힌다. 철학의 최상의 형식으로서의 예술이라는 규정은 셸링에게는 오로지 철학을 통해서만 주어질 수 있었다. 그러나 슐레겔에게 있어서 그것은 예술의 자기규정으로서 가능해야 한다. 이러한 규정을 통해 낭만주의는 학문과 예술을 일치시키려고 한다. 셸링이 《예술철학》에서 "우리의 학문은 철학이어야 한다. 이것은 본질적인 것이다"고 주장하는 반면, 슐레겔은 "모든 예술은 마땅히 학문이고, 모든 학문은 예술이 되어야 한다"(〈비평적 단장Kritische Fragmente〉 115)고 말하고 있다. 이 같은 학문 개념 속에서 낭만주의는 어떠한 사변적 이론도 미적 형식과 대립시키지 않는다. 이론은 미적 작품 그 자체에 내재적이라는 뜻이다. 이 같은 학문의 이상은 낭만적 '보편시Universalpoesie' 개념에서 고안되고, 그러한 이상의 역사적 도출은 '낭만시Romantikpoesie' 개념 속에서 비로소 가능해진다. 실재적인 것과 이상적인 것의 관계에 대한 시적 성찰, 즉 '자기성찰'로서의 예술이라는 시에 관한 이론은 이제 '선험시Transzendentalpoesie'라는 명칭을 갖게 된다. 낭만주의에 있어서 시는 이성의 제약과 한계들로부터 자유로운 주관의 발전적 자기극복의 매개체가 된다. 왜냐하면 철학의 '조건의 조건'을 향한 추구는 더이상 철학 안에서는 완성될 수 없기 때문이다.

자기성찰로서의 예술이라는 개념으로 정립된 '선험시'란 낭만주의에서 '시의 시Poesie der Poesie'로서 규정되고, 이는 예술의 이념에 대한 다른 표현에 불과한 것이다. 벤야민은 바로 이 점을 지적하여 "선험시는 평범한 형식이 파괴되고 난 다음에 절대성 속에서 살아남는 형식"이라고 정의한 바 있다. 낭만주의에서 이러한 선험시의 조직체는 '상징적 형식' 이다. 그리고 이 상징적 형식의 대표적인 표현 형식은 '소설Roman' 로서 간주된다. 말하자면 최상의 정신적 시는 소설이라는 것이다. 소설 은 모든 상징적 형식 가운데서 가장 최상의 형식이며, 이러한 최상의 형 식으로서의 낭만시는 바로 시의 이념 그 자체가 된다. '낭만적romantisch' 이라는 표현도 근본적인 의미에서는 '소설에 적합한romangemäß' 이라는 뜻으로 이해되어야 한다고 주장한 이는 하임R. Haym이었고* 벤야민 역시 이러한 견해에 동감을 표한다. 소설은 모든 시적인 것의 통합체로서 시 적 절대성에 대한 표현이 된다.

그러나 여기서 강조되어야 할 것은 낭만주의자들이 말하는 소설이 라는 용어가 장르 개념으로 이해되어서는 안 된다는 것이다. 이 점에 대 해 슐레겔은 이미 〈시에 관한 담화Dialog über die Poesie〉(1800)에서 한 인물의 입을 빌려 다음과 같이 말한 바 있다. "낭만적인 것은 하나의 장르라기 보다는 오히려 문학의 한 요소로서 다소간 지배적이었다가 퇴조하기도 하지만 결코 없어져서는 안 되는 것이다. 내가 모든 문학은 낭만적이어 야 한다고 요구하기는 했지만, 그러나 소설이 특별한 장르이고자 하는 한 나는 소설을 싫어한다." 말하자면 낭만시라는 개념은 낭만주의에 있 어서 소설의 형태로서 우주의 선험적 학문에 이르려는 정신적 시도 자 체를 의미한다고 할 수 있다. 보다 정확히 말하자면, 여기에서 '소설은 학문과 결합된 시' 라는 뜻으로 이해되어야 한다. 낭만주의는 언제나 철 학인 동시에 '철학의 철학' 인 선험적 학문으로서의 학문적 특성에 대 해서 선험시라는 개념을 부여했다. 이 같은 선험시는 "각각의 표현들 속에서 스스로를 함께 표현하는 시이며, 동시에 시의 시" 이다. 이러한

* R. Haym, Die Romantische Schule. Ein Beitrag zur Geschichte des deutschen Geistes, Berlin, 1870. S. 251.

선험시의 개념 속에서 슐레겔은 피히테의 성찰 개념을 미적 표현이라는 지반 위에서 '예술적 성찰'로 근거 짓는다. 선험시는 이러한 형식의 보편적 조건들에 대한 성찰을 통한 특수한 미적 형식의 표현을 의미한다. 다시 말하자면, 선험시의 개념은 낭만주의가 설정한 예술의 이념에 대한 표명 이외에 다름아니라는 것이다. 그것은 결국 예술의 이념에 대한 하나의 규정이다.

이러한 선험시의 특성은 어떤 절대적인 예술작품 속에서 구현된 예술의 이념과 일치한다고 할 수 있다. 예술의 이념이라는 개념은 낭만주의 미학과 예술론의 정점을 이룬다. 낭만주의에 있어서 모든 표현형식은 이러한 이념과 본질적으로 관련된다. 그러한 표현형식들은 상호적 이행의 과정 속에서 어떤 절대적인 예술형식으로 일원화되는데, 이 일원화된 절대적인 예술형식이야말로 예술이 이념이다. 말하자면 선험시로서의 특성을 부여받은 낭만시야말로 시의 이념 그 자체라고 할 수 있다는 것이다. 그리고 이 이념이란 낭만주의에 있어서 모든 표현형식을 포괄하는 예술형식의 연속성을 말하는 것이다. 벤야민은 낭만주의적 예술의 이념이 지니는 이러한 일원성과 연속성의 측면을 일러 "슐레겔은 이 개념을 플라톤이 말하는 이념으로서, 다시 말하면 '모든 경험적 작품의 근본 바탕'으로 확정하려 했다"고 말한다. 그렇다면 예술의 이념, 즉 어떤 단일한 예술의 전체성이라는 입장에서 본다면 모든 예술은 다만 '하나의 책'(《이덴》 단장 96)에 지나지 않을 것이다. "만약 작품의 표현형식이 더이상 제한되지 않고 극복된다면, 이념은 작품이며 작품은 바로 이념이 된다"는 벤야민의 언급은 바로 이 같은 핵심을 관통하고 있다고 할 것이다. 낭만주의 기관지 《아테네움Athenäum》(1798/1800)의 저 유명한 단장 116은 이러한 주장을 다음과 같이 뒷받침하고 있다. "낭만시는 하나의 우주론에 입각한 진보적인 시이다. (…중략…) 낭만주의의 문학적 유형은 바로 변화 속에 위치하고 있다. 그러니까 그것은 다만 영원히 변화를 거듭하고 결코 성취될 수 없다는 점을 특징으로 한다." 여기서 낭만주의가 주장하고자 하는 바는 낭만주의 예술이 지니는 영원히 생성적인 특성으로서의 무한성이라고 할 수 있다.

이 같은 사정을 이해하기 위해 낭만주의가 상정한 세계와 자아의 관계를 면밀하게 검토할 필요가 있다. 단적으로 말해서 낭만주의에게 있어서 세계란 영원히 생성 중에 있는 '원 자아Ur-Ich'이다. 슐레겔에 의하면, 이러한 원 자아가 원래 철학을 기초하는 개념이 된다. 원 자아 속에서 객관성과 주관성은 선험적으로 통일된다. 따라서 그것은 경험적 자아와는 엄격하게 구별되어야 한다.* 개별적인 특수한 자아들은 마치 플라톤의 영혼이 영원한 이념에 참여하듯이 원 자아와 관련되어 있고 또 그것에 참여한다. 사물들과 외부세계는 '자아를 마주하고 있는 자아', 즉 '너'이다. 여기에서 비아는 있을 수 없다. 진리에 있어서의 정신적인 것은 감각적 직관 속에서는 낯선 사건들로 대립한다. 그러나 진리에 있어서의 대립 자아인 것, 즉 외계는 '감정Gefühl'을 통해서 결국 우리의 동족임이 확인된다는 것이다. 그러한 외계는 우리의 내면과 생생하게 결합된다. 결국 낭만주의에 있어서 감정은 수용성과 생산성 사이에 존재하는 셈이다. 이 감정을 통해 자아와 세계는 상호적 관련 속에 자리하게 된다. 이 감정 속에서 유한한 것과 무한한 것은 통일된 것으로 체험된다. 그리고 이러한 통일성에 대한 감정이야말로 낭만주의에 있어서 모든 지식의 근원점이 된다. 말하자면 모든 지식은 유한한 것과 무한한 자

---

* "모든 것은 다만 무한한 자아성의 한 부분일 뿐이다. 우리가 외부에서 지각하는 모든 것은 살아 있는 대립-자아, 즉 너Du이다. (…중략…) 세계는 생성 중에 있는 무한한 자아, 즉 생성되는 신성Gottheit이다"(F. Schlegel, KA., XII. S. 338f.)

아의 관계에서 기인한다는 것이다. 따라서 낭만시가 지니고 있는 근본적 특성은 이러한 무한성과 절대성의 확보라고 말할 수 있다.

3. 작품 : 절대성의 매개체

낭만주의에 있어서 무한한 것에서 완성되는 조화는 다만 무한한 동경의 대상일 뿐 그 자체로 감각적으로 현상하거나 사고 속에서 파악될 수 있는 것은 아니다. 절대적인 통일성의 이념에 대립하고 있는 경험적인 의식은, 상상력 속에서는 무한한 것으로 확장되지만, 결코 유한성의 상태를 극복할 수는 없는, 언제나 제한된 형식으로서 구성된다. 이러한 의식은 그 자체로 분열된 절대적인 것이 단편, 즉 '위트^{Witz}' 로서 드러난다. 위트 속에서 의식은 보편과 특수의 불화에 대한, 자신의 이념의 비현실성에 대한 표현을 발견한다. 이러한 측면에서 위트는 상상력과 동일한 것으로 간주될 수 있을지도 모른다. '단편적 인식의 형식' 으로서의 위트는 상상력이 그 산물 속에서 존재와 의미의 통일성으로 매개하는 유한한 것과 무한한 것의 유기적 연관의 가능성을 특징짓지 못한다. 그러한 연관의 비실재성에 대한 지식으로서의 위트는 자신의 고유한 방식으로 의식의 단편적인 상태만을 표현할 뿐이다. 그와 더불어 의식은 언제나 아이러니한 자기제한으로부터 이념의 현실화로 발전할 수 있는 것이다. 이러한 절대적인 통일성의 이념은 다만 기억의 초월적인 대상으로서만이 아니라 동시에 새로운 통일성을 향한 진전의 필연적 조건으로서 매개될 수 있어야 한다.

이 같은 이유로 낭만주의가 설정한 예술의 절대성이라는 이념은 대개 작품으로 구체화되지 않았다. 블랑쇼M. Blanchot의 낭만주의에 대한 언급은 이러한 사태에 대한 납득할 만한 근거를 제공한다. 그의 관점에 의하면, 낭만주의가 지녔던 예술의 이념은 '시적 활동의 순수성, 부재하는 작품의 작품, 지속 없는 확증, 실현 없는 자유, 사라지는 힘 속에서 시를 확증하는 것'이다. 왜냐하면 그것의 목적은 시를 자연으로나 작품으로 간주하지 않고 순수한 순간적인 의식으로 간주하기 때문이다. 그리고 이러한 순간적인 의식이 낭만주의의 '새로운 글쓰기'의 유형을 만들어낸다. 블랑쇼는 낭만주의가 예술작품에 대해서 새로운 완성의 유형을, 더욱이 글쓰기 방식의 순전한 변화를 소개함으로써 "그 결과 작품의 고유한 힘은 어떤 내용의 서술 속에서가 아니라 그것의 순수한 존재 속에, 작품으로서의 자신을 절대적인 것과 단편적인 것으로, 즉 총체성으로 확인하는 힘 속에 존재한다. 그러나 모든 이러한 것은 하나의 형식, 즉 모든 형식을 포함하고 말하자면 무형식적일 수 있는 하나의 형식 속에서 전체를 실현하는 것이 아니라 그것을 특징짓는다"*고 말한다. 이러한 의미에서 슐레겔의 〈시에 관한 대화〉에는 "하나의 예술작품은 그 자체가 하나이며 모든 것이기 때문에 예술작품이 된다"는 주장이 나온다. 또한 노발리스Novalis의 다음과 같은 주장, 즉 "모든 예술작품은 증명을 필요로 하지 않는 하나의 이상이며, 실재하고 있다는 필연성을 지니고 있다"는 언급 역시 이와 동일한 맥락 속에 놓여 있다고 할 수 있다.

낭만주의에 있어서 인간이 지니고 있는 근본적 기능은 무엇인가를 추구하고 충족시키고자 하는 무한한 자아의 활동으로 간주된다. 무한한 충족은 자아의 자유와 생성 중인 자연에 있어서 가장 본질적이다. 이

---

* M. Blanchot, Das Athenäum, In: V. Bohn(Hg.), Romantik Literatur und Philosophie, Frankfurt a. M., 1987. S. 109.

러한 활동 속에서 모든 주어진 것을 넘어서려는 상상력이 산출된다. 낭만주의가 말하는 '천재Genie'란 바로 이러한 상상의 능력 자체를 일컫는 하나의 은유에 지나지 않는다. 천재는 고도의 활동적 상상력 이외에는 아무것도 아니라는 것이다. 여기서 오성과 상상력의 관계가 문제시될 수 있다. 낭만주의에 있어서 "오성은 상상력에서 기인하지만, 상상력과는 상이한 사고, (…중략…) 즉 개념들에 따른 사고이다". 오성은 우리의 본질 속에서 구성된, 형성된 영혼일 뿐이다. 이 같은 오성에 있어서는 무한히 유동하는 생성으로서의 세계는 우리에게 단편적으로만 주어질 뿐이다. 우리의 의식은 그러한 세계 전체를 포괄하는 데에 미치지 못한다는 것이다. 인간 존재로서의 우리 앞에는 무의식의 바다가 놓여 있기 때문이다. 그러나 그것만이 또한 이해와 인식의 섬광을 우리에게 때로 드러낼 뿐이다. 이 순간적인 섬광은 낭만주의에 있어서 의식과 무의식의 결합이자 융합인 '위트Wit'의 개념*을 통해 보증된다. 그것은 오성과는 분명히 구분되는데, 왜냐하면 오성은 자유롭긴 하지만 개념적 연역 속에서 파악된 것만을 전개시키는 데에 구속되어 있기 때문이다. 이에 반해 위트는 전적으로 유희적 사고이자 '단편적인 인간 의식'의 유희적 상상력이다. 이러한 상상력이 개별적 의식 속에서 구체화되는 장소가 낭만주의에서는 바로 예술작품이 된다.

낭만주의의 예술작품에 대한 이론은 순전히 성찰의 개념과 연관된 그 '형식의 이론'임은 이미 널리 알려져 있다. 그러나 여기서 말하는 형식을 우리는 의고전주의에 있어서처럼 예술에 있어서의 아름다운 법칙이나 규칙에 종속되는 것으로 간주해서는 안 된다. 낭만주의가 말하는

---

* 아이러니의 상위 개념'으로서 위트가 지니는 의식과 무의식의 상관성에 대해서는 다음을 참조하라. 최문규, 독일 초기 낭만주의의 '아이러니' 개념에 관한 연구, 《뷔히너와 현대문학》 8(한국 뷔히너학회, 1995), S. 151-191.

형식이란 성찰이 내재하고 있는 고유한 자기제한성을 의미하기 때문이다. 벤야민에 의하면, 그것은 '예술에 대한 성찰의 기관'으로서 어떤 내용을 표현하기 위한 수단이 아니기 때문에 어떤 또 다른 합법성을 필요로 하지 않는다. "낭만주의자들은 성찰의 순수한 본질을 예술작품의 순수한 형식적인 현상에서 파악할 수 있다고 믿고 있다. 그러니까 형식이란 작품 고유의 (작품의 본질을 형성하는) 성찰에 대한, 하나의 대상으로서의 표현인 셈이다. 그것은 예술작품 속에 내재해 있는 성찰의 가능성이며, 아무런 증명을 필요로 하지 않은 채 하나의 현존 원칙으로서 예술작품의 기초가 되고 있다. 다시 말해서 예술작품은 그 형식을 통해서 성찰의 어떤 생기 있는 중심부 역할을 한다.*

그러나 낭만주의에 있어서 예술의 절대성의 이념에 비해 예술작품은 언제나 상대적이며 우연한 것일 뿐이다. 예술의 형식은 이러한 특별한 우연성을 하나의 필연적인, 말하자면 불가피한 것으로 이해하고 그것을 성찰의 엄밀한 자기제한으로 받아들이는 기능을 한다. 그러니까 특정한 성찰이나 자기제한 예술작품의 개성과 형식을 형성하게 된다. 개별 예술작품은 그러한 상대적으로 머무르는 폐쇄된 형식으로 존재한다. 자기 제한적인 이 폐쇄된 작품의 형식이 바로 '낭만주의의 가장 모험적인 선취들 가운데 하나'인 단장Fragment이다. 일반적으로 생각하자면 단장이라는 형식은 불연속성과 단절을 의미함으로써 낭만주의가 추구하는 예술의 절대적 일원성과 연속성을 파괴하는 '불완전한 형식'으로 보일 수도 있다. 그러나 낭만주의에 있어서 단장은 불완전한 형식이기는커녕 유일한 방식의 새로운 글쓰기로서 간주된다. 그것은 "의사소통의 방해를 목적으로 하는 것이 아니라 의사소통의 절대화의 단편적 언

* W. Benjamin, 앞의 책, 234-5쪽.

어에 대한 추구"이다. 블랑쇼에 의하면, 단장에 대한 요청은 불연속성이나 차이를 그 자체 속에 받아들이면서 말하자면 총체성을 배제하는 것이 아니라 그것을 넘어설 것을 요구한다.

낭만주의에 의하면, 시는 순간적으로 자기 자신을 의식하고 스스로를 표명하며, 이러한 표명 속에서 스스로를 해명하는 것 이외의 어떤 과제나 다른 특성을 갖지 않는다는 것이다. 예술작품은 오로지 스스로를 통고할 뿐이다. 시인은 순간 속에서 인간의 미래를 재현하는데, 그는 자신의 창작에 대한 의식이 소유하고 있는 것 이상의 존재가 아니다. 그는 자신이 내면적으로 응답하는 이러한 의식 속에서 더이상 만족스럽고 아름답고 아무도 능가할 수 없는 작품을 산출하는 것이 아니라 목적과 규정도 없이 시가 그 스스로를 순간적으로 생산하는 어떤 '장소ᵒᵉ' 만을 드러낼 뿐이다. 그러므로 우리는 낭만주의 예술작품은 오로지 스스로를 천명하는 것 이외에는 아무것도 하지 않는다고 말할 수 있다. 스스로를 천명하는 것, 스스로를 통지하는 이러한 작업은 예술작품의 본질을 근거하고 형성하는 비창조적인 활동으로 보일 것이다. 그러나 다른 한편 예술작품이 스스로를 표명하게 하고 또 스스로를 표명하는 것 이외에는 어떤 것으로도 존재하지 않는 존재로 환원된다는 스스로에 대한 이러한 의식은 오히려 순간 속에서, 모든 현상 속에서 나타나는 모든 것을, 즉 전체를 받아들인다. 거기에서 예술작품의 다의성이 생겨난다. 시적 의식의 근대적 시초인 낭만주의는 어떤 예술사조도 아니고, 또한 오로지 예술사의 중요한 한 계기만도 아니다. 블랑쇼의 말대로라면, 그것은 전적으로 하나의 '새로운 시대'를 여는 것이다.

앞서 언급한대로, 개별 예술작품은 예술의 절대성이라는 이념을 향한 동경의 흔적, 혹은 파편에 지나지 않는다. 벤야민이 정확히 지적했듯이, "모든 작품은 예술의 절대성에 대하여 불완전하거나 – 같은 의미를 뜻하는 말이 되겠지만 – 작품의 고유한 절대적인 이념에 대해서 불완전한 것이다." 이념에 대한 이러한 작품의 불완전성으로부터 낭만주의의 예술비평은 그 존재근거와 정당성을 획득하게 된다. 왜냐하면 그러한 이념과 작품의 거리에서 비로소 예술비평은 자신의 입지를 확보하기 때문이다. 그러나 어떤 작품도 예술의 이념과 무관한 것은 없다. 개별 예술작품은 언제나 저 하나의 유일한 절대적 이념이라는 전체를 위한 정신의 구성원이기 때문이다. 예술작품의 불완전성 속에는 언제나 예술의 절대성의 이념이 동시에 자리하고 있다는 것이다.

4. 비평 : 아이러니한 예술의 자기의식

낭만주의는 비평과 아이러니를 통해서 예술작품은 폐쇄된 형식으로서의 상대성에서 벗어나 예술의 절대성으로, 즉 예술의 이념 속으로 고양될 수 있다고 간주한다. "아이러니와 성찰은 낭만주의 문학작품이 지니고 있는 상징적 형식의 기본적 특성* 이라는 언급은 예술의 이념에 대한 예술작품의 형식에 내재된 성찰과 아이러니의 관계를 설명해준다. 바로 그 점이 노발리스가 '비평적 싹' 이라고 불렀던 '사고이자 동시에 관찰인 무엇' 을 자극하는데, 비평은 바로 이러한 실마리, 즉 '성찰의 생식세포' 를 인식하여 개별 예술작품을 예술의 절대성의 이념으로 공양시켜야 하는 과업을 떠맡게 되는 것이다. 결국 이 같은 근거에서 창작과 비평은 서로 구분되지 않으며, "시 작품은 오직 시 작품에 의해서

---

* F. Margolin, Die Theorie des Romans in der Frühromantik, Stuttgart, 1909. S. 27.

만 비판될 수 있을 따름"이라는 슐레겔의 진술이 등장한다. 또한 "개별적인 예술(작품-필자)에 대한 공식을 발견하고 이를 통하여 개별 예술작품을 이해하는 것이야말로 미적 비평가의 작업이 아닐 수 없다. 비평가의 과제는 예술의 역사를 미리 마련하는 것이니까"라는 노발리스의 언급도 그러한 관점의 연장선에 있는 것이다. 그러니까 분명한 것은 다음과 같은 사실이다. 낭만주의에 있어서 비평은 개별 예술작품에 대한 평가라기보다는 그 작품을 완성해내는 방법이라는 것이다. 바로 그러한 이유에서 그들은 시적인 비평을 요구하였으며, 비평과 시 작품에 대한 구분을 파기시켜버렸던 것이다. 결국 비평의 행위는 종국적으로 예술작품의 자기 인식 또는 '성찰된 것의 성찰'이라는 행위인 것이다. "비평이 예술작품에 대한 인식인 한에서, 그것은 예술작품의 자기 인식인 셈이다. 이러한 자기 인식이 예술작품을 평가하는 한, 비평 행위는 예술작품의 자기 평가를 통해서 발생한다."《아테네움》 단장 116은 다음과 같이 말하고 있다. "낭만시는 창작 및 비평의 재능을 용해시키려고 하며 또한 그래야 한다."

낭만주의의 미학과 예술관의 파악에 있어서 가장 중요한, 그래서 또 그만큼 이해하기 어려운 개념이 아이러니라고 할 수 있다. 아이러니 개념은 그것이 지니고 있는 역설과 모순과 다의성으로 인해 그 정확한 면모를 파악하기에 상당한 어려움을 동반하는데, 그렇기 때문에 이 개념은 '낭만주의' 자체만큼이나 복잡다단한 정의를 가능케 한다. 대개의 경우 이 개념에 대한 이해에 따라 낭만주의 미학과 예술관에 대한 평가도 상이하게 전개된다고 할 수도 있다. 낭만주의에 있어서 아이러니는 단순한 수사학적 장치에 불과한 것이 아니라 예술의 어떤 근본적인 존재방식을 드러내고 있다는 점에서 중요한 의미를 갖는다. 그러므로 예술의 이념과 개별 예술작품의 관계에 대한 연구는 '예술의 참된 자리'로서의 아이러니 개념을 통해서 해명되어야 한다. 낭만주의 미학에서는 그 자체로 완결된 모든 유한한 개별 예술작품 속에는 절대적이고도 무한한 예술의 이념이 순수하게 개시되어 있어야 한다는 전제가 포함되어 있다. 문제는 어떻게 하면 유한하게 폐쇄된 개별 작품 속에 무한한 정신과 절대성이 표현될 수 있느냐 하는 점이다. 이 같은 관계에 대한 탐구에서 아이러니 개념은 핵심적인 역할을 하게 된다.

슐레겔은 아이러니를 '낭만적 아이러니'라고 명명하지 않는다. 이 개념이 처음 출현하는 장소는 소크라테스의 아이러니만 언급될 뿐이다. 오로지 〈괴테의 마이스터에 대하여Über Goethes Meister〉(1798)와 〈시에 관한 대화〉만이 근대적 예술과 연관하여 이 개념에다가 어떤 의미를 부여하고 있을 뿐이다. 부분적으로 아이러니는 예술에 있어서 쉴러F. Schiller의 유희 개념과 자유로운 활동으로서의 예술이라는 칸트의 관점과 연관될 수 있다. 그러나 낭만주의에 있어서 아이러니는 무엇보다도 역설과 결부된다. 그것은 '역설의 형식'으로서 "역설은 훌륭한 동시에 위대한 모든 것"이라고 슐레겔은 말한다. 아이러니는 세계가 그 본질에 있어서 모순과 역설이라는 것, 그리고 오로지 양가적인 태도만이 그 자체로 모순된 세계의 총체성을 파악할 수 있다는 사실에 대한 인식이다. 한 마디로 말하자면, 그것은 '절대적 대립명제들의 절대적 종합'이다. 그것의 근원은 성찰에 대한 성찰로서의 '비평의 정신'에서 유래하며, 따라서 그것은 절대적인 것과 상대적인 것, 무한한 것과 유한한 것 사이의 투쟁을 의미한다.

아이러니는 세계에 대한 완전한 파악 불가능성과 필연성에 대한 동시적 의식이다. 말하자면 그것은 '시적 성찰'의 고유한 기관이 된다. 우리가 예술가를 시적 성찰 자체의 의인화로서 간주할 때, 예술가는 그렇기 때문에 스스로에 대해서 양가적인 태도를 취해야만 한다. 그는 자신의 위에 서서 거리를 두고 조망하면서 유희한다. 그는 대상을 훌륭하게 기술할 수 있기 위해서 더이상 대상에 관심을 가져서는 안 된다는 것이다. 예술가가 창작하고 영감을 부여받는 한, 그는 그것의 전달을 위해 최소한 부자유스런 상태에서 창작한다. 그러므로 예술은 자유로운 상태를, 예술가의 능력을, 자신을 넘어 스스로를 최고의 것으로 고양할 것을 요구한다. 슐레겔은 다음과 같이 말한다. "어떤 대상을 훌륭하게 표현할 수 있기 위해서는 그 대상에 대해 필요 이상의 흥미를 가져서는 안 된다. 만약 그렇게 된다면 신중하게 표현하려는 생각이 사라져버리고 그 대상이 근본적으로 관심사 밖의 것이 된다. 예술가가 어떤 것을 창안해내고 그것에 열중하는 한, 그는 그 무엇을 전달하는 데 매우 부자유스런 상태에 놓여 있게 되는 것이다."

여기에서 아이러니는 무엇보다도 '자기 제한'이라는 특성을 지닌 것이라는 점을 분명히 알 수 있으며, 또한 이러한 자기 제한은 '자기 창조'와 '자기 파괴'의 결과로서 설명될 수 있다. 무한한 활동성으로서의 낭만적 자아에게 있어서 이러한 자기 제한은 자유롭고도 필연적인 자기 규정이 된다. 슐레겔은 아이러니가 지니는 이러한 자기 창조와 자기 파괴의 역설과 모순성을 지적하여 '아이러니는 영원한 동요, 무한히 완전한 카오스에 대한 명료한 의식'이라고 정의한다. 그것은 어둡고 설명할 수 없는 세계에 대한 명료한 의식이지만, 또한 다른 한편으로는 자기 스스로에 대한 의식이기도 하다. 아이러니는 스스로에 대한 '자기 패러디Selbstparodie'이고 '선험적 회가극Buffonerie'이며, "모든 것을 조망하고 모든 제약된 것 너머로, 또한 자신의 고유한 예술이나 덕성 또는 독창성 너머로 스스로를 무한히 고양시키는 분위기"이기 때문이다. 아이러니를 통한 낭만주의 예술의 이러한 형식 파괴적인 태도는 이미 낭만주의적 '성찰의 자기 제한성'과 무한성을 통해서도 담보되고 있다고 할 수 있다. 왜냐하면 '사고의 사고'의 형식으로서의 성찰은 단계적으로 반복, 지속되면서 무한하게 전개되기 때문이고, 사고된 사고는 끊임없이 제한 극복되어 언제나 새로운 사고가 출현하기 때문이다.

낭만주의는 이러한 사고 행위의 자기 창조와 자기 파괴를 성찰의 본질적 특성으로 간주하면서, 이를 고유한 예술형식의 이론으로 정립한다. 이러한 사고 행위의 패턴은 경직된 채 굳어 있는 형식을 배격하며, 따라서 형식에 있어서 어떠한 모범도 허락하지 않는다. 말하자면 하나의 예술작품이 지니고 있는 고유한 성찰의 싹을 대상으로서 드러내는 행위가 바로 형식인데, 이러한 형식이 곧 자기 파괴적이며 자기 창조적이라는 것이다. 이러한 성찰의 자기 파괴적 행위는 시적 형식의 자기 부정을 의미하는 것이 아니라, 오히려 자기 창조의 무한한 가능성을 가져다준다는 점이 중요하다. 이미 슐레겔은 아이러니를 '영원한 동요의, 무한히 완전한 카오스의 명확한 의식'으로서 특징지은 바 있다. 이러한 시적 성찰의 고유한 기관으로서 아이러니 속에서 예술은 단지 스스로의 특수한 형식적 조건들을 성찰의 대상으로 고양시킬 수 있을 뿐만 아니라 동시에 예술 일반의 가능성의 조건에 대한 물음을 설정할 수도 있다. 그리하여 개별 예술형식은 한편으로는 특수와 보편의 객관적인 매개과정으로 변모되지만, 다른 한편으로는 이러한 연관성으로부터 역사적인 의미를 획득하게 된다. 스스로의 형식에 대한 성찰을 통해서 예술은, 벤야민의 용어를 빌리자면, 철학적인 동시에 역사적인 '성찰매개체'의 차원으로 고양되는 것이다.

그러나 슐레겔의 언급대로 '비판철학의 가장 내적인 신비'로서의 아이러니는 형이상학적이고도 역사적인 의미를 보증하는 예술형식만을 형성하는 것이 아니라, 또한 본질적으로는 예술의 가능한 내용에 대한 물음의 답으로서도 기여할 수 있다. 낭만시 개념의 특성을 분명히 하기 위하여 아이러니가 지니고 있는 근본적인 태도는 미학적 형식 및 철학적 형식으로 유도되어야 한다. 보편성의 요청은 특수한 예술적 형식과 아이러니 속에서 파악된 유한한 것과 무한한 것의 교체라는 이념의 통일성에 대한 증명 속에서 충족될 수 있다. 낭만주의에 있어서 이렇게 제한된 표현으로 귀결된 아이러니의 형식이 '위트'이다. 그것은 문학과 철학의 방법적인 상호작용의 특수한 형식으로서 특징지어진다. 슐레겔이 위트를 한편으로는 '시의 특권'으로서 다른 한편으로는 '보편철학의 원리이자 기관'으로 특징지을 때, 그는 문학과 철학의 일치라는 이념을 정당화하고자 하는 것이다. 만약 아이러니가 유한한 것과 무한한 것의 상호규정을 보편적으로 표현한다면, 위트는 절대적인 것의 표현 불가능성을 현실적으로 표현한 특수성 속에서 교체의 정지 상태를 특징짓는다. 낭만주의는 이 같은 위트에 대한 철학적 표현, 즉 모든 이론의 긴밀한 연관성의 결여에 대한 의식을 '단장'의 이론으로 구성한다. 위트의 본질적 특성은 무한한 것과 유한한 표현 형식의 화해 불가능성이라는 의식을 기반하고 있다. 단장은 인식에 있어서 절대적인 것의 표현 불가능성에 대한 형식이다. 이러한 위트와 단장이라는 두 가지 형식은 스스로의 자기 제한에 대한 성찰의 표현이라고 할 수 있다. 위트 속에서는 자기 성찰에 대한 미적 표현이 드러나고, 단장 속에서는 논증적 사유가 발견된다.

5. 낭만주의 미학과 예술관

피히테로부터 도출된, 그러나 낭만주의에 고유한 다음과 같은 세 개의 근본적인 사고방식은 이 운동의 미학과 예술관을 근본적으로 규정하고 있다. 군돌프F. Gundolf가 제기한* 그러한 명제들은 다음과 같이 요약될 수 있다. 첫째, 정신은 스스로를 이해할 수 있게 만들어야만 할 개별적인 사고에 속하는 것이 아니라 단지 기호로서나 매개체로서 개별자에게 봉사하는, 말하자면 그 개별자를 넘어선 객관적인 세계-자아이다. 이에 대한 증거로 제출될 수 있는 것이 칸트적 오성의 범주인데, 그것은 개별 사고자의 수단이 아니라 사고의 형식 자체인 것이다. 말하자면 이떤 개별자가 사고하는 것이 아니라 이미 '원-자아' 라고 지칭되는 세계-자아가 그 개별자 안에서 사고한다는 것이다. 그러므로 개별자에게는 세계정신의 언어로서 말하는 것 외에는 아무것도 남아 있지 않게 된다. 이러한 점에서 성찰의 중심에 거주하고 있는 '원-자아' 는 모든 현실 감각과는 무관한 초월적인 내용으로서, 그리고 영원히 외화할 수 없는 모든 기억들의 정지점으로서 매개된다.

슐레겔에게 있어서 원-자아란 절대적인 것이며 무한히 성취되는 성찰의 총체적인 개념이다. 이러한 세계자아 또는 객관적인 정신은 그 어떤 궁극적인 목적도 알지 못한다. 세계자아의 기관이 사고하는 것과 말하는 것은 인간 육체의 비자의적 운동이나 기능들처럼 무목적적이라고 할 수 있다. 개체의 신체는 그 개체에게 속하지 않고 오로지 하나의 매개체, 즉 전체 자연의 불가해한 상형문자로서 하나의 기관에 지나지 않

---

* Friedrich Schlegels romantische Schriften, In: Ironie als literarisches Phänomen, H. E. Hass & G. A. Mohrlüder(Hg.), Koeln, 1973. S. 143-144 참조.

는다. 그렇다면 개별 정신은 동시에 모든 정신의 담지자가 되는 셈이다. 자기 충족적 유희는 그러므로 개별적 자아의 자의성에서가 아니라 거기에 봉사하는 세계자아의 활동인 것이다. 이런 의미에서라면 개별 자아가 유희하는 것이 아니라 오히려 유희당하는 것이며, 개별 자아가 곧 유희인 것이다. 그러나 이 같은 유희에 도달한 자는 '현실적으로 말하는' 세계자아의 암호로서 스스로를 인식한다. 말하자면 세계자아의 말이 원래의 본질이라는 것이다. 그러한 세계자아라는 사고자의 언어 속에서 무한한 세계정신 자체가 발생한다. 그것은 대중적 매개체를, 즉 유한한 기호를 필요로 한다. 그것이 하나의 사고인데, 그러한 사태의 배후에 낭만주의의 시적 성찰이 존재하는 것이다.

또 하나의 다른 명제는 피히테의 비아에 대한 낭만주의적 해명이다. 영원히 생성 중에 있는 '세계로서의 자아' 와 '자아로서의 세계' 라는 변환과정을 서술하기 위해서 필요한 유한한 암호와 매개체들은 결코 언어로서 수용될 수 없을 뿐만 아니라 또한 최종적인 것으로도 수용될 수 없다. 그러한 생성의 측면은 유한한 직관 속에서 드러나긴 하지만, 실체적인 상으로서는 파악될 수 없다. 그것은 고정된 존재가 아니라 영원히 스스로를 변화시키는 것이기 때문이다. 낭만주의자들의 사고에 있어서 사물의 표면적인 외양은 다만 생성의 한계이며 영원한 자기 추구의 한계일 뿐이다. 그러므로 그러한 유한한 암호와 매개체들은 다만 세계자아로부터 설정된 우연한 것일 뿐이다. 낭만주의 사상이 지닌 모든 불가해성은 우리가 그러한 상형문자를 무한한 과정을 위한 기호로서 수용하는 것이 아니라 거기에서 중지하기 때문에 발생하는 것처럼 보인다.

슐레겔은 자신의 아테네움 단장의 불가해성에 대해서 그 시대를 특징짓는 가장 뚜렷한 세 경향, 즉 '피히테의 학문론' 과 '괴테의 빌헬름

마이스터' 그리고 '프랑스 혁명'으로부터 설명한다. 그는 이 역사적인 사실들을 세계정신의 초역사적인 활동에 대한 암호로서 수용하는 반면, 독자들은 그와 반대로 그러한 사실들을 개별적인 것으로나 경험적인 소재로 간주하여 그 안에서 문학적이거나 정치적인 부분의 관점만을 취했던 것이다. 그러한 독자들은 경향Tendenz이라는 말을 일상적인 의미에서 도달할 수 있는 특정한 인간 인식으로서 받아들인다. 그러나 슐레겔은 이 유한한 의미를 세계가 무한히 자기 운동하는 의미의 기호로서 사용했던 것이다. 경향이란 슐레겔에게 있어서 개별 자아나 한 사회의 '목적운동'이 아니라 세계정신의 '표현운동'이다. 그러한 기호를 이를테면 계몽주의자나 실용주의자들처럼 단어 상으로만 수용하는 사람들은 낭만주의를 이해할 수 없을 것이다. 오로지 유한성이기만 한 것에서 무한성에 이르는 길은 불가능한 것이다.

그러나 그럼에도 불구하고, 무한한 것으로부터 유한한 것에 이르는 길이 인도될 수는 있다. 그 길이 바로 낭만주의가 새롭게 발견한 아이러니라는 방식이다. 슐레겔에게 있어서 불가해성에 대한 세 번째 근본사상은 세계의 무한한 유희와 개별적인 유한한 암호 사이의, 무제약적인 세계자아와 그것의 제약된 기관으로서의 개별자아 사이의, 정립하는 것과 정립된 것 사이의 매개체에 해당된다. 슐레겔은 다양한 아이러니들의 장르를 설정하고 있다. 그것들 모두는 설명할 수 없는 암호 속에서 개별자아와 세계자아가 의식적으로 서로 유희하는 것으로 환원될 수 있다. 아이러니는 모든 유한한 암호의 상대화이고, 상대적인 암호의 유희적 진지함이며, 무한한 것 속에서의 상대화의 상대화이다. 세계자아와 개별자아는 두 개의 서로 마주보는 거울처럼 유한한 사물들을 서로에게 투사한다. 그것들은 다만 사물만을 반영하는 것이 아니라 그 사물의 반영상을 투사하는 동시에 무엇보다도 자기 자신을 반영한다. 그러므로 거울 속에서의 반영상을 파악하려는 자는 속임을 당하게 된다. 왜냐하면 반영되는 것은 세계정신의 의미이지 이미지가 아니기 때문이다. 그래서 자명한 것은 역설로 보인다. 그것은 더이상 자명한 것이 아니라 비밀스러운 의미가 되기 때문이다.

그러므로 역설은 다시금 자명하게 된다. 왜냐하면 그것은 일반적으로 의미되는 것이 아니라 단순히 표현되는 것이기 때문이다. 그러나 자기 자신과 세계정신의 영원한 유희는 해명될 수 없다. 그것은 언제나 영원한 신비로서 머문다. 그러한 신비야말로 낭만주의자들이 불가해성을 칭송하는 최상의 근거가 된다. 모든 유한한 내용을 해석하고 조명하는 정신 자체는 언제나 해명되지 않은 채 남게 된다. 마치 모든 사물을 비추는 빛 자체는 더이상 조명되지 않고 오로지 그 영향력과 대상들을 통해서만 인식될 수 있는 것처럼 말이다. 여기서 세계의 완전한 정신화는 신비주의로 변한다. 정신이 아닌 모든 것을 정신이 인식하고 해명했을 때 진지함인 모든 것과 더불어 정신이 유희할 수 있을 때, 결국에는 언제나 '진지한' 유희만이 남는다. 그 점이 바로 낭만주의의 아이러니가 지닌 근본적 유희성이다. 아이러니의 이러한 유희성은 예술의 절대성이라는 이념과 예술작품의 현실적 불완전성, 무한성과 유한성이라는 양자의 모순적 긴장 영역에서 발생한다. 그러므로 비평은 이 같은 낭만주의적 아이러니가 지닌 예술의 분명한 자기의식으로 자리하는 셈이다.

참고문헌

F. Gundolf, Friedrich Schlegels romantische Schriften, In: Ironie als literarisches Ph?nomen, H. E. Hass & G. A. Mohrlüder(Hg.), Köln, 1973.

F. Margolin, Die Theorie des Romans in der Frühromantik, Stuttgart, 1909.

F. Schlegel, *Kritische F. Schlegel Ausgabe*, 35 Bde(egplant). E. Behler / J. J. Anstett / H. Eichner(Hg.), München, 1958ff.

F. W. J. Schelling, *Philosophie der Kunst*, Darmstadt, 1976.

M. Blanchot, Das Athenoüm, In: *Romantik Literatur und Philosophie*, V. Bohn(Hg.), Frankfurt a. M., 1987.

Novalis, Die Werke F. v. Hardenbergs. Historische Kritische Ausgabe, 4 Bde. P. Kluckhohn / R. Samuel / H. J. Möhl / G. Schulz(Hg.), Stuttgart, 1960ff.

R. Haym, *Die Romantische Schule. Ein Beitrag zur Geschichte des deutschen Geistes*, Berlin, 1870.

W. Benjamin, Der Begriff der Kunstkritik in der deutschen Romantik, In: *Schriften* Bd. 2, Frankfurt a. M., 1955. 박설호(편역), 독일 낭만주의에서의 예술 비평의 개념, 《발터 벤야민 — 베를린의 유년시절》, 도서출판 솔, 1992.

W. E. Ehrhardt, F. W. J. Schelling. Die Wirklichkeit der Freiheit, In: J. Speck (Hg.). *Grundprobleme der großen Philosophen*, 원승룡(역), 《근대독일철학》, 서광사, 1988.

김진수, 《독일 초기낭만주의 예술비평론의 미적 근대성》, 홍익대학교(박사학위논문), 1998.

최문규, 독일 초기낭만주의의 '아이러니' 개념에 관한 연구, 《뷔히너와 현대문학》 8, 한국 뷔히너 학회, 1995.

6

루카치 미학을 통해 본 미술관*

● 이주영(서원대 전문연구교수) ●

서론

오늘날 게오르그 루카치^{Georg Lukács, 1885-1971}에 대한 평가가 여러 각도에서 다양하게 이루어지고 있다고 해도 문예이론가와 미학자로서 그의 입지는 아무도 부인할 수 없을 만큼 확고한 것이다. 그는 금세기 철학적 미학의 한 척도를 세웠고, 예술이 현실과 어떤 관계를 맺고 있는가를 진지하게 묻는 모든 사람들이 대결하지 않으면 안 되는 리얼리즘의 문제는 그를 떠나서는 이야기될 수 없다. 오늘날 현대미학의 한 고전으로 입지를 굳힌 그의 미학과 또 철학적 저작들을 제외한다면 드라마와 근대소설에 대한 방대한 저작, 그리고 문예이론서들은 분명 그의 저작들 중 대부분의 양을 차지한다. 그렇기 때문에 루카치의 미술관을 고찰하고자 하는 본 논문의 주제는 의외의 것으로 여겨질 수도 있다. 그러나 루

---

* 이 글은 1998년도에 〈루카치의 미술관 - 회화에 있어서의 리얼리즘〉이라는 제목으로 《문예미학》4권에 실렸던 글을 수정 · 보완한 것이다.

카치를 연구한 많은 사람들은 그의 후기 미학이 미술에 관한 내용을 상당 부분 담고 있다는 것을 알고 있다. 더 나아가 초기 미학이나 문예이론서들에도 서양미술사의 주요한 화가들이 문학작품과 비교되어 빈번히 언급되고 있음을 알고 있을 것이다. 더우기 초기 미학 중에는 회화에 관한 독립된 글이 한편 실려 있기도 하다. 그러나 미술에 관한 그의 생각은 대부분 전집 전편에 걸쳐 흩어져 있어 정리하기가 쉽지 않고 또 그의 미술관이 전면에 부각되어 논쟁에 오른 적도 없기 때문에 선명하게 드러난다는 느낌을 받기가 힘들 것이다. 사실상 루카치 미술관에 대한 연구는 아직 서구에서도 본격적으로 이루어진 적이 없다.

그러나 과연 루카치가 미술이라는 장르의 본질을 어떻게 생각하고 있었고 그것이 그의 예술일반에 대한 원칙적인 생각인 리얼리즘론과 어떻게 부합하는가는 우리의 흥미를 끄는 주제일 뿐만 아니라 꼭 연구되어야 할 주제이기도 하다. 왜냐하면 미술 분야에서 창작자, 수용자, 비평가 모두에게 장르 고유의 특수성을 섬세하게 고려하지 않은 채, 문예론을 통해 원용된 리얼리즘론의 도식적인 적용과 오해가 있을 수도 있기 때문이다. 이를 피하기 위해서는 미술에서의 리얼리즘관이 구체적으로 밝혀져야 할 필요가 있다. 또한 받아들이는 사람에 따라 리얼리즘의 원리가 문학을 통해서는 다소 추상적으로 느껴질 수도 있다면, 미술작품을 예로 들 때 의외로 그 핵심이 더 선명하게 이해될 수도 있다.

이러한 문제의식을 가지고 본 논문은 다음과 같은 질문에 답변을 구하고자 한다. 즉 루카치가 미술에 대해 가졌던 초기와 후기의 견해를 종합해 볼 때, 논란거리가 되어왔던 그의 미학의 연속성은 어떻게 정리될 수 있는가? 미술에서의 리얼리즘은 과연 구체적으로 어떻게 성립하는가? 주지하다시피 루카치는 호머로부터 고리끼까지 서구 문학사의 주요 작가들의 작품세계를 리얼리즘의 시각에서 꿰뚫어보았고 셰익스피어, 발작, 괴테, 토마스 만 등을 리얼리즘의 최고봉에 놓았다. 이러한 그가 과연 미술사를 통해서는 어떠한 미술가들을 리얼리즘의 시각에서 정리하고 있는가? 또한 리얼리즘 작품의 핵심이 되는 당파성은 하나의 미술작품을 통해서는 어떻게 드러나는 것일까? 그의 미술관은 그의 전체 예술론을 조망하는데 있어서, 또 오늘날 우리의 예술논의에서 궁극적으로 어떠한 의의를 가질 수 있는가? 하는 것 등이다.

1. 루카치와 미술

전 저작을 통해 볼 때 루카치는 조형예술 중에서도 대부분 회화에 관심을 집중하고 있다. 회화는 물론 풍부한 표현 가능성으로서 볼 때나, 서구 미술이 남긴 유산 중에서 양적, 질적인 면에서 볼 때나 조형예술의 가장 중요한 세부 장르라고 할 수 있다. 루카치가 청년시절부터 가졌던 회화에 대한 깊은 관심과 성찰에는 많은 사람들이 영향을 주었다. 그의 예술적 감수성과 세계관에 깊은 영향을 미쳤던 첫 번째 연인 이르마 자이들러는 재능있는 화가였다. 또 절친한 친구였던 레오 포퍼Leo Popper, 1886-1911는 직접 실기도 했던 미술사가로서 예술의 본질을 철학적으로 통찰할 수 있는 하나의 모범을 보여주었다. 하이델베르크 체류시절에 루카치는 조형예술의 자율성 이론을 정립한 콘라드 피들러의 저작에 심취해 있었고 그 이후까지 미술사가 빌헬름 보링거, 막스 드보르작과 긴밀히 교류했었다. 루카치가 주축이 되어 성립된 이른바 '일요회Sonntagskreis'에는 아놀드 하우저나 프리드리히 안탈, 샤를르 톨나이등 나중에 유명해진 미술사가들이 주된 멤버를 이루었다. 루카치는 청년시절부터 이러한 화가, 미술사가, 이론가들과의 교우를 통해, 또 수많은 여행을 통한 직접적인 작품 체험을 통해 조형예술의 미적 본질에 대한 확고한 생각을 얻었으며 이러한 생각은 후기까지 지속되었다. 이러한 미적 체험은 초기 루카치 사유의 한 특징, 즉 작품이 지향하고 있는 가장 본질적이고 형이상학적인 요소를 끌어내고자 하는 의도를 체계화시키는 데 도움을 주었다고 할 수 있다.

먼저 인상주의적 비평기부터 하이델베르크 체류시기의 미술관의 방법적 토대를 살펴보기로 하자. 청년시절 특유의 함축적이고 직관적인 문체로서 루카치는 《현대 드라마의 발전사》에서부터 수많은 화가들에 대하여 언급했는데, 이는 장르의 구별을 초월하여 작가가 표현하고자 하는 근본적인 의도(그가 선험적이라고 생각하는 의도)를 비교하기 위해서였다. 예컨대 그는 메테를링크를 '마네와 인상주의자의 후계자*'로 언급하기도 하였고, 바그너가 뵈클린Böcklin과 유사하다고 보았다.** 또한 그는 "문학에 있어서 헵벨은 미켈란젤로에 가장 가까이 접근해 있다."(EmD. 205면)고도 했으며 그 밖에도 호프만슈탈의 작품세계의 변천을 "뵈클린에서 세잔으로 회귀하는 길"(EmD. 448면)로 표현하기도 했다. 이러한 언급 등을 통해 볼 때 루카치는 초기 시절의 특징인 직관적 방법을 통해 미술에 대한 확고한 견해와 나름대로의 감식안을 가지고 있었다는 것이 확인된다. 여기서 특징적으로 나타나는 것은 루카치의 회화 분석은 미술사적이거나 실증적인 분석, 또는 심리학적인 접근방법과는 애초부터 아예 거리가 멀었다는 점인데 이러한 태도는 후기까지 지속

---

* 루카치 전집 제15권. Entwicklungsgeschichte des modernen Dramas, (Darmstadt und Neuwied, 1981), 418면. 앞으로 이 책은 EmD로 약해서 씀.
** EmD. 418면 참조.

된다. 그는 작품이 지향하고 있는 가장 본질적이고 형이상학적인 요소, 선험적인 요소를 끌어내고자 노력한다. 에세이 시기를 지나 루카치는 본격적인 철학적 미학에 관심을 가지면서 피들러K. Fiedler와 힐데브란트A. Hildebrand 등 칸트 미학에 토대를 두고 있는 미술 이론가들의 입장을 받아들인다.

잘 알려져 있지는 않지만 피들러는 루카치에게 강한 영향을 미친 이론가로서 그의 조형예술론의 토대가 되는 '순수가시성純粹可視性: reine Sichtbarkeit'이론은 루카치 초기 예술론의 중요한 이론적 근거가 된다. 루카치가《예술철학》을 쓰면서 해결하고자 했던 문제는 현실의 소재가 어떻게 장르 고유의 매개물로 전환되는가 하는 것이었다. 예컨대 그러한 매개물은 문학에서는 언어, 음악에서는 소리, 조형예술에서는 시각성이 될 것이다. 이러한 매개물은 장르마다 질적으로 같은 차원에 있기 때문에 루카치는 후기 미학에서 이를 '동질적 매개물homogene Medium'이라고 불렀다.

피들러는 조형예술의 모든 현상으로부터 하나의 통일성을 만들어 내었다. 즉 우리는 시각적인 것과 사유, 느낌이 서로 뒤섞여 있는 세계 속에서 살고 있는데 이러한 세계는 조형예술 활동을 통하여 순수한 시각성에로 환원된다는 것이다. 피들러는 미술활동을 이러한 순수 시각성에로의 탐구로 보았으며 이러한 탐구는 작품이 완성될 때까지 수미일관하게 관철된다고 보았다. 루카치는 일단 창작과정의 현상을 고찰하는 데 피들러의 이러한 전제를 정당한 것으로 평가하고 받아들이면서도 그의 이론이 지닌 한계를 다음과 같이 지적한다. 즉 피들러는 현실의 제요소를 구별하여 순수하게 시각적인 것으로 환원될 수 있는 부분과 그렇지 않은 부분으로 나누면서 후자를 비예술적인 것으로 간주하였는데, 루카치는 순수하게 시각적인 것과 비시각적인 것의 양 세계 사이에 일종의 중간단계가 존재한다는 것을 가정하고 있다. 즉 순수하게 시각적이지는 않으나 예술적 형상화를 통해 시각적으로 만들어야 하는 세계가 존재한다는 것을 이해해야 한다는 것이다. 그것이 바로 루카치가 강조하는 '내용적인 것' 이다. 예컨대 표현하고자 하는 대상이 순수한 시각성으로 환원될 경우에는 선과 형태, 색채 등을 통해 나타난다. 그러나 이러한 것들만 가지고는 대상을 총체적으로 파악하기에는 불충분한데, 즉 대상의 본질적 속성을 완전히 표현하기에는 순수하게 시각적인 것의 개념을 넘어서야 한다는 것이다. 그 예가 한 인간의 내면성과 같은 것이다. 이는 단순한 시각적인 요소에 대립하여 내용적인 것이 획득됨으로써만이 가능하다고 보았다. "인간의 순수하게 외적인 모습은 그의 내적인 것을 반영해야 하며 일정한 운동에 의해서 일정한 내적인 밀도Intensität가 흘러나와야 한다는 요구"*가 전제되어야 한다는 것이다.

이를 통해 볼 때 초기 미학에서 이미 후기 반영론의 핵심내용이라고 할 수 있을 본질적인 것의 강조, 형식에 대한 내용의 우위가 이미 확립되고 있음을 볼 수 있다. 이러한 회화관을 토대로 루카치의 초기 미학하이델베르크 미학의 내용적 핵심은 피들러의 형식주의 이론으로부터 벗어나서 대상의 총체성을 파악하기 위해 내용적인 측면을 심화시키는데서 얻어진다고 할 수 있다. 단적으로 말해 루카치는 초기부터 피들러의 이론을 칸트식의 순수한 형식주의로부터 삶의 내용을 담는 풍부한 장으로 옮겨 놓고자 하는 시도를 보여준다.

---

* 루카치 전집 제17권. Frühe Schriften zur Ästhetik II, Heidelberger Ästhetik(1916-1918) (Darmstadt und Neuwied, 1974), 234면.

2. 리얼리즘론과 회화관

루카치는 1918년 이후 여러 가지 내적, 외적 요인으로 말미암아 하이델베르크에서 교수자격을 취득하려는 것을 포기하고 세계사적 격변을 겪으며 한 사람의 마르크스주의자로 성장해간다. 그와 더불어 자신의 근본성향 중의 하나, 즉 관념적이기만 한 것을 지양하고 끊임없이 현실의 본질적인 것에 침투하려는 그의 의도를 구체적으로 관철해가고 있었다. 이러한 그의 의도는 예술론에서는 1930년대에 리얼리즘론으로 구체화된다.

리얼리즘이란 역사상에 존재했던 어떤 양식을 모범적으로 모방하는 것도, 또는 현실을 한낱 사진적으로 복사하는 것도 아니며 이름 그대로 특정 사조로서의 '사실주의' 형식을 답습하는 것도 아니다. 그는 모든 진정한 예술은 리얼리즘적 본성을 가지고 있다고 생각한다. 그의 주장에 따르면 리얼리즘은 다른 여러 양식들 가운데 하나가 아니라 형상화에 의거한 '모든 예술 일반의 기본특징' 이자 '모든 가치 있는 창작의 예술적 기초' 라는 것이다. 이와 같은 리얼리즘의 의미로 볼 때 역사적으로 그때 그때의 리얼리즘 양식을 가능하게 하는 표현방식은 무한히 다양하다. 1930년대에 루카치가 지니고 있었던 이러한 예술관은 "문제는 리얼리즘이다."* 라는 논문에 압축되어 있다. 모든 진정한 예술은 리얼리즘인데 리얼리스트는 우선 "객관적 현실의 법칙성을 사유를 통해서 발견"하고 "추상적으로 발견된 연관들을 예술적으로 가공"하는 이중의 과제를 가진다. 이러한 설명이 다소 도식적으로 느껴질 수도 있지

---

* Georg Lukács Werke Bd. 4. Probleme des Realismus I. Essay über Realismus, Darmstadt und Neuwied, 1971, 313-343면.

만 가능한 한 현실과의 긴밀한 연관을 잃지 않고자 하는 의도, 또 현실
과 그대로 일치할 수 없는 예술적 형상화 고유의 세계 모두를 강조하고
자 하는 루카치의 의도를 확인할 수 있다.

1930년대의 리얼리즘론에서는 진정한 예술이 성립되기 위한 원론적
논의가 문학을 중심으로 활발히 이루어졌을 뿐 미술에 대한 구체적 언
급은 거의 없다. 그렇지만 그는 리얼리즘 예술에 대립되는 사조로서 자
연주의에서 초현실주의에 이르는 여러 예술사조들을 들고 있다. 이 중
표현주의를 예로 들자면, 그는 〈표현주의의 위대성과 몰락〉(1934)에서
표현주의의 형상화 방식이 현상과 본질의 생생한 변증법을 표현하지 못
했으며 세계관적으로도 시민계급의 주관적, 불가지론적 입장을 넘어서
지 못했다고 비판하고 있다. 이에 대해 블로흐는 1938년 〈표현주의에
대한 논의들〉에서 루카치의 현실관을 반박하면서 표현주의를 옹호하고
있다. 즉 표현주의는 당시로서는 낡은 세계로부터 새로운 세계로 넘어
가는 과도기의 예술로서 생산적인 요인을 지닌 예술이라는 것이다. 그
근거로서, 루카치가 다루는 문학작품이 양적으로나 질적으로나 충분히
고려되지 않은 것도 있지만 그보다 더 중요한 이유로서 표현주의 화가
들에 대한 언급이 없다는 이유를 들고 있다. 블로흐는 표현주의가 농민
예술과 원시인들의 예술 등 민중적 전통을 계승한다고 주장하며 표현주
의 미술을 변호하고 있다. 이와 유사하게 안나 제거스 역시 리얼리즘에
대한 여러 가지 의문을 미술작품을 예로 들면서 제기하고 있다.

1930년대 루카치의 글에서 이러한 의문에 대한 구체적 언급을 찾
기는 어렵다. 그러나 루카치는 자신에게 제기된 이 여러 가지 질문을
염두에 두고 그 답변을 오랫동안 숙고하고 있었음에 틀림없는데, 왜냐
하면 그의 후기 미학에서 그는 수많은 회화작품을 예로 들면서 리얼리

즘의 원칙이 모든 예술 장르, 특히 미술에 적용할 수 있음을 입증하고 있기 때문이다. 요컨대 후기 미학에서는 초기의 예술관과 1930년대의 리얼리즘론이 모두 종합된 포용력 있는 이론이 펼쳐지고 있다. 현실의 총체성과 예술을 통한 이의 반영을 중시하는 리얼리즘관은 1957년에 씌어진 〈비판적 리얼리즘의 현대적 의미〉라는 글에서도 꾸준히 견지된다. 그러나 리얼리즘에 대한 루카치의 폭넓고 유연한 생각, 또 장르 일반에 적용된 더욱 구체화된 리얼리즘론은 그의 후기 미학을 통해 확인해야 할 것이다.

후기 미학에서도 리얼리즘은 모든 진정한 예술의 일반적 원리가 된다. 리얼리즘 예술은 우선적으로 현실을 객관적으로, 그리고 현실이 나아가는 방향과 법칙을 객관적으로 반영한다는 점에서 현실반영의 과제를 가진다. 그런데 후기 미학에서 루카치는 반영이라는 표현보다는 '미메시스'라는 용어를 더 선호한다. 이 용어를 통해 서구 고전 미학과 유물론 미학을 종합시키려는 루카치의 야심이 확인된다. 미메시스를 구성하는 원리는 그의 미학의 체계를 이룬다. 즉 부분과 전체의 통일로서의 '총체성', 개별성과 보편성의 통일로서의 '특수성', 진정한 수용체험의 기준이 되는 '카타르시스', 작품의 보편적 의미로서의 '유적인 것', 작품의 현실이 창작자, 수용자의 주관을 통해 자율적으로 해석될 수 있는 공간을 마련해주는 '상징' 등의 원리가 그것이다. 그는 이러한 원리들을 통하여 현상과 본질, 주관과 객관, 부분과 전체, 개별성과 보편성, 개별적 인간과 인류 전체와의 관계를 구체적으로 해명하였으며 작품의 수용효과와 작품이 주는 보편적 의미를 명확히 하였다. 또한 작품의 현실 속에서는 창작자, 수용자의 주관을 통해 자율적으로 해석될 수 있는 자유로운 공간의 여지가 마련되었으며 그 현실은 보편적인 것을 매개해 주면서도 현상의 풍부함과 생생함을 잃지 않게 되었다. 리얼리즘 예술의 과제는 위와 같은 원리들을 사용한 미메시스적 형상화를 통하여 예술작품 고유의 독립적인 현실을 성립시켜야 하는 것이다. 이 점이 바로 예술의 '세계창조'의 과제인데 예술작품의 자율성은 바로 이 후자로 부터 획득될 수 있다고 보았다. 그렇기 때문에 리얼리즘 예술이 현실의 단순한 복제가 될 수 없음은 자명하다.*

이러한 예술일반의 원리로서의 리얼리즘이 회화를 통해서는 구체적으로 어떻게 나타나는가? 미술사적으로 볼 때, 회화에 있어서 리얼리즘이라고 하면 일반적으로 19세기 중반에 나타났던 특정 사조로서의 사실주의, 즉 현실을 미화시키거나 이상화시키지 않고 시각적으로 나타난 객관현실의 외관에 가능한 한 밀착하고자 했던 꾸르베G. Courbet 류의 사실주의 회화를 연상시킨다. 그러나 이러한 특정 사조로서의 사실주의 회화는 루카치가 의미하는 리얼리즘과는 거리가 멀며, 이러한 리얼리즘이란 표면적으로 나타나는 현실의 직접성에 머물러 있고 또 이 직접성으로부터 자연발생적인 방식으로 자신의 예술적 양식을 만들어낸다고 루카치가 비판했던 자연주의 예술에 더 가깝다. 사실상 루카치는 꾸르베를 한 사람의 자연주의 화가로 평가했다.

리얼리즘이 예술 일반의 기본원리로서 역사적으로 그때그때의 리얼리즘 양식을 가능하게 하는 표현방식이 무한히 다양하다고 해서 루카치가 모든 회화양식에서 리얼리즘을 추출해내는 것은 아니다. 이를

---

* 리얼리즘을 현실의 단순한 복사로서 오해하고 자연주의와 동일시하는 견해를 루카치는 다음과 같은 말로써 반박한다. 즉 "하나의 대상이 그의 모사물과 정확히 일치해 보일 때조차, 이러한 일치는 단지 가상일 뿐, 사실상 강조, 비례, 덧붙임이 첨가되어, 여기서도 모든 개별성에서 결정적으로 벗어나는 대상성 형식이 창조"되기 때문에 어떠한 현실의 모사라도 한낱 사진복사적인 성격을 가질 수 없다는 것이다. Georg Lukács Werke Bd. 12. Die Eigenart des Ästhetischen. 2 Halbbände, Darmstadt und Neuwied, 1963, 840면, 앞으로 이 책은 EÄ.II. 로 약해서 씀.

살펴보기 위해서는 서구 미술사 전반에 대한 검토가 필요하겠지만 먼저 회화적 세계가 어떻게 고유하게 성립되는가를 서술해야 하겠다.

3. 회화적 요소들과 회화적 현실의 성립

다른 예술 장르와 비교해 볼 때, 회화 내지는 조형예술은 미메시스적 형상물이 순수한 외적 형태로 성립된다고 할 수 있다. 조형예술 역시 언어예술 작품이나 음악 작품과 마찬가지로 비록 인간에 의해 창조되기는 했어도 인간에 대하여 독자적으로 마주 서 있는 세계, 하나의 독립적인 현실을 성립시킨다는 데서는 공통적이다. 이 현실은 인간의 생각과 감정을 총체적으로 내포하면서 그것을 고양, 상승, 심화, 집약시키는 작용을 함으로써 감정 환기를 일으킨다.

이러한 회화적 현실을 구성하기 위해서는 평면을 통한 공간의 창조가 중요하다. 특히 추상적인 공간이 아니라 '구체적인 공간'이 중요한데 회화적 현실을 위한 공간의 원리는 추상적인 3차원의 공간원리가 2차원의 평면과 결합해 구성되는 것이 특징이다. 이를 위한 형식적 법칙으로서는 원근법을 들 수 있다. 기하학의 발달로 인한 원근법이 적용되면서 회화에서의 공간이 구체적이 되었다는 것은 인간이 삶 자체에 대해 일정한 거리를 취하게 되었다는 것을 의미한다. 여기서 직접성과의 결별이 이루어지고 인간이 자기자신과 자신의 활동에 대해 일정한 거리를 취하게 되었다. 회화적 현실이 구체적인 공간을 요구하는 것만큼 색채도 화면의 다른 요소들과의 관련 속에서 대상의 속성을 구체적으로 표현해 주는 것이 요구된다. 단순한 색채 자체가 주는 환기효과는 그

다지 크지 않으며 그 경우 색채가 주는 효과는 생리학적인 문제로 환원된다. 루카치에게 있어서 순수색에의 과도한 의미 부여는 자의적인 것이거나 순전히 우연적인 것이고 심지어는 관습적인 것이다.

그 다음으로는 회화에 있어서 대상의 문제를 지적해 볼 수 있다. 화가가 시각을 매개로 해서 재현해 내는 대상을 루카치는 '불확정한 대상성unbestimmte Gegenständlichkeit'이라 칭한다. 조형예술의 동질적 매개는 단지 외적인 것에 완전히 규정된 형태를 부여할 수 있고 그 내적인 것은 단지 외적인 것을 매개로 하여 표현될 수 있다. 그런데 외적인 것의 시각적 규정성은 내적인 것의 인간적, 영혼적 불확정성에 대응하는데, 이러한 내적인 것의 불확정성이란 객관적으로 완전히 불확정한 것이 아니라 하나의 예술적, 구체적으로 옮겨진 운동공간의 내부에서 움직인다는 점에서 불확정한 것이다. 즉 수용자에게는 순수 가시적인 형식으로 정확히 규정된 대상세계가 성립하지만 이 세계를 통해 수용자는 불확정한 대상성, 즉 실생활과는 질적으로 다른 구체적 내용성의 일정 활동범위를 획득한다. 이렇게 성립된 대상세계를 루카치는 '인간에게 고유한 세계'라고 부른다. 그렇기 때문에 회화에 있어서의 불확정성이란 인간이 그 특수내용을 해명할 수 없거나 또는 완전하게 해명할 수 없다는 이유 때문에 불확정적인 것은 아니다. 오히려 불확정성은 대단히 명료하고, 또 구체적인 사례에 있어서는 항상 다른 규정성을 지니는 것이다.

일반적으로 회화적 형상화 방법은 크게 구상과 추상, 두 종류로 나뉜다. 구상회화나 추상회화 모두 평면을 통해 선, 형태, 색채로 구성된 회화적 세계를 이룬다는 점에서는 공통이지만 구상은 이러한 회화적 요소들을 통해 현실 대상이 환기될 수 있도록 이미지가 어느 정도이건 재현되어 있는 회화를 일컬으며 추상회화란 순수한 회화적 요소들로만 이루어진 몰대상적인 회화를 지칭한다. 과거 미술사를 돌아볼 때 원시미술이나 동방미술에도 다양한 추상형식들이 나타났지만 무엇보다도 추상회화의 가장 대표적인 예는 금세기 초에 나타나서 여러 방향으로 엄청난 실험적 전개를 보였던 현대 추상회화라고 할 수 있다.

형식적인 면에서 루카치는 구상회화의 미적 호소력을 더 우위에 둔다. 왜냐하면 여타 장르에서나 마찬가지로 회화에서도 정신적인 것이 감각적인 것을 통해 구체적으로, 또 대상들과의 실질적인 상호관계 속에서 드러나는 것이 중요한데 그렇게 형상화된 가시적 현실만이 하나의 자율적 '세계'를 이룰 수 있다고 보기 때문이다. 그렇기 때문에 루카치가 리얼리즘의 시각에서 정리하고 있는 회화작품들도 르네상스 이후 19세기까지의 서구 구상회화의 큰 줄기에서 나오고 있다.

4. 리얼리즘의 시각에서 살펴본 서구 미술사

루카치는 그의 후기 미학 마지막 장의 상당부분을 서구 미술의 변천을 고찰하는 데 할애한다. 그가 탐구하고자 하는 것은 회화적 미메시스를 통해 성립된 작품의 현실이 궁극적으로 지향하는 것은 무엇이며 그것이 인간의 실제 삶과의 관계 속에서 어떻게 나타나는가 하는 것이다. 여기서 두드러지게 명시되지는 않지만 모든 진정한 예술은 리얼리즘이라는 그의 가치평가 기준이 일관성 있게 적용되고 있다.

앞서 예술작품의 세계성을 논하는 자리에서 루카치는 구석기시대 동굴벽화가 개별 형상의 묘사에 있어서는 객관 현실에 충실하게 본질적인 것을 드러내는 리얼리즘적 반영방식을 가지고 있음을 주목한 바 있다. 구석기시대 동굴벽화에 묘사된 동물의 모습은 자유분방한 회화적 필치를 통해 형태가 대담하게 축약되고 본질적인 것이 강조되었으며 생생한 감각적 인상이 자연스럽게 표현되어 있다. 루카치는 이러한 묘사가 형상화 방식에 있어서 '강력한 리얼리즘적 성격' 을 갖고 있으며 '전형적인 것' 을 목표로 하고 있다고 보았다. 하지만 이 벽화에 나타난 동물의 형상은 '주술적 효과' 라는 '삶의 절대적인 일차적 요구' 에 근거하여 자신의 환경, 또는 직접적으로 자신을 둘러싸고 있는 공간과 맺고 있는 일체의 관계를 근본적으로 무시하고 있다. 이 점에 있어서 그는 이 회화를 '정상적인 리얼리즘' 과는 구별하고 있다. 대상이 구체적인 공간, 즉 주변환경과의 3차원적 공간 속에 설정되지 못했다는 것은 인간이 대상과 거리를 취하지 못하고 대상과 직접적으로 결부되어 있음을 의미하는 것이다. 루카치에게 있어서 '직접적이라는 것' 은 헤겔에게서와 마찬가지로 '추상적인 것' 과 일치하며 추상적인 것으로는 고유한 세계창조가 불가능하다. 그렇기 때문에 구석기시대 미술이 개별적인 묘사에 있어서는 매우 환기효과가 큰 자연묘사를 하고 있음에도 불구하고 자체 내 완결된 하나의 세계를 이룩하기는 힘들다고 본 것이다. 루카치가 진정한 리얼리즘이 구현되기 시작했다고 보는 것은 지오토 이후의 르네상스 회화이다.

인간중심적·현세적 원리를 구현하는 회화는 지오토에게서 개화한다. 그의 프레스코화에 나타난 인물들은 이전의 성화와 비교해 볼 때 감각적으로 실제적인 공간, 구체적으로 개별화된 공간 속에서 힘찬 육체를 가지고 움직인다.* 작품 속의 내용은 종교적인 내용이지만 사실상은 극적인 긴장감을 가지고 인간적인 행위에 관여하고 있다. 화면의 구도는 작품에 나타난 사람들 상호간의 인간관계와 그들의 인간적 본질을 명확하게 하기 위해 창조되고 인간은 그 구도의 자율적인 부분으로서 움직인다. 이러한 인간들 상호간의 운동에 의해 구체화된 공간이 구축되고 개별 인간들의 육체와 영혼, 그들의 열정은 하나의 불가분적인 통일로 융화된다. 이러한 모든 이유로 인하여 루카치는 지오토의 작품이 인간 삶의 현세성을 미적으로 불러일으킬 수 있다고 생각했다(EÄII. 702면).

작품의 내용이 현세적안 삶에 대한 관심으로 더욱 고조되는 회화상의 발전은 라파엘, 레오나르도 다빈치, 미켈란젤로 등 전성기 르네상스 회화들에서 더욱 명백히 나타난다. 라파엘의 〈아테네 학당〉에서 철학과 예술은 종교와 나란히 동등한 위치를 차지하고 있게 된다. 또 마사치오의 뒤를 이어 인간의 나체에 대한 탐구를 예술적으로 완성했던 미켈란젤로는 지상을 굴복시키고 지배하는 데 가장 능력 있는 인간의 전형을 창조해내었다. 시스티나 예배당에 그려진 미켈란젤로의 프레스코화에서 모티브는 〈천지창조〉나 〈최후의 심판〉 등 종교적인 주제를 담고 있다. 그러나 이 벽화에는 고대 그리스 신화의 모티브와 기독교적인 것이 병존하고 있을 뿐만 아니라 눈에 뜨이지 않게 서로 뒤섞여 있다. 예컨대 마돈나는 예언녀처럼 보이고 고대의 동자상이 아기 예수가 되며 최후의 심판에서 심판자 예수는 아폴론으로 등장한다.** 물론 그렇다고 해서 루카치가 미켈란젤로의 후기 작품들의 종교성을 배제하는 것은 아니다. 후기 작품에 등장하는 인물들은 심오한 구원의 동경, 무한한 것을 향한 비극적 동경으로 채워지고 있다. 그렇지만 그는 미켈란젤로의

---

* 보링거는 지오토가 획득한 회화상의 획기적인 발전을 다음과 같이 평가하고 있다. "그의 신체적 세계의 발견은 공간적 세계의 발견만큼이나 중요하다. … 그는 고딕적 영혼의 예술에 육체를, 고딕적 선의 예술에 조형적 실체를 부여했다." W. Worringer, Die Anfänge der Tafelmalerei (Leipzig, 1924), 32면 이하. EÄII. 702면 참조.

** 미켈란젤로 회화의 이러한 특성에 대하여 루카치는 일요회의 한 멤버였던 미술사가 샤를르드 톨나이의 분석에 힘입고 있다. Ch. de Tolnay, Werk und Weltbild des Michelangelo(Zürich- Stuttgart, 1949), 63면 참조.

작품에 나타난 이러한 구원의 동경을 단순히 동시대 카톨릭 종교화의 내용으로 보지는 않으며 근대적 정신성의 차원에서 해석하고 있다.

회화가 구시대의 종교와 결별하면서 인간중심적 · 현세적 삶의 내용을 본격적인 소재로 삼는 것은 베네치아 화파에서 획기적으로 찾아 볼 수 있다. 루카치는 베네치아 회화가 추구한 인간 삶의 현세적 의미가 인류를 위해 보편적 의미를 담고 있음을 강조하면서 특히 베네치아파의 거장인 티찌아노의 회화를 높이 평가하고 있다. 하이네는 티찌아노가 자신의 예술로서 구시대 승려사회를 효과적으로 공격했다는 의미에서 "그의 회화에서 빛나는 육체는 그 모든 것이 프로테스탄티즘이다."* 라고 지적한 바 있다. 이러한 티찌아노의 나부화를 루카치는 다음과 같이 평하고 있다. "티찌아노의 나부화가 벌거벗은 여자의 육체가 갖는 에로스적, 성적 매력에 대한 개인적, 개별적인 것을 하나의 세계관적인 높이로 끌어 올렸다는 것은 명백하다. 즉 그의 나부화는 에로스적인 것 안에서(그러나 단지 이것 속에서만은 아닌) 인간의 개별적 현존을 남김없이 향유하고자 하는 한 인권선언으로서, 또 중세적 금욕관과의 혁명적인 결별로서 나타난다. 그럼으로써 티찌아노의 나부화는 한 특정 인간이 타인과 맺는 일정관계 그대로 제한된, 그의 개별성을 상실하는 것이다." (EÄ.II, 605면) 그의 회화의 위대성은 인간의 도덕이 더이상 금욕적인 제한의 구속을 받지 않고 보다 나은 새로운 세계에 대한 동경과 섞여 있는 가운데 현세적 삶에 대한 긍정을 예술적으로 수준 높게 형상화시킨 데에 있다.

16세기 플랑드르 최대의 풍속화가 브뤼겔Pieter Bruegel은 루카치가 '유적인 것', 즉 미적인 보편성을 작품 속에 구현하고 있다고 평가하는 가장 대

* Heine, Die Romantische Schule, Wk. Ausgabe Elster, 제5권, 227면.

표적인 화가이다. 플랑드르 정물화나 풍속화에서 볼 수 있는 바와 같이 소재 하나 하나를 애정을 가지고 꼼꼼히 묘사하는 형상화 방식은 브뤼겔의 회화에서도 볼 수 있다. 그러나 궁극적으로 그의 작품의 회화적 효과는 매우 동질적, 통일적인 분위기를 갖고 있으며 이 속에서 소재의 차이는 자취도 없이 사라져 버린다. 여기서 나오는 궁극적인 동질성은 삶 속에서 가장 소원한 것이 갖는 깊은 친근성과 내적 연대성을 눈에 띠게 자명하게 만든다. 루카치는 브뤼겔 회화에서 화가의 의도와 완성된 작품의 사이에서 나타나는 모순을 발견한다. 즉 소재 하나하나에 집착해서 묘사를 했던 브뤼겔의 의도는 전체가 통일적으로 어우러진 작품의 결과 사이에서 좌절된 것으로 보이는데 사실상 그의 회화적 의도는 대상을 진정하게 파악하는 작용의 고차적인 변종이라는 것이다. 즉 브뤼겔이 자연주의적인 의도를 관철시키지 못함으로써 '소박한 삶의 애착' 을 인류의 일로 만들 수 있었던 것이다(EÄ.I. 674면). 이렇게 의도와 결과 사이의 변증법은 모순에 의해 움직여진, 화가의 창조적 개성 그 자체의 상승운동이다. 마치 엥겔스가 발작에게서 리얼리즘의 승리를 보았듯이 루카치는 브뤼겔에게서, 자연주의적인 의도의 좌절과 리얼리즘의 승리를 본다.

렘브란트는 인간의 영혼을 가장 깊이 있게 묘사했던 네덜란드 화가로서 루카치는 그의 초상화에서 보이는 인간적, 영혼적 총체성을 중시하게 된다. 여기서 주목할 만한 것은 미술작품에서 당파성이 어떻게 나타나는가의 예를 루카치는 렘브란트를 통해 들고 있는 것이다. 가령 렘브란트의 집단초상화에 묘사된 개별 인간들은 그의 운명, 동료 인간들에 대한 그의 연관관계들, 그의 내면성들을 은연중 표출한다는 것이다. 이처럼 모든 예술가는 – 직접적으로든 간접적으로든 – 인간의 운명을 주제로 삼음으로써 현실이 나아가는 방향에 대해 태도를 취할 수밖에 없다고 한다. 렘브란트론에서 암시되는 당파성이란 인간의 삶과 운명에 대한 예술가의 명확한 입장표명이며 '인간의 본질적인 삶' '인간을 구속하지 않는 삶' 에 대한 보편적 관심이라는 폭넓은 의미로 이해되어야 할 것이다. 정치적인 의미에서 루카치가 평생 견지했던 당파성은 물론 사회주의의 당파성이다. 오늘날 그것은 인간의 본질적인 삶, 물화되지 않은 삶에 대한 관심, 삶 속에서 개인의 이해관계에 함몰되지 않고 객관적인 것을 추구하는 관심으로 재해석될 수 있을 것이다.

5. 현대미술에 대한 견해

루카치는 현대미술 중 극단적인 추상 회화, 또 형식실험 회화에 비판적인 입장을 견지하고 있다. 그렇기 때문에 흔히 이야기되는 루카치 예술론의 보수적인 면모가 회화관을 통해서도 확인된다고 생각할 수 있을 것이다. 그러나 그가 현대회화의 두드러진 특징들, 즉 형태의 변형이나 왜곡Deformation, 또 색채를 상징적으로 사용하는 것, 형태로부터 색채가 독립되어 자율성을 가지는 것, 대상의 모습이 기하학적 형태로 단순화되는 것 등을 비판하는 것은 아니다. 오히려 그는 이러한 변형과 왜곡 등을 인간성에 대한 왜곡으로 보고 윤리적, 종교적 관점에서 비판하는 현대의 미술이론가를 반박하기도 한다. 예컨대 그는 제들마이어H. Sedlmayr를 겨냥하여, 그가 고야나 도미에 등에게서 나타나는 현실 왜곡의 리얼리즘적 성격을 간과하고 있다고 지적한다. "현대의 미술사가나 미술이론가들은 종종 오해를 하는데, 즉 그들은 브뤼겔이나 고야, 또는 도미에에게서 나타나는 현실의 왜곡을 – 이 왜곡은 일정한 인간 유형이나 인간의 상황에 대한 일정한 왜곡을 참된 전체 연관 속에서 올바로 지각하고, 그때 그때의 현상의 총체성 속에서 상황에 맞게 모사한 그러한 왜곡인데 – 인간의 저 일반적 왜곡과 대개 동일시하고 있다."(EÄ.II. 839면) 루카치는 왜곡이 의미를 효과적으로 전달하기 위한 형태의 변형이란 뜻에서 창작과정의 중요한 요소로 보고 있다.

그가 현대의 형식실험 회화를 비판하는 이유는 바로 화가의 세계관과 관련된다. 루카치에게는 우리가 살아가는 이 세계에 대한 긍정과 또 문제를 이 세계 속에서 해소시키려는 삶의 태도가 존재한다. 이러한 태도를 윤리적인 태도라고 부를 수 있을지 모르겠지만 그 윤리는 초월적 · 종교적 윤리와는 대립되는 현세적 윤리이다. 그가 현대의 몇몇 모더니즘 회화에 대해 취한 비판적 입장은 바로 이러한 윤리관에 입각해 있다. 많은 현대회화는 주관성이 과도하기 때문에 객관성을 확보하지 못하고 있으며 해결하지 못하는 삶의 문제를 풀기 위해 초월적인 것에 의미를 둔다고 생각한다. 이러한 경향을 대표하는 형상화 방식이 알레고리이다. 루카치는 현대 구상회화의 몇몇 주요 흐름이 알레고리적 성격을 띠고 나타난다고 생각하고 있는데 그 대표적인 예가 막스 에른스트Max Ernst의 초현실주의 회화이다.

에른스트의 작품은 겉보기에 이질적인 사물들을 조합시킴으로서 강력한 시적 감수성과 감각적 힘, 문학적 환상을 불러일으킨다. 물론 에른스트의 회화를 통해 조합되는 현실적 요소들의 관계가 이질적이면 이질적일수록, 또 자의적이면 자의적일수록 사물에 대한 새로운 해석과 그로부터 환기되는 힘은 더욱 커짐을 루카치 역시 인정한다. 그러나 그의 회화에서는 '주관적 자의'가 지배적이며, 그럼으로써 가시적인 요소들 간의 상관관계가 '필연성'을 상실하고 그 조합이 공허한 유희로 된다고 간주하였다. 그렇기 때문에 에른스트 회화의 궁극 의도는 알레고리적인 것을 지향하며 이러한 예술의 본질은 내용 없는 초월성에 그 토대를 두고 있다는 것이다. 작품세계가 지향하는 의미가 초월적인 것에 있다는 견해는 막스 베크만Max Beckmann의 작품에 대한 평가에서도 나타난다. 베크만에 대한 대부분의 해석자들과 마찬가지로 루카치 역시 그가 '사물 자체Sache Selbst'로부터 출발하면서 어두운 현실에 대한 실존적 경험을 상상을 통해 보여주고 있다는 것, 또 그의 작품에서 숨은 신에 대한 희망 없는 종교성을 간파한다. 그렇지만 루카치는 이러한 베크만의 노력은 결국 알레고리로 이행하며 이 알레고리는 루카치가 무無라고 간주하는 선험적인 내용으로 이행한다는 것이다.

그 다음으로는 현대 추상회화에 대한 견해를 살펴보자. 루카치는 현대회화의 형식실험이 추상성과 2차원성에 비중을 두고 발전한 데 대해 비판적인데, 그 이유는 추상회화가 현실의 의미를 풍성하게 담는 세계 창조에서 실패했다고 보기 때문이다. "최근의 회화에서 우리는 추상적인 직접성으로 후퇴하려는 모든 단호한 시도들이 추상성과 무세계성을 동반한다는 사실을 확인할 수 있다. 이는 마치 순수한 추상성으로 기우는 경향이 필연적으로 선先대상적이며 무세계적인 직접성을 가져오는 것과 똑같은 이치이다."(EÄ.I. 479면) 극단적인 추상예술의 경우를 예로 들어 보자. 예술을 통한 세계창조가 어떻게 이루어지는가에 따라 추상예술과 리얼리즘의 경계가 갈라진다. 루카치의 견해에 따르면 외부세계를 재현하는 것과는 무관하게 예술작품이 자기 자신에 의존하면 할수록 작품의 요소는 점점 더 객관현실과 관계가 없게 된다는 생각, 즉 작품이 현실과 합치하지 않고도 자율적으로 존립할 수 있다는 생각은 잘못된 것이라는 것이다. 이 경우의 현실의 반영은 현실의 참된 리얼리즘 반영보다 훨씬 더 현실에 의존한다고 한다. 왜냐하면 현실의 참된 리얼리즘적 반영은 그 반영에 고유하게 내재된 완결성을 언제나 요구하고 있는데 반하여, 극단적인 추상의 경우, 사실상 객관현실이 반영되어 이루어진 내면적 주관성밖에는 나타나지 않는다고 보기 때문이다. 이 경우의 예술창작은 단순한 주관성으로부터 작품의 완성을 이루어내고자 하는 시도이기 때문에 '세계창조'를 통해 주관성을 다시 구체적으로 보여 준다는 일에서 실패했다고 여겨진다. 어떻게 보면 현대 추상예술에 대한 루카치의 비판적 태도는 역설적이게도 바로 그가 생각하고 있는 예술의 자율성의 측면에 위배된다는 점에서 온다.

현대의 형식실험 예술을 비판한다고 해서 루카치가 형식을 간과하는 것은 아니다. 초기시절부터 루카치의 주된 관심은 삶의 내용을 담는 그릇으로서 어떻게 형식이 창조되는가 하는 문제였었다. 그렇지만 현대의 수많은 형식실험 예술들에게서 보이는 시도, 즉 형식 그 자체로 하나의 내용을 전달해 주고자 하는 시도는 루카치에게 '내용 없는' 무의미한 시도로 평가된다. 루카치는 형식주의의 토대를 '주관성 그 자체', 다시 말해 객관세계와는 동떨어진 고립된 주관성 내지는 '순수' 주관성의 원리에 입각해 있다고 간주하였다.

결론

전체적으로 볼 때 루카치의 미술관은 초기부터 후기까지 연속성을 가진다. 그에게 있어서 초기의 미학적 문제의식이 후기 미학의 중요한 토대가 되었듯이 초기의 회화관은 대부분 보존되고 후기의 미메시스론을 통해 더욱 발전되었다고 할 수 있다. 즉 초기의 회화론에서 이후 루카치 예술론의 근본 특징이 나타나는데, 그것은 바로 실제 현실로부터 일정하게 거리를 두고 형성되는 자율적인 예술적 현실을 작품 고유의 세계로서 옹호하는 것이다. 그러면서도 그는 현실의 본질적 특징들이 어떤 내용적인 것으로서 작품 속에 담겨져야 한다고 요구한다. 이는 작품 자체의 미적 의의가 순수하게 형식적인 것으로써 귀결되는 것을 경계하는 그의 입장을 보여준다. 이러한 그의 예술관에는 예술작품의 현실성과 미적 유아론 사이를 자유롭게 넘나드는 유연한 태도가 특징적으로 나타나는데 이후 그의 변증법인 사고를 예견한다고 할 수 있다.

후기 미학에서 루카치는 내용이 구체적으로 가시화될 수 있고, 작품의 유기적인 구성과 총체성이 중요시되는 구상적 · 고전적 형상화 방식을 선호하면서 초기 르네상스로부터 20세기 초엽까지의 회화사의 걸작들을 자신의 리얼리즘의 맥락에서 정리하였다. 예컨대 루카치가 위대한 리얼리스트로 간주한 화가는 지오토, 미켈란젤로, 라파엘로, 티치아노, 브뤼겔, 렘브란트, 루벤스, 고흐와 세잔 등이다. 이들은 진정한 예술이 개화하는 데 필요한 어떠한 속박도 자연스럽게 벗어버리며 인간의 현세적 삶을 긍정했고 자기 시대 삶의 핵심을 가시화시켰다.

루카치가 주로 구상회화만을 리얼리즘 노선에서 정리했던 것은 그의 예술론의 보수적인 면모를 입증하는 것은 아니다. 이는 회화적 미메시스를 통해 내용이 구체적으로 전달될 수 있는 하나의 '세계'가 창조되어야 한다는 요구가 전제되었기 때문이다. 현대미술의 문제적인 실험을 좀더 포용력 있게 섭렵하고자 하는 사람들은 루카치 이론의 협소함을 지적할 수도 있겠다. 그러나 그에 앞서 그의 예술론의 규범성이 무엇으로부터 유래하는가가, 그의 전 미학체계를 기반으로 하여 먼저 이해되어야 할 것이다. 여기에는 민중성도 관련이 되는데, 즉 그는 대부분의 사람들이 친숙하게 접근해서 감동을 받을 수 있는 르네상스와 바로크 거장들의 작품, 현대회화로서는 고흐와 세잔의 작품들을 리얼리즘을 구현한 회화로 높이 평가했다. 그 점에 있어서 루카치의 제자 아그네스 헬러가 지적한 바와 같이, 루카치의 예술론이 엘리트적인 것을 지양하고 민주주의를 지향하고 있다는 견해는 미술관을 통해서 볼 때도 타당하다.

이 중 현대 추상회화의 선구자로서 세잔에 대한 높은 평가는 약간 다른 각도에서 주목할 만하다. 세잔의 작품세계는 현대미술이 나아가는 방향에 큰 영향을 미쳤다. 루카치가 일찍부터 세잔의 회화에 주목하고 그의 풍경화와 인물화를 정물화의 범주에 과감히 넣었던 것은 그가 세잔 회화의 본질을 간파했던 것으로 보인다.

후기에도 그는 세잔이 추구했던 형상화 방식, 즉 현상의 소재들을 기하학적 형태로 단순화시킴으로써 자연에 지속성과 영원성을 부여하고자 했던 시도를 삶의 의미 깊은 객관적 진실의 추구로 보고 이를 회화에 있어서의 정신성으로 높이 평가했다. 세잔에 대한 이러한 평가는 루카치의 예술론을 현대미술의 많은 부분에 좀더 폭 넓게 적용할 수 있는 길을 열어놓았다.

결론적으로, 루카치의 회화론은 다음과 같은 점에서 가장 큰 의의를 인정해야 할 것이다. 즉 그것은 그가 독자적인 철학적 미학의 전제하에 수미일관한 논리를 가지고 하나의 작품을 내용적으로 통찰하는 시각의 깊이를 보여주었다는 데에 있다. 이러한 깊이는 개개의 작품이 탄생하는 당 시대의 역사와 사회사를 통한 철저한 현실 파악과, 양식사적이건 정신사적이건 기존의 분석 방법을 이미 자신의 것으로 동화시킨 위에,

작품의 궁극적 의의를 인류와의 관계 속에서 인본주의적으로 심화시킨 데에서 나올 수 있었다고 본다.

참고문헌

Georg Lukács Werke, Bd. 4. *Probleme des Realismus I. Essay über Realismus*, Darmstadt und
  Neuwied, 1971

────────── Werke, Bd. 10. *Probleme der Ästhetik*, Darmstadt und Neuwied, 1969.

────────── Werke, Bd. 11 / Bd. 12. *Die Eigenart des Ästhetischen*, 2 Halbbände, Darmstadt und
  Neuwied, 1963

────────── Werke, Bd .15. *Entwicklungsgeschichte des modernen Dramas*, Darmstadt und
  Neuwied, 1981

────────── Werke, Bd.16. *Frühe Schriften zur Ästhetik I. Heidelberger Philosophie der
  Kunst(1912–1914)*, Darmstadt und Neuwied, 1974

────────── Werke, Bd. 17. *Frühe Schriften zur Ästhetik II. Heidelberger Ästhetik(1916– 1918)*,
  Darmstadt und Neuwied, 1974

────────── *Die Seele und die Formen: Essays(1911)*, Neuwied und Berlin, 1971

Eörsi, Istvan(Red.), *Georg Lúkacs: Gelebtes Denken. Eine Autobiographie im Dialog*, Frankfurt a.M., 1981

Fiedler, Konrad, Über den Ursprung der Künstlerrischen Tätigkeit. *Schriften über die Kunst*, hrsg.
  von H. Konnerth, München, 1913

Heller, Agnes(ed.), *Lúkacs·Revalued*, Basil Blackwell, Oxford, 1983

Karádi, Éva / Fekete, Éva(Hrsg.), *Georg Lúkacs. Briefwechsel 1902–1917*, Stuttgart, 1982 Pasternack,
  Gerhard, Zur späten Asthetik von Georg Lükacs, Beiträge des Symposiums vom 25 bis 27 März
  1987 in Bremen(1990)

Tertulian, Nicolas, *Georges Lükacs: Etapes de sa pensée esthétique*, Le Sycomore, Paris, 1980

Timár, Á., The young Lükacs and the fine art, in Acta Historiae Artium Academiae Scientiarum
  Hungaricae(1989)

G.루카치, *미학 1권~4권*, 이주영, 임홍배, 반성완 역, 미술문화, 2000~2002

_____ , 《영혼과 형식》, 반성완/심희섭 옮김(심설당, 1988)

_____外, 《문제는 리얼리즘이다》, 홍승용 옮김(실천문학사, 1985)

이주영, *루카치 미학연구*, 서광사, 1998

7

벤야민의 변증법:
사유 이미지·이미지 사유

● 강수미(동덕여대 큐레이터학과 강사) ●

서론

　　매우 총명한 눈을 한 부르주아 계급의 유태계 독일인 소년이 한 손에 등산용 지팡이를 짚고, 반대편 어깨에는 삐딱하게 양복저고리를 걸친 채, 어딘가를 결연하면서도 고독한 표정으로 응시하고 있다. 그의 뒤로는 그림임을 단번에 알 수 있는 알프스 풍경이 펼쳐져 있지만 사진의 분위기는 장대해 보이지 않고, 그의 옆에는 동생으로 보이는 또 다른 소년이 앉아 있지만, 그들의 시선은 교차하지 않는다. 이상은 앞으로 우리가 이 글에서 매우 특별한 미학적 사유를 전개한 이론가로 논하려 하는 발터 벤야민Walter Benjamin의 1900년 경 어린시절 사진을 묘사해 본 것이다.(그림 1) 벤야민은 후일 〈사진의 작은 역사〉(1931)라는 글에서 프란츠 카프카Franz Kafka의 유년기 사진에 대해 묘사하면서, 거기 찍힌 소년 카프카의 시선이 세계를 "파열되고 신에게 버림받은 듯"* 바라본다고 썼다.(그림 2) 그런데 우리는 벤야민의 그러한 말은 그대로 다시 저자 자신

그림 1. 1906년 발터 벤야민과 동생George의
스튜디오 사진.

그림 2. 19세기 말 프란츠 카프카의 스튜디오 사진.

에게 돌아갈 수 있음을 본다. 이는 그의 사적 삶에 대한 센티멘털하고
멜랑콜리한 논평이 아니라 근대의 지식인, 이론가로서 벤야민이 자신
이 속한 근대사회의 근본적 현황에 대해 인식하고 성찰한 바에 입각한
의미에서이다.

　　이를테면 그는 서구의 근대 모더니티가 과학적 이성과 기술문명, 자
본주의 체제에 지나치게 편중된 채 전개되면서, 총체성에 대한 지향이
가능하고 신의 구원을 기대할 수 있으며 인간과 자연이 상호 조화로운

* Walter Benjamin, 《발터 벤야민 전집 1-7권 Walter Benjamin Gesammelte Schriften Band Ⅰ-Ⅶ》 Unter
　Mitwirkung von Theodor W. Adorno und Gershom Scholem hrsg. von Rolf Tiedemann und Hermann
　Schweppenhäuser, (Frankfurt a. M.: Suhrkamp Verlag, 1972-1989) 인용은 II/1, 375-376쪽. 이하 이 전집 인
　용은 특별한 경우를 제외하고, 본문의 괄호 안에 (권수, 면수)로만 표기한다. 또 국내 벤야민 선집에 번역,
　수록된 저작의 경우는 번역서의 번역을 따르고 전거를 밝힐 것이다. 발터 벤야민, 《발터 벤야민 선집 1, 2,
　3, 5, 6》, 최성만 등 옮김(길, 2007-2008).

관계 속에서 살아갈 수 있는 세계는 오히려 멀어졌거나 거의 불가능해져 버렸다고 보았다. 벤야민은 자신의 〈프란츠 카프카〉론에서 인용한 카프카의 말, 즉 "충분하고 무한한 희망이 존재하지. 다만 우리를 위한 희망이 아닐 뿐."(II/2, 414) 이라는 말에서처럼 인류가 구원의 희망을 품기 힘든 세계가 서구 근대의 현실이라 통찰한 것이다. 그렇다고 해서 섣불리 벤야민의 이론을 '부정적 시각의 비판 일색'일 것이라고 단정해서는 곤란하다. 오히려 그의 미학적 이론, 특히 후기 유물론적 예술이론 논문들은 근대 현존의 징후들에 대한 비판적 통찰을 바탕으로, 그 시대 집단이 스스로 당면한 문제를 예술의 힘을 빌려 극복하고 유토피아적 미래를 선취할 방향을 제시하는 긍정의 사유이기 때문이다.

벤야민 연구자들은 그의 사유를 초기, 중기, 후기로 나누는 데 대체로 동의한다. 요컨대 벤야민 초기 사유는 기존 철학이 범주화한 경험 범위 바깥까지를 사유하고자 한 신학적·형이상학적 단계이다. 중기는 구체적 경험현실을 역사철학적 유물론에 입각해 고찰하는 유물론적 단계인데, 벤야민은 이러한 이행기를 거쳐 후기 사유 단계에서 신학적 형이상학적 사유와 유물론적 사유를 결합 또는 전회轉回하고자 시도했다. 미학 영역에서, 벤야민의 후기 사유는 서구 '근대'라는 특정 역사의 시공간, 산업 자본주의와 테크놀로지 생산력, 이러한 역사적·사회적 조건 속의 예술을 상호 연관관계로 연구한 이론으로서 특수성을 갖는다. 특히 그는 이러한 이론을 자신만의 사유체계와 방법론을 통해 발전시켰다.

이에 입각하여, 우리는 이 글에서 벤야민의 사유 방법론과 방법론적 비판의 대상을 살펴보려 한다. 이는 한편으로 벤야민의 이론이 근거하고 있는 인식과 지각의 지평을 밝히는 일이다. 그리고 다른 한편으로 그러한 인식과 지평 속에서 벤야민의 사유가 어떠한 메커니즘으로 이루어지는지를 분석하는 일이다. 앞서 시사했듯이, 벤야민 미학의 매우 특수한 지점 중 하나는 그의 후기 예술이론이 당대 사회적 조건을 통합적으로 인식하면서, 예술과 테크놀로지를 상호 역학의 관계로 정립하고자 했다는 데 있다. 그는 예술이 유미주의로 세속적 삶과 단절된 채 상품 자본과 파시즘의 정치적 기만에 봉사하게 되는 근대 초기의 상황을 비판했다. 그리고 오히려 예술은 세속의 집단적 현존과 상호 침투 관계에서 '현실을 변혁하는 사회적 기능'을 담당해야 한다고 보았다. 예술과 산업 테크놀로지가 관계를 맺어야 하는 것은 바로 이러한 예술의 새로운 사회적 기능 때문이다. 우리는 한정된 지면에서 이 문제를 모두 상세히 논의할 여유가 없다. 여기서는 다만 벤야민의 사유 방법론을 분석하기 위한 목적에 한정하여 벤야민의 후기 예술이론에서 '기술' 개념과 '변증법적 이미지' 개념을 중심으로 논하기로 하자.

1. 기술Technik, 사유 - 글쓰기 - 실천의 '작가적 기술' *

"산업이 역사에 고유한 시대적 성격을 부여"(V/2, 678)했던 근대, 사회 변화의 중추에 테크놀로지가 작용하고 있다고 파악한 벤야민은 역사와 동시대 사회 · 경제 · 문화 · 예술을 통합적으로 아우르는 의미의 '기술Technik' ** 개념을 제시했다. 벤야민의 용례에서 '기술'은 직접적으로는

---

* 이하 II장과 III장은 강수미, 《〈테크놀로지 시대의 예술 - 발터 벤야민 사유에서 유물론적 미학 연구〉》, 홍익대학교 대학원 미학과 박사학위 논문, 2007, 55-68쪽의 내용을 근간으로 하였으며, 본 글의 주제에 따라 일부 수정, 보완하였다.

** 독일어 'Technik'은 예술에 있어서 '기술, 기교'와 과학과 산업의 '테크놀로지'를 포괄하는 용어이다. 이 글에서 우리는 'Technik'을 문맥에 따라서 '기술' 또는 '테크놀로지'로 번역한다. 벤야민 저작의 영역본들은 'Technik'을 원문 그대로 표기하거나 'technology'로 옮기고 있다.

예술의 기술技巧과 산업 및 과학의 테크놀로지를 지시하는 동시에, "기술 복제시대"*라는 주제어에서 알 수 있듯, 기술이 전면화된 모더니티 사회의 양상을 포괄적으로 규정하는 시대적 개념이다. 사실 벤야민의 사유와 미학에서 이 용어는 초·중기에 속하는 시기의 저작, 즉 그의 박사학위 논문《독일 낭만주의에서 예술비평의 개념》(1919)과 교수 자격 취득을 위해 쓴《독일 비극의 원천》(1925완성, 1928출판)에서는 예술의 '기술'로 한정돼 있다. 그러나 1925년을 기점으로 '테크놀로지'라고 부르는 것이 더 타당하게 '기술'의 의미가 예술 외부의 사회 현실 쪽으로 확장되고, 그의 연구에서 중심적 위치를 차지하게 된다. 벤야민 생전 매우 중요한 지적 교류 관계를 형성했던 프랑크푸르트 사회조사연구소Institut fur Sozialforschung Frankfurt의 테오도르 아도르노Th. W. Adorno와 막스 호르크하이머Max Horkheimer는 1940년대 산업의 생산조건 아래서 문화를 생산하는 행위, 예컨대 출판업, 영화산업 등을 "문화산업"이라는 개념으로 설명하였다.** 특히 아도르노는 문화산업 비판의 맥락에서 예술가가 의식적이고 자유롭게 재료를 다루는 '미적 기술 개념'을 강조했다. 그러나 1930년대 벤야민은 후기 사유로 가면서 테크놀로지 생산 조건 속에서 예술적 기술을 정비하고자 하였고, 그런 면에서 아도르노가 이후 기술 개념으로 예술적 기술과 예술 외적 기술의 상이성을 강조한 것과는 다르다.

벤야민의 기술 개념이 이상과 같이 변화한 요인으로, 우리는 서로 상관성이 있는 두 가지 이유를 들 수 있다. 하나는 벤야민의 사유와 미학이 유물론에 입각해 재조직된 데서 찾을 수 있다. 다른 하나는 유물론적으로 변화한 벤야민의 관점에서 봤을 때 당시 학문과 예술 영역뿐만

---

* '예술작품이 기술적으로 재생산 가능한 시대의 예술작품'이라는 뜻이다.
** Theodor W. Adorno & Max Horkheimer,《계몽의 변증법 Dialektik der Aufklarung》, 김유동 옮김, (문학과지성사, 2001), 183-251쪽 참조.

아니라 사회 전반의 의식에서 '기술'이 왜곡된 채 이해되고 사용되고 있었다는 점이다. 이러한 맥락에서 벤야민이 당대 심리학자이자 철학자인 루드비히 클라게스Ludiwig Klages와 자신의 전쟁경험을 작품화한 소설가 겸 문화비평가 에른스트 융어Ernst Jünger에 대해 비판한 점을 새겨볼 필요가 있다. 클라게스는 이미 사회의 많은 영역이 '기술적'으로 작동하고 있으며, '기계화된' 세계의 상태를 태고의 신화 상태에 대비시켜 몰락으로 매도했다(II/1, 229-230). 반면 융어는 "신비주의적 전쟁이론"을 설파하여, 제국주의·민족주의적 파시즘의 전쟁에 정당성을 부여했다(III, 238-250). 전자가 반反기술적이라면, 후자는 기술 물신적 입장이라는 점에서 양자는 일견 정반대로 보인다. 하지만 이들의 주장은, 사회가 기술을 현실성에 합당하게 수용하는 데 걸림돌이 되거나, 더욱 나쁘게는 집단의 의식을 신화적 최면 상태로 빠뜨리는 역할을 한다는 점에서, 테크놀로지의 진정한 목적telos을 왜곡한 것이라 할 수 있다. 반면, 벤야민은 이를 비판하고 자신의 후기 이론에서, 테크놀로지가 제2의 자연이 된 모더니티 사회에 합당한 사회적 의식과 예술을 제안하며 통합적 의미의 '기술' 개념을 제시했다.

위와 같은 점 때문에 벤야민의 기술 개념은 기술 또는 기계장치, 매체라는 물질적 또는 물리적 조건만이 아니라 그것을 다룰 "생산자"와 매우 밀접하게 관련된다. 그것은 작품을 '생산'하는 예술가 내지는 지식인 저술가를 향해 있는 것이다. 유물론적 예술이론의 관점에서 쓴 〈생산자로서의 작가〉(1934)에서, 벤야민은 "작가적 기술die schriftstellerische Technik"이라는 말로 이를 분명히 한다. 즉 여기서 "기술"은 예술가, 지식인들이 "자신들의 일을 생산수단과 기술과의 관계 하에서 혁명적으로 철저히 사고"함으로써, 사회변혁과 "계급투쟁"을 위해, 테크놀로지 기반의 여러 생산기구들을 "기술적으로 혁신"하고 "기능전환" 시키는 '정치적' 실천의 방법론적 개념인 것이다(II/2, 689; 691).

　무엇보다도 우선 후기 사유의 벤야민 자신이 이러한 "작가적 기술"을 자신의 사유와 글쓰기를 통해 시도했다고 할 수 있다. 그런데 여기서 한 가지 질문이 생긴다. 벤야민이 현실사회에 대한 비판적 인식과 실천적 지식을 위해 스스로에게 부과한 "작가적 기술"은, 전적으로 후기 유물론적 사유 단계에서 갑자기 돌출된 것인가? 이를테면 사회적 의식을 가지고 자신의 작품을 생산함으로써 정치적 실천을 시도하는 유물론적 예술이론의 작가 벤야민과 그의 저술 기술은, 신학적·형이상학적 사유 단계와는 완전히 단절되는가? 이하에서 벤야민의 사유 방법론을 다루면서 이 문제에 답해 보기로 하자.

　　"이 연구*의 방법은 문학적 몽타주이다. 나는 아무 것도 말할 게 없다. 단지 보여줄 뿐이다. 나는 귀중한 어떤 것도 사취하거나 기지에 찬 표현들을 전유하지 않을 것이다. 그러나 넝마들, 폐기물들은 전유할 것이다." (V/1, 574)

　말하는 것이 아니라 보여주는 것. 위 인용문은 벤야민의 사유 방법론을 잘 보여주는 서술이다. 여기서 "넝마들, 폐기물들"은 물질적 차원의 모더니티가 급진적으로 발전하는 과정에서 '뒤떨어진 것'으로 치부한 과거 현존의 파편들, 그러나 실제로는 현재의 진정한 상태를 밝혀줄 중요한 '역사적 지표'를 의미한다. 벤야민은 모더니티에 대한 비판적 연구자로서, 이렇게 과거의 역사로부터 '난파된 사물들'이 자체적으로

---

* 1927년부터 1940년까지 벤야민이 수행한 19세기 모더니티 연구를 말한다. 미완성 저작인 이 연구물을 그의 사후, 독일 벤야민 전집 편집자들은 《Das Passagen-Werk》라는 이름으로 전집 V/1,2권에 수록했다. 국내에서는 '아케이드 프로젝트'로 번역되었다. 《아케이드 프로젝트 I·II》, 조형준 옮김, (새물결, 2005-2006).

전달하는 바를 지각하고, 그것을 아방가르드 예술 또는 영화의 기술인 '몽타주' ─이 용어는 애초 제품생산 분야에서 나왔다─로서 서술하기를 지향했다. 여기서 우리는 벤야민이 논한 '작가적 기술'의 한 가지 방법을 파악할 수 있다. 그것은 철학적 사유의 글쓰기에 전통 철학의 논리가 아니라 산업 기술적 이미지와 지각을 도입하는 것이다. 이러한 의미에서 그의 사유는 이미지적 방식을 취했다.

벤야민은 여러 글들에서 자신의 글쓰기를 사진 필름의 '현상 Entwicklung'에 비유했는데(V/1, 603-604), 이를 근거로 우리는 벤야민 사유 방법론의 두 가지 측면을 분석할 수 있다. 우선 벤야민은 사유와 그 서술에서 진리를 추구하며 그렇기 때문에 주체의 주관적 의도와 자의적 해석을 경계한다. 벤야민은 '현상'이라는 표현으로 자신의 사유가, 마치 필름에 담겨진 이미지를 드러내듯이, 이미 대상으로부터 주어진 것을 서술하는 행위임을 분명히 하고자 했다. 보편적 지식을 담지하고 있다고 가정된 '저자' 개인 주체와 글을 저자의 권위가 담보된 완결된 '작품'으로 간주하는 근대 학문과 예술에 대한 인식을 비판하고, 글쓰기에서 개인 주체의 주관성을 삭제하려는 목적에서다. 또한 작품의 권위적 폐쇄성이 아니라 독자의 사고와 실천을 이끌어낼 '텍스트 모델'을 생산하는 것, 그렇게 "작가와 독자 사이의 분리에도 수정"(II/2, 689)을 가하여 독자 대중을 지식의 생산에 능동적으로 참여시키기 위함이다.*
이는 20세기 초반 프랑스를 중심으로 한 예술운동, 초현실주의가 문학적 글쓰기에서 실험적으로 '자동기술법'과 '사진'을 도입한 사실을 벤

---

* 한편 벤야민은 자신이 자기 세대 대부분의 작가들보다 더 나은 독일어를 쓴다면, 그 이유는 20년 동안 편지 이외에는 "나Ich"라는 단어를 결코 쓰지 않는다는 자기 규칙을 지켰기 때문이라고 했다.IV/2, 964를 참조하라. 이 점에서 벤야민은 롤랑 바르트의 〈저자의 죽음〉을 선취한다. Roland Barthes,《텍스트의 즐거움La Plaiser du Texte》, 김희영 옮김, (동문선, 1997), 27-35쪽을 참조할 것.

야민이 부르주아 개인 주체의 해체 시도라고 긍정적으로 평가한 이유이기도 하다.

이러한 '현상'으로서의 글쓰기는 또한, 벤야민 사유의 초기와 후기를 관통하고 있다. 즉 진리란 절대적으로 주어진 것이고, 철학은 그러한 진리의 나타남인 '이념Idee'을 객관적으로 서술하는 일이라는 벤야민의 초기 사유 인식론이, 역사적 경험의 대상이 전달하는 바에 따르는 서술 또는 대상과 미메시스mimesis 관계에 있는 사유 방법론으로 연결되는 것이다. 그렇기 때문에 벤야민이 후기 사유에서 주장하는 "작가적 기술"의 사유 방법론은 일정 정도 초기 신학적·형이상학적 사유에 기초해 형성된 것이라 보는 것이 타당하다. 물론 그것은 이제 역사적 경험과 현실적 사태에 대한 객관적 해석을 수행하는 것으로 바뀌었다. 또한 주어진 세계에 미메시스적으로 조응함으로써 통합적으로 파악하는 방법은, 테크놀로지 매체와 기술을 이용하여 비판적이고 각성된 인식을 생산해 내는 방법론으로 변화하였다. 이런 점에서 우리가 앞서 제기한 질문, 즉 벤야민의 유물론적 저술의 기술은, 신학적·형이상학적 사유와 완전히 단절되는가에 대해 다음과 같이 답할 수 있다. 연속은 아니지만 신학적·형이상학적 사유가 후기 유물론적 예술이론의 토대가 되었다고.

둘째, '현상으로서의 글쓰기'는 벤야민의 사유방법론에서, 사유와 이미지가 상호 관계하며 이미지가 구성적 기능을 하고 있음을 보여준다. 그는 1915년 미학 논문을 위해 작성한 첫 기록에서부터 이미지를 상상력Phantasie을 위한 매개지점으로 상정하였다.* 이러한 맥락 하에서 벤

---

* 〈Benjamins Bilderwelten: Objekte, Theorien, Wirkungen〉, 《Schrift Bilder Denken-Walter Benjamin und die Künste》, Hrsg. von Detlev Schöttker, (Frankfurt a. M: Suhrkamp Verlag, 2004), 13쪽 참조.

야민은 실증주의 철학의 개념을 중심으로 한 사유 방법을 비판하면서, 의식적으로 사유에 "이미지Bild"라는 개념을 사용한다. 요컨대 그의 방법론은 사유의 개념과 이미지의 지각, 이 양자를 어느 한 쪽에 종속시키지 않고, 상호관계로 두는 '사유-이미지' 방법론인 것이다. 이러한 점에서 우리는 벤야민의 "사유 이미지"를 그만의 독특한 이론화 방식으로 인정할 수 있다. 또한, 사유에 이미지를 결부시킴으로써 벤야민이 사유에서 구체성을 확보하고자 했으며, 사유를 지각의 문제로 보았음도 강조할 필요가 있을 것이다.

그러나 벤야민은 지각이 수용한 바를 단순히 재현하는 것이 아니라, 역사적 경험을 변증법적으로 "표지Signatur"하고 있는 이미지를 매개로 사유의 능동적 '구성'과 대상에 대해 '분석'과 '비판'을 병행하는 이론적 작업을 수행했다. 벤야민은 《독일 비극의 원천》에서 '독일 바로크 비애극Trauerspiel'을 그러한 방법론의 이념 대상으로 다뤘다. 그리고 그의 후기 사유의 정점이자 미완성 저작인 《아케이드 프로젝트》를 위한 연구에서는, 위에서 잠깐 논했듯이, 19세기 자본주의의 '상품 잔고'들을 연구 대상으로 삼았다. 그렇다면 이와 같은 점에서 벤야민은 앞서 저자의 의도를 경계하는 글쓰기와는 모순되는 주체의 구성적 사고와 이성의 논리—분석과 비판—가 수반된 사유를 펼쳤다는 말인가? 그렇다고 볼 수 있다. 그러나 이 두 방법론은 겉보기와는 달리 모순이 아니다. 왜냐하면 저자의 의도라는 것이 이미 사태에 대한 객관적 해석이 아니라 주관적 판단이나 감정이입인 한, 이성에 의해 통제되어야 하는 것이고, 주체는 객관적 해석을 위해 이성의 논리로 가상을 걷어내고 사태를 구성해야 하기 때문이다. 그에게는 인과적 논리가 아니라 '이미지적 논리'가 객관적 해석을 위해 필요했고, 그렇기 때문에 이론은 몽타주 원리에 따라 이미지로 구성되어야 했다. 요컨대 이상에서 논한 벤야민의 사유 방법론은 물화物化된 이성을 이성으로 계몽하는 "작가적 기술"이다.

2. '인식의 현재시간'과 '변증법적 이미지'

우리의 이제까지 논의는 벤야민 사유와 저술의 방법론을 그의 '기술 개념'과 '사유와 이미지의 상호 관계'를 중심으로 밝히는 데 집중했다. 그런데 이러한 논의 속에서 분명히 부각시켜야 할 또 다른 점이 있다. 그것은 초기 사유 단계에서든 후기 사유단계에서든 벤야민의 사유와 미학에서는 '역사철학적 인식'이 사유 대상에 접근하는 근본 축이라는 점이다. 이것이 우리가 이제부터 벤야민의 사유 방법론을 역사철학에 입각해 고찰해야 할 이유이다. 그의 역사철학적 시간관부터 보자.

벤야민의 역사철학은 인과적 논리에 의한 연속성의 시간개념이 아니라 연속성의 고리로부터 파열된 '순간', 과거와 과거에 대한 현재인식이 동시에 이루어지는 불연속성의 "현재시간Jetztzeit"이라는 시간개념을 근간으로 한다. 그는 역사에 대해 "그것이 본래 어떠했던가?"* 알고자 하는 입장에서 출발하지 않는다. 이는 역사주의의 심리로서, 벤야민은 주관을 개입하여 역사를 사실로 나열하고, "동질적이고 공허한 시간"의 연속체로 서술하는 역사주의에 반대한다. 벤야민에게 역사의 진리는 인과의 견고한 고리에 묶여 있는 것이 아니다. 반대로 "인식 가능성의 순간에 영원히 되돌아올 수 없이 다시 사라져 버리는" 섬광 같은 이미지이

---

* 벤야민은 I /2, 695에서 출전을 밝히지 않는 가운데, 근대 역사학의 대표적 역사주의 학자 레오폴드 폰 랑케Leopold von Ranke의 이 문장을 부정적이고 비판적인 의미로 인용하고 있다.

다(I/2, 695). 벤야민 이론에서 이러한 진리 인식의 순간이라는 시간관과 진리의 나타남을 이미지로 서술하는 방법론은 일관적이다. 우리는 대표적으로 '성좌' '섬광 같은 이미지' '표현할 수 없는 것에 대한 가상적 표현' '순간' '현재시간'과 같은, 벤야민의 이론적 표현에서, 그의 역사철학적 시간관을 감지한다. 따라서 이를테면 그의 사유는 '카이로스적 시간관Chairology'이라 칭할 만한 시간관에 근거한다고 볼 수 있다.

카이로스적 시간관은 연대기적 시간관Chronology과 배치되는 시간관념이다. 연대기라는 단어에 들어 있는 그리스어 '크로노스Kronos'는 보통명사로서 '시간'을 의미한다. 아리스토텔레스의 《자연학 Physica》이래 인간의 시간관념으로 확고하게 자리 잡은 이 시간관은 시간을 과거, 현재, 미래의 직선으로 연속 운동하는 것이며, 측정 가능한 것으로 간주한다. 반면 '카이로스Kairos'는 유대교와 그리스도교의 구제사救濟史적 시간관의 핵심으로서, 여기서 그리스도를 정점으로 하는 '현재'는 인류와 전역사의 과거 및 미래를 규정하는 '현재시간'을 의미한다.* 연대기적 시간은 시간적 연속성을 통해 운동을 측정하거나 이해하면서, 행위와 시간의 역동성을 통제한다. 반면 카이로스의 시간은 우발적이고 돌출된 순간으로 구성되기 때문에, "틈, 파국, 비동시적 계기들, 복수의 시간적 차원"을 강조한다.**

벤야민이 명시적으로 자신의 역사철학적 시간관을 '카이로스적 시간'으로 설명한 것은 아니다. 그러나 그는 《아케이드 프로젝트》를 구상

---

* 크로노스와 카이로스의 시간관에 대한 개괄적 설명은 소광희, 《시간의 철학적 성찰》(문예출판사, 2001), 221-238쪽과 83-84쪽을 참고.

** Kia Lindroos, 《현재시간/이미지공간: 벤야민의 역사철학과 예술에서 정치학의 순간화 Now-time/Imager-space: Temporalization of Politics in Walter Benjamin's Philosophy of History and Art》, (Finland: SoPHi, 1998), 12쪽.

하던 초기 "역사과정을 측정하는 자연적이며 완전히 비합리적인 시간 척도"가 무엇일 수 있는지 스스로에게 물었다(V/2, 1085). 벤야민 저작의 곳곳에서 시간은 일직선으로 연속하는 시간에서 벗어난 시간, 파국과 위기의 순간, 그러한 순간들의 역사적 의미가 응축된 시간으로 표현된다. 그는 이러한 시간을 신학적으로 "메시아적 현재시간"이라 했다. 그러나 벤야민의 후기 사유에서 신학은 역사적인 것 속으로 가라앉아 현실을 해석하는 기초학문이다(V/1, 588). 따라서 우리는 이 메시아적 현재시간관이 예술비평과 역사철학의 영역에 어떻게 표현을 달리하면서 내재적으로 작용하는지 분석할 필요가 있다.

예술작품과 그 비평에서, 벤야민은 문화사적·문학사적·전기적 관찰방식을 뒤섞은 혼합주의를 비판하고, 자신의 '원천Ursprung' 개념에 입각하여 사실적 결과의 전사前史와 후사後史, 생성과 소멸이 정립/반정립하며 빚어내는 극단적 긴장의 순간에 엄밀히 천착할 것을 요구한다. 그리고 연대기적 시간관에 근거한 역사주의를 수용한 당대 통속적 마르크스주의를 비판한다. 그들의 진보이론이 관념적 시간관을 바탕으로 "직선 내지 나선형을 그으면서 자동적으로 나아가는 진보"(II/1, 700-701)를 가정함으로써 역사에 태만했다는 것이다. 그는 이 실증주의적 역사주의와 관념론의 시간관에 맞서 "인식 가능성의 지금"이라는 인식론의 시간관을 개진한다. 이 인식론은 연속된 것, 앞으로 나아가는 것으로 가정된 시간의 고리를 파괴하고, 과거 역사의 매 순간이 혁명적 가능성으로 집약되어 현재와 겹치는 지금 이 순간을 사유가 통찰해야 한다고 주장하는 것이다. 이러한 인식론이 근거하는 시간이, 불연속성의 시간, 과거가 현재의 지금과 중첩되는 공시적synchronistisch 순간, '메시아가 들어설 수 있는 조그만 문으로서의 현재시간', 말하자면 카이로스적 시간이다. 이러한 시간은 근대의 기계적이고 선형적인 시간관으로 보면 '정지'와 '중단'이고, 시대착오로 간주된다. 그러나 벤야민은 이 시대착오를 "보다 나은 의미로" 설명함으로써, 자신이 취한 역사과정의 시간척도가 궁극적으로 목표하는 바를 명확히 했다. 즉 "그러한 착오가 과거를 전기 도금하기보다는 보다 인간적으로 합당한 미래를 선취하기 때문"에 벤야민은 과거의 매 순간과 현재가 겹치는 순간의 시간을 포착한 것이다.*

그렇다면 현실 사회 제도가 규정한 시간과는 다른 이러한 '현재시간'은 어떻게 가능한 것일까? 그것은 인식에서 가능한 시간이다. 벤야민이 "현재시간"을 과거의 이미지가 섬광처럼 스쳐 지나가는 위기의 순간으로 정의하고, 그것을 다시 "인식 가능성의 지금"이라 설명하는 것도, 이러한 시간이 한번 놓치면 다시 붙잡을 수 없는 각성된 인식의 시간이기 때문이다. 그가 《아케이드 프로젝트》의 한 노트에서, '인식 가능성의 지금'이 "나의 인식이론"이라고 밝히고 있는 데서도 이는 분명해 보인다(V/2, 1148). 그렇다면 인식은 무엇으로 이러한 시간을 지각하는가? "변증법적 이미지"를 통해서이다.

벤야민은 과거와 현재가 꿈과 깨어남의 짜임관계Konstellation라는 의미에서, "변증법적 이미지"라는 이름을 생각해 내며, 이것의 내용을 "정지상태의 변증법"으로 정의했다. 그러나 변증법적 이미지와 정지상태의 변증법은 벤야민 사유가 전개된 시기에 따라 의미가 달라지며, 용어상의 일관성을 찾기도 힘들다. 그럼에도 불구하고 우리는 이를 크게 두 가지 의미로 정리해 볼 수 있다. 《아케이드 프로젝트》를 위해 쓴 1935년 개요와 〈역사의 개념에 대하여〉(1940), 《아케이드 프로젝트》의 〈N 인식이론, 진보이론〉에 그 근거가 있다. 1935년 개요에서 변증법적 이미지

---

* 1934년 3월 18일 벤야민이 아도르노에게 보낸 편지. V/2, 1102-1103쪽 참고.

는 집단 무의식 속의 소망과 꿈의 이미지로 한정된다.

"새로운 생산수단의 형식은 처음에는 낡은 형식의 지배를 받는데(마르크스), 집단의식 속에 있는, 새로운 것과 낡은 것이 함께 침투해 있는 이미지들이 이에 상응한다. 이러한 이미지들이 소망 이미지들이고 이 속에서 집단은 사회적 생산물의 불완전함과 사회적 생산 질서의 결함을 지양하려는 동시에 신성화하려 한다. (…) 이러한 경향은 새로운 것으로부터 받은 자극을 간직하고 있던 이미지판타지를 태고의 것으로 되돌려 보낸다." (V/1, 46-47)

집단의 소망 이미지 속에서는 한편으로는 상품 물신의 새로움, 다른 한편으로는 '근원의 지나간 것', 이렇게 정반대되는 양가적 의미가 서로 침투된 양상을 발견할 수 있다. 집단 무의식의 이미지 상상력은 새로운 테크놀로지 생산방식으로 생산된 '새로운 것'에 자극을 받아 소망 이미지를 만들어내는데, 이 상상력이 참조하는 것은 옛 생산방식이 만들어낸 '태고의 것'이기 때문이다. '현대Moderne' 자본주의 상품경제와 문화 또한 이러한 방식으로 생산수단의 변화라는 시대의 새로운 사회적 상황에 '근원적 역사Urgeschichte'를 인용한다. 벤야민은 대표적으로 "물신으로서의 상품"이 현대의 새로운 것과 태고의 것이라는 양가적 의미를 지닌 변증법적 이미지라 했다. 그리고 이 양가적 의미의 공존이 야말로 정지상태의 변증법이 포착해야 할 단초로 보았다. 이러한 통찰은 벤야민이 '상품의 시장 논리'가 아니라 '시장과 상품의 문화 논리'에 주목했기 때문에 가능했다(V/1, 45). 즉 그는 일견 마르크스의 이론을 빌려 생산과 경제적 교환방식에 대한 논점을 제기하는 것처럼 보인다. 하지만 사실은 하부구조로서의 생산방식 자체가 아니라 그러한 생산방식에서 촉발되는 '사회 문화적 의식의 표현'을 문제시하는 것이다. 게다가 "집단의 억압된 경제적 의식내용으로부터 어떤 문학작품, 상상적 표상이 발원"(V/2, 669)할 수 있다는 관점에서 벤야민은 쇼윈도의 상품과 아케이드를 분석했다. 그렇게 함으로써 현재가 과거 집단의 무의식과 얼마나, 어떻게 상호 침투 관계에 있는가를 밝힐 수 있다. 요컨대 벤야민의 출발점은 집단의 역사경험에 대한 사유 인식이지 자본에 대한 경제적 분석이 아니다. 그런데 이렇게 보면 벤야민이 1935년 《아케이드 프로젝트》의 개요에서 제시한 '물신화된 상품의 면모 그 자체'가 변증법적 이미지일 수는 없다. 그것은 사태 그 자체이지 역사적 경험개념으로 매개된 것이 아니기 때문이다. 아도르노의 다음과 같은 비판은 벤야민으로 하여금 상품이 아니라 상품에 의해 발생하는 물신적 의식에 대해 변증법적으로 고찰해야 함을 일깨워 주었다. 그에 따르면, "상품의 물신적 성격은 의식의 사실이 아니라 그것이 의식을 생산해낸다는 비상한 의미에서, 변증법적"(V/2, 1128)이다.

이후 벤야민은 〈역사의 개념에 대하여〉 등의 저작을 통해 1935년 당시와는 다른 변증법적 이미지와 정지상태의 변증법에 대한 개념을 개진하게 된다. 이렇게 개정된 변증법적 이미지란 무엇보다도 "각성 Erwachen"이라는 의미를 내포한다. 이제 변증법적 이미지는 과거가 인식 가능성의 지금과 관계 맺는 형식이자, 점진적인 역사의 발전과정이라는 연속성의 고리를 파괴하고 역사적 존재의 의식에 스치듯 나타나는 과거의 '진정한' 형상으로 정의되는 것이다. 그것은 "역사적 지표"(V/1, 577)를 갖고 있어, 위기의 순간에 읽혀지며, 과거에 대한 각성을 추동하는 이미지이다. 벤야민은 〈N〉 항목에서 다음과 같이 변증법적 이미지를 정의한다. 여기서 변증법적 이미지는 과거와 현재의 변증법적 각성에 있어 "방법론적 정수" 이다.

> "과거에 지나간 것이 현재에 빛을 비추거나, 현재가 과거에 빛을 비추는 것이 아니라, 이미지라는 것은 그 속에서 어떤 이미 흘러간 것이 지금과 만나 섬광처럼 성좌를 이루는 무엇이다. 달리 말해 이미지란 정지상태의 변증법이다. 현재가 과거에 대해 갖는 관계는 순전히 시간적·연속적인 데 반해 과거에 있었던 것이 지금에 대해 갖는 관계는 변증법적 관계이기 때문이다. 즉 후자의 관계는 시간적인 것이 아니라 이미지적 본성을 띠는 관계이다. 변증법적 이미지들만이 진정한, 즉 태고적이지 않은 역사적 이미지들이다." (V/1, 578)

요컨대 관념론과 실증주의 역사주의가 가정하는 직선으로 연속 운동하며 진보하는 것으로서의 시간과는 다른 이 '정지' 또는 공시적 시대 결합의 '현재순간'에 인식은 변증법적 이미지를 포착해 읽어낸다. 벤야민은 현재가 과거에 대해 맺는 관계는 '시간적인 것' 이지만, 과거가 그 과거를 인식하는 지금 현재와 맺는 관계는 '변증법적 이미지의 관계' 라 말함으로써, 인식의 방법론을 재정립하고 있다. 즉 여기서 인식은 추상적 관념 속에서 운동하는 것이 아니라 사유의 정지 상태 속에서 변증법적 이미지를 읽어내는 일이다. 요컨대 변증법적 이미지에 대한 정지상태의 변증법은 역사 관점의 "코페르니쿠스적 전환" 으로서 "각성된 의식" 의 다른 말이다.*

벤야민이 인식의 방법론으로 사유의 정지상태 속에서 변증법적 이

---

* 벤야민은 위의 인용(V/1, 578)에서, "이미지란 정지상태의 변증법" 이라 했는데, 다른 곳에서는 "과거에 존재했던 것은 변증법적 전환, 각성된 의식이 돌연 출현하는 장이 되어야 한다."(V/1, 491)라 한다. "정지상태의 변증법" 과 "변증법적 이미지" 가 "변증법적 전환" 과 "각성된 의식" 으로 대치된 것이다. 이는 벤야민이 "변증법적 이미지" 를 하나의 가시적 이미지로서만이 아니라 의식의 깨어남으로 간주했음을 보여준다.

미지에 대한 독해를 주장하는 것은, 사유에 주관의 개입과 가상적 연속성을 중단 · 파괴하고 현재의 진정한 상황을 각성하기 위해서이다. 그러한 파괴 과정을 거쳐야만 가상이 말소된 역사의 이념, 모자이크처럼 깨어진 파편들로부터 구성되었으며 과거가 지금 현재와 만나 이룬 성좌Konstellation가 가능하고, 그 역사의 이념을 독해 · 서술할 수 있다. 그것은 앞서 필자가 이미 논했듯이, 이제까지 오직 광기만이 번성한 근대 속 신화적 영역을 "이성의 연마된 도끼"로 계몽하는 일이다. 이는 합리성과 실증주의로 대표되는 계몽주의 속에 은닉된 '물화된 이성' 또는 '신화적 이성'을 광기로 보는 것이며, 벤야민은 이렇게 '물화되고 신화화된 계몽'을 '이성의 계몽'으로 극복해야 한다고 주장하는 것이다(V/1, 570-571). 각성의 방법론으로 변증법적 이미지를 채택해야 하는 이유가 여기 있다. 즉 변증법적 이미지가 감각적 현전의 직접성과 파편성을 특징으로, 신화적 이성 영역의 가상을 부수고 "역사적 그늘에 있는 심연을 입체경적이고 다차원적으로 보기"(V/1, 571), 즉 변증법적 사유를 가능케 하기 때문이다. 벤야민은 카이저 파노라마 속 이미지를 "당장에라도 도망칠 듯"(IV/1, 239) 눈앞을 스쳐가는 위기의 것으로 정의했고, 만화경을 지배자의 개념이 "질서"(I/2, 660)라는 이미지로 반영되는 거울의 메타포로 보았다. 나아가 그는 이 근대적 광학기기와 그 이미지를 역사의 변증법적 이미지와 결부시켜 서술한다. 카이저 파노라마의 이미지처럼 변증법적 이미지는 언제나 사라질 위기의 순간에 있는 것이고, 바로 그렇기 때문에 사유자가 의식의 정지상태 속에서 포착해야만 할 것이다. 이렇게 역사의 변증법적 이미지를 포착해 읽어내는 것, 그것은 지배자의 "만화경을 부숴야만 한다"는 과제를 실천하는 행위이다. 이러한 점에서 변증법적 이미지는, 물화된 이성을 표상하는 동시에 그 물화

상태의 깊숙한 곳에 깔린 집단의 역사적 소망과 꿈을 다시 새롭게 복구하도록 사유자를 각성시키는 변증법적 도구이다. 또한 사유자의 의식에 따라 과거와 현재가 공시적으로 깨어나는 매체이다.

이상과 같이 우리는 벤야민의 사유 방법론을 그의 역사철학을 축으로 하여 다시 분석함으로써 그의 역사인식이 근거하는 시간관과 꿈과 각성으로서의 변증법적 이미지의 정의와 기능을 파악할 수 있었다. 이제 우리는 이 글의 논의를 마무리하면서, 벤야민의 사유에서 이미지의 의미와 역할을 정의해 보고, 그의 사유 방법론에서 핵심적 내용을 정리해 보자.

결론

첫째, 벤야민의 사유에서 이미지는 인식의 대상이자 매체이다. 그 사유에서 진리는 성좌적 이념의 직접성 또는 독일의 벤야민 전집 편집자 중 한 명인 롤프 티데만Rolf Tiedemann이 논했듯이 "이미지 언어die Bildersprache"(V/1, 18-19) 속에서 '순간'에 발현되는 것으로 전제되기 때문이다. 요컨대 진리는 이미지로서 순간에 현전하며, 이때 이미지는 우리가 흔히 그렇게 간주해 왔듯이 특별한 지적 각성 없이 흘러볼 시각적 대상이 아니다. 이미지는 시각과 촉각을 포함한 지각의 대상이며, 세계의 이미지를 담지한 단자單子로서의 이념을 서술하는 데 있어 의식이 각성된 상태로 포착해 읽어야 하는 인식의 대상이다. 또한 이미지는 "변증법적 이미지"에서 분명해졌듯이, 과거·현재의 꿈과 깨어남이 한 계기로서 변증법적으로 상호 침투해 있으며, 그렇게 해서 과거를 현재 속으로 매개시키는 매체이다. 이 때문에 우리는 벤야민의 사유를 "사유 이미지들Denkbilder"을 대상으로 '이미지 사유Bilddenken'를 전개한 변증법적 지각의 인식론이라 말해 볼 수 있는 것이다.*

둘째, 벤야민 사유 방법론의 핵심은, 그것이 역사철학에 입각한 변증법적 각성의 인식이라는 점이다. 그의 '기술 개념'과 '작가적 기술', '정지상태의 변증법'과 '변증법적 이미지'는 사유자의 그러한 각성을 강조한다. 그는 역사에서 억압된 것들, 시대에 뒤진 것, 실패한 것들, 그의 표현으로 하면 "극단들"을 각성된 인식으로 읽고 서술함으로써 현재를 변혁하고 구원할 계기를 찾는다. 그의 17세기 독일 바로크 비애극에 대한 연구, 19세기 보들레르와 모더니티 사회의 경험에 대한 연구, 사진 발명의 초창기 회화와 사진의 예술 논쟁에 대한 연구, 영화의 특수한 지각경험과 집단의 수용에 대한 연구는 이렇게 역사철학적 인식에 근거해서 이루어졌다. 따라서 벤야민 연구자 몸메 브로더젠Momme Brodersen이 "예술작품 속으로 침잠함으로써 자신의 역사적 현재를 인지하는 것이 벤야민이 수행하는 비판의 원칙"이라 한 것은 벤야민 사유방법론을 적절하게 요약한 것으로 볼 수 있다.*

그러나 다음과 같은 점을 놓친다면, 벤야민 사유에 대한 우리의 고찰은 일면에 그칠 뿐이다. 벤야민은, 예술작품을 포함하여 과거 모든 경험에 대해 대가virtuoso로서의 저자 입장을 취하지 않는다. 또 문화의 미시사 연구자도 아니며, 그의 사유 대상과 미메시스적으로 상호 작용하는 데 만족하는 신비주의자도 아니다. 물론 그의 사유 방법론에는 일견 이

---

* 이미지사유Bilddenken'는 벤야민 연구자 지그리트 바이겔의 용어이다. 벤야민 사유의 특이성을 '이미지적 사유'로 정의하려는 시도에 대해서는, Sigrid Weigel,《신체공간과 이미지공간: 발터 벤야민 다시 읽기 Body- and Image-Space: Re-reading Walter Benjamin》, (London: Routledge, 1996)과 Detlev Schöttker, 앞의 책 참고.

** Momme Brodersen,《발터 벤야민-주어캄프 세계인물총서01 Walter Benjamin》, 이순예 옮김, (인물과사상사, 2007), 132쪽.

모두에 해당될 수 있을 것 같은 측면이 있어, 그의 이론에 대한 잘못된 수용을 촉발시킬 여지가 없는 것은 아니다. 그러나 분명한 것은 벤야민의 사유 방법론이, 대상에 대한 침잠 또는 명상의 태도에 그치는 것이 아니라, 각성된 의식으로 전환함으로써 대상을 구원하는 동시에 그로부터 진리를 읽어낼 것을 강조했다는 점이다. 벤야민이 정의하는바, "변증법적 사유는 역사적 깨어남의 기관Organ"(V/1, 59)이다. 또한 '각성'은 "하나의 시대에서 진정으로 풀려나는 것"(V/2, 1058)이다. 그런 점에서 벤야민의 후기 예술이론을 비롯하여 거의 전 저작에 일관되게 작용하는 사유 방법론, 즉 사유와 글쓰기와 실천의 능동적인 역학, 사유와 이미지의 변증법적 상호작용은 다음과 같이 이해하는 것이 옳아 보인다. 즉 '비판하기 위해 근대를 비판하는 수단'이 아니라 '비판을 통해서 미망과 환등상의 근대로부터 해방되기 위한 길'로 보아야 하는 것이다. 우리가 이렇게 벤야민을 수용할 때, 우리 자신 또한 동시대의 미망과 환등상으로부터 진정 자유로워지고, 아직 쓴 적이 없는 꿈의 역사를 펼쳐낼 가능성이 커질 것이다.

서두에 소개한 유년기 사진 속 소년 벤야민의 순진하면서도 고독한 시선은, 그로부터 20여 년이 지나 철학박사이자 당대 최고의 독일 비평가를 자처했던 성년 벤야민의 다음과 같은 말 속에 표현됐듯이, 현실적이면서도 인류의 꿈에 대해 통찰하는 비전으로 성장했다.

"푸른 꽃은 이제 더는 제대로 꿈꾸어지지 않는다. 오늘날 하인리히 폰 오프터딩겐이 되어 잠에서 깨어난 사람은 늦잠을 잤음이 틀림없다. 꿈의 역사는 썩어져야 할 것으로 남아 있는데, 그 꿈의 역사에 대한 통찰을 여는 것은 자연에 예속된 미신을 역사적 각성을 통해 부수는 것을 뜻할 것이다. 꿈꾸는 일은 역사를 형성하는 데 관여해왔다."*

  필자는 이 인용문에서 벤야민이 더이상 꿈꾸기 어렵다고 말한 것, 그러나 꿈과 그로부터의 깨어남(각성)을 통해 역사적으로 형성된다고 넌지시 말하는 '이상향의 푸른 꽃'을 우리의 사유와 비전이 성장함에 따라 이룰 수 있기를 희망한다.

* Walter Benjamin, 《발터 벤야민 선집 5》, 최성만 옮김, (길, 2008), 135쪽.

참고문헌

Benjamin, Walter, *Walter Benjamin Gesammelte Schriften Bd. I – VII*, Unter Mitwirkung von Theodor W. Adorno und Gershom Scholem hrsg. von Rolf Tiedemann und Hermann Schweppenhäuser, Frankfurt a. M.: Suhrkamp, 1972–1989. 《발터 벤야민 선집 1, 2, 3, 5, 6》, 최성만 등 옮김, 길, 2007-2008.

_____ , 《아케이드 프로젝트 I · II》, 조형준 옮김, 새물결, 2005-2006.

Ades, Dawn & Baker, Simon (eds.), *Undercover Surrealism: Georges Bataille and DOCUMENTS*, The MIT press, Massachusetts, 2006.

Adorno, Theodo & Horkheimer, Max, 《계몽의 변증법 Dialektik der Aufklärung》, 김유동 옮김, 문학과지성사, 2001.

Barthes, Roland, 《텍스트의 즐거움 La Plaiser du Texte》, 김희영 옮김, 동문선, 1997.

Betancourt, Alex, *Walter Benjamin and Sigmund Freud between Theory and Politics*, VDM Verlag Dr. Müller, 2008.

Brodersen, Momme, 《발터 벤야민》, 이순예 옮김, 인물과사상사, 2007.

Lindroos, Kia, *Now–time/Imager–space: Temporalization of Politics in Walter Benjamin's Philosophy of History and Art*, Finland: SoPHi, 1998.

Schottker, Detlev, *Schrift Bilder Denken–Walter Benjamin und die Künste*, Hrsg. von Detlev Schottker, Frankfurt a. M: Suhrkamp, 2004.

Weigel, Sigrid, *Body– and Image–Space: Re–reading Walter Benjamin*, London: Routledge, 1996.

강수미, 〈테크놀로지 시대의 예술 – 발터 벤야민 사유에서 유물론적 미학 연구〉, 홍익대학교 대학원 미학과 박사학위 논문, 2007.

_____ , 〈인간학적 유물론과 예술의 생산과 수용 – 발터 벤야민의 '초현실주의'를 중심으로〉, 《미학》 52집, 한국미학회, 2007

심혜련, 「대중매체에 관한 발터벤야민의 미학적 고찰이 지니는 현대적 의의」, 《미학》 30집, 한국미학회, 2001

_____ , 〈발터 벤야민의 예술 이론에 대한 맑스주의 미학의 해석에 관하여-'예술의 정치화'를 중심으로〉, 《진보평론》, 2001

최성만, 「벤야민에서 중단의 미학과 정치학」, 《문예미학》 8호, 문예미학회, 2001().

_____ , 「발터 벤야민의 역사철학적 구제비평」, 《문학, 그 '사이'의 존재》, 이학사, 2003.

하선규, 〈영화: 현대의 묵시록적 매체 – 크라카우어와 벤야민의 이론을 중심으로〉, 《미학》 37집, 한국미학회, 2004

8

아도르노 미학에서
문화산업의 테크놀로지 비판

– 라디오와 영화매체를 중심으로

● 유현주(목원대 미술교육과 강사) ●

1. 아도르노 미학에서 테크놀로지 비판의 당위성

오늘날 디지털 기술과 뉴미디어는 시공간에 대한 복합적인 체험을 우리에게 선사한다. 예컨대 유비쿼티Ubiquity*의 기술은 지구인들을 유목민으로 만들기에 손색이 없을 만큼, 시공의 개념을 초월해 다양한 정보를 처리하는 것을 가능하도록 만들었다. 즉 사람들은 비행기 안에서 비즈니스와 관련된 일을 처리하면서 동시에 베토벤의 교향곡을 노트북 CD를 이용해 감상하고, 도착할 목적지에서의 콘서트를 예약할 수 있는 세상을 만끽하고 있다. 또한 복제기술의 발전은 미술관을 찾지 않아도 사진과 컴퓨터를 통해 자신이 원하는 만큼 허용된 범위에서의 "벽 없는 미술관"을 만들어 낼 수 있다. 이러한 기술은 일찍이 벤야민이 〈기술복제시대의 예술작품Das Kunstwerk im Zeitalter seiner technischen Reproduzierbarkeit〉에서 내다보았던 것 이상으로 사회적 계층을 초월하여 많은 사람들에게

---

* 편재성omnipresence을 뜻하는 유비쿼티는 오늘날 '어디서나 동시에 이용 가능함'을 가리킨다.

문화적 기회를 확대 제공해줄 수 있는 것처럼 보인다. 벤야민이 지적했듯이, 복제된 예술작품은 비록 원본에만 있던 분위기 즉 '아우라Aura' 를 상실하지만, 다른 한편 대량복제를 통해 소수의 특권이었던 문화적 향수를 체험의 기회 제공이라는 측면에서 민주화시킨다. 그럼에도 불구하고 여전히 문화산업의 생산물들의 혜택에 고마워하지 못할 만한 이유가 남아 있다. 소위 표준화된 양식의 내용과 수준으로 라디오와 텔레비전 등의 대중매체에 의해 전파되는 대중예술의 음식을 먹고 자라는 세대들에게 전통의 청산을 알리는 그러한 테크놀로지가 과연 긍정적인 것인지 묻지 않을 수 없다. 테크놀로지가 실제로 세계를 진보시키고 있는 것인가? 나아가 그러한 기술의 진보가 진정한 인간해방의 이념을 실현시킬 수 있는가?

생산력과 생산관계의 틀 안에서 세계사의 진보를 예견한 마르크스주의적 역사관은 파시즘과 세계대전이 극한으로 치달아가면서 아도르노에게서 "아우슈비츠 이후에 시를 쓸 수 없다"는 탄식으로 바뀌었다. 아도르노는 이러한 문명사의 비극의 원인이 계몽주의적 사고에 있다고 보았다. 신화의 세계로부터 이성의 빛을 찾아 나아갔다고 생각한 서구 계몽주의가 세계대전과 아우슈비츠의 재난을 겪으면서 "새로운 야만의 상태" 로 돌아섰다는 것이 비판이론의 미학자 아도르노가 호르크하이머와 함께 저술했던 《계몽의 변증법》의 문제적 화두이다. 그러나 더 심각하게 아도르노가 생각했던 문제는 아우슈비츠 이후, 후기 자본주의 사회에서 문화산업의 폭력이었다. 아도르노에 따르면 라디오, 텔레비전, 영화산업은 한편으로는 대중들의 여가시간의 '위안' 이라는 이데올로기 역할을 하면서 동시에 주체를 삶에서 점점 더 소외시키고 진정한 행복에서 멀어지게 한다. 다시 말해 현대 테크놀로지의 산업사회는 인간 주체를 오히려 객체화시키는 '물신주의'*의 질병을 앓고 있다는 것이 아도르노의 사회적 인식이다. 아도르노의 미학은 서구 이성이 막다른 골목에 도달한 현재의 위기에서 진리를 말하는 예술을 통해서만 자유와 구원의 메시지를 얻을 수 있다고 말한다. 그러나 예컨대 '라디오로 전송되는 교향곡'이나 헐리우드에서 쏟아져 나오는 획일적인 영화들같이 산업사회에 만연한 기술복제된 예술작품들은 주체들을 표준화된 반응으로 이끄는 자본주의의 프로파간다propaganda일 뿐 진정한 행복을 꿈꾸지 못하게 한다.

새로운 기술매체에 대한 아도르노의 비판들이 1940년대를 전후로 쏟아져 나온 것은 물론 그의 미국 망명중의 라디오 프로젝트에 참여하면서 계기가 되었지만, 무엇보다도 그의 이와 같은 사회적 인식과 미학이론이 접목되는 한 필연적인 결과였다. 본고에서는 신화에서 계몽으로 발전해간 서구 역사가 오히려 퇴행적인 현대의 새로운 신화인 문화산업을 낳았다고 하는 계몽의 변증법의 궤적을 살펴본 다음, 구체적으로 '라디오 매체'에서 발생하는 청취퇴행과 표준화된 테크닉에 대한 분석들을 통해 문화산업의 테크놀로지가 대중예술을 양산하는 과정에서 인간 주체에게 발생하는 문제들을 고찰할 것이다. 그리고 마지막으로 벤야민의 〈예술작품〉 논문에서 다룬 기술복제예술 즉 '영화'에 대한 아도르노의 비판적 견해를 통해 아도르노 미학에서 지향하는 '기술'의 의미는 무엇인지 가늠해보고자 한다.

---

* 마르크스가 《자본론 Das Kapital》에서 고찰한 상품의 물신성에서 가져온 개념이다. 마르크스는 상품에는 눈으로는 볼 수 없지만 인간 노동의 사회적 관계가 찍혀져 객관적으로 신비하게 나타나는 것을 상품의 물신적 성격이라고 언급하였다.

2. 뒤집힌 신화로서의 계몽과 문화산업 이데올로기

《계몽의 변증법》에서 호르크하이머와 함께 아도르노는 "계몽이 예로부터 인간에게서 공포를 몰아내고 인간을 주인으로 세운다는 목표를 추구해왔지만, 완전히 계몽된 지구에 재앙만이 승리를 구가한다"* 고 판단한다. 계몽의 변증법적인 '퇴보'의 진행과정을 칸트나 헤겔식의 인식론으로는 설명할 수 없음을 선포한 그들은 계몽 자체에 이미 그러한 문제의 싹이 내포되어 있다고 지적한다. 먼저 이들이 살펴본 서구 철학의 문제는 서구 인식론에서 비롯된다. 예컨대 보편적 이성을 갈망하는 칸트의 철학적 체계에서 사물은 순수한 오성법칙에 규정되어야 하지만, 아도르노가 보건대 "사물은 실제Praxis에 속한다." 예컨대 삼풍백화점이 무너진 것을 아는 것(인식)과 무너진 원인이 초고속 성장을 무리하게 끌고 간 산업자본주의의 에고이즘(실제)이라는 사실을 아는 것은 다르다. 실제로 아도르노는 이러한 "보편과 특수, 개념과 개별 사례의 관계를 외부로부터 조정하는 도식화작업Schematismus이 갖는 진정한 본성은 궁극적으로 산업사회의 이해관계"(DA, 103쪽)라고 지적하였다. 또한 그는 어떤 감정적 끌림도 배제시킨 이성이 실현한 것은 계산과 계획의 이성적 통제하의 시장경제이며, 종국에는 그 시장경제로부터 인간 이성이 파괴된다고 보았다. 즉 인류의 자유로운 공동체적 삶이라는 유토피아를 꿈꾸지만 결국 이성의 자연 지배는 인간 주체의 자기유지의 원리인 이성을 파괴하는 결과를 가져온다는 것이다. 이에 아도르노는 〈오디세이Odyssee〉 신화에 대한 분석에서, 자연에 대한 미신적 공포로부터 빠져나가기 위해 진행되는

---

* Th. W. Adorno, 《계몽의 변증법Dialektik der Aufklärung》, Th. W. Adorno, Gesammelte Schriften, Bd 3. R. Tiedmann u.a(Herg.)(Frankfurt a.M, 1981),19쪽, 이하 DA로 표기함.

계몽의 과정에서 현재 서구문명의 벼랑 끝에 서 있는 주체의 위기의 근원을 밝힌다.

호머의 서사시〈오디세이〉를 서구 문명의 기본 텍스트로 간주하는 아도르노는 트로이에서 고향 이타카로 가는 오디세우스의 여정을 통해 이미 신화적 단계에 계몽의 단계로 이행하는 과정이 내재해 있음을 잘 보여주고 있다. 아도르노는 오디세우스가 바다의 전설적인 요정 사이렌Sirene의 매혹적인 노래 속으로 끌려가지 않기 위해 자신을 돛대에 묶게 하고 선원들의 귀를 밀납으로 막음으로써, 환상적 꿈과 행복을 희생하는 대신 인간의 힘으로 신화적 운명을 극복하는 대목에서 "계몽적 합리성의 원형"을 제시한다. 특히 선원들에게 안전한 항해를 약속하면서 즐거움 없는 소외된 노동을 강요하는 오디세우스의 명령은 서구문명의 지배와 억압의 메카니즘의 기원을 형성하는 것으로 해석된다. 마치 로빈슨 크루소와 같이 적대적인 환경 속에서 맹목적인 운명과 투쟁하여야 하는 오디세우스는 불가피하게 자기 보존을 위해 마스트에 몸을 묶고 그 유혹에 응하지 못하게 하는 '이성'으로 즉 그 자신의 전체성과 합일할 수 없는 자기부정*의 계기로 넘어가야 한다. 자연을 대표하는 그리스 신화의 신들이 앞으로 펼쳐질 서구 문명사의 지배적 인간집단의 의도에 대한 알레고리라면, 속임수와 도구적 이성의 성격을 보여주는 '주관적 합리성'의 맹아로서 오디세우스는 계몽주의적 가치관을 가진 전형적인 근대의 '경제인'을 상징한다. 신들의 자연적 운명마저도 떨치고 나올 계산적이고 도구적인 합리성의 능력이 인간 이성에 주어짐으로써 신화는 탈마법화Entzauberung와 탈신화화를 겪으면서 근대적 계몽주의로 전개된다.

---

* 이를 아도르노는 "문명사란 자기희생의 역사, 다른 말로 하면 자기포기의 역사"라고 표현한다.(DA, 71쪽)

아도르노는 계몽이 꿈꾸었던 이상Ideal을 모든 것을 도출해낼 수 있는 통일성을 추구하는 '체계'로 보았다. 그는 서구 문명사에서 계몽의 주체인 이성이 그러한 '체계'를 완수하기 위해 무한 질주하는 합리성 즉 도구적 이성으로 전락하였음을 지적하였다. 도구적 이성에 의해 세계의 외적 자연 뿐 아니라 내적인 자연까지 지배하게 되자, 인간은 오히려 그러한 도구적 이성의 지배수단으로 전도되고 만다. 이때의 자연이란 "인간의 신체를 포함한 그것의 물리적인 존재"로서 "역사적 과정이 폭력을 행하였던 구체적이고 특정한 자연"을 말한다. 그러나 이러한 자연은 루카치에 따르면 "인간에 의해 창조된, 의미가 텅빈 소외된 관습의 세계"인 소위 제2의 자연에 의해 사라지고 만다. 아도르노는 그러한 전도된 역사를 몰고 온 것은 다름아닌 헤겔 철학에서 볼 수 있는 '동일성 사고'에서 기인한다고 주장한다. 객체에 투시된 것을 개념화하면서 끊임없이 주체로 환원시키는 '동일성 사고'는 "개념적 지식, 즉 동일성이라는 제1원리 아래에 형성된 주관적 지식이 이미 전체이고 객관적이라고 생각하며, 물자체Ding An Sich가 개념과 일치한다는 가상을 낳는다.* 이러한 '동일성 사고'를 바탕으로 "주체는 무한정으로 외부 세계를 식민화하여 자신의 내부에 있는 세계와 동일시"(DA. 215쪽)하게 된다. 말하자면 인간 주체의 개념 속으로 동일시되지 않는 타자(자연, 동물, 다른 이념 등)를 인정받지 못하는 이러한 동일성 사고는 흡사 전체주의의 지배적 사고와 유사하다.

《계몽의 변증법》의 여러 단편 중 〈반反유대주의의 요소들: 계몽의 한계〉는 말 그대로 그러한 역사의 한계가 어떤 결말을 낳는지를 보여준다. 나치즘에 의해 '절대적 악'으로 낙인이 찍힌, 즉 주체의 '잘못된 투사'에 기초한 반反유대주의가 가져온 결과는 진정한 계몽은 아직 시작

---

* R. Kager,《지배와 화해Herrschaft und Versöhnung》(Campus Verlag, Frankfurt a.M, 1988), 149쪽 참조.

된 것이 아님을 역설해준다. 그처럼 "객관적으로 광기로 넘어간" 계몽의 변증법은 후기산업사회에서 새로운 "티켓적 사고"로 전환된다. 즉 개인들 자신의 고유한 선택이 아닌 '틀에 박힌 사유'에서 나온 반유대주의적 판단은 이제 "하나의 티켓으로 묶인 입장표를 사는 것으로, 호전적인 대기업의 슬로건에 동의하는 것"(DA, 226쪽)으로 대치된다. 급기야 이러한 티켓적 사고를 가진 대중들에게 문화산업의 테크놀로지는 예술을 '상품'으로 도구화시킴으로써 진정한 예술의 향유마저 더 어렵게 만들고야 만다. 그러므로 예술에서 진리를 인식하고 유일한 인간 해방의 출구를 찾았던 아도르노로서는 문화산업에 대한 급진적 비판을 가할만한 이유가 충분히 있다.

계몽은 아도르노에 따르면 "시작 없는 서사"(DA. 211쪽)로서 신화 속에서 극단적인 모순을 보여준다. 18세기 계몽주의가 주체의 이성을 신이나 미신의 잔재를 몰아내는 채찍이라고 생각한 것과 완전히 거꾸로 계몽은 새로운 미신 즉 테크놀로지의 제물로 전락하고 말았다는 것이 바로《계몽의 변증법》의 우울한 역사적 퍼스펙티브이다. 주체인 인간이 인간과는 전혀 별개의 존재이며 인간보다 열등한 것으로서의 자연을 대상화한 것, 즉 객체를 개념으로 '동일화'시키는 사고는 모든 것을 '돈'이라는 '교환원칙' 하에 두는 자본주의 사회의 새로운 신화를 만든다.《계몽의 변증법》은 "등가원칙Aquivalent에 의해 지배되는"(DA, 23쪽) 자본주의 문화산업의 이데올로기야말로 그러한 동일성 사유의 또 다른 얼굴임을 토로하고 있다.

3. 문화산업으로서의 대중음악과
라디오 매체의 역할

아도르노의 대중문화 비판의 출발은 히틀러의 탄압을 피해 1938년 부터 1949년에 이르는 그의 미국 망명기간의 첫해에 그가 라자스펠트 와 함께 미국에서 프린스턴 라디오 조사 프로젝트에 참여하면서부터였 다.* 그러나 실증주의 사회학자 라자스펠트의 바람이었던 "유럽의 이론 과 미국적 경험의 수렴Konvergenz"의 프로젝트는 실패로 끝나고 말았다. 무엇보다도 객관적 진리에의 연구와는 상관없이 오로지 설문지와 인터 뷰를 이용해서 청취자들이 어떤 음악 프로 때문에 기업에 후원되거나 광고에 의해 운영되는 방송을 가능한 지속적으로 소비할 마음을 먹게 되었는가를 찾아내는 프로젝트의 목적은 아도르노가 추구했던 음악에 서의 '물신화Fetischisierung'의 개념을 연구하는 것과는 근본적으로 상치되 었던 것이다. 즉 그러한 경험적 연구는 '교환'의 추상성이라는 개념 위 에 서 있다는 결론을 내리고, 그러한 교환 원리를 벗어나는 경험으로서 예술작품 자체를 그의 후기 철학의 중심에 두게 된다. 결과적으로 라자 스펠트와의 연구 경험은 아도르노에게 좌절감을 안겨주었다기보다는, 대중문화와 상품형식의 동일성원리 즉 '교환원리'의 형식을 바탕으로 아도르노 특유의 "대중음악"**에서의 물신주의와 상업화에 대한 비판

---

* 오스트리아의 사회학자 파울 라자스펠트Paul F. Lazarsfeld는 록펠러 재단이 후원하는 라디오 연구 프로젝 트의 연구 프로젝트의 책임자였으며, 아도르노는 호르크하이머의 주선으로 이 프로젝트의 보조연구원으 로 반나절 동안의 일자리를 얻게 된다. 라자스펠트와 아도르노의 결정적 갈등의 요인은, 라자스펠트에게 사회과학의 대상이 주관적 의식행위의 탐구와 계량화라면, 아도르노가 중요시한 것은 의식행위를 어쩔 수 없는 사실로 받아들이기보다는 사회이론과의 연관 속에서 해석한다는 사실이었다. H. Scheible, 《아도르 노Theodor W. Adorno》 김유동 옮김, (한길사, 1997), 144-148쪽 참조.

에 착수하는 성과를 낳았던 것이다. 특히 그는 대중들에게 리서치를 통해 서명하게 하는 사회적 힘의 무모함이라든가 리서치 자체에 내재된 의도적이고 객관적인 방법론 속에 배여 있는 이데올로기적인 토대를 연구하였다. 1930년대 이후 미국에서 라디오와 텔레비전, 영화와 같은 대중문화의 기술적 진보를 분석하는 가운데, 아도르노는 대중문화에 의해 구조화된 경험과 진정한 심미적 경험 사이의 구별을 본격화한다.

미국에 아도르노가 도착했던 시기는 이른바 라디오의 황금시기와 일치했다. 1930년대는 라디오가 문화산업의 강력하고 영향을 주는 무기로 존재했던 시기로서 텔레비전이 대중화되기 전의 시기였다. 그 영향은 모든 가정의 중심에서 느껴질 만큼 끝없는 오락, 정보, 퀴즈 프로그램들, 가십, 드라마 그리고 음악의 끝없는 흐름을 제공하였다. 레퍼트 Leppert에 따르면, 아도르노는 이 모든 것의 영향을 부정적인 관점에서 보았는데 특히 라디오의 상업적 관심을 드러내는 데 주목하면서, 그것을 마치 선전도구로 보았다. 무엇보다도 라디오는 청중들에게 '베이비푸드'와 같은 지나치게 많이 먹지 않아도 되는, 줄어들지 않는 식사를 차려줌으로써 청중들의 퇴행적인 경향들에 영합하는 것처럼 보였다.***
리서치 연구를 시장조사와 같은 것으로 취급했던 아도르노의 라디오에

** 아도르노는 그의 〈대중음악에 대하여On Popular Music〉를 영어로 직접 썼다. 그 논문은 크게 세 부분으로 나뉘어져 있다. 첫째 음악적 재료, 둘째 음악적 재료의 제시, 셋째 청취자에 대한 이론. 첫 번째 음악적 재료에서 아도르노는 대중음악을 진지한 음악과 비교 설명하면서, 대중음악과 진지한 음악의 차이는 "lowbrow and highbrow" "simple and complex" "naive and sophisicated"와 같은 음악적 수준을 언급하는 것들보다 더 정확한 용어로 파악될 수 있다고 확언한다. 예컨대 그는 그 두 가지 영역들 차이를 단순함과 복잡함의 견지에서는 적절히 표현될 수 없는데, 초기 비엔나 고전주의의 모든 작품들은 예외 없이 재즈의 표준 배열들보다 리듬적으로 더 단순하다고 말한다. (Th. W. Adorno, 〈대중음악에 대하여On Populer Music〉, Richard Leppert Susan H. Gillespie(eds & trans), 《Essay on Music》(Berkeley, University of California Press), 441쪽.

*** Robert Witkin, 〈아도르노의 라디오 시대Adorno's Radio days〉, 《Adorno on Popular Culture》(London, Routledge, 2003), 116쪽.

대한 전체적 접근은 리서치의 목적, 즉 "우리가 어떻게 가장 많은 사람들을 정말로 좋은 음악(진지한 음악)에 접근케 할 수 있는가?"에 대해 근본적으로 반테제적이다. 말하자면 라디오에 의해 어떤 좋은 것도, 소위 좋은 음악이 '전파'로부터 나올 수 있다는 것을 거부하는 것이 그의 주제가 되었다. 그 이유는 아도르노의 모던 매체에 대한 이해, 즉 테크놀로지가 후기자본주의사회에서 갖는 기능적 성격에 대한 이해에서 찾아볼 수 있다. 요컨대 아도르노는 라디오가 독점 자본주의의 상승과 이기적인 충동 및 집단적 나르시즘 수준의 사회적 삶을 위장하는, 매우 조직적이고 강력한 메카니즘 속의 통합적인 부분이 된 현상을 고찰한다. 그는 무엇보다도 상업적 관심으로 만연되어 있고 광고의 기술과 수사적인 자동기록기처럼 퍼져 있는 라디오의 제도적 구조를 보았다. 따라서 아도르노는 라디오가 소위 문화의 전달자로서 음악을 대중들에게 송신하는 바로 그 과정에서 진지한 음악의 질을 떨어뜨리게 되는 문제를 구체화하는 과제에 착수하게 된다. 그 과제에 해답을 줄 수 있는 주요한 현상은 먼저 〈음악에서의 물신적 성격과 청취의 퇴행〉에서 확인할 수 있다.

1) 청취 퇴행의 조건들

아도르노는 〈음악에서의 물신적 성격과 청취의 퇴행〉에서, 대중들에 대한 음악적 의식의 새로운 단계를 쾌에서 불쾌로 정의한다. 즉 대중들의 반응이 스포츠나 광고에 대한 그것과 닮았다는 것이다. 그는 또한 슈베르트나 헨델의 작품들이 자칭 문화의 가디언들에 의해 등급화되고 이전의 지배계급이 문화적으로 보급했던 것이 공격받게 되었다고 말한다. 아도르노에 의하면, 예를 들어 외우기 쉬운 음조와 같은 진부했던 것들이 사회 전체로 확장될 때 음악의 기능은 변화되며, 그러한 시점에서 라디오는 두 가지 과제를 위임받게 된다. 즉 한편으로는 훌륭한 오락과 기분전환을 제공하는 과제와, 다른 한편으로는 훌륭한 오락이 여전히 존재하는 것처럼 언제든지 문화적 상품을 만들어 포장해낼 수 있는 과제가 그것이다. 라디오를 통해 청자들의 반응과 관련 없이, "작곡 비즈니스"가 이루어진다. 예컨대 그것은 어빙 베를린, 발터 도날드슨으로부터 거쉰, 시벨리우스, 차이코프스키 등에 이르는 대가들의 연주들이 출판사의 사운드 필름의 거물들과 라디오의 지배자들의 요구에으로 거슬러 가는 축적된 성공에 대한 참조를 통해 베스트셀러 판테온의 건축이 이루어짐을 말한다.* 이것은 아도르노가 지적한 바대로 개인의 청산을 의미한다. 즉 "표준들로부터 복사된, 개인들의 주장은 가상"일 뿐이며 그러한 "개인의 청산은 새로운 음악적 상황의 진짜 신호"로 등장한다.** 다시 말해 개인의 의식은 상품화된 음악으로부터 소외되고 성악가의 목소리와 악기는 그 자체로 숭배의 대상이 된다. "바이올린 활의 현대적 기술이 진보하면 진보할수록, 오랜 악기들이 보물이 되는 것처럼 보인다. 만약 개념, 목소리, 악기들에서 감각적인 쾌의 계기들이 물신적인 것으로 만들어져 그것들에 의미를 부여할 수 있는 어떤 기능으로부터도 찢겨져 나온다면, 그 계기들은 전체의 의미로부터 똑같이 고립되고, 똑같이 멀리 있으며, 어떤 관계도 없는 사람들이 갖게 되는 음악에 대한 관계를 이루는 맹목적이고 비합리적인 감정들에서 성공적으로 똑같이 결정된 응답과 마주칠 것이다. 그러나 이것들은 히트송의 소

---

* Th. W. Adorno, 〈음악에서의 물신적 성격과 청취의 퇴행에 대하여On the Fetisch-Charachter in Music and the Regression of Listening〉, R. Leppert, Susan H. Gillespie(eds & trans), 《Essay on Music》(Berkeley, University of California Press, 2002), 292쪽.

** Th. W. Adorno, 〈음악에서의 물신적 성격과 청취의 퇴행에 대하여〉, 293쪽.

비자들과 히트송들 사이에 존재하는 것과 똑같은 관계들이다. 그들의 유일한 관계는 완벽하게 소외된 것이고, 그 소외된 것은 마치 정밀한 스크린에 의해 대중들의 의식으로부터 잘려진 것인 양, 침묵한 것을 나타내려 하는 것이다. 그들이 여하간 반응하는 곳에서 그것이 베토벤의 7번 교향곡인지 비키니에 관한 것인지는 더이상 어떤 차이도 만들어 내지 않는다.”*

　　스트라디바리우스나 아마티의 잘 알려진 사운드에 열광하는 청중들에게 “동시대 음악적 삶은 상품의 형태로 지배”되는 것이다. 소비자로서 청중은 토스카니니의 연주보다 실제로는 그 콘서트의 티켓을 위해 지불한 돈을 숭배하는 것이다. 이와 같은 상품화는 자본주의 사회의 물신숭배와 맞물려 나타나는데, 상품들과의 직접적인 관계가 아닌 교환가치로 인해 나타나는 감정들은 예컨대 모든 “대체 만족”이라는 심리학적 측면을 갖는다. 즉 대상에 대한 관계의 부재가 음악의 특수한 물신적 성격의 직접성의 현상이 되는 것이다. 아도르노는 이처럼 상품화된 음악의 물신성을 마르크스의 교환가치로 설명하면서 동시에 프로이드의 심리분석적 요인, 즉 사드-마조히즘적 성격으로 대중예술의 수용적 측면을 개성의 희생으로 해석한다. 그렇게 물신화한 문화적 상품이 된 작품들은 통속화하여 ‘반복’의 이미지로 나타난다. 그것은 마치 청중들이 ‘베니 굿맨Benny Goodman의 솔로 클라리넷을 재즈소품으로 들을 수 있는 것과 매우 같은 방식으로 브라스 교향곡에서 프렌치 호른으로 솔로를 기다리는’ 만족스러운 계기들 즉 아도르노가 미각적culinary이라고 부른 계기들을 발생시킨다. 즉 마치 음식 맛을 보는 것과 같은 감각적인 계기에 치중하는 청취현상을 보여준다는 것이다. 그 계기들은 음

* Th. W. Adorno, 〈음악에서의 물신적 성격과 청취의 퇴행에 대하여〉, 295쪽.

악에서 특별한 디테일들을 고립시키고 부분과 전체 사이의 매개된 긴장을 상실한 예술에 대한 반응들을 말한다. 그 결과 "청중들은 그들이 듣는 것을 자동적으로 청취하고 분리시킨다."* 이것이 곧 물신화된 음악이 청중들에게서 초래하는 청취능력의 퇴화 혹은 원자적 청취atomistic listening의 현상이다. 퇴행은 개별적 청자의 타락을 의미하는 것도 아니고 집단적 일반적 수준으로의 쇠퇴도 아니라고 아도르노는 말한다. 퇴행은 청중을 유아적 수준으로 묶는 유일한 동시대 청취현상이다. 결국 "음악의 물신주의에 대한 대응물은 청취의 퇴행"이라고 할 수 있다. 그러한 청취의 퇴행을 조장하는 몇 가지 요인들 중 라디오의 테크닉과 관련된 것을 살펴보면 다음과 같다.

2) 표준화된 테크닉과 표준화된 반응

아도르노는 음악이 물화될수록 소외된 귀에는 낭만적으로 들린다고 말한다. '낭만화'는 라디오를 통해 음이 통속화됨으로써 음악적 사고의 개념이 약화하면서 감각적 측면이 더 강조되는 현상이다. 즉 음악의 총체성에서 음악적 세부에로의 이동이 이루어진다. 예컨대 고전음악에서 주로 멜로디나 음색과 같은 표현적인 것에 더 집중된다. 음악의 구조적 요소가 음악적 현상의 본질을 이루지만 청취자들은 라디오를 통해 원자화된 감각적 자극에 더 만족해한다는 것이다. 따라서 낭만화된 '라디오 교향곡'은 고객들에 의해 그 가치가 숭배되는 '상품'의 마력을 지니게 된다. 전체로서의 베토벤 심포니는 결코 전용될 수 없으며, 예컨대 지하철에서 브람스의 1번 피날레의 주제를 큰소리로 휘파람부

---

* Th. W. Adorno, 〈음악에서의 물신적 성격과 청취의 퇴행에 대하여〉, 303쪽.

는 사람은 단지 그 작품을 일종의 자산property으로 여김으로써 물신적 음악에 연루되고 있는 셈이다. 상품이 되기 위해 음악은 필연적으로 물화적 과정을 거치게 된다. 작곡이 물화되는 과정에서, 정형화된 작품의 멜로디와 박자들이 외부로부터 주입된다. 편곡은 노골적으로 물화된 박자들과 단편들을 그것들의 맥락에서 잡아채 접속곡potpourri으로 설정한다. 그러한 접속곡은 모든 작품의 다양한 수준의 통합을 파괴하고 오직 고립된 대중적 악절로 제시된다. 무엇보다도 편곡은 위대한 황홀한 음을 만들려 하며 늘 대중적이고 사적이지 않은, 대중과 동화할 수 있는 즉 통속적인 측면들을 추구한다. 이러한 편곡 현상은 아도르노가 〈대중음악에 대하여〉에서 논의한 바 있는 "표준화standardization"의 특성과 연계된다. 그는 그 논문에서 현재의 상황 하에 대중음악의 정확한 기능과 관련해 볼 때, 진지한 음악과 구분되는 대중음악은 "표준화"라는 기능적 특성을 가진 것으로 판단한다. 그에 따르면, 진지한 음악과 구분 지을 수 있는 가장 중요한 용어로서 대중음악의 "표준화"는 단순함이나 복잡함과는 관련이 없다. 진지한 음악에서는 각 음악적 요소가 심지어 가장 단순한 요소조차도 '그 자체'이며, 매우 잘 조직된 작품일수록 세부 중에서 대체의 가능성은 그만큼 더 적다. 그러나 대중적 히트음악의 작품 아래 있는 구조는 음악의 구체적 과정과 독립해서 존재하는 추상적 도식scheme과 같은 것으로 물화되어 있다.

아도르노는 대중음악에서 복잡한 것도 알고 보면 그 도식이 늘 지각되는 장식이거나 위장으로서만 즉 '단순한 것'으로 기능한다고 말한다. 예컨대 재즈에서의 아마추어 청취자는 복잡한 리드미컬하고 하모니적인 공식들을 아무리 그것들이 모험적인 것처럼 보여도 실제로는 단순한 도식적 공식들로 대신할 수 있다는 것이다.* 그의 표준화이론에 따르면, 문제는 대중들의 귀는 복잡한 음악을 단순한 것의 패러디적인 왜곡으로, 즉 '패턴에 대한 지식'으로 파생된 미세한 대체물들을 획득함으로써 실제로는 단순한 것만을 듣는다. 청취자가 대중음악을 들을 때, "전체보다는 부분에 더 강력한 반응을 나타내기 쉽다"**는 것도 이러한 맥락에서 이해될 수 있다. 그러므로 구조적 표준화는 표준 반응들을 겨냥하며 이러한 '표준화'는 청취의 퇴행과 직결되어 있다. 시대에 뒤처지지 않는 것처럼 보이는 유행을 초월한 유행곡은 결국 라디오나 레코드와 같이 플러깅 시스템을 갖춘 문화산업의 메카니즘으로부터 파생된 것에 다름아님을 보여준다. "플러깅"은 끈덕진 광고나 되풀이 선전과 같은 것을 말하는데, 히트곡 퍼레이드와 같은 것으로 "베스트셀러처럼 선택된 유행곡은 청취자가 기억할 때까지 집요하게 들려지며, 청취자들은 그 곡을 광고심리학자가 적확하게 계산한대로 사랑하지 않을 수 없게 된다."*** 그러므로 좋아서 듣기보다 반복적으로 들어서 좋아하게 되는 표준적 반응이 산출되는 것이다.

라디오는 청취자들을 음악에 대해 이렇게 부분적인 청취 방식으로 응답하도록 이끌고 가며 라디오가 조장하는 산만한 퇴행적인 청취습관들과 전용의 양식들을 가지고 전체 음악적 문화를 생성시켰다. 라디오가 소위 '진지한' 음악을 전송하려고 할 때, 곧잘 이 작품들에 대한 일종의 물신화된 관련성이 전송에 수반되면서, 음악은 쉽게 라디오로 양성된 문화에 의해 해체되고 표준화된다. 아도르노는 당시 대중매체의 선구적인 역할을 했던 라디오를 통해 이루어지는 음악의 물신화와 청

---

* Th. W. Adorno, 〈대중음악에 대하여〉, 442쪽.
** Th. W. Adorno, 〈대중음악에 대하여〉, 439쪽.
*** Th. W. Adorno, 《음악사회학 입문Dissonanzen/ Einleitung in die Musiksoziologie》, Gesammelte Schriften, Bd.14, (Suhkamp Verlag, Frankfurt am Main., 1980), 214쪽.

취퇴행에 대해 메스를 들이댔지만, 한편으로 현대 예술이 진정한 자기 발전과 변화를 위한 잠재성을 파괴한 방식으로 청중들의 의식을 변형시킨 모더니티의 더 광범위한 사회적 과정의 일부라는 점을 받아들이고 있다. 그러나 아도르노 미학에서 매체에 대한 비판적 수용은 벤야민의 대중매체 수용의 맥락과는 다른 점에서 이루어진다는 것을 명시할 필요가 있다.

4. '기술복제시대'의 예술작품과 테크닉

아도르노의 문화산업의 테크놀로지에 대한 비판적 견해는 그의 많은 텍스트들과 함께, 또한 벤야민과의 논쟁을 통해서도 분명하게 드러난다. 무엇보다도 그 논쟁에서 두 사람의 예술에서의 기술에 대한 근본적 이해는 그들이 살았던 시대뿐만 아니라 현재의 문화산업적 테크놀로지와도 관련성을 갖고 있음을 볼 수 있다.

벤야민의 〈기술복제시대의 예술작품〉논문은 1930년대 당시 사진과 영화와 같은 기술매체를 통해 전통예술을 대량복제 생산하는 것이 가져온 전통적 예술개념의 청산에 대해 언급하고 있다. 그는 기술복제가 전통적인 예술에 내재한 숭배가치보다는 전시가치로의 전환을 가져온다는 것과 필연적으로 원본에만 존재하는 아우라의 상실을 가져왔음에 주목하였다. 벤야민은 아우라를 "아무리 가깝게 있더라도, 거리라고 하는 독특한 현상이 일어나고 있는 자연 속에 존재하는" 일종의 작품의 분위기 또는 기運로 정의했다.* 아도르노는 "기계적으로 복제된 예술작품에서 부정되는 것은 단순히 아우라적인 것이라기보다 숭배적인 것의 부정"** 이라고 말한다. 그는 원시 주술적 제의 속에서 아우라가 사물 속의 정신적인 것이나 마나(폴리네시아 부족 사이에서 특정한 사람이나 사물에 내재되어 있다고 믿는 비물질적인 힘)의 표현으로 나타났다고 보았다. 그러나 아도르노는 예술에서의 "주술적 요소는 현시점의 미적 합리성의 단계에서는 사라질 뿐 아니라, 부정적인 것negiertes으로 보존된다"*** 고 하였다. 아도르노에 따르면, 탈주술화되고 탈마법화된 현대에서 예술도 세속화되었지만, 여전히 예술에는 그러한 주술적 계기였던 미메시스가 자연지배의 희생을 막아내는 부정적인 계기로 남아 있다. 모방으로 번역되는 미메시스는 인류가 살아남기 위해 자연에 보호색처럼 위장하는 모방의 기술로서 대상에 자신을 완전히 밀착시키는 본능적 계기였다. 그러한 계기는 아도르노 미학의 핵심적 개념인 비동일적인 것, 자연과 같은, 개념적 인식을 교정하는 것으로서의 예술에 살아남은 주술적 유산이다.**** 원본에만 현존하는 분위기인 아우라는 이러한 미메시스적 계기와 더불어 아도르노에게는 예술을 예술로 존재하게 하는 주요 요인이 된다.

〈기술복제시대의 예술작품〉 논문을 통해 벤야민은 예술작품의 아우라가 특히 '영화'를 통해 제거되었으며 이제 예술은 대중 해방의 잠재적 도구임을 주장한다. 예술의 역사적 의미가 그것의 기술생산의 성격에 따

---

*   W. Benjamin, 《기술복제시대의 예술작품Das Kunstwerk im Zeitalter seiner technischen Reproduzierbarkeit》edition suhrkamp 28, Redation: Günther Busch, ,Suhrkamp Verlag),(Frankfurt a. M, 1977) 15쪽. 아도르노와 크레넥은 라디오 음악에 관한 논의에서 보여주듯, 음악도 '기'를 가지고 있으나, 벤야민은 이 '기'를 음악이나 드라마보다는 오히려 조형예술에 관련시키고 있다.

**   Th. W. Adorno, 〈라디오의 음악적 사용에 대하여Über die Misikalische Verwendung des Radio〉,Gesammelte Schriften, Bd. 15, (Frankfurt am Main, Suhrkamp Verlag, 1976), 372쪽.

***   Th. W. Adorno, 〈라디오의 음악적 사용에 대하여〉, 373쪽 참조.

****   Th. W. Adorno,《미학이론Ästhetische Theorie》,Gesammelte Schriften, Bd. 7, R. Tiedmann u.a(Herg.)(Frankfurt a.M, 1990)(2 Aufl), 80쪽.

라 변한다는 것을 강조하면서 벤야민은 영화의 복제 가능성이 아우라 예술의 문화전통이 가진 독자성, 접근 불가능성, 진정성, 근원성의 감각을 파괴했음을 지적한다. 그러나 한편으로 그는 아우라 전통의 파괴가 비록 인간경험의 유일무이한 성격을 파괴하지만, 자본주의 사회에서 영화의 복제 메카니즘 자체는 진보적이라고 주장한다. 즉 현대 기술이 잘못 쓰이지만 않는다면, 제대로 해방의 힘으로 사용될 수 있다고 보았던 것이다. 수요 창출이라는 면에서 벤야민은 혁명적 기술의 종합인 영화는 가장 진보적인 새로운 예술형식이라고 주장했다. 회화나 책들은 개별적인 반면, 영화는 "집단적"이라는 점에서 그러한 집단적 관중을 비평가의 위치로 올려놓는 것이 가능하다는 것이다. 또한 그 당시 출판업의 확대와 일간신문의 '편집자에게 보내는 글'과 같은 섹션을 통해 창작자와 독자가 서로 전이되는 현상을 목도한 벤야민은 예술의 집단주의적 생산과정이 예술가와 기술자, 전문가와 비전문가 사이의 노동 분업을 초월한다는 점에서 각각의 기술이 갖는 특권적 성격은 사라진다고 주장했다.

전통적 예술의 청산과 관련한 기술에 대한 해석에 있어서, 아도르노와 벤야민의 입장은 분명히 대립된다고 볼 수 있다. 아도르노는 "예술가와 예술가가 다루는 기술 사이의 변증법적 실천에 의해 예술의 변형이 초래되었다고 본 반면, 벤야민은 그 변증법을 오로지 상부구조의 객관적인 힘 내부에, 즉 예술재생산 메카니즘의 기술들 내부에 위치시켰다." 즉 벤야민은 "시청각적 생산의 새로운 기술들, 예컨대 사진, 사운드 레코딩 그리고 영화와 같은 것이 기술들의 자기 청산에 이르는 방식으로 예술의 변증법적 변형을 그것들 나름으로 성취하였다고 주장했다.* 이것은 Susan Buck-Morss가 지적한 것처럼, 벤야민에게 복제된 예술작품들에게서 아우라가 제거된 것은 긍정적인 효과를 가질 뿐 아니라 예술이 새로운 사용가치를 획득함을 의미한다.

아도르노는 벤야민에게 보내는 편지에서, 벤야민이 주술적 아우라의 개념을 '자율적 예술작품'으로 전환시킨 점과 아우라가 상실된 복제된 예술작품의 물화에 대해 낙관적인 자세를 취하는 점에 대해 비판적인 반대 견해를 제시한다. 그는 그 편지에서, "예술의 탈마법화인 것처럼 보이는 신화의 변증법적 자기-해체, 예술의 '청산' 문제가 수년 동안 내 자신의 미학적 연구들 뒤에서 동기를 이루는 힘이었다는 것"과 "특히 음악에서, 기술의 중요성에 대한" 자신의 강력한 확신을 드러낸다. 아도르노는 그의 음악사회학적 연구를 통해 '자율적 예술의 기술적 법칙을 추구하는 일관성이야말로 실제로 예술 자체를 변화시키고, 물신이나 금기로 만드는 대신 예술을 훨씬 더 자유의 상태에 가까운 것으로, 즉 의식적으로 생산될 수 있고 만들어질 수 있는 어떤 것으로 되게 한다'고 벤야민에게 주지시켰다.** 아도르노는 또한 그 편지에서 "위대한 예술작품의 물화가 단순한 상실의 문제만은 아니며, 영화의 물화는 완전한 상실 이상의 어떤 것"이라고 지적하였다. 즉 아도르노는 설혹 영화가 새로운 사용가치의 매력을 지녔다고 해서 물화의 가능성을 부인하는 것은 무정부주의의 수준에 가깝다고 본다. 아도르노는 벤야민이 생각한 것과 달리 영화야말로 아우라적인 성향이 강한 예술이라고 보았으며 또한 영화가 주는 이미지의 리얼리즘적 표현들이 갖는 모방적 측면은 영화산업을 도구화할 가능성을 높이며 '허위적 아우라'를 낳을 수 있다고 우려했다. 즉 자본주의 하에서 영화가 단순히 상품이라는 이야

---

* Susan Buck-Morss, 《부정변증법의 기원The Origin of Negative Dialectics》(NewYork, The Free Press, 1977), 147쪽.

** Adorno · Benjamin, 《아도르노와 벤야민의 서신The Complete Correspondence1928-1940》, eds by Henri Lonitz, trans by Nicholas Walker, Polity press, Cambridge, 1999, 128-129쪽.

기가 아니라 영화가 미학적 영역에서 상품의 구조를 재생산할 수도 있다는 것이다.

이러한 언급들은 정확히 문화자산의 분배에서 진보가 이루어진 것으로 보일지라도 "변화되지 않은 사회적 생산관계에서 문화가 의식을 계몽적으로 자유롭게 하기보다는 이데올로기의 강화에 기여하는지"* 와 같은 아도르노 스스로의 물음에서 나온 것으로 여겨진다. 또한 이것은 아도르노가 비록 자신이 진지한 음악의 양적인 팽창을 무조건 문화적 비약과 동일시하지 않는다는 점에서, 엘리트적 문화보수주의의 사고를 가졌다는 혐의에 몰릴 수 있음을 시인하면서도 그러한 물음을 묻지 못하게 하는 강한 사회적 금기에 저항하는 이유를 제공한다. 또한 라디오 매체에 대한 비판에 있어서 아도르노가 대중음악의 '퇴행적 청취'에 반대해 진지한 음악의 '구조적 청취'를 강조하는 입장이 오늘날과 같은 매체가 만연한 산업사회에서 불가능하거나 모순된 것이라고 생각할 수도 있을 것이다. 그러나 아도르노는 예술사에서 생긴 진지한 예술이 갖는 특권의 역사와 엘리트주의에 벤야민과는 다른 방식이지만 매우 민감하였다. 그가 경고하고 싶은 것은 예컨대 라디오 매체에 의해 음악이 진정한 인간적 에너지이길 멈추고 대신 다른 상품들처럼 소비되는 현상을 볼 때, 이러한 테크놀로지의 확산에 의한 대중의 문화향유가 민주적이라는 소박한 믿음에 자본주의 사회 이데올로기가 가려져 있다는 사실이다. 또한 아도르노는 영화의 이미지들 속에 이미 문화산업적으로 물신화된 우상 숭배적 이미지들이 이중 인화되어 있다고 인식함으로써, 아우라가 상실된 기술복제작품에서 대중들이 물신주의를 쉽게 극복할 수 있다는 식의 섣부른 낙관론을 경계하였다고 볼 수 있다.

* Th. W. Adorno, 〈라디오의 음악적 사용에 대하여〉, 373쪽.

예술이 본래의 모습과는 달리 퇴행적으로 수용된다는 사실을 사회가 깨달아야 한다면, 그러한 대중적 수용에서 아도르노가 말한 예술의 내재적 요구들을 충족시켜야 할 의무 또한 커질 필요가 있다. 1953년 아도르노의 강연 〈기술과 휴머니즘Über Technik und Humanismus〉에서 기술이 이미 인간 삶의 문화 영역 전반을 지배한다는 사실을 인정하면서 기술의 본질, 기술의 사회적 성격, 기술을 휴머니즘과 관련시키는 교육에 대한 강조 등을 언급하였다. 무엇보다도 기술이 인류에게 주는 경고가 진정한 치유가 되기 위해서는 사회적으로 기술 사용의 중요성에 대해 다음과 같이 말하였다.

"인류의 모던 테크닉이 기술자나 기술 자체에 놓여 있는 것이 아니라 사회가 기술에 의해 이루어지는 사용에 놓여 있다. 이러한 사용은 선한 의지나 악한 의지의 문제가 아니라 객관적으로 총체적인 사회의 구조에 달려 있다. 기술은 단지 자유롭게 될 뿐만 아니라 인간적인 가치로 향한 사회에서 스스로에게 도래할 것이다."*

결국 아도르노에게 있어, 미학외적 기술 개념과 미학적 기술 개념은 휴머니즘이란 이름 아래에 서로 수렴되어야 함을 확인할 수 있을 것이다. 그러면서 벤야민과의 논쟁에서 본 것과 같이, 문화산업의 물신화된 기술에 빠지지 않는 자율적 예술 자체의 기술적 법칙을 휴머니즘의 이름으로 실천해가는 것이 아도르노의 테크닉의 의미라고 하겠다.

* Th. W. Adorno, 〈기술과 휴머니즘에 대하여Über die Technik und Humanismus〉, Th. W. Adorno, 《Vermischte Schriften I》Gesammelte Schriften, Bd. 20.1, R. Tiedmann u.a.(Hrsg.)(Frankfurt a. M, 1986), 316쪽.

참고문헌

Scheible, Hartmut, 《아도르노Theodor W. Adorno》, 김유동 옮김(한길사, 1997)

Adorno, Theoder W., 《계몽의 변증법Dialektik der Aufklärung》, Th. W. Adorno, Gesammelte Schriften, Bd 3. R. Tiedmann u.a(Herg.)(Frankfurt a.M, 1981)

Adorno, Th. W, 《미학이론Ästhetische Theorie》, Gesammelte Schriften, Bd. 7, R. Tiedmann u.a(Herg.)(Frankfurt a.M, 1990)(2 Aufl)

Adorno, Theodor W., 《음악사회학 입문Dissonanzen/ Einleitung in die Musiksoziologie》, Gesammelte Schriften, Bd.14, (Suhkamp Verlag, Frankfurt am Main., 1980)

Adorno, Theodor W., 〈기술과 휴머니즘에 대하여?ber die Technik und Humanismus〉《Vermischte Schriften I 》Gesammelte Schriften, Bd. 20.1, R. Tiedmann u.a.(Hrsg.) (Frankfurt a. M, 1986)

Adorno, Theodor W., 〈라디오의 음악적 사용에 대하여über die Misikalische Verwendung des Radio〉, Gesammelte Schriften, Bd. 15, (Frankfurt am Main, Suhrkamp Verlag, 1976)

Adorno, Theodor W., 〈음악에서의 물신적 성격과 청취의 퇴행에 대하여On the Fetisch-Charachter in Music and the Regression of Listening〉, R. Leppert · Susan H. Gillespie(eds & trans), 《Essay on Music》(Berkeley, University of California Press, 2002)

Adorno, Theodor W., 〈대중음악에 대하여On Popular Music〉, R. Leppert · Susan H. Gillespie(eds & trans), 《Essay on Music》(Berkeley, University of California Press, 2002)

Adorno · Benjamin, 《아도르노와 벤야민의 서신1928-1940The Complete Correspondence1928-1940》, eds by Henri Lonitz, trans by Nicholas Walker, Polity press, Cambridge, 1999

Buck-Morss. Susan, 《부정변증법의 기원The Origin of Negative Dialectics》(NewYork, The Free Press, 1977)

Benjamin, Walter, 《기술복제시대의 예술작품Das Kunstwerk im Zeitalter seiner technischen Reproduzierbarkeit》 edition suhrkamp 28, Redation: Günther Busch, (SuhrkampVerlag) (Frankfurt a. M, 977)

Kager, Reinhard, 《지배와 화해Herrschaft und Versönung》(Campus Verlag, Frankfurt a.M, 1988)

Witkin, Robert, 〈아도르노의 라디오 시대Adorno's Radio days〉《Adorno on Popular Culture》 (London, Routledge, 2003)

9

예술작품 이해의
존재론적 성격

— 가다머의 철학적 해석학을 중심으로

김진엽(성남문화재단 전시기획부장)

서론

독일의 세계적인 철학자H. G. Gadamer1900-2002의 주저《진리와 방법 Wahrheit und Methode》은 1960년에 출간되었는데, 이것은 12년에 걸친 작업 끝에 이루어진 것이다. 이 저서는 정신과학의 방법론에 대한 문제 제기 를 통해 '이해' 의 보편성을 주장한다. 가다머는 우선 '진리' 에 관한 문 제를 제기하는데, 그러나 그것이 진리에 대한 개념 분석이나 사적 고찰 이 아니라 근대과학에서 주장하는 진리 개념에 의문을 던진다. 특히 '이성' 에 대한 데카르트의 '방법' 개념을 비판하는 것이다.

데카르트는 과거의 모든 지식 체계를 방법론적인 회의를 통해 백지 로 돌려버리고 그 바탕 위에 기하학과 같은 확실성과 명증성에 근거한 합리성을 주장하였다. 가다머의 사유는 진리에 이르는 유일한 통로로 여겨지는 데카르트의 방법 이념의 보편적 적용에 대한 회의인 것이다. 즉 가다머의 전체적인 작업은 근대의 방법적인 지식에 대한 반대, 그리고 진리에로의 보편적인 통로로서의 방법, 이념의 보편적인 확장에 대한 의혹에서 시작한다. 가다머의 의도는 진리의 도정으로서의 방법 자체에 대한 의문을 제기하는 것이 아니라 오히려 방법의 한계에 대한 경계선을 명확히 하자는 것인데, 왜냐하면 방법의 독점적인 요구는 여타 영역의 진리 경험을 숨기고 비인식적인 것으로 만들기 때문이다. 따라서 가다머는 진리 경험의 재획득과 그것의 철학적 정당성을 확립하려는 입장을 '진리와 방법'의 출발점으로 삼는다.

가다머는 이해 개념을 확장시키기 위해 우선적으로 계몽주의에 의해 부정적으로 평가되던 선입견Vorurteil을 복권시킨다. 가다머에게는 우리가 이미 우리와 만나는 대부분의 사물과 사람들 그리고 상황들에 대해 지적인 판단을 내릴 수 있는 입장에 와있음을 의미한다. 전통과 함께함으로써 우리는 세상을 낯선 것으로 경험하지 않고, 그 속에서 고향을 체험할 수 있게 된다.* 우리가 선입견을 인정함으로써 이해는, 결코 의식적으로 시작하고 끝이 나며 그 과정에서 방법적인 검토가 가능한 일시적인 행위가 아니라, 인간의 삶의 기본 상황이다. 인간 삶의 기본 특징으로서의 이해의 이론은 해석학을 방법적 기술론에서 철학으로 고양시킨다.

1. 이해의 존재론적 차원

1) 인식에서 이해로

가다머의 입장은 하이데거의 뒤를 이어 철학적 해석학을 현존재 분석의 연관성에서 '이해의 역사성Geschichtlichkeit des Verstehens'을 테마의 주요

---

* K. Hammermeister, "한스-게오르크 가다머", 47쪽 참조.

과제로 삼는 것에서 연유한다. 하이데거의 현존재형식Daseinsform으로서의 이해의 규정을 받아들여 이를 체계적으로 발전시켰다. 이를 위해 가다머는 〈진리와 방법〉에서 '예술' 과 '진리' 의 개념을 결합하면서 정신과학 일반의 특별한 진리 요구를 논구한다. "자연과학의 인식과는 여타의 다른 모든 이론적 인식"(GWI, 47)을 불신하도록 한 칸트의 입장을 공격하면서 정신과학과 예술 가운데 어떤 특수한 진리 개념이 있다는 것을 주장한다. 가다머가 주장하는 '이해' 는 실증주의와 자연과학적인 사고의 산물인 '객관성' 을 비판하는 것에서 시작한다. 이 점에서 가다머는 인식이 아닌 '이해' 의 특성을 강조한다. "이해의 현상은 세계에 관한 인간의 모든 관계에서만 해당되는 것은 아니다. 그것은 과학 내에서도 독립적인 타당성을 가지며, 자신을 일종의 과학적 방법론으로 새롭게 해석하려는 시도에 저항한다."(GWI, 1)

가다머는 이해를 인식의 단계에서 나타나는 것이 아니라 이해 자체를 일차적으로 진리에 대한 이해로 파악한다. 그러한 가다머의 이해는 하이데거의 〈존재와 시간Sein und Zeit〉에서 나타난 현상학적 맥락을 따르고 있다. 가다머는 하이데거의 현존재의 시간성 구조분석에서 이해의 존재론적 정초를 발견한다. 가다머는 이해를 인식론적 과정이 아니라 존재론적 차원에서 파악하는 것이다. 따라서 해석학은 해석을 위한 목적으로 규칙들을 수집하는 작업이 아닌, 인간 삶의 기본 특징으로서의 이해의 이론이 된 것이다.

하이데거는 '존재물음' 을 해명하는 데 있어 '자기 자신을 문제삼는' 존재자를 단서로 삼는다. 그런 존재자란 현존재, 또는 현존재의 자기이해이다. 하이데거에게서 '현존재' 란 삶속에서 스스로 해석적인 연관성을 가지는 것으로, 지속적인 자기해석, 체험 및 추체험의 과정에서 자기 자신을 이해한다는 것이다. 과거는 현재의 체험과 미래에 대한 예기에 비추어 그 의미를 획득하게 되며, 또한 현재의 의미와 미래의 예기는 과거를 이해하는 방식에 의해 제약받는다. 따라서 하이데거의 현존재의 자기이해는 내던져진 기획투사entwerfen이다. 한편으로 이는 자신의 가능성들을 기획투사한다는 뜻이고, 다른 한편으로는 이런 가능성들이 이미 과거 속에 미래가 기획투사된 방식에 의해 일정한 제약을 받고 있다는 뜻이다. 하이데거에게서 이해는 '내던져진 기획투사'인 것이다. 이 점이 바로 가다머에게 본질적으로 영향을 준 것이다.

문헌이나 작품이해에 있어 기존의 이해과정은 주관이 고정된 텍스트를 분석함에 있어 그것의 객관적 의미를 정당하게 파악하는 인식론적 과정이 이해였으나, 가다머는 텍스트가 대상이 아니라 그 자신이 진리요구를 가지는 하나의 '지평Horizont'으로 간주한다. 따라서 우리가 그 텍스트의 의미 지평에 참여하는 존재론적 차원이 '이해'인 것이다. 그러한 존재론적 이해는 객관성 비판을 통해 이루어지는 것이다.

하이데거는 기존의 형이상학이 오류를 범했다고 주장한다. 하이데거가 생각하는 형이상학적인 오류는 형이상학이 사유를 일종의 "봄"으로, 존재를 지속적인 눈앞에 있음, 즉 지속적인 현전성Anwesenheit으로 생각하고 있다는 것이다. 존재가 지속적인 현재로 파악된다면 이는 존재를 하나의 특정한 시간 양상, 즉 "현재"에서만 사유하는 것이다. 따라서 존재의 역사적 상황성은 무시된다. 가다머 역시 주체가 객체를 인식하는 방식에서 나타나는 문제들은 데카르트 이래 서양철학에서 가지고 있는 형이상학적인 오류에서 유래한다고 주장한다.

인식의 주체가 주체주관성임을 깨닫기 이전에, 주체가 객체와 마주치기 이전에, 자기동일성에 대한 인식이 있기 이전에, 주체가 이미 자신이 선택한 적이 없는 어떤 언어 공동체 속에 놓여 있다는 것이다. 즉 세계에 대한 끼어듦이 자기나 타자에 대한 인식보다 앞서간다고 가다머는 말한다. 따라서 소통의 문제나 세계 인식의 문제는 어떤 언어 공동체에 대한 주체의 끼어듦 때문에 생기는 것이라고 한다. 또한 가다머는 모든 언어 사용이 이미 가치나 판단을 포함하고 있다고 했다.

객관성(언어의 객관적 사용) 관념은 기능적으로 설정한 인위적인 추상에 지나지 않으며 그런 식으로밖에 존재할 수 없다. 왜냐하면 모든 언어는 현실적으로 상호주관적인 소통에 둘러싸여 있기 때문이다. 어떤 텍스트가 이해될 경우, 그 의미는 작가나 독자 어느 한쪽에 귀속될 수 없다. 텍스트의 의미는 공유된 언어이다. 이러한 공유는 어느 한 개인의 소유가 아니라 주제 내용에 대한 공통된 견해라는 것이다. 가다머는 하이데거의 사실성Faktizität의 해석학을 출발점으로 단순히 '이해의 기술론Kunstlehre des Verstehens'에 머물던 해석학을 철학적 해석학으로 완성시킨다. 존재론적인 이해의 차원은 정신과학의 전분야를 포괄하면서 예술작품 해석에 있어서도 존재론적인 해석을 가능하게 하였다.

2) 예술작품 해석에 있어 존재론적 이해

놀이Spiel 개념은 존재론적 규정의 실마리로 작용한다. 예술작품의 존재론에서 가다머는 칸트I. Kant나 쉴러F. Schiller와 마찬가지로 유희, 즉 놀이 개념에 주목한다. 그러나 놀이는 칸트와 쉴러에게서 나타난 것처럼 주관적인 의미로 파악되어 적용되는 것이 아니다. 가다머는 놀이와 예술 체험의 유사성을 강조한다. 놀이와 예술작품은 둘 다 그 놀이를 하거나 작품을 감상하는 개인들에 비해 본질적으로 우위를 가진다.

놀이라는 개념은 결코 은유적인 의미를 지닌 것이 아니다. 다시 말해 놀이에서 주체와 객체라는 배열은 그리 오래 지속되지 않는다. 놀이는 놀이자에 의해 행해지는 어떤 것이다. 때때로 놀이의 운동성은 아무런 목적도 가지지 않고 그저 휴식을 위한 것이다. 그저 놀이는 그렇게 움직일 뿐이다. 놀이의 목표와 요구 사항은 놀이자에게 행위와 전략을 갖도록 강요한다. 따라서 놀이에 있어 행위의 주체는 사실상 그 놀이를 하는 사람이 아니다. 놀이 그 자체가 놀이의 주체가 된다. 놀이의 존재 방식은 자기표현, 즉 놀이 수행의 실현이다.

가다머는 놀이의 보편적 특성을 연극을 통해 강조한다. 연극은 누군가를 위해 공연된다. 극본은 관객을 요구한다. 관객이 없으면 연극이 이루어지지 않는다. 극본은 한정된 공간에서 연기자와 관객이 서로 서로 소통할 때 관객을 통해 최초의 종결이 이루어진다. 상호소통은 연기자와 관객으로 구성된 연극 전체에 대한 참여Teilhabe이다(GWI,115).

놀이와 마찬가지로 연극도 얼마든지 서로 다른 방식으로 재현될 수 있다. "〈고도를 기다리며〉를 연출하면서 어떤 연출가는 코믹한 요소를 강조할 수 있고, 다른 연출가는 공포스러운 측면에 초점을 맞출 수 있다. (…) 가다머의 관점에서 볼 때 이런 차이는 연극이 가진 자기 재현이라는 성격의 일부분이다."* 가다머는 이해를 일차적으로 진리에 대한 이해로 본다. 그에 따르면 어떤 연극의 표준적인 공연이라는 이상Ideal, 그리고 그 연극을 이해하는 올바른 길은 단 하나밖에 없다는 이상은, 연극이 관객들에게 바탕을 두고 이루어진다는 사실을 무시하는 것이다.

놀이로 이해되는 예술작품은 단순히 순간적인 생기로 끝나지 않고 작품으로 지속성을 획득할 수 있는 것이다. 가다머는 '형성체로의 변화

* G. Warnke, "가다머", p.120.

Verwandlung ins Gebild'가 이것을 가능하게 한다고 한다. 이 변화는 주체와 객체의 혼합된 계기를 그대로 보존하고 있다. 이 변화 속에서 현실은 새로운 인식을 획득하게 된다. 가다머가 놀이와 연극의 예에서 설명하는 것은 놀이와 예술작품의 연관성을 강조하고 있다. 이것은 작품이 살아 있는 유기체 전체이고, 거기에서 놀이자와 관객은 동일한 방식으로 의미 생기에 참여하는 것이다. 이 점에서 가다머는 고대 예술이론 개념인 '미메시스Mimesis'에 주목한다.

가다머는 역사적 이해에 대한 분석에서 역사적 사건들에 대한 '객관적' 혹은 중립적인 지식은 불가능하다고 주장한다. 예술도 역사와 마찬가지로 해석적인 것이다. 여기에서 가다머는 미메시스의 단순한 재현을 강조하는 것이 아니라 재인식이라는 측면을 강조한다. 이러한 재인식을 플라톤의 '상기anamnesis' 이론을 인용하면서 '더 많은mehr' 것이 인식되는 것으로 본다. 가다머는 큐비즘을 예로 들면서 큐비즘 회화는 여전히 파편화된 현대 세계와 소비를 위한 생산에 따른 오브제의 통일성 파괴 등을 재현하고 있는 것이다. 가다머의 미메시스 이론은 예술에 의해 정확하게 재생된 현실 '그 자체'의 개념에 의존할 필요는 없다는 것이다.

예술작품은 단순히 현실의 외부대상을 명확히 재현한 것에 따라 판가름될 수 있는 것이 아니다. 예술작품이 재현하고 있는 오브제의 여러 측면들, 예를 들어 오브제의 파편화나 실체의 부재 등은 오직 재현을 통해서만 조명될 수 있다. 이 과정에서 어떤 사건이나 측면 등은 과장되고 다른 것들의 중요성은 무시되거나 한다. 따라서 재현은 현실을 그대로 반영하는 거울을 제공하지 않는다. 예술적 재현은 현실의 진리를 보여주는 것이다. 가다머가 이야기하는 '진리'는 인간 체험의 한 측면은 다른 측면들과는 분리되어 있으며, 그 자체를 강조하여 집중적으로 조명한다는 뜻이다. 이런 점에서 하이데거의 '알레테이아aletheia'를 가다머는 강조하며, 그 전까지는 은폐되어 있던 세계, 삶, 텍스트 등의 어떤 측면을 드러내어 밝히는 것을 말한다.

가다머는 예술을 존재과정으로 파악한다. 그는 이 존재과정을 상세하게 규명하기 위해 놀이의 개념을 사용한 것이다. 놀이는 놀이됨으로써 비로소 현실성을 획득하게 되고, 놀이에서 놀이하는 사람에게 새로운 현실의 국면이 열리게 된 것이다. 가다머의 예술에 대한 논구과정은 역사기술에 연결되는 것이며, 최종적으로 그 모든 것을 가능하게 하는 언어로 귀결된다.

2. 이해의 매개로서의 언어

가다머는 새로운 철학적 형태로서의 해석학의 존재론적 전회를 언어에서 그 실마리를 찾는다. "언어적 해석은 (…) 보편적인 해석의 형태이다."(GWI, 402) 따라서 이해와 언어는 불가분의 관계이며 '이해의 전과정은 언어적인 과정'인 것이다. 언어는 '해석학적 경험의 매체Medium der hermeneutischen Erfahrung'(GWI, 387)로서, 이해의 언어성은 영향사의식의 구체화인 것이다. 언어란 인식된 진리를 서술하는 단순한 수단이 아니라 이전에 알려지지 않았던 진리를 언어 속에서 발견할 수 있다. 언어는 세계관의 모습이며 이러한 전체성 속에서 언어는 이해되는 것이다. 첫째, 텍스트는 언어성을 통해 우리에게 전달된다. 만일 사람들이 문자로 확정된 것을 고찰하고자 한다면, 우리가 관찰한 것은, 누군가가 말하고 글로 쓰는 것을 이해하는 일인데, 이것은 저자의 입장에서와 저자의 체험에서 수행하는 것이 아니라고 가다머는 주장한다. 우리는 '사실에 입각해서 이해하는 것' (GWI, 387)이다. 둘째, 언어성은 해석학적 기능을 수행하는데, 모든 이해는 언어적인 과정을 통해 수행된다. 모든 이해를 포괄하는 언어는 사고, 즉 해석의 과정 속에 깊이 침투해서 우리로 하여금 언어가 내용적으로 전승하는 것에서 눈을 돌려 언어를 형식으로만 생각할 수 없도록, 해석학적 기능을 수행한다. 언어는 이해 자체처럼 포괄적인 현상인 것이다. 따라서 존재론적 해석학에서는 이해 자체가 언어가 되는 것이다.

1) 해석학적 경험의 본질로서의 언어

가다머는 이해가 상황과 연결되어 있음에 주목한다. 또한 플라톤의 대화로부터 철학적 사유를 이루는 것이 서술문이 아니라 질문이라는 사실을 깨닫는다. 명제가 아닌 질문과 대답의 논리에 주목하며, 대화모델을 질문과 대답의 관계를 이야기하는 사람들 사이의 관계에만 국한시키지 않고 인간과 사물의 관계에도 적용시킨다. 이것은 해석학적 경험이며 언어의 문제는 이것과 더불어 등장하는 것이다.

해석학적 경험은 과학주의적 경험 이론과는 다른 것이다. 여기서는 주관이 배제되지 않고 인간의 유한성과 역사성에 바탕을 둔 경험이다. 가다머가 제시하는 대화모델은 그것을 더욱 구체화시킨다. 첫 번째는 전승Überlieferung을 하나의 대상으로 규정하는 방식이다. 이것은 해석자가 상대를 범주화하고 유형화하는 것이며 객관주의 방법론 그 자체이다. 이 유형적 사고는 전통과 유리되고, 전통에 대한 영향으로부터 분리된다. 따라서 이것은 구체적이며 생동적이어야 할 해석학적 경험의 본성을 평면화시킨다. 두 번째는 전승을 하나의 '인격'으로 상대하는 방식이다. 이것은 '나-너'의 변증법에 근거하기는 하지만 어디까지나 반성적인 관계이다. 가다머는 이러한 유형을 영향사의 본질을 받아들이는데 실패한 모든 역사적 문예학적 탐구의 특징으로 본다. 세 번째는 전승에 대한 진정한 개방성으로서 진정한 해석학적 경험이 나타나는 것이다. 전승은 나와 대화 상대방이다. 우리에게 말을 걸어오며, 우리는 개방적인 태도로 그 말을 경청할 수 있다. 그러한 개방성은 나와 반대되는 것조차 받아들여야만 한다는 인정을 내포하고 있는 것이다. 가다머의 전통을 따르는 개방성이라는 대화의 개념은 해석이 과거와 현재의 매개라는 것이다.

해석학적 경험이란 단적으로 텍스트와 해석자 사이의 대화이다. 즉 서로의 말을 이해하고자 할 때 가장 공통되는 고리는 언어이다. 즉 해석학적 경험을 가능하게 하는 것이 바로 언어인 것이다. 이해는 언어와 연결되어 있다. 그러나 언어는 소통을 가능하게 하는 도구가 아니라 소통을 가능하게 하는 바탕이다.

2) 가다머의 언어관

가다머의 해석학적 경험의 근거는 가다머가 언어의 형식과 도구적 기능을 강조하는 기호이론을 반대하며 언어를 대상으로 삼는 언어과학 내지 언어 철학의 입장을 도구주의라고 비판하는 것에 근거한다. 가다머에 따르면 과학의 이상은 정밀한 묘사와 명석한 개념이기 때문에, 과학의 근저에는 항상 말이 기호로 변형되는 현상이 일어난다. 말을 기호로 간주해버리면 말의 근원적 힘을 박탈하여 단순한 묘사 수단으로 전락시켜버리는 결과를 가져온다.

언어를 '기호'로 보는 도구주의는, 기호란 언어의 형식의 추상화를 통해 만들어진 지시도구로서 사상을 묘사하는 기능을 갖는다. 이것은 논리적 원자론에서 명확하게 나타난다. 이들은 언어의 구조와 세계의 구조가 대응한다는 것을 전제한다. 이것은 언어의 가장 근원적인 형태인 '로고스' 조차도 그것은 단순한 지각Noetischen의 기능만을 담당하는 것으로, 곧 그것은 하나의 기호가 되어버린다. 로고스의 진리는 단순한 지각이 아니라 존재를 하나의 관점에 세우고 존재에 그 무엇을 부여하도록 승인하고 판정하는 힘을 갖는다. 따라서 로고스는 진리의 담지자이다. 그러나 단순한 지각의 고유한 패러다임은 수Zahl이다. 이 수는 순수하게 규약적인 것이며, 수열에서의 위치에 따라 정밀하게 정의된 것이다. 따라서 수는 가장 추상적인 형식으로서 대표적인 형태의 기호라 할 수 있겠다. 이러한 점에서 로고스조차도 단순한 지각의 기능만을 담당한다면 수와 같은 기호로 전락하게 되는 것이다. 바로 이 점 때문에 가다머는 도구주의가 해석학적 현상을 그르치고 만다고 주장하면서 도구주의를 비롯하여 말과 사상의 내적인 통일을 참되게 인식하지 못하는 모든 이론을 거부해야 한다고 단언한다.

가다머의 언어관은 훔볼트의 언어가 의미적으로 풍부하다는 견해에서 출발한다. 가다머는 언어를 근원적인 '형태'로 이것은 내용과 형식으로 분리될 수 없는 것으로 본다. 그래서 언어의 기능이 사물을 지시하는데 그치는 것이 아니기 때문에 언어의 방향은 사물 혹은 상황에서 출발하여 언어를 거쳐 주관성에 이르는 것이어야 한다. 이를 위해 가다머는 '탈은폐disclosure'라는 개념을 채택한다. 말이 배제된 사유를 동경하는 경향은 서양 철학사를 관통하는데, 형이상학의 역사를 존재에 대한 망각으로 간주하는 하이데거에 다시금 의존하면서, 가다머는 서양의 언어망각에 관해 말한다. 가다머의 언어에 대한 대안 이론은 고대철학 이전의 '언어무의식성'으로의 회귀가 아니라, 중세의 기독교 교의 이론이 가지고 있던 언어관에서 모티브를 가지는 '육화Inkarnation'이다. 신학에는 언어망각에 대한 저항적인 계기가 내포되어 있는데, 특히 육화의 사상은 그리스적 특성을 지닌 언어망각에 대립된다. 중세 철학의 삼위일체는 주로 요한복음의 서문에 의존해서 그리스 사유에서 차단되어 있는 언어성찰의 길을 열어놓았다.

신/성부가 인간을 구원하기 위해 인간의 모습(그리스도/성자)으로 역사적 세계에 등장한 것처럼 말이 발화되어 나오는 것도 이와 동일하다. 육화에 있어서 성부와 성자의 일체성과 통일이 유지되는 것과 마찬가지로 언어 현상에 있어서도 말과 발화된 것의 통일성이 유지된다. 말은 발화될 때 그 존재를 가지며 이러한 의미에서 말은 순수한 생기사건이다.

육화의 말씀은 행동력이 강하다. 그것은 순수한 생기生起이다. "언어의 위대한 기적은 말이 육화되고, 외적인 존재로 드러나는 데 있는 것이 아니라, 그렇게 드러나고 외적으로 발설되는 것이 이미 말씀이라는 데 있다."(GWI, 424) 하나님의 말씀은 그 아들이 인간이 되는 데 없어서는 안 되는 것이며, 따라서 언어가 잉여물이라는 철학적 가정을 수정한다.

이러한 점에서 기독교의 육화된 말은 희랍의 로고스와는 구별된다. 즉 로고스는 육체로부터 분리되고 추상화된 관념이며, 따라서 고정적이며 영원한 것인 반면, 육화된 말은 육체를 입고 있으며 육화의 사건과 같이 발생하고 생기하면서도 동시에 영원한 것이기도 하다.

가다머는 "언어적 세계경험은 절대적이다"라고 단언한다. 언어적 세계경험은 항상 상대성을 드러내는 모든 즉자존재를 포괄하기 때문에 그것은 존재정립의 모든 상대성을 넘어선다. 이러한 언어적 세계경험의 절대성은 심지어 과학이 그 객관성을 도출해내는 객관적 상황까지도 하나의 상대성으로서 포괄한다. "이 특수한 객관성Sachlichkeit은 세계에 대한 언어의 공속적 관계로부터 도출된다. 이 객관성은 상황을 말하며 이 속에는 사상事象과 화자 사이의 거리를 전제로 하는 자족적인 타자성에 대한 인식이 들어 있다. 이러한 거리에 기초하여 '상황'과 같은 것은 정의될 수 있고, 궁극적으로는 다른 사람들이 이해할 수 있는 진술의 내용이 될 수 있다."

'세계'와 '대상' 사이의 연결은 '이해의 보편성'과 언어의 존재론적 의미를 기반으로 한다. 언어의 존재론적 의미는, "사상 그 자체의 행위, 의미의 표현됨das Zur-Sprache-Kommen이라는 언어 현상의 보편적인 존재론적 구조, 즉 이해가 직접적으로 향할 수 있는 모든 것의 기본구조를 우리는 갖는다. 이해되어질 수 있는 존재는 언어다."(GWI. 478) 이 언어는 역사적 의식에 있어 현재와 과거를 매개하는 보편적 매개체이다. 그래서 언어는 이해되는 것이다. 사상 그 자체 내부에서 표현되고 포함되는 언어는 우리가 만나는 세계 내에 존재한다. 우리의 이해는 존재에 접근하기 위해 언어의 내부로 향하고 있다. 그렇지만 가다머는 언어의 표현에서 시작하지만 우리가 언어의 함정에 빠지지 말아야 한다고 경고한다. 우리가 진술하는 것에서 우리가 이해하는 것은 그 의미이다. 즉 우리가 진술하는 것이 세계의 한 부분이지 전체는 아니기 때문이다. 우리의 언어에 대한 조망은 더 나은 전망을 만나기 위해서 언어를 개선하는 것이다. '이해되는 것은 언어'이지만 우리가 그 언어의 감옥에 갇혀서는 안 되는 것이다. 우리가 우리의 언어 구조를 넘어서는 것은 불가능하지만, 대신 표현된 것 그 자체의 존재에 대해 알고 말하는 것이 허용되는 언어를 평가해야 되는 것이다.

이해될 수 있는 존재는 언어이기 때문에, 해석학적 존재는 언어가

된다. 이 언어는 역사적 의식에 있어 현재와 과거를 매개하는 보편적인 매체이다. 이러한 언어의 보편적 사변적 구조는 단지 미적 경험이나 역사적 경험에만 해당되지 않고 모든 세계 경험의식에 적용되는 것이다. 그러므로 해석학이란 정신과학의 방법적 기초뿐만 아니라 철학의 보편적 측면이 된다. 가다머의 해석학적 존재론은 언어의 보편적 존재론적 사변 구조 위에 정초된 언어 존재론이다.

3. 존재론적 언어철학의 문제로서의 형상

존재의 언어적 표현에 대한 물음은 존재를 위한 언어의 위치에 대한 물음이다. 일반적으로 언어란 무엇이고, 그리고 표현된 존재와의 연관은 무엇인가 하는 것이다. 이러한 물음은 가다머에 의하면 언어의 본질에 대한 물음으로, 자신의 존재론적 언어 사유의 성취에 따라 대답된다. 이 것은 〈진리와 방법〉 1부에서 형상과 형상적인 표현의 문제로서 언급되고 있다. 이것은 미학적인 부분으로, 예술의 특정한 표현형식에 관한 것으로서의 형상에 대한 서술이고, 전적으로 미학적인 관심사이다. 그러나 가다머가 분명히 밝히는 것처럼 형상의 분석은 "예술론적이 아니고, 존재론적으로"(GWI, 141) 읽혀지는 것인데, 왜냐하면 "예술과 역사를 공통적으로 포괄하는 지평을 얻기 위한 과정"(GWI, 141)일 뿐이기 때문이다.

형상은 원형Urbild, 존재의 장소를 나타낸다. 언어는 존재의 장소를 묘사하는데, 따라서 이해될 수 있는 것이다. 양자의 경우 동일한 과정으로 담론 속에서 존재는 명확히 나타난다. 존재는 언어에서처럼 형상에서 나타난다. 의심할 여지없이 형상에 대한 가다머의 분석은 말과 형상의 유사성에서 출발하며(GWVIII, 49f), 형상 속에서 원형의 표현과 존재의 표현 사이에서 본질적인 공통성으로 서 있다. 따라서 가다머의 존재론적 언어 개념은 예술작품, 형상의 분석에서 얻어질 수 있는 것이다. 형상의 분석이 단순히 상이한 예술형식 하에서 전문적인 방식으로서의 조형예술의 분석으로 나아가는 것이 중요한 것이 아니고, 표현되는 형상언어과 표현된 원형존재의 관계와 표현의 존재론적 문제점으로 파악되는 것이 중요한데, 왜냐하면 형상의 분석은 원형에 대한 형상의 연관하에서 원형을 포괄하는 것이 때문이다. 형상의 분석은 "형상의 존재론"으로서 규정되는 것이며, 형상언어 속에서 중요하게 표현되는 존재의 보편적 존재론은 이해될 수 있는 것이다.

가다머는 모상Abbild과 원형Urbild에 대한 논의에서, 상Bild은 플라톤적 의미의 존재의 감소가 아니라 존재의 증대로 가다머는 파악한다. 예술의 상을 통해 모사된 것의 본질이 드러난다. 이것의 전형적인 예가 종교화인데, 종교화는 본질과 다른 외형적인 것을 표현하는 것이 아니라, 표현된 것과 존재적 측면에서 의사소통을 하고, 모든 관찰자를 위해 그것을 현존으로 불러낸다. 예술 경험은 모사상과 원형을 미적으로 구분하지 않는다. 따라서 여기에서 모방은 사물의 본질에 관한 인식을 의미하는 것이다. "우리는 그림의 개념을 분석함에 있어 다음 두 가지 물음을 염두에 두어야 한다. 첫째는, 어떠한 점에서 형상과 모사상이 구별되는가, 두 번째는, 어떻게 형상과 그 세계와의 연관이 성립되는가 하는 것이다."(GWI, 141f)

가다머는 두 가지 반대되는 방향에서 형상을 규정한다. 첫째 물음은, 독립성 및 존재가Seinvalenz의 표명에 의해 형상은 모상에 대해 존재론적으로 경계를 두고 있다는 과제를 제시한다(GWVIII, 374, 383).형상은 고유한 관점에서 말해진다는 점에서 모사상과는 구분되는 것으로, 형상은 단순한 모사상이 아니며, 순간적인 존재의 가상도 아니며, 존재계기 그 자체이다. 두 번째 물음은 기호와 경계 지어지는 형상 개념을 찾는 것이다. 이러한 독립적인 형상의 존재 방식은 표현된 세계에 의하여 원형에 관하여 주어진 것이다. 독립적으로 표명되는 형상은 자신의 규정을 넘어서지 못하는데, 원형의 형상이 되는 것이다. 양자의 관계는 자의적이지 않다. 형상은 기호가 아니며, 어떠한 것을 위한 기초로서 행해지는 것은 없다.

모사는 순수하게 받아들이는 것으로, 기호는 순수한 자발성의 계기이다. 완성된 모사와 순수한 지시 사이에 놓여 있는 어떤 것을 가다머는 용어상 형상이라고 한다. 언어뿐만 아니라 형상은 가다머에게 있어 기호와 모사도 아닌 특성을 가지고 있다. 이것은 직접적으로 형상의 존재론의 주요문제이다. 사실상 가다머는 이것을 나중에 형상의 존재론으로서 시작하고 그것으로 종결하는 형상의 역설Paradox des Bildes이라고 지칭한다. 모사와 기호 사이의 충돌의 변증법적 결과로서 형상이 제시되는 것이 형상의 존재론적 탐구라고 이해된다. 이 점에서 형상은 존재론의 언어철학적 함축이다.

결론

가다머의 이해 개념은 참여로서의 이해이다. 이것은 인간의 유한성과 역사성을 강조하는 것으로 상호합의에 바탕을 두고 있다. 특히 예술작품의 이해를 그것의 진리에 대한 이해로 보았기 때문에 해석학을 단순히 방법의 기술론을 넘어서 철학적 해석학의 영역으로 고양시켰다.

또한 예술적 경험은 독자나 관객이 자신들의 삶에 대해 예술작품이 갖는 의의를 이해하는 체험인 것이다. 예술작품에 대한 이해과정을 통해, 독자나 관객은 예술작품 자체의 관심과 문제의식의 전망에서 관객에게 부과하는 진리 요구를 이해하는 것이다.

가다머의 이해는 기술론을 넘어 보편성을 요구하는 것이며 그것은 언어가 가지는 존재론적 성격에서 기인한다. 이런 점에서 언어와 형상이미지은 유사한 맥락을 가지고 있다. 가다머의 말대로 해석은 재창조이다. 이런 재창조는 선행하는 창조적 행위를 그대로 따르지 않는다. 오히려 그것은 각자가 예술작품에서 발견하는 진리요구에 부응하는 것이다. 형상에 대한 언어적 표현은 기술적 모사나 단계적 설명이 아닌 새로운 해석이며 창조인 것이다.

가다머의 해석학은 특정한 예술이나 사회 형식에 국한되는 것은 아니다. 이것은 인간의 자기 이해를 기반으로 우리의 상황에 따라 변모해가는 인간의 정신을 추적하는 것이다. 20세기 후반부터 문학을 넘어서 여타의 예술 장르에서 해석학을 수용하려는 노력이 나타나고 있다. 특히 '미술사해석학' 등 미술작품 분석에서 해석학의 성과를 활용하거나 접목하려는 시도가 계속되고 있다.

예술작품은 수용자에게 세계와 그 자신에 대한 진리를 해명해준다. 예술작품은 동일한 요구를 지니고 등장하는 철학적 논의와는 다른 방법으로 이 작업을 수행한다. 즉 예술작품도 가다머의 해석학적 경험에 나타나는 대화 모델처럼 우리의 대답과 반문을 기다린다. 예술작품의 이해는 다른 어떤 분야에서보다 훌륭히 해석학의 적용이 가능한 영역이다. 따라서 가다머의 '이해' 개념은 예술적 논의에서 더욱 구체화되는 것이다.

참고문헌

H. G.Gadamer, Gesammelte Werte, 10Bde., Tübingen:Mohriebeck verlag, 1985-95.

Bd.1, *Hermeneutik I, Wahrheit und Methode, grundzäge einer philosophischen Hermeneutik*, Tübingen 6.Aufl., 1990

Bd.2, *Hermeneutik II, Wahrheit und Methode, Erünzungen*, Tubingen 2.Äufl., 1990

Bd.8, *Ästhetik und Poetik I, Kunst als Aussage*, Tübingen, 1993

Hammermeister, Kai, *한스-게오르크 가다머*, 임호일 역, 한양대학교출판부, 2001.

Warnke, Georgia, *가다머*, 이한우 역, 민음사, 1999.